HEIKE MECKELMANN

Küstenkiller

BESTIALISCH Die ehrgeizige Studentin Elin Petersen trifft sich mit einem Unbekannten in ihrer Wohnung in Hohwacht, um mit ihm die Nacht zu verbringen. Nur wenig später wird sie brutal ermordet von ihrer Mutter aufgefunden. Wurde Elin ihre Leichtgläubigkeit und ihr Drang zum unverbindlichen Sex zum Verhängnis? Knapp einen Monat später finden Anwohner in einem Biotop auf dem Graswarder in Heiligenhafen direkt an der Ostsee die ebenfalls erbarmungslos ermordete Olivia Meindorf. Hat sie dem gleichen Mann vertraut? Was verbindet die Frauen, die sich offensichtlich nicht kannten? Während die Kommissare Westermann und Hartwig ermitteln, verschwindet eine junge Ukrainerin, die als Kellnerin in einem Restaurant auf Fehmarn arbeitet. Handelt es sich um denselben Täter? Schaffen es die Kriminalisten rechtzeitig, die vermisste Frau aufzuspüren? Und was bedeuten die Liebesschlösser, die Charlotte Hagedorn während einer Fotoreportage für das »Fehmarnsche Tageblatt« entdeckt hat und welche die Initialen und das Todesdatum der ermordeten Frauen tragen?

© Foto Oliver Franke

Heike Meckelmann wurde in der Nähe von Elmshorn geboren und zog vor mehr als 30 Jahren auf die Insel Fehmarn. Sie betrieb nach dem Studium der Betriebswirtschaft auf der Insel lange Zeit einen Friseursalon und eine Hochzeitsagentur. Viele Jahre arbeitete sie in der Fotografie und nahm als Sängerin ein eigenes maritimes Album auf. Seit 2016 ist sie als freie Autorin auf Fehmarn tätig und schreibt Kriminalromane, die überwiegend auf der Insel spielen und Reiseliteratur. Über 20 Jahre mit einem Fehmaraner verheiratet, bezeichnet sie sich durch und durch als Insulanerin, die ihre Insel genauso liebt, wie die Geschichten, die sie auf der Sonneninsel schreibt.

HEIKE MECKELMANN

Küstenkiller

KRIMINALROMAN

GMEINER

Immer informiert

Spannung pur – mit unserem Newsletter informieren wir Sie regelmäßig über Wissenswertes aus unserer Bücherwelt.

Gefällt mir!

Facebook: @Gmeiner.Verlag
Instagram: @gmeinerverlag

Besuchen Sie uns im Internet:
www.gmeiner-verlag.de

© 2024 – Gmeiner-Verlag GmbH
Im Ehnried 5, 88605 Meßkirch
Telefon 0 75 75 / 20 95 - 0
info@gmeiner-verlag.de
Alle Rechte vorbehalten
1. Auflage 2024

Lektorat: Claudia Senghaas, Kirchardt
Herstellung: Mirjam Hecht
Umschlaggestaltung: U.O.R.G. Lutz Eberle, Stuttgart
unter Verwendung eines Fotos von: © denfran / Pixabay
Druck: GGP Media GmbH, Pößneck
Printed in Germany
ISBN 978-3-8392-0607-2

KAPITEL 1

Juni 2023

Das Telefon am anderen Ende klingelte zum 100. Mal. Ab einem bestimmten Zeitpunkt sprang der Anrufbeantworter an, verstummte wieder. Es war stockfinster und ekelerregend schwül. Der Geruch, der sich in der Wohnung ausbreitete, war feucht und tropisch. Riecht modrig. So könnte es in einer Gruft müffeln, überlegte sie, als ein Blitz die Szenerie befremdlich erhellte und einen Schauer über ihren Rücken jagte …

Hanna Jacobsen stand vor dem Fenster und stierte schweigend in die Dunkelheit, die sie umgab. Seit gestern versuchte sie, ihre Tochter zu erreichen. Aussichtslos, wie es den Anschein hatte. Sie nahm weder das Gespräch an, noch reagierte sie auf ihre unzähligen Sprachnachrichten. Ein Gefühl von Enge breitete sich in ihrer Brust aus, während sie ununterbrochen auf das Telefon in ihrer linken Hand starrte. Nur das Licht des Displays erreichte ihre Augen. Der Strom war ausgefallen, die Sicherung scheinbar durchgebrannt. Sie schluckte, der beklemmende Ring um ihren Brustkorb verengte sich zusehends. Mit dem Daumen betätigte die 46-Jährige die Wiederwahltaste, hielt den Hörer erneut gegen ihre Ohrmuschel und lauschte dem Freizeichen am anderen Ende. Der schrille Ton breitete sich zu einem Dröhnen in ihrem Kopf aus. Hanna holte tief Luft, weil sie das Gefühl übermannte, sie würde gleich ersticken. Schweigend zählte sie mit; sechs pfeifende Töne, dann sprang, wie schon etliche Male zuvor, der Anrufbeantworter an. »He Süße, melde dich. Ich mach mir große Sorgen. Wo steckst du?« Der Kloß in ihrem Hals schwoll an. Ihre Lippen zitterten.

Ein weiterer Blitz züngelte durch den Raum und bewegte Schatten über die kalkweiß getünchte Wand, als wollte er ihr drohen. Hanna zuckte zusammen und wich in die Dunkelheit zurück. Sie verglich die finstere Atmosphäre mit ihrem Gedankenwust. Die Arzthelferin brauchte dringend Sauerstoff und öffnete die Balkontür. Wieder ein gleißender Blitz. Sie fing lautlos an zu zählen und kaute an ihrem Daumennagel; eins, zwei … der knallende Donner, der folgte, jagte ihr eine Heidenangst ein. Ihr Herz klopfte, und sie hatte das Gefühl, es würde gleich stehen bleiben. Dann setzte ohne Vorwarnung Regen ein, der wenige Sekunden später hartnäckig gegen die Scheiben prasselte und daran herunterlief. Eilig schloss sie die Balkontür wieder. »Hoffentlich ist dieses Unwetter kein böses Omen«, flüsterte sie. Ihre Angst, ein Blitz könnte einschlagen und das Mehrfamilienhaus, in dem sie seit ewigen Zeiten lebte, in Flammen aufgehen lassen, lähmte die Arzthelferin. Die Ungewissheit, ihre Tochter nicht erreichen zu können, ließ sie fast verrückt werden. Wie ein Geist wanderte sie im dunklen Zimmer umher, hoffte, dass Elin bald reagierte. Hanna bettelte, dass sie endlich das verdammte Telefongespräch entgegennahm.

Die schlanke Sprechstundenhilfe warf beim nächsten Aufleuchten einen Blick auf das Außenthermometer an der Balkonwand. Sie fröstelte trotz der angezeigten 29 Grad Celsius. Hanna Jacobsen drehte sich um und guckte zur Uhr an der Wand. Jeder Sprung des Sekundenzeigers dröhnte wie ein Hammerschlag. Zehn Minuten nach Mitternacht. Sie stierte auf das Mobiltelefon, das bleischwer in ihrer Hand lag, und drückte von Neuem die Wiederwahltaste. Erneut sprang die Mailbox an. »Hallo, ihr Süßen, bin grad schwer beschäftigt. Hinterlasst mir eure Nachricht, ich rufe sicher zurück. Küssi.« Sie kannte die Worte auswendig und wollte sie einfach nicht mehr hören.

Hanna schluckte. »Verdammt, es reicht. Da stimmt etwas nicht.« Sie wählte die Nummer von Elins bester Freundin Rieka, während sie wie ein Tier im Käfig durch das Zimmer huschte. Vielleicht kann die mir sagen, wo sie steckt. Das hat sie noch nie getan. So kenne ich sie überhaupt nicht. Hoffentlich ist ihr nichts passiert! Hanna nagte an ihrer Unterlippe, bis sie blutete. Selbst wenn die Studentin 26 Jahre alt war und allein in ihrem Apartment lebte, so hielten sie seit jeher eine enge Verbindung. Sie waren mehr Freundinnen als Mutter und Tochter. Elin meldete sich mindestens einmal täglich. Spätestens, wenn sie von der Uni in Kiel in ihre Wohnung nach Hohwacht zurückkehrte.

Hanna Jacobsen wurde mit jedem Läuten des Rufzeichens gereizter. »Geh ran!«, krächzte sie. Die dunkelhaarige Frau lauschte dem wiederkehrenden Ton und kaute weiter an ihrem Daumennagel. Ihre Nerven lagen blank. Endlich meldete sich eine verschlafene Stimme. »Gott sei Dank«, flüsterte die Arzthelferin und spürte, wie der Ring um ihre Brust sich lockerte.

»Jo?«

»Hallo Rieka, hier ist Hanna. Sag mal, weißt du, wo Elin

steckt? Ist sie bei dir? Ich kann sie nicht erreichen und mach mir echt Sorgen. Sie geht nicht ans Handy.« Ihre Worte klangen gequält.

»Nö, weiß ich nicht. Ich versuch es auch schon seit gestern. Wir wollten eigentlich zusammen ins Kino, aber sie hatte, wie es aussieht, etwas Besseres vor.« Die Stimme der Freundin klang nicht besorgt, eher angefressen. »Ich bin heute sogar zu ihr gefahren, um ihr die Meinung zu geigen. Stand wie ein Depp vor ihrer Wohnung. Keine Ahnung. Hat niemand aufgemacht. Brannte auch kein Licht in der Küche. Du weißt, dass sie das immer an hat. Wahrscheinlich ist sie für ein paar Tage abgetaucht und liegt jetzt mit irgendeinem Kerl auf der Matratze. Kennst sie ja. Wär ja nicht das erste Mal. Sie hätte mir wenigstens Bescheid geben können ... die alte Kuh«, knurrte die 25-jährige Anwaltsgehilfin mit rauchiger Stimme. Sie unterhielt sich mit Elins Mutter, als wären sie beste Freundinnen. Es gab, wie es aussah, keine Geheimnisse zwischen ihnen. Hanna kannte ihre Tochter und wusste von deren lockerem Lebenswandel. »Rieka, ich kann mir das nicht vorstellen. Du weißt, dass sie sich meldet, oder etwa nicht? Selbst wenn sie abtaucht, wie du es nennst, ruft sie an. Und dass mir das nicht gefällt, ist dir bekannt.« Hannas Stimme klang auf einmal verbittert. »Ich glaub, da stimmt was nicht. Das spür ich. Ich fahr jetzt zu ihrer Wohnung und guck nach dem Rechten. Ich bin mittlerweile total von der Rolle. Es ist, als wenn mir jemand die Luft abdreht. Rieka, ich hab ein scheiß Gefühl im Bauch. Dann noch dieses verdammte Gewitter. Ich dreh hier zu Hause durch. Hab nicht mal Strom, die Sicherung ist durchgeknallt.« Hanna wartete, dass die Freundin ihrer Tochter antwortete. Elins Mutter schaute zum Fenster und verfolgte das Unwetter, das sich durch die große Scheibe wie ein Theaterstück vor ihren Augen abspielte.

»Warte, warte, ich komm mit. Lass uns vor ihrer Wohnung treffen, ja? Ich bin in einer halben Stunde da.«

»Ja, ist gut. Soll ich dich nicht abholen?«, fragte die 46-Jährige, die, genau wie die beste Freundin ihrer Tochter, in Oldenburg wohnte. Sie war sichtlich erleichtert, dass sie Unterstützung fand.

»Nee, bin schon auf dem Weg, bis gleich.« Hanna Jacobsen beendete das Gespräch und steckte das Handy in die Tasche ihrer kurzen Sporthose. Sie trat in den Flur, leuchtete den Raum mit ihrer Handytaschenlampe aus und zerrte ihre Kapuzenjacke vom Haken. Hastig streifte sie sie über die schmalen Schultern. Die zierliche Frau stürzte in Jogginghosen und *Adidas*-Latschen die Treppenstufen des Mehrfamilienhauses runter. Durch strömenden Regen überquerte sie den Parkplatz. Völlig durchnässt stieg sie in den Wagen und schüttelte ihre braunen schulterlangen Haare.

Wenig später befuhr sie im Schritttempo die Landstraße nach Kiel. Der Dauerregen ließ die Fahrt zu einer Angstfahrt werden. Die Arzthelferin erkannte kaum noch die Fahrbahn. Sie stierte durch die Frontscheibe, suchte immer wieder die weißen Streifen der Fahrbahnmitte. Die Scheibenwischer pendelten im schnellsten Gang von einer Seite zur anderen und quietschten nervtötend. Es erschien ihr, als schafften sie es nur mit Mühe, gegen die Wassermassen anzukämpfen. Hanna umklammerte mit schweißnassen Händen das Lenkrad. Sie hatte Angst vor Aquaplaning und Wild, das, aufgeschreckt vom Gewitter, die Straße kreuzen könnte. Die Strecke nach Kiel war für lebhaften Wildwechsel bekannt und gefürchtet. Steif wie ein Brett saß sie im Polster und versuchte, die Spur zu halten. Ihre Nervosität wuchs zunehmend. Nicht ein Fahrzeug kam ihr auf der einsamen Fahrbahn entgegen. Die Umgebung wirkte gespenstisch. Hanna kaute auf ihrer Unterlippe, starrte durch die

Scheibe und wischte alle paar Minuten den milchigen Belag fort, der sich durch ihren Atem bildete.

Normalerweise dauerte die Fahrt nicht einmal eine halbe Stunde. Heute Nacht nahm die Strecke die doppelte Zeit in Anspruch. Die knapp 23 Kilometer schienen nicht enden zu wollen. Es blitzte und donnerte ständig. Hannas Nervenkostüm war zum Zerreißen gespannt. Unmengen Wasser ergossen sich über die Fahrbahn, und ihr Wagen geriet mehrfach gefährlich ins Schlingern. Sie war so konzentriert, dass sie für einen Moment die Angst um Elin verdrängte. Dann endlich bog sie nach fast 40 Minuten laut aufseufzend auf den Parkplatz ein.

Erleichtert kam Hanna Jacobsen auf dem Stellplatz ihrer Tochter zum Stehen und atmete mehrfach tief ein, um sich wieder zu beruhigen. Ihre Hände flatterten, als sie das Lenkrad losließ. Der Kloß in ihrer Kehle schwoll erneut an. Sie fühlte ihren Herzschlag bis zum Hals. Die 46-Jährige stellte den Motor aus und öffnete die Wagentür. Sie stieg aus, stülpte die Kapuze über. Dann rannte sie durch Pfützen und sintflutartigen Regen auf den Hauseingang des zweigeschossigen Wohnblocks zu. Unter dem schützenden Vordach blieb sie stehen und klopfte die Regentropfen von der Jacke. Fröstelnd schüttelte sie das Wasser aus ihren *Adidas*-Latschen von den Füßen. Sie zog die Schultern hoch, registrierte die Feuchtigkeit ihren Rücken hinunterlaufen. Es war ein ekliges Gefühl, die Wassertropfen auf der Haut im Nacken zu spüren. Hanna drückte auf den Klingelknopf, der den Namen ihrer Tochter trug. Elin Jacobsen. Ihr Brustkorb hob und senkte sich, ihr Körper zitterte trotz der Wärme. Sie trommelte auf das Namensschild, richtete ihr Augenmerk gegen die Decke des schützenden Vordachs. Das milchige Glas der Deckenleuchte war mit zahllosen toten Fliegen verklebt und spendete nur fahles Licht.

Angewidert drehte sie sich weg, suchte in der Dunkelheit Elins Wagen. Sie entdeckte ihn nicht. Entweder war sie tatsächlich nicht zu Hause, oder ihr schwarzer Polo stand in der angemieteten Garage. In diesem Augenblick fuhr Rieka Ludwig auf den Parkplatz und stoppte direkt neben Hannas 15 Jahre alten Ford Focus. Die Freundin ihrer Tochter stieg aus und hechtete wie sie vorher quer über den Platz. Sie zerrte die Kapuze ihres Hoodies auf die dunkle Strickmütze, die sie selbst bei dieser Hitze auf ihrem Kopf trug. Fast schien es, als sei die Mütze mit ihr verwachsen. Ihre pechschwarzen schulterlangen Haare lugten seltsam störrisch darunter hervor.

Hanna betrachtete den Ankömmling. Sie musste schmunzeln. Rieka hatte die gleiche Haarfarbe wie Elin, und selbst ihr Kleidungsstil war fast identisch. Schwarz! Nur, dass ihr Mädchen ein schmaleres Gesicht und azurblaue Augen kennzeichneten, hingegen Riekas Schmollmund und ihre rauchige Stimme hervorstachen. Sie wirken wie Geschwister, dachte Hanna und war froh, dass die beste Freundin ihrer Tochter sie unterstützte und nicht für verrückt hielt.

Die Arzthelferin lächelte, obwohl ihr zum Heulen zumute war. Sie umarmte Rieka mit einer knappen Bewegung, nachdem die zu ihr unter das Vordach gespurtet kam und sich vom Regenwasser befreit hatte. »Na, dann los. Ich hab jetzt zweimal geklingelt. Sie scheint wirklich nicht da zu sein. Ist alles dunkel, wie du gesagt hast. Aber es könnte wenigstens sein, dass wir in der Wohnung einen Hinweis finden, der uns weiterbringt. Ich mach mir echte Sorgen, Rieka. Sonst würde ich nicht so ein Theater raufbeschwören.« Hanna deutete nach oben. »Lass uns raufgehen.« Die Freundin nickte und folgte der Mutter, die mit zittrigen Fingern die Haustür öffnete. Sie zog zuerst die Kapuze, dann die Mütze vom Kopf und schüttelte ihre triefend nassen schwarzen Haare. Die Arzthelferin hastete als Erste die Treppe hoch. Die junge Anwaltsgehilfin hatte Mühe, ihr zu folgen.

Elins Mutter steckte einen Schlüssel mit grüner Ummantelung aus ihrem Schlüsselbund ins Schloss, der dem der Eingangstür ähnelte. Ein eigenartiger Geruch drängte sich auf, der ihr schon beim Betreten des Flures unangenehm aufgefallen war. Hanna schnüffelte und schüttelte den Kopf. »Riechst du das?« Rieka nickte und sah sie durch rehbraune mandelförmige Augen fragend an. »Ekelig«, murmelte Elins Mutter und öffnete die Tür. »Oh nein«, schnaubte sie und hielt die Hand über Mund und Nase. Jetzt hoffte sie selbst, dass ihre Tochter sich bei einem Mann aufhielt und nicht in dieser muffelnden Wohnung.

Rieka Ludwig drängte sich hinter Elins Mutter, als diese mit vorgehaltener Hand eintrat. Ein strenger, Brechreiz auslösender Geruch und unerwartete Hitze waberte ihnen entgegen. »Was stinkt hier so?«, wollte Hanna wissen und betätigte den Lichtschalter im Flur. Wider Erwarten blieb es dunkel. »Warum brennt die Lampe nicht? Mann, Elin.« Die Arzthelferin warf der jungen Frau einen fragenden Blick zu. Die Treppenhausbeleuchtung ließ nur spärliches Licht in die Wohnung. »Wir müssen sofort sämtliche Fenster aufreißen. Lass uns bloß die Tür zumachen«, murmelte Rieka, zog den Kragen des Hoodies über ihren Schmollmund und spurtete in die Küche, die der Eingangstür am nächsten lag. Sie tastete sich im Dunkeln durch den Raum, zückte ihr Handy und stellte die integrierte Taschenlampe an. Auf der Fensterbank stapelten sich unzählige Teepackungen, die sie mit einer Handbewegung auf den kleinformatigen Kieferntisch fegte, um frische Luft reinzulassen. Sie hielt den Atem an und riss das Fenster in der Küche weit auf. Entfernt blitzte und grollte es immer noch. Der Regen fiel nach wie vor bindfadenartig vom Himmel, und man hörte selbst von hier oben, wie das Wasser durch die Regenrinne rauschte. Feuchtwarme Luft flutete den Raum, und Rieka atmete erleichtert auf. Alles besser als der Gestank hier drinnen. Hanna bewegte sich mit einer Hand an der Wand entlang ins Wohnzimmer und suchte nach dem Lichtschalter. Sie berührte ihn, doch selbst hier keinerlei Reaktion. Die Birne kann nicht auch noch kaputt sein, überlegte sie. »Die Sicherung. Die ist sicher bei dem Gewitter rausgesprungen«, vermutete sie. »Aber dieser Mief. Was stimmt hier nicht?«, fragte sie an Rieka gerichtet, die nach ihr den Raum betrat. »Diese elende Wärme und der fiese Geruch. Irgendwo gammelt hier was ganz übel vor sich hin. Warum ist hier so eine Bullenhitze? Wo verdammt ist Elin?«

Im Licht der Taschenlampe erkannte Hanna auf dem Sofa im Wohnzimmer eine zerknüllte Wolldecke. Auf dem Tisch ungeordnete Zeitschriften und heruntergelassene Jalousien vor dem Fenster. Das erklärt nicht den fiesen Geruch, überlegte die Arzthelferin. »Die Heizung läuft Volldampf«, sagte Rieka und fasste mit einer Hand gegen den Heizkörper. Sie drehte den Regler herunter. »Wir haben Sommer. Das ist nicht normal! Haben die hier keine Absenkung?« Elins Mutter zuckte die Schultern und guckte die Freundin ihrer Tochter fassungslos an. Sie hatte das Gefühl, jemand würgte sie.

»Das einzige Zimmer, was übrig bleibt, ist ihr Schlafzimmer. Ich hoffe nicht, dass sie dort mit 'nem Kerl im Bett liegt und poppt«, flüsterte Rieka und presste die Lippen zusammen. »Bei dem Gestank? Das kann ich mir beim besten Willen nicht vorstellen. Vielleicht sind hier irgendwo tote Mäuse oder Ratten in einem Abfluss unter der Küchenzeile und stinken vor sich hin. Hab ich bei einer Freundin in Hamburg erlebt. Die hatten jede Woche den Kammerjäger. Ich denke, sie ist wirklich nur geflüchtet. Das kann man ja nicht aushalten. Aber warum geht sie nicht ans Telefon?«, wollte Elins Mutter wissen, bewegte sich durch das dunkle Wohnzimmer und öffnete die Balkontür. »Und lässt die Heizung auf vollen Touren laufen? Niemals.« Hanna trat auf den Balkon, sog gierig die Nachtluft in ihre Lungen. Es regnete immer noch. Das Gewitter zog langsam weiter.

Rieka schlich zurück in den Flur und entdeckte auf dem Boden dunkle Flecken. Sie bückte sich. »Verdammt, was ist das?« Sie roch daran und zuckte die Achseln. »Rotwein auf jeden Fall nicht. Es riecht nach Metall.« In ihr breitete sich ein mulmiges Gefühl aus. Ihr Puls fing an zu rasen. Hier stimmt was nicht, stellte sie fest und wollte endlich wissen, was in dieser Wohnung vor sich ging. Leise klopfte sie an die Schlafzimmertür, legte den Kopf gegen das Holz und lauschte. Sie hörte ihr eigenes Herz laut schlagen. Sie war die Letzte, die Elin beim Sex mit einem Kerl überraschen wollte. Und sie hatte mittlerweile das fürchterliche Gefühl, dass sie dort nicht mit einem Mann lag. In ihrem Kopf hämmerte es. Mit zitternden Fingern öffnete sie die Tür einen Spalt und presste reflexartig den Arm über Mund und Nase. Sie würgte, drehte sich um und übergab sich. Rieka zitterte am ganzen Körper, stand wie erstarrt im Flur. Dann nahm sie allen Mut zusammen, hielt das Handy in die Höhe und leuchtete den finsteren Raum aus.

KAPITEL 2

In der Polizeidienststelle der Mordkommission Oldenburg, im Norden Schleswig-Holsteins, verhielt es sich ruhig in dieser Nacht. Es gab keine Vorkommnisse. Drei Kollegen des Teams saßen an ihren Schreibtischen, arbeiteten Aktenberge durch, zwei weitere in der Küche tranken Kaffee und unterhielten sich angeregt. Das Mobiltelefon von Kommissar Arno Jensen klingelte. Er saß an seinem Arbeitsplatz und nahm das Gespräch entgegen. »Polizeidienststelle Oldenburg, Jensen.«

Der aus Lübeck stammende 42-jährige Oberkommissar hörte konzentriert zu, wurde aschfahl und schluckte, als säße ihm ein Frosch in der Kehle. Mit zügigen Bewegungen schrieb er etwas auf einen Zettel und beendete das Telefonat. Er stand auf. »Wir müssen nach Hohwacht, sie haben eine Leiche entdeckt«, sagte der blonde Hüne zum Kollegen und nickte. Jensens Gesicht wirkte wie versteinert, als er Sekunden später wählte. »Jo, Moin, Dirk. Ihr müsst kommen. So wie es sich anhörte, wurde eine junge Frau tot aufgefunden, sieht nach Mord aus!«

*

Als Rieka Ludwig auf das zerwühlte Bett im Schlafzimmer starrte, drehte sich ihr der Magen ein zweites Mal um. Ihre Lippen bebten, sie presste die Hand vor den Mund, und ihr Blick verschwamm. Sie taumelte, krallte sich am Türrahmen fest, schrie, würgte und übergab sich ein weiteres Mal.

Hanna fuhr zusammen und stürzte in den Flur. Als sie Rieka kreidebleich gegen die Wand gelehnt sah und das Erbrochene auf dem Boden entdeckte, wusste sie, dass etwas Furchtbares passiert sein musste. Ihr wurde schwindelig und speiübel. Der eiserne Ring, den sie die ganze Zeit um ihrem Brustkorb gespürt hatte, zog sich zu und nahm ihr die Luft. Sie hatte auf einmal das Gefühl zu ersticken und wurde leichenblass. Die 46-Jährige traute sich nicht, sich zu bewegen, und blieb wie versteinert vor der Freundin stehen. Als sie sie zitternd schreien und schluchzen sah, taumelte sie mit bleiernen Schritten an ihr vorbei. Hanna krallte sich mit einer Hand am Türrahmen fest. Ihr Blick fiel ins Schlafzimmer. Es war stockdunkel. Sie erkannte … nichts. Nur der Geruch ließ auch sie würgen. Rieka hielt ihr das Handy entgegen. Sie war nicht in der Lage zu sprechen. Elins Mutter schluckte, bewegte das Telefon und leuchtete in den Raum. Der Schein der Handleuchte glitt durchs Zimmer. Schemenhaft nahm sie wahr, dass jemand auf dem Bett lag. Sie fokussierte ihren Blick, entdeckte verschwommen Umrisse. Sie wusste, wer dort lag. Mit rasendem Puls schlich sie ins Schlafzimmer. Hanna fröstelte. Ihre Lippen bebten. Das Licht flackerte und machte es ihr unmöglich, die Lage einzuschätzen. Dann hielt sie die

Leuchte mit beiden Händen und ließ den Lichtkegel auf die Person fallen, die dort lag. Alles um sie herum drehte sich. Sie taumelte und sank direkt vor dem Bett auf die Knie. Das Handy fiel zu Boden. Der Strahl der Lampe streckte sich zur Decke. Die Szenerie wirkte unwirklich. Sie merkte, dass lange dunkle Haare von der Bettkante hingen. Hanna hob ihren Kopf und strich der jungen Frau auf dem Bett eine Haarsträhne von der Wange. Ihre Tochter lag mit geweiteten Augen da, den leeren Blick reglos gegen die Decke gerichtet. Die 46-Jährige nahm Elins Hand, legte sie auf ihre bleiche Haut, dann schrie sie.

Riekas Schultern zuckten, als sie Hannas Schrei hörte. Sie kauerte im Flur auf dem Boden und versuchte zu begreifen, was passiert war. Ihr eigenes Schluchzen verebbte. Sie schniefte, wischte aus der Nase laufenden Rotz am Ärmel ihres Hoodies ab. Langsam schob sie sich an der Wand hoch, bis sie auf wackeligen Füßen stand, und wankte ins Schlafzimmer. Die Anwaltsgehilfin wagte nicht zu atmen. Sie hatte keine Wahl, sie musste Hanna beistehen. Ihre Blicke gingen zum Bett, blieben auf der Leiche haften. Rieka betrachtete den Körper ihrer besten Freundin. Ihr Augenmerk wanderte durch den Raum, während deren Mutter wie erstarrt am Boden kauerte und die Hand der Toten hielt. Sie vermied es, ihr ins Gesicht zu sehen und bemerkte unnatürliche Spritzer an der Wand. Ihr war klar, dass es sich um Blut handelte, das gesprenkelte merkwürdige Muster auf der schneeweißen Raufasertapete und dem Teppichboden hinterlassen hatte. Jetzt wusste sie auch, was für Flecken sie auf dem Flur entdeckt hatte. Ihre Nackenhaare stellten sich auf, ihr war grottenschlecht. Rieka suchte Hannas Blick, die apathisch vor dem Bett hockte und liebevoll die Hand ihrer toten Tochter streichelte. Die 25-Jährige wischte sich die Tränen aus den Augen und wankte zu ihr.

Sie griff nach ihrem Arm, wollte sie hochziehen und aus dem Zimmer bringen. »Neiiiin«, schrie Hanna und riss sich los. »Ich bleibe bei ihr. Ich kann sie nicht alleine lassen«, schluchzte sie und wurde von einem Weinkrampf geschüttelt. Nie vorher hatte Rieka so viel Schmerz empfunden wie in diesem Augenblick. Ihr war hundeelend. »Ich kann nicht …!«, krächzte Hanna. »Warum war ich nicht hier, als sie mich am meisten brauchte?« Rieka wusste, dass es nicht lange dauern würde, bis sie völlig zusammenbrach. »Komm raus hier. Wir können ihr nicht mehr helfen. Hanna, bitte, ich bring dich jetzt aus dieser Wohnung. Wir müssen die Polizei rufen«, flüsterte sie. Sie betrachtete die auf dem Boden kauernde Frau und zog sie erneut an den Armen hoch. »Komm … bitte … du kannst nichts mehr für sie tun.« Rieka ließ nicht nach und zerrte Hanna hinter sich her. Dann wankte sie zurück ins Schlafzimmer, hob das Handy vom Boden und wählte den Notruf. Sie schniefte, dann sprach sie mit einem Polizeibeamten. »Ich habe die Polizei gerufen«, flüsterte sie, als sie sich im Flur wiederfand. Sie öffnete die Haustür und drängte die Mutter aus der Wohnung. Hanna schluchzte ununterbrochen, ihre Knie knickten immer wieder ein. Elins Freundin hielt sie. »Wer hat das getan? Sie hat doch niemandem etwas Böses angetan. Elin …« Der Schrei hallte durchs Haus, dann brach sie in Riekas Armen zusammen.

Im Treppenhaus öffneten sich Türen. Nachbarn, die sich in ihrer Nachtruhe gestört sahen, standen im hell erleuchteten Hausflur. Eine etwa 70 Jahre alte Frau aus dem Erdgeschoss schlurfte die Stufen hoch. Sie zurrte den Gürtel ihres Bademantels enger um die Taille. Am Haaransatz klebte ein aufgerollter grüner Haftwickler. Im ersten Stock pausierte die spillerige Frau, hielt sich schnaufend am Geländer fest. Sie wandte sich an das Pärchen, das direkt über ihr wohnte und ebenfalls in der offenen Tür stand. »Was ist hier los? Dieser Lärm mitten in der Nacht. Und wie das hier stinkt.« Ihr verächtlicher Blick wanderte durchs Treppenhaus. »Ich hab diesen Mief schon heute Morgen beim Putzen gerochen. Der kommt von oben. Ich hab's mir gleich gedacht.« Sie deutete in die obere Etage. »Ich hab ja immer gesagt, dass *die* noch mal Ärger macht. Jeden Abend laute Musik und dauernd fremde Kerle, ich sag's Ihnen. Der ist was passiert.« Das Pärchen Anfang 30, das ihr leicht bekleidet gegenüberstand, beäugte sie. Der Mann ordnete seine dunklen Locken und antwortete: »Gehen Sie zu Bett. Was wissen Sie denn …? Vielleicht ist sie gestürzt und braucht Hilfe. Schlafenszeit, Omchen.«

»Also hören Sie mal … bodenlose Frechheit. Da macht man sich Gedanken um seine Mitmenschen und Sie … Sie … ist doch überall das Gleiche«, quäkte die Grauhaarige und stiemte laut bölkend die Stufen wieder runter. »Sodom und Gomorra«, keifte sie, als ihre Tür knallend ins Schloss fiel. »Ich gehe da jetzt rauf, vielleicht braucht wirklich jemand Hilfe.« Der 32-Jährige spurtete barfuß, in Shorts und Shirt, die Marmorstufen in die zweite Etage hoch. Fassungslos blieb er stehen, sah die Mutter seiner Nachbarin reglos, mit dem Kopf auf Riekas Oberschenkel, am Boden liegen. Er kannte die Frauen. Sie waren des Öfteren im Haus. Die jüngere von beiden schluchzte, hielt die Hand der anderen. Björn Lehmann schluckte und verkniff sich das Atmen. Ihm wurde übel, als der aus der Wohnung drängende Geruch in seine Nase zog. Er presste den Arm vor seinen Mund. Der Gestank erinnerte an Eisen, an einen Schlachthof. Das ist Leichengeruch, stellte er mit weit aufgerissenen Augen fassungslos fest. Sein Blick schweifte über die Frauen. An Kleidung und Händen beider entdeckte er Blutanhaftungen. Das hatte er nicht erwartet. Jetzt wusste er, dass der

Geruch, der sich seit gestern im Treppenhaus ausbreitete, aus dem Apartment stammte. Die Bewohnerin eine Tür weiter befand sich im Urlaub. »Kann ich helfen? Sie brauchen einen Arzt.« Bestürzt lehnte er sich über das Treppengeländer. »Bettina, ruf einen Krankenwagen, hier ist jemand verwundet.« Seine Stimme klang rau. Rieka schüttelte den Kopf. »Wir sind nicht verletzt. Ich hab die Polizei gerufen … meine Freundin … irgendjemand hat Elin umgebracht«, schrie sie, ließ Hannas Finger los und schlug ihre Hände vors Gesicht. »Sie ist tot«, schluchzte sie. Björn Lehmann sah die Frauen entgeistert an und drängte an ihnen vorbei in die Wohnung. Er konnte im Licht des Treppenhauses nur bedingt sehen und stürzte mit vorgehaltener Hand zur offenen Schlafzimmertür. Bewegungslos verharrte er im Türrahmen. Als er das Drama erkannte, würgte er und verließ panisch den Tatort.

*

Eine Stunde später hatte das Gewitter sich verzogen. Die Polizeibeamten aus Oldenburg hatten die knapp halbstündige Fahrt schweigend in Westermanns Dienstwagen verbracht. Die Luft war warm, aber bei Weitem nicht mehr tropisch. Der Erste Hauptkommissar und Leiter der Oldenburger Dienststelle traf mit seinem Kollegen Thomas Hartwig am Tatort in Hohwacht ein. Sie parkten ihren Wagen direkt vor dem Eingang des Mehrfamilienhauses. Er stieg aus und blies den Rauch seiner Pfeife in den Himmel. Entschlossen schob der attraktive Polizeibeamte sie in den Mundwinkel, als er einen hochgewachsenen Polizisten vor der Tür wahrnahm. Er ordnete seine nackenlangen weißen Haare und reichte dem Mann als Erster die Hand. »Moin.«

»Na, wie sieht's aus?«, fragte er den fassungslos und bleich wirkenden Beamten, der mit der Mütze in der Hand dastand. Thomas Hartwig begrüßte ihn ebenfalls. »Wie soll's aussehen. Da drinnen ist ein fürchterliches Massaker passiert. Ich krieg das Bild nicht mehr aus dem Schädel. Das müsst ihr euch selbst ansehen«, schluckte er.

»Dann lasst uns reingehen«, entgegnete Westermann und bewegte sich auf den Eingang zu. Der Polizeibeamte aus Hohwacht schüttelte den Kopf. Er sträubte sich, den Männern zurück in die Wohnung zu folgen. »Ne, das macht mal alleine. Eure Leute sind schon da. Ich geh da sicher nicht mehr rein.« Der Erste Hauptkommissar staunte über die Anwandlungen des Kollegen mittleren Alters.

»Na, dann wollen wir mal«, erklärte er, klopfte die Pfeife am Mauerwerk aus und betrat den Hausflur. Er sah sich um, registrierte das gepflegt wirkende Treppenhaus und zog irritiert die Tabakspfeife aus dem Mund. Am oberen Ende der Treppe bemerkte er einen Blumentopf mit Geranien. Der Leiter der Mordkommission nahm sofort den Geruch wahr. Es war die penetrante Ausdünstung des Todes. »Riechst du das auch?«, fragte er Hartwig. »Nicht gut«, murmelte der, ließ seinen Partner an sich vorbeiziehen. Angewidert presste er seine Hand vor Mund und Nase, als sich eine Tür neben ihm öffnete. Der jüngere der beiden Polizeibeamten blieb stehen.

»Wenn Sie *mich* fragen, das war ein wildes Luder ...«, krächzte die dünne Frau mit dem Lockenwickler im Haar wichtig. Hartwig beachtete sie nicht weiter, folgte dem Kollegen ins obere Stockwerk. Sie wollten sich später mit den Bewohnern des Hauses unterhalten. Schnaubend schlug die Frau ein weiteres Mal in dieser Nacht die Tür zu. »Übel«, knurrte der jüngere dunkelhaarige Kommissar, als sie den ersten Stock erreichten und der Geruch intensiver wurde.

Je näher sie an den Tatort gerieten, umso mehr verzog er das Gesicht.

»Watson hätte das schon im Auto gerochen«, brummte er. Der tschechoslowakische Wolfhund, der zum Team der beiden gehört hatte, war seit der Katastrophe am Sund nicht mehr bei ihnen. Eine Explosion hatte den Hund offensichtlich getötet, den Kommissar, der in Lütjenbrode lebte, seitdem verändert. Sein Vorgesetzter ignorierte Hartwigs Worte und nahm die letzten Stufen zum zweiten Stock. »Endstation«, sagte er und blieb vor der weit geöffneten Tür stehen, die sich unter dem Dach befand. Hier gab es zwei Wohnungen, und es schien klar, welche von beiden der Tatort war.

Die Tür der Dachgeschosswohnung stand offen. Westermann rief dem Kollegen, der sich vor der Haustür postiert hatte, zu: »Macht mal sämtliche Türen und Fenster auf, sonst drehen die Mieter im Haus durch.« Er streifte mit seinem Teamkollegen Schutzkleidung über. »Brauchst du Pfefferminz?«, fragte der Leiter der Mordkommission seinen jüngeren Kollegen, weil er wusste, dass der immer kurz davor war, sich zu übergeben, und reichte ihm eine Dose. Hartwig schüttelte den Kopf. »Passt schon.« Sie betraten die Wohnung. Der Flur war ausgeleuchtet und Blutspritzer an Wänden und Boden sichtbar. Ein eindeutiger Geruch zog durch die Räume. Die Beamten der KT waren vor Ort. Ohne dass Genaueres mitgeteilt worden war, ahnten sie, dass hier Schreckliches auf sie wartete. »Spuren?«, fragte Westermann, als er den Leiter der KT, Nils Henning, im Flur entdeckte.

»Jede Menge Fingerabdrücke, Blutanhaftungen und sehr wahrscheinlich DNA-Spuren«, entgegnete der Kriminaltechniker.

Die Temperaturen im Apartment glichen einer Sauna. »Was ist hier los?«, fragte Westermann und guckte den Kollegen irritiert an. »Heizung lief auf Volldampf. Die Zeugin hat die Heizkörper schon runtergedreht, bevor wir kamen. Sieht nicht gut aus«, sagte der Bär von einem Mann und schüttelte den Kopf. »Der Medizinmann ist im Schlafzimmer. Ach ja, die Mutter und eine Freundin sind bei Nachbarn ein Stockwerk tiefer untergebracht. Werden ärztlich betreut.« Der Leiter der Mordkommission nickte und trat ins Zimmer. »Ich gehe und guck, ob ich aus den Frauen was rauskrieg«, knurrte Hartwig. Er wollte sich eher mit den Zeugen unterhalten, als länger an diesem Ort auszuharren. Ohne ein weiteres Wort entfernte er sich, trabte mit wenigen Hechtsprüngen die Stufen runter und klopfte.

Der Hauptkommissar räusperte sich, als er den Rechtsmediziner entdeckte, der sich im weißen Schutzanzug über die Leiche beugte. Sebastian Floor hob den Kopf. »Moin, Westermann. Sieht übel aus«, sagte er und verzog das Gesicht, um sich anschließend wieder seiner Arbeit zuzuwenden. »Der Fundort ist nicht der Tatort. Die Spur verläuft, wie es aussieht, vom Wohnzimmer über den Flur bis hierher. Er hat sie gewürgt, ihr Zungenbein ist gebrochen. Ob sie da schon tot war, muss ich erst rausfinden!« Floor deutete auf die Würgemale am Hals, ohne den Kopf zu heben. »Zusätzlich ist der Täter mit einer etwa 20 Zentimeter langen Klinge auf sie losgegangen. Ich hab mehr als 60 Einstiche gezählt. Er hat auf sie eingestochen, bis er sich abreagiert hatte. Da hatte jemand unglaublichen Hass. Klare Übertötung. Wie viele der Stiche post mortem zugefügt wurden und welche tödlich gewesen sein könnten, ist noch zu klären. Aufgrund der unverhältnismäßigen Menge an Blutspuren kann ich bisher kein eindeutiges Bild abgeben. Auf jeden Fall gibt es hier auf dem Bett weniger Anhaftungen als auf dem Fußboden und dem Rest der Wohnung. Scheint, dass sie tot war, als er sie aufs Bett gelegt und weiter auf sie eingestochen hat. Obendrein weist sie eine Schädelfraktur auf.« Der Rechtsmediziner zuckte die Schultern und zeigte dem Kollegen die klaffende Wunde am Hinterkopf. »Das hier war eine ganz miese Nummer. Meiner Meinung nach habt ihr es mit einem Irren zu tun«, murmelte er, sah Westermann aus braunen Augen an und strich seinen Ziegenbart.

Der sportlich schlanke Mediziner trat zur Seite. Der Leiter der Mordkommission betrachtete die Tote. Ihm wurde das Ausmaß der Tat deutlich. Vor ihm auf dem Bett lag die fast nackte, entsetzlich zugerichtete Leiche einer jungen Frau. Er schätzte sie auf Mitte 20. Ihre ebenholzschwarzen, hüftlangen Haare fielen über die Bettkante. Westermann trat näher an die Tote und beugte sich über sie. Ihre stahlblauen Augen starrten zur Decke. Wangen und Lippen erschienen blutleer. Die Leichenflecken waren abgesackt, und die Verwesung hatte spürbar eingesetzt. Der Erste Hauptkommissar seufzte. Er hatte trotz sämtlicher Todesanzeichen selten eine so bildhübsche Frau gesehen. Dann nahm er die Sommersprossen wahr, die sich auf ihrer bleichen Nase abzeichneten. »Du sagst Täter? Gibt es dafür eindeutige Beweise?«

Floor nickte. »Ja, wenn du dir ihren Unterleib ansiehst. Wir haben Proben entnommen. Sie wurde penetriert. Ob vor oder nach ihrem Tod wird sich zeigen.« Westermanns Blick wanderte über ihren entstellten Körper. »Die Tote ist, wie du sehen kannst, fast völlig entkleidet, was auf ein Sexualdelikt hinweist.« Er deutete auf das weiße Top, das hochgeschoben kleine feste Brüste entblößte, die genau wie Bauch, Arme und Beine, unzählige Stichwunden aufwiesen. »Wie lange?«

»Wie lange sie tot ist? Ich schätze 20 bis 24 Stunden. Die Leichenstarre hat sich bereits wieder gelöst, die Totenflecken sind trotz Umlagerung sichtbar.« Floor zeigte auf das gelagerte Blut im unteren Teil des Körpers und drückte in die Haut. »Schwierig, sie mit dem Finger wegzudrücken. Allerdings ist die Umgebungstemperatur extrem hoch, was darauf hinweist, dass der Vorgang beschleunigt wurde. Wer auch immer das hier angerichtet hat, hat anscheinend sämtliche Heizkörper aufgedreht und gehofft, dass er so Spuren beseitigen kann. Und … er ist nicht in ihr, sondern auf ihr gekommen. Könnte bedeuten, dass er, als er sie penetrieren wollte, keinen hochgekriegt hat, ihn aber die Tötung an sich dermaßen erregt hat, dass er später ejakulierte.«

Westermann nickte. »Du sagtest, er hätte sie penetriert? Das verstehe ich nicht ganz.«

»Ich sagte, sie *wurde* penetriert. Könnte bedeuten, dass er sie mit Gegenständen …«

Westermann holte tief Luft. Es war für den Moment genug. Er wechselte das Thema. »Ich wundere mich, dass die Heizung läuft. Normalerweise sind die Thermen auf Sommerbetrieb geschaltet, oder nicht?«

»Eventuell hat jemand an der Haupttherme rumgefummelt. Das müsst ihr rausfinden. Dazu habt ihr euren Brummbären«, murmelte Floor, zuckte die Achseln und deutete nickend auf den Flur, während er sich zum wiederholten Mal den Bart kraulte und wie ein Igel die Nase kräuselte. Es schien eine Macke zu sein, die Westermann schon des Öfteren aufgefallen war. »Ja, Nils wird das untersucht haben.«

»Ich muss weitere Untersuchungen vornehmen, bis ich euch Detailliertes sagen kann, so viel ist sicher. Du kriegst Info, wenn ich sie in der Rechtsmedizin habe. Die Reihenfolge der Angriffe ist mir noch ein Rätsel. Der hat eine Reihe von Tötungsarten zelebriert, das macht die Sache nicht einfacher«, endete er seine erste Beurteilung. Der Hauptkommissar warf einen kurzen Blick auf die Hände der Toten, die seltsam verrenkt über ihrem Kopf angeordnet lagen, und nickte. »Was ist mit den abgebrochenen Fingernägeln?«

»Die zeigen deutlich, wie sie sich gewehrt hat«, murmelte Floor und krauste die Nase. »Die sind zum Teil bis auf die Nagelhaut runtergerissen. Unter einigen könnten sich, wenn wir Glück haben, DNA-Spuren finden lassen. Aber das braucht Zeit«, entgegnete er und guckte den Leiter der Mordkommission von der Seite an. »Wie gesagt, da hat jemand enorme Wut im Bauch gehabt. Sie hat sich anscheinend heftig gewehrt«, sagte der Rechtsmediziner. »Das war brutal! Ich nehme an, er hat sie durch die ganze Wohnung gejagt, und irgendwo auf dem Weg hierher ist sie zu Tode gekommen. Könnte übrigens ein Küchenmesser gewesen sein, mit dem er sie getötet hat. Die Kollegen haben erwähnt, es fehle eines in einem Messerblock. Von der Größe her könnte es das Tatwerkzeug sein.«

»Haben Sie die Waffe?«, fragte Westermann. Floor schüttelte den Kopf. »Bislang nicht. Auf jeden Fall hat sie versucht, die Klinge abzuwehren. Das siehst du an den Abwehrspuren. Es hat ein dynamisches Kampfgeschehen gegeben«, bemerkte er. Der Hauptkommissar nickte. »Folgende Hypothese wäre möglich: Der Täter hat nicht mit dem Vorsatz der Tötung gehandelt. Das Zusammentreffen beider Parteien ist eskaliert. Die Waffe scheint dabei aus diesem Apartment zu kommen«, murmelte Floor und zuckte erneut die Schultern. »Bisher alles nur vage Vermutungen. Jetzt ist es an euch rauszufinden, was wirklich hier passiert ist. Ich sage euch bis morgen Abend auf jeden Fall, wie die Tötung abgelaufen ist. Bis dahin …«

»Alles ziemlich undurchsichtig«, sagte Westermann. Floor nickte. »Weil hier heilloses Durcheinander herrscht, das bisher keine Handlungsweise erkennen lässt. Stellen wir die Hypothese auf, dass der Täter nicht gezielt an die Sache rangegangen ist. Er wusste nicht, was er tat, hat wie im Rausch gehandelt. Wir müssen in Betracht ziehen, dass es so nicht ablaufen sollte. Blutlachen sowie Blutspritzer deuten auf einen Kampf hin. Im Eingangsbereich sind deutliche Anhaftungen und blutige Handabdrücke, die zur Toten gehören. Vielleicht aber auch zum Täter, wenn sie ihn verletzt hat. Die Auswertungen und Muster werden den Ablauf zeigen. Du weißt ja, dass beim Interpretieren der Blutspuren chemische und physikalische Gesetzmäßigkeiten berücksichtigt werden müssen. Wenn der Blutspurenexperte mit seiner Analyse fertig ist, wissen wir mehr. Ich denke, er hat sie dann auf dem Boden in diesem Raum überwältigt und versucht, sie zu vergewaltigen.«

»Versucht? Was bedeutet das?«

»Dass er unter Umständen keinen hochgekriegt hat. Ejakulat haben wir bisher nur außerhalb ihres Körpers gefunden. Das könnte meiner Annahme nach seinen Hass geschürt haben. Es war vielleicht der Todeskampf, der ihn getriggert hat. Er hat eventuell nicht rational, sondern überreizt reagiert.«

Westermann sah Floor fassungslos an. In seinem Kopf spielte sich in diesem Augenblick das Szenario des Tatablaufes ab, und er hörte, wie sie schrie. »Dass er nicht zum Zug kam, wäre auf jeden Fall ein mögliches Motiv.«

Der Erste Hauptkommissar schluckte, schüttelte sich und verließ den Raum. Er hatte vorerst genug gehört … und gesehen. Mit zugeschnürter Kehle bewegte er sich auf das Wohnzimmer zu.

Eine Anzahl von Strahlern der Kriminaltechnik spendete ausreichend Licht, um die Ausmaße des Verbrechens aufzuzeigen. Westermann sah das Zimmer einer Studentin. Ein rotes Sofa an der Wand, zwei Sessel aus den 70ern, eine zerknüllte Wolldecke, eine Vielzahl von Zeitschriften und Büchern. An der gegenüberliegenden Wand ein in die Jahre gekommener Schreibtisch, auf dem Platz für einen Computer oder Laptop vorhanden war. Er registrierte, dass dort nichts dergleichen stand. Hat die KT wohl schon eingetütet, dachte er und wandte sich den unzähligen Lehrbüchern zu, die verstreut auf dem Boden und in Regalen lagen. Westermann nahm eines von ihnen in die Hand … Biochemie … sie studiert. Dann wurde er in seinen Gedanken unterbrochen. Nils Henning, den sie auch Wikinger nannten, weil er durch seinen Körperbau, die blauen Augen und den Vollbart wie einer aussah, der aus dem hohen Norden kam, tippte ihm auf die Schulter. »Wer immer das getan hat, hat sie hier in diesem Zimmer überrascht und das erste Mal angegriffen. Wenn du genau hinguckst, erkennst du Erde auf dem Boden. Die Pflanze stand jedoch wieder auf dem Sideboard neben dem Fernseher. Der Täter hat, wie es aussieht, keine großen Anstalten unternommen, um seine Spuren zu verwischen. Das wirkt dilettantisch. Wir haben jede Menge Fingerabdrücke gefunden. Ob sie allerdings alle vom Täter sind, wird sich zeigen. Er könnte sich seiner Sache ziemlich sicher gewesen sein. Aber auch das ist nur eine Vermutung. Der Kerl hat sich im Übrigen mehrfach an ihr vergangen, Gegenstände benutzt und diese äußerst brutal eingeführt. Wann das passiert ist, kann ich dir nicht sagen. Wir bringen die Gegenstände in die Rechtsmedizin und schauen, von wem das Blut ist.« Er deutete auf ein paar Flaschen. »Das ist dann Sache der Rechtsmedizin.« Nils Henning stand wie ein Grizzly in weißem Schutzanzug vor ihm und schnaubte, als er die Glasflaschen in Klarsichttüten fallen ließ. Westermann merkte, dass der Brustkorb des muskulösen Ermittlers sich heftig hob und senkte, sein Blick sich verfinsterte. »Ich muss rational bleiben, aber wenn das meine Tochter wäre … der Scheißkerl würde nicht mehr aufstehen, das schwöre ich dir.« Hennings Stimme klang beunruhigend tief und gefährlich leise, als er sich mit der Faust gegen die Brust schlug. »Das ist ein ganz abgewichstes Arschloch. Obendrein hat augenscheinlich der Täter sämtliche Sicherungen rausgedreht. Wir haben sie in einer Schublade in der Küche gefunden. Hat er fein säuberlich abgewischt. Wir mussten uns erst mal mit Taschenlampen einen Weg bahnen.« Westermann nickte, beobachtete den breitschultrigen Mann, der sich den Vollbart kratzte und dessen finsterer Blick Angst einflößte. Der Leiter der Mordkommission verstand, warum einige Kollegen immense Wut in sich trugen, wenn sie an einem Mordfall wie diesem arbeiteten. Er hatte erlebt, wie oft er an seine eigenen Grenzen geriet. Er schüttelte den Kopf. Westermann rückte seine Brille zurecht und warf dem Kriminaltechniker einen fragenden Blick zu. »Wir finden raus, warum er das getan hat und wer hinter diesem Tötungsdelikt steckt, versprochen. Dann haben wir auch geklärt, seit wann der Strom weg war und auch, wann die Heizung angestellt wurde.«

»Wenn der Strom ausgeschaltet war, wie konnte dann die Heizung laufen?«

»Anderer Stromkreis. Das läuft separat. Die Anlage ist wahrscheinlich im Keller und manipuliert worden … überprüfen wir.« Der Erste Hauptkommissar nickte, verließ den Raum, dann das Apartment. Im Treppenhaus blieb er stehen, entzündete die Pfeife und zog gierig daran. Mit versteinerter Mimik reflektierte er die letzte halbe Stunde. Er brauchte ein paar Minuten, um das Erlebte sacken zu lassen. Die Fenster im gesamten Hausflur waren weit geöffnet. Frische Luft flutete das Haus. Als die Tabakspfeife erlosch, lief er die Stufen runter. Die Tür, in dessen Wohnung er wollte, war angelehnt. Er trat ins Wohnzimmer.

Vier Augenpaare waren auf den eintretenden Kommissar gerichtet. Die jüngste muss die Freundin sein, überlegte er und betrachtete die tieftraurigen dunklen Augen, die ihn beschwörend ansahen. Die etwas ältere Frau, die neben ihr auf dem Sofa kauerte, erweckte einen verstörten Eindruck. Sie stierte in seine Richtung, aber es hatte den Anschein, als würde sie ihn überhaupt nicht wahrnehmen. Bei Dirk Westermann richteten sich die Nackenhaare auf. Er hatte sich bis heute nicht an die Qualen gewöhnt, die ein Mordfall in den Opfern auslöste. Und es machte ihn wütend, wenn den Tätern weit mehr Interesse entgegengebracht wurde als den Leidtragenden.

Auf dem Sofa saß ein junges, dürftig bekleidetes Pärchen. Er vermutete, dass es sich um die Nachbarn handelte. Die Frau mit den blonden langen Haaren wirkte blass, aber gefasst. Er hingegen machte einen erschütterten Eindruck. Das ließ darauf schließen, dass sie das Opfer nicht in dem fürchterlichen Zustand zu Gesicht bekommen hatte, er sehr wohl. »Westermann, Mordkommission Oldenburg. Ich ermittle mit dem Kollegen in diesem Fall.« Er hielt sich zurück und ließ Hartwig die Befragung zu Ende führen.

»Wir haben uns wirklich Sorgen gemacht. Und jetzt ist sie tot«, weinte Rieka Ludwig. »Wer macht so was?«, flüsterte sie und schniefte. Die zierliche Nachbarin, die stumm auf dem Sofa saß, versuchte umständlich, das durchsichtige Shirt enger um ihren Körper zu schlingen. Hartwig schüttelte seine dunklen nackenlangen Haare und antwortete: »Das wissen wir nicht, aber wir werden alles daran setzen, denjenigen zu finden, der ihr das angetan hat. War das die feste Wohnung Ihrer Freundin?« Rieka nickte. »Ja, sie wohnt seit vier Jahren in Hohwacht. Sie wissen doch, wie das zurzeit ist. Studentenwohnungen sind kaum bezahlbar und hier …«, sie deutete um sich, »dieses Apartment war ein Glücksfall. Auch wenn sie länger als 'ne halbe Stunde fahren musste.«

»Hm, wo wohnen Sie?«, fragte er weiter.

»Ist das wichtig?«

»Ja, alles, was zum Täter führen könnte, ist wichtig.«

»Ich wohne in Oldenburg. Ist 'ne knappe halbe Stunde von hier.«

Hartwig nickte. »Und sie? Wo wohnt sie?« Er warf einen Blick auf die Mutter der Toten, die geistesabwesend neben ihr saß und zu keinem Gespräch fähig schien. »Der Notarzt ist auf dem Weg«, flüsterte er. Die Ähnlichkeit mit der Ermordeten war verblüffend, nur dass sie um einiges älter war und ihre Haare knapp über der Schulter endeten. »Sie wohnt auch in Oldenburg. Deshalb waren wir fast zeitgleich hier«, erklärte Rieka, als wäre es von Bedeutung. Westermann nickte und lauschte dem Gespräch. »Wo waren Sie Donnerstagabend in der Zeit von 21 bis 24 Uhr?«, fragte Hartwig die Freundin der Toten. »Ich? Ich war zu Hause. Sie glauben doch nicht etwa, dass ich …?«, stotterte sie und errötete. »Ich glaub erst einmal gar nichts. Aber wenn Sie möchten, dass wir Elins Mörder finden, sollten *Sie* uns helfen rauszufinden, was am Donnerstagabend im Apartment passiert ist. Dazu gehört auch, dass wir überprüfen müssen, wer mit ihr zur Tatzeit zusammen gewesen ist.«

»Ich war unterwegs und bin kurz nach 23 Uhr zu Bett gegangen. Ich wollte eigentlich mit Elin ins Kino, aber ich habe sie nicht erreicht. Zuerst war ich sauer, aber dann …«, sie zog die Schultern hoch, »bin ich alleine los.« Sie betrachtete ihre kurzen schwarz lackierten Fingernägel und im Anschluss Westermann. Sie versuchte zu lächeln, doch es missglückte jämmerlich. »Kann das jemand bezeugen? Was gab es für einen Film?«

»Wie, was gab's für einen Film? Ist das wichtig, um den Täter zu kriegen? Zeugen gab es 20 oder 30. Aber niemanden, den ich kannte. Vielleicht der Mann an der Kasse. Keine Ahnung.« Sie lachte verächtlich. Es machte sie anscheinend wütend, dass sie sie für eine Verdächtige hielten. »Ich dachte, Sie wollen den Mörder meiner Freundin festnageln«, murrte sie. »Es gab einen Film, Noir, falls Ihnen das was sagt.«

»Kenne ich. Welchen?«

»*Die Spur des Falken* von 1941, wenn Sie es genau wissen wollen.« Die dunkelhaarige Anwaltsgehilfin räusperte sich immer wieder und versuchte, den Kloß in ihrem Hals loszuwerden. »Sie glauben nicht ernsthaft, dass ich was mit dem Tod meiner besten Freundin zu tun haben könnte, oder?«

»Wir glauben erst einmal gar nichts. Das sagte mein Kollege bereits. Aber danke für die Auskunft. Im Übrigen kenne ich den Film. Er war einer der Ersten in diesem Genre. Humphrey Bogart, wenn ich nicht irre. Meiner Meinung nach eine der besten Detektivgeschichten aller Zeiten. Einer der Gründe, warum ich diesen Beruf ergriffen habe«, zwinkerte Westermann versöhnlich, sammelte einen Fussel von seinem dunkelblauen Leinenhemd und krempelte die Ärmel hoch. Er wusste, dass er Vertrauen schaffen musste, um mehr zu erfahren. Dann wandte er sich der Mutter der Toten zu. Er wollte mit ihr sprechen, bevor sie völlig zusammenbrach. »Hatte Ihre Tochter einen Freund oder jemanden, mit dem sie ihre Freizeit verbrachte?«

Hanna Jacobsen schüttelte den Kopf. »Nein, sie liebte ihre Freiheit. Für einen Mann war kein Platz. Sie hat studiert und konnte keine Ablenkung gebrauchen.« Sofort fing sie wieder an zu weinen.

»Außerdem war sie ein Freigeist. Sie nahm sich, was sie brauchte«, flüsterte Rieka an ihrer Stelle. Westermann wurde hellhörig. Er warf Hartwig einen Blick zu. Er schien ebenfalls erstaunt und fragte: »Was bedeutet, sie nahm sich, was sie brauchte?«

»Na ja, was heißt das? Sie hatte keinen festen Freund, wenn Sie das meinen. Ein paar lose Bekanntschaften, aber ansonsten null Beziehung«, sagte Rieka, zuckte die Achsel und warf Elins Mutter einen verlegenen Blick zu. Dirk Westermann sah seinen Kollegen, dann die junge Frau durch seine schwarz gerahmte Brille prüfend an. Hatte sie sich selbst einer Gefahr ausgesetzt? »Was heißt, sie nahm sich, was sie brauchte? Männer? Sex?« Ihm war sofort klar, dass es dann weitaus größere Probleme gab, diesen Täter ausfindig zu machen. Was genau hatte sich in der Wohnung der Toten abgespielt? »Erzählen Sie uns, was Sie wissen. Vielleicht fällt Ihnen ja ein, ob und wenn ja, mit wem sie sich Donnerstagabend getroffen haben könnte.« Rieka schüttelte den Kopf. »Sie hat mir nur erzählt, dass sie nicht ins Kino, sondern ihre Ruhe haben wollte. Mehr weiß ich nicht. Ansonsten … sie hatte keine feste Beziehung, das meinte ich damit. Hier mal einen, da mal einen. So wie wir alle es heute machen. One-Night-Stands halt.« Rieke wurde rot. Ihr war es offensichtlich peinlich, in Gegenwart von Hanna derart Privates auszuplaudern.

»Wissen Sie, ob sie am Donnerstag jemand besuchen wollte?«, fragte der Leiter der Mordkommission. Sein Ton wurde rauer. »Nein, ich weiß nicht. Hörte sich nicht an, als ob sie ein Date haben würde. Sie sagte nur, sie wollte ihre Ruhe«, flüsterte sie, schwieg und betrachtete mit verschwommenem Blick ihre French-manikürten Nägel. »Wär sie nur mit mir ins Kino gekommen.«

»Sie sagten, Sie waren allein im Kino.« Rieka nickte.

»Wo spielte der Film?«

»Im *Filmtheater* in Burg auf Fehmarn.«

»Kenne ich, gemütliches Kino«, antwortete Westermann und guckte aus dem Fenster. Es war dunkel. Das Gewitter und der Regen hatten sich aufgelöst. Er schob die Pfeife in den Mundwinkel und hätte sie am liebsten angezündet. Der Erste Hauptkommissar erinnerte sich an einen Abend mit Katrin. Sie waren zuerst in einem Lokal in der Burger Altstadt gewesen und anschließend im Kino, um einen alten Film anzusehen. Allein das Gefühl jagte einen wohligen Schauer über seinen Rücken.

»Kinokarte, Ticket?«

»Ne, glaube nicht mehr. Aber ich fall auf, wenn ich rausgehe.« Sie schluckte und sah den hochgewachsenen Kriminalbeamten, der ihr in verwaschener Jeans gegenübersaß, befremdlich an. »Warum stellen Sie immer wieder die gleichen Fragen? Ich habe nichts mit Elins Tod zu tun. Ich war ihre beste Freundin.« Sie senkte den Kopf. Plötzlich sprang sie vom Sofa und verließ fluchtartig die Wohnung. »Was ist denn jetzt los«, wollte Hartwig wissen, der das Gespräch offensichtlich nicht mehr verfolgt hatte und abwesend dasaß. »Lauf ihr nach, oder willst du hier Wurzeln schlagen«, rief Westermann und schnaubte. Der sportliche Kommissar sprang auf und folgte der jungen Frau, die die Treppenstufen runterstürzte, als wäre der Teufel hinter ihr her. Der Leiter der Mordkommission sortierte seine Gedanken, als könnte er nicht fassen, was sich vor seinen Augen abspielte. Hanna Jacobsen saß immer noch apathisch auf der Couch, und es schien, als würde sie von alledem nichts mitbekommen. Wenige Minuten später kamen sowohl Hartwig als auch Rieka Ludwig atemlos zurück. »Hier, meine Eintrittskarte ... genügt das?«, prustete sie und japste nach Luft. Sie schien sichtlich erleichtert über ihre Eingebung zu sein.

Westermann nahm die Karte entgegen, prüfte das Papierstück und nickte. »Tolles Kino«, sagte er erneut. »Was meinten Sie eben damit, dass Sie auffallen, wenn Sie rausgehen?«

»Ja, so wie Sie mich jetzt zu Gesicht bekommen, würde ich nicht mal zum Bäcker gehen. Ich war sozusagen schon im Bett, als Hanna anrief.« Westermann betrachtete die Frau in schwarzer Jogginghose und ebenso nachtschwarzem Hoodie. Sie trug weiße knöchelhohe *Adidas*-Tennis-Spezial-Sportschuhe, die er aus seiner eigenen Jugend kannte und die heute mit Sicherheit das Vier- bis Fünffache wert waren. Ein kaum merkliches Schmunzeln huschte über sein Gesicht. Er erinnerte sich daran, dass er selbst welche besessen hatte. Wo sind die eigentlich abgeblieben?, überlegte er und riss sich zurück in die Gegenwart.

»Wissen *Sie*, mit wem sich Ihre Tochter treffen wollte?«, versuchte Westermann ein weiteres Mal, Hanna Jacobsen ihrem Trauma zu entreißen. Sie schüttelte den Kopf. »Nein, weiß ich nicht. Das Gewitter hat aufgehört«, flüsterte sie stattdessen und fiel zurück in ihre Apathie. Der Notarzt trat ins Zimmer. Der Hauptkommissar deutete auf die zerbrechlich wirkende Frau auf dem Sessel. »Schockzustand«, sagte er. »Ist die Mutter der Toten und hat sie gefunden.«

Dann stand er auf und wandte sich Rieka Ludwig zu. »Ich denke, wir belassen es für den Moment dabei. Fahren Sie nach Hause. Falls Ihnen noch irgendetwas einfällt, das für uns von Bedeutung sein könnte …« Er reichte ihr seine Visitenkarte. »Wenn es etwas Neues gibt, melden wir uns.« Hanna Jacobsen stand auf, und bevor der Arzt sie erreichen konnte, sackte sie zusammen.

*

Es war 8.30 Uhr morgens, als Charlotte an diesem Samstagvormittag summend durch den Garten lief, um sich in ihrer Loungeecke niederzulassen. Der Tisch war gedeckt, und in wenigen Minuten würde Josch Diekmann eintrudeln. Er wollte Brötchen vom Inselbäcker mitbringen, und sie hatten vor, den Tag gemeinsam zu verbringen. Das Wetter war herrlich und die Temperaturen um die 20 Grad. Der Seewind brachte Kühlung und ließ alles erträglicher erscheinen. Charlotte hielt die Teekanne in der Hand, als hinter ihr ein leises »Hallo« ertönte. Sie drehte sich um. »Hallöli«, rief sie, und ihr Herz klopfte auf einmal wie das eines jungen Mädchens. Dass dies selbst nach all den Jahren derart in Wallung geraten konnte, hätte sie nie für möglich gehalten. Der Kapitän a.D. Josch Diekmann war wie ein Wirbelsturm in ihr Leben gefegt, hatte bei einer Demonstration auf dem Marktplatz mit seinem Pfeifenqualm nicht nur ihre Sicht, sondern auch ihr Herz eingehüllt.

Charlotte Hagedorn stellte die Kanne auf das Stövchen und rutschte auf die Rattanbank. Verlegen zupfte sie an ihrer blumenbedruckten Bluse und ordnete die Frisur. Extra für ihn hatte sie im Frühjahr ihren Haarstylisten aufgesucht und ihre Haarpracht mit ein paar Strähnchen und einem Haarschnitt aufpolieren lassen. Sie fühlte sich mindestens zehn Jahre jünger, als es in ihrem Ausweis stand. Josch kam mit einer Brötchentüte um die Ecke und schlenderte pfeifend auf sie zu. Der Kapitän schmunzelte. »Na, min Deern, bist ja schon einsatzbereit. Da können wir ja nach dem Frühstück gleich los«, zwinkerte er und schüttete die knusprigen Teiglinge aus der Tüte in den geflochtenen Korb auf dem Tisch. Charlotte schenkte Tee in seinen Becher und griff nach den *Frischlingen*. »Ja, das scheint ein herrlicher Tag zu werden. Was brauchen wir mehr: blauer Himmel, ein paar weiße Wölkchen und angenehme Temperaturen. Ist weitaus sinniger, wenn wir vormittags fahren, dann ist es nicht so heiß, und für Fotos gibt es eindeutig schöneres Licht. Heute Nachmittag möchte ich nämlich zum Südstrand, eine Runde in der Ostsee baden. Was hältst du davon?« Sie sah Josch an, und in ihren Augen entdeckte er den Glanz, den er schon geliebt hatte, als er die quirlige Studentin kennengelernt hatte. »Jetzt aber erst noch mal zum Thema. Ich habe den Auftrag, für ein Magazin über Liebesschlösser zu berichten. Weißt du, diese Vorhängeschlösser, die überall an Gestellen aufgehängt werden, um sich ewige Liebe zu bezeugen. Mein Plan ist es, heute ein paar Orte anzufahren, an denen diese Schlossvorrichtungen aufgebaut sind. Ich dachte an Heiligenhafen, Großenbrode, vielleicht Grömitz und zum Abschluss hier auf der Insel. Soweit ich weiß, gibt es mittlerweile Unzählige dieser Gerätschaften. Einige habe ich mir auf Fotos angesehen, aber das schönste ist mit Abstand das Rostherz in Burgtiefe.« Charlotte schwärmte und klatschte begeistert in die Hände. Josch schmunzelte. Er konnte ihren Redefluss sowieso nicht stoppen und nickte fortwährend. Die Pfeife zwischen seinen Lippen verströmte ein angenehmes Vanillearoma und dicken Qualm, der der Künstlerin immer wieder ins Gesicht blies. »Kannst du nu nicht mal in die andere Richtung schmöken? Das macht mich ja ganz rammdösig. Ich kann mich gar nicht richtig konzentrieren«, prustete sie überzogen. »Ach, min Deern, nun mach mal keine Fisimatenten. Ist doch alles halb so schlimm. Ich weiß ja, dass du den Geruch liebst.« Er zwinkerte erneut. »Wie auch immer. Du bringst mich völlig aus dem Konzept. Also, dieses rostige Herz in Burgtiefe ist bepackt mit unzähligen Schlössern. Da passt überhaupt keines mehr ran, so vollgepfropft ist es. Die sollten weitere aufstellen und eines nach dem anderen auf den Wegen um die Insel führen. Das wäre eine Geschichte, die Sinn und Freude bereitet«, schnatterte Charlotte und warf Josch einen Blick zu, der ihn verunsicherte. »Und nu? Was soll mir das jetzt sagen? Dass du auch ein Liebesschloss von uns beiden Hübschen aufhängen willst?«, zwinkerte er, als hätte er ihre geheimsten Wünsche erraten. »Ach du ... dafür sind wir wohl schon zu alt, meinst du nicht?«

Er schmunzelte, wusste, worauf sie hinauswollte. »Wer sagt das? Für die Liebe und ein paar Verrücktheiten ist man nie zu alt. Du weißt doch, du bist mir nicht unsympathisch. Aber zurück zu deiner *Schlosstour*. Ich finde, das ist eine ausgefallene Idee. Lass uns erst mal die Umgebung abklappern, die ein bisschen außerhalb liegt, min Deern. Außerdem habe ich eine Überraschung für dich. Vielleicht müssen wir das Plantschen auf später verschieben.« Er zwinkerte ihr geheimnisvoll zu. Charlotte sah ihn verwundert an. »Was hast du denn für eine Überraschung?«, wollte sie wissen. »Min Lütten, das verrat ich nicht, dann wär's ja keine mehr«, erklärte er mit stoischem hanseatischem Akzent.

»Aye, aye, Herr Kaptein«, entgegnete sie, hielt die Handkante gegen die Schläfe und kicherte. Was hatte Josch vor? Sie konnte es kaum erwarten, endlich hinter sein Geheimnis zu kommen. Vielleicht hatte er irgendwo einen Tisch bestellt, um mit ihr romantisch essen zu gehen. Sie wurde rot, behielt ihre Vermutung jedoch für sich. »So, jetzt aber erst mal lecker Frühstück«, betonte er mit rollendem R und betontem S, mit dem er, wie man in Hamburg sagte, »über den spitzen Stein stolperte«. Charlotte liebte sein hanseatisches Hamburch, und ihr Herz schlug wie verrückt.

KAPITEL 3

Der Leiter der Mordkommission Oldenburg, Dirk Westermann, verabschiedete sich mit einem Kuss von seiner schlafenden Lebensgefährtin Katrin Duvenstedt und dem sechs Monate alten Sohn Mats Ole. Sein Herz wurde jedes Mal schwer, wenn er seine kleine Familie verlassen musste. Er warf einen Blick in das Kinderbett, das neben Katrins Schlafseite am Fenster stand, und fuhr sich mit der Hand über seinen grau melierten Bart. Dieser unschuldige Winzling stellte sein Leben seit Monaten vollends auf den Kopf. Gott sei Dank waren das Durchbrechen erster Zähne und das nächtliche Stillen vorbei. Mats Ole hatte sich zu einem prächtigen Nordlicht entwickelt, der seiner Verlobten wie aus dem Gesicht geschnitten war. Westermann beugte sich über das Bett, strich seinem schlafenden Sohn mit den Fingern durch die weichen Locken und verließ das Zimmer. Es war nach 6 Uhr, als er sich wie gerädert aus der Wohnung schlich. Sie sollen ruhig noch schlafen, dachte er und schloss lautlos die Tür hinter sich. Mats hatte ihnen eine kurze Nacht beschert, und irgendwie zwang die Dauermüdigkeit beide Elternteile in die Knie.

Westermann schmunzelte, als er sich hinters Lenkrad setzte und das Foto auf dem Armaturenbrett betrachtete. Seitdem er sein Kind im Eutiner Krankenhaus das erste Mal im Arm gehalten hatte, hatte sich die Sicht auf viele Dinge grundlegend verändert. Er hatte weitaus mehr Verantwortung und wollte alles dafür tun, dass diese Welt besser funktionierte. Der Gedanke an das, was draußen passierte, verbannte er, so gut er konnte, aus seinem Gedächtnis. Daher war ihm wichtig, die Menschen, die das Leben anderer gefährdeten, aus dem Verkehr zu ziehen. Und dieser Fall war einer von denen, die eine Bestie zu verantworten hatte, die es zu stellen ging.

Westermann stieg nur wenig später aus dem Auto. Er gähnte. Ein paar Möwen hatten sich auf den Parkplatz verirrt und schrien um die Wette. Die Luft war angenehm warm. Ein kurzer Blick zum Himmel, ein letzter Zug aus seiner Pfeife, dann betrat er die Oldenburger Dienststelle. Auf direktem Weg steuerte er auf das Besprechungszimmer zu und öffnete die Tür. Die Plexiglaswand, die mittig im Raum stand und schon jetzt mit unzähligen Informationen bestückt war, verursachte ihm auf dem ersten Blick ein ungutes Gefühl in der Magengegend. Das Foto der Toten zog ihn in seinen Bann und überspielte sofort die Müdigkeit. Er fragte sich, was diese Frau verbrochen hatte, dass man ihr dermaßen übel mitgespielt hatte. Mit ernster Miene begrüßte er seine Kollegen. Das Team saß bereits vollständig versammelt im Büro und wartete auf seinen Rudelführer. Westermann setzte sich, schenkte sich einen Kaffee ein und lauerte, was Nils Henning mitzuteilen hatte. Er war aufgestanden, als der Leiter der Mordkommission das Zimmer betreten hatte, und baute sich neben dem Flipchart auf. Als es still wurde, räusperte er sich, warf einen Blick auf seine Unterlagen. Dann legte er mit der Dokumentation los. »Moin erst mal. Die Spurensicherung im Mordfall Elin Jacobsen ist abgeschlossen.« Leises Raunen waberte durch den Raum. Der ein Meter 85 große Kriminaltechniker stand wie ein Baum mit breitem muskulösem Kreuz am Fenster, und es schien, als könnte ihn nichts erschüttern. Mit ernstem Blick guckte er in die Runde und sah in gespannte Gesichter, die auf Ergebnisse warteten. Dann warf er sein Augenmerk auf die erste Seite der Abhandlung und sagte mit ernster Stimme: »Die Kollegen haben die DNA einer Reihe nicht zuzuordnender männlicher Personen in der Wohnung der Toten sichergestellt, was darauf schließen lässt, dass nicht wenige Männer Kontakt zu ihr pflegten. Keine der Proben ergab eine Übereinstimmung in der Datenbank. Es handelt sich um Männer, die nirgends in Erscheinung getreten sind. Wir haben sämtliche Ergebnisse durchlaufen lassen. Der Täter scheint ein unbescholtenes Blatt zu sein. Ohne anderweitige verwertbare Spuren fischen wir erst mal weiter im Trüben. Aber es wird nur eine Frage der Zeit sein, bis wir den Täter finden. Danke an die Kollegen, die hier zügige und akribische Arbeit abgeliefert haben«, sagte er, war offensichtlich mit den Antworten nicht zufrieden, das konnte man seiner Mimik entnehmen. Henning zog seine buschigen Augenbrauen zusammen und produzierte eine tiefe Stirnfalte. »Die Heizungsanlage war nach Überprüfung vor und zur Tatzeit nicht an, heißt, sie wurde erst danach angestellt. Wir haben weder Fingerabdrücke an der Therme noch den Sicherungen festgestellt. Meine Hypothese lautet, dass der Täter das Gerät manipuliert hat und dabei Handschuhe trug. Ergo könnte er meiner Annahme nach in aller Ruhe die Heizung aufgedreht und die Sicherungen rausgedreht haben, bevor er die Wohnung verlassen hat. Wir sind also genauso schlau wie vorher.«

»Und welchen Sinn ergibt das alles?«, wollte die dänische Oberkommissarin Anne Lornsen wissen, die seit elf Jahren in Deutschland lebte. »Sinn? Gibt es überhaupt einen Sinn, wenn jemand einen Menschen tötet? Aber du hast recht. Nehmen wir an, dass er mit der eingeschalteten Heizung die Zersetzung der Leiche beschleunigen wollte, um Spuren an ihrem Körper zu beseitigen. Was der Stromausfall sollte ... erschließt sich mir nicht! Ich könnte mir vorstellen, dass er nicht wollte, dass jemand die Wohnung betritt und vorschnell sieht, was er getan hat.« Er zuckte mit den Achseln.

»Ich komme jetzt zum Ablauf der Tötung. Wir haben eine vorläufige Hypothese aufgestellt, gehen davon aus, dass der Täter sie am betreffenden Abend besucht hat. Es gibt keinerlei Einbruchsspuren. Daraus folgern wir, dass das Opfer die Person vor der Tür reingelassen hat. Wie ich gesehen habe, gibt es Klingeln mit einer Gegensprechanlage. Wusste sie, wer vor der Tür stand oder nicht? Wir wissen nur, dass sie ihn reingelassen hat.«

»Kannte sie den Besucher oder war es eine ihr fremde Person? Eine Frau lässt nicht nachts irgendjemanden in die Wohnung«, murmelte Anne Lornsen. Henning setzte seine Mutmaßungen fort. »Ein Bierglas auf dem Tisch und eines, das davor am Boden lag, lassen darauf schließen, dass sie Zeit miteinander verbrachten. Wir haben in der Küche in einer Bierkiste sechs fehlende Flaschen gezählt. Wir gehen davon aus, dass er sie hat verschwinden lassen, um Spuren zu entfernen. Auf den Gläsern gab es nur ihre Fingerabdrücke, die auch zu ihrer DNA passen. Jetzt ist die Frage, ob überhaupt irgendwelche der sichergestellten Hinweise zu ihm gehören. Ist er mit der Absicht gekommen, sie zu töten, oder ist die Geschichte aus irgendeinem Grund aus dem Ruder gelaufen?« Henning schnaufte. »Irgendwann an diesem Abend könnte es zwischen beiden zu Differenzen gekommen sein«, stellte Westermann fest. Der Kriminaltechniker nickte. »Ja, die Stimmung ist eventuell zu einem bestimmten Zeitpunkt gekippt. Es gab unter Umständen Streit, und der Täter wurde wütend. Und Wut wäre ein hinreichendes Motiv. Aber warum wurde er wütend? Gehen wir davon aus, dass die Person, mit der die Getötete den Abend verbrachte, sie auch umbrachte. Die DNA-Proben haben jedenfalls keine Übereinstimmungen ergeben.« Henning warf einen Blick auf den Rechtsmediziner und setzte sich.

»Ja, Nils hat recht, sämtliche Proben sind negativ. Der genaue Tötungsablauf lässt sich auch von meiner Seite nur oberflächlich rekonstruieren. Nehmen wir an, es kam zum Kampf. An ihren Fingernägeln sind Abwehrspuren erkennbar. DNA wurde sichergestellt. Wahrscheinlich hat der Täter versucht, sie zu küssen oder anzufassen. Sie hat ihn abgewiesen und sich gewehrt. Daraufhin hat er sie in seine Gewalt gebracht, mit ihr gerungen und sie überwältigt. Dann könnte er sich auf sie gesetzt und sie gewürgt haben. Dies belegen Würgemale am Hals und Einblutungen in ihren Augen. Sie lebte aber offensichtlich noch, weil der Kampf im Eingangsbereich fortgeführt wurde. Dort hat die KT Blutspuren gesichert, die sämtlich vom Opfer stammen. Ich gehe davon aus, dass sie für eine gewisse Zeit im Flur am Boden lag, weil dort jede Menge Blut sichergestellt wurde. Vielleicht war sie für eine Zeit bewusstlos. Er könnte in der Folge das Messer an sich genommen und im Flur das erste Mal auf sie eingestochen haben.« Floor zeigte auf die Fotos mit den Blutflächen und -sprenkeln auf Fußboden und Wänden. »Die Richtung der Blutspritzer beweist, dass sie am Boden lag. Sie könnte versucht haben, die Haustür zu erreichen.« Floor zeigte erneut ein Foto, das auf blutige Handabdrücke an der Innentür hinwies. »Sie hat es anscheinend nicht geschafft. Der Täter hat sie wahrscheinlich im Flur ein weiteres Mal überwältigt und auf sie eingestochen.«

»Mein Gott, was hat sie für Qualen erlitten. Sie muss sich bis zum Schluss heftig gewehrt haben«, sagte die Oberkommissarin.

»Davon ist auszugehen«, erwiderte Floor. Westermann schluckte und schob die kalte Pfeife in den anderen Mundwinkel, rückte die schwarz gerahmte Brille auf die schlohweißen Haare und gähnte.

»Wir schließen daraus, dass er enorme Kraft aufgewendet hat. Unter Umständen hat er versucht, sie zu vergewaltigen. Ein Träger ihres Shirts war gerissen, und die Jeans lagen im Eingangsbereich der Wohnung.« Wieder zeigte er auf ein Foto. »Der Reißverschluss ist bei dem Kampf ausgerissen. Wahrscheinlich ist es, noch bevor er sie penetrieren konnte, zum Erguss gekommen. Die Spuren haben wir auf ihrem Top und dem Bauch sowie im Flur auf dem Boden sichergestellt. Auch hier ist die Auswertung mit der Datenbank noch nicht erstellt.« Floors Gesichtsausdruck war angespannt. »Ob sie zu der Zeit noch lebte, können wir nicht mit Bestimmtheit sagen. Wahrscheinlich hatte sie keine Kraft mehr, um sich zu wehren. Die nächste Annahme wäre, dass er sie ins Schlafzimmer zerrte, wo er ihr vor ihrem Bett weitere Stiche in Hals, Herz- und Lungenbereich zugefügt hat. Der Blutverlust war immens.« Die Beamten saßen am Tisch und folgten fassungslos den Ausführungen. Man hätte eine Stecknadel fallen hören können. »Letztlich hat er sie aufs Bett gelegt. Das Ganze muss Stunden gedauert haben.« Anne Lornsen presste die Hand vor den Mund. »Wahrscheinlich stach er post mortem mit der Klinge erneut auf sie ein, um sich abzureagieren. Dass sie auf dem Bett bereits tot war, belegen die wenigen Blutspuren. Es handelt sich insgesamt um 72 Stiche, die er ihr zugefügt hat.« Die Polizeibeamten unterhielten sich mit gedämpfter Stimme. Henning erhob sich und öffnete eines der Fenster. »Ich ersticke gleich. Der Kerl hat sich anscheinend trotz allem die Mühe gemacht, Fingerabdrücke und Faserspuren zu beseitigen. Der ist anscheinend sehr wütend gewesen und hat sich richtig Zeit mit ihr gelassen. Wenn wir keinen Treffer erzielen, haben wir ein Problem«, murmelte der Wikinger. Westermann nickte. »Es hat auch niemand der Nachbarn etwas Ungewöhnliches beobachtet oder Schreie gehört. Nur, dass die ganze Zeit über laute Musik aus der Wohnung kam«, sagte der Leiter der Mordkommission in die Stille. »Somit sind wir auf weitere Hinweise angewiesen und müssen das Umfeld umkrempeln. Freunde, Bekannte. Die Familie und die Uni. Meist liegt ein Motiv dort, wo man es am wenigsten erwartet. Im unmittelbaren Kreis der Toten.«

»Was ist, wenn wir ihn nicht schnellstens finden?«, fragte einer der Kollegen.

»Dann hoffe ich, dass er nicht weitermacht …«

*

Nach dem Meeting machten die Beamten eine Pause und verließen das Besprechungszimmer. Der Leiter der Mordkommission legte seine braune Ledermappe vor sich auf den Schreibtisch. Die Tür öffnete sich. Kommissar Thomas Hartwig trat in den Raum. Westermann sah erstaunt auf. »Moin, mein Bester. Bist du auch schon wach?«, fragte der Erste Hauptkommissar mit hochgezogener Augenbraue und griff erneut nach der Kaffeekanne. »Auch?« Der smarte Beamte aus Lütjenbrode schüttelte den Kopf. »Oder doch, gib mir einen Wachmacher. Ich muss erst mal klar werden.« Westermann betrachtete seinen 14 Jahre jüngeren Kollegen, der in verwaschenen Jeans und zerknittertem Hemd vor ihm stand, und füllte zwei Becher mit dem schwarzen Gebräu, das vermutlich irgendjemand während der Nachtschicht aufgebrüht hatte, so bitter war es. »Wieso haben wir eigentlich keinen vernünftigen Kaffeeautomaten?«, fragte Hartwig, als er am Kaffee nippte und das Gesicht verzog. Der Hauptkommissar zuckte die Achseln. »Du weißt doch, dass der Staat wenig Geld hat.«

»Ich dachte, du bist der Chef. Das entscheidest du, oder nicht?«, knurrte sein Kollege und setzte sich. Westermann betrachtete Hartwig. Der Kommissar sah seit Wochen übernächtigt aus. Er schien den Verlust seines Hundes immer noch nicht verwunden zu haben. Sein Vorgesetzter schluckte und leerte den Becher, ohne eine Miene zu verziehen. Dann nahm er die schwarz gerahmte Brille vom Kopf und legte sie vor sich auf den Tisch. Sein gebräunter Teint täuschte nicht darüber hinweg, dass er sich Sorgen machte und ebenfalls schlecht geschlafen hatte. »Thomas, ich hoffe, dass du irgendwann verwinden kannst, dass Watson nicht mehr da ist. Er hat für uns sein Leben gelassen. Du kannst stolz auf ihn sein. Der Schmerz wird weniger. Du solltest dich auf Stina und dich konzentrieren, auch wenn's schwerfällt.« Westermann sah ihm in die Augen, räusperte sich, setzte die Brille wieder auf. Es schien, als müsste er seine nächsten Worte mit Vorsicht wählen. Er versicherte sich, dass sie allein im Zimmer waren. »Was mir überhaupt nicht gefällt ist, dass du zum wiederholten Mal zu spät und obendrein mit einer Fahne im Dienst erscheinst. Es geht nicht. Du bist mein bester Mann, und ich brauche dich als

Teamkollegen zu 100 Prozent einsatzfähig. Das Verhalten gestern werde ich so nur einmal akzeptieren. Und du solltest dich auch endlich mal wieder rasieren. Normalerweise bin ich hier der Seebär. Was sagt Stina eigentlich dazu, dass du dich so gehen lässt?« Der Leiter der Mordkommission stand auf und fuhr sich über den akkurat gestutzten Bart. Er legte seine Hand auf Hartwigs Schulter. »Du schaffst das, da bin ich sicher. Aber bitte, lass dich nicht mehr so hängen.« Westermann lag das Verhalten seines engsten Teamkollegen am Herzen, das merkte man. Er, der immer auf ruhige Absprachen bedacht war, handelte nicht nur fürsorglich, sondern rational. So schnell brachte ihn nichts aus der Fassung. Seinen Kollegen allerdings umso mehr.

Hartwig sprang vom Stuhl, auf den er sich eben erst gesetzt hatte.

»Das geht dich gar nichts an, ob ich rasiert bin oder nicht. Hast du mal in den Spiegel geguckt? Siehst auch nicht besser aus, und was Stina angeht, das lass mal meine Sorge sein. Mir geht's fantastisch und ich bin längst über den Hund weg«, knurrte er schroff und schob die dunklen Haare aus der Stirn. Seine huskyblauen Augen blitzten. Er fiel zurück auf den Stuhl und fuhr mit verbissenem Gesichtsausdruck seinen Computer hoch. Mit einem Blick, der töten könnte, ließ er den Kaffee die Kehle hinunterlaufen und reagierte nicht mehr auf seinen Vorgesetzten. »Dann lass uns anfangen zu arbeiten. Ich wollte es nur gesagt haben. Du musst dich zusammenreißen. Kein Alkohol im Dienst. Wir müssen eine Soko bilden. Sag du mir, wen wir einsetzen können«, sagte Westermann und starrte aus dem Fenster.

»Das hast du doch längst entschieden. Ich denke, du hast die halbe Nacht wach gelegen und dir eine Strategie zurechtgelegt. Mir soll's recht sein«, entgegnete er, ohne ihn anzusehen.

»Reicht jetzt! Das war keine Bitte, das war eine ganz klare Anweisung! Was ist mit dir los? Spinnst du?« Westermanns Stimme klang scharf. Er warf dem lädiert aussehenden Kollegen einen durchdringenden Blick zu und legte seine Brille auf den Schreibtisch.

Hartwig sprang vom Stuhl. »Was glaubst du, wer du bist? Du willst ein Freund sein? Wie kannst du mich so anblaffen? Es geht dich nichts an, wie ich mich fühle. Misch dich nicht in meine Privatangelegenheiten. Und noch eins: Ihr seid alle ziemlich schnell wieder zur Tagesordnung übergegangen. Watson war dir von Anfang an ein Dorn im Auge, das habe ich sehr wohl mitbekommen. Also lass mich in Ruhe. Ihr könnt mich alle mal.« Wutentbrannt setzte er sich wieder und hämmerte wie ein Wahnsinniger auf die Tastatur.

»Wie kannst du das auch nur ansatzweise denken? Ich habe Watson mindestens genauso geliebt wie du. Er war mir die letzten Jahre über ein treuer Freund genau wie dir.« Westermann setzte seine Brille auf und fuhr sich mit der Hand durch die eisgrauen Haare. Mit zitternder Stimme sprach er weiter: »Ich will dich nur daran erinnern, dass wir hier unsere Kraft einsetzen, um für Recht und Ordnung zu sorgen. Ich kann keinen Partner gebrauchen, der nicht zu 100 Prozent einsatztauglich ist. Hab ich mich klar ausgedrückt? Und jetzt lass uns endlich an die Arbeit gehen. Dort draußen lauert ein gefährlicher Mörder …«

KAPITEL 4

Als hätten sie nie etwas anderes getan, betraten Charlotte und Josch die Seebrücke in Heiligenhafen. »Die ist ja mal sehenswert«, murmelte der Kapitän und ließ den Rauch seiner Pfeife aus dem Mund entweichen. »Wer?«, fragte die Künstlerin und guckte auf ihren einen Kopf größeren Begleiter. »Na, diese Brücke. Die ist ja enorm lang«, ergänzte er hanseatisch mit rollendem R, dass es Charlotte die Nackenhaare aufstellte. »Ja, soweit ich weiß, über 430 Meter. Die hat einiges zu bieten mit ihrer Badeplattform und dem verglasten Raum, in dem man sogar heiraten kann. Da ist Katrin immer ganz neidisch und fragt mich, warum wir auf Fehmarn keine Seebrücke kriegen. Ich finde es ja auch merkwürdig, dass viele Badeorte eine Brücke haben, nur wir wieder in die Röhre gucken.« Sie warf erneut einen Blick auf den Seebären an ihrer Seite. Er sieht richtig adrett aus, dachte sie und betrachtete den Mann, der in abgewetzten Jeans, gestreiftem Shirt und seiner obligatorischen Helmut-Schmidt-Mütze neben ihr am Geländer lehnte und sehnsüchtig in die Ferne guckte. »Du erinnerst mich ja fast ein bisschen an Popeye, wie du da so stehst«, kicherte sie. Charlotte hakte sich bei Josch unter. »Nun komm man, wir haben noch jede Menge Arbeit«, sagte sie und zog ihn mit sich. Wenig später hatten sie die emporragenden Gittervorrichtungen erreicht, an denen unzählige Schlösser in allen Farben und Formen baumelten.

»Ist ein richtig beliebter Brauch geworden, Liebesschlösser anzubringen und den Schlüssel im Wasser zu versenken«, murmelte Charlotte und betrachtete die Metallkonstruktionen. Sie hob ihre Kamera an und schoss erste Fotos. »Worin besteht der Sinn? Was, wenn die sich kurze Zeit später schon wieder trennen? Das ist doch alles Tüddelkram.« Der Qualm seiner Pfeife zog als dichte Nebelschwade zwischen den Vorhängeschlössern durch. »Oh, mach das noch mal. Das ist klasse mit dem Dunst. Was du aber auch immer grübelst. Du denkst gleich an das Schlimmste.« Sie schüttelte den Kopf und knipste ein Foto nach dem anderen. »Josch, nun blas mal deinen Nebel zu den Gestellen, nicht zu mir, verdammig«, knurrte Charlotte, blitzte in seine Richtung und schob ihr rotes Cap zurecht. »Wenn du es genau wissen willst, weisen die Liebenden mit den Schlössern symbolisch überall in der Welt auf ihre Wertschätzung und Zuneigung füreinander hin, sozusagen für die Ewigkeit. Warum soll das also nicht klappen? Sie wollen zeigen, dass sie für alle Zeiten zusammengehören. Die Zukunft eines Paares gilt im Volksglauben als unzerbrechlich, solange wie das Schloss da hängt. Das Ritual geschieht an einem Ort, an den man gern wieder zurückkehren möchte. So oder so ähnlich habe ich das vor Kurzem bei meinen Recherchen gelesen. Klingt doch hübsch. Also selbst wenn sie sich trennen sollten, bleiben sie immer miteinander verbunden.« Charlotte zog die

Augenbrauen zusammen, als müsste sie über ihre eigenen Worte nachdenken.

Josch nickte und war erstaunt, was seine Begleiterin alles darüber wusste. Sie ist bestens vorbereitet, war schon immer 'ne plietsche Deern, stellte er fest und schmunzelte. Dann erforschte er die vier Vorrichtungen mit ihren unzähligen Hängeschlössern und schmauchte dabei gelassen seine Pfeife. Ein paar Minuten später wurde ihm langweilig und er flanierte allein die Brücke entlang. Beeindruckt begutachtete der abgemusterte Kapitän das Bauwerk und seine Besonderheiten. Klasse Anlage, stellte er fest, als er entfernt Charlotte rufen hörte. Sie deutete mit hektischen Bewegungen, dass er umkehren sollte. Etwas hatte ihre Aufmerksamkeit erregt.

*

Zur gleichen Zeit saßen die Beamten der Oldenburger Dienststelle versammelt am Tisch. Das Team, das aus Hartwig, Kommissar Werner Hintz und der aus Dänemark stammenden Oberkommissarin Anne Lornsen sowie Arno Jensen bestand, diskutierte lautstark. »Na, Thomas, gibt's bei dir was Neues?«, unterbrach Hintz seinen jüngeren Kollegen, der ihn müde ansah und irgendwie abwesend wirkte. Er drehte seinen Bürostuhl und sah den Polizisten knurrig an. »Nix bisher, wir haben keine wirklichen Spuren aufgetan. Ich hab gestern die Mutter der Toten und die Nachbarn befragt. Niemand hatte einen Grund, diese junge Frau umzubringen. Sie war bei allen beliebt. Bis auf die ältere Nachbarin«, er schlug die Akte auf, die neben ihm auf seinem Tisch lag und suchte nach einem Namen, »diese Hanne Schmidt. Ganz biestiges Frauenzimmer. Sie hat mir erzählt«, wieder guckte er auf seine Unterlagen, »dass Elin Jacobsen wohl ein ganz wildes Luder, ja genauso hat sie sie genannt, gewesen sein soll. Wie sie berichtet hat, gingen da die Männer ein und aus … besonders nachts.« Hartwig zuckte die Achseln. »Und woher weiß sie, dass die mitten in der Nacht kamen?«

»Na ja, sie hat Schlafstörungen und muss des Öfteren hoch.«

»Okay, ergibt Sinn. Was sagen die anderen Nachbarn?« Westermann schenkte sich Kaffee ein. »Die haben nichts mitbekommen. Sie war den ganzen Tag außer Haus, und in ihrer Wohnung war es ruhig.«

»Und wer lügt jetzt?«

»Ich denke, die ältere Dame. Sie hat starkes Mitteilungsbedürfnis. Ich hatte das Gefühl, dass sie einsam ist und jemanden zum Reden braucht.«

»Was ist mit der Mutter? Wie geht es ihr?«, wollte Westermann von Hartwig wissen.

»Sie ist in der Klinik. Der Tod ihrer Tochter hat sie schwer mitgenommen. Sie ist nicht vernehmungsfähig. Man hat ihr ein starkes Sedativum gegeben. Das können wir vorerst vergessen. Ich war auch bei der Freundin. Ihr geht es ebenfalls nicht gut.« Hartwig wirkte blass auf seinen Vorgesetzten. »Was weiß sie?« Westermann zog die Augenbrauen hoch.

»Wirklich viel Neues konnte sie mir nicht sagen. Nur, dass sie bis auf sie keine weiteren Freundinnen hatte. Sie war überwiegend mit ihr und ihrer Mutter zusammen, wenn überhaupt. Ab und zu ein paar Dates. Sie verwendete unglaublich viel Zeit auf ihr Studium. War sehr belesen und eloquent.«

»Was studierte sie?«, fragte Anne Lornsen.

»Biowissenschaften, soweit ich das anhand ihrer Bücher festgestellt habe. Sie war offensichtlich eine blitzgescheite

Frau. Und schön! Und sie lebte offensichtlich zurückgezogen. Aber mehr …« Westermann zuckte die Achseln.

»Hast du die Handydaten der beiden Zeugen überprüft? Die Provider gecheckt? Gibt es Chatverkehr, *WhatsApp*? Falls ja, was haben Mutter und Freundin mit der Toten ausgetauscht? Haben wir die Telefonnummer der Getöteten? Waren hier irgendwo Handys eingeloggt?« Hartwig schüttelte den Kopf. »Nein, die Handydaten haben wir bisher nicht gecheckt. Ist alles längst in der KT. Die ermitteln auch, ob es in den Funkzellen eingeloggte Handys gab.« Man sah, dass seine Mimik sich veränderte. Sie wurde starr. Er schien sich darüber zu ärgern, dass er nicht von selbst darauf gekommen war, die Telefondaten zu überprüfen. »Also, umgehend sämtliche Daten auf den Handys der Zeugen checken. Mit wem hat sie in den letzten Tagen kommuniziert? Irgendwo wird eine Nummer zu finden sein, die für uns interessant sein könnte. Die Freundin noch mal rannehmen. Freundinnen haben meist eine sehr enge Verbindung. Sie könnte etwas wissen, was sonst niemand weiß. Geheimnisse! Da draußen ist die Antwort, und irgendwo da draußen lauert ein Irrer.« Westermann schnaubte. »Und mach doch endlich mal einer den Ventilator an.«

Anne Lornsen, die gegen die Fensterbank gelehnt stand und ein Glas Wasser in Händen hielt, schloss das Fenster und stellte den Säulenventilator an. Der Hauptkommissar nickte und schob die schwarz gerahmte Brille vor seine Augen. Angestrengt betrachtete er die Plexiglasscheibe, auf der etliche Fotos der Toten, des Tatortes sowie Stichworte und Hypothesen lauerten, und fuhr sich mit den Fingern über den Bart. »Wurde bei ihr überhaupt ein Telefon oder Laptop sichergestellt? Ein Rechner? Ich finde hier auf der Liste keine Hinweise darauf. Heute hat jeder ein Handy.« Westermann schien irritiert. Er erinnerte sich daran, dass er auf ihrem Schreibtisch nichts dergleichen gesehen hatte, und vermutete, dass alles bereits in der KT war. Sein Blick durchkämmte die Runde.

Hartwig verzog den Mund, sah ihn ungläubig an, öffnete die Akte Jacobsen im Computer und suchte nach Anhaltspunkten auf elektronische Equipments. Er stutzte und schüttelte den Kopf. »Das gibt's nicht. Bei den Asservaten ist nichts gelistet!«

»Kann nicht sein. Ich dachte, die KT hat die Geräte an sich genommen und überprüft längst alles. Verdammt. Wie konnte das passieren?« Westermann trat an Hartwigs Schreibtisch und schaute ihm über die Schulter. »Haben die vergessen, die Sachen aufzulisten …? Ich frag gleich nach. Das ist unwahrscheinlich. Henning kann mir sicher etwas dazu sagen.« Der Leiter der Mordkommission nahm das Mobiltelefon von seinem Tisch und wählte. »Moin, Nils, Westermann. Ich hab eine wichtige Frage: Gibt es im Fall Jacobsen bei den Asservaten Handy oder Computer? Ich konnte in der Akte nichts finden …« Er wurde blass. »Wie, du hast nicht das Geringste vorliegen? Da war nichts in der Wohnung? Vielleicht im Wagen? … Und warum erfahre ich das erst jetzt? Ja, überprüf das noch mal. Ich warte auf deine Rückmeldung.« Der Hauptkommissar schob die Brille auf die welligen nackenlangen Haare und rieb sich die rot geränderten Augen. »Und?«, wollte Hartwig wissen. Westermann zuckte die Schultern. »Sie melden sich. Anscheinend hat der Täter alles, was ihn verraten könnte, an sich genommen. So ein Mist!«, fluchte er und schlug die Faust auf den Tisch. »Dass wir da nicht früher draufgekommen sind. Ich brauch eine Pause, muss nachdenken.« Er verließ ohne ein weiteres Wort das Zimmer. Im Innenhof zündete er seine Pfeife an und ließ sprachlose Mitarbeiter zurück. Er merkte nicht einmal, dass Hartwig ihm gefolgt war.

»Du siehst nicht grade frisch aus heute Morgen. Was ist denn los? Hat der Lütte euch wieder die ganze Nacht wachgehalten?«, murmelte der Kommissar, der selbst aussah, als hätte er durchgemacht. Er war unrasiert, und unter seinen Augen lagen dunkle Augenringe. »Hm«, war die knappe Antwort.

Westermann atmete tief in seine Lungen, sah plötzlich das Gesicht seines Sohnes vor dem inneren Auge und musste lächeln.

Mats Ole hatte seit seiner Geburt im Dezember die Angewohnheit, nicht länger als vier Stunden durchzuschlafen, dann wurde er munter und hielt es für angebracht, seine Eltern zu wecken. Im Wechsel versuchte einer von beiden, den kleinen Kerl zum Schlafen zu bewegen. Westermann war sogar ein paarmal mitten in der Nacht mit ihm im Wagen durch die Gegend gefahren, um ihn zu besänftigen. Er schrie nie, er quengelte durchwegs wie eine miauende Katze, bis er irgendwann vor Erschöpfung einschlief.

Das Klingeln des Telefons riss den Leiter der Mordkommission aus seinen Gedanken. Er zog es aus der Jeanstasche, nahm das Gespräch entgegen. »Na, wie sieht's aus?« Er wurde blass. »Das kann nicht sein! Könnt ihr das Handy orten?« Der Hauptkommissar schwieg, dann steckte er das Mobiltelefon zurück in die Hosentasche. »Und?«, wollte Hartwig wissen. »Im Apartment gab es weder ein Handy noch einen Computer. Wir können also nicht mal feststellen, mit wem sie ihre letzten Gespräche geführt hat oder Kontakte im Netz pflegte. Henning hat das Telefon überprüft, sich die Nummer von dieser Rieka Ludwig geben lassen. Es ist ausgeschaltet. Also keine Ortung möglich. Wer auch immer das getan hat, ist vorbereitet und überlässt nichts dem Zufall.«

»Aber das widerspricht sich doch, wenn er seine Spuren am Tatort zurückgelassen hat«, sagte Kommissar Hintz und runzelte die Stirn. »Nein, ganz und gar nicht. Wir wissen ja nicht einmal, welche von den Spuren, außer den Spermaspuren, seine sind. Vielleicht hat er uns auf eine falsche Fährte gelockt und die Unordnung nur vorgetäuscht. Die Tatwaffe fehlt schließlich auch. Nee, der ist wahrscheinlich nicht unüberlegt an die Sache rangegangen. Mit Sicherheit ist der in keiner Datenbank zu finden. Wir müssen den Zeugen noch mal auf den Zahn fühlen und zu dieser Freundin. Dann müssen wir unbedingt ihre Kommilitonen befragen. Anne, du fährst mit Werner nach Kiel.«

»Thomas, kümmere du dich bitte um die Ludwig.« Er nickte. »Ich hab eine böse Ahnung.« Westermanns Blick wirkte frostig.

٭

»Was gibt es denn so Aufregendes, dass ich sprinten muss?«, lachte Josch und rückte die Mütze auf seiner weißen Haarpracht zurecht, als er seine Begleitung erreichte. »Sieh mal, von hier aus kannst du unsere eiserne Lady sehen. Ist das nicht ein Träumchen?« Charlotte Hagedorn klatschte begeistert in die Hände, nahm ihre Kamera auf und schoss Foto um Foto von der Fehmarnsund-Brücke, die von hier in weiter Ferne sichtbar im Licht der Sonne glänzte. »Und ich dachte, du hast eine Leiche entdeckt. Das war es, was du mir zeigen wolltest?« Der Kapitän schüttelte den Kopf. »Deern, Deern, du schaffst es immer noch, mich aus der Puste zu bringen.« Kopfschüttelnd brachte er seine Pfeife wieder zum Glühen.

»Das ist gar nicht witzig. Ich hoffe, dass es in der nächsten Zeit keinen Vorfall dieser Art auf Fehmarn gibt. So langsam muss mal wieder Ruhe einkehren. Stell dir vor … da hat sich eine Kolumnistin, eine gewisse Melone oder so ähnlich, darüber ausgelassen, dass auf der Insel nur noch gemordet wird und es für Gäste unzumutbar wird, hier Urlaub zu machen. Ist das nicht unglaublich?« Josch Diekmann pustete den Qualm in die Luft.

»Ja, aber es stimmt doch, oder etwa nicht. Was du mir alles erzählt hast, weist nicht gerade auf eine friedfertige Gegend hin.« Der Kapitän zog an seiner Pfeife. Seine Augenbrauen zogen sich zusammen, und tiefe Grübchen wurden auf seinen Wangen sichtbar, als er lauthals loslachte. »Also sag mal. Ein bisschen mehr Unterstützung hätte ich mir von dir schon erwartet«, sagte sie.

Charlotte schnaufte. Sie hielt die Kamera wie eine Waffe in ihren Händen. Es schien, als würde sie jeden Moment auf Josch losgehen.

Er trat instinktiv einen Schritt zurück. Man konnte nie wissen, wozu die quirlige Freundin als Nächstes fähig war. »Nun lass sie doch. Leben und leben lassen, ist meine Devise. Wenn die unbedingt ihren Kram loswerden möchte, lass sie! Wat geit uns dat an. Wir werden weiterhin vernünftige Arbeit bei den wahren Kriminalfällen leisten, dann wird es irgendwann auch wieder ruhig auf der Insel. Außerdem musst du nun langsam Gas geben, ich habe doch noch eine Überraschung.«

»Und die wäre? Willst du mir nicht endlich mal erzählen, worum es geht?«

*

Hartwig schlurfte auf die Eingangstür der Familie Ludwig zu. Er drückte die Klingel des Endreihenhauses und gähnte. In seinen Eingeweiden brodelte ein heftiger Kater. Den

Stress mit seinem Vorgesetzten musste er gestern Abend erst mal verdauen und hatte sich einige Bier genehmigt, die heute fast seinen Schädel zum Platzen brachten. Die Predigt Westermanns hatte ihre Wirkung nicht verfehlt. Eines von den Bierchen war auf jeden Fall nicht gut, überlegte er mit zerfurchtem Gesicht und betätigte erneut den Klingelknopf. Niemand öffnete. Er hörte nicht ein Geräusch aus dem Inneren des Hauses, als er sein Ohr gegen die graue Kunststofftür legte. Hartwig steckte eine Hand in die Hosentasche seiner abgewetzten Jeans. Ein weiteres Mal klopfte er lautstark an die Tür. Unerwartet wurde sie aufgerissen. Rieka Ludwig, eigenen Angaben nach die beste Freundin der Toten, stand barfuß in knappem Höschen und Trägershirt mit verschlafenem Blick vor ihm und rieb sich gähnend die Augen. Ihre schwarzen Haare zwirbelten sich um den Kopf. Auch sie schien eine kurze Nacht hinter sich gebracht zu haben. Trotz ihrer Aufmachung erzielte sie eine Wirkung, die ihn elektrisierte. Sein Testosteron-Spiegel lief plötzlich auf Hochtouren. Sie war ihm sowohl am Tatort sowie gestern bei der ersten Befragung aufgefallen. Ein Kribbeln durchlief seinen Körper. Die ist der Hammer!, schluckte er und räusperte sich, weil er das Gefühl hatte, dass sie ihm seine Gedanken am Gesicht ablesen konnte. Dieses Mädchen war das genaue Gegenstück zu seiner Freundin, die dagegen wie ein Engel wirkte. »Moin?« Irritiert guckte sie ihn an. Ihre rauchige Stimme ließ seinen Puls ansteigen. Die macht einen irre. Er hüstelte und starrte auf ihre Brüste, deren Knospen unter dem Stoff hervorstachen. Der unrasierte Polizeibeamte, der aussah, als käme er selbst gerade aus dem Bett, schaute in ihre schwarzen großen Augen. Seine Fantasie ging mit ihm durch, als er sich vorstellte, wie sie zusammen auf dem Laken ... Das liegt am Alkohol, schätzte er und guckte peinlich berührt an ihr vorbei, bevor er sagte: »Ich habe noch ein paar dringende Fragen zu Ihrer Freundin.«

»Aber ich habe Ihnen alles gesagt, was ich weiß«, entgegnete sie und presste die Lippen zusammen. Sie betrachtete den Mann mit dem unrasierten Gesicht und den leuchtend blauen Augen, die sie an einen Husky erinnerten. Die Bartstoppeln verpassten seiner Miene eine finstere männliche Note. Er gefiel ihr, das entging ihm nicht. Er musste sich zusammenreißen, sonst würde das Ganze aus dem Ruder laufen. »Wir sind uns bei den Ermittlungen nicht schlüssig, und ich hoffe, Sie können uns helfen, einige offene Fragen zu klären«, stotterte er und setzte einen ernsten Blick auf.

»Ich wüsste nicht, was ich Ihnen noch erzählen könnte, das Sie nicht schon wissen«, entgegnete sie schroff. »Darf ich trotzdem?«, fragte der Kommissar und betrat unaufgefordert das Haus. »Ja, 'türlich. Aber ich hab Ihnen alles gesagt. Da gibt es nichts mehr, was Ihnen bei den Ermittlungen weiterhilft.« Sie stotterte, schloss die Tür und huschte an ihm vorbei.

»Wir brauchen zusätzliche Informationen von Elin, und ich glaube, dass Sie als beste Freundin sie genaustens kannten.« Der dunkelhaarige Beamte folgte der 25-Jährigen in die Küche. Sie bot ihm einen Stuhl an und schaltete die Kaffeemaschine ein. Auf dem Tisch war Frühstück vorbereitet. »Sind Sie allein?«, wollte Hartwig wissen und schluckte erneut. Er hoffte, dass seine Frage keine falschen Schlüsse zuließ. Rieka drehte sich um: »Ja, meine Mutter ist im Geschäft. Sie ist meist schon um 7 Uhr aus dem Haus. Ich hab mir frei genommen. Ich kann mich nicht konzentrieren, bin krankgeschrieben. Elin, Sie wissen. Das hat mir fürchterlich zugesetzt.« Der Kommissar nickte. Sie fing an zu weinen. Er konnte nachempfinden, was in ihr vorging. In ihm sah es genauso düster aus. Seit Watson nicht mehr da war, hatte er das Gefühl, als hätte man ihm ein Stück seines Herzens aus dem Leib gerissen. Hartwig stand auf, um sie zu trösten. Sie rührte etwas in ihm an. Er legte seine Hand auf ihre Schulter. Es war wie ein elektrischer Schlag. Rieka Ludwig ließ den Kaffeebecher fallen und stieß ihn zurück. Der Kommissar verlor in diesem Moment die Kontrolle, sah sie elektrisiert an und stellte sich vor, wie er sie küssen würde. Es war wie ein Unwetter, das sich über ihm entlud. In Gedanken hob er sie auf den Tisch und zerrte ihr das Shirt vom Körper, während sie ihn wutentbrannt ansah.

*

Zur gleichen Zeit

Dirk sitzt jetzt im Büro und frühstückt … ohne mich, dachte Katrin und registrierte, wie Eifersucht sich in ihr ausbreitete. Sie vermisste ihn, ihren Job und die Gespräche mit den Brautleuten. Dabei stand ihre eigene Hochzeit seit ein paar Monaten im Fokus, und es würde nicht mehr lange dauern, dann würden sie und ihr Kommissar sich das Ja-Wort geben. Nur noch zwei Wochen, stellte sie fest. Der Gedanke entlockte ihr auf einmal Kopfzerbrechen. Sie hatte sich wie ein kleines Kind auf diesen Tag gefreut und jetzt war sie nicht mehr sicher, dass sie all das allein schaffte. Katrin gähnte und schlürfte den lauwarmen grünen Tee, der ihr einen neuen Energieschub verschaffen sollte. Sie erhob sich und schlich wie ein Geist zum Schlafzimmer. Sie hatte die Tür nur angelehnt und hoffte, dass ihr Sohn schlief. Vorsichtig schob sie die Schlafzimmertür auf und trat lautlos ins Zimmer. Die Hände nach oben ausgestreckt, lag Mats Ole friedlich schlafend in seinem Kinderbett. Sein entspanntes Gesicht zeigte Katrin, dass er endlich zur Ruhe gekommen war. Sie würde ihm am liebsten über die dunklen Locken streicheln, unterließ es aber, um ihn nicht zu wecken. Genauso leise verließ sie das Schlafzimmer wieder und schlich erneut gähnend ins Wohnzimmer. Die Markise auf der Terrasse war runtergelassen, und die Tür stand sperrangelweit offen. Draußen kreischten Möwen. Katrin Duvenstedt nahm ihren Becher, lümmelte sich in Jogginghose und kurzärmligem Shirt auf die Sonnenliege. Sie lauschte den Maschinen, die sich in weiter Entfernung nach wie vor mühsam durch den Sund arbeiteten, um den zweiten Tunnel auf dieser Insel zu erstellen. Sie hatte sich daran gewöhnt, dass die Zukunft sich nicht aufhalten ließ, obwohl sie seit Anbeginn der Diskussion eine Gegnerin dieses Mammutprojektes gewesen war. Die Wolken zogen Richtung Westen. Sie folgte ihnen mit schläfrigen Blicken. Die Sonne stand bereits hoch am Himmel, und das Thermometer zeigte 26 Grad Celsius. Das wird wieder richtig heiß, überlegte sie und hoffte, dass Mats ein paar Stunden schlafen würde, damit sie unter dem Sonnenschirm wenigstens für den Moment die Augen schließen konnte. Die schwüle, nach Meersalz und Seetang riechende Luft schien ihre Sinne zu betäuben. Sie leerte den Becher, stellte ihn auf den Tisch, und ohne Zutun fielen ihr die Augenlider zu. Ihr Arm hing wie leblos herunter. Sie stöhnte ein letztes Mal, dann war sie eingeschlafen.

*

Zehn Minuten später war es vorbei. Die Begierde, die Hartwig bei ihrem Anblick überfallen hatte, war verraucht. Das Gewissen regte sich, während er Rieka Ludwig peinlich berührt ansah. Die Anwaltsgehilfin fegte die am Boden liegenden Scherben zusammen, und verschwand mit hochrotem Kopf im Bad, um die Kaffeeflecken zu entfernen. Der Kommissar guckte sich in der Küche um. Sein Gesicht war puterrot angelaufen. Er fuhr sich mit den Händen durch die nackenlangen dunklen Haare »Verdammte Scheiße, wie blöd bist du, Hartwig«, murmelte er und versuchte, seinen Puls unter Kontrolle zu bekommen. Er nahm seinen Becher und spülte den kalten Kaffee seine ausgetrocknete Kehle hinunter. Ich muss das hier professionell durchziehen. Hartwig schluckte. Ihm war die Situation peinlich … Stina, dachte er und schämte sich seiner Gedanken. Am liebsten würde er sofort von hier verschwinden.

In diesem Moment betrat Rieka die Küche. Sie wirkte aufgeräumter als noch vor ein paar Minuten. Ihre Haare waren gekämmt, und sie trug ein weites dunkles Shirt zu verwaschenen Jeans. Ihre Wangen glühten, und sie schaute an ihm vorbei, als könnte sie ihm nicht in die Augen sehen, als hätte sie die Berührung genauso mitgenommen. Mit zitternder Stimme fragte sie: »Alles okay, noch einen Kaffee?« Sie deutete auf seinen Becher und schenkte sich selbst ein.

»Nein, ich brauch nichts. Aber danke.«

»Das mit der Tasse tut mir leid«, murmelte er und fuhr sich mit der Hand über das unrasierte Kinn. Sie beobachtete ihn und versuchte zu lächeln. Der Mann gefiel ihr. Sie wusste, dass er Elins wegen gekommen war, aber er hatte eine Ausstrahlung, die sie trotz der prekären Situation reizte. Vielleicht konnten sie zu einem anderen Zeitpunkt … »Sie sind …«, er hielt inne, »wie Sie uns erzählt haben, die beste Freundin von Elin gewesen«, sagte er, bemüht, unbeteiligt zu wirken. »Wir sind auf der Suche nach ihrem Handy, einem Computer, Tablet. Können Sie uns weiterhelfen? Wir haben nichts dergleichen in ihrer Wohnung gefunden. Sie hatte doch eines, oder nicht?« Hartwig fiel es schwer, unbeteiligt zu wirken. Sie reizte ihn. Die Spannung zwischen ihnen war körperlich spürbar. Der Kommissar versuchte, ihrem traurigen Blick auszuweichen. Ihm war die ganze Atmosphäre unangenehm, und er wollte so schnell er konnte dieses Haus und die Frau, die ihn fragend ansah, verlassen.

Rieka sah ihn an, stellte den Becher ab und verschränkte die Arme vor der Brust. »Natürlich hat sie eins. Was glauben Sie? Jeder hat heutzutage ein Handy. Wir haben jeden Tag *WhatsApps* geschrieben. Und selbstredend hatte sie einen Computer! Wer hat keinen? Ihr Tablet hatte sie am Bett, um Filme zu streamen. Wieso, wo sind die Sachen? Sie müssen da sein. Der Laptop steht immer auf ihrem Schreibtisch. Oder hat der Mörder …?«

Hartwig hob die Hand. »Das versuchen wir rauszufinden. Dann haben Sie sicher auch eines, oder?«

»Klar, aber wozu?« Sie zog es aus der hinteren Hosentasche. »Ich würde gern die Chats lesen, die Sie miteinander geführt haben, damit ich ein besseres Bild von den letzten Tagen bekomme.«

»Das sind total private Nachrichten.« Sie sträubte sich und wollte ihm das Telefon nicht geben.

»Sie brauchen keine Angst zu haben. Das bleibt alles unter Verschluss.« Er zwinkerte Rieka zu und nahm ihr das Handy aus der Hand.

Langsam scrollte er sich durch die Mitteilungen, die sie sich in den vergangenen Wochen geschrieben hatten. »Das bleibt aber unter uns. Das sind alles sehr persönliche Mails«, flüsterte sie und wurde rot. »Versprochen«, antwortete Hartwig und sah in ihre fast schwarzen Augen. Sie ist verdammt süß, stellte er fest und räusperte sich.

»Ihr werdet das nicht für jeden sichtbar in eure Akten aufnehmen, oder?« Der Kommissar schüttelte den Kopf. Während er angestrengt den Verlauf las, fühlte es sich in seiner Kehle wie Sandpapier an. Das, was hier ausgetauscht wurde, ist absolut nicht jugendfrei, dachte er. Er hatte keine Ahnung, was Frauen sich untereinander alles zu erzählen hatten, und war geplättet. Das war kein Geplänkel, das waren die reinsten Pornos, die er zu Gesicht bekam. Schluckend sah er sie an und las weiter. Rieka und ihre Freundin erzählten sich, mit wem sie wann und wie Sex hatten und wer gut oder schlecht abschnitt. Hartwig spürte, wie ihn dieser Chatverlauf erregte. Er räusperte sich, gab ihr das Handy zurück und leerte den Becher, um seinen Kehlkopf zu befeuchten. »Kennen Sie die Männer, mit denen Elin sich zu ihren One-Night-Stands getroffen hat? Wo hat das stattgefunden? In ihrer Wohnung oder außerhalb? Waren das Typen von der Uni?«

»Das sind reichlich viele Fragen. Die erste kann ich Ihnen schnell beantworten. Ich kannte keinen der Männer, mit denen sie sich traf. Dafür war sie zu … diskret.«

»Na ja, wenn ich Ihren gemeinsamen Verlauf lese, sieht es nicht unbedingt nach Diskretion aus.«

»So meinte ich das nicht. Mir gegenüber war sie halt vertrauensselig. Aber sie nannte nie Namen oder woher sie kamen. Da war sie klar. Sie betrachtete die Männer als Versuchsobjekte. Über ihre Namen und Daten schwieg sie sich aus.«

»Versuchsobjekte? Wie meinen Sie das? Jetzt machen Sie mich neugierig.«

»Sie wissen ja, dass sie Biowissenschaften studiert hat. Die Treffen galten ihrer Studie«, zwinkerte Rieka. »Sie schrieb genau auf, wer mit welcher Ausdauer und Raffinesse ausstaffiert war. Sie nahm es als eine Art Spiel.«

»Und Sie kannten niemanden davon? Das glaube ich nicht.« Hartwig war verdutzt. Er konnte sich nicht vorstellen, dass Rieka nie einen von ihnen kennengelernt, geschweige denn gesehen hatte.

»Es war so. Bei Elin gab's kein Frühstück. Gleich nach dem … Sex mussten sie sich verpissen. Es war immer nur 'ne einmalige Sache. So war es, ich schwöre. Sie hat mir nie jemanden von ihnen vorgestellt. Sie war intellektuell und stillschweigend, wenn es um ihre Kerle ging.«

»Warum nicht? Es war doch sicher einer dabei, von dem sie mehr wollte. Einen festen Freund.«

»Nein, sie hatte keine Zeit, wollte ihr Studium schnellstmöglich zu Ende bringen. Da war keine Zeit für Probleme. Sie nahm sich, was sie brauchte, und tschüs. Da gab es keinen Festen.«

»Und tschüs? Kein zweites Treffen, kein Wiedersehen? Ich kann mir das kaum vorstellen. Das passt so gar nicht zu dem Bild, was wir von ihr haben.«

»Niemals! Sie hatte, sagen wir mal … zwei Gesichter.«

»Dann waren all die Männer auf unserer Liste einzig One-Night-Stands?«

»Genau so sieht's aus.« Rieka setzte sich, schlürfte ihren Kaffee, zog die Beine an und legte ihren Kopf auf die Knie. »Waren das Studienkollegen?«

»Nein. Mit denen hat sie sich nicht eingelassen. Sie wollte nicht zur Uni-Matratze mutieren. Ihre Außenerscheinung war ihr sehr wichtig. Aber wenn ich mich recht erinnere … da war mal irgendwas. Aber sie hat nie wirklich darüber gesprochen.« Rieka zuckte die Achseln.

»Aber wo hat sie ihre Kerle kennengelernt?«

»Im Netz! Wie fast alle anderen auch.«

*

Westermann saß zeitgleich mit großem Fragezeichen im Gesicht an seinem Schreibtisch und arbeitete sich durch die Fakten, die bisher nichts aussagten, was sie in irgendeiner

Form weiterbrachte. Hintz und Lornsen saßen genauso um den Tisch wie Nils Henning und Marika Hansen. Er wusste, dass die ersten 48 Stunden von enormer Tragweite waren, um zu schnellen Ergebnissen zu kommen, und dass die Zeit längst abgelaufen war. Die letzte Woche war ihnen zwischen den Fingern zerronnen und hatte das Team keinen Schritt weitergebracht. »Dieser Fall scheint wieder einer von denen zu werden, die uns starke Nerven abverlangen. Dadurch, dass es durch Sanitäter und Zeugen zu viele verunreinigte Spuren gibt, werden wir ständig in die Irre geführt.« Der Leiter der Mordkommission raufte sich die Haare. »Die ersten Befragungen an ihrer Uni haben auch nichts ergeben. Ich kann mir nicht vorstellen, dass die Tote weder einen Freund noch Liebhaber hatte, so hübsch, wie sie war. Ich sage Ihnen, die Leute, die wir bisher interviewt haben, wissen mehr, als sie uns erzählen.« Westermann schob die längst erkaltete Pfeife in den anderen Mundwinkel, runzelte die Stirn und wirkte auf die Kollegen wie ein Ertrinkender. Er sah die brünette Beamtin mit dem kurzen Bubikopf an. Sein Blick suchte in ihren großen jadegrünen Augen nach Antworten. Marika Hansen kannte die Gesichtszüge ihres Vorgesetzten. Sie bedeuteten nicht, dass es sich um einen Fall handelte, der schnell zu den Akten gelegt werden konnte. Sie hielt seinem Blick stand. In ihrem Magen rumorte es. Sie war von Anfang an angetan von dem hochgewachsenen Mann mit den weißen Haaren und dem Lächeln in den Augen, das ein leises Kribbeln in ihrer Magengegend verursachte. Er war höflich, souverän und unübersehbar ein Frauenschwarm. Die Polizeimeisterin seufzte. Die 24-Jährige bemerkte die Falten auf seiner Stirn und wusste, dass etwas in der Luft lag, das ihm Kopfzerbrechen bereitete. Sie hielt inne, kaute auf ihrer Unterlippe und sagte: »Wir sollten den Uni-Kollegen auf jeden Fall noch einmal auf den Zahn fühlen. Die kennen sie besser, als es hier auf dem Papier steht. Davon bin ich überzeugt.« Der Leiter der Dienststelle warf einen flüchtigen Blick auf Marika Hansen und kratzte sein Kinn. Die ist plietsch, aus der wird noch mal was, dachte er und musste schmunzeln. Die junge Kollegin wühlte weiter in ihren Unterlagen. »Woher kommen diese unsagbar vielen Fingerabdrücke? Ätzend! Nicht einer davon in der Datenbank, das gibt's nicht«, blätterte sie sich mit einer Hand durch die Akte und scrollte gleichzeitig mit der anderen durch das Computerprogramm. »Es muss irgendwo ein Hinweis zu finden sein.« Sie guckte ihn an und verzog den Mund. »Wir werden den Studis noch mal auf die Finger gucken, Sie könnten recht haben«, antwortete Westermann. »Unwahrscheinlich, dass die außerhalb der Uni keine Kontakte hatte. Wir hingen in Eutin ständig zusammen, auch nach der Ausbildung. Lassen Sie uns nach Kiel fahren.« Der Erste Hauptkommissar nickte und schob die Brille zurück vor die Augen. »Ja, so machen wir das. Ich will das geklärt wissen.«

Die Tür öffnete sich, und Hartwig trat ein. Er gähnte und rieb sich die Augenlider. »Bist du immer noch oder schon wieder müde?«, wollte sein Vorgesetzter wissen, als sein Teamkollege sich wortlos auf den Schreibtischstuhl fallen ließ. »Ich … ich bin nicht müde, nur fix und fertig, weil ich so miserabel geschlafen habe«, entgegnete er, musterte die Kollegin, in deren Gesicht er ein Grinsen wahrnahm. Er hatte das Gefühl, dass alle ihm seine Schandtaten ansahen. »Ich habe übrigens aufschlussreiche Neuigkeiten erfahren. Es war gut, dass ich die Freundin noch mal gelöchert hab«, sagte er und wurde rot, als er sich der Zweideutigkeit seiner Worte bewusst wurde.

»Na, dann erzähl.« Westermann setzte sich gerade hin und schob die Brille auf den Kopf. »Sag mal, du hast nicht schon wieder …?«, fragte er und seine Mimik verfinsterte sich, als er den Geruch von Bier und Pfefferminz wahrnahm. »Eh, was glaubst du eigentlich. Natürlich nicht. Die Ludwig hat mir bei der Befragung ein alkoholfreies Pils angeboten … und bei der Wärme«, log er. Wie zum Schwur hob er die Hand. Westermann lehnte sich zurück. »Hoffentlich. Ich habe dir gesagt, wie ich verfahre … halte dich dran.« Es war ihm egal, was die anderen von seiner Ausführung hielten.

»Nun komm mal wieder runter. Willst du jetzt hören, was ich rausgefunden hab, oder nicht?« Die Kollegen folgten dem Dialog wie einem Tennismatch auf dem Platz. Die Köpfe bewegten sich von einer Seite zur anderen.

Hartwig wurde es zu viel. Er erhob sich und begab sich ans Fenster.

»Jetzt setz dich, verdammt noch mal, und erzähl endlich, was Sache ist. Mann, Kerl, komm runter.« Westermann klapperte mit dem Kugelschreiber auf die Tischplatte. »Los!« Marika Hansen nahm ein leeres Blatt Papier und einen Stift. Sie war äußerst gespannt auf die Informationen, die Hartwig vorzubringen hatte. Der Kommissar sah beide an. Sein jüngerer Kollege lehnte gegen das Fensterbrett und verschränkte die Arme vor der Brust. Dann holte er tief Luft.

»Also. Die Ludwig hat zuerst nicht mit der Sprache rausgerückt. Aber nachdem ich nachhakte, hat sie mir erzählt, dass die Tote nicht auf Partys anzutreffen war. Sie hat weder einen festen Freund noch einen Lover. Sie … und das glaubst du mir jetzt nicht …«

»Red endlich.«

»Sie hat sich ihre Kerle außerhalb der Uni gesucht.«

»Wie außerhalb?« Der Leiter der Mordkommission schob die Brille zurück vor die Augen. Fragend zog er die Schultern hoch. »Sie hatte ausschließlich One-Night-Stands, und die hat sie sich abseits des Campus ausgesucht.«

»Erklär uns das etwas präziser.« Westermann legte den Stift aus der Hand, trommelte mit den Fingern auf die Tischplatte. »Sie hat sich in Kneipen außerhalb der Uni mit immer wieder anderen Kerlen getroffen. Wo genau, konnte oder wollte die Ludwig mir nicht erzählen. Die Tote hat sich selbst ihr gegenüber bedeckt gehalten, was ihre Männerbekanntschaften anging. Die Freundin wusste nur, dass sie sich die Männer sozusagen als Studienobjekte rangeholt hat, um sie für eine Nacht, sagen wir zu … benutzen.« Er machte Anführungsstriche mit den Händen.

»Benutzen? Das klingt chauvimäßig, total … sexistisch«, antwortete Marika Hansen, die nicht fassen konnte, wie abfällig sich der Kollege über Frauen äußerte. Ihre grünen Augen blitzten ihn an. Hartwig zuckte die Augenbrauen und grinste. Er fand die junge Kollegin ziemlich vorlaut, aber süß. Ihre strubbelige Frisur hatte etwas Freches. Der Leiter der Mordkommission schwang sich vom Stuhl und trat mit wenigen Schritten zu seinem Kollegen. Er steckte die Hände in die Taschen seiner ausgeblichenen Jeans und guckte Hartwig fest in die Augen. »Und was für Männer hat sie sich rangeholt?«

»Kerle, die sie im Internet kennengelernt hat. Sie hat sich da quasi bedient«, grinste er. »Und Frühstück gab es bei Elin Jacobsen übrigens auch nie. Das hat die Ludwig betont. Also nur eine schnelle Nummer, und nach dem Fick durften die wieder verschwinden. Immer eine einmalige Sache.«

»Wie im Internet?« Westermann guckte ihn fassungslos an.

»Sie surfte, so wie es aussieht, in irgendwelchen Foren rum. Die Ludwig hat nur Andeutungen gemacht.«

»Hättest du nicht mehr aus ihr rausholen können? Wusste sie es nicht, oder wollte sie es dir nicht sagen?«

»Oh ja, das hab ich. Ich meine, alles rausgeholt, was möglich war«, errötete er erneut. »Ich denke, sie wusste nicht mehr.« Hartwig sah zu Boden. »Soso, sie wusste nicht mehr. Vielleicht hättest du eindringlicher sein müssen.«

»War ich«, schnaufte er, räusperte sich und kaute verlegen auf seiner Unterlippe.

Marika Hansen warf einen Blick auf den Kollegen, dann auf ihre Akte. Sie hatte das Gefühl, als wenn er sich mit der Zeugin näher befasst hatte. Sie war nicht unattraktiv, das hatte sie auf dem Foto entdeckt, das mit anderen an der Pinnwand hing. Aber ihre Vermutung behielt sie lieber für sich. »Das erklärt auf jeden Fall die unzähligen Fingerabdrücke. Wenn sie sich im Netz bedient hat …«, sie zuckte die Achseln. »Wir werden die Datei noch mal durchforsten müssen«, sagte sie und rollte mit den Augen.

»Die Plattformen bieten heute alles, was das Herz begehrt.« Marika Hansen räusperte sich und wich dem Blick ihres Vorgesetzten aus. Westermann verschränkte die Arme vor der Brust. »Klären Sie mich auf.«

»Mann beziehungsweise Frau muss nicht mehr raus, um die … sagen wir mal, Liebe für eine Nacht da draußen in 'ner Kneipe kennenzulernen. Das geschieht ganz unauffällig auf den richtigen Portalen. Das ist wie ein großes Kaufhaus. Tummelplatz der einsamen Herzen sozusagen. Man sucht sich aus, was einem gefällt, und dann geht wenig später die Post ab.« Sie grinste. »Und Sie meinen, dass unsere Tote sich in einem dieser Foren … bedient hat?« Marika Hansen nickte. »Sie nicht?«

»Dann sollten wir schnellstens rausfinden, mit wem sie es dort zu tun hatte. Nils, du musst dir was einfallen lassen. Das ist deine Aufgabe. Wir fahren jetzt zur Uni. Ich will wissen, ob es da nicht doch den einen oder anderen gab, der sich, vielleicht heimlich, mit ihr getroffen hat. Eventuell hat irgendeiner ihrer Kommilitonen Informationen über dieses ... Kaufhaus der Liebe?«

»Ich glaub nicht, dass wir fündig werden. Sie wollte mit Sicherheit nicht, dass jemand etwas über ihr Liebesleben erfährt.« Hansen schüttelte den Kopf. »Die Kerle, die sie sich angelacht hat, waren irgendwelche Normalos, die auf dem gleichen Trip wie sie waren. Wenn Sie verstehen, was ich meine. Sie hat sich die Männer ins Bett geholt, mit ihnen Sex gehabt, basta.« Er warf einen Blick auf die Kollegin und fuhr mit seiner Hypothese fort. »Wenn die Frau so plietsch war, wie alle erzählen, denke ich, es wäre sinnig herauszufinden, in welchen Kneipen sie sich aufgehalten hat, um Typen abzuschleppen. Da draußen laufen mehr als 80 Millionen Menschen rum. Da sie sonst nicht wegging, hat sie sich wahrscheinlich irgendwo in Kiel an einem festen Treffpunkt verabredet, um die Männer vorab zu checken.« Hartwig holte Luft und streckte seine langen Beine aus.

»Ihr macht das schon. Bin ich froh, dass ich Katrin habe und damit privat nichts am Hut hab. Die habe ich wenigstens auf normalem Weg kennengelernt.« Westermann schob die Pfeife in den Mund und entzündete sie, während er das Fenster öffnete, um den Qualm in die Luft zu pusten. »Na ja, euer Kennenlernen war schon eine feurige Angelegenheit, falls du dich erinnerst. An der Tagesordnung war das sicher nicht. Da musste erst ein Haus abbrennen, damit ihr euch verlieben konntet.« Marika Hansen sah den Kollegen aus Lütjenbrode fassungslos an. »Das kann er dir selbst erzählen ... wenn er möchte«, grinste Hartwig. »Ja, nun lass mal den Quatsch und komm zurück in die Realität.« Westermann wurde rot. Wie oft hatte er daran gedacht, wie das Schicksal sie zusammengebracht hatte.

»Wie die Ludwig mir erzählt hat, wollte sie nicht mit Leuten von der Uni zusammentreffen. Ergo hat sie sich vermutlich in einer Ecke von Kiel aufgehalten, in der sich die Studis nicht bewegen. Wenn wir eine Person finden, die uns darüber Informationen geben kann, können wir den Radius erheblich einkreisen und wären ein gutes Stück weiter.« Hartwig zog die Beine an und stand auf. Er ging auf die alte Kaffeemaschine zu und leerte den Inhalt der Kanne in einen Becher. Er verzog das Gesicht, als die schwarze Brühe seinen Hals hinunterlief. »Bitte lieber Gott, schenk uns einen modernen Kaffeeautomaten.« Hansen lachte. »Oder trink einfach Tee.«

»Ja, du hast recht. Aber gerade deshalb müssen wir den Kommilitonen auf den Zahn fühlen«, entgegnete Westermann.

»Und dringend einen Computer, ein Handy oder Tablet von der Toten finden. Ich könnte mir vorstellen, dass derjenige, der sie zuletzt besucht hat, sie getötet und sich anschließend die Gegenstände angeeignet hat, um sie entweder als Trophäen zu behalten oder verschwinden zu lassen. Wenn es wirklich so ist, dass sie sich im Netz aufgehalten hat, um ihre Liebhaber aufzureißen, finden wir dort höchstwahrscheinlich Antworten.« Marika Hansen raufte sich die dunkelblonden kurzen Haare, während es aus ihr herausprudelte. Sie fingerte oberhalb des Knies am Riss ihrer Röhrenjeans, zupfte an den Garnen, die das gewollte Loch in ihren Markenjeans vergrößerten. Mit ihren 26 Jahren war sie dem Opfer weitaus näher als ihre männlichen Kollegen. Sie merkte, dass ihr Chef mit der Internetgeschichte überfordert war. Wie sollte er sich in das Liebesleben einer Mittzwanzigerin versetzen? Sie konnte sich in die Tote einfühlen, wusste, wie Frauen in ihrem Alter tickten. Hansen presste die Lippen zusammen. Dann sagte sie: »Eventuell hat irgendjemand zufällig mitgekriegt, wie sie mit einem Mann eine Kneipe verlassen hat. Oder jemand im Haus hat sie mit einem Typen beobachtet. Ein Auto, das er gefahren ist, fotografiert. Sich ein Kennzeichen gemerkt. Was weiß ich? Wo würde ich hingehen, wenn ich nicht von meinen Kommilitonen gesehen werden will? Irgendwo Richtung Kieler Kiez. Da, wo man mich nie vermutet.« Die junge Polizeimeisterin rutschte mit ihrem Stuhl an den Laptop, der vor ihr auf dem Schreibtisch stand, fing an, sämtliche geeigneten Bars außerhalb des Campus im Computer rauszusuchen. Während die Kollegen ihre Tätigkeiten verfolgten, erstellte sie eine Liste und druckte sie aus.

Hartwig leerte seinen Becher, stand auf und drängte zum Aufbruch, als Marika ihm die Auflistung reichte. »Damit ihr wisst, wonach ihr suchen müsst. Ich würde ein Foto von ihr mitnehmen und es in jeder Kneipe zeigen, die es im Hafenviertel gibt.« Sie zog erneut ein paar Seiten aus dem Drucker und übergab sie Westermann. Darauf fand sich ein Porträt von Elin Jacobsen. Er sah sie beeindruckt an. »Fleißige Kollegin.« Sie freute sich, gemeinsam mit den Kollegen nach Kiel fahren zu können, fühlte sich in ihrer Arbeit bestätigt. Als sie mit den Beamten das Büro verlassen wollte, sagte ihr Vorgesetzter: »Marika, tun Sie mir einen Gefallen, suchen Sie weiter nach Hinweisen, die uns weiterbringen. Ich brauch Sie hier vor Ort.« Er wusste, wie gern sie jetzt mitgefahren wäre. Aber vielleicht fand sie hier Spuren, die weiterhalfen. Ihr Lächeln erstarrte. Das Herzklopfen verschwand, und das Blut rauschte durch ihren Kopf. Sie blieb enttäuscht mitten im Raum stehen. Die Männer verließen die Dienststelle. »Wie geht's eigentlich Stina?«, fragte er Hartwig, als sie zum Parkplatz liefen.

Der sah ihn erstaunt an. »Gut. Warum?«

»Na ja, wie kommt sie mit deinem Verlust klar?«

»Wie soll sie klarkommen? Das war mein Hund, nicht ihrer. Sie muss da gar nicht klarkommen.«

»Sei nicht gleich wieder aggressiv. Ich wollte nur wissen, ob es euch gut geht. Schließlich bist du seit Monaten am Boden zerstört. Stina muss das mit auffangen, denk dran. Du bist nicht gerade gut drauf in letzter Zeit.«

»Kümmer dich um deine eigene Familie. Wie ich höre, kriegt ihr ja kaum Schlaf, seit der Lütte da ist. Wie geht's Katrin?«, fragte er bissig zurück. »Kommt sie überhaupt noch raus, seitdem du sie mit einem Kind festgenagelt hast?« Hartwig schien sich seiner Worte bewusst, räusperte sich mit grimmiger Miene und stieg in den Wagen. Der Hieb saß. Westermann war klar, dass sie zu Hause die ganze Last alleine trug. Aber dass sein Kollege Salz in die Wunde streute, konnte er nur schwer verknusen. »Ja, ist nicht einfach zurzeit«, antwortete er, als er sich hinter das Lenkrad setzte. »Wenn der Fall geklärt und die Hochzeit vorbei ist, werde ich mich ein paar Monate zurückziehen. Sozusagen in Vaterschaftsurlaub gehen«, murmelte er.

»Vernünftige Entscheidung. Sonst muss ich mich noch um deine Katrin kümmern.«

»Das kriege ich alleine hin. Kümmere du dich darum, dass du am Tag unserer Hochzeit pünktlich und *nüchtern* erscheinst.«

»So, das reicht!« Der Kommissar aus Lütjenbrode schnaubte und sah seinen Vorgesetzten wutentbrannt von der Seite an. »Wenn du weiter nervst, komme ich überhaupt nicht.« Hartwig zog die Wagentür mit einem lauten Knall zu. Westermann fuhr zusammen, sah ihn kopfschüttelnd an und startete. Die Fahrt schien endlos, das Schweigen im Wagen eisig. Am Selenter See trat der Leiter der Mordkommission auf die Bremse, blinkte und fuhr auf den Parkplatz. Schweigend stellte er den Motor ab und stieg aus. Sein Teamkollege schluckte und drehte sich um, um ihm nachzusehen. Westermann lief ein paar Schritte, entzündete seine Pfeife, holte tief Luft und stieß den Qualm in den Himmel. Dem Kommissar mit dem ungepflegten Bartwuchs und dem übernächtigten Gesichtsausdruck wurde klar, dass er über das Ziel hinausgeschossen war. Er rieb sich die Augen, gab sich einen Ruck und stieg ebenfalls aus. Mit schleppenden Bewegungen folgte er seinem Chef. Dann standen sie nebeneinander und schauten wortlos aufs Wasser des 22 Quadratkilometer großen Selenter Sees. »Wusstest du, dass der See der zweitgrößte nach dem Plöner See in Schleswig-Holstein ist und wegen seines Fischreichtums bekannt ist?«, fragte Westermann und blies den Rauch in die warme Luft. »Nee, wusste ich nicht. Warst du hier schon mal angeln?«

»Nee, aber ich hab mir sagen lassen, dass es hier jede Menge Aale, Maränen, Barsche und Hechte gibt. Ein Freund von mir fährt oft hierher und macht in *Seekrug* Urlaub.« Hartwig nickte, und es schien, als wollte er etwas entgegnen. Westermann kam ihm zuvor. »Tut mir leid. Ich hätte dich nicht so anfahren dürfen. Ich bin im Moment nicht sehr dickhäutig. Die schlaflosen Nächte, dazu die Arbeit, die Katrin mit dem Lütten und ihrer Agentur hat. Dann dieser verdammte Mord … in meinem Schädel geht im Augenblick alles drunter und drüber. Muss am Alter liegen.« Dirk Westermann drehte sich zu seinem Kollegen und hielt ihm die Hand entgegen. »Kannst du mir verzeihen?« Hartwig kniff die Lippen zusammen und erwiderte mit zögerlichem Händedruck. »Alles gut. Ich glaube, ist für uns beide nicht gerade die beste Zeit. Läuft nicht rund. Ist halt wie beim *HSV*. Nichts läuft, wie es soll. Aber es kommen auch wieder bessere Phasen. Wart ab, bis der Lütte laufen kann, dann wird die Sache einfacher.« Hartwig zog ein Päckchen Zigaretten aus der Hosentasche, entnahm eine und zündete sie an. »Einfacher? Bald wird's richtig lustig.

Lass ihn erst mal krabbeln.« Westermann lachte, wandte sich seinem Teamkollegen zu, dann fiel ihm die Kinnlade runter. »Seit wann rauchst du? Du hast nie geraucht!« Der Erste Hauptkommissar sah ihn an, als könne er nicht fassen, was er sah. »Ich brauch das im Augenblick. Wenn es mir wieder besser geht, ist es vorbei, verlass dich drauf.«

»Na, das will ich hoffen. Du bist so sportlich, das passt nicht. Mann, Thomas. Jetzt komm, lass uns rausfinden, was an der ganzen Sache nicht stimmig ist.« Hartwig warf die Zigarette auf den Boden, zertrat die Glut und wollte zurück zum Wagen. Westermann schüttelte den Kopf. »Mitnehmen. Nimm deine Kippe mit.«

KAPITEL 5

Eine halbe Stunde später fuhren sie auf das Universitäts-gelände in Kiel. »Die fraglichen Studenten sind mit Sicher-heit in einer Vorlesung oder in einem der Labore. Lass uns ins Büro gehen. Die Sekretärin weiß sicher, wo wir sie fin-den«, sagte Westermann, guckte sich auf dem Gelände um. »Moin, können Sie uns helfen?«, sprach er eine Gruppe jun-ger Leute an, die zusammenstanden. Er blieb stehen. »Wir suchen das Büro.«

»In dem Bau mit dem weißen Dach.« Die Polizeibeam-ten folgten der Erklärung und betraten das Haus. Wester-mann entdeckte das Schild mit der Aufschrift »Anmeldung«.

»Moin«, sagte der Leiter der Mordkommission, zog sei-nen Dienstausweis aus der Tasche seines kurzärmligen Lei-nenhemdes. »Wir suchen das Seminar, in dem Elin Jacobsen studierte.« Die Büroangestellte, eine Frau um die 40, die so bleich aussah, als würde sie diesen Raum nie verlassen, blickte vom Computer auf, betrachtete zuerst die beiden Männer, dann ihre Ausweise. Sie nickte, gab den Namen der Gesuchten in den Rechner ein. »Das ist schrecklich«, murmelte sie und klemmte eine dunkle Haarsträhne hinter ihr Ohr. »Wie ist denn das passiert?«, wollte sie wissen und rief den Unterrichtsplan auf. »Laufende Ermittlungen, da können wir Ihnen nicht weiterhelfen«, knurrte Hartwig. »Deshalb sind wir hier. Wir müssen ihre Studienkollegen sprechen, um herauszufinden, wieso ihr das zugestoßen ist«, sagte Westermann freundlich. »Ja, das verstehe ich. Die sind im Hörsaal. Aber da werden Sie kein Glück haben, die haben Unterricht. Ich könnte die Leute aus dem gleichen Seminarkurs von Elin allerdings ausrufen, wenn Ihnen das recht ist.«

»Das ist uns sehr recht«, entgegnete Westermann lächelnd. Sie warf einen Blick auf das Verzeichnis, drückte einen Knopf und sprach in ihr Headset. »Ich bitte die Studenten des vierten Semesters Biochemie in die Mensa. Ich bitte die Seminarteilnehmer des vierten Semesters unter Professor Berklin in die Mensa.«

»Vielen Dank für Ihre Hilfe«, sagte Westermann. »Und wo finden wir die?«

»Sie gehen raus und folgen den Wegweisern. Können Sie überhaupt nicht verfehlen. Ich denke, die werden gleich erscheinen. Falls Sie sonst Fragen haben, stehe ich Ihnen gerne zur Verfügung.« Die blasse Frau errötete und setzte ein verhaltenes Lächeln auf. Da hatten die Kommissare das Büro längst wieder verlassen. Wenig später standen sie vor der Gruppe Studierende, die sie fragend ansahen. »Setzen Sie sich, meine Damen und Herren«, forderte Westermann die Gruppe auf, an einem der Tische Platz zu nehmen. Lautes Gemurmel waberte durch den hallenartigen Raum. »Keine Angst, wir beißen nicht. Wir haben nur ein paar Fragen und hoffen, Sie helfen uns weiter. Reine Routine.« Die Polizeibeamten warteten, bis Ruhe einkehrte und alle einen Platz gefunden hatten. Hartwig holte ein Diktiergerät raus und stellte es auf den Tisch. »Sie haben sicher nichts dagegen, wenn wir das Gespräch aufzeichnen?« Das Gemurmel schwoll an. »Was ist, wenn ich nicht will, dass Sie unsere Aussagen mitschneiden ... Datenschutz?«, fragte einer der männlichen Studenten mit lockigen schwarzen Haaren und fixierte den älteren der beiden Kommissare mit stechendem Blick. Er schob gelangweilt die Hände in die Taschen seiner Jeans und sah ihn herausfordernd an, bevor er einen Fussel von seinem royalblauen Shirt zupfte. Der Leiter der Mordkommission lächelte vielsagend.

»Das können Sie halten, wie Sie möchten. Sie können gern auf die Dienststelle kommen, und wir erörtern das vor Ort. Können Sie sich aussuchen.« Westermann zuckte lapidar die Achseln. »Noch jemand?« Er wusste, dass es immer Leute gab, die sich in ihren Rechten eingeschränkt sahen und denen man sich mit dem nötigen Auftreten entgegenstellen musste. Allerdings hatte die Aufklärung eines Mordfalles Vorrang. Die Studenten schüttelten die Köpfe und warfen dem mosernden Kommilitonen einen vielsagenden Blick zu. Er scheint nicht der Beliebteste zu sein, mutmaßte Westermann. »Es wird nicht lange dauern, und Sie können zurück zu Ihrer Vorlesung, versprochen.« Hartwig stellte das Diktiergerät ein.

»Fangen wir an. Sie alle kannten Elin Jacobsen. Wie wir erfahren haben, war sie eine fleißige Kommilitonin. Ist das so korrekt?« Die Mehrzahl der Studenten nickte. »Uns wurde auch erzählt, dass Sie keinen Kontakt außerhalb des Campus pflegte, weil sie meistens engagiert gelernt hat. Wissen Sie vielleicht trotzdem, wo sie sich aufhielt, wenn sie abends doch mal losging, oder in welchen Restaurants sie aß, wenn sie sich in Kiel aufhielt?« Hartwig warf einen Blick in die Runde und lauschte dem Getuschel. »Nein, das wissen wir nicht. Wir hatten außerhalb der Uni so gut wie nie Kontakt zu ihr. Sie war extrem ambitioniert, da blieb keine Zeit für Partys. Sie wollte privat nichts von uns«, sagte Jennifer Joswig, eine schlanke blonde Studentin, deren wilde Locken weit über die Schultern reichten. Sie trug abgeschnittene Jeans, spielte mit den ausgefransten Enden. Auf ihrem Schulterblatt prangte ein tätowierter bunter Schmetterling, der eine Handinnenfläche ausfüllte. Hartwig warf einen Blick darauf und blieb dann in ihren wasserblauen Augen hängen.

»Sie war eine arrogante Zicke«, pöbelte der schwarz gelockte Mann Mitte 20 und warf sein Augenmerk in die Runde. »Die meinte, dass sie es nicht nötig hätte, sich mit uns abzugeben.« Seine Abneigung der Toten gegenüber war offensichtlich. »Du, du bist ein aufgeblasener Affe. Hast nur nicht verknust, dass sie dich hat links liegen lassen. Elin war zu jedem von uns nett … immer. Der konntest du nicht im Ansatz das Wasser reichen«, flüsterte einer der Studenten mit kaum vernehmbar Stimme, als hätte er Angst, sich gegen den schrägen Vogel mit der großen Klappe aufzulehnen. Er selbst war schmächtig, und unzählige Pickel in seinem eher blassen Gesicht verliehen ihm den Anblick eines Pubertierenden. Er schob die rund gefasste Nickelbrille zurück auf die Nase und schaute in die Runde. Seine Mitstudenten nickten verhalten. Auch wenn er unscheinbar wirkte, hatte er etwas an sich, das an einen zerstreuten, aber intelligenten Professor erinnerte. »Sie kannten Elin besser?«, fragte Hartwig. »Was heißt besser? Wir haben des Öfteren in der Mensa zusammen gegessen und nicht selten zu zweit gepaukt. Das war kein Geheimnis, das wissen alle. Ansonsten waren wir Laborratten, eine eingeschworene Gemeinschaft«, sagte er und knetete die feuchten Hände.

Man konnte sehen, dass es ihm unangenehm war, im Mittelpunkt des Gesprächs zu stehen. Er schluckte dauernd, als hätte er einen Frosch im Hals. »Sie war einfach freundlich.«

»Du warst geil auf sie, gib's zu«, knurrte der Student mit dem herausfordernden Mundwerk und verschränkte die Arme vor der Brust. Er kniff die Augenlider zusammen und starrte den Mitstudenten angriffslustig an. »Ich hätte sie jederzeit knacken können, wenn ich gewollt hätte. Die war heiß auf mich wie all die anderen, mir aber viel zu affektiert. Aber du, Professor, hast 'ne richtige Schleimspur hinter dir hergezogen. Dir ging doch jedes Mal einer ab, wenn du sie angeschmachtet hast, Penner.« Der schmächtige Student wurde rot wie sein Poloshirt und rückte mit seinem Stuhl ein Stück zurück, als könnte er so den Angriffen des impulsiven Südtirolers entkommen. Westermann wunderte sich über die nicht gerade gehobene Sprache, die er bei diesem vorlauten Mann Mitte 20 vermutet hätte. Aber es schien sich eben auch unter ihnen vieles geändert zu haben.

»Dass ich nicht lache«, spitzte die Blonde mit den wilden Locken ihn an. »Du hättest sie gerne selbst … aber sie hat dich eiskalt abblitzen lassen. Du bist ihr wie ein kleiner Hund nachgelaufen, hast sie ständig angeschrieben und mit *WhatsApps* bombardiert. Das hat Doro mir erzählt.« Sie lachte verächtlich. »Wer ist Doro?«, fragte Westermann. Eine Rothaarige schälte sich aus der Gruppe der 25 Anwesenden. »Ich bin Doro. Wir saßen oft nebeneinander im Hörsaal und waren auch im Labor ein Team. Ich habe oft mitbekommen, wenn der Reitmeier ihr Mails geschickt hat, und die waren nicht stubenrein.« Sie deutete auf den vorlauten Studenten.

»Was heißt, die waren nicht stubenrein? Haben Sie die Mitteilungen gelesen?«, fragte Hartwig. »Na ja, was man so beiläufig mitbekam. Halt zwangsläufig. Ich möchte nicht indiskret sein, aber ab und zu konnte ich mitlesen, weil ich direkt neben ihr saß. Sie hat dann bloß gelächelt und die *WhatsApp* umgehend gelöscht.«

»Das ist gelogen! Ich habe dieser Tussi keine Nachrichten geschrieben. Vielleicht waren sie ja von unserem Pickel-Professor«, grinste Anton und schob Jörg Littmann die Schuld zu, weil er ihn bloßstellen wollte.

»Also, wie war das, Herr ...«

»Anton Reitmeier«, knurrte der Schwarzhaarige. Ihm wurde klar, dass er sich zu weit aus dem Fenster gelehnt hatte. Er knickte ein. »Es stimmt, ich habe ihr ein paar Nachrichten geschrieben, aber nur, weil sie mich ständig mit ihren geilen Blicken verfolgt hat. Ich wusste, dass sie mehr wollte, nur deshalb habe ich ...« Die anderen lachten. »Du hast sie nicht alle. Elin konnte dich nicht leiden, deine chauvimäßige Art, das überdrehte Gehabe. Du gingst ihr, um es mal ganz klar auszudrücken, am Arsch vorbei«, kugelte die blonde Ria sich vor Lachen und schob die Hände in die Taschen ihrer engen, ausgefransten kurzen Hotpants. »Ach, halt deine Fresse, cagna. Du bist nur neidisch, weil ich dich noch nicht gefickt hab.« Die Kommissare sahen sich das Schauspiel schweigend an, machten sich offensichtlich eigene Gedanken und ließen das Gespräch laufen. Oft verrieten diese Diskussionen mehr als sämtliche Befragungen. Jetzt langte es Westermann, der den Ausdruck für Schlampe sehr wohl kannte. »Reißen Sie sich zusammen, sonst werde ich gleich ungemütlich, tu povera salsiccia.« Hartwig sah seinen Kollegen sprachlos an. Er wusste nicht, dass sein Vorgesetzter der italienischen Sprache mächtig war, entdeckte selbst nach Jahren immer wieder neue Seiten an ihm. Das Karussell begann, sich immer schneller zu drehen, so viel war sicher. »D... die war zu gut für dich. Elin spielte in einer anderen Liga als du Casanova«, erhob Jörg Littmann erneut seine Stimme, und man erkannte, dass ihm die Tote nicht gleichgültig gewesen war. Sein Gesicht wurde tiefrot. Dann senkte er den Kopf und guckte auf den Boden, als hätte er etwas verloren. Die Übrigen lachten über den veralteten Ausdruck, der zu diesem Südtiroler Lackaffen wie die Faust aufs Auge passte. Der schwarz gelockte Student mit den Sommersprossen auf der Nase presste die Lippen zusammen. Der angehende Biologe mit dem roten Shirt und der Nickelbrille, der seinem Herzen Luft gemacht hatte, starrte auf den Boden. Westermann ließ das Gespräch nicht abreißen. »Weiß jetzt jemand von Ihnen, wo Elin Jacobsen sich aufhielt, falls sie doch mal ausging? Ich kann mir nicht vorstellen, dass sie nur in ihrem Apartment gesessen und gelernt hat. Sie muss mal in einer Kneipe gewesen oder essen gegangen sein.« Der Leiter der Mordkommission lauerte. »Sie ist jeden Tag nach der Uni in ihre Wohnung nach Hohwacht gefahren. Die wohnte nicht in Kiel. Aber manchmal ist sie hier zum Italiener um die Ecke. Sie hatte nicht immer Lust, in der Mensa zu essen. Das kann Jörg bestätigen. Der war ein paar Mal mit ihr zusammen dort«, sagte eine vollschlanke Studentin mit dunkelblonden schulterlangen Locken, die auf ihrem Stuhl saß und den Studenten mit den Pickeln verschämt von der Seite ansah.

»Was du nicht sagst. Ich hab sie dafür mal aus 'ner Pinte am Hafen rauskommen sehen. Mitten in der Nacht. Mit 'nem hässlichen Kerl«, knurrte Anton Reitmeier und versprühte erneut sein Gift.

»Ich habe Sie das gerade vor einer Minute gefragt, und Sie haben verneint, sie in irgendeiner Kneipe gesehen zu haben. Warum jetzt? Bitte den Namen der Gaststätte.«

»Weil mir das ganze Gesülze hier auf den Sender geht. Ich hab Ihnen gesagt, sie war 'ne Bitch. Die hat sich's woanders besorgen lassen.« Der Student aus Südtirol deutete eindeutige Bewegungen an und lachte verächtlich. »Mir war sie zu billig.« Er schrieb den Namen der Kneipe auf einen Zettel, den Hartwig ihm reichte. Um seine Lippen zuckte es. Es wirkte, als hätte er die Kontrolle wiedererlangt. Sein Blick aus schwarzen Augen verfinsterte sich, und er guckte seine Kommilitonen an, als wollte er jeden Einzelnen von ihnen töten, wenn sie noch ein Wort gegen ihn verlauten ließen. Auf Westermann machte er einen äußerst verdächtigen Eindruck, der sich immer mehr verfestigte. War er ihr näher, als er zugab?

»Hat sonst irgendjemand etwas mitbekommen, das für uns von Wichtigkeit sein kann? Kennt jemand von Ihnen dieses Lokal, aus dem Ihr Kommilitone sie hat rauskommen sehen?« Der Leiter der Mordkommission sah in ratlose Gesichter. Sie alle schüttelten die Köpfe. »Der Hafen ist nicht unsere Richtung. Wir halten uns in Studentenkneipen um die Ecke auf. Ist bequemer und günstiger«, schnurrte die Blonde und fuhr sich lasziv durch ihre lockige Mähne. Westermann wusste, dass die Befragung sie mit den verdächtigen Äußerungen des Studenten ein Stück vorwärtsbrachte. »Dann danken wir Ihnen, und Sie können gehen. Bitte hinterlassen Sie bei meinem Kollegen hier Ihren Namen, Anschrift und eine Telefonnummer, unter der wir Sie erreichen können. Falls Ihnen noch irgendwas einfällt, das uns weiterbringen könnte, umgehend melden.« Der Leiter der Mordkommission zog Visitenkarten aus der Hemdtasche und verteilte sie. Die Falte zwischen seinen Augen hatte sich richtig auf seine Stirn eingebrannt. Er sieht älter aus, dachte Hartwig, sah ihn an und erstellte eine Liste mit Namen und Rufnummern der Studierenden. »Vielen Dank und weiterhin gutes Gelingen.« Die Beamten verließen den Raum und hörten, wie die Studenten sich lautstark unterhielten. Als sie am Wagen ankamen, bemerkte der Kommissar aus Lütjenbrode Schritte hinter sich. Der schmächtige Jörg Littmann war ihnen gefolgt. »Elin war nicht so eine. Sie war das eloquenteste Mädchen, das ich kannte«, keuchte er, als er das Duo erreichte. »Was heißt, sie war nicht so eine?«, fragte Hartwig und gähnte. »Sie war keine Frau, die mit jedem ins Bett stieg. Sie war für einen besonderen Menschen bestimmt.« Wieder wurde er puterrot, drehte sich um und verschwand so schnell, wie er gekommen war. »Da haben wir unsere ersten Verdächtigen. Die beiden behalten wir auf jeden Fall im Auge. Mal sehen, was wir über sie noch rausfinden«, sagte Westermann, und sie stiegen ein. »Aber was hätten die beiden für ein Motiv?«, fragte Hartwig. »Ja, also abgewiesen zu werden, wenn das eigene Ego dermaßen groß ist, ist schon ein starkes Motiv. Und der Littmann kommt mir vor, als wäre er heimlich in sie verliebt. Unerreichte Liebe? Ich glaube, wir kommen der Sache näher.«

»Könnte sein. Auf jeden Fall ist an Elin Jacobsen weitaus mehr dran, als wir vermutet haben. So süß, wie sie aussah, hatte sie es offensichtlich faustdick hinter den Ohren«, sagte Hartwig und rieb sich gähnend die Augen. »Lass uns zu dieser Kneipe im Hafengebiet fahren. Vielleicht finden wir da Sachverhalte raus, die uns weiterhelfen. Das Ganze scheint nur die Spitze des Eisbergs zu sein. Nach dem Geplänkel in der Mensa wissen die Studenten mehr über die Tote, als sie rausgelassen haben. Wer weiß, was uns noch alles erwartet«, beendete Westermann seinen Monolog. Nur kurze Zeit später bogen sie in die Straße ein, die sie ins ehemalige Rotlichtviertel der Stadt führte. »Langsam wird es richtig spannend«, murmelte der Leiter der Mordkommission und stieg aus.

Das Kneipenviertel im Kieler Hafengebiet war beliebt und berüchtigt. In diesem Viertel gingen nach Beschreibungen Prostituierte ebenso ihren Geschäften nach, wie Betreiber etlicher Bars ihren Gästen die Nächte versüßten. In den Lokalen verkehrten nicht nur alleinstehende Männer. Diese Zeit schien allerdings lange vorbei zu sein.

Das mit der käuflichen Liebe auf der Straße hatte sich in dieser Gegend in der Zwischenzeit erledigt. Die Frauen aus dem horizontalen Gewerbe boten sich mittlerweile anscheinend im Internet an. Die Kneipen im verruchten Viertel hatten es jedoch geschafft, sich über Jahrzehnte festzusetzen. Sie wurden von unterschiedlichsten Schichten aufgesucht, waren zur Kultgemeinde mutiert. Geschäftsleute, die abtauchten, um für ein paar Stunden Stress abzubauen, fanden sich hier genauso wie junge Hipster, die in eine Welt eintauchten, die dem Mainstream entgegenwirkte. Fast schien es, als wäre das Viertel aus der Zeit gefallen.

Westermann und Hartwig stellten den Wagen an der Straße ab, stiegen aus und blieben vor einem der Geschäfte stehen. Der Leiter der Mordkommission warf einen Blick auf den Zettel, auf den der hitzköpfige Student die Adresse geschrieben hatte. »Ich glaube, hier sind wir richtig.« Über der Eingangstür prangte ein Schild mit dem verschnörkelten Namen der Gaststätte, die einem Tampen glich. Zur Unterstützung der maritimen Bezeichnung leuchtete ihnen ein Anker entgegen. Die Bar schien, schon von außen betrachtet, in den 50ern stehen geblieben zu sein. Sie betraten die Pinte. Tiefrote Vorhänge, in denen sich kalter Rauch eingenistet hatte, der sofort heftiges Kribbeln in der Nase verursachte, rahmte den Blick ins Innere der Kneipe. Westermann konnte sich nicht vorstellen, dass sich hier die Hipster-Szene aufhielt. Er hatte Berichte im Netz gelesen, in der dieser Bezirk als kultig beschrieben wurde. Dieses Etablissement schien jedoch anstatt Hipster eher das Hafenviertel-Volk anzuziehen. Das, wie die Kneipe, etliche Jahre auf dem Buckel vorzuweisen hatte. An den Tischen aus dunkel gebeiztem

Eichenholz saßen nur wenige Menschen, die mit trübem Blick in die Gegend starrten, ohne die eintretenden Männer wirklich wahrzunehmen. Von irgendwo rumorte Musik aus einem Lautsprecher. Westermann rümpfte die Nase. Dieses Gemisch von Bier, kaltem Rauch und abgestandenem Frittierfett setzte einen Würgereiz in Gang. Hinter dem Tresen stand ein Mann älteren Kalibers, der durch müde Mimik in einem unrasierten Gesicht mehr auffiel als durch gastfreundliches Verhalten. Der Gastwirt, dessen Schmierbauch das weiße speckige Shirt nach außen wölbte, polierte ohne viel Elan das Glas in seiner Hand. Der Mann gähnte ungeniert. Westermann konnte bis tief in seinen Rachen sehen und zog die Augenbraue hoch. Wo sind wir hier hingeraten? Nebenbei unterhielt er sich mit einem der beiden männlichen Gäste, die wie angewachsen auf hochbeinigen Stühlen klebten und bei denen es sich offensichtlich um Seeleute handelte. Hartwig stupste seinem Kollegen mit dem Ellenbogen in die Seite und neigte den Kopf. »Echt abgefahren, oder?« Der Erste Hauptkommissar nickte. Auch er konnte kaum fassen, in welch finstere Höhle er geraten war. Westermann konnte nicht glauben, dass sich die Tote in so einer Kaschemme aufgehalten hatte, und zog die miefige Luft durch die Nasenlöcher. Er wandte sich dem Gastronomen zu, in dessen Mundwinkel jetzt eine angezündete Zigarette hing, die fortwährend Qualm in seine Augen trieb und deren Asche jeden Moment herunterzufallen drohte. Die Kommissare stellten sich neben die vermeintlichen Matrosen, von denen einer den Kopf auf die Arme gelegt hatte und zu schlafen schien. Der Mann, der angestrengt durch die Gläser seiner schwarz gerahmten Brille lugte, um die Neuankömmlinge ins Visier zu nehmen, kniff die Augen zusammen. Westermann versuchte, den Dunst in der Kneipe nicht zu tief zu inhalieren. Sein

Augenmerk wurde durch den blinden Spiegel hinter dem Mann auf eine Discokugel gelenkt, wie er sie aus den 70ern in seiner Stammdisco in Erinnerung hatte. Das sich brechende Licht warf bunte Sprenkel auf holzgetäfelte Wände. »Die kleine Kneipe in unserer Straße«, gab Peter Alexander mit samtiger Stimme zum Besten, die den angetrunkenen der beiden Seemänner dazu animierte, sacht mit dem Kopf zu wiegen und leise mitzubrummen. Den Text hatte er, wie es aussah, vergessen. Das Klimpern und Dudeln mehrerer Spielautomaten vervollständigte das Bild. Westermann fühlte sich augenblicklich in die Zeit seiner Jugend zurückversetzt, und fast hätte er losgelacht. Hartwig grinste, als könnte er nicht fassen, dass sie in dieser Pinte standen, um eine Befragung durchzuführen. »Wenn ich bloß nicht so ende. Was wollte die hier?«, flüsterte er. Der Erste Hauptkommissar schmunzelte vielsagend, zog seinen obligatorischen Ausweis aus der Hemdtasche und hielt ihn dem Wirt unter die Nase. »Kripo Oldenburg, Mordkommission Westermann, und das ist mein Kollege Hartwig. Wir haben ein paar Fragen zu dem Tod einer jungen Frau aus Hohwacht. Vielleicht können Sie uns weiterhelfen. Sind Sie der Besitzer dieses Lokals?« Der Wirt nickte. »Jo, bin ick. Albert Niehus. Aber Sie können Alf zu mir sagen, tun alle.«

»Sind Sie alleine hier oder haben Sie Mitarbeiter?«, fragte Hartwig.

»Nö, ick schaff hier janz allene. Aber warum woll'n Sie ditt wissen?«

»Kennen Sie diese Frau?« Westermann zog ein Foto aus der gleichen Brusttasche und legte es auf den von fettigen Fingerspuren übersäten Tresen. In einer Sektschale lagen salzige Erdnüsse, die nicht unbedingt zum Verzehr lockten. Der Mann mit den grauen Haaren schob seine Brille vor die Augen, betrachtete angestrengt das Bild, verzog die

Miene und schüttelte den Kopf. Hartwig schnalzte mit der Zunge, als hätte er eine ausgetrocknete Kehle. »Nee, kenn ick nich. Wie kommen Sie darauf, dass die hier in meene Bude war?«, murmelte der Mann, der offensichtlich aus Berlin stammte und weiter den Lappen im Glas zwirbelte, als wollte er eine Schraube in ein Gewinde drehen. »Diese Frau wurde getötet, und wir versuchen, ein schlüssiges Bild über ihr Leben herzustellen.« Westermann erzählte nichts davon, wie bestialisch sie zugerichtet worden war. »Und warum hier? Kieken Sie sich doch um, watt glooben Sie, watt für Leute sich hier ufhalten. So 'ne Schnieke jehört mit Sicherheit nich zu meene Jäste«, hüstelte er und wurde rot. Er wollte ablenken, das merkte der Erste Hauptkommissar. »Hätten Sie jern 'n Kaffee mit Mülsch oder lieber 'ne Molle? Oder vielleicht doch een Berliner Pilsner?« Der Wirt zwinkerte. Ob dies am Rauch in seinen Augen lag, vermochte er nicht festzustellen. Er winkte ab, Hartwig hingegen schnalzte nickend mit der Zunge. Westermann bemerkte an seinem flackernden Blick, dass der Mann log, fixierte ihn mit seinen Augen und sah, wie die Asche seiner Zigarette auf den Tresen fiel. Der Gastwirt stellte das Glas zur Seite, rückte die Brille zurecht, als wüsste er, dass das, was er von sich gegeben hatte, überprüft wurde. »Hm, kann ick mir zwar nich vorstellen, aber lassen Sie mir noch mal 'nen Blick uf dat Foto …« Der Wirt wischte die feuchten Hände am schmuddeligen Shirt ab, zog die Brille auf die Mitte des Nasenrückens und hielt die Aufnahme so unter die kupferne Hängelampe, dass er sie durch den Lesebereich seiner Gleitsichtbrille besser sichten konnte. »Also wenn ick mir dat jenau ankieke, hab ick sie hier een, zwee Mal jesehen. Aber festlegen will ick mir nich«, hob er abwehrend die Hände. »War sie allein oder in Begleitung?«, fragte Hartwig den Mann, der durch den Dialekt irgendwie fehl am Platze wirkte. Er guckte dem Kneipenwirt ins unrasierte Gesicht. »Ja, sie kam allene und hat sich dann mit jemandem jetroffen. Aber so jenau ... Ick guck mir die Gäste ja nu nich alle im Einzelnen an.«

»Geht's ein bisschen präziser?«, knurrte Westermann. Der Wirt schluckte. Er ahnte anscheinend, dass sie ihm gehörig auf den Zahn fühlen würden, wenn er nicht redete, und das durfte er nicht riskieren. Hatte genug Ärger mit dem Finanzamt, wollte kooperativ mitwirken. Er legte das Foto zurück auf den Tresen. »Also«, räusperte er sich, »die Kleene kam meist nach Elwe, is mir gleich ins Ooge jefallen, setzte sich immer an den Tisch in der Ecke, bestellte 'n Wasser und hockte da, bis ihre Verabredung kam.«

»Verabredung? Was für eine Verabredung? Deutlicher bitte.« Hartwig verschränkte die Arme vor der Brust und zog die Stimme an. Seine Wangenknochen traten hervor. »Freundinnen? Nee, det waren allet Männer. Junge Burschen. So Anfang, Mitte 20. Die brauchte 'n richtijen Mann, keene uffjewärmte Leiche.« Er griente. »So wie wir, wa?« Westermann räusperte sich. »Det war so kennlernmäßig eben. Meist dauerte det nicht mal 'ne halbe Stunde, dann war'n bede verschwunden. Und dat warn immer andre Kerle.« Er zuckte die Schultern. »Mehr weeß ick nich, ehrlich.« Der Erste Hauptkommissar nickte. »Wie sahen die Männer aus, erzählen Sie mir mehr von den Bekanntschaften der Studentin.«

»Da jibt's nicht viel zu erzählen. Janz normale Typen halt, so wie der Fatzke in der Ecke.« Er zeigte auf einen jüngeren Mann am Fenster, der an einem kleinen Tisch hockte und in ein zerfleddertes Magazin vertieft schien. Er war etwa Mitte 20, dunkelblonde Haare, Jeans und Shirt, wie Tausende andere. »Det hat mich allerdings schon jewundert, dat so een Augenschmaus sich in diese Jegend verläuft und sich dann mit solchen Trotteln wie dem da hinten abjibt. Die Kleene war 'ne Wohltat für die Oogen, 'ne klasse Frau, sag ick Ihnen. Richtich schnieke. Die hätte jeden abschleppen können. Die hatte einen erstklassigen Körper und blaue Augen, so tief wie det Meer. Und der Mund … Mann, Mann, Mann, da wurde mir sogar janz flau im Magen.«

»Abschleppen?«, fragte Hartwig. »Ja, was glauben Sie, auf was das hier hinauslief? Das war Anbaggern auf höchstem Niveau. Sie haben sich quasi mit den Augen ausjezogen und sind dann wie von de Tarantel gestochen hier raus. Und tschüs! Wenn Sie mich fragen, hat sie hier Kerle aufjerissen. Warum auch immer. Kann sein, dass sie aus dem horizontalen Jewerbe stammt, obwohl … die Zeiten sind hier ja ewig vorbei. Und so 'ne schnieke Kleene … ne, ne. Und die langen schwarzen Haare. Schnuckelig, sach ick Ihnen. Schade um die hübsche Kleene, das mein ick ehrlich. Wissen Sie, ick bin zur See jefahren und hier hängen jeblieben. Da hat man nich mehr so große Ansprüche … aber wenn ick noch mal jung wär …!«

Westermann sah die Hinweise des Studenten aus Südtirol bestätigt. Er drehte sich zum Tisch in der Ecke, legte die Hand über den Mund und trommelte mit einem Finger gegen seine Lippen. Sie hat in dieser Kneipe mutmaßlich ihre Internetbekanntschaften getroffen, sie im Anschluss mit zu sich nach Hause genommen. Er wandte sich wieder dem Gastwirt zu. »Danke für Ihre Hilfe. Falls Ihnen noch etwas einfällt, rufen Sie uns bitte an, jederzeit.« Der Leiter der Mordkommission zog erneut eine Karte aus seiner Hemdtasche.

»Kann ick den Kommissaren nich doch 'ne Molle ausjeben? Ist ja stickige Luft hier drinnen«, erklärte der Wirt und deutete auf die Zapfanlage. Hartwig fuhr sich mit der

Zunge über die Lippen und nickte. »Nein danke, wir sind im Dienst«, entgegnete Westermann, betrachtete seinen schmachtenden Kollegen und verließ grinsend die Kneipe. »Sehr wahrscheinlich hat die Tote ihren Mörder selbst in die Wohnung gelassen. Es kann nicht sein, dass die Freundin nichts von alldem hier wusste. Freundinnen haben Geheimnisse miteinander. Da läuft etwas ganz gehörig in die falsche Richtung. Die weiß mit Sicherheit weitaus mehr, als sie uns verraten hat.«

*

Katrin Duvenstedt hatte alle Hände damit zu tun, ihre bleierne Müdigkeit zu bekämpfen. Ihre hüftlangen Haare hingen glanzlos über die Schultern, als hätte jemand einen Besen durchgejagt. Sie wollte einfach nur noch ins Bett. Der Zustand der Kopfbehaarung unterstrich ihre desolate Verfassung. Ihr Spross, Mats Ole, machte wieder einmal die Nacht zum Tag. Alle drei Stunden war ihr sieben Monate alter Sohn aufgewacht und fing an zu quengeln, wollte Beschäftigung. Nur gerade jetzt war es unmöglich, Zeit für sich zu finden. Ein paar Momente ausruhen, um Energie zu tanken, war ihre einzige Bitte. Sie beschwerte sich nicht, aber ihr war klar, dass selbst ihre Beziehung zu Dirk unter der anstrengenden Situation litt. Irgendwann war sie auf dem Sofa eingeschlafen.

Westermann schloss geräuschlos die Tür des Gästezimmers, zog sich, ohne Licht einzuschalten, aus, legte sich in Shorts und T-Shirt auf die Bettdecke und starrte gegen die Decke. Es war stickig im Zimmer. Selbst das Öffnen des Fensters bewirkte nichts. Unerträgliche drückende Feuchtigkeit im Raum machte es schwer, in den Schlaf zu finden. Dirk Westermann wälzte sich von einer Seite zur anderen, zog im Zeitlupentempo sein Shirt über den Kopf und ließ es neben sich auf das Bett fallen. Mit nacktem Oberkörper wartete er auf erlösenden Schlaf. Kleine Schweißperlen benetzten Stirn und Körper. Mit einer Hand fächerte er kaum wahrnehmbaren Luftzug auf seine Brusthaare, stöhnte. Immer wieder gähnte er, fielen die schmerzenden Augenlider wie schwere Jalousien herunter. Katrin und Mats Ole fehlten ihm. Er wünschte sich zu ihnen ins Schlafzimmer. Seine Gedanken schweiften ab, ließen die letzte Befragung in Kiel Revue passieren. Wie ein Film liefen Bilder der Studenten vor seinem inneren Auge ab, verschwammen immer mehr. Er gähnte erneut und fiel Sekunden später in einen traumlosen Schlaf.

*

Hartwig war im Anschluss der Befragung in Kiel sofort nach Lütjenbrode gefahren. Er wollte sich zuallererst ein Bier genehmigen und die Beine hochlegen. Stina würde längst schlafen. So brauchte er nicht zu fürchten, dass es Ärger gab, weil er das Haus zum wiederholten Mal wie einen Schweinestall hinterlassen hatte. Nicht einmal die Rollos hatte er heute Morgen geöffnet. Für einen Augenblick verharrte er im Wagen. Wenn sie mich lynchen will, bin ich längst wieder im Büro, überlegte er und fuhr gähnend auf die Einfahrt. Ihm verursachte der aktuelle Fall nicht so viel Kopfzerbrechen wie seinem Vorgesetzten. Nach all dem, was sie bisher erfahren hatten, schien die Frau es faustdick hinter den Ohren zu haben. Genau wie deren Freundin. Hartwig rief sich das Gespräch mit Rieka ins Gedächtnis und überlegte, ob sie etwas gesagt hatte, das ihm entfallen war. Er dachte an Elin, die sich mit ihrer Suche im Internet auf gefährliches Terrain begeben hatte.

Ganz offensichtlich an den Falschen geraten war und dieser letzte One-Night-Stand sie getötet hatte. Gab es Streit oder lieferte sie ihm nicht, was er verlangte? Hatte sie ihn scharfgemacht, mehr Offerten angeboten, als sie am Ende zu geben bereit war? Was wollte eine derart blendend aussehende Frau in einer Kneipe im Hafenviertel? Da passte was nicht zusammen. Die brauchte keine Pinte, um Typen aufzureißen. Ich denke, das war ihr Ziel, damit auch nicht einer mitbekam, dass sie Kerle abschleppte. Oder hat sie Geschäfte getätigt, von denen niemand wusste? Drogen? Prostitution? In ihm keimte die Vermutung, dass etwas völlig anderes hinter der Tötung steckte. War sie aus dem horizontalen Gewerbe, hatte sich mit einem Freier angelegt? Hartwig stellte den Motor aus. Ich denke, sie hat ihre Lover gecheckt, bevor sie sie in ihre Bude gelassen hat. So hätte sie jederzeit nach einem Getränk verschwinden können. Es wäre eine plausible Erklärung. Raus aus ihrer Wohnung, raus aus ihrem Viertel … völlig inkognito. Wieder wischte er mit dem Handrücken über seine verschwitzte Stirn. Ich brauche jetzt erst mal ein Bier, überlegte er, stieg aus und verriegelte die Wagentür. Er bewegte sich zum Heck, als ihm einfiel, dass Watson nicht im Fond des Wagens lag. Seine Mundwinkel sanken. Wie konnte man sich dermaßen außer Gefecht setzen? In ihm breitete sich die eiserne Faust aus, die ihm in letzter Zeit oft zu schaffen gemacht hatte. Gott sei Dank, kein Licht im Haus. Sie schläft. Die Erkenntnis fiel ihm wie ein Riesenfindling von der Seele. Jetzt nicht auch noch Diskussionen. Leise schloss der Kommissar die Tür und zog die Schuhe aus, um keinen Lärm zu verursachen. Er zog sein Handy aus der hinteren Hosentasche und stellte die integrierte Taschenlampe ein. Als er das Wohnzimmer betrat, war alles ruhig im Haus. Er trat zum Kühlschrank, öffnete die Tür, um ein Bier rauszunehmen, als plötzlich das Licht der Stehlampe aufflammte. »Schön, dass du endlich kommst. Wir müssen reden ...«

Hartwig stand im offenen Küchenbereich und betrachtete fassungslos seine Freundin. Sein Gesicht verzog sich zu einer Grimasse. Man konnte sehen, dass es ihm nicht recht war, dass sie im Wohnzimmer saß und lauerte. Er senkte den Blick. »Was machst du hier mitten in der Nacht? Warum schläfst du nicht?«, knurrte er und schaute an ihr vorbei durchs Fenster in die Dunkelheit. Seine Worte klangen aggressiv. Er drehte sich um, entkorkte die Bierflasche und leerte sie in einem Zug, als müsste er eine Druckbetankung vornehmen. Der Wind würde ihm in den nächsten Minuten scharf ins Gesicht blasen. Dieser Streit war nicht mehr abzuwenden, das merkte er. Stina Christiansen saß wie ein Nachtgespenst mit gekreuzten Beinen auf dem Korbsessel. Sie warf ihm einen schwer zu ertragenden Blick zu. In ihren Augen lag dieser Schimmer, den er schon wahrgenommen hatte, als er sie damals gerettet hatte. Ihre Hilflosigkeit, diese Trauer. Hartwigs Puls raste. Er leerte die Flasche, um eine Neue aus dem Kühlschrank zu ziehen. »Also, was machst du hier mitten in der Nacht?«, räusperte er sich.

»Was ich hier mache? Auf dich warten, was denkst du denn.« Der Blick aus ihren meerblauen Augen erzeugte eine Gänsehaut auf Hartwigs Rücken. »Du weißt doch, dass wir einen Mordfall zu klären haben. Ich bin quasi im Dauerdienst.«

»Das hat mit deinem Dienst auch nichts zu tun. Aber was du mit dir und unserer Beziehung anstellst, das macht mir bös zu schaffen.« Sie sprang auf und stellte sich vor den Kommissar, als erwartete sie, dass er sie in den Arm nahm und alles Böse aus ihrem Kopf verscheuchte. Er reagierte nicht auf ihren hilflosen Versuch und warf ihr einen Blick zu, der sie frieren ließ. Angriff schien für ihn die beste Verteidigung zu sein. Stinas Arme sanken. »Thomas, wenn du so weitermachst«, sie schüttelte ihren Kopf, »dann beende ich das hier. Seitdem der Hund weg ist, bist du nicht mehr derselbe. Ich kann das so nicht. Dass du getrauert hast, kein Problem, das habe ich auch, dass du ein, zwei Mal einen über den Durst getrunken hast … verziehen … hätte ich am liebsten selbst getan, wenn der Job nicht wäre. Aber was für ein Schindluder du in den letzten Wochen mit dir und uns treibst, ertrage ich nicht. Wenn du so weitermachen willst, dann tu das, aber ohne mich! Ich frage mich die ganze Zeit, was dein Boss zu diesem Mist sagt, den du ständig produzierst. Dass du noch kein Disziplinarverfahren am Hals hast, wundert mich. Reiß dich zusammen, oder das mit uns ist Geschichte.« Stinas Körper zitterte. Hartwig sah Tränen in ihren Augen, als sie sich umdrehte, das Zimmer verlassen wollte. Dann blieb sie stehen und drehte sich noch mal um. Die zierliche Frau mit dem frechen blonden Kurzhaarschnitt sah ihrem Freund in die Augen. »Du hast Zeit bis zum Wochenende. Hast du bis dahin keine Entscheidung getroffen, bin ich weg.« Fluchtartig verließ sie den Raum und ließ einen verdutzten Mann stehen, der in einem Zug seine Flasche leerte und sie gegen die Wand warf. »Dann hau doch ab, ich brauch dich nicht … verpiss dich!«

*

Katrin wachte mitten in der Nacht auf. Sie hatte nicht einmal mitbekommen, dass Dirk nach Hause gekommen war und im Gästezimmer schlief. Wie ein Geist schlich sie durchs Wohnzimmer, bemüht, Mats Ole nicht zu wecken. Das Shirt, das kaum ihren Po verdeckte und die Schulter freigab, zeigte, dass sie seit der Geburt von ihrem Sohn noch schlanker geworden war. Gähnend zog sie eine der Schubladen der Vitrine auf, entnahm einen Block Papier und einen Stift. Die junge Mutter schaltete eine Tischleuchte ein, setzte sich an den Esstisch und zog die Beine an. Erneut gähnte sie. Ihre Haare hingen vor den Augen. Katrin hatte Mühe, sie aus ihrem Blickfeld zu pusten. Sie seufzte. Immer wieder fielen ihre Augenlider zu, während sie versuchte, etwas aufs Papier zu bringen. Die Hochzeitsplanerin wollte ihren zukünftigen Ehemann nicht mit Beiläufigkeiten belästigen. Katrin betrachtete das Blatt, dann glitt der Blick über den Sund. Sie registrierte das leise Brummen der Bauarbeiten des Sundtunnels, der eines Tages die Verbindung mit der Brücke zum Festland kappen würde. Dann wird nur noch *Langsamverkehr*, wie die Ausführenden es nannten, über die über 60 Jahre alte Stahlbetonbrücke rollen.

Ihre Gedanken schweiften immer wieder ab. Sie zwang sich, konzentriert zu bleiben, nahm den Stift in die Hand und führte den Kugelschreiber mit zügigen Bewegungen über das Papier. Die Gästeliste, ich muss die Liste fertigstellen und die Speisekarte überprüfen. Es gibt so viel zu erledigen, mir läuft die verdammte Zeit weg. Dazu dieser fürchterliche Mordfall. »Warum gerade jetzt?«, murmelte sie und gähnte. Mit hochrotem Gesicht betrachtete sie eine Stunde später das Ergebnis ihrer Arbeit. Der Tag ihrer Hochzeit sollte Dirk den schönsten Tag seines Lebens bereiten. So hatte sie es sich vorgestellt. Zumindest eine Zeit lang auf andere Gedanken kommen und den Mordfall zur Seite schieben.

Ihr Handy klingelte.

»Duvenstedt«, flüsterte sie. »Oh, Tantchen. Was reißt dich so früh aus dem Bett? Wie spät ist es überhaupt? ... Was?« Sie hatte nicht mitbekommen, dass es fast 7 Uhr war und die Sonne bereits ins Fenster schien. »Du willst vorbeikommen? Auf jeden Fall, ich bin hier. Kommst du mit dem

Rad oder Josch?« Katrin lauschte den Worten ihrer Tante.
»Ja, ich warte, tschüssi.« Die junge Mutter legte den Stift
aus der Hand. Sie rieb sich die Augen und stand auf. Sie
brauchte dringend einen Tee. Ist ja ein Wunder, dass Mats
noch schläft, dachte sie und eilte in die Küche. Während
sie ihren Tee zubereitete, schweiften ihre Gedanken erneut
ab. Was Tantchen wohl zum Sund treibt? Mit Sicherheit
hat Miss Marple in der Zeitung vom Mord gelesen und so,
wie ich sie kenne, hat sie sich bereits das eine oder andere
zusammengereimt. Katrin schmunzelte, als sie undeutli-
ches Quäken vernahm. »Mats. Hast du ausgeschlafen?«
Sie huschte ins Schlafzimmer. Ihr Blick fiel auf das Kinderbett und den darin liegenden Minimenschen, der ihr mit
leisem Gebrabbel seine kleinen Fäuste entgegenstreckte.
Seine Wangen waren vom Schlafen gerötet, und die dunklen, nackenlangen weichen Locken umschmeichelten sein
Gesicht. Er lächelte, als er sie sah, und ihr Herz quoll über.
»Mein süßer Schatz, du siehst aus wie eine kleine Putte.«
Katrin nahm ihn hoch, und er fing an zu krähen. Zärtlich
hauchte sie ihm einen Kuss auf die Lippen und freute sich,
dass er jauchzte. Auch wenn er ihr und seinem Vater den
Schlaf raubte, so konnte man diesem kleinen Engel nicht
eine Sekunde lang böse sein. Die zierliche Hochzeitsplanerin wickelte Mats, als sie hörte, wie die Tür aufgeschlossen
wurde. »Schatz, ich bin hier!«, rief Katrin und war erstaunt,
dass Dirk unverhofft nach Hause kam. »Na, meine Süße,
seid ihr beschäftigt«, sprudelte Charlotte und stand wenig
später neben ihrer Nichte am Wickeltisch. »Du? Das ging
aber zügig. Ich hab tatsächlich geglaubt, Dirk kommt. Ich
hatte mich schon gefreut …«

»Ach, und jetzt freust du dich nicht?« Die Künstlerin verzog ihr Gesicht. »Nein, natürlich freu ich mich. Ich hatte
nur nicht damit gerechnet, dass es so schnell geht.«

»Josch hat mich gefahren und holt mich in zwei Stunden wieder ab, wenn es dir recht ist. Falls sich was ändert, kann ich ihn anrufen.«

Die Künstlerin streichelte Mats über den Bauch. »Kille-kille, wat bit du süß. Ei dutti dutti.« Katrins Tante prustete ihm überschwänglich zu, und das Baby krähte aus voller Kehle. »Oh bitte, nein. Keine Babysprache. Das macht heute kein Mensch mehr. Der Kleine kriegt ja Angst.«

»Ach was, das hat dir auch nicht geschadet. Aus dir ist schließlich auch was Anständiges geworden, oder nicht? Ihr müsst nicht immer so pütscherig sein.« Katrins Schultern sanken. Sie verzog das Gesicht. »Dir ist nicht zu helfen. Das war eine völlig andere Zeit«, versuchte sie, sich zu rechtfertigen. »Bist du sicher? Anders mag ja sein, aber besser nicht unbedingt. Darf ich ihn nehmen?«, glückste Charlotte und hob bettelnd die Hände. Katrin Duvenstedt reichte ihrer Tante das frisch gewickelte Kind. »Nimm und werde glücklich«, lachte sie. »Tee, Tantchen?«

»Klingt nach Teetante«, prustete sie und tänzelte mit Mats in die Küche. »Hier oder draußen?«, fragte sie. »Ne, lass mal raus, ist so herrliches Wetter. Ist noch nicht so drückend. Das bekommt dem Lütten am besten. Wenn du Lust hast, können wir gleich runter zum Strand, im Sand buddeln.« Katrin nickte. »Gute Idee.« Sie bereitete Tee und gesellte sich zu ihrer Tante auf die Terrasse. Charlotte hatte einen Korb mit Brötchen auf den Tisch gestellt. »Wo hast du die denn so schnell hergezaubert?«, wollte sie wissen. »Wir sind beim Inselbäcker angehalten, ich weiß ja, wie gerne du Croissants magst.«

»Klasse. Ich hätte sonst ein paar in der Mikrowelle aufgebacken.«

»Alles gut, Deern.«

»Aber nu mal Butter bei die Fische. Was willst du wirklich? Du kommst nicht, um dein Patenkind zu bestaunen oder mir was über Mikrowellen zu erzählen, oder?«

»Du bist 'ne plietsche Deern. Ich wusste, dass du das längst rausklamüsert hast ... später ... erzähl mir lieber, was du vorhast. Ich hab die vollgeklierten Zettel auf dem Tisch gesehen.« Katrin sah sie erstaunt an.

»Ich? Ich plane unsere Hochzeit, falls du vergessen haben solltest, dass wir bald heiraten und gefühlt nichts fertig ist. Ich werde langsam echt nervös. Ich hab noch nicht mal ein Kleid. Sieh mich mal an: In ein Hochzeitskleid passen ja gleich zwei meiner Größe. Dann das ganze Prozedere. Dirk kann mir nicht weiterhelfen, und ich bin mit Mats und den schlaflosen Nächten völlig überfordert.«

»Und warum sagst du nichts? Ich kann dir doch helfen, Deern. Du siehst auch ganz abgemaddelt aus.«

»Was willst du denn machen, den DJ aussuchen? Die Torte backen? Die groben Sachen sind erledigt, aber die Feinheiten, der Zeitplan, wer, wann, wie, wo! Ich hab das Gefühl, ich dreh langsam durch.« Charlotte Hagedorns Gesichtsausdruck verfinsterte sich. Sie nahm Katrins Hand in ihre und guckte sie mitleidsvoll an. »Dass ich so egoistisch war und nicht gemerkt hab, wie es dir geht, tut mir leid. Ich schäme mich. Deern, ich helfe dir bei allem, du musst es mir nur sagen. Ich nehm dir Mats ab und such mit dir ein Kleid aus. Ich bin zwar ein bisschen verschroben, aber Geschmack hab ich.« Ihre Worte entlockten Katrin ein Lächeln. »Ich wollte keine typische Braut sein, das passt nicht zu mir. Ich stelle mir etwas Leichtes ... Sommerliches vor ...«

»Ja, das wär genau das Richtige für dich. Aber vorher musst du unbedingt zum Friseur, siehst scheußlich auf dem Kopf aus. Da lässt sich sicher noch was retten. Ach Kind, du wirst aussehen wie eine Elfe.« Sie betrachtete ihre Nichte. »Wo heiratet ihr?« Katrin sah ihre Tante zermürbt an.

»Das habe ich dir auch schon gesagt: Es wird nicht verraten, ist eine Überraschung.«

»Kommen deine Eltern?«

»Na, das hoffe ich doch. Sie haben die Einladung bekommen, und Mum hat sich riesig gefreut. Sie werden ein paar Tage vorher anreisen. Dann habt ihr genügend Gelegenheit, miteinander zu plaudern. Ich bin ziemlich aufgeregt. Wenn ich nur nicht so müde wäre. Ich wäre glücklich, wenn du mir Mats vormittags mal abnehmen könntest.«

Der lag im Laufgitter und brabbelte leise vor sich hin. »Ist der nicht goldig?«, fragte Charlotte. »Ja, wenn er schläft. So und jetzt erzählst du mir erst mal, warum du wirklich hier bist, Tantchen. Ich sehe deiner Nasenspitze an, dass dir was unter den Nägeln brennt.« Katrin zog ihre Knie an und legte den Kopf darauf. »Nun mach schon. Du willst bestimmt was über den Mord rauskriegen. Hab ich recht oder hab ich recht?«

»Plietsche Deern. Aber ja. Als ich die Zeitung aufgeschlagen habe, hab ich fast einen Herzschlag bekommen. Ist das nicht fürchterlich? So ein junges Mädchen.« Charlotte fuchtelte mit ihren Händen. Katrins Gesicht verfinsterte sich. »Ja, das kann ich dir sagen, unvorstellbar. Und um dir gleich den Wind aus den Segeln zu nehmen: Sie haben keine einzige Spur.«

»Woher weißt du das?«

»Das hat Dirk mir grad gestern erst erzählt. Er leitet die Ermittlungen.«

»Das hab ich mir gedacht«, entgegnete Charlotte.

»Viel ist nicht aus ihm rauszubekommen. Soweit ich mitbekommen habe, bilden sie eine Soko.« Katrin zuckte die Schultern, biss von ihrem Croissant ab und schielte zum Laufgitter. »Er schläft tief und fest wie ein Murmeltier. Die Wärme hat ihn aber schnell plattgemacht. Hoffentlich wird er nicht krank.«

»Ach, i wo. Die Affenhitze macht alle platt.« Dann schwenkte sie um: »Haben die keinen Verdacht, wer das getan hat? Sie müssen doch irgendwas wissen.« Wieder schüttelte Katrin den Kopf. »Das kann ich dir beim besten Willen nicht beantworten. Dirk redet nicht viel, weißt du, und schon gar nicht über erste Ermittlungsschritte. Tu mir bitte den Gefallen und warte erst mal ab. Sprich ihn nicht gleich darauf an. Er ist im Moment nicht besonders gut drauf.«

Charlotte seufzte und wischte mit der Hand Krümel von ihrer weißen Leinenbluse. »Da muss ich wohl wieder allein aktiv werden, nützt ja nix. Aber ich bin mit der Kamera für einen Bericht unterwegs. Da werde ich mich mal ein bisschen in Hohwacht und Umgebung umsehen. Ich bin für die Zeitung unterwegs … das passt. Ich werde da mal ein bisschen recherchieren. Ganz unauffällig, versprochen.«

»Du, mir ist das egal. Das musst du mit den Männern abklären. Ich halt mich da raus.« Die Künstlerin warf einen Blick auf den Sund und lauschte den monoton brummenden Maschinengeräuschen. »Wenn dieser Tunnelkram endlich bald ein Ende hätte. Das ist ja nicht mehr auszuhalten. Wie der bis 2029 fertig sein soll, ist mir ein Rätsel.« Die Sonne wanderte, und es wurde heiß auf der Terrasse. »Sach mal, Deern, wie spät ist es eigentlich?«

»Gleich Mittag. Wollten wir nicht runter zum Strand?« »Der Schietbüdel liegt doch grad so friedlich da«, murmelte Charlotte und tätschelte die weiche Babyhand. »Ja, du hast recht. Lass uns hier bleiben. Ich kann es noch immer nicht fassen, dass du uns das alles überlassen hast. Du hättest bei den Preisen am Markt einen weitaus höheren Immobilienpreis erzielen können und wärst jetzt Millionärin. Ich fühl mich so tief in deiner Schuld.« Katrin seufzte, als Charlottes Telefon klingelte.

»Hallo, Josch ... ach, das dauert noch ... macht nix, wir sitzen hier warm und trocken ... Papperlapapp. Ja, ich ruf dich an. Tschühüs.« Dann galt ihre Aufmerksamkeit wieder ihrer Nichte. »Erst mal stehst du überhaupt nicht in meiner Schuld ... du bist meine Lieblingsnichte, und was soll ich mit dem Geld? Das kann ich nicht mehr verjuxen. Ich bin glücklich in Burg und jetzt, wo ...« Sie schwieg plötzlich, und Katrin sah, wie ihre Wangen erröteten. Sie räusperte sich: »Jetzt wo Josch auf einmal da ist ... was brauche ich denn? Wir verbringen Unmengen Zeit miteinander. Er hat sein eigenes Häuschen, wir vertragen uns gut ... mir fehlt es an nichts und ich bin zufrieden. Gelassener wäre ich allerdings, wenn ich wüsste, was mit dem toten Mädchen ist«, murmelte Charlotte.

»Du kannst es nicht lassen, oder?«

»Nö, min Deern. Dann wär ich nicht die Hagedorn.«

KAPITEL 6

Eine Woche später

Liv Meindorf saß in Höschen und Trägerhemd auf ihrem
Bett und chattete im Internet. Die schüchterne Schülerin
lächelte, als sie dem Schreiben auf ihrem Laptop antwortete. Der Standventilator brummte und blies frischen Wind
in ihr Gesicht. Ihre hüftlangen Haare wehten jedes Mal,
wenn der Rotor in ihre Richtung blies, wie ein Vorhang
hinter die Schultern.

Robofun

> Hast du Zeit auf'n Drink? 16:05

Liv18

> Ne, keine Zeit. 16:07

> Warum nicht? 16:07

Muss für Mathe lernen. Anstrengend. 16:08

Robofun

Kann dich abholen. Lad dich ein. Ist viel zu
warm zum Lernen. Und ich kann dir helfen? 16:09

Liv18

Ne, lass mal. Hab echt noch viel aufzuholen. 16:10

Robofun

Ist doch kacke. Warum seid ihr Weiber eigentlich
alle so bescheuert? Siehst echt scheiße aus, mit
deinem Kilo Schminke im Gesicht. :(Leck mich.
So eine will keiner. 16:11

Liv18

Danke für dein freundliches Verhalten.
Und tschüs. Bin übrigens nicht geschminkt. 16:11

Liv warf ihr Handy aufs Kissen. Idiot! Was bildet der sich
ein. So ein Loser. Die Schülerin sprang auf und verließ das
Zimmer. Mit hochrotem Gesicht stieg sie die Stufen ins Erdgeschoss hinunter. Sie riss die Tür vom Kühlschrank auf und
griff nach einer Flasche Orangensaft. Für einen Moment
genoss sie die Kälte, die aus dem Eisschrank strömte. Dann
warf sie die Tür energisch zu. »Na Süße, was ist dir denn
über die Leber gelaufen?«, wollte ihre 40-jährige Mutter
wissen, die barfuß in zerschlissenen Jeans und locker fal-
lendem kurzärmligem Shirt am Küchenblock wirtschaftete.
»Nix, alles in Ordnung.«

»Na, wenn alles in Ordnung ist, lässt sich die Kühlschranktür sicher gefühlvoller schließen. Du hast heute frei und solltest entspannt sein. Oder hast du wieder bis in die Puppen gelernt? Du weißt, dass in deinem Kopf drin ist, was du brauchst.« Isa Meindorf sah ihre Tochter an und presste die Lippen zusammen. Ein kleines Grübchen wurde auf ihrer Wange sichtbar. Sie machte sich Sorgen um Olivia, die es nicht für nötig hielt, am Leben draußen teilzunehmen, und ständig für ihr Abitur lernte. Ihr Mädchen war schüchtern und Isa besorgt, dass sie sich immer mehr verschloss. Sie ist so anders als ich, dachte sie und sagte: »Du solltest dich lieber verabreden, anstatt in die Bücher zu starren.«

»Ach lass mal. Ist schon gut. Und 'tschuldigung. Das mit der Tür …«, murmelte Liv, griff nach einem Apfel, der in einer Schale auf dem Küchentisch lag, und verschwand genauso schnell wieder, wie sie hereingestürmt war. Ich war dagegen ein richtiger Feger, dachte Isa Meindorf, wischte sich eine rote Haarsträhne von der Stirn und schnippelte mit einem Lächeln auf den Lippen weiter am Lauch.

Die ein Meter 68 große Schülerin sprang zurück auf ihr Bett, schielte zuerst auf ihr Handy, dann auf den Bildschirm und löschte enttäuscht den Chat. Dieser Spinner. Dabei dachte ich, der ist anders. Sie biss in ihren Apfel und überlegte, was sie ihm alles von sich erzählt hatte. Es fiel ihr nicht ein. Ein Schauer fuhr über ihren Rücken. Sie nahm ihren Laptop auf den Schoß, hoffte, dass die Mails doch nicht gelöscht waren … sie waren es!

Dabei hatte es nett angefangen. Er war keiner dieser Obermachos, die meinten, dass sie mit ihrem von Papa bezahlten Auto und talentfreiem Gelaber Mädchen imponieren konnten. Dieser schmächtige Student, der sich im Netz »Robofun« nannte, war zurückhaltend und bestach durch Ehrlichkeit. Das Foto, das er ihr geschickt hatte, war nicht von halbnacktem Oberkörper mit aufgepumpten Muskeln dominiert, sondern offen und vielversprechend. Es zeigte ihn in Hemd und Jeans gekleidet mit Rucksack und Kamera auf einem Fahrrad in der Natur. Das gefiel Liv, die noch nie einen festen Freund gehabt hatte. Er wirkte positiv. Daher war sie umso verwirrter, wie er auf ihren Post reagierte. Sie hatte gehofft, dass er ihre Einsamkeit, von der sie niemandem erzählte, beendete. Jetzt schien schon wieder alles vorbei. Liv streckte ihre Hand aus und langte unter das Bett. Sie zog eine Flasche *Küstennebel* hervor, drehte den Schraubverschluss auf und setzte die Schnapsflasche an ihre Lippen. Das Zeug beruhigte sie wenigstens ein bisschen. Der Panzer um ihre Brust zog sich zu. Wie schon so oft. Wenn ihre Eltern wüssten, wie es in ihr aussah … Liv nahm einen erneuten Schluck aus der halb leeren Buddel. Sie war naturverbunden und eigentlich nur glücklich, wenn sie sich draußen aufhalten konnte. Wie gern hätte sie all ihre Interessen mit jemandem geteilt. Es klang so gut, wie er über seine Hobbys mit ihr gesprochen hatte. Sie hatte das Gefühl, einen Seelenverwandten getroffen zu haben, und jetzt reagierte er so … Liv war traurig und wütend zugleich. In einem Jahr würde sie ihr Abitur machen und eine Ausbildung zur Fotografin beginnen. Nur schade, dass sie bisher zu gehemmt war, um endlich einen Freund zu finden. Sie hatte zweimal einen Anlauf unternommen, war mit einer Schulkameradin in einen Klub gegangen und hatte schnell festgestellt, dass diese Art des Kennenlernens nicht ihrem Naturell entsprach. Es war ihr zu laut und … zu oberflächlich. Sie war in keinem Verein und hatte kaum Gelegenheit, einen Jungen anzusprechen. Wenn sie jemand ansprach, wurde sie rot und fing an zu stottern. Sie fühlte sich allein … und einsam. Das Netz versprach Wege aus dieser Vereinsamung. Ein weiteres Mal setzte sie die Flasche an ihre Lippen. Ein wohliges Gefühl nahm von ihr Besitz. Das klang alles so lieb. Sie hörte, wie ihre Mutter die Treppe heraufkam. Eilig ließ sie die fast leere Schnapsflasche unter dem Bett verschwinden und steckte ein Pfefferminzbonbon in den Mund. Ein leises Klopfen, die Tür öffnete sich. »Gibt gleich Essen«, sagte Isa Meindorf und verschwand wieder.

Liv seufzte erleichtert, klappte erneut ihren Laptop auf und suchte die Seite mit den Matheaufgaben. Sie konnte sich kaum konzentrieren. Der Alkohol hatte ihre Sinne vernebelt. Jetzt weiß ich auch, warum der *Küstennebel* heißt, kicherte sie und schloss den Computer wieder. Langsam erhob sie sich. Wenn ich Glück hab, beruhigt er sich. Ich hatte mich so auf die Fotosession mit ihm gefreut. In ihren Augen schimmerten Tränen. Er wäre vielleicht genau der Richtige gewesen. Warum war er so böse zu mir?, dachte sie und wankte zur Tür.

*

»Wir haben die neuen Erkenntnisse, und ich denke, die bringen uns einen Schritt voran.« Westermann stand vor dem Flipchart und ließ den Stift über die Wand gleiten. »Elin Jacobsen, Studentin, 26 Jahre, Single und, wie es aussieht, im Netz und einer skurrilen Kneipe unterwegs. Allein! Diese Treffen hatten möglicherweise einen äußerst speziellen Hintergrund … sie traf sich dort mit männlichen Personen aus dem Internet. Sie war, wie es aussah, nicht an längeren Beziehungen interessiert.« Er deutete auf das angepinnte Foto der Toten. Im Besprechungszimmer lauschten zehn Beamte schweigend der Ausführung. »Nach unseren Ermittlungen lebte die Tote ein etwas anderes Leben. Sie wurde beobachtet, wie sie im Hafenviertel von Kiel in einer, sagen wir, dubiosen Pinte verkehrte und sich sehr wahrscheinlich mit unterschiedlichen männlichen Personen traf. Sie hielten sich meist nur kurz auf, dann verschwanden sie. Ob sie die Männer tatsächlich im Netz kennengelernt hatte, müssen wir klären. Dazu bräuchten wir die IP-Adressen ihrer Begleiter. Die wir allerdings ohne einen Computer der Toten nicht herausbekommen.« Westermann räusperte sich. »Der Wirt hat uns erklärt, dass es sich um unscheinbare, sprich völlig normale Männer handelte. Die Frage ist also: Mit wem und zu welchem Zweck traf sie diese Personen? Und warum in einer Gegend, die nichts mit ihrem offensichtlichen Leben zu tun hatte? Thomas hatte die Vermutung, sie könnte mit Drogen gehandelt oder sich prostituiert haben. Diese Hypothese klingt erst mal abenteuerlich, aber nicht abwegig. Ich werde mich noch einmal mit der Freundin, Rieka Ludwig, unterhalten. Sie muss mehr wissen, als sie uns bisher mitgeteilt hat. Beste Freundinnen vertrauen sich ihr Leben an. Wir haben die Umgebung nach Kameras abgesucht, sind leider nicht fündig geworden. Dieses Hafenviertel in Kiel will unserer Meinung nach im Dunkeln bleiben.« Ein Raunen ging durch die Truppe. Anne Lornsen konnte sich ein Grinsen nicht verkneifen. »Im Dunkeln ist gut munkeln. Also, um noch mal auf deine Theorie zurückzukommen. Alles tische ich selbst meiner besten Freundin nicht auf. Und glaub mir, wir erzählen uns viel. Da würde so mancher Kerl rot werden.« Die blonde Dänin lachte und zwinkerte den Kollegen zu. »Und falls sie beruflich unterwegs war, schon gar nicht. Du meintest doch mit deiner Andeutung, dass es möglich wäre, dass sie als Bordsteinschwalbe gearbeitet haben könnte, oder täusch ich mich?«

»Ja, das meinte ich. Auch wenn ich es nicht für glaubhaft erachte. Und was erzählst du nicht, wenn ich fragen darf?«

»Also, die intimsten Erlebnisse mit meinem Freund … die gehen selbst meine beste Freundin nichts an. Die Spiele, die wir austragen, gehören nicht in die Öffentlichkeit. Du weißt ja, wir Dänen sind nicht so offen, was die Sexualität angeht, wie es immer beschrieben wird. Ich möchte keinen Neid schüren.« Anne Lornsen lachte herzerfrischend und zog sich die anzüglichen Blicke ihrer Kollegen zu. »Muss dir nicht unangenehm sein. Mein Liebesleben breite ich auch nicht vor anderen aus«, zwinkerte Westermann und schob die Brille auf die weißen Haare. »Wenn ich mal was dazu sagen darf?« Nils Henning, der Wikinger mit dem dichten Bart und dem Kreuz einer alten Eiche, steckte den Stift zwischen die Zähne. »Also, wenn ich richtig verstanden habe, hat die tote Studentin ein äußerst rasantes und geheimnisvolles Leben geführt. Wir haben Spermaspuren an verschiedenen Stellen in ihrem Apartment gefunden. Sie hat nach Sachlage nicht nur im Bett verkehrt, wenn ihr versteht. Es gab unzählige unterschiedliche Spuren, wie die Analysen ergeben haben. Dat Mäusken hat es nicht nur häufig, sondern auch ohne Gummi und an jedem Ort ihrer Bude getrieben.« Henning zog die Augenbrauen hoch, die Mundwinkel schoben sich nach oben, und er grinste.

»Ein bisschen mehr Respekt der Toten gegenüber. Nils, lass mal bitte deine frivolen Andeutungen«, entgegnete Westermann. Seine Laune verschlechterte sich zunehmend. »Sorry«, murrte Henning mit tiefer Bassstimme und kraulte seinen Bart. Jochen Hintz meldete sich zu Wort. Der Kollege der Kriminaltechnik, der auch als Sprengstoffexperte aktiv war, richtete seine ein Meter 85 auf und schaute auf seinen Bericht. »Wir haben unzählige Fingerprints aufgenommen, die überall in Bad, Wohnzimmer und Schlafzimmer verteilt waren. Wir haben sie katalogisiert und bisher keine Treffer in der Datenbank. Diese Männer scheinen allesamt unauffällige Mitbürger zu sein. Nicht ein Erfolg!« Westermann runzelte die Stirn. »Es wär ja auch zu schön, um wahr zu sein, wenn ihr eine verdächtige Person darunter gefunden hättet. Somit ist erstmal jeder verdächtig, Elin Jacobsen umgebracht zu haben. Das wird anstrengend. Wir müssen die technischen Geräte der Toten finden und sämtliche Freunde und Verwandte ein weiteres Mal aufsuchen. Ich werde mich jetzt noch mal mit dieser …«, er sah auf die Wand, »Rieka befassen. Ihr wisst, was ihr zu tun habt. Los, Leute, wir haben keine Zeit. Haltet mich auf dem Laufenden. Ich bin jederzeit über das Handy zu erreichen, quasi im Dauerdienst. Ich ziehe mich nach der Befragung der Freundin für ein paar Tage zurück, wie ihr wisst. Familiäre Angelegenheiten«, grinste der Erste Hauptkommissar in die Runde. »Hat jemand eigentlich Hartwig gesehen?«

*

Westermann hielt vor dem Endreihenhaus der Ludwigs in Oldenburg. Er war sauer darüber, dass er Hartwig nicht erreicht hatte. Sein Groll zeichnete sich in seiner Miene ab. Eine tiefe Stirnfalte hatte sich zwischen den Augenbrauen eingegraben, als er die Klingel betätigte. Ihm war klar, dass es so nicht weitergehen durfte. Wenn man sich auf ihn nicht verlassen konnte, würde er ihn zum Innendienst verdonnern. Die Tür öffnete sich, und Rieka Ludwig sah den Polizeibeamten verwundert an. Die junge Frau stand barfuß in kurzen Jeans und himmelblauem Top, das sich in krassem Kontrast zu ihren pechschwarzen Haaren befand, vor ihm. Ein verdattertes »Moin« war das Einzige, das sie herausbrachte. Ihr Blick glich dem eines Kindes. »Ja, moin. Ich habe da noch ein paar wichtige Fragen zu Ihrer Freundin zu klären. Darf ich?« Westermann erzeugte eine einladende Handbewegung. »Ja, kommen Sie rein.« Sie schaute sich um, als suchte sie jemanden. »Ihr Kollege?«

»Nein, der hat zu tun. Ich bin allein.« Er trat ein und schloss die Tür hinter sich. Es roch nach Knoblauch und anderen exotischen Gewürzen. »Ich hab mir grad was zu essen gemacht«, sagte die 25-Jährige. »Möchten Sie vielleicht mitessen ...?«

Westermann schüttelte den Kopf. »Nein danke, aber Sie können gerne weiteressen.« Er folgte ihr in die Küche und sah sich um. Ein gefüllter Teller Spaghetti stand auf dem Tisch. Ein Glas, halb voll mit Rotwein. Sie war allein in der Wohnung. »Ist Ihre Mutter nicht zu Hause?«

Rieka schüttelte den Kopf. »Nee, die muss die Abrechnungen im Geschäft erledigen. Das kann spät werden. Wir essen selten zusammen.«

»Abrechnungen?«

»Wir haben eine Boutique in der Innenstadt.« Der Kommissar nickte und fragte nicht weiter. Ihn interessierte in diesem Augenblick nur Rieka Ludwig und deren Verhältnis zur Toten. »Möchten Sie was trinken?«

»Wasser«, sagte Westermann. Rieka füllte aus einer Flasche Selterswasser in ein Glas und stellte es auf den Tisch. »Setzen Sie sich, kostet auch nicht mehr.« Der Hauptkommissar zog die Mundwinkel hoch, kam der Aufforderung nach und setzte sich auf den weißen Holzstuhl, der ihrem gegenüberstand. »Ich habe Ihnen und Ihrem Kollegen doch jetzt wirklich alles gesagt, oder haben Sie den Täter?« Die Anwaltsgehilfin nahm die Gabel auf und stocherte in ihrer Pasta. Sie beobachtete den Kommissar aus ihren fast schwarzen Augen sehr genau und fragte sich im Stillen, was er wusste. Hatte Thomas ...? Nein, hatte er mit Sicherheit nicht. Rieka zupfte am Träger ihres Tops. Die Wangen in ihrem sonst blassen Gesicht bekamen eine hauchzarte Tönung. Der Mann, der ihr gegenübersaß, flößte ihr offensichtlich Riesenrespekt ein. Sie versuchte, sich so normal wie möglich zu verhalten, drehte die Spaghetti, die sich im tiefen Teller auftürmten, auf die Zinken ihrer Gabel und schob sie in den Mund.

»Leider nicht. Deshalb bin ich noch mal hier. Wir haben jede Menge Befragungen durchgeführt und dabei festgestellt, dass Ihre Freundin ein etwas anderes Leben geführt hat.« Er ließ das Gesagte im Raum stehen und behielt Rieka Ludwig im Auge. Er hoffte auf eine Antwort ihrerseits. Augenblicklich verschluckte sie sich. Die Gabel landete klirrend auf dem Tellerrand, und sie starrte den Kommissar an, als hätte sie einen Geist gesehen. Hastig leerte sie ihr Glas, als müsste sie ihre trockene Kehle dringend befeuchten. »Ich, ich weiß nicht, was Sie meinen«, stotterte sie. Westermann ahnte, dass sie etwas zurückhielt.

»Ich denke, dass Sie genau wissen, was ich meine. Sie waren, wenn ich das richtig verstanden habe, ihre beste Freundin. Und wie ich mir vorstellen könnte, erzählen sich beste Freundinnen eigentlich alles … und ich meine *alles*.« Westermann verschränkte die Arme vor der Brust und sah sie eindringlich an. Rieka schien nach Worten zu suchen, nach einer plausiblen Erklärung, das sah man selbst, wenn man kein geschultes Auge hatte. Sie schluckte und starrte auf ihren Pastateller. Der Appetit war ihr vergangen. »Nun?«

Rieka Ludwig schob ihren Teller beiseite. Westermann wusste, dass seine Worte sie verunsicherten. Sie holte tief Luft. Aus den geröteten Wangen war ein blasses, fast leichenartiges Gesicht geworden: »Was ich Ihnen jetzt erzähle, dürfen Sie niemals irgendjemandem weitererzählen. Das muss unter uns bleiben, haben Sie mich verstanden?«

»Es kommt darauf an, was Sie mir berichten und inwieweit wir damit die Suche nach einem Täter beschleunigen können. Das kann, nein, muss auch in Ihrem Interesse liegen, oder nicht?« Riekas Lippen zitterten, und Tränen stiegen in ihre Augen. »Ich hab ihr versprochen, es niemandem zu erzählen.«

»Elin ist tot! Sie müssen mir endlich erzählen, was so geheim ist, dass es Ihnen Tränen in die Augen treibt. Es könnte ein wichtiger Hinweis sein ... bitte! Wir haben schon mehr herausgefunden, als Ihnen wahrscheinlich lieb ist.« Rieka Ludwig sog die feuchtwarme Luft tief in ihre Lungen. Sie schwitzte, und kleine Schweißperlen benetzten ihre Stirn. Seufzend senkte sie die Schultern und fing an zu weinen. Ihr gesamter Körper schüttelte sich. Westermann ließ sie gewähren. Er wusste, wenn er sie jetzt drängte, würde er nichts mehr aus ihr rausbringen. Geduld schafft Vertrauen, dachte er und verschränkte die Arme vor der Brust.

Rieka sah den Kommissar durch verweinte Augen an und zwirbelte eine Strähne ihrer schwarzen Haare zwischen den Fingerspitzen. »Warum hat sie sich mit Männern im Netz und danach in verruchten Kneipen getroffen? Sie hatte es doch überhaupt nicht nötig.«

Ihre Augenlider fingen an zu flattern. Sie hatte anscheinend geglaubt, die Antworten, die sie Hartwig gegeben hatte, wären ausreichend gewesen. Sie schien zu überlegen, wie sie sich ausdrücken sollte, ohne dass es ihrer toten Freundin schadete. »Sie hat mit ihnen auf bestimmten Foren im Internet kommuniziert. Sie haben doch mitbekommen, wie sie aussah. Sie brauchte nicht lange, um zum Ziel zu kommen. Mit ihr wollte jeder ins Bett.« Ein leiser Unterton in Riekas Stimme ließ Westermann aufhorchen. »Dass sie hübsch war, habe ich sehr wohl bemerkt«, sagte der Erste Hauptkommissar und zog ein Foto aus seiner Brusttasche. Bedächtig legte er es vor Rieka Ludwig auf den Tisch. »Was meinen Sie mit bestimmten Foren? Nun reden Sie endlich Tacheles.« Die Anwaltsgehilfin wurde rot.

»Ja, Sie haben recht. Ich wollte ihren Ruf nicht ruinieren. Sie ist … war schließlich meine beste Freundin.«

»Was für ein Blödsinn. Das hilft uns leider überhaupt nicht, ihren Mörder zu finden. Wir brauchen Fakten. Und erzählen Sie uns nicht wieder irgendwelche Fantasiegeschichten. Was geht hier wirklich vor? Sie kannte die Männer, mit denen sie in der Kneipe in Kiel verabredet war, aus Foren? Warum haben Sie uns das nicht gleich mitgeteilt? Gab es noch weitere Treffpunkte? Das alles hat uns kostbare Zeit gekostet. Rücken Sie endlich mit der Sprache raus.« Westermanns Ton wurde rauer. Seine Hand fuhr über den getrimmten Bart, und sein Blick fixierte sie. Rieka Ludwig fühlte sich sichtlich unwohl.

Sie starrte den Kommissar an. »Sie haben recht. Elin … Elin hat die Männer in diesem Viertel in einer ganz bestimmten Kneipe getroffen. Und nur da. Dieser Laden hat sie gereizt. Die Gegend, das Schmuddelige. Und niemand ihrer Kommilitonen wäre dort aufgetaucht … niemals.« Wieder zögerte sie. »Sie hat sich mit Männern verabredet, die auf Sex aus waren … sie brauchte Sex.«

Westermann spürte, dass das immer noch nicht die ganze Wahrheit war. Er sah, dass sie seinem Blick auswich. Er versuchte, sich ein neues Bild von Elin Jacobsen zu schaffen. Mit dieser Antwort war er nicht zufrieden. Einer dieser Zufallsbekanntschaften war zu ihrem Mörder geworden. Er musste wissen, warum. »Und einer dieser Kerle, die sie nur ficken wollten, war Reitmeier. Dem sollten Sie auf die Finger gucken. Er war der Schlimmste von allen. Dieser arrogante Arsch hat sie ständig mit *WhatsApp* bombardiert und ihr geschrieben, wie hart er es ihr besorgen wollte. Er war eine ekelhafte Nervensäge. Wie oft hat der sie angeschrieben, wenn ich da war. Das war richtig fies. Elin war total angekotzt von dem Kerl. Wenn Sie mich fragen … sollten

Sie ihn in die Mangel nehmen. Ich glaube, er hat sie beobachtet und Fotos von ihr gemacht.«

»Warum haben Sie uns das nicht bei der ersten Befragung erzählt?«

»Keine Ahnung. Sie hat den Typen nicht ernst genommen. Ich dachte nicht, dass es wichtig wäre. Aber der hätte ein Motiv. Sie hat ihn mehrfach abblitzen lassen.«

»Und jetzt sagen Sie mir endlich, warum sie diese unscheinbaren Männer im Internet angesprochen hat, wenn sie doch jeden hätte haben können?«

Rieka druckste. Sie stand auf und guckte aus dem Fenster. Sie atmete tief ein. »Sie hat sich gezielt diese blassen Kerle ausgesucht, um sich zu rächen.« Jetzt war es raus. Westermann verstand nicht. »Sich zu rächen? Wofür? Reden Sie endlich!«

»Sie ist als Kind … sie ist … missbraucht worden.« Jetzt war es Westermann, der sie fassungslos ansah. »Missbraucht?« Rieka nickte. Tränen liefen über ihre Wangen, als sie sich ihm wieder zuwandte. »Bitte, das darf nie an die Öffentlichkeit … bitte, das musste ich ihr versprechen.« Sie schluchzte und verbarg ihr Gesicht in ihren Händen. Der Leiter der Mordkommission holte Luft. Mit dieser Offenbarung hatte er nicht gerechnet. »Was ist passiert? Wer?« Rieka Ludwig schniefte. Westermann wartete, bis sie sich beruhigt hatte. »Ihr Vater. Es war ihr Stiefvater, der sie schon als Kind immer wieder missbraucht hat! Was meinen Sie, warum sie mit ihrer Mutter allein lebte? Hanna hat ihn rausgeschmissen, nachdem Elin ihr alles erzählt hatte. Da war sie zwölf Jahre alt. Sie hätte ihn damals fast umgebracht, ist mit einem Messer auf ihn los.«

»Hat sie ihn angezeigt?« Rieka schüttelte den Kopf. »Nein, hat sie nicht. Sie war froh, dass er weg war, und wollte nur nie wieder etwas von ihm hören.«

»Wo lebt Elins Stiefvater?«

»Der ist tot! Er hat sich kurz nach der Trennung aufgehängt. Soweit ich weiß, hatte er Angst, dass seine Schandtaten ans Licht kommen.«

»Aber warum hat Elin sich dann mit unzähligen Männern getroffen? Normalerweise tragen solche Frauen ein kräftezehrendes Trauma mit sich herum, gehen jeder sexuellen Begegnung aus dem Weg und schaffen es nur schwer, eine Beziehung aufzubauen. Wie hat sie sich gerächt? Was machte sie?«

»Sie wollte, dass die Männer so leiden, wie man sie hat leiden lassen. Sie hat sie angestachelt, sie erregt, hochgebracht und … im letzten Moment … fallenlassen. Verstehen Sie, was ich meine? Sie kamen bei ihr nicht zum Zug.« Westermann nickte. »Dennoch wurden jede Menge Spermaspuren in ihrer Wohnung sichergestellt. Das widerspricht sich!«

»Überhaupt nicht. Sie mussten ihren Kram schließlich irgendwo loswerden … nur nicht bei ihr.« Sie zuckte die Achseln. »Aber um ehrlich zu sein, es wurde nicht besser. Es wurde zu einer Obsession. Sie hat die Männer erniedrigt und hinterher ins Kissen geheult. Sie war wie besessen.« Rieka atmete auf. »Das wäre ein äußerst wichtiger Hinweis gewesen.« Westermanns Miene verzog sich. »Haben Sie nicht versucht, als Freundin auf sie einzuwirken? Oder ihre Mutter? Ihr geraten, sich Hilfe zu holen?«

»Wir haben alles probiert, das können Sie mir glauben. Sie wollte nichts davon wissen, war lange in psychologischer Behandlung. Sie hatte ihre eigene Art, damit umzugehen. Jahrelang hatte sie bipolare Störungen, hat sich geritzt und mehr als einmal von ihrem Tod gesprochen. Es war ihre Art, sich mit den Qualen zu arrangieren.«

»Ja, und genau das hat sie wahrscheinlich das Leben gekostet. Was waren das für Männer, die sie ausgesucht hat? Wie ich hörte, waren es ganz normale Personen, die sie für ihre, sagen wir mal, Zwecke benutzt hat.«

Rieka nickte. »Es waren Typen, die allesamt aussahen wie ihr Vater. Schmächtig, feige und nichtssagend. Das Schwein hat sich an Elin gehalten, weil er sonst nichts auf die Reihe gekriegt hat. Sie konnte er beherrschen. Diese Sau. Sie war noch so klein.« Die Freundin schluchzte erneut. Westermann nickte. Er verstand. Die Männer, mit denen sie schlief, waren *der Vater*, an dem sie sich rächte. Nur, dass es im letzten Fall nicht funktioniert hat. Eines ihrer Opfer wurde zu ihrem Mörder.

»Sie verreisen in der nächsten Zeit nicht und stehen uns für weitere Fragen zur Verfügung. Sie hätten uns das sofort erzählen müssen. Wir haben jetzt einen völlig anderen Ermittlungsansatz. Wo im Netz fand sie ihre Opfer?«

»Auf speziellen Plattformen. Da finden Sie reihenweise Männer, die willig sind, einen Fick mit einer schönen Unbekannten durchzuziehen. Da draußen laufen so viele notgeile Typen rum, das glauben Sie gar nicht.«

»Was für ein Portal war das, auf dem Elin sich rumgetrieben hat? Wusste sie nicht, wie gefährlich es für sie hätte werden können? Da sind doch nicht nur Gutmenschen unterwegs. Wie konnte sie so leichtsinnig sein?«

»Welches Portal sie genutzt hat, weiß ich nicht, dazu gibt es mittlerweile zu viele. Darüber haben wir nie gesprochen. War mir, ehrlich gesagt, auch egal. Sie wusste, wie gefährlich es sein konnte. Aber sie kannte keine Angst. Wissen Sie, Elin sah es wie ein riesiges Kaufhaus, in dem man sich bedient. Man beschnuppert die Ware, sucht sich das Passende aus, bezahlt einen Obolus und trifft sich manchmal nur Stunden später. Bisschen labern, bisserl Alk, begrabschen, und dann geht's rund. Und kurz bevor sie zum Ziel kamen, stieß sie die Kerle zurück. Die knickten regelrecht ab. Was meinen Sie, was ihr das für einen Kick gegeben hat.« Sie lachte verächtlich. »Ist das wirklich so einfach?« Westermann konnte kaum glauben, was Rieka erzählte. »Das nimmt immer mehr zu. Wenn Sie wüssten, wie schnell Sie heute zum kostenlosen Sex kommen, ohne das Haus zu verlassen, Sie würden sich wundern. Wer will da noch draußen ewig lange auf die Suche gehen? Sie bekommen die Kerle quasi frei Haus geliefert, mit Rückgaberecht. Einfacher geht's doch gar nicht. Sie brauchen nicht mal ein Frühstück servieren. Nicht alle sind so vorsichtig wie Elin gewesen und haben sich die Ware erst mal beguckt. Die meisten öffnen einem wildfremden Menschen die Tür, nur um zu vögeln. Da reichen meist schon ein paar Sätze im Internet, und schon geht's los.«

»Aber ist es das, was Frau oder Mann möchte?«, wollte Westermann wissen. Rieka zuckte die Achseln. »Weiß ich nicht. Aber ist nun mal so. Die Leute gehen immer weniger raus, suchen sich aus, was ihnen am besten gefällt. Warum lange bemühen, wenn das Netz voll davon ist?«

»Aber wo bleibt die Liebe?«

»Wer spricht von Liebe? Es geht um Bedürfnisse, um Sex ohne Verpflichtung. Wenn die befriedigt sind, suchen Sie was Neues. Gibt doch genug davon. Ich muss mich gar nicht mehr mit den Alltagsgeschichten eines Mannes befassen. Wer will den Seelenmüll eines anderen hören … ich nicht. Ich seh das mittlerweile ganz pragmatisch. Das ist heute so.«

»Was ist mit Einsamkeit? Menschen, die nicht so selbstsicher sind? Wie sollen die noch jemanden finden?« Der Erste Hauptkommissar klappte sein Notizbuch zusammen, erhob sich und wandte sich zum Gehen. »Einsam sind wir doch heute fast alle. Jeder kämpft für sich allein. Sitzt zu Hause vor dem Computer, im Homeoffice, spielt online mit anderen. Denken Sie nur an Corona. Da wurden wir zu inhaftierten Einzelkämpfern erzogen. Aber es ist halt so. Mir ist es mittlerweile egal. Nicht egal ist mir, dass meine beste Freundin nicht mehr da ist. Ich habe sie wirklich geliebt. Es tut mir so leid. Ich wollte nicht, dass irgendjemand Elins Ruf in den Dreck zieht. Deshalb hab ich geschwiegen. Ich dachte, Sie fassen ihren Mörder ohne meine Aussage. Sie war meine beste Freundin.« Westermann nickte. »Ihre Aussage hilft uns auf jeden Fall weiter, solang die Mutter Ihrer Freundin nicht vernehmungsfähig ist.«

»Aber wenn Sie einen Verdächtigen suchen, dann ist vielleicht dieser Reitmeier einer von ihnen«, sagte Rieka Ludwig und begleitete den Kommissar zur Tür.

Westermann blieb stehen und drehte sich noch einmal um. »Sagt Ihnen der Name Jörg Littmann etwas?«

»Littmann?« Sie wurde blass.

*

Eine halbe Stunde später nahm Westermann die Abfahrt Großenbrode. Die Sonne stand tief und zauberte einen rötlichen Film über die Ostsee. Er öffnete das Seitenfenster und inhalierte den salzigen Geruch von Algen und Meer. Hier fühlte er sich frei und konnte für den Moment abschalten. Er drosselte die Geschwindigkeit und fuhr durch die beschauliche Gemeinde. Hier hat sich einiges verändert, dachte er. Der verschlafene Ort hatte sich in den letzten Jahren zu einem modernen Tourismusort gemausert, stellte er fest und ließ Großenbrode wenige 100 Meter weiter hinter sich. Er konzentrierte sich auf die Straße, bis er das Grundstück von Hartwig entdeckte.

Trotz mehrfacher Telefonversuche war er nicht zu erreichen gewesen. Langsam machte es ihn wütend, seinen Kollegen nicht erreichen zu können. Ständig sprang die Mailbox seines Handys an. »Verdammt, verdammt«, fluchte Westermann, trommelte mit der Hand aufs Lenkrad. Angespannt bog er in den Sandweg, der zum Haus führte. Es war dunkel geworden. Als er den Motor ausstellte, holte er erneut tief Luft, um seinen Puls runterzufahren. Er warf einen Blick in den Rückspiegel, ordnete seine silberweißen Haare und stieg aus. Langsam bewegte er sich auf den Eingang zu. Es schien, als wollte er der Konfrontation so lange wie möglich aus dem Weg gehen. Dabei war ihm klar, dass er Entscheidungen zu treffen hatte, die für Hartwig nicht von Vorteil waren. Er läutete. Nach dreimaligen Klingeln wusste er, dass niemand öffnen würde. Aus keinem der Fenster schien Licht. Dem Ersten Hauptkommissar liefen erneut Schweißperlen die Stirn runter. Es war schwül, und sein Puls ließ sich nicht beruhigen.

Westermann tappte ums Haus. Sie hatten alles besprochen, er hatte seine Trauer über Watson geteilt, aber langsam war Schluss mit Sonderrechten. Die konnte er vor den Kollegen nicht länger verantworten. Der Leiter der Mordkommission schlich sich wie ein Dieb durch das Gartentor, das mit einer Höhe von zwei Metern 50 wie der Sicherheitstrakt eines Gefängnisses wirkte. Das alles hatte Hartwig für Watson hergerichtet, damit dieser genügend Auslauf hatte und sich kein Nachbar beschweren konnte. Westermann schmunzelte. Ihm war bewusst, dass der Hund im Einsatz mit dieser Hürde kaum Probleme gehabt hätte. Aber hier, in seinem Revier, hatte er es als natürliche Grenze angesehen. Der überaus intelligente Wolfshund war ihm genau wie dem Kollegen ans Herz gewachsen. Der Erste Hauptkommissar lugte durch die Terrassentür im hinteren Teil des Hauses. Als er sich mit der Hand dagegen lehnte, merkte er, dass die Tür nicht verriegelt war. In ihm läuteten die Alarmglocken. Er wusste, dass Hartwig stets sämtliche Türen und Fenster verschlossen hielt, wenn er nicht vor Ort war. Und Stina schien ebenfalls nicht im Haus zu sein, sonst wäre sie längst an die Tür gegangen. Vorsichtig drückte er gegen den Kunststoffrahmen. Mit leisem Knarzen öffnete sich die Tür. »Thomas? Hallo?« Keine Reaktion. Er betrat den offen gestalteten Wohntrakt und stand mitten im Raum zwischen Wohn- und Essbereich. Von seinem Kollegen war weder etwas zu hören noch zu sehen. Irgendwas stimmte nicht. Dirk Westermann zog seine Waffe und entsicherte sie. Er sah sich im unteren Teil des Einfamilienhauses um, alles schien wie ausgestorben. Er musste wissen, was los war, und begutachtete den Seitentrakt, die Speisekammer und den Hauswirtschaftsraum. Niemand hatte hier Schubladen herausgerissen, Dinge umgeworfen. Es sah nicht nach einem Einbruch aus. Westermann schlich zur Treppe. Lautlos stieg er die Stufen hinauf. Als er die letzte erreichte, knarrte sie. Er biss die Zähne zusammen, verharrte mit der Waffe im Anschlag und lauschte. Er bewegte sich angespannt vorwärts und schob nacheinander die weiß gestrichenen Holztüren auf, die sich vom Grau der Wände abhoben. Dann öffnete er die letzte Tür, die ins Schlafzimmer führte, und blieb fassungslos stehen.

*

»Ich bin gestern tatsächlich eingeschlafen«, sagte Charlotte zu Josch, als sie am nächsten Vormittag aufs Festland fuhren. Sie folgten dem Zug von Fahrzeugen, die im Schritttempo die Insel verließen. »Wie soll das die folgenden Jahre nur funktionieren«, grummelte der Kapitän und war erleichtert, dass er wenig später die Straße an der Abfahrt Großenbrode verlassen konnte. »Das weiß ich auch nicht. Ich bin nur froh, dass ich nicht jeden Tag auf den sechsten Kontinent muss«, entgegnete Charlotte und hörte in weiter Entfernung Sirenen heulen. »Was, wenn einer von uns einen Herzinfarkt bekommt, oder ein Baby auf die Welt will. Das geht gar nicht. Ist ja jetzt schon unmöglich. Bei Katrin ist es schließlich auch passiert. Siehst doch, wie sie um diese Uhrzeit hier langschleichen.« Josch nickte.

»Na ja, da waren ja wohl völlig andere Ursachen am Werk. Wir können nur froh sein, dass sie ihr Baby überhaupt bekommen hat.« Gelassen lenkte der pensionierte Kapitän den Wagen Richtung Strand. »Ich bin gespannt, was für Vorrichtungen die für ihre Liebesschlösser gebaut haben. Die sind ja in Großenbrode richtig aktiv, wenn ich das mal so anmerken darf. Der Tourismus boomt geradezu. Da kann sich die Insel ein paar Brocken von abschneiden. Denk an das Riesenrad, das hier einen Sommer lang stand. Ich bin ja mitgefahren. Das war unglaublich«, murmelte Charlotte. Josch lächelte und lauschte dem Monolog, der wie ein Wasserfall aus ihrem Mund prasselte.

»Es war genauso warm wie heute«, erinnerte sie sich, als sie auf das Thermometer guckte, das um diese Uhrzeit bereits 26 Grad anzeigte. Josch wischte sich Schweißperlen unter der Helmut-Schmidt-Mütze von der Stirn und stieg aus. Er wusste, dass er mit seiner quirligen Begleiterin Schritt halten musste. Sie ist ein Wirbelwind, wie er im Buche steht, dachte er, entzündete seine Pfeife und folgte ihr.

Charlotte nahm die *Nikon*, stellte sie ein und bewegte sich auf die Promenade zu, als sie in weiter Ferne erneut Sirenengeheul vernahm. »Hoffentlich ist da nichts Schlimmes passiert«, murmelte sie, während sie Foto für Foto einfing. Sie schlenderten Richtung Seebrücke. »Beeindruckend«, nuschelte der Kapitän und schob die Pfeife in den

Mundwinkel. Der weißhaarige, maritim gekleidete Mann sah aus, als wäre er einer Seeräubergeschichte entsprungen. Er passt 100-prozentig in diese Gegend … und zu mir, dachte Charlotte, kicherte und schoss ein paar Aufnahmen von ihm. Er blieb stehen und blies eine dicke Wolke aus Qualm in den Himmel. »Ja, die haben was auf die Beine gestellt. Die Promenade, die Buden und Spielgeräte. Das erkennt man alles gar nicht wieder. Nur die Seebrücke ist noch dieselbe. Da merkt man erst, wie lange man nicht mehr hier gewesen ist«, entgegnete Charlotte.

»Das ist doch wirklich dicht bei, warum kommst du nicht öfter her?«, fragte Josch und sah sie verwundert an. Sie musterte den Mann, der in verwaschenen Jeans, braunen Leder-*Timberlands* und ausgeblichenem gestreiftem Shirt vor ihr stand und einfach nur lächelte. Selbst die Helmut-Schmidt-Mütze passt wie angegossen zu seinem schmalen Gesicht und dem akkurat getrimmten weißen Bart, schwärmte Charlotte insgeheim. »Mein lieber Kaptein, du weißt ja gar nicht, was ich alles zu tun hatte die letzten Jahre. Ich war ständig auf Verbrecherjagd. Da blieb keine Zeit für Ausflüge aufs Festland. Die Insel lässt einen einfach nicht mehr los.«

»Ja, ich vergaß, du bist ja Miss Marple. Wenn das man gut geht mit uns beiden.«

»Wieso, was soll da nicht gut gehen?«, fragte sie und blieb verwundert stehen. »Na ja, entweder bringst du mich irgendwann ins Kittchen, wenn ich zu schnell fahre, oder ich muss deinen Mister Stringer spielen«, lachte er, und eine Reihe weißer Zähne blitzte hervor. »Das ist nicht witzig. Aber ich habe der Mordkommission schon tatsächlich etliche Dienste erwiesen, das hast du ja selbst mitbekommen, oder etwa nicht? Lach du man. Wart ab, wenn mal wieder ein richtiger Sturm losbricht.«

»Sturm? Das sind doch alles nur laue Lüftchen. Sturm ist erst, wenn die Schafe keine Locken mehr haben, weißt du doch«, griente er und zog sie mit sich. »Der Spruch ist soo alt«, erwiderte sie, zog kopfschüttelnd ihre Augenbrauen hoch und wandte sich wieder ihrer Arbeit zu. Sie betrachtete die neue Promenade und kam aus dem Staunen kaum heraus. »Alles so wunderbar! Wir könnten ja später irgendwo etwas essen gehen, oder was meinst du?«

»Dat mak wi, min Deern. Aber nu woll'n wir erst mal deine Liebesschlösser suchen.« Seine Pfeife hörte auf zu qualmen, als sie die Seebrücke erreichten. »Hm, hier hat sich nicht viel verändert. Die Seebrücke ist tatsächlich immer noch die alte. Wie unsere Sund-Brücke. Ja, alte Räder rollen eben auch gut. Diese muss bald 50 Jahre auf dem Buckel haben. Aber von Schlössern seh ich rein gar nichts.« Charlotte guckte ihren Begleiter enttäuscht an. Ihre Mimik verwandelte sich zusehends. »Ich denke, wir sollten ins Tourismusbüro. Die wissen mit Sicherheit, wo sich ihre Vorhängeschlösser befinden.«

»Guck mal genau hin«, murmelte Josch, als sie das Ende der 300 Meter langen Brücke fast erreicht hatten. Genüsslich entfachte er seine Pfeife aufs Neue. »Ich glaub, da vorn hängen welche, wenn mein Blick nicht trügt.« Er deutete auf das Geländer der Seebrücke. Charlotte verengte ihre Augen und entdeckte einige der glänzenden Liebesschlösser, die dort wie an einer Perlenschnur aufgereiht hingen. »Hm, das kann nicht alles sein. Da bin ich jetzt aber enttäuscht. Heiland Mailand«, knurrte sie, löste sich von Josch, schaltete die Kamera ein und versuchte, die Metallschlösser an der Brüstung mit ihrer *Nikon* festzuhalten. Sie brauchte keine zehn Minuten, dann waren sämtliche Details im Kasten. Ihr Begleiter lehnte sich gegen die Holzbalustrade und beobachtete sie. Ihm war warm, und kleine Schweißperlen tropften immer öfter unter der Mütze hervor. »Nu lass mal in Schatten, Deern, sonst lös ich mich in Wohlgefallen auf. Du sagtest vorhin etwas von essen gehen. Mir wäre ein kühles Blondes jetzt recht«, zwinkerte er Charlotte zu, die, geknickt über die magere Ausbeute, mit ihm den Rückweg antrat. »Da muss doch mehr sein«, murrte sie und hakte sich bei ihm unter. »Nun sei man nicht gleich mucksch, wir finden sicher noch welche von den Dingern in Großenbrode. Du sagtest etwas von Tourismusservice. Da lass uns man hingehen. Sollst sehen, passt schon.«

Einem Mann, der allein auf einer der Holzbänke am Ende der Seebrücke saß, fiel das Geplänkel der beiden auf. Gelassen verschränkte er die Arme hinter dem Kopf. Es amüsierte ihn, das Pärchen zu beobachten. Außer Charlotte, Josch und ihm selbst gab es niemanden auf der Brücke. Die Frau schoss eifrig Fotos, der Mann qualmte, was das Zeug hielt. Sie ließen sich über die Schlösser aus. Der Beobachter lächelte und betrachtete die aufgereihten Vorhängeschlösser. Er wartete, bis sie verschwunden waren, dann machte er sich ebenfalls auf den Weg.

*

Als Westermann die Tür geöffnet hatte, bot sich ihm ein desaströses Bild. Thomas Hartwig lag wie tot vor dem Bett auf dem Boden. Der Hauptkommissar checkte den Raum mit einem Blick und steckte die Waffe zurück ins Holster. Er kniete sich neben den Kollegen, hielt sein Ohr über dessen Mund. »Er atmet, Gott sei Dank«, flüsterte Westermann und roch die Fahne. Er fächerte sich frische Luft zu und sah sich ein weiteres Mal im Schlafzimmer um. Das Bett war zerwühlt, und es stank im gesamten Zimmer nach Alkohol. Auf dem Boden verteilt: zwei Wodka-, zahlreiche

Bier- und Rotweinflaschen … leer. Hat der hier 'ne Party veranstaltet? Unfassbar, mutmaßte Westermann, schüttelte den Kopf und schnaubte. Er zog Hartwig an den Schultern hoch und rüttelte ihn.

»Hey, was ist hier los?«, rief er, nahm eine Hand und schlug sie ihm einmal, zweimal, dreimal gegen die Wange. Sein Partner knurrte und wiegte seinen Kopf. »Hey, was soll das?«, grunzte der unverständlich und versuchte halbherzig, die Augen zu öffnen. Sein Schädel fiel zurück, und er fing ohne Übergang an zu schnarchen. »Verdammter Mistkerl. Thomas, wach auf. Was ist los? Mach die Klusen auf, du, du …« Westermanns Stimme klang bedrohlich. Er ließ seinen Kollegen los. Unsanft schlug Hartwig mit dem Hinterkopf auf. »Wir haben anderes zu tun, als uns vollaufen zu lassen. Bist du irre?« Der Hauptkommissar erhob sich schnaubend und atmete wutentbrannt durch. Das Chaos um ihn herum konnte er nicht alleine verursacht haben. Wo war Stina? Er stieß den am Boden Liegenden mit dem Fuß an. »Wach endlich auf, du Nerd. Ich hab mir das lang genug angesehen und werde es nicht mehr tolerieren. Schluss damit. Wach auf.« Thomas grunzte, lallte unverständliches Zeug, versuchte, seine Augen zu öffnen. Er verzog das mit Bartstoppeln übersäte Gesicht und erkannte anscheinend seinen Vorgesetzten. Ein breites Grinsen veränderte seine Mimik. »Lieber Dirk, mein Freund. Schön, dass du zu meiner Party gekommen bist … Bierchen?« Er lallte, und ein verunglücktes Lächeln umspielte seine Lippen. Dann fielen die Augen wieder zu, und er schnarchte noch lauter als vorher. »So, mein Freund. Es reicht.« Westermann raffte sich auf, krempelte die Ärmel seines Hemdes hoch, verschwand im angrenzenden Badezimmer, leerte zwei Zahnputzbecher und füllte sie mit eiskaltem Wasser. Er bewegte sich zurück zu seinem betrunkenen Kollegen. Ohne Vorwarnung schüttete er die Flüssigkeit beider Becher in sein Gesicht. Hartwig schreckte auf und schüttelte den Kopf. »Verdammt noch mal, werde endlich klar im Schädel. Ich verstehe dich, ich vermisse ihn genauso wie du. Aber es ist genug! Du weißt, dass ich dich decke, jetzt ist Schluss. Thomas, reiß dich zusammen. Komm verflixt noch mal hoch«, brüllte Westermann. »Du bist vorerst raus!«

»Ich liebe dich auch«, lallte Hartwig und fiel zurück.

KAPITEL 7

Olivia Meindorf stand vor ihrem mit Ketten und Tüchern behängten Spiegel und richtete ihre hüftlangen dunklen Haare. Trotz ihres Aussehens war sie sehr zurückhaltend. Sie hatte die Accessoires nur zur Tarnung gegen unliebsame Fragen ihrer Mutter um den Rahmen drapiert, nicht weil sie sich mit ihnen schmücken wollte. Isa Meindorf verstand nicht, dass Olivia sich an den Wochenenden nicht auf Partys vergnügte, sondern zu Hause in ihrem Zimmer saß. Sie war intelligent und hübsch. Warum sie das Leben nicht genießen wollte, solang sie jung war, war ihr ein Rätsel. Heute Abend erinnerte sie sich an die Worte ihrer Mutter, dass sie ihre Jugend verschenken würde, wenn sie sie nicht nutzte.

Heute war alles anders. Die Schülerin biss sich unentwegt auf die Lippen. Sie war aufgeregt wie ein kleines Kind und wollte die Blicke ihres Dates auf sich lenken. Instinktiv griff sie nach einer silbernen Kette mit einem Herzanhänger, steckte sich zwei filigrane Ringe an die Finger. Immer wieder drehte sie sich vor dem Spiegel, trat näher, überprüfte ihr Make-up und den Sitz ihrer Kleidung.

Eine feuchte Nase stupste sie am Knöchel. »Fenny, lass das, du machst meine Hose schmutzig.« Sie bückte sich und streichelte ihrem braun-weißen zehn Jahre alten Cocker-spaniel den Kopf. Er scharwenzelte um ihre Beine, als ahnte er, dass heute etwas Besonderes geschehen würde. Olivia lächelte, warf ihrem Spiegelbild einen letzten Blick zu. Sie hatte ihre asiatisch anmutenden Augen dunkel umrahmt, einen fliederfarbenen Lippenstift auf ihre weichen vollen Lippen gelegt. In ihrem schwarzen ärmellosen Rollkragen-pullover und den ebenso dunklen Marlene-Dietrich-Hosen wirkte sie exotisch, ohne einen billigen Eindruck zu hinter-lassen. Ihre Mundwinkel wanderten nach oben. Sie tupfte einen Hauch ihres Lieblingsparfüms auf den Hals und die Innenseite ihrer Handgelenke, stellte das Flakon zurück auf die weiße Kommode. Ein letztes Mal streifte sie mit der Bürste durch ihre glänzenden Haare. Dann griff sie zu ihrer Laptoptasche, löschte das Licht und verließ ihr Zim-mer. Der Mann, mit dem sie sich gleich das erste Mal tref-fen würde, hatte sie gebeten, ihren Computer mitzubringen, da er ihre Fotos angucken wollte. Olivia hatte sich gefreut, dass er großes Interesse an ihrer Arbeit zeigte. Sie hatte ihm mitgeteilt, wie gern sie fotografierte, es ihr größtes Hobby sei. Wie gut, dass sie ihren Laptop immer bei sich hatte. Er hatte von ihr wissen wollen, mit welchen Programmen und auf was für Rechnern sie arbeitete. Haarklein hatte sie ihm alles erzählt und sich mit Begeisterung auf die Verab-redung vorbereitet. Sie hängte die Laptoptasche quer über ihre Schultern und lief pfeifend die Treppenstufen runter.

Isa Meindorf, eine aparte 40 Jahre alte Frau, warf ihrer Tochter einen erstaunten Blick zu, als sie in die Küche tanzte. »Na, das ist ja mal ganz großes Kino. Was ist denn mit dir passiert? Ist da etwa ein Mann im Spiel?« Sie zwinkerte ihr wohlwollend zu. »Du siehst so süß aus, meine Kleine. So verdrehst du allen Männern den Kopf. Wo geht's denn hin?«

Olivia bekam rote Wangen. Ihr war es unangenehm, dass ihre Mutter sie ausfragte … sie mochte es nicht. »Ach, ist nichts. Ich treff mich nur mit einem Freund. Findest du meine Aufmachung übertrieben?« Isa sah ihre Tochter an und schüttelte den Kopf. »Vielleicht wäre weniger mehr gewesen«, murmelte die Schülerin: »Glaubst du, ich hab den Bogen überspannt?«

»Um Gottes willen, nein. Alles perfekt! Du bist wunderhübsch.« Sie lächelte Olivia an. »Verrätst du mir, mit wem du dich triffst?«

»Ach Mama, ich muss dir nicht alles auf die Nase binden. Du bist ganz schön neugierig. Außerdem weiß ich doch jetzt noch nicht, ob mehr daraus wird. Lass mich erst mal gucken. Erwarte nicht gleich einen Schwiegersohn. Ich sagte ein Freund.« Nun war es Olivia, die über das verschrobene Gesicht ihrer Mutter lachte. »Ich hab ihn grad erst im Internet kennengelernt. Wir wollen nur Fotos austauschen und uns unterhalten. Später gehe ich vielleicht noch mit ihm auf 'ne Party auf dem Warder. Mal sehen. Guck mich nicht so an, ich bin's, deine Tochter.« Olivia prustete und drückte ihrer Mutter überschwänglich einen Kuss auf die Lippen. »Hm, du riechst gut. Okay, ich will auch gar nicht weiter bohren. Aber wenn der nicht anbeißt, ist er selbst schuld.« Die 40-Jährige streichelte der Schülerin mit den Fingern über die Wange. »Nimm dein Handy mit, damit du mich im Notfall erreichen kannst. Falls der Kerl nicht hält, was er verspricht.« Sie zwinkerte ihr zu. »Hast du genügend Geld dabei? Hauptsache, du passt auf dich auf. Du weißt ja, was kürzlich erst dieser Studentin passiert ist.« Auf einmal veränderte sich Isas Blick. Ihre Mimik wurde ernst. »Triff dich bitte nicht in irgendeiner Wohnung mit ihm.« Olivia Meindorf spürte das Unbehagen ihrer Mutter. Sie wusste, dass das Internet ungeahnte Möglichkeiten bot, aber sich mit jemandem in dessen Bude zu treffen, den sie nur aus dem Netz kannte – niemals. Dazu gab es heute zu viele Spinner. Sie wollte ihren smarten Naturburschen erst mal gründlich checken.

»Mama! Das war in Hohwacht. Was hat das mit mir zu tun? Ihr müsst nicht zu allen Zeiten Angst um eure Mädchen haben. Ich treff mich nur mit einem netten Jungen aus der Gegend. Ich bin erwachsen. Mein Handy habe ich *wie* immer bei mir, und Notfall? Was für einen Notfall?« Sie schüttelte den Kopf über die Anwandlungen ihrer Mutter, wollte sich nicht auf den letzten Drücker noch ihre Laune verderben lassen. Ihre Eltern waren ständig besorgt um sie, egal, was sie tat. Dabei hatten sie mit ihrem Restaurant genug um die Ohren. »Ihr braucht euch echt keine Gedanken zu machen. Nicht um Geld und schon gar nicht um mich. Ich weiß mich zu wehren. Keine Angst. Wir treffen uns an einem öffentlichen Ort, in der *Bretterbude* … beruhigt? Du kannst also absolut unbesorgt sein. So, ich muss, bin spät dran. Tschüs, Mum, bis morgen früh«, lachte Olivia und wurde rot.

»Morgen früh?« Isa Meindorf zupfte an ihrer eleganten cremefarbenen Bluse und steckte den Saum in die schwarzen engen Jeans. Verwundert sah sie ihre Tochter an, während sie an ihrem nackenlangen Zopf nestelte. Sie schluckte. Gerade wollte sie etwas sagen, als ihr einfiel, dass sie ihr versprochen hatte, ihr Vertrauen entgegenzubringen. Sie betrachtete sie eingehend und schnaufte kaum hörbar. Sie ist mir wie aus dem Gesicht geschnitten. Die gleichen dunklen Augen, die vollen weichen Lippen. Wir könnten glatt als Schwestern durchgehen, wären da nicht meine roten Haare.

»Mach dir keine Sorgen, Mami. Wenn ich nach Hause komme, schlaft ihr entweder tief und fest oder seid selbst noch im Restaurant. Ich will euch nicht wecken. Ciao. Ich muss jetzt echt los.« Olivia verließ aufgeregt das Haus. Sie setzte die dünne Oversized-Mütze auf, schwang sich auf ihr babyblaues Rennrad und fuhr Richtung Jachthafen Heiligenhafen. Ein Blick auf die Uhr sagte ihr, dass sie ihn in wenigen Minuten treffen würde. Ihr Herz klopfte. Gott sei Dank war das moderne Hotel direkt am Wasser weit weg vom Restaurant ihrer Eltern. Ihr Puls schnellte bei dem Gedanken an das Zusammentreffen mit ihm in die Höhe. Sie trat schneller in die Pedale, um nicht unpünktlich am Treffpunkt zu erscheinen. Sie hatten sich mit Sicherheit viel zu erzählen, hatten, wie es aussah, jede Menge gemeinsame Interessen. Das allein faszinierte sie. Sie wollte auf keinen Fall zu spät kommen. Kurz darauf stieg sie vom Rennrad, zog das Kettenschloss durch die Speichen, verschloss es mit geübten Bewegungen. Sie öffnete die Tür, die in die *Garage*, eine kultige Gastronomie, in der *Bretterbude* führte und trat mit geröteten Wangen ein. Sie fühlte sich unsicher und kannte niemanden in dieser Kneipe. Auf jeden Fall konnten sie sich hier in dieser ungezwungenen Atmosphäre ungestört unterhalten, ohne dass ihr irgendjemand aus der Schule über den Weg laufen würde und später peinliche Fragen stellte. Sie sah sich um, zog die Mütze vom Kopf und ordnete ihre glänzenden Haare. Ihr Atem ging schneller. Dann trat sie in derben schwarzen Stiefeln, gekleidet wie eine Gothic-Schönheit, in den Raum, in dem sich Ledersitzmöbel und flache Holztische im Industriestyle aneinanderreihten. Ihr Herz schlug bis zum Hals, als sie ihre Verabredung suchte. Sie fühlte sich auf einmal nicht mehr wohl in dieser Umgebung und hoffte, dass sie ihn bald entdeckte. Sie erkannte ihr Date sofort. Er sah nicht aus wie einer der hippen Charaktere aus der Schule oder irgendwelchen angesagten Magazinen. Auch nicht wie einer, der sich im Netz mit lächerlichen, meist gefakten Fotos anpries, um Eindruck zu schinden. Er wirkte einfach nur wie der nette Typ von nebenan. Seine dunkelblonden Haare waren akkurat geschnitten. Vielleicht ist er extra für mich zum Friseur gegangen, überlegte sie und freute sich, dass er auf dem Profilfoto jünger ausgesehen hatte. Es störte sie nicht. Ihre Wangen röteten sich, und ihre Hände fingen an zu zittern, als sie auf ihn zuging. Ihr Date saß auf einem zweisitzigen Ledersofa und knetete seine Finger, als er sie wahrnahm. Er scheint genauso nervös zu sein wie ich, stellte sie fest. Der Mann um die 30 sah sie aus graublauen Augen an. Hoffentlich gefällt ihm, was er sieht. Ist vielleicht doch zu alt für mich. Der denkt wahrscheinlich, ich bin ein dummes Gör, so wie ich mich aufgebrezelt habe. Vielleicht ist überhaupt alles zu viel. Meine Schminke, der Schmuck? Sie schluckte und wäre am liebsten sofort wieder verschwunden. Es war ein Fehler. Ich blöde Kuh. Verunsichert stand sie ihm gegenüber. Ihr Lächeln war auf einmal wie weggeblasen. Der Mann schnellte hoch und lächelte sie an. Wie es aussah, hatte er noch nichts bestellt. Olivia Meindorf reichte ihm die Hand und zog sie elektrisiert zurück. Sie war sprachlos. Ihm musste es genauso gehen, als er »L... Liv?« stotterte, als müsste er sich vergewissern, dass sie es tatsächlich war. Er ist auf jeden Fall nicht abgeschreckt, merkte sie, nickte und zog erleichtert die Laptoptasche von den Schultern. Sie setzte sich ihm gegenüber und stellte die Tasche neben sich auf den Boden. »Ja, und du musst der smarte Naturbursche sein.« Sie lächelte, als er nickte. »Gemütlich hier, oder?«, fragte er, um die Spannung zwischen ihnen aufzulösen. Wieder nickte sie. »Ist schon klasse. Ich war noch nie hier, muss ich gestehen. Ich geh eigentlich nicht weg.« Sie zuckte die Achseln. In diesem Moment wusste sie, dass es falsch war, sich zu verstellen. Normalerweise trug sie einen Zopf, war ungeschminkt und kleidete sich unauffällig. »Ja, alles in Ordnung. Toller Laden. Und du siehst klasse aus. Ich bin nur ein bisschen verwirrt, wie hübsch du bist«, stotterte er erneut. »Was möchtest du trinken? Nein, lass mich raten. Bier … stimmt's?« Olivia guckte ihn erstaunt an, nickte, und der smarte Naturbursche erhob sich augenblicklich. Er verschwand an den Tresen, der sich im angrenzenden Raum befand. Die Schülerin inspizierte das Umfeld. Zu ihrer Linken stand ein gefülltes Bücherregal an der Wand, gedimmte Deckenfluter spendeten diffuses Licht und ließen die *Garage* mit ihrem Holzboden warm erscheinen. Überall dominierten Beton und Holz. Olivia Meindorf liebte diese Bretterbude jetzt schon und wusste, dass sie nicht das letzte Mal hier gewesen sein würde. Sie musste sich nur trauen. Sie schluckte, als der zurückhaltende Naturbursche zurückkehrte und ihr ein Glas Bier reichte. Lächelnd setzte er sich wieder. »Dass wir uns so schnell treffen, hätte ich, ehrlich gesagt, nicht zu hoffen gewagt. Wenn man bedenkt, was für Leute da manchmal unterwegs sind. Ich bin richtig froh, dass ich dich kennengelernt habe. Du gefällst mir.« Olivia nickte. »Ja, du mir auch. Eigentlich müsste man jetzt die Zeit nutzen, um zu fotografieren, und nicht hier im Dunkeln sitzen«, versuchte sie abzulenken. »Ich hab mich geärgert, dass ich meine Kamera zu Hause vergessen hab. Normalerweise hab ich sie immer dabei. Dann kann ich kaum an mich halten. Aber du hast mich, um ehrlich zu sein, nervös gemacht und ich hab sie … in der Küche liegenlassen.« Sie lachte. Auf einmal war alle Unsicherheit verflogen. »Ich wollte sie mitnehmen, damit du mal einen Blick drauf werfen kannst«, sagte sie und zuckte die Achseln. »Du hättest sofort gewusst, woran es hapert.« Ihr Gegenüber sah sie lächelnd an und nickte. »Eigentlich wollte ich mir auch längst 'ne Spiegelreflex zulegen, aber an mein altes Mädchen kommt so schnell nichts ran. Selbst wenn sie ein paar Macken hat, ich immer mit dem Filmtransport kämpfen muss ... aber solang sie nicht völlig den Geist aufgibt«, sagte er. Olivias Augen fingen an zu leuchten. »Geht mir genauso. Bei meiner Kamera bleibt der Spiegelschlag ab und zu hängen, aber mir ist das egal. Ich liebe diesen Fotoapparat. Ich muss allerdings zugeben, dass meine Eltern mir eine spiegellose Vollformatkamera zum Geburtstag geschenkt haben, weil ich mich ständig so aufgeregt habe. Ich nehme sie zwar mit, aber nur zur Sicherheit.« Die Schülerin war erstaunt, wie sehr ihr Vis-à-vis ihr ähnelte. Sie spürte ein Kribbeln in ihrer Herzgegend. Ein wohliges Gefühl breitete sich in ihr aus. »Aber wollen wir nicht endlich unsere Profilnamen auflösen? Ich heiße Eike«, sagte ihr Date und wurde rot. »Olivia, ich heiße Olivia«, entgegnete sie. »Da wir das geklärt haben, verspreche ich dir, mir deine Kamera genau anzusehen, wenn du sie beim nächsten Mal nicht wieder vergisst.« Er zwinkerte ihr zu. Die zierliche Schülerin war froh, dass sie diesen netten Kerl auf der Plattform kennengelernt hatte. Sie tauschten Gedanken über unterschiedliche Themen aus, und sie war überrascht, wie viele Parallelen es in ihrem Leben gab. Es schien, als hätte sie einen Partner gefunden, der sie ernst nahm. »Ich bin so gespannt auf deine Fotos«, sagte er.

Der Abend verlief harmonisch. Allerdings war die Spannung zwischen den beiden äußerlich verschiedenen Menschen zu spüren. Gegen 23 Uhr entschlossen sie sich, den Barbereich zu verlassen. Zögernd blieben sie vor der Tür stehen. Es war immer noch warm, und über ihnen leuchtete der Sternenhimmel. »Am Meer strahlen die Sterne noch mal so schön«, flüsterte Olivia und verharrte unschlüssig im Eingangsbereich. »Du willst aber jetzt nicht nach Hause, oder?« Er sah sie fragend von der Seite an. Olivia Meindorf schüttelte den Kopf und wurde rot. Sie stand direkt unter der Industrieleuchte, und er konnte sehen, wie ihre Wangen wieder anfingen zu glühen. Eike registrierte es mit einem Lächeln. »Wir könnten zusammen auf eine Fete gehen. Hier aufm Warder. Ein Typ aus Kiel feiert an diesem Wochenende. Sind alte Gäste meiner Eltern. Wenn du Lust hast?«, fragte sie. Beide wirkten unschlüssig. Eike wollte nicht, dass dieser Abend abrupt abbrach. »Ungern, ich mag keine lauten Feten. Aber wenn du möchtest, will ich kein Spielverderber sein«, sagte er und sah ihr in die dunkelbraunen Augen, die im Licht wie Samt schimmerten. Olivia nickte. Sie war nicht sicher, wie der weitere Abend verlaufen würde, aber sie wollte ihn auf keinen Fall verprellen. »Wir können am Strand langlaufen, gucken mal rein, trinken was und verschwinden wieder. Was meinst du?«, fragte sie und lächelte ihn an. Wie selbstverständlich nahm er ihre Hand. »Das hört sich gut an«, sagte er und drückte ihre Finger. »Mein Rad muss mit. Das lasse ich nicht unbeaufsichtigt stehen.« Sie wandte sich dem Rennrad zu. »Okay?« Ihr Begleiter schien irritiert, folgte ihr und wartete, bis sie das Kettenschloss entfernt hatte. »Aber schieben tue ich es. Das wird sonst schwierig im Sand.« Er lächelte und wunderte sich, wie leicht das Fahrrad war. »Das wiegt ja fast gar nichts«, murmelte er. »Carbon«, sagte sie nur und lief neben ihm den Weg zum Strand runter. Sie hatte das nicht einmal zwei Kilo schwere Rennrad zum 18. Geburtstag von ihren Eltern bekommen, da sie dauernd mit dem Rad unterwegs war. »Nur kein Mädchenfahrrad«, hatte sie immer gesagt, »und blau muss es sein.« Ihr Vater hatte ihrem Wunsch gerne entsprochen. Er selbst saß ebenfalls jeden Tag vor der Arbeit auf seinem Rad und fuhr 20 bis 30 Kilometer Strecke. Es brachte ihm den Ausgleich, den er für die Belastung im Restaurant benötigte.

Olivia und Eike liefen eine Weile, dann setzten sie sich in den Sand, zogen ihre Schuhe aus, betrachteten die Sterne und unterhielten sich angeregt. Nach einer halben Stunde spazierten sie barfuß weiter die Wasserkante Richtung Osten entlang. Immer wieder blieben sie stehen und guckten in den Himmel. Eike hielt mit einer Hand das Rad, mit der anderen ihre Finger umschlossen. Sie befanden sich in einer eigenartigen Hochstimmung. Es lag etwas in der Luft, das spürte die Schülerin. Die Gespräche wurden verhaltener. Dafür wurde es immer lauter am Strand. Aus einem der Häuser drang geräuschvolle Musik und hallte über den nachtschwarzen Sund. »Das scheint die Party zu sein, von der du gesprochen hast. Da kann man gar nicht dran vorbei«, murmelte er, und sie spürte, dass ihm das Ganze nicht wirklich gefiel. »Wenn du keine Lust hast … wir müssen nicht. Wär überhaupt nicht wichtig. Ich dachte nur …« Eike merkte an ihrer Stimme, dass sie enttäuscht sein würde, wenn sie umkehrten und sich trennen würden. »Nein, ist in Ordnung. Aber mein Kopf brummt. Geh du rein, und ich setz mich hier draußen einen Moment auf den Stein.« Er zog sie mit sich Richtung Haus. »Dann guck ich einfach kurz rein, und dann verziehen wir uns wieder, versprochen.« Es schien ihr wichtig zu sein, obwohl sie immer betont hatte, wie wenig ihr Partygetümmel zusagte. Er registrierte es, folgte ihr, ohne zu fragen. Sie sagte etwas von alten Gästen ihrer Eltern. Wahrscheinlich kannte sie die Leute gut. Olivia schloss ihr Rad an, Eike setzte sich in einiger Entfernung auf einen der Findlinge, und sie stapfte über die Terrasse durch die weit geöffneten Schiebetüren ins Innere des Hauses. Sie hätte sich am liebsten die Ohren zugehalten. Die Lautstärke verursachte auch ihr Unbehagen. Die Party war in vollem Gang. Mindestens 50 Leute standen oder saßen im Wohnbereich, in der Küche, und selbst vor der Treppe machten sie keinen Halt. Ihr war aufgefallen, dass sich etliche Pärchen im Schatten des Hauses herumdrückten. Die Schülerin begrüßte den dunkelhaarigen Mann, der anscheinend der Gastgeber der Party war, und wechselte ein paar Worte mit ihm. Eike konnte die Szene aus dem Dunkeln heraus beobachten. Der Kerl streichelte ihre Wange und drückte ihr auch noch einen Kuss auf die Lippen. Er nahm es missbilligend zur Kenntnis und stand auf. Er überlegte, von hier zu verschwinden, steckte seine Hände in die Hosentasche und beobachtete das Spiel im Inneren des Hauses. »Lass uns abhauen, die sind alle schon voll. Das kannst du vergessen. Lass uns lieber noch ein Stückchen laufen. Wenn ich das gewusst hätte«, rief Olivia, als sie nach weniger als fünf Minuten wieder in seine Richtung gelaufen kam. Es war ihr Blick, der ihn versöhnte. Eike zog sie mit sich, weg von diesem lärmenden Ort, und atmete tief durch. Olivia holte ihr Rad, und sie liefen ans Wasser. Nach einigen 100 Metern wurde es endlich leiser. »Gott sei Dank«, murmelte er und zog ihren Körper an sich. »War wohl doch keine so gute Idee«, flüsterte Olivia und lehnte sich gegen ihn. Er schwieg, schob das Fahrrad. Es war stockdunkel, und nur die Beleuchtung der entfernten Fehmarnsund-Brücke warf unwirkliches Licht auf den Sund.

Die Brandung und krächzendes Möwengeschrei unterbrachen die Stille. Die Schülerin fühlte die Böen der salzhaltigen Luft auf ihrem Gesicht. »Das mit dieser Party war völliger Schwachsinn, tut mir leid«, sagte sie noch einmal. Er blieb stehen. »Es hat mir nicht gepasst, wie der Typ dich begrabscht hat. Ich war richtig eifersüchtig. Dabei kenne ich dich kaum. Aber es hat mir gar nicht gefallen.« Olivia schämte sich dafür, dass sie ihn auf diese Fete geschleppt hatte, und spielte nervös mit einer ihrer Haarsträhnen, und sie blieben stehen. Es war kalt geworden. Ihr Begleiter zog seine Blousonjacke aus, legte sie ihr über ihre nackten Schultern. Er ließ das Fahrrad auf den sandigen Untergrund gleiten, sah sie an, nahm ihr Gesicht in seine Hände und küsste sie. Einfühlsam und vorsichtig. Olivia fühlte sich wie in einem dieser kitschigen Liebesfilme. Ihr Herz fing an zu klopfen. Zaghaft öffnete sie ihre weichen vollen Lippen. Seine Zunge drang in ihren Mund, spielte mit ihrer und wurde fordernder. Die Schülerin nahm Notiz von seiner Erregtheit. Auf einmal löste er sich abrupt von ihr. Olivia fuhr zusammen.

Warum …? Hab ich was falsch gemacht? Mag er mich nicht mehr? Dieses Gefühl verunsicherte sie, und augenblicklich spürte sie wieder die Kälte in sich. Dabei hatte sie sich so nach genau diesen Berührungen gesehnt. Und jetzt ließ er sie einfach los? Der Moment war vorbei. Enttäuscht über seine Reaktion trat sie einen Schritt zurück. Sie hasste es plötzlich, dass er die Situation nicht ausnutzte. Fast war sie wütend darüber, dass er sie von sich gestoßen hatte. Es kam ihr vor, als kämpften gerade zwei unterschiedliche Personen in ihr. Am liebsten würde sie jetzt sofort gehen. »Lass uns einfach noch ein bisschen hier sitzen. Bitte«, flüsterte Eike, sah sie an und setzte sich in den warmen Sand. Behutsam klopfte er mit der Hand auf den Untergrund. Olivia presste die Lippen zusammen. Sie drehte sich für einen Moment von ihm weg, damit er nicht merkte, wie es in ihr aussah. Es war stockdunkel. Nicht mal die Musik war mehr zu hören. Die Party schien vorbei zu sein. Nur in einem der Strandhäuser am anderen Ende des Graswarder drängte eine Lichtquelle aus einem Fenster. Als Eike Richtung Sundbrücke sah, zog ein dünnes rötliches Band im Osten auf. Er erschrak, als er auf seine Uhr am Handgelenk guckte und feststellte, wie spät es war. Sie hatten komplett die Zeit vergessen. Noch zwei Stunden, dann würde es hell werden. Er sprang auf und sah sie erschreckt an. Olivia, die sich gerade zu ihm setzen wollte, war jetzt völlig irritiert und starrte ihn an. »Ich muss los. Aber wir sehen uns wieder, versprochen.«

»Wieso? Es ist Sonntag! Was ist los mit dir?« Sie konnte seine wechselhaften Handlungen nicht deuten. Diese Sprunghaftigkeit widersprach dem, was sie die Stunden vorher mit ihm erlebt hatte. Sein Verhalten machte sie regelrecht traurig. »Vielleicht ist es wirklich besser, wenn ich nach Hause fahre. Dein Verhalten gefällt mir nicht. Lass uns umkehren«, murmelte sie unglücklich. Ihre Mimik wirkte auf einmal verkrampft.

»Versteh das bitte nicht falsch. Wir treffen uns schon bald wieder, versprochen. Natürlich nur, wenn du es willst. Wir hatten uns so viel zu erzählen. Ich habe das Gefühl, als wärst du meine Seelenverwandte. Du darfst mir nicht böse sein. Ich bin total irritiert … Ich glaub, ich habe mich in dich verliebt.« Eike umfasste ihre Arme. Olivias Gesichtszüge entspannten sich. Sie druckste. »Ich mich auch. Ich wollte dich nicht verärgern.«

»Hast du nicht, im Gegenteil. Ich will nicht zerstören, was gerade erst angefangen hat. Du bist toll, und ich will dich nicht gleich wieder verscheuchen. Die Party … geschenkt.« Er sah ihr fest in die Augen. »Aber ich muss gehen. Darf ich dich wenigstens noch mal küssen?« Er zog sie an sich. Olivia wusste nicht, ob sie sich wehren sollte oder ihm nachgeben. Eike spürte ihr Zögern. »Um ehrlich zu sein, du machst mich total wuschig. Deshalb muss ich das hier und jetzt abbrechen. Ich … ich bin verrückt nach dir.« Die Schülerin schluckte, schloss die Augen und hielt ihm ihre geöffneten Lippen entgegen. Dann spürte sie erneut seine Zunge in ihrem Mund und stöhnte. Er zog sie mit festem Griff an sich. Ihr gefiel, wie er sie nahm, ohne grob zu sein. Sie kannte sich selbst nicht mehr. »Ich will mit dir schlafen, jetzt«, flüsterte sie. Er stieß sie zurück. »Schluss, aufhören, hör auf! Ich würde auch am liebsten mit dir … Du machst mich irre. Lass uns gehen, sonst vernasch ich dich gleich hier am Strand …«, stöhnte Eike heiser, schluckte und streifte ihr mit den Fingerspitzen eine dunkle Strähne aus dem erhitzten Gesicht. Sie spürte, wie erregt er war. »Lass uns aufhören, sonst weiß ich nicht mehr, was ich tue«, krächzte er und sah sich um. Keine Menschenseele war am Strand zu sehen. Er warf einen erneuten Blick auf die Armbanduhr. Es war kurz nach 4.30 Uhr. »Geh, sonst kann ich mich nicht mehr beherrschen.« Olivia fühlte sich zurückgestoßen, aber gleichzeitig auch erleichtert, weil er die Situation nicht ausnutzte. Es war eine Achterbahn der Gefühle, die er in ihr auslöste. Sie hatte nach all den Stunden gehofft, er würde sie streicheln, weiter küssen und … sie kniff die Lippen zusammen. Schweigend stapfte sie neben ihm den gleichen Weg zurück. Das Rennrad zwischen ihnen baute eine Barriere auf. Dann fand sich durch zwei Grundstücke ein Weg, der auf die Zufahrt zur schmalen Straße führte. Als sie den Sandweg erreichten, blieb Eike stehen. »Ich bringe dich noch ein Stück«, sagte er. »Der Weg ist zu dunkel, da wo die Häuserreihe aufhört.« Sie schüttelte den Kopf. Ihr Herz hatte nie vorher dermaßen verrückt gespielt. »Brauchst du nicht.« Ohne ein weiteres Wort schwang sie sich auf ihr Rad und fuhr in die falsche Richtung. »Wo willst du denn jetzt hin?«, rief er und sah ihr erstaunt nach, als sie den entgegengesetzten Weg wählte. »Ich muss nachdenken«, antwortete sie. Eike behielt sie im Blick, bis sie verschwunden war. »Wir sehen uns bald, versprochen. Ich melde mich bei dir …«, flüsterte er und entfernte sich. Olivia Meindorf hörte seine Worte nicht und fuhr den sandigen Weg entlang.

»Wir sehen uns …«, murmelte Eike erneut. Olivia lenkte ihr Rad zum Aussichtsturm. Sie wollte für den Moment allein sein, nachdenken. Noch einmal drehte sie sich nach ihm um, er war verschwunden. Sie hatte sich verliebt, so viel war sicher. Aber sie war nicht sicher, ob sie ihn wiedersehen wollte. Oder liegt es doch an mir, dass ich alleine bin?

✻

Am nächsten Morgen brannte die Sonne bereits kurz vor 9 Uhr vom Himmel. Die drückende Wärme zog unzählige Badefreudige an den Strand. Etliche der Strandkörbe waren belegt. Zwei Männer und eine Frau, die kaum die 20 überschritten hatten, hielten sich im Gebäude der DLRG auf und verrichteten ihren Dienst. Hinter den im Sand liegenden Badegästen breiteten sich auf dem Warder die über Grenzen hinaus bekannten Reetdach-Häuser aus. Sie trotzten seit Jahren Wind und Wetter und ließen Sehnsüchte aufkommen. Einige dieser überwiegend bunt gestrichenen Strandhäuser auf dem Graswarder waren zu spektakulären Kulissen etlicher Filme geworden. Viele Menschen spazierten mit dem Wissen an ihnen vorbei, dass diese Traumhäuser für sie immer ein Traum bleiben würden.

Kinder plantschten im seichten Wasser, und Urlaubsgäste aalten sich in der Sonne, als der schrille Schrei einer Trillerpfeife die Idylle jäh zerstörte. Erstaunt sahen sich die Leute um, um festzustellen, woher dieses kreischende Pfeifen herrührte, dann wandten sie sich wieder ihren Tätigkeiten zu. Nur wenig später hörte man eine Polizeisirene. Jetzt überwog die Neugier, und die Gäste am Strand machten sich auf, dem Sirenengeheul zu folgen. Kinder und Jugendliche fuhren auf Fahrrädern oder liefen den Graswarderweg entlang. Auf einmal kam Bewegung in die Urlaubsidylle. Selbst etliche Erwachsene folgten der knapp 800 Meter langen Strecke bis zum Haltepunkt des Polizeiwagens. Der Anwohner einer der Strandhäuser war derjenige gewesen, der Polizei und Notarzt gerufen hatte. Seine Frau hatte aus dem oberen Fenster der weißen reetgedeckten Traumvilla geschaut, um einem morgendlichen Ritual zu folgen. Sie beobachtete jeden Morgen beim Zähneputzen die Kühe, die auf einer der gegenüberliegenden Wiesen grasten. Die 50-Jährige hatte in einem der Salzseen etwas schimmern gesehen, das Fernglas zu Hilfe genommen und herauszufinden versucht, worum es sich handelte. Der Anblick verursachte ihr offenbar eine Gänsehaut. Sie rief ihren Ehemann, der dabei war, den Frühstückstisch auf der rückwärtigen Terrasse zu decken.

Jetzt deutete dieser auf einen der flachen Tümpel im Naturschutzgebiet. Vier Polizeibeamte waren aus dem Wagen gestiegen. Einer von ihnen sprach mit dem grauhaarigen schlanken Mann. Normalerweise durfte das Gebiet nicht betreten werden. Ein Stacheldrahtzaun hielt unliebsame Besucher fern. Er wollte keinen Ärger und hatte die Polizei gerufen, weil ihm die Sache merkwürdig vorkam und vom Naturschutzbund niemand vor Ort war. Die Beamtin Edda Hünnicke verließ die Gruppe, regelte die Zufahrt, ein anderer telefonierte. Der dritte Polizist, Jannik Ohland, öffnete den Kofferraum des Dienstfahrzeuges, entriegelte einen Kunststoffkoffer und entnahm eine Zange. Er drängte sich an den Kollegen vorbei und brach mit der Kneifzange und wenigen Handgriffen den Zaun auf, der sich den gesamten Weg entlangzog. Er bog den Draht zur Seite und bewegte sich auf den Punkt zu, der sich inmitten des Tümpels unverkennbar als Mensch abzeichnete. Wer immer dort lag, lebte vielleicht noch. Der Beamte bewegte sich auf die dunkle Gestalt im Wasser zu, stieg ins knietiefe Salzwasser, bis er das bleiche Gesicht einer jungen Frau erkannte. Sein Puls raste, und er wurde blass, als er seine Fingerkuppen gegen ihre Halsschlagader presste. Mit einem derartigen Anblick hatte der 22-Jährige nicht gerechnet. Ihre Haare schwammen fächerartig auf der Wasseroberfläche. Der Polizeibeamte schluckte, als er ihren gebrochenen Blick wahrnahm. Er drehte sich zu den Kollegen und schüttelte den Kopf. »Sie ist tot«, rief er. Trotz der Wärme war ihm auf einmal fürchterlich kalt. Das Schlimmste an all dem war, dass er sie kannte.

Etliche Leute zwängten sich Minuten später in Badebekleidung um die Absperrung, in der Hoffnung, etwas in Erfahrung zu bringen. Handys ragten in die Luft, damit ihre Besitzer nichts verpassten. Geschäftiges Treiben fand mittlerweile auch auf dem Weg statt. Das gesamte Areal, das zum Privatbereich des Graswarder gehörte, wurde gesperrt. Von hier aus konnte der private Sandweg nur noch zu Fuß oder mit dem Rad genutzt werden. Jeder der Anwesenden ahnte, dass etwas Tragisches passiert sein musste. Eine knappe Stunde später wimmelte es von Fahrzeugen und Polizeibeamten. Einer von ihnen legte Kunststoffplatten aus, auf dem sich ein Trupp weiß gekleideter Männer und Frauen auf den Tümpel zubewegte. Ein Zelt wurde aufgebaut und ein Sichtschutz so aufgestellt, dass Schaulustigen der Blick verwehrt wurde.

*

Dienststelle

Hartwig riss die Tür auf. »Dirk, wir müssen sofort los«, rief er und warf seinem Chef einen ernsten Blick zu. Fragend sah der Erste Hauptkommissar ihn an und musterte seinen Kollegen. Ihm war aufgefallen, dass er seit Tagen akkurat gekleidet und rasiert pünktlich seinen Dienst angetreten hatte. »Was ist los? Habt ihr etwas rausgefunden? Gibt's neue Spuren? Mach mich nicht nervös, raus mit der Sprache.«

Hartwig schüttelte den Kopf. »Ne, leider nicht. Ich glaube, wir haben eine weitere Leiche.« Westermann stierte ihn ungläubig an. »Wie bitte … wo …?« Sein Blick verfinsterte sich. Sein Gesicht wurde aschfahl.

»In Heiligenhafen, Graswarder. Sieht nach Arbeit aus. Die Kriminaltechnik und der Rechtsmediziner sind schon vor Ort.«

»Und wieso erfahre ich das erst jetzt?«

»Weil der Kollege so plietsch war und im gleichen Zug die KT informiert hat. Ist doch clever oder nicht?«

»Hm, dann los. Weiß man schon, wer?« Der Leiter der Mordkommission sprang vom Stuhl. Hartwig schüttelte den Kopf. »Aber ich hab ein scheiß … Gefühl«, sagte er. Westermann ahnte, was Hartwig meinte.

»Hoffentlich ist es nicht das, wofür du es hältst«, murmelte er.

20 Minuten später bogen die Kommissare der Oldenburger Dienststelle in den Graswarderweg in Heiligenhafen ein. Sie stoppten ihren Dienstwagen direkt hinter der Fahrzeugkolonne. Der Erste Hauptkommissar öffnete die Kofferraumklappe und zog Schutzkleidung heraus. Hartwig folgte ihm. In weiße Anzüge gekleidet, traten sie an die Absperrung und hoben das Flatterband an. »Und, was ist passiert? Wer von euch hat die KT informiert?«, fragte Westermann und warf einen Blick in die Runde.

»Das war Jannik, tut mir leid, der ist neu, wollte Dienst nach Vorschrift machen.«

»Nein, ist in Ordnung. Der Junge gefällt mir. Woher kommt er?«

»Wer, der Kollege?« Westermann nickte. »Polizeischule Eutin, ist ein Frischling. Noch grün hinter den Ohren.«

»Nein, lasst den man in Ruhe. Wer sich so einbringt, kann nur gut für uns sein.«

»Wer?«, fragte Hartwig.

»Der Kollege. Jannik Ohland.«

Der Heiligenhafener Beamte Hans Larsen deutete auf einen jungen Mann mit blonden kurzen Haaren, der damit beschäftigt war, die Leute vom Ort des Geschehens fernzuhalten. Dann bewegte er sich mit Hartwig und Westermann auf den Fundort zu. Als der Erste Hauptkommissar die Leiche einer jungen Frau im knöcheltiefen Wasser liegen sah, ergriff ihn ein befremdliches Gefühl. Seine Kehle schnürte sich zu. Die Szenerie erschien ihm wie ein Déjàvu. Ihre langen schwarzen Haare, das zarte Gesicht, die weit aufgerissenen Augen.

»Irgendetwas stimmt an diesem Bild nicht«, murmelte er. Eine Gänsehaut überzog seinen Körper. Die junge Frau lag nackt im Wasser, an einem öffentlichen Platz. Sie war nicht wie das erste Opfer in einer Wohnung getötet worden. Hatten die Morde überhaupt etwas miteinander zu tun? »Messerstiche?« Westermann suchte nach Spuren. Henning schüttelte den Kopf. »Nein, sie wurde offensichtlich erdrosselt. Ich habe sie allerdings nicht bewegt.« Er zuckte die Schultern. »Mir kommt es vor, als wenn jemand sie bloßstellen wollte. Sie wurde nicht einfach abgelegt, sondern präsentiert«, registrierte der Kollege der KT. Die Tote lag mit aufgestellten, gespreizten Beinen im flachen Wasser. Die Arme seltsam ausgebreitet. Es erschien ihm wie ein Ritual … eine Offenbarung und erinnerte ihn an einen anderen Fall, der Jahre zurücklag. Die Opfer hatten damals Kreuze in ihren Augenhöhlen, wurden regelrecht drapiert. Westermann schüttelte sich, als wollte er die unliebsamen

Erinnerungen ausblenden. »Hat sie jemand bewegt, oder lag sie genauso da?«

»Sie lag so da. Ich hab nur den Puls gefühlt, um zu sehen, ob sie vielleicht noch lebt«, antwortete Jannik Ohland. Der Erste Hauptkommissar nickte. »Hat er weitere Hinweise hinterlassen?«, wollte Westermann wissen. Der Kriminaltechniker schüttelte den Kopf. »Warum hier?«, fragte Hartwig. »Na ja, wenn es dir was sagt, dass sie in einem Naturschutzgebiet abgelegt wurde. Einem geschützten Gelände, das nicht von Menschen betreten wird. Mir kommt es vor, als hätte er diesen Platz bewusst gewählt«, sagte der Rechtsmediziner sachlich und warf einen Blick auf die Kollegen aus Oldenburg.

»Die Drosselmarke erinnert an ein Seil. Ähnlich wie beim ersten Opfer. Er hat anscheinend dazugelernt. Wenn ich sie untersucht hab, kann ich euch mehr sagen.« Floor wandte sich wieder seiner Arbeit zu.

»Entweder hat der Täter sie vorher kontaktiert oder zufällig vom Rad gerissen. Er muss sich einen Ort ausgewählt haben, der ihm genügend Deckung gegeben hat. Die Häuser sind nicht alle bewohnt. Er hätte sich hier überall verstecken können. Es war dunkel. Wahrscheinlich hat er sich, bevor er zugeschlagen hat, eines der Domizile ausgeguckt. Bisher deutet nichts darauf hin, dass er sie gezielt ausgesucht hat. Aber eines müsste dir aufgefallen sein, wenn du sie dir genau angesehen hast: Sie gleicht dem ersten Opfer aufs Haar. Ist das Zufall? Die Arten der Tötungen sind jedoch völlig unterschiedlich«, sagte Henning und sah ihn an.

»Das ist mir sofort aufgefallen. Aber zwei Täter in einem relativ nahe beieinander liegenden Gebiet? Dazu noch die Ähnlichkeit … halte ich kaum für zufällig. Allerdings ist das reine Hypothese, dass es sich um ein und denselben Täter handeln könnte. Dafür brauchen wir mehr Beweise«, knurrte Westermann. »Bis auf die Klamotten, die wir am Fundort gefunden haben, ... Fehlanzeige. Und ob der Doc Spuren findet, wage ich zu bezweifeln. Sie lag stundenlang im Wasser. Die Jungs suchen weiter. Aber ihr wisst ja, das dauert.« Nils Henning sah die Oldenburger Polizeibeamten schulterzuckend an.

»Welche Art der Verletzungen hat sie außer der Drosselung?« Westermann begutachtete die Tote und suchte nach weiteren Hinweisen. Der Rechtsmediziner Sebastian Floor hatte erste Untersuchungen direkt vor Ort im Tümpel durchgeführt und Fotos geschossen. »Kann ich dir nicht sagen. Dazu muss sie erst mal aus dem Wasser und dann in die Rechtsmedizin. Willst du sie dir noch mal ansehen ...? Warte einen Moment, bis ich sie rausgezogen habe.« Westermann schüttelte den Kopf. »Reicht vorläufig. Könnt ihr mir was über den Todeszeitpunkt sagen?«

»Zwischen 4 und 6 Uhr heute Morgen. Ihre Kerntemperatur hat sich allerdings durch das Liegen im Wasser verändert. Ich brauch genauere Test.« Der Mediziner zuckte die Achseln.

Westermann guckte Floor an. Der schüttelte den Kopf. »So schnell sind wir nicht. Aber sobald ...« Der Leiter der Oldenburger Mordkommission hob die Hand und wandte sich zum Gehen. »Schickt mir alles, was ihr rausfindet, aufs Handy. Und unbedingt klären, ob in der letzten Nacht und um diese Zeit irgendwo hier Handys eingeloggt waren. Vielleicht gibt es eine Übereinstimmung mit den Ergebnissen des ersten Tötungsdeliktes.« Floor zog die Ermordete mit geübten Handgriffen auf trockenes Land, um die Obduktion fortführen zu können. Er sagte abschließend: »Verdammt!«

»Was ist los?«, wollte Westermann wissen und blieb stehen. »Sieh dir ihren Rücken an ... Sie weist mehrere Stichverletzungen auf. Sie wurde nicht nur erdrosselt. Bin mir aber nicht sicher, welche die tödlichen Verletzungen waren. Brauche erst die Auswertungen der Sichtung. Ich werde zusätzlich toxikologische Test vornehmen, will rausfinden, ob Drogen im Spiel waren und wie viel Alkohol sie im Blut hatte. Dass sie Schnaps getrunken hat, riecht man. Auffällig finde ich, dass sie dermaßen geschminkt war. Diese dunkel betonten Augen, dieser tiefrote Lippenstift. Scheint, als wollte oder war sie auf einer Party. Da könnt ihr nachhaken. Wir müssen die Obduktion abwarten, dann kann ich euch auch mitteilen, ob ein Kampf stattgefunden hat«, sagte der Rechtsmediziner. »Im Moment ist die Spurenlage, sagen wir ... undurchsichtig. Auf jeden Fall war dies eine ziemlich persönliche Art der Tötung. Bei einer Drosselung sind Opfer und Täter sich unglaublich nah, das weißt du ja. Der Übeltäter hat den Vorgang möglicherweise genossen. Er demonstrierte im Moment des Erstickens seine Macht und hat ihr dabei ins Gesicht gesehen. Sie hat intensive Einblutungen in den Augen. Der Todeskampf hat ihn erregt, davon gehe ich aus. Ich könnte mir vorstellen, dass er sie überrascht hat, indem er rückwärtig auf sie eingestochen hat, um sie zu Fall zu bringen. Dann hat er sie wahrscheinlich erdrosselt. Deshalb muss ich zuerst feststellen, ob er sie penetriert hat oder es, wie bei der ersten Toten, nur außerhalb ihres Körpers zum Erguss gekommen ist. Das sagt uns dann einiges über das Täterverhalten aus. Samenspuren haben wir bisher keine sicherstellen können ... das Wasser.«

»Gibt es irgendwelche Parallelen zur ersten Tötung?«, wollte Westermann wissen. Floor schüttelte den Kopf. »Nein. Beim ersten Opfer handelte es sich eindeutig um Übertötung. Da war geradezu übermenschlicher Hass im Spiel, hier zeigt sich ein anderes Bild. Aber ich brauche weitere Beweise. Sie wird gleich abgeholt und in die Rechtsmedizin gebracht. Dann sehen wir weiter. Ob die Fälle zusammenhängen, müsst ihr rausfinden. Es sei denn, ich finde vergleichbare Spermaspuren oder DNA.« Westermann fertigte Notizen an.

»Ist der Ablageort auch der Tatort? Und wer hat euch eigentlich so schnell informiert?«, fragte der Leiter der Mordkommission. Nils Henning mischte sich ein.

»Da will ich mich nicht festlegen. Durch das Feuchtgebiet sind so gut wie keine Abdrücke oder Liegespuren sichtbar. Weder runtergedrückte Gräser noch Fußspuren. Es ist auch nach erster Sichtung kaum Blut im Wasser. Die Kollegen untersuchen jeden Zentimeter. Aber bisher? Sie kann genauso gut woanders ermordet worden sein.«

»Wer hat sie entdeckt?«

»Eine Frau. Eine Anwohnerin.« Henning, der mit leuchtend blauen Augen dastand wie ein Wikinger in Jeans und schneeweißem Shirt, drehte sich um und deutete auf eines der Häuser auf der gegenüberliegenden Seite des Weges. Seine ausgewachsenen Muskeln zeichneten sich deutlich unter dem Stoff ab. Die Kommissare aus Oldenburg betrachteten das weiß gestrichene Gebäude. »Schönes Strandhaus. Eigentümer?«, fragte Westermann und schob die kalte Pfeife von einem Mundwinkel in den anderen. »Keine Ahnung. Der Ehemann hat die Dienststelle informiert. Seine Frau hat aus'm Fenster geguckt, als sie sich die Zähne geputzt hat. Sie hat, wie der Mann erzählte, Kühe beobachtet und dabei was im Wasser liegen sehen. Er ist dann bis an den Zaun und hat sie mit einem Feldstecher ausgemacht.« Der 42-jährige Hans Larsen schüttelte hinsichtlich des Fundes fassungslos den Kopf. »Ich frage mich nur, wie er sie über den Stacheldrahtzaun hierher transportiert hat, ohne dass es jemand mitbekommen hat, wenn er sie nicht hier getötet hat«, murmelte er. »Reifenspuren …?«

»Sind zu viele Fahrzeuge, die diesen Weg nutzen. Wir müssen nach dem Ausschlussprinzip ... das wird dauern. Wir haben von sämtlichen Spuren Proben genommen. Aber ohne verwertbares Gegenstück?« Der blonde Kriminaltechniker schüttelte den Kopf und kraulte seinen Vollbart. »Und getragen, um sie hier umzubringen, glaube ich eher nicht. Dafür ist der Weg bis zu dieser Einbuchtung zu weit, und sie hätte sich höchstwahrscheinlich gewehrt. Ich schätze, sie hätte geschrien. Es sei denn, der Straftäter hatte irre Kräfte und sie vorher betäubt. Hypothetisch ist, dass er sie am Strand umgebracht oder zumindest sediert und anschließend hergeschleppt hat. Wäre sehr viel leichter für ihn zu händeln gewesen. Da vorn ist ein Durchgang, durch den man vom Strand auf diesen Weg kommt. Die Kollegen suchen gerade den Strandabschnitt ab.«

»Habt ihr Hinweise auf ihre Identität? Ein Handy, eine Tasche?«

»Nein, weder noch. Ich gehe davon aus, dass der Täter ihre persönlichen Sachen, falls sie welche dabeihatte, an sich genommen haben könnte.« Der Leiter der Mordkommission nickte. »Wäre zu einfach gewesen. Genau wie beim ersten Opfer. Sämtliche Utensilien, die uns Beweise liefern könnten, sind verschwunden. Jeder hat heute ein Handy dabei, oder nicht?« Westermann wurde unwirsch.

»Da hast du doch eine Verbindung. Der Kerl hat möglicherweise, genau wie bei der ersten Leiche, Beweismittel verschwinden lassen, damit wir sie nicht finden«, sagte Henning und arbeitete weiter. Der Hauptkommissar schnaufte, verließ den Tatort und blieb am Zaun stehen, der von den Kollegen aufgeschnitten worden war. »Was ist mit den Pforten, die auf das Gelände führen. Ist eine davon beschädigt?«

»Untersuchen sie gerade. Sind allerdings ellenweit weg. Es wäre ziemlich beschwerlich und auffällig gewesen, sie auf der langen Strecke unentdeckt an den Fundort zu bringen«, murmelte der Kriminaltechniker und stapfte in Gummistiefeln in den Tümpel. Westermann verabschiedete sich und marschierte auf sein Fahrzeug zu. Hartwig hatte sich still und heimlich vom Ort des Verbrechens entfernt. Er stand wartend, mit einer Zigarette im Mundwinkel, gegen den Wagen gelehnt. »Du rauchst ja schon wieder?«, knurrte der Leiter der Mordkommission und sah seinen Teamkollegen mit finsterem Gesichtsausdruck an. Auf seiner Stirn hatten sich tiefe Furchen eingegraben. »Wieso, du qualmst doch auch, was das Zeug hält.«

»Das kannst du ja wohl nicht miteinander vergleichen. Ich schmauche und außerdem brauche ich die Pfeife, um nachzudenken«, sagte er und steckte sich die Tabakspfeife in seinem Mundwinkel an.

»Na, dann weißt du es ja … ich muss auch nachdenken.« Irgendwie hatte Westermann das Gefühl, als versandete die gute Laune des Kollegen erneut. »Es gab Zeiten, da hätte mir der Sportler in dir am liebsten die Pfeife aus dem Mund gehauen. Was ist los mit dir?«

»Themawechsel … bitte. Das geht mir tierisch auf den Nerv. Ich brauch keinen Psychologen.« Hartwig verzog das Gesicht und trat einen Stein von sich. Der Endvierziger fuhr sich mit der Hand durch die dunklen, nackenlangen Haare und schnippte die Zigarette auf den Weg. Dirk Westermann warf ihm einen verärgerten Blick zu, hielt es allerdings für besser, die Spannung nicht weiter hochkochen zu lassen, und schwenkte zum eigentlichen Thema über.

»Könnten die Fälle etwas miteinander zu tun haben? Wir werden die Anwohner auf dem Warder befragen. Wenn wir Glück haben, hat irgendjemand mitbekommen, was sich hier abgespielt hat. Vielleicht hat jemand ein Auto bemerkt, das mitten in der Nacht in der Nähe vom Tatort gesichtet wurde.«

»Das ist eine gute Idee. Aber wie kommst du darauf, dass die Todesfälle was miteinander zu tun haben?«, wollte Hartwig wissen.

»Weil sich die Frauen sehr ähneln. Ist dir das entgangen?«

»Nein, natürlich nicht. Aber dieses Opfer war wesentlich jünger als das erste, und es ist ein völlig anderer Tatort.«

»Der Fundort ist nicht der Tatort ... glaubt zumindest Henning. Die Ähnlichkeit könnte Zufall sein, da geb ich dir recht. Und ... er hat sie nicht nur erwürgt ... sie hatte Stichverletzungen auf dem Rücken«, sagte Westermann. Hartwig sah ihn fassungslos an und steckte sich die nächste Zigarette an. »Okay? Ich glaub vorerst trotzdem nicht, dass es sich hier um ein und denselben Täter handelt«, knurrte er und blies seinem Kollegen Rauch ins Gesicht. »Hm ... Lass uns den Anwohnern einen Besuch abstatten.« Westermann legte die Pfeife aufs Autodach, dann entledigte er sich seiner Schutzkleidung und warf sie in den Kofferraum. Der Beamte aus Heiligenhafen klopfte ihm auf die Schulter. »Ich muss dir noch was Wichtiges sagen.«

»Hans Larsen! Dann mal los«, sagte der Erste Hauptkommissar, betrachtete den Mann, der ihn aus blauen Augen ansah, als läge ihm etwas auf der Seele. Er räusperte sich, schob die Dienstmütze über die dunklen Haare und murmelte: »Ich kenn das Mädchen.« Westermann merkte, dass er sich die Hände knetete. »Was? Nun red schon«, knurrte er und bemerkte, dass der 42-jährige Beamte Tränen in den Augen hatte. »Sie ist die Tochter von Freunden. Ihre Eltern haben ein Restaurant in der Innenstadt. Ich kann es ihnen nicht sagen. Würdet ihr ...?« Er schluckte, seine Stimme klang zittrig. Er druckste und schob mit dem Fuß Sand vor sich her. Westermann nickte und sah, dass der Polizeibeamte froh zu sein schien, eine derart grausame Nachricht nicht überbringen zu müssen. »Warum hast du das nicht gleich gesagt?« Der Leiter der Mordkommission sah ihn fragend an. »Ich konnte nicht. Das musste ich erst mal selbst verarbeiten.« Der Hauptkommissar nickte. »Ist in Ordnung. Wir übernehmen das. Wenn du mitkommen möchtest? Ich könnte mir vorstellen, dass die Anwesenheit eines Freundes die Eltern zumindest für den Moment beruhigt. Erzähl mir etwas über das Mädchen und die Familie. Sie haben ein Restaurant, sagtest du?«

*

»Es ist unglaublich, was für Strandhäuser hier gebaut wurden. Mit den Reetdächern … könnte mir gut vorstellen, hier zu leben«, schwärmte Hartwig wenig später und blieb vor einem in kräftig blauer Farbe gestrichenen Haus stehen. »Alles nett anzusehen, aber im Winter? Was machst du, wenn das Wasser bei Sturm vom Sund gegen die Dünen drückt? Das soll sie überfluten. Ich hab mehrfach gelesen, dass sie nach einem Hochwasser die Häuser nicht mehr erreicht haben und auf dem Warder sogar den Strom abgeschaltet haben. Und da möchtest du wohnen? Ich weiß ja nicht. Was, wenn die Bude vollläuft? Die Kosten für so eine Aktion trägt niemand, das solltest du wissen. Wie ich mitbekommen habe, zahlen die Eigentümer den Schutz vor dem Wasser komplett aus eigener Tasche. Da können schnell einige 100.000 Euro zusammenkommen. Das war damals, wie ich verstanden habe, der Haken bei den günstigen Grundstücken. Da bist du dein Beamtengehalt fix los. Das kannst du, oder besser gesagt, das könnten wir uns niemals leisten. Ich glaube, da haben schon Besitzer gewechselt, weil die Kosten nicht zu wuppen waren. Nee, lass uns mal da, wo wir sind. Du wohnst gemütlich in Lütjenbrode, hast ein ansprechendes Häuschen mit großem Garten … bleib mal mit Stina da, wo du bist. Das ist heimelig. Vielleicht hast du irgendwann einen neuen Hund … außerdem seid ihr schnell am Strand und im Jachthafen.« Westermann bemerkte Hartwigs Miene, die sich mit jedem seiner Sätze mehr verdunkelte. Der smarte Polizeibeamte warf seinem Chef einen grantigen Blick zu. »Du wohnst dank deiner Katrin ja direkt am Wasser, da hat man gut reden. Wenn man sich ins gemachte Nest setzt … und Watson lässt du da raus. Ich werde nie wieder einen Hund haben. Damit das klar ist.«

»Stopp, werd nicht frech. Zum einen habe ich mich weder ins gemachte Nest gesetzt, und zum anderen brauche ich mich dir gegenüber nicht zu rechtfertigen. Punkt. Das mit dem Hund nehme ich zurück. Lass uns das Thema wechseln und über den Fall sprechen, sonst wird das hier eine brenzlige Angelegenheit.« Hartwig schnaubte und kratzte sein Kinn.

»Hast du bemerkt, wie bleich die Frau war? Sie hatte null Sonnenbräune auf der Haut, als wenn sie das Tageslicht nie zu Gesicht bekommen hätte. Sie sah aus wie Schneewittchen. Sie machte auf mich den Anschein eines Gruftis, was denkst du? Sollten wir nicht in der Szene nach Hinweisen suchen?« Westermann betätigte den Klingelknopf und schüttelte den Kopf. »Wie kommst du auf Grufti? Das ist doch wohl eher ein gebräuchlicher Ausdruck meiner Generation. Heißt es nicht Gothic?«

»Oh Mann, dieser Erbsenzähler.«

»Auch das ein Begriff aus dem letzten Jahrtausend«, grinste der Hauptkommissar. Sie marschierten auf den Eingang des Hauses zu. »Aber ausschließen möchte ich es

nicht. Die schwarze Kleidung lässt fast darauf schließen.«
Westermann blieb im Eingangsbereich der Villa stehen und
drückte auf den Messingknopf.

»Elin Jacobsen trug ebenfalls finstere Klamotten, wenn
du dich erinnerst. Gehörten sie vielleicht einer Verbindung
an? Einer satanischen Sekte? Liegt da das Motiv?«, fragte
Hartwig und sah die dunklen Kleidungsstücke und derben
Stiefel vor sich. Er hoffte, dass die Tür sich endlich öffnete.
Er war müde und brauchte Schlaf.

Warten macht böse Gedanken, stellte Westermann fest,
als er erneut auf die Klingel drücken musste. Seine fuhren
Achterbahn. Ihn erschreckte die zunehmende Brutalität.
Was war los mit diesem Land, in dem immer mehr junge
Frauen ihr Leben ließen oder männlicher Gewalt ausgesetzt
waren? Das Gefühl, dass die Hemmschwelle anscheinend
immer geringer wurde, machte ihn rasend. Die Aggressionen nahmen zu, ohne dass man daran etwas ändern konnte.
Aber er musste sich auf diesen Fall konzentrieren. Westermann stöhnte.

Der Hauptkommissar presste erneut einen Finger auf den
Klingelknopf. »Scheint niemand zu Hause zu sein«, murrte
Hartwig. Ähnlich verhielt es sich mit weiteren Gebäuden,
die sie aufsuchten. »Schlechter Zeitpunkt«, sagte der Kommissar und steckte die Hände in die Hosentaschen seiner
verwaschenen Jeans. Er gähnte ungeniert, wippte in seinen
Sneakers auf und ab und warf seinem Vorgesetzten einen
müden Blick zu. »Lass uns abends wiederkommen, wenn
die Leute vor Ort sind.« Westermann nickte. »Wahrscheinlich hast du recht.« Er wollte sich umdrehen, um zurück
zum Auto zu laufen, als sich unvermittelt die Tür des auffällig gestrichenen Reetdachhauses öffnete. »Moin, ja?«, kam
die knurrige Reaktion eines Mittfünfzigers, der in kurzen
Hosen und zerknittertem kurzärmligem Hemd vor ihnen

stand und sich, wie es aussah, in seiner Mittagsruhe gestört fühlte. Seine dunklen, nackenlangen Haare hingen vor die Augen. »Tut mir leid, wenn wir Sie geweckt haben. Westermann, Mordkommission Oldenburg. Mein Kollege Hartwig. Wir haben ein paar Fragen zu dem Leichenfund unmittelbar vor Ihrem Haus.« Er zog den Dienstausweis aus der Brusttasche seines Leinenhemdes und hielt sie dem Mann unter die Nase. »Mordkommission? Ich dachte, die wär ertrunken? Besoffen ersoffen«, brummelte der Grantige, gähnte und wischte sich eine Haarsträhne aus dem Gesicht. Westermann schien irritiert. »Sind Sie der Eigentümer dieses Strandhauses? Woher wissen Sie von der Toten?«, fragte Hartwig und riss den Bewohner des Hauses mit einem Schlag aus seiner Lethargie. »Ja, bin ich, und woher ich von der Toten weiß? Ich bin erst vor einer Stunde eingeschlafen. Hab die halbe Nacht gearbeitet. Die Zeitverschiebung. Ich hab mit New York telefoniert, beruflich, Headset auf. Sie wissen ja, sechs Stunden … und mal ehrlich, bei dem Krach da draußen kriegt jeder mit, was passiert ist.« Westermann nickte. »Helfen Sie uns auf die Sprünge. So richtig verstehen tue ich nicht, wovon Sie sprechen. Was meinten Sie, mit besoffen ersoffen? Dürfen wir reinkommen?«, fragte der Erste Hauptkommissar und sah den Besitzer des Hauses mit Nachdruck an.

»Wäre nicht das erste Mal, dass sich junge Leute vom Strand zu den Salzwiesen verirren. Sie wollen Spaß, rumpoppen, und sind dabei nicht gerade leise. Dann pennen sie oft da, wo sie gesoffen haben. Ist nicht witzig. Was glauben Sie, wie es da manchmal abgeht? Das nervt. Hab schon des Öfteren die Polizei gerufen, aber bis die hier sind.« Er zog wütend die Augenbrauen hoch. »Seitdem die hier an der Promenade alles mit neuen Feriendomizilen zupflastern, ist es mit der Ruhe auf dem Warder vorbei.« Tiefe Falten erschienen auf seiner Stirn. Seine Nasenflügel bebten, und er wischte mit der Hand die restlichen Haare aus dem Gesicht. Es hatte den Anschein, als würde er jeden Moment die Tür vor den Augen der Kommissare zuschlagen. »Können wir jetzt drinnen weitersprechen?«, fragte Hartwig und stemmte die Hand gegen die Tür. Der Mann schüttelte den Kopf und bat die Beamten, wenn auch nur widerwillig, in den Flur. »Sie sagten, Sie hätten die halbe Nacht gearbeitet. Haben Sie irgendetwas mitbekommen, was für uns wichtig sein könnte? Einen Schrei, ein Auto?«, fragte Westermann. »Nein, hab ich nicht. Wie gesagt, ich hatte das Headset auf. Wir sind froh, wenn wir unsere Ruhe haben, und so viel Terz wie die letzten Jahre … das macht keinen Spaß mehr. Wir überlegen schon, das Haus wieder zu verkaufen.«

»Das mag alles sein, aber wir müssen einen Mord aufklären und dazu brauchen wir jede Hilfe. Verstehen Sie das?« Westermann sah den Eigentümer des Hauses durch seine Brille mit ernstem Blick an und verengte die Augen. Der Mann blieb standhaft im Flur stehen und ließ auch die Kommissare nicht weiter vordringen. Dann stieß er seinen Atem aus. »Sie haben recht. Schade um das junge Ding. Aber ich kann mich beim besten Willen nicht daran erinnern, was gehört zu haben. Meine Frau und ich waren im Ort essen, haben ein Glas Wein auf der Terrasse getrunken. Wir sind gegen 22 Uhr reingegangen, und meine bessere Hälfte ist zu Bett. Ich musste, wie gesagt, die halbe Nacht arbeiten.« Es schien, als überlegte er. »Nein, da war nichts. War's das jetzt? Ich bin saumüde.« Gelangweilt gähnte er und hoffte, dass die Beamten endlich verschwanden.

Als sie zum Wagen marschierten, sagte Westermann: »Es geht mir alles so auf den Geist. Was ist mit den Leuten los? Entweder sie denunzieren ihren nächsten Nachbarn oder sie tun so, als ob sie alles nichts anginge.« Hartwig hielt es für besser, den Mund zu halten. Er selbst hatte ihn genug verärgert und wollte die schlechte Laune nicht noch mehr anheizen. »Da sind zwei junge Frauen getötet worden. Interessiert das überhaupt jemanden? Hast du die Gleichgültigkeit mitbekommen? Es ist, als würden sie einen Film im Fernseher gucken und könnten einfach umschalten, wenn es zu viel wird. Handyaufnahmen vom Tatort sind wichtiger als Mitgefühl für die Toten. Nee, das bringt keinen Spaß.« Westermanns Gesicht lief rot an, und er ballte die Hände, als würde er jeden Moment zuschlagen. »Ich könnte kotzen!«

Als er den Wagen starten wollte, kam Larsen angerannt. »Wir müssen zum Aussichtsturm. Sie haben was gefunden.«

*

Am nächsten Morgen schlug Charlotte Hagedorn die Tageszeitung auf und erstarrte. Angestrengt las sie den Bericht eines neuen Mordfalls. »Das darf nicht wahr sein. Schon wieder eine junge Deern. Wenn da nicht ein Serienmörder sein Unwesen treibt«, murmelte die Künstlerin und las den Zeitungsbericht von der ersten bis zur letzten Zeile.

Olivia M., die 18-jährige Schülerin aus Heiligenhafen, wurde am Sonntag in einem Salzsee am Warder tot aufgefunden. Ersten Angaben zufolge handelt es sich um ein Tötungsdelikt. Zeugen werden dringend gesucht. Bitte melden unter Telefon 043 ... Mordkommission Oldenburg. »Ob der Mord von Elin P. vor vier Wochen mit der Tötung in Verbindung steht, können wir aufgrund der laufenden Ermittlungen nicht bekannt geben«, sagte der leitende Kriminalbeamte.

»Wie furchtbar! Schlimm genug, dass ich so etwas in der Zeitung lesen muss. Die armen Deerns. Das kann man gar nicht mehr mit ansehen. Fürchterlich«, wiederholte sie. »In beiden Fällen ist bisher niemand verdächtigt. Na, da hat Dirk alle Hände voll zu tun. Die armen Jungs.« Charlotte presste die Hand vor den Mund, als sie das *Tageblatt* auf den Tisch legte. Was treibt einen Menschen an, so etwas Furchtbares zu tun?, überlegte sie und stand auf. Sie musste sich schnellstens ablenken und wollte Fotos katalogisieren. Es würde ein ordentliches Stück Arbeit bedeuten, die wahren Geschichten hinter den Vorhängeschlössern herauszufinden. Sie hatte in Hohwacht, Heiligenhafen und Großenbrode unzählige Liebesschlösser in sämtlichen Farben und Formen an den unterschiedlichsten Orten und Vorrichtungen entdeckt und dokumentiert. Fehlte nur noch Fehmarn. Ein verrostetes Herz in Burgtiefe, direkt an der Fahrrinne, hatte sie genau genommen überhaupt erst auf die Idee gebracht. Es stand in unmittelbarer Nähe zum »Utkieker«, dem 2021 errichteten Aussichtsturm, dessen 72 Stufen sie kurz nach der Eröffnung bestiegen hatte. Sie war den 16,5 Meter hohen Turm hinaufgestapft, den sie selbst als »schiefe Zigarre« betitelte, und hatte bei 360-Grad-Rundumblick unzählige Fotos geschossen. Dabei fiel ihr dieses Herz auf, und ihr kam die Idee mit der Story und den Geschichten, die sich hinter den Vorhängeschlössern verbargen. Charlotte wollte einen Aufruf starten, um einige der Personen zu finden, die sich in den Liebesschlössern verewigt hatten. Nur das Herz in Burgtiefe, das musste sie noch einmal fotografieren, weil es aus der Höhe nur winzig erschienen war. Als sie am Schreibtisch saß und einen Blick aus dem Fenster warf, schweiften ihre Gedanken ab.

»Ich muss Dirk dringend fragen, was da los ist. Er hat nichts von den Mädchen erzählt. Ich brauche unbedingt

Informationen. Wenn da nicht ein Serienkiller ...« Sie wischte die abstruse Annahme mit einer Handbewegung fort. Es klingelte. Sie stand auf, rückte ihre Hose zurecht und eilte über leise knarrende Holzdielen zur Eingangstür. Als sie die Tür öffnete, blieb sie erstaunt stehen. »Ja?«, fragte sie und zog die Stirn kraus. »Ich bin Ihre neue Nachbarin und wollte mich vorstellen.« Die junge Frau von allerhöchstens Mitte 30 stand barfuß in Flip-Flops, hellgrünen Pluderhosen und einem kurzärmligen bunt bedruckten Shirt vor ihr. Sie strahlte. »Nachbarin? Ja, wer ist denn ausgezogen?«, wollte die Künstlerin wissen und warf einen Blick aus der Eingangstür. »Nur fast Nachbarin«, entgegnete die junge Frau, zwirbelte am langen geflochtenen Zopf und machte plötzlich ein bedrücktes Gesicht. »Um ganz ehrlich zu sein ... ich bin die Nachfolgerin der Martins. Nele sagte mir, dass, wenn sie nicht erreichbar sein sollten, ich Sie ansprechen könnte. Ich bin ein bisschen in der Bredouille.« Die schlanke Person wurde rot, sah sie Hilfe suchend an und nagte auf ihrer Unterlippe. »Soso, sagt sie das. Wo ist Nele denn?«

»Soweit ich weiß, ist sie mit ihrem Mann nach Schweden gefahren. Aber wohin genau, hat sie mir nicht verraten. Ich kann sie jedenfalls nicht erreichen. Sie wollten da, soviel ich mitbekommen habe, ein Häuschen kaufen, wenn sie ihre Segeljacht verkauft haben. So hat es mir ihre Nichte erzählt.« Der hilflose Blick ließ sie wie ein junges Mädchen erscheinen. Charlotte bekam Mitleid.

»Und nu, Deern. Was soll ich dabei tun?«

»Sie könnten mir vielleicht erklären, wie ich den Strom wieder anbekomme. Die Sicherungen sind, wie es aussieht, durchgeknallt, und ich weiß ehrlich gesagt nicht, wo der Kasten zu finden ist. Und das Haus ist voller Gäste. Nele hatte mir alles erklärt, aber ich erinnere mich nicht mehr, und mein Mann ...? Der ist zur Arbeit. Ich heiße übrigens Mia«, sagte sie und reichte Charlotte Hagedorn ihre zierliche Hand. Die Deern ist ja so dünn, dachte die Künstlerin, als sie ihre Finger drückte. »Nun kommen Sie erst mal rein in die gute Stube. Ich habe heute Morgen Kuchen gebacken. Essen Sie ein Stück mit mir, danach gucken wir beide, wie wir das wieder hinkriegen. Ich glaube, ich erinnere mich, wo das Ding hängt.« Wortlos trat die zierliche Person mit dem langen dunklen Zopf ins Wohnzimmer. »Setzen Sie sich man auf das Sofa. Die Gäste sind doch jetzt sowieso alle am Strand«, sagte Charlotte in ihrem norddeutschen Slang und lächelte. So sieht sie also aus, die neue Besitzerin von Neles und Hennings Pension. Hübsche Deern, stellte sie fest und eilte in die schmale Küche, um mit einem Kuchenteller zurückzukehren. Auf ihm ein Apfelkuchen, der umwerfenden Duft verströmte. »Tee dazu?«

»Ich habe eigentlich gar keine Zeit für Kuchen ... die Gäste«, murmelte die neue Pensionsbesitzerin. Dennoch nickte sie, um nicht unhöflich zu erscheinen. Sie sah sich um, während Charlotte den Tee zubereitete. »Die sind jetzt nicht da. Ich kenn das Prozedere im *Kajüthus* nur zu gut. Lassen Sie uns zusammen überlegen, wie wir das geregelt kriegen, Deern. Ich denke, ich komme gleich mit, und wir suchen den Stromkasten. Soweit ich mich erinnere, hängen die Kästen im Keller«, schmunzelte sie und schob ein großes Stück Apfelkuchen auf Mias Kuchenteller. Mit dankbarem Lächeln verdrückte die überschlanke Person das riesige Teil in kürzester Zeit. Selbst Charlotte, die Kuchen über alles liebte und allein davon leben könnte, staunte und strengte sich an, der jungen Frau zu folgen. »Gefällt Ihnen die Pension denn?«

»Ja, toll. Wir haben uns sofort verliebt. Und die Kinder fühlen sich pudelwohl.«

»Na, dann kann ja nichts mehr schiefgehen.« Sie lachte, und beide verputzten ein weiteres Stück des saftigen Apfelgebäcks, bevor sie sich aufmachten, das Problem zu lösen. Charlotte war klar, dass sie einer angenehmen Beziehung mit dieser Person entgegensehen konnte. Aber dass Nele mir nicht mal erzählt hat, dass sie sich ein Haus in Schweden kaufen wollen … ich fass es nicht. Das gibt Ärger! Und den gab es wirklich …

*

Westermann verharrte zur gleichen Zeit am Flipchart. »Wie wir jetzt wissen, ist Olivia Meindorf unter dem Aussichtsturm auf dem Graswarder sediert und ermordet worden. Wir haben Blutspuren und Faserspuren sichergestellt. Es ist also klar, dass der Tatort im Bereich des Turmes liegt.« Er deutete auf ein Foto des 15 Meter hohen Beobachtungsturms, der vom Naturschutzbund Heiligenhafen in Auftrag gegeben wurde. »Unterhalb des Gerüstes haben wir sehr viel Blut gefunden«, sagte Westermann. »Wir gehen davon aus, dass der Täter sie von dort zur Salzwiese geschafft hat, um sie zu platzieren. Ferner gehen wir mittlerweile davon aus, dass es sich um denselben Täter handelt, der auch Elin Jacobsen getötet hat. Ein Motiv ist allerdings bisher nicht erkenntlich. Auffällig war nur, dass beide dunkle Kleidung getragen haben, was unter Umständen gleiche Interessen bedeuten könnten, die im Gothic Milieu zu finden sind. Aber das ist nur Spekulation, die bis zu diesem Zeitpunkt nicht bestätigt wurde.« Die Kollegen raunten. »Larsen und Hünnicke sind gestern die gastronomischen Betriebe in Heiligenhafen abgelaufen, um vor Ort Befragungen durchzuführen. Das gezeigte Foto brachte keinen Erfolg, bis … bis die beiden in der *Bretterbude* direkt am Strand fündig wurden.« Getuschel waberte durch das Ermittler-team. »Ein Mitarbeiter hinterm Tresen hat die zweite Tote vom Graswarder eindeutig identifiziert. Sie war am Abend vor ihrem Tod in der *Garage*, einer Pinte, die zum Hotel gehört. Das Opfer hat dort mit einer männlichen Person Bier getrunken und sich laut seiner Aussage angeregt unter-halten. Beide schienen äußerst vertraut. Aber es gibt keine genaue Beschreibung des Mannes, mit dem sie in der Bar saß. Dem Mitarbeiter ist nur aufgefallen, dass ihr Begleiter unscheinbar auf ihn wirkte. Er konnte den Kollegen kei-nerlei adäquate Personenbeschreibung geben. Sozusagen ein Allerweltsgesicht.«

»Was wollte das Mädel mit so einem Kerl?«, fragte Hen-ning und erntete fragende Blicke. »Sorry, aber die Frage stellt sich. Wenn ich so aussehe wie dieses Mädchen, was verleitet mich dazu, mich mit einem farblosen Mann abzu-geben. Entweder ist er nur ein Freund oder aber ein Schul-kollege, mit dem sie sich auf ein Bier getroffen hat. Aller-dings passen dann das Outfit und das geschminkte Gesicht nicht zu dem Treffen, wenn ihr wisst, was ich meine. Derart rausgeputzt trifft man sich doch eher mit einem Lover oder will auf eine Sause. Liege ich falsch?« Henning streckte die langen Beine aus, zog die Augenbrauen hoch und warf den Kollegen der Ermittlungsgruppe einen fragenden Blick zu. »Ich tippe auf einen Freund. Sie wirkten zu vertraut. Das solltet ihr überprüfen«, entgegnete Floor. »Ist leider beides falsch«, antwortete Westermann. »Nachdem wir gestern mit einem Beamten der Heiligenhafener Dienststelle die Eltern der Getöteten aufgesucht hatten, war uns klar, dass Olivia sich, wie es aussieht, mit einem Verehrer getroffen hat. Die Mutter erklärte uns, dass ihre Tochter sich extra für ihn dermaßen auffällig zurechtgemacht hatte, was ansons-ten nicht ihre Art war. Sie war eher eine zurückhaltende

Schülerin. Sie hat sich mit jemandem verabredet, dem sie, laut Aussage der Mutter, gefallen wollte. Meiner Meinung nach passt das nicht mit einem Schulkollegen oder Freund zusammen, den sie lange kannte. Frau Meindorf erklärte uns, dass es ein erstes Treffen gewesen wäre. Sie haben sich nach ihrer Information im Netz kennengelernt. Wie ich erfahren habe, traute sich Olivia nicht, Jungs anzusprechen, und hat sich immer mehr im Internet aufgehalten, um Freundschaften zu pflegen.«

Westermann kritzelte »Netz« auf den Flipchart. »Wahrscheinlich ist das ein wichtiger Ansatz. Wir brauchen unbedingt den Computer des Mädchens«, sagte Henning. »Fehlanzeige. Da ist es genau wie bei dem ersten Opfer. Wir haben in dem Zimmer der Toten weder Handy noch PC sicherstellen können.« Der Hauptkommissar schüttelte den Kopf. »Die Eltern erwähnten, dass ihre Tochter einen Laptop besaß, mit dem sie ihre gesamte Kommunikation abhandelte, und den sie, wie es aussah, bei sich gehabt hatte.« Erneutes Raunen unterbrach die Ausführung des Leiters der Mordkommission. »Leute, lasst mich das zu Ende bringen, bitte. Also, sie trug ihr Handy, Geld und Laptop in einer weißen Laptoptasche aus Stoff bei sich. Wir haben weder die Tasche noch ein Mobiltelefon oder eine Geldbörse gefunden. Die KT hat das gesamte Gebiet abgesucht. Auch ihr Fahrrad, ein himmelblaues Cobalt-Rennrad, mit dem sie zum Treffpunkt gefahren ist, ist seit dem Abend verschwunden.« Westermann pinnte ein Foto des Rades an den Flipchart. »Wir haben also die Mammutaufgabe, die technischen Geräte beider Frauen aufzuspüren. Eine Ortung war erfolglos. Die Handys waren dort eingeloggt, wo sie sich aufgehalten haben. Bei Elin in der Wohnung, bei Olivia Meindorf bis zum Schluss in der Nähe der *Garage.*

Dann verschwand auch bei ihr das Signal. Ich denke, der Täter hat sämtliche Gegenstände für uns wertlos gemacht. Wir haben die Daten der Telekommunikationsfirmen angefordert, um zu sehen, ob dort Brauchbares zu finden ist. Wir bekommen die Telefonlisten, das dauert aber … ihr wisst – Datenschutz. Bis dahin teilen wir uns in zwei Gruppen auf. Die eine kümmert sich intensiv um den Fall Elin Jacobsen, die andere bearbeitet den Sachverhalt Olivia Meindorf. Ich werde beide Angelegenheiten koordinieren und bin jederzeit Ansprechpartner. Werde mich allerdings im sogenannten Homeoffice aufhalten, weil ich, wie ihr ja wisst, beabsichtige, in Kürze zu heiraten.«

Lautes Jauchzen flutete den Raum. Die Kollegen klatschten in die Hände, und für den Moment waren die Morde an zwei jungen Frauen vergessen. »Und wo sollen wir hinkommen«, fragte Henning, verschränkte die Popeye-Arme vor der muskulösen Brust und zwinkerte ihm zu. »Äh, ich gebe nach der Hochzeit einen aus, versprochen. Die Trauung findet nur im kleinsten Kreis statt«, schmunzelte er und wusste, dass er aus der Nummer nicht mehr herauskam. »Und ich dachte, wir sollten den Brautstrauß fangen«, hörten sie plötzlich eine klare Stimme mitten im Raum.

Die Tür hatte sich lautlos geöffnet und eine Frau sich unbemerkt ins Büro geschlichen. Sie lächelte Dirk Westermann an, als weitere Personen das Zimmer betraten. »Sonja Rasmussen, schön, dich und dein Team zu sehen.« Es schien, als wäre er erleichtert und dankbar für die Ablenkung. Wie selbstverständlich duzte er sie, als würde er sie seit Ewigkeiten kennen. Er selbst hatte die Fallanalytikerin angefordert und um Fallbegleitung gebeten. »Wir brauchen eure Hilfe wirklich dringend.« Der Erste Hauptkommissar trat ihr entgegen und reichte ihr und ihren Kollegen die Hand. Sein Erstaunen ließ sich nicht verheimlichen, als er die 36-jährige Profilerin betrachtete. Er schwieg, obwohl ihm auf der Zunge lag, was er ihr am liebsten gesagt hätte: Wow, wie gut du aussiehst. Du bist so schmal geworden … aber er unterließ es, sie vor den anderen zu verunsichern. Er hatte sie während des vorhergehenden Falls kennengelernt und wusste, dass er sie mit der Aussage brüskieren könnte. Er schwieg und bot ihr und ihrem Team stattdessen Sitzplätze an. »Ja, danke. Wir freuen uns, wenn wir euch weiterhelfen können.« Sie setzten sich. Sonja Rasmussen strich ihre eng geschnittene Bluse glatt. Die Profilerin des LKA Kiels, die im letzten schweren Ermittlungsfall geholfen hatte und eine Bereicherung war, wollte der Ermittlungsgruppe erneut zur Seite stehen und herausfinden, um wen es sich bei dem Täter handeln könnte. Mittlerweile hatten alle die Vermutung, dass es sich trotz Unterschieden in der Tötungsart um ein und dieselbe Person handelte. Westermann musterte die Fallanalytikerin, die sich von einer äußerst weiblich geformten Kollegin zu einer schlanken, sportlichen Frau entwickelt hatte. Ihre vormals kurzen nussbraunen Haare waren inzwischen schulterlang und noch eine Spur dunkler. Die umrahmten das schmal gewordene Gesicht mit den dunkelbraunen, schräg gestellten Augen. Sie besaß eine asiatische Ausstrahlung, die dem Hauptkommissar vorher nicht aufgefallen war. Sie ist kaum wiederzuerkennen, dachte der Leiter der Mordkommission und räusperte sich. Er musste seinen Vortrag weiterführen, damit sie vorankamen. »Also, wenn ihr bereit seid? Ich habe den Kollegen just in diesem Moment den Faktenstand erklärt, und wir müssen sehen, wie wir jetzt weiter verfahren. Für euch zur Erklärung. Es geht um zwei tote Frauen, die auf völlig verschiedene Art und Weise getötet worden sind, allerdings äußerlich eine frappierende Ähnlichkeit aufweisen.«

»Stopp«, unterbrach die Profilerin den Hauptkommissar mit einer Handbewegung. »Das wollen wir alles gar nicht bis ins Detail wissen. Wir haben die Unterlagen akribisch gelesen und möchten uns als Einstieg die Tatorte ansehen, um den Ermittlungsprozess nicht zu unterbrechen. Geht es, dass du uns zuerst da hinbringst?«

Westermann nickte. »Kein Problem. Nils wird euch hinbegleiten.« Der Leiter der KT erhob sich, stand wie eine Eiche mitten im Raum und salutierte mit einem Grinsen im Gesicht. Der Wikingertyp erinnerte Sonja erneut an Henning Baum. Der blonde Mann mit den leuchtend blauen Augen gefiel ihr, das war offensichtlich. Sie wurde rot und räusperte sich. Ihre Kollegen folgten ihr, als sie gemeinsam mit dem Kriminaltechniker das Besprechungszimmer verließ.

Eine halbe Stunde später standen sie vor dem Mehrfamilienhaus, in dem Elin Jacobsen bis zu ihrem Tod gelebt hatte. Sonja Rasmussen blieb stehen, ihr Team ebenfalls. »Wie ist der Täter in das Gebäude gelangt?«, wollte sie wissen. »Es gibt keine Einbruchsspuren, weder hier an der Eingangstür noch an der Wohnungstür der Toten«, erklärte Henning. »Also hat das Opfer den Mörder selbst in die Wohnung gelassen. Freiwillig?«

»Wir gehen davon aus. Die Tür hat einen Spion und die Freisprechanlage einen Monitor. Also hat sie gesehen, wer vor dem Haus stand.« »Die Provider sind angefragt?« Der Kriminaltechniker nickte. »Habt ihr schon Ergebnisse?«

»Nein, du weißt doch, Datenschutz … dauert.«

»Aber es würde mich brennend interessieren, wer zur Tatzeit in diesem Gebiet eingeloggt war. Das wird spannend«, sagte der Wikinger und verschränkte die Arme vor seiner Brust. Seine Oberarme sind so muskelbepackt wie meine Oberschenkel, schluckte Rasmussen und schielte auf

seinen Bizeps. Erneut errötete sie. Nils Henning schmunzelte und tat, als hätte er es nicht bemerkt, obwohl ihm ihre
rot gewordenen Wangen nicht entgangen waren.

Der 36-jährige Joshua Santan, ein Mitglied ihres Teams,
sah sich Fotos der Ermordeten an, als sie wenig später in
der Wohnung standen. »Wie sind die zahlreichen schweren Verletzungen zu erklären?«

»Ich denke, dass Wut und Aggressionen die Auslöser
waren. Die Anzahl der Messerstiche deutet darauf hin, dass
es eine persönliche Beziehung zwischen Täter und Opfer
gab. Es waren auf jeden Fall gewaltige Emotionen im Spiel.
Und wie es aussieht, hat er noch auf sie eingestochen, als
sie längst tot war. Hass? Verletzte Gefühle?«

»Die Frage ist doch, wie genau hat sich die Tat abgespielt?
Lasst uns das Szenario durchspielen. Erik, du klingelst an der
Tür.« Erik Bode, ein schlaksiger Polizeipsychologe, trat vor
die Tür und schloss sie hinter sich. Er drückte auf den Klingelknopf, und sie spielten einen möglichen Tatablauf durch.
Sonja sah durch den Spion und öffnete. »Ah, hallo Erik, toll,
dass du da bist. Komm rein. Geh ins Wohnzimmer. Bier?«

»Ja, gerne. Gekühltes Bierchen wäre klasse bei der Hitze.«
Sie setzten sich auf die gegenüberliegenden Sofas. »Die Frage
ist doch, wie vertraut waren beide miteinander? Sie sitzen,
reden und trinken. Die Gläser standen nicht auf einer Seite
des Tisches, sondern gegenüber. Heißt, sie waren kein Liebes-
paar. Freunde? Kollegen der Uni?« Sonja sah in ihre Unterlagen. »Insgesamt vier Flaschen Bier sind geleert worden.
Also eine recht lange Zeit bis zum verabredeten Sex. Wor-
über unterhalten sie sich? Was verbindet beide? Ist er einer
ihrer Lover, mit dem sie ins Bett steigen will? Dann hätten
sie nebeneinandergesessen, so viel ist klar. Ist er ein Kommilitone, mit dem sie sich trifft, um zu lernen? Dann wäre
diese Konstellation so in Ordnung.« Joshua Santan mischt

sich ein. »Ich glaube nicht, dass es einer ihrer Mitstudenten war. Nach einigen Bierchen lernt es sich sicher nicht mehr so gut. Wenn sie sich so spät getroffen haben, war das Ziel ein anderes. Das war privat, denke ich. Vielleicht ein erstes Kennenlernen. Ein Date.« Erik stand auf und setzte sich neben Sonja. Er umfasste sie und näherte sich mit seinem Mund ihrem. »Ich will dich jetzt küssen, und dann gehen wir ins Bett und haben Sex«, sagte er und bedrängte sie. Die Fallanalytikerin stieß ihn zurück. »Ich will das nicht, lass gut sein. Die Stimmung kippte. Ich will, dass du gehst. Bitte geh, das passt hier gerade gar nicht. Irgendetwas hat sie gestört. Aber was? Warst du zudringlich? Aggressiv? Sie steht auf und bittet ihn, das Apartment zu verlassen. Der Täter fühlt sich zurückgewiesen. Erik geht nicht und bedrängt sie weiter.«

»Das nehme ich so nicht hin. Ich will nicht gehen. Ich bleibe, und wenn du mir nicht freiwillig gibst, was ich will, dann nehme ich es mir. Gib zu, du willst es doch auch. Du hast mich angemacht und jetzt soll ich gehen?«

Erik hielt Sonja fest und presste sie zurück in die Couch. Dann bedrängte er sie erneut. Sie wehrte sich, er riss sie zu Boden, setzte sich auf sie und fing an, seine Hände um ihren Hals zu legen. Aufgestaute Wut entfachte sich. Sie kämpfte, spürte, dass die Luft knapp wurde. Er hörte erst auf, als sie besinnungslos wurde. »Lass endlich los«, keuchte Sonja und Erik sprang von ihr. »Ja, so könnte es gewesen sein. Er ist total erregt und will mit ihr schlafen. Sie liegt bewusstlos vor ihm auf dem Boden. Er öffnet ihre Hose, sie kommt zu sich. Der Moment ist vertan. Er will mehr, sie wehrt sich verzweifelt. Er hat keine Möglichkeit, sie zu entkleiden.«

»Aber wie kam er zu der Waffe?«, fragte Isa Enkelmann, die 27-jährige Oberkommissarin des Teams. »Wenn sie ohnmächtig war, hat er die Chance genutzt, womöglich hat er gespürt, wie anstrengend es ist, jemanden zu erdrosseln. Er steht auf, sucht in der Küche nach einer passenden Waffe und kommt zurück. Sie ist wieder zu sich gekommen und versucht zu fliehen. Der Täter hält sie auf, reißt sie um, verletzt sie dabei ein erstes Mal. Erneut will er sie zu Boden zwingen. Sie tritt nach ihm und läuft in den Flur.« Sonja Rasmussen verließ das Wohnzimmer und begab sich in den Eingangsbereich der Wohnung. Erik folgte ihr. Sie sprach weiter: »Noch bevor sie die Haustür erreichen kann, hat er sie eingeholt und sticht mit dem Messer in ihren Rücken. Schock! Sie hält sich am Türrahmen zum Schlafzimmer fest und schleppt sich in den Raum. Die Innentür hat einen Schlüssel, sie will abschließen, sich schützen. Sie schafft es nicht, die Tür zu verriegeln, er stößt die Tür auf und zerrt sie zurück, wirft sie auf den Boden, setzt sich erneut auf ihren Bauch und will sein Werk zu Ende bringen. Mit einer Hand zieht er ihr Shirt hoch, greift nach ihren Brüsten, bearbeitet sie, was die Blutergüsse auf der Haut beweisen. Sie schreit, er muss sie beruhigen und hält ihren Mund zu. Dann nimmt er die Hand mit der Waffe und sticht auf sie ein. Sie wird erneut bewusstlos. Die Wut steigert sich, und er fällt in einen Rausch, öffnet seine Hose und befriedigt sich. Während sie daliegt, kommt er zum Erguss. Flüssigkeit findet sich auf ihrem Bauch und am Boden im Flur. Dann zerrt er sie ins Schlafzimmer. Er betrachtet sie und fängt an, sie zu streicheln. Als seine Erregung wieder ansteigt, versucht er, sie zu penetrieren. Es klappt nicht. Elin lebt noch, ist schwer verletzt. Das will er nicht … so nicht. Seine Wut eskaliert, und er sticht insgesamt 72-mal auf sie ein. Als sie endlich stirbt, ist sein Erregungszustand wahrscheinlich am höchsten. Er hat vermutlich einen weiteren Höhepunkt. Danach sinkt sein Stresslevel, es ist vorbei.«

»Warum hat er sich gerade diese Frau ausgesucht? Was ist sein Motiv?«, fragte der 39-jährige Erik Bode. »Eventuell erinnert das Opfer ihn an irgendjemanden, auf den er extremen Hass hat oder in die er verliebt ist. Unerwidert. Vielleicht hat eine Person, die Ähnlichkeit mit ihr aufweist, ihn abgewiesen und seine Rache herausgefordert. Vermutlich ist sie nur sein Fetisch.« Sonja Rasmussen nickte. »Hypothese. Der Täter sucht sich sein Opfer gezielt nach Aussehen oder Neigung aus. Woher kennt er sie? Hier steht die Möglichkeit einer dunklen Szene. Glaube ich nicht … die Kleidung … ist Zufall. Das Aussehen wiederum nicht. Es ist geplant, sie zu treffen, mit ihr zu schlafen, nicht sie zu töten. Die wichtige Erkenntnis daraus ist: Die Tat war unstrukturiert, kopflos, nicht kalkuliert. Bei diesem Opfer wurde ein Drosselwerkzeug benutzt, das er zufällig in die Hände bekam. Habt ihr etwas gefunden, was zu den Drosselmarken passt?«, fragte Sonja Rasmussen. Nils Henning schüttelte den Kopf. »Dann hat er, was immer er gebrauchte, sehr wahrscheinlich mitgenommen. Vielleicht als Trophäe.« Die Fallanalytikerin holte tief Luft, bevor sie weitersprach. »Nach der Tötung verschwindet er.« Sie blätterte in ihren Unterlagen. »Rieka Ludwig sagte aus, dass Elin Jacobsen Männer im Internet kennengelernt hat. Auf welchem Portal? Wer könnte uns sagen, mit wem sie wo gechattet hat?« Sonja zog eine Flasche Wasser aus ihrer Aktentasche, öffnete sie. Ihre Kehle war ausgedörrt. Gierig ließ sie die Flüssigkeit die Speiseröhre hinunterlaufen. »Hat irgendjemand eine verdächtige Person im Haus wahrgenommen? Was ist mit Kameras? Gibt es Aufzeichnungen?« Wieder schüttelte Henning den Kopf. »Wir haben sämtliche Bewohner und Anwohner in der Umgebung befragt. Nichts. Und Videokameras … das ist eine Wohnsiedlung, keine Geschäftsstraße. Nix.«

»Dann lasst uns jetzt zum zweiten Tatort fahren. Ich habe eine schlimme Befürchtung.«

KAPITEL 8

Ermittlungsgruppe »Küstenherz«

»Laut Aussagen der Freundin hat Elin Jacobsen Männer im Netz gedatet. War der Mann, mit dem sie in dieser Kneipe im Hafenviertel gesichtet wurde, der Täter? Wir müssen die Studenten noch mal befragen. Dem Protokoll nach schien dieser Anton Reitmeier darüber äußerst erbost gewesen sein, sie dort gesehen zu haben. Er war nicht gut auf sie zu sprechen. Dieser Jörg Littmann geht mir auch nicht aus dem Kopf.«

»Ein heimlicher Verehrer?«, fragte Werner Hintz. Westermann zuckte die Achseln. »Apropos Verehrer. Habt ihr rausgefunden, von wem die Blumen waren, die in der Vase auf dem Fernsehschrank standen? Ungewöhnlich mit dem Lavendel, das muss man mögen. Ich könnte mir vorstellen, dass sie einen Bewunderer hatte, der ihre Vorlieben kannte! Könnte wichtig sein, rauszufinden, wer ihr die Blumen geschenkt hat oder woher sie kommen. Es muss jemand sein, den sie kennt und dessen Geschenk sie gern um sich hat, sonst hätte sie die gleich entsorgt. Wer stellt sich Lavendel in die Bude?«, mischte sich Sonja Rasmussen ein, zwinkerte ihren männlichen Kollegen zu. Die Fallanalytikerin schlug ihre Unterlagen auf. »Elin Jacobsen hatte keinen großen Freundeskreis. Sie war eloquent, belesen und intelligent. Vielleicht ein heimlicher Verehrer, der außer Rieka Ludwig an ihrem Privatleben teilnehmen durfte. Es kommt bisher nur dieser Jörg Littmann in die engere Wahl. Die Frage ist doch, was bringt eine Frau dazu, sich mit Männern zu treffen, die nicht einem passenden Gegenüber entsprechen, und warum in einer Gegend, die als verrucht gewertet wird? Sie lebte offensichtlich ein Leben im Widerspruch. Der Kerl, den sie mit nach Hause genommen hat, muss etwas Besonderes gehabt haben. Sehr wahrscheinlich hat sie sich in dieser Kneipe mit ihrem Mörder getroffen.«

Sonja Rasmussen schlug ihre Akte zu und guckte in fragende Gesichter.

Die Tür öffnete sich, und Hartwig betrat den Raum. Er wirkte übernächtigt und unrasiert, nickte und gähnte gleichzeitig. Der ist schon wieder völlig neben der Spur. Den schnapp ich mir, wenn wir im Auto sind, dachte Westermann und schüttelte sich, als müsste er eine lästige Fliege abwehren. »Was ist mit Olivia Meindorf?«, fragte Nils Henning, der den Formulierungen bis jetzt gefolgt war, seinen Vollbart kraulte und im Anschluss versuchte, sein kurzärmliges, knittriges Leinenhemd glattzustreichen, das die gleiche eisblaue Farbe aufwies wie seine Augen. Die Fallanalytikerin ergriff das Wort. »Beim zweiten Opfer hat er weitaus planmäßiger agiert, die Ideen in seinem Kopf haben sich manifestiert. Er hat sich gesteigert. Bedeutet, dass er geheime Fantasien in die Tat umsetzt. Da sind Gedanken im Hirn, die ungeahnte Auswüchse annehmen. Spricht eventuell für einen zweiten Täter. Die Frage, die wir uns jetzt stellen müssen: Gab es eine Verbindung zwischen den toten Frauen? Wenn ja, woher? Kannten sich Elin und Olivia? Hatte die Schülerin eventuell auch ein zweites Gesicht, eine dunkle Seite? Ist das Internet eine gemeinsame Basis?« Sie machte eine Pause, holte Luft und war im Begriff, sich zu verabschieden, damit sie mit ihrem Team weiterarbeiten konnte. Eine Spitze musste sie allerdings loswerden, bevor sie das Büro verließ: »Hat Ihnen eigentlich schon mal jemand gesagt, dass Sie wie der Schauspieler Henning Baum aussehen?«, fragte sie und griente den Mann an, der mit ausgestreckten Beinen und vor der Brust verschränkten Armen am Tisch saß. »Wer nicht?«, brummte er und grinste. »Na, ist ja auch egal. Nur einen Satz noch zu Olivia Meindorf. Wir sind dabei, den zweiten Tatort auszuwerten. Bisher haben wir unsere Analyse nicht abgeschlossen. Bitte haben Sie noch etwas Geduld. Sobald wir fertig sind, gehen wir in medias res. Einen Punkt haben wir allerdings noch zu klären.«

»Gab es Samenspuren bei Olivia Meindorf?« Sonja Rasmussen fasste nach dem Türgriff.

»Wie meinen Sie das? Wir haben Spermaspuren sichergestellt. Steht im Bericht. Sie haben ihn doch gelesen«, sagte der Rechtsmediziner Floor. Westermann wusste nicht, worauf sie hinauswollte, und sah sie fragend an. »Falsch formuliert. Was ich wissen muss, ist er in oder nur auf ihr zum Höhepunkt gekommen?« Die Kollegen sahen sie erstaunt an. »Nur außerhalb des Körpers«, erklärte Sebastian Floor, warf einen Blick in seine Unterlagen und kraulte seinen rotbraunen Ziegenbart. »In ihrem Unterleib haben wir keinerlei Ejakulat sicherstellen können. Dafür jede Menge auf Bauch, Unterleib und Gesicht. Die gleiche Vorgehensweise wie beim ersten Opfer!« Der Mediziner blätterte in seiner

Akte. Sonja Rasmussen nickte. »Dachte ich mir. Kondom? Vielleicht hat er einen Überzieher benutzt.«

»Ich glaube nicht. Wir haben keinerlei Verletzungen festgestellt ... nein. Außerdem wäre es paradox. Auf ihr abzuspritzen und dann ein Kondom ... nein.«

»Ich will nicht zu viel vorwegnehmen, wir haben uns vor Ort einen Eindruck verschafft. Wenn wir es mit ein und demselben Täter zu tun haben, wovon ich mittlerweile ausgehe, dann ist Vorsicht geboten. Dieser Mann ist gefährlich. Er hat eine Grenze überschritten und wird weitermachen. Da gibt es keinen Weg zurück. Er will sie nicht vergewaltigen, er will sie töten, um sich an ihnen zu befriedigen. Der Moment ihres Todes ist seiner.« Ihr Blick war fest und wirkte entschlossen. »Wir werden uns jetzt zurückziehen und melden uns, wenn letzte Ergebnisse vorliegen.« Die Beamten beobachteten die Fallanalytikerin, die mit ihrem Team den Raum verließ. In ihren Gesichtern spiegelte sich Beklemmung. Westermann nickte. »Das gibt es nicht.« Ein ungutes Gefühl breitete sich in ihm aus. Rasmussen drehte sich im Türrahmen nochmal um. »Oh doch, das gibt es sehr wohl und ... der ist noch nicht am Ende. Der fängt gerade erst an.«

*

Charlotte Hagedorn saß am Computer und sortierte Fotos. Sie hatte gut 1.000 Bilder geschossen, die es zu katalogisieren galt. Es schien, als überlegte sie, welche Aufnahmen sie in welchen Ordner packen sollte. Josch, der just in diesem Moment angekommen war, um mit ihr zu Abend zu essen, stand hinter ihr und schaute ihr über die Schulter. »Na, min Deern, sortierst du deine Liebesschlösser?« Sie wandte sich ihm zu und lächelte den Mann mit der Pfeife im Mund an.

»Sortieren ist gut. Ich weiß gar nicht so recht, wie ich die Geschichte dahinter aufbauen kann. Da sind viele Fragen: Woher kommen diese Menschen? Was hat sie dazu gebracht, so ein Schloss anzuhängen und … sind sie überhaupt noch zusammen?« Charlotte stöhnte und raufte sich die schulterlangen, gesträhnten Locken. »Da hast du doch schon die Antwort. Deine Fragen sind der rote Faden.«

Josch griente. »Ach, Deern, wenn ich dir helfen kann, musst du es nur sagen.« Er setzte sich auf den Stuhl neben sie und betrachtete die Fotos. »Die Story wird richtig gut. Die Frage ist doch: Wie willst du an die Namen und vor allem an die Adressen kommen?«

»Keine Ahnung. Vielleicht über *Facebook*. So hab ich sogar mein erstes Fahrrad zurückbekommen. Na, das war eine Geschichte, kann ich dir sagen.« Sie winkte ab.

»Das kannst du mir beim Abendessen erzählen«, zwinkerte Josch und wandte sich den Bildern zu, während Charlotte zwischen den Ordnern hin und her switchte. Er verharrte schlagartig. »Hast du eigentlich gesehen, dass es immer mal wieder düstere Fotos gibt? Ist die Liebe nicht rot?«

»Was meinst du mit düsteren Fotos?«

»Na, guck mal, auf einigen Bildern sind schwarze Herzen. Wer bitte hängt ein schwarzes Herz als Zeichen seiner Liebe an die Vorrichtung?«

Charlotte sah ihn von der Seite an und nagte an ihrer Unterlippe. »Ist mir noch gar nicht aufgefallen. Aber du hast recht. Wer benutzt für seine Liebe ein dunkles Liebesschloss?« Die Künstlerin öffnete einen neuen Ordner unter dem Titel »Düstere Herzen« und zog jedes von ihnen dort hinein. Am Ende zählte sie 72 dieser Vorhängeschlösser. »Na, das ist plietsch. Da wäre ich selbst nicht drauf gekommen. Josch, du bist unbezahlbar.« Sie sprang

auf, drückte ihm einen Kuss auf die Wange. Der alte Seebär errötete, stand ebenfalls auf und nahm sie in den Arm.
»Ach min Deern. Dafür nicht. Ich helfe dir doch gern. Aber
daraus solltest du deine Geschichte machen. Warum und
wer hängt düstere Herzen für die Liebe auf? … oder so
ähnlich.«

Josch schob seine Dockermütze zurecht und die kalte
Pfeife in den Mundwinkel. Dann rieb er seine Hände und
sagte: »So Deern, nun lass uns mal schmausen. Ich hab Rie-
senhunger.«

»Ja, ich komm gleich. Fünf Minuten. Ich muss den ersten Satz gleich mal runterschreiben, sonst hab ich das nachher wieder vergessen.«

Aus fünf Minuten wurden zwei Stunden, dann war die
Rohfassung fertig. Josch war indes auf dem Sofa eingenickt
und zuckte mit den Augenlidern. Schwarze herzförmige
Gebilde trieben sich in seinem Traum herum. Charlotte
stand mit einem Tablett vor ihm, auf dem dunkle, schla-
gende herzförmige Gebilde lagen, aus denen bei jedem
Schlag Blut quoll. Erschreckt wachte er auf und fasste mit
seiner Hand gegen seine Brust … dorthin, wo sich sein
Herz befand.

*

Im Restaurant *Landhaus* herrschte zu dieser Jahreszeit reger
Betrieb. Das Lokal in der Burger Innenstadt war bis auf
den letzten Stuhl besetzt. Pächterin Alina Sonderburg wir-
belte mit voll beladenen Tabletts durch den Raum. Hinterm Tresen rotierten zwei Kellnerinnen. Ihr Sohn Mark
bediente mit seinem Kollegen die Tische der Außenterrasse. Die Restaurantbesitzer hatten, wie etliche Gastronomen, Probleme, Mitarbeiter zu bekommen. Normaler-

weise bräuchten sie doppelt so viel Personal. Sie waren auf jede Hilfe angewiesen.

Eine dieser Hilfskräfte war Jolin. Eine zurückhaltende 22-Jährige, die mit ihren Eltern aus der Ukraine geflohen war. Seit zwei Jahren lebte sie auf der Insel in einer Wohnunterkunft. In diesem Moment nahm die junge Kellnerin die Getränkebestellung an einem der Tische entgegen. Jolin Petrova war mit Hingabe bei der Arbeit und sprach erstaunlich gut Deutsch. Sie war beliebt und dem Team seit Monaten eine große Hilfe. Die Gastronomin war froh, eine derart eifrige Frau gefunden zu haben.

Draußen waberten 29 stickige Grad durch die überfüllte Straße. Die Altstadt von Burg, Kern der Insel, war Magnet vieler Touristen. Alina Sonderburg warf einen Blick durch das Fenster und pustete sich eine ihrer schwarzen Locken aus dem geröteten Gesicht. Nicht nur die Arbeit war schweißtreibend. Sie bemerkte, dass die Menschen sich dadurch träge vorwärtsschoben. Die dralle Wirtin wunderte sich, warum die Leute sich bei dem Wetter nicht am Strand aufhielten, sondern sich mit quengelnden Kindern und hechelnden Hunden durch die Altstadt quälten. Es war wie in jedem Sommer. Sie ordnete ihre weiße Bluse und wandte sich wieder ihren Gästen zu. Die Luft im Restaurant war zum Schneiden dick. Es fand keinerlei Luftbewegung mehr statt. Alina Sonderburg öffnete ein Fenster nach dem anderen, ohne dass sich Verbesserung einstellte. Von Durchzug keine Rede. Wer Glück hatte, ergatterte einen Platz unter einem der Sonnenschirme auf der Terrasse vor dem *Landhaus*. Wer nicht, musste im Innenbereich des Lokals ausharren. Hier wurde statt extravaganter Menüs grundsolide Hausmannskost serviert. Der Koch, ein gebürtiger Insulaner und Ehemann der Wirtin, verstand sein Handwerk, und seine Gerichte waren anständig zubereitet und lecker.

Als Charlotte und Josch eintraten, registrierten sie die Betriebsamkeit. Überall herrschte Stimmengewirr. Es glich einem Bienenschwarm. Geschirr klapperte, Gläser klirrten. Musik zur Untermalung brauchte es nicht. Die Künstlerin trat auf Alina Sonderburg zu, die dabei war, einen der rustikalen Holztische neu einzudecken. »Meine liebe Charlotte, schön, dass ihr da seid. Euer Tisch ist fertig.« Die schwarzhaarige Chefin des *Landgasthauses* drückte die Miss Marple der Insel an ihr ausladendes Dekolleté und reichte Josch, den sie bisher nur flüchtig kannte, die Hand. Sie zeigte auf den Ecktisch, der direkt vor einem Aquarium stand. »Mein Gott, wie viele Leute passen denn in dieses Restaurant?«, fragte der Kapitän und schüttelte den Kopf. »Genug«, kicherte Charlotte und rutschte auf die Bank vor dem Bassin. »Kannst deinen Deckel abnehmen, ist doch viel zu warm«, murmelte sie und deutete auf die Helmut-Schmidt-Mütze. »Das lass man meine Sache sein, min Deern. Mir ist nie zu warm. Wenn du wüsstest, welche Hitze wir in Afrika ertragen mussten oder im Westen von Australien, als wir da vor Anker lagen. Mein lieber Herr Gesangsverein. Du kannst dir gar nicht vorstellen, was für ein Backofen das war. Dagegen ist das hier 'ne Abkühlung für einen alten Seebären wie mich.« Josch Diekmann lachte, als eine junge Kellnerin an ihren Tisch kam.

»Darf ich die Getränkebestellung aufnehmen?«, fragte die zierliche dunkelhaarige Ukrainerin in gebrochenem Deutsch. »Ja, min Deern, das darfst du. Also ich … Charlotte, was möchtest du trinken«, beeilte er sich, zuerst ihrem Wunsch zu entsprechen. »Ich … ein erfrischendes Alster, ein großes bitte.« Sie leckte sich die spröden Lippen und wischte mit dem Handrücken Feuchtigkeit von ihrer Stirn. Eine ihrer gesträhnten Locken hatte sich unter dem Haarband hervorgeschoben und klebte über ihren Augenbrauen. Dabei hatte sie die Haare extra mit dem erdbeerroten Tuch aus dem Gesicht gebunden, um nicht so schnell ins Schwitzen zu geraten. Sie lüpfte ihre luftige, blumenbedruckte Bluse und ließ ihren Blick durch das Restaurant schweifen. Josch lächelte die junge Ukrainerin an und sagte in freundlichem Hamburgisch: »Jo, ich nehm dann mal ein kühles süffiges Blondes, min Deern.« Charlotte liebte seine feine hanseatische Aussprache, die es heute kaum noch so gab.

»Kühles Blondes? Ich verstehe nicht«, schaute Jolin ihn fragend an.

»Ja, wie soll ich dir das verklickern, wenn du nicht aus Hamburch kommst, Deern? Ein großes Pils. Mein Fehler. Ich Döspaddel.« Er strahlte sie an, deutete ein ansehnliches Glas an und zeigte eine Reihe blitzweißer Zähne. Die Kellnerin lächelte und wurde rot. Eilig verschwand sie. Er hörte, dass sie hinter dem Tresen mit einer ihrer Kolleginnen kicherte. Charlotte beobachtete ihren Begleiter, der ihr, wie eh und je maritim gekleidet, gut gelaunt gegenübersaß, und wunderte sich über seine verbindliche Art. »Nun mach die Kleine man nicht wuschig, mein Lieber. Du bist doch immer noch der gleiche Charmeur. Nicht zu fassen!« Seine Begleiterin schüttelte den Kopf und guckte Josch an. Irgendetwas schien ihr nicht zu gefallen. Sie beäugte die schlanke Frau mit den dunklen langen Haaren und fühlte mit einem Schlag Wehmut. Sie schluckte und schwieg. »Na, min Seuten, was ist den los mit dir? Du guckst ja auf einmal ganz bedröppelt.«

»Ich guck bedröppelt? Wie kannst du so was sagen? Nein, ich verstehe nur dieses Gegockel nicht. Immer, wenn ein hübsches Mädchen den Raum betritt, werdet ihr zu aufgeplusterten Hähnen. Das ist einfach nur albern.« Josch fing lauthals an zu lachen. »Nun bleib mal entspannt. Ist doch schön, wenn ein Mädel einen alten Knacker wie mich überhaupt noch wahrnimmt. Ich freue mich darüber und wünschte manchmal, ich wäre noch einmal 20. Geht's dir nicht auch so, wenn so ein Jungspund dich mit jugendlichem Charme umgarnt?« Der Kapitän zwinkerte ihr zu, lüpfte seine Mütze und rückte sie wieder zurecht. »Euch Frauen kann man es aber auch nie recht machen.« Charlotte sah ihren Begleiter entgeistert an. »Was du dir einbildest. Glaubst du tatsächlich, die sehen uns? Wir sind Luft für die, und wenn du zehnmal so viel Charme versprühst.« Josch lachte laut und sah sie treuherzig an. »Ach Deern. Sei nicht mucksch. Du bist doch meine Beste. Dich kann man gar nicht übersehen.« Er tätschelte ihren nackten Arm und guckte ihr tief in die Augen. »Ja, tätschel mich man ruhig, ich behalt das im Blick«, lächelte sie und wusste, dass er recht hatte. Dass Charlotte sich diese Szene bald wieder ins Gedächtnis rufen würde, ahnte sie nicht.

✳

Drei Tage später saß Charlotte in der Lounge ihres Gartens und tippte den Text ihrer Reportage in den Computer. Sie rang nach Luft. Es war stickig, und selbst das Fächern mit der Tagespresse brachte keine Erleichterung. Es war fast Mittag, und das Außenthermometer zeigte bereits wieder 25 Grad. Sie schenkte sich kühle Zitronenlimonade ein und genoss das erfrischende Getränk. Die Künstlerin fixierte die Aufnahmen auf dem Laptop und versuchte, Ordnung in ihr System zu bringen. Sie hatte für jeden Ort, an dem sie die Schlösser aufgenommen hatte, einen Ordner angelegt. Wenn die Fotos erst mal bearbeitet waren, würde das Ganze eine wunderbare Geschichte ergeben. Sie warf einen letzten Blick auf die Bilder mit den schwarzen Herzen. Irgendetwas daran war sonderbar … sie wusste nur nicht, was. Entschlossen schloss sie den Ordner. Sie hatte jetzt genug Zeit damit verbracht und musste aus der Sonne. Ihre Gedanken schweiften ab.

In zwei Wochen würde ihre Nichte ihren Kommissar heiraten und sie die Hochzeitsfotos schießen. Charlottes Ohrläppchen röteten sich. Es ist bis dahin noch so vieles zu erledigen, überlegte sie, speicherte ihre Bearbeitungen, klappte den Laptop zu und stand auf. Sie musste zu ihrer Nichte, um ihr unter die Arme zu greifen. Mats war ein lieber Junge, benötigte aber dennoch die volle Aufmerksamkeit. Katrin braucht mich jetzt, entschied sie und schulterte ihren Rucksack. Wenig später radelte sie mit ihrem roten Pedelec Richtung Strukkamp. Sie nahm am liebsten die Strecke über Wulfen, da waren die Straßen nicht so belebt und sie konnte schwungvoll in die Pedale treten. Wenn sie gewusst hätte, was für ein Chaos sie erwarten würde, hätte sie sich wahrscheinlich anders entschieden. Als sie eine halbe Stunde später ihr Rad vor dem mehrstöckigen Haus abstellte und die Haustür aufschloss, erwartete sie bereits im Treppenhaus lautes Geschrei aus dem Obergeschoss. »Was hast du wieder angestellt? Nein oh nein«, hörte sie Katrin verzweifelt rufen. Charlotte Hagedorn eilte, so schnell sie konnte, die Stufen zur zweiten Etage hinauf. Völlig aus der Puste steckte sie den Schlüssel ins Schloss. Dann drückte sie zur Sicherheit auf den Klingelknopf. Sie wollte nicht unangemeldet eintreten. »Wer ist das denn jetzt?«, hörte sie ihre Nichte stöhnen, als Charlotte »Ich«, rief, um sie nicht zu erschrecken. Katrin stand mit hochrotem Kopf und feuchten Haarsträhnen im Gesicht vor ihr. »Wie siehst du denn aus?«, wollte sie wissen, presste die Hand vor den Mund und starrte sie entsetzt an. »Dann musst du erst mal sehen, was … ach komm rein und mach die Tür zu.« In Katrins Augen schimmerten Tränen, als sie flüsterte: »Ich bin so froh, dass du da bist. Ich schaff das alles nicht! Ich sitze hier mit dem ganzen Hochzeitskram, und der Lütte schafft mich total. Wenn wenigstens Dirk da wäre …« Charlotte stellte ihren Rucksack auf den Boden und nahm Katrin in den Arm. »Och min Deern, wer wird denn so verzweifelt sein? Du hast doch mich. Warum hast du nicht angerufen? Ich wäre sofort gekommen, das weißt du doch, oder etwa nicht?«

»Ja, aber du hast selbst genug um die Ohren mit deiner Recherche für den Zeitungsbericht.«

»Papperlapapp. Ich hab alle Zeit der Welt. Es ist egal, ob der Bericht nun morgen oder nächste Woche erscheint. Aber ihr heiratet in Kürze, und da muss alles klappen. Hätte ich das geahnt. Wo ist denn überhaupt unser Schatz?«, wollte Charlotte wissen und wischte ihrer Nichte die Tränen von der Wange. »Sieh mal nicht alles so schwarz, wir schaffen das, sollst mal sehen. Jetzt bin ich ja da.« Katrin schniefte und man sah ihr die Erleichterung an, die das Erscheinen ihrer Tante ausgelöst hatte.

»Unser Schatz? Na, dann geh mal ins Schlafzimmer, da sitzt dein *Schatz*!« Jetzt wurde Charlotte hellhörig. Irgendetwas in Katrins Stimme klang merkwürdig. Ihr schwante Böses. »Ja, was ist denn passiert?« Sie streifte eilig ihre Sneakers von den Füßen und eilte barfuß Richtung Schlafstube. Die Künstlerin betrat das Zimmer und erstarrte.

*

Hartwig kratzte sich am Kopf, als er die Fotos der toten Frauen in der Akte betrachtete, die offen auf seinen Schenkeln lag. »Die beiden sehen sich wirklich verdammt ähnlich. Ich denke, das ist kein Zufall.« Seine Stimme klang monoton. Er wirkte übermüdet, und Westermann hatte längst wahrgenommen, dass er miserabel drauf war. Er hatte nichts gesagt, weil er nicht schon wieder einen Streit vom Zaun brechen wollte. Zuerst musste das Gespräch mit den Zeugen geführt werden. Aber etwas nagte an ihm, das merkte selbst Hartwig.

»Ja, du hast recht. Dennoch haben die Frauen außer ihrer äußerlichen Ähnlichkeit keine Gemeinsamkeiten. Wir haben nichts gefunden, was darauf hindeutet. Sie passen vom Alter her nicht zusammen, wohnen weit auseinander und haben auch sonst keinerlei Berührungspunkte. Wir haben die Gothic-Szene auseinandergenommen und nach einer Satanssekte Ausschau gehalten. Da war nichts«, sagte Westermann, verstummte wieder und konzentrierte sich auf die Straße. Er war in Gedanken auf einer anderen Baustelle unterwegs. Sie fuhren schweigend Richtung Heiligenhafen. Hartwig ließ das Seitenfenster runter. Er konnte die stickige Atmosphäre im Wagen nicht mehr ertragen. Außerdem hatte er Angst, dass sein Vorgesetzter die Fahne roch. Die Nacht war verdammt kurz gewesen. Er hatte seinen Frust wegen Stina im *Dorfkrug* ertränkt. Erst im Morgengrauen war er volltrunken zu Hause angekommen, hatte sich geduscht und war direkt weiter zur Dienststelle gefahren. Normalerweise hätte er überhaupt keinen Wagen bewegen dürfen.

Dann platzte es aus dem Leiter der Mordkommission heraus. »Sag mal, wie lange willst du eigentlich so weitermachen? So, wie du jetzt drauf bist, bist du nicht mal dienstfähig und kannst schon gar nicht zur Hochzeit erscheinen.« Sein Vorgesetzter warf ihm einen Seitenblick zu, der nichts Gutes verhieß. Er hatte sehr wohl bemerkt, dass sein Kollege wieder mal völlig übernächtigt zur Arbeit erschienen war, von der Alkoholfahne ganz zu schweigen.

Hartwig sah ihn von der Seite an und schluckte. »Wenn du nicht willst, dass ich zur Hochzeit komme, brauchst du's nur sagen. Ich muss das nicht haben«, knurrte sein Kollege rüde.

»Thomas, darum geht es nicht. Ich habe nur das Gefühl, dass du langsam, aber sicher die Kontrolle über dein Leben verlierst. Was ist los? Deine Trauer ist okay. Ich habe Watson genauso geliebt wie du. Trotz allem geht es weiter, auch ohne ihn. Wir haben einen Job, und der lässt derartige Ausraster nicht zu, verstehst du?« Dirk Westermanns Stimme klang rau. Er fuhr an den Straßenrand, stellte den Motor ab, griff nach seiner Pfeife und stieg aus. Während er über Felder auf die Ostsee schaute, entzündete er den Tabak und blies eine dicke Qualmwolke in den Himmel. Hartwig wartete einen Moment, um sich zu sammeln. Er wusste, wohin dieses Gespräch führte. Er riss sich zusammen und stieg ebenfalls aus. Fahrig nahm der Kommissar eine Zigarette aus der zerknitterten Schachtel und zündete sie an. Gierig sog er daran und lehnte sich gegen den Wagen. Es schien, als stünde eine dicke Mauer zwischen den befreundeten Kollegen. Hartwig betrachtete den Ersten Hauptkommissar von der Seite und wusste, dass der Entscheidungen zu treffen hatte. Dirk Westermann drehte sich um, blies erneut Qualm in die Luft und sah dem Kommissar in die trüben Augen. »Du bist fahrig, unkonzentriert. Na ja, und die Dusche hat es jetzt auch nicht herausgerissen. Obendrein deine Fahne, die ich, und das habe ich dir schon ein paarmal gesagt, so nicht mehr akzeptieren kann. Und falls es dir entgangen ist, wir haben zwei Mordfälle zu klären, und in zwei Wochen ist unsere Hochzeit. Du bist mein Trauzeuge. Ich bitte dich hier nicht als Vorgesetzter, sondern als Freund: Verhalte dich endlich wie ein Erwachsener! Ich brauche deine Hilfe. Thomas, geh in dich und krieg dein Leben wieder auf die

Reihe, sonst weiß ich auch nicht, was passiert. So geht es nicht weiter.« Westermann zuckte die Achseln. Hartwig schnippte den Zigarettenstummel weg und warf seinem Chef einen wütenden Blick zu.

»Könnt ihr mich eigentlich irgendwann einfach mal in Ruhe lassen. Dauernd textet ihr mich zu. Stina geht mir genauso auf den Zeiger. Ey, ihr seid nicht meine Eltern. Ich bin erwachsen und weiß verdammt noch mal selbst, wie ich mein Leben auf die Reihe krieg. Lasst mich endlich alle in Frieden. Und wenn du nicht willst, dass ich zu eurer scheiß Hochzeit erscheine, brauchst du's nur zu sagen, dann bleib ich zu Hause. Party machen kann ich auch alleine.« Hartwig hatte plötzlich rote Flecken im Gesicht. Die dunklen Ringe unter seinen Augen stachen hervor und zeigten, dass er am Ende war. »Ich weiß genau, was ich tue. Leckt mich alle am Arsch.« Wortlos stieg er ein und knallte die Wagentür zu. Dirk Westermann zog die Augenbrauen hoch. Er blieb noch einen Moment stehen, klopfte seine Pfeife aus, sammelte die Kippe seines Kollegen ein und setzte sich selbst wieder hinter das Steuer. Demonstrativ legte er den Zigarettenstummel in den Aschenbecher, als Hartwig plötzlich die Hände vors Gesicht schlug: »Ich hab keinen Bock mehr. Es wäre besser, ich wär tot.«

*

Ein paar Stunden vorher führten die 26-jährige dänische Oberkommissarin Anne Lornsen und ihr Kollege Kommissar Werner Hintz auf dem Campus erneut Befragungen durch. Sie hatten sich gezielt die Kommilitonen herausgesucht, die am stärksten vom Tod Elin Jacobsens betroffen schienen und sich durch ihre Aussagen aus der Gruppe gelöst hatten. Anton Reitmeier, Jörg Littmann und Ria

Joswig waren offenbar mehr in den Fall involviert, als sie zugaben. Sie saßen im Schatten einer Linde auf dem Rasen und fächerten sich mit ihren Unterlagen Wind zu. Zumindest konnte Werner Hintz hier draußen ungehindert seine Kippen rauchen. Eine Schachtel Zigaretten am Tag verbrannte er locker, was etlichen Leuten in der Dienststelle ein Dorn im Auge war, weil er nicht nur den Dienstwagen vollqualmte. Anne Lornsen hatte sich das seit ihrer Zusammenarbeit allerdings verbeten. Sie musste dulden, dass er alle 20 Minuten den Wagen parkte, um sich eine anzustecken. »Sag mal, frisst du die Zigaretten?«, murrte sie und rümpfte die Nase, wenn er wieder einstieg. Denn trotz allem stank das Auto innerhalb kürzester Zeit nach kaltem Zigarettenrauch. Anne war Nichtraucherin und konnte nicht verstehen, dass man sein sauer verdientes Geld einfach so abfackelte. Sie war kein Gesundheitsapostel, trank gern ein Bier, aber rauchen … geraucht hatte sie noch nie. Im Freien war es ihr gleich, ob er sich zu Tode qualmte. Die sportliche Kommissarin setzte sich zu den Studenten. Hintz lehnte gegen den Stamm der Linde. »So, nun mal Butter bei die Fische«, knurrte er und fixierte Anton Reitmeier. »Sie haben die Tote beobachtet, wie sie mit einer Ihnen unbekannten männlichen Person eine Kneipe im Hafenviertel verließ. Das ist richtig, oder?« Er betrachtete die Akte und warf dem Südtiroler einen missbilligenden Blick zu. Sein schwarzes Haar und die ebenso finsteren Augen wirkten düster.

Anton nickte. Seine dunklen Locken bewegten sich bei jeder Bewegung. Immer wieder strich er eine Haarsträhne hinter sein Ohr. »Das haben wir Ihnen alles schon erzählt. Ich weiß gar nicht, was Sie noch von uns wollen. Langsam nervt es.« Er betrachtete die dänische Polizeibeamtin, die in zerschlissenen Jeans und eng anliegendem Shirt neben ihm saß und ihre Hände auf den angezogenen Knien abgelegt hatte. Die Beamten merkten, dass er keine Lust verspürte, weitere Fragen zu beantworten. »Was haben Sie zu der Zeit in dieser Gegend gemacht? Sie erzählten den Kollegen, dass diese Ecke ... verrucht sei.« Hintz starrte ihm in die Augen. Der dunkelhaarige Italiener wich seinem Blick aus. »Was ich da gemacht habe? Ich, ich war zufällig da. Ich fahr jeden Abend mit dem Rad meine 30 Kilometer. Da komme ich dann auch in diesem Viertel vorbei. Ist so. Dio mio, non puoi fare nulla per me!«

»Bitte übersetzen. Wir sprechen hier Amtssprache, kein Chinesisch.« Anne verkniff sich lautes Gelächter und presste die Lippen zusammen. »Ich hab gesagt, dass ich nichts weiß. Punkt. Genug Amtssprache? Außerdem ist das Italienisch«, zog er verächtlich die Augenbrauen hoch. Die anderen grinsten, obwohl Anne wusste, dass er gemurmelt hatte, dass sie ihm überhaupt nichts können. Sie hatte ein paar Semester Italienisch gelernt und verstand. »Der verarscht Sie nach Strich und Faden. Das macht er immer so. Der ist nicht angesagt, textet Frauen zu und wird in zehn Jahren noch an dieser Uni herumlungern. Der ist mehr damit beschäftigt, sich die Nächte um die Ohren zu schlagen, als hier etwas zu lernen.«

Anne Lornsen spürte die Feindseligkeit, die Reitmeier vonseiten Jörg Littmanns entgegenschlug, der selbst unscheinbar auf die Polizeibeamtin wirkte. »Du bist doch hier der größte Verlierer, Professor«, fauchte Ria Joswig, die bisher schweigsam auf dem Boden gesessen hatte und die Grashalme einzeln aus der Erde zog. »Was heißt, er ist ein Verlierer?«, wollte Anne wissen, während Werner Hintz mit den Fingern seinen dunklen Schnauzbart streifte und erneut eine Zigarette zwischen die Lippen schob. Wenig später merkte seine Kollegin, dass der Qualm in seinen Augen brennen musste, weil er sie verkniffen massierte. »Ist doch wahr«, murrte die Studentin. »Ständig greift er einen von uns an. Ich wäre eifersüchtig auf sie, weil sie wesentlich besser aussah als wir alle, und Anton wäre nur gallig, weil er bei ihr nicht landen konnte. Dabei wissen hier alle, dass er total verrückt nach ihr war. Der hat ihr Geschenke gemacht, das hab ich selbst gesehen. Dieser Nerd. Nur die hat er an die falsche Adresse geliefert. Sie hat ihn mit Sicherheit hinter seinem Rücken ausgelacht. Die Bitch hat die Kerle reihenweise verarscht, das wussten wir alle. Littmann war nur Mittel zum Zweck«, lachte Jennifer Joswig und zeigte eine Reihe weißer Zähne.

»Verarscht, inwiefern?«, fragte Hintz. »Ja, nicht schon wieder. Weiß jeder, dass die sich fast jede Nacht einen anderen Kerl in die Kiste geholt hat. Und wir haben das alles schon erzählt. War doch kein Wunder, dass sie irgendwann an den Falschen gerät. Die war echt hart drauf.« Ria schwieg, schluckte und guckte Jörg Littmann mit verzerrter Miene an. »Vielleicht warst du es ja, Littmann, weil sie dich nicht beachtet hat.« Die Studentin lachte schrill. »Mit dir würde niemand ins Bett gehen, und wenn du der einzige Mann in ganz Kiel wärst.« Sie schüttelte sich vor Lachen. Ihre langen hellblonden Locken schwangen von einer Seite zur anderen. »Ich, eifersüchtig? Auf diese Nymphomanin? Nee sicher nicht. Und Anton hatte die gar nicht nötig.«

Der Kommilitone grinste und nickte bestätigend. »Du weißt ja gar nicht, ob ich sie nicht doch …« Er schlug seine Faust in die offene Hand und zwinkerte. Die Beamten ließen die Studenten reden. Erst als es wieder still wurde, mischte sich Anne Lornsen ein. »Es war also reiner Zufall, dass Sie die Tote vor der Kneipe getroffen haben. Haben Sie Fotos von der Begegnung gemacht?«

»Wozu? Ich brauche keine Bilder von der Bitch. Was hätte das für einen Sinn? Zum Anschmachten oder als Wichsvorlage?«

»Nein, vielleicht, um sie später damit zu erpressen? Ihr Handy bitte. Und bei der Gelegenheit hätten wir gern von Ihnen allen die Computer, Handys, Laptops und was sonst noch leuchtet und ›piep‹ macht.« Anne hielt Reitmeier ihre geöffnete Hand entgegen. Alle Beteiligten sahen sie fassungslos an.

»Hab mein Handy nicht dabei«, stotterte er und wurde blass.

*

Charlotte blieb wie angewurzelt im Türrahmen stehen, fing an zu lachen und hielt sich den Bauch. Tränen liefen über ihre geröteten Wangen. Mitten auf dem Bett saß der sieben Monate alte Mats Ole Westermann und griente. Er war kaum wiederzuerkennen. Katrins Tante bewegte sich vorsichtig auf den kleinen Insulaner zu, dessen dunkle Augen aus dem cremeweißen Gesicht herausleuchteten, versuchte, sich das Lachen zu verkneifen und einen ernsten Gesichtsausdruck zu bewahren. Der Winzling saß in grauer Jogginghose und hellblauem Shirt mitten in einer Paste, klatschte begeistert in die Hände. Er brabbelte unverständlich in ihre Richtung, wollte ihr offensichtlich berichten, was es mit der Paste auf sich hatte, die er über Körper, Gesicht, Haare sowie Decken und Kissen seines Elternbettes verteilt hatte. Die *Penaten Creme* ließ sich nur schwer entfernen, das wusste Charlotte Hagedorn. »Ich dachte, dieses Zeug gibt's überhaupt nicht mehr«, gluckste sie und wappnete sich mit Papiertüchern, um zumindest den kleinen Seemann von der klebrigen Substanz zu befreien. Mit großem Einsatz machte sie sich an die Arbeit. Katrin hatte die Dose auf dem Bett vergessen, als sie ihn zum Wickeln auf die Decke gelegt hatte und das Telefon klingelte. Sie war erleichtert, dass ihre Tante ihr beistand und ihre Nerven sich langsam wieder beruhigten.

Und sie war froh, dass ihr Hochzeitskleid nicht auf dem Bett gelegen hatte. Es wäre ruiniert gewesen, hätte der Kleine es zwischen die Finger bekommen. Sie nahm einen Schluck Tee und warf einen Blick auf ihre Hochzeitsliste.

Es waren nur noch wenige Punkte auf der Liste abzuarbeiten, dann waren die Hochzeitsvorbereitungen abgeschlossen. Selbst Dirk würde vor Stolz platzen, wenn er sie am Tag der Trauung zu Gesicht bekam. Sie zwirbelte eine Strähne ihrer karamellfarbenen hüftlangen Haare zwischen den Fingern und lächelte. Ihr Herz klopfte, als sie an ihn dachte.

*

Werner Hintz stand immer noch gegen den Baum gelehnt und fixierte den Studenten. Die Frage nach dem Mobiltelefon hatte ihn sichtlich irritiert. Fortwährend fuhr der Kommissar sich mit der Hand über seinen dunklen Oberlippenbart. »Ich hab kein Handy mit, sagte ich bereits.«

»Sie haben kein Telefon dabei? Wer hat denn heute keins bei sich?«, wollte Hintz wissen und grinste. Der Ausdruck in seinem Gesicht zeigte Reitmeier, dass er ihm nicht glaubte. Anne Lornsen wusste, worauf er hinauswollte. Sie unterbrach ihn nicht. »Geben Sie mir Ihr Handy, oder muss ich es mir holen?«

»Das dürfen Sie nicht.« Er griente. »Wie ich Sie verstanden habe, befragen Sie uns nur als Zeugen. Was hat das mit meinem Telefon zu tun, hä?« Anton Reitmeier verengte seine schwarzen Augen zu schmalen Schlitzen. Lornsen amüsierte sich. »Und wie wir das dürfen. Wenn Gefahr in Verzug ist, müssen wir das Handy sogar zur Auslesung an uns nehmen, bevor wichtige Daten zerstört werden. Ansonsten gibt es ein kurzes Telefonat mit dem Richter und ... wie sieht es aus?« Sie zwinkerte dem Studenten mit den dunklen Locken zu.

»Okay, ich geb's zu. Ich hab eins, aber nicht bei mir.« Reitmeier stand auf, zog das Inlett seiner Hosentaschen vor, zuckte theatralisch die Schultern. »Sie können mich gerne durchsuchen«, grinste er und warf der dänischen Polizeibeamtin einen eindeutigen Blick zu. »Es ist bei einem Kumpel. Ich hab's vergessen. Ich schwöre.« Den Beamten wurde klar, dass er log.

»Dann fahren Sie im Anschluss mit uns zu Ihrem Freund«, brachte Lornsen hervor. Mit solch einer Konsequenz hatte er offensichtlich nicht gerechnet. »Der ist nicht da, das genau ist ja das Problem«, stotterte er. »Der ist zu seinen Eltern nach Hause gefahren. Und ich kann ihn nicht erreichen. Die sitzen in der Gegend in einem Funkloch.« Anton Reitmeier zuckte die Schultern. »Und wo befindet sich dieses Funkloch?«, fragte Hintz. »Im Harz, im Ostharz.« Anne Lornsen beobachtete ihn und bemerkte seine zunehmende Nervosität. »Wann kommt Ihr Freund zurück?« Ihr war bewusst, dass sie so nicht vorankamen, und schnaubte. »Sonntagabend«, stotterte er. »Dann bringen Sie uns das Handy am Montag unaufgefordert in die Dienststelle nach Oldenburg«, erklärte sie. Ihr war klar, dass er versuchen würde, die Daten vorher zu löschen. Reitmeier nickte. Er wusste, dass er keine Wahl hatte, wollte er sich nicht noch mehr Ärger einhandeln.

»Aber das ist ziemlich weit und ich hab kein Auto.«

»Ah, Sie 'aben gar keine Auto«, plapperte Hintz die Kaffeewerbung eines italienischen Schauspielers übertrieben nach.

»Nein, habe ich nicht. Es ist in der Werkstatt. Ich bin

gegen einen Kantstein gefahren und hab mir die Felge versaut. Können Sie nachprüfen.«

»Ist mir egal, Montag auf der Dienststelle. Fragen Sie Ihren Kumpel. Oder nehmen Sie von mir aus den Bus. 10 Uhr. Ach, eine Frage noch.« Er musterte Jennifer Joswig. »Was hatten Sie eigentlich gegen die Tote? Sie war doch, wie ich hörte, ein nettes Mädchen.«

»Die …? Eine Bitch war sie, sagte ich schon, sonst gar nichts. Jeder wollte mit ihr ins Bett. Sie hat sie alle angefixt und dann eiskalt abblitzen lassen. So war die. Ich wein ihr keine Träne nach.« Die Studentin verzog angewidert das Gesicht, erhob sich und wischte mit den Händen über die Hinterteile ihrer abgeschnittenen Jeans. »Hör ich da Neid?«, fragte die Dänin und lächelte. »Was verstehen Sie denn? Neidisch, auf die Muschi …? Pff, dass ich nicht lache.« Sie wurde rot und schüttelte ihre langen blonden Locken, als müsste sie demonstrieren, wie attraktiv sie war. »Die Kerle hatten ja keine Ahnung, wie abartig die veranlagt war.«

Jörg Littmann sprang wutschnaubend auf. »Ihr habt sie überhaupt nicht gekannt. Sie war freundlich, hilfsbereit und immer fair. Sie war keine Schlampe. Wir haben viel Zeit miteinander verbracht, und sie hat mich nie …«, er schwieg auf einmal. Littmanns Ohren glühten, als er auf den Boden starrte. »Du warst ja auch ihr Schatten. Hast sie ständig angeschmachtet. Du hättest sie am liebsten geknallt, wenn sie dich rangelassen hätte«, lachte Reitmeier abfällig. Es war offensichtlich, dass die Meinungen über die Tote auseinanderdrifteten. »War jemand von Ihnen mal bei ihr zu Hause?«, wollte Hintz wissen. »Ja, ich. Wir haben oft zusammen gelernt, für Klausuren und Gruppenarbeiten. Wir waren ein eingespieltes Team«, stotterte Littmann. Der Kommissar notierte sich die Aussage des unscheinbaren Studenten. »Sonst niemand?« Die beiden anderen schüttelten die Köpfe. »Nee, wir hatten null privaten Kontakt«, sagte der Student und schob seine auffällige Sonnenbrille vom schwarzen Haarschopf über seine Augen. »Ihre Wohnung war 'ne Fickbude. Wer wollte schon so einen Umgang?«, lachte Jennifer Joswig abfällig. »So, und jetzt müssen wir zurück, sonst verpassen wir die Vorlesung. War's das endlich?«, maulte Reitmeier und funkelte die Beamten an.

»Ja, Sie können gehen. Holen Sie bitte Ihre Geräte. Sie bekommen sie schnellstens zurück. Und denken Sie an das Handy, das vergesse ich nicht. Wir sehen uns am Montag um 10 Uhr in der Dienststelle. Dies ist keine Einladung, sondern eine Aufforderung, Herr Reitmeier. Und Sie beide sprechen wir ebenfalls in Oldenburg. Wenn Sie Glück haben, bekommen Sie dort Ihr Equipment zurück.« Lornsen erhob sich und zeigte auf die Studenten, die sich mit ihren Erklärungen verdächtig gemacht hatten und sie fassungslos anstarrten. »Ja, wir brauchen Ihre Aussagen. Dann haben Sie einen erfolgreichen Tag und ... immer schön sauber bleiben.«

»Die können mich mal am Arsch lecken«, hörten sie Anton Reitmeier frotzeln, der, ohne sich umzudrehen, seinen Mittelfinger in die Höhe streckte. »Das habe ich gehört ... und gesehen«, rief der Kommissar und steckte sich eine Zigarette an.

Anne Lornsen rannte auf einmal los, als hätte sie etwas vergessen. Sie verwickelte die Studenten erneut in ein Gespräch. Hintz näherte sich der Gruppe und hörte, wie sie fragte: »Kennt einer von Ihnen Heiligenhafen? War da schon mal jemand?« Alle guckten sie erstaunt an. »Ja, ich ...«

*

Etwa zur gleichen Zeit bewegten sich Westermann und Hartwig auf die Eingangstür des Mehrfamilienhauses zu, in dem Hanna Jacobsen im zweiten Stock ihre Wohnung hatte. Der Erste Hauptkommissar und Leiter der Oldenburger Polizeidienststelle drückte den Klingelknopf. Er nahm die Pfeife aus dem Mund und klopfte sie an einem Findling neben der Tür aus. Das Thermometer stieg rapide an. Es war schwül, kein Lufthauch brachte Erfrischung. Irgendwie war der Wind seit Wochen eingeschlafen. Hartwig zog noch zweimal gierig an seiner Kippe und schnippte den jämmerlichen Rest ins Gebüsch. Westermann wollte etwas entgegnen, als der Türsummer brummte. Die Predigt, die er erst vor Kurzem ausgesprochen hatte, bewirkte, dass sein jüngerer Partner schweigend neben ihm agierte. Wenig später hatten sie die zweite Etage erreicht. Hartwig japste und hielt sich die Seite. Es zeigte sich, dass ihm sein rabiater Lebenswandel sehr schadete. Westermann ignorierte es, um ihn nicht erneut zu provozieren. Der Kollege aus Lütjenbrode wusste, dass er sich zusammenreißen musste, wenn er keine Suspendierung riskieren wollte. Zumindest hoffte der Leiter der Mordkommission, dass er mehr über sich und sein Leben nachdachte. Dennoch bereitete dem Ersten Hauptkommissar der lädierte Zustand Hartwigs Sorge, und er fragte sich, wie seine Freundin Stina darauf reagierte. Die Tür öffnete sich, und Westermann verscheuchte die negativen Gedanken aus seinem Kopf. »Guten Tag, Frau Jacobsen. Wir müssen Sie leider noch mal belästigen, haben noch ein paar Fragen.«

Elins Mutter stand im Türrahmen, nickte müde und ließ die Kommissare in die Wohnung. Ihre Geste und ihr Blick wirkten leer. Westermann erschrak. Er wusste, was ein derartiges Trauma im Menschen verursachen konnte. Der Zusammenbruch kam meist, wenn der Schock nachließ. Aber etwas anderes entsetzte ihn gleichermaßen. Im Eingangsbereich, der vor Kurzem akkurat ordentlich und penibel sauber gewesen war, lagen Schuhe ungeordnet vor der Garderobe, eine Jacke am Boden, daneben planlos abgestellte Taschen und Rucksäcke. Leere Flaschen. Es roch nach kaltem Zigarettenrauch und Alkohol. Die Männer stiegen über die herumliegenden Gegenstände, um ins Wohnzimmer zu gelangen. Hier bot sich den Beamten ein ähnliches Bild. Überall Gläser, geleerte Wein- und Bierflaschen. Hanna Jacobsen hatte scheinbar seit Langem nicht gelüftet und sich in ihrer Trauer verkrochen. Der unangenehme Geruch hatte sich auch in diesem Raum ausgebreitet. Westermann registrierte es und betrachtete die 46-jährige Mutter der Toten. Elins Tod hatte die Frau gebrochen. Sie hatte rapide an Gewicht verloren und war schon vorher sehr schlank. Jetzt erschien sie ihm nur noch aus Haut und Knochen zu bestehen. Ihre Klamotten schlotterten um den ausgezehrten Körper. Er sah die dunklen Schatten unter ihren braunen, geröteten Augen, die grauen, eingefallenen Wangen. Tiefe Falten zeichneten das Gesicht der Arzthelferin. Westermann registrierte, dass sie ungeschminkt war und ihre kastanienbraunen schulterlangen Haare stumpf auf den Schultern lagen. Wie oft war er dem desolaten Zustand schon ausgesetzt gewesen. Je länger er diesen Job machte, umso mehr litt er mit den Angehörigen der Opfer und hoffte, dass alle ihrer gerechten Strafe zugeführt würden, die für dieses Elend verantwortlich waren.

Hartwig sah sich um und blieb mit den Händen in den Hosentaschen mitten im Zimmer stehen. »Setzen Sie sich. Kaffee?«, flüsterte sie und es schien, als hoffte sie, dass niemand einen wollte. »Nein danke, wir brauchen nichts«, entgegnete Westermann und wusste, dass die Befragung nicht zu lange Zeit in Anspruch nehmen durfte. Er visierte den

Sessel, der mit dem Rücken zum Fenster stand, an und setzte sich. Dann zog er sein Notizbuch aus der Tasche und legte es neben die Akte, die er mit sich geführt hatte. Hartwig ließ sich auf dem Polstersessel gegenüber nieder. Hanna Jacobsen schob eine ausgebreitete Wolldecke zur Seite und setzte sich auf das gemusterte Sofa. »Brauchen Sie in irgendeiner Form Hilfe? Wir haben einen Psychologen, der Ihnen helfen kann.« Der Leiter der Mordkommission war sichtlich besorgt um die Mutter. Er verstand, dass die Angehörigen eines Opfers nach dessen Tod nicht zu normaler Denkweise fähig waren. In ihnen herrschte Chaos, und genau das drückte der Gesamteindruck aus. Sie brauchte diese Decke, um sich zu schützen. Westermann räusperte sich. »Ich möchte nicht lange stören, aber wir müssen von Ihnen wissen, ob in der Wohnung von Elin irgendetwas verändert war. Es ist egal, wie unwichtig es erscheinen mag, es könnte äußerst wichtig für unsere Ermittlungen sein. Fehlte etwas oder war irgendwas anders platziert, als Sie es von Ihrer Tochter kannten?« Hanna Jacobsen guckte den Kommissar an, als hätte sie nicht verstanden, was er von ihr wollte. Sie saß da wie ein zerbrechliches Kind und hatte die Hände auf dem Schoß gefaltet. »Was meinen Sie damit, ob etwas anders war als sonst? Haben Sie nicht gesehen, was der Irre in ihrem Apartment angestellt hat?« Ihr Blick war starr auf den jüngeren Beamten gerichtet. Ihre Lippen zitterten. Hartwig versuchte, sich den Zustand der Wohnung noch mal ins Gedächtnis zu rufen, Westermann öffnete seine Akte und legte Hanna Jacobsen Fotos vor. »Fällt Ihnen auf den Aufnahmen etwas auf, das anders ist als normalerweise?« Der Hauptkommissar ließ nicht locker. Auch wenn die Bilder die seelische Verfassung der Frau verschlimmern konnten, mussten sie jetzt Antworten erhalten, solang alles noch frisch war. »Werfen Sie einen Blick auf die Fotos.

Wir müssen wissen, ob der Täter etwas mitgenommen hat. Es könnte bei der Suche nach dem Mörder Ihrer Tochter weiterhelfen. Bitte.« Die Mutter der Toten beugte sich vor und betrachtete die Aufnahmen. Sie schüttelte den Kopf. »Was soll mir auffallen? Es ist nicht meine Wohnung. Sie hat sicher mal was entsorgt oder dazugestellt. Ich kann es Ihnen nicht sagen.« Dann stutzte sie, richtete sich kerzengerade auf, griff eines der Fotos, hielt es hoch und reichte es Hartwig. »Da stehen Blumen. Elin mag keine Blumen in der Wohnung. Sehen Sie sich ihre Einrichtung an. Schwarzes Leder, Glastisch, einziger Farbklecks war das Lowboard aus Akazienholz.« Sie deutete mit dem Finger auf die mintgrüne eckige Vase, in der ein Strauß Lavendel steckte. »Ja, sehr minimalistisch, fast schon kalt«, antwortete Hartwig, als er das Foto in die Hand nahm. »Was soll das heißen? Elin ist ein wunderbarer Mensch. Sie ist nicht kalt. Die Leute lieben sie. Sie ist beliebt, ordentlich und fleißig.«

Dass in der heutigen Zeit überhaupt jemand diese Begriffe in den Mund nahm, überraschte den Ersten Hauptkommissar. Heute spielte Work-Life-Balance eine wichtigere Rolle als Ordnung und Fleiß. Zumindest hatte er oft das Gefühl, wenn er Berichten in der Werbung und den Medien folgte. Und es passte nicht zu dem Bild, das sie von anderer Seite erhalten hatten. Westermann fiel auf, dass sie die ganze Zeit von ihrer Tochter sprach, als wäre sie noch am Leben. Er kannte die unterschiedlichen Trauerphasen bei den Angehörigen der Opfer. In der ersten Phase leugneten sie oftmals den Tod. Hanna Jacobsen steckte in genau diesem Stadium. Sie erkannte nicht an, dass Elin tot war. Sie befand sich in einem Schockzustand, in dem sie offensichtlich nichts fühlte. Die Mutter weinte nicht, zeigte keinen Schmerz, nur ihre innere Leere war sichtbar. Er bedauerte die Frau, die wie erstarrt auf dem Sofa kauerte. Westermann wusste, dass dieser Zustand lange andauern konnte, weil Elin brutal aus dem Leben gerissen wurde.

»Vielleicht hatte sie das Bedürfnis, sich ein paar Blumen zu kaufen«, murmelte Hartwig und reichte seinem Chef die Aufnahme. Hanna Jacobsen schüttelte den Kopf. »Niemals. Sie hasst Blumen in der Wohnung. Sie sagt immer, die müssen bleiben, wo sie leben. Abgeschnittene Blumen sind tote Blumen. Sie hatte ihr Apartment nach Feng-Shui ausgerichtet … keine toten Pflanzen und so weiter.« Das erschien Westermann einleuchtend. »Haben Sie eine Vorstellung, von wem sie die Lavendelblüten bekommen haben könnte? Und warum sie sie trotzdem in die Vase gestellt hat? Von einer Freundin vielleicht? Hatte sie Geburtstag?«

»Wenn Sie Ihre Arbeit penibel durchgeführt hätten, wüssten Sie, dass Elin im November geboren ist. Und sie ist ein typischer Skorpion.« Auf einmal lachte Hanna Jacobsen, als sei nichts geschehen.

»Was heißt das?«, wollte Hartwig wissen. »Na, sie ist hartnäckig und fleißig, wie ich Ihnen schon erzählt hab. Wenn sie sich etwas in den Kopf gesetzt hat, gibt sie nie auf, egal, was passiert. Sie marschiert strikt auf ihre Vorhaben zu. Ich bewundere sie dafür.« Auf einmal verklärte sich ihr Blick, sie stand auf und starrte aus dem Fenster. Der Polizeibeamte beugte sich zu seinem Vorgesetzten und flüsterte. »Dirk, das bringt gar nichts. Wir sollten das hier abbrechen. Lass uns in ein paar Tagen wiederkommen. Die braucht Hilfe!«

Westermann nickte, raffte die Fotos zusammen und klappte die Akte zu. Er erhob sich und räusperte sich. »Frau Jacobsen, ich frage noch einmal: Möchten Sie psychologische Hilfe in Anspruch nehmen? Es könnte Ihnen wirklich helfen, mit dem Tod Ihrer Tochter besser klarzukommen.« Er zog eine Visitenkarte aus der Hemdtasche und legte sie auf den mit Glasrändern übersäten Wohnzimmertisch. »Mit dem Tod meiner Elin.« Sie wirkte zerstreut. Der Leiter der Mordkommission reichte ihr die Hand, die sie gedankenversunken übersah. »Das Herz ist nicht da. Wo ist das Herz?« Es schien, als wenn sie noch immer das Foto betrachtete, das längst wieder in der Akte verschwunden war.

Westermann stutzte, Hartwig, der sich bereits auf die Außentür zubewegte, blieb stehen. »Noch mal, von welchem Herz sprechen Sie?« Der Hauptkommissar sah Hanna Jacobsen eindringlich an, klappte den Ordner auf, in dem sich auch die Aufnahmen befanden. Sie durchwühlte die Fotos. Einige von ihnen fielen zu Boden. Sie sank auf die Knie und durchsuchte sie wie besessen. Ihr Blick schien wirr, und Hartwig, der zurück in den Raum kam, tippte sich mit dem Finger gegen die Stirn. Überraschend riss sie den Arm hoch. »Da, ich wusste es. Das Herz fehlt.« Sie zeigte auf eine eckige Akazienholzschale, die in Elins Flur auf einer schwarz lackierten Kommode stand. In ihrem Gesicht breiteten sich hektische Flecken aus. Es schien, als käme sie für einen Augenblick aus ihrer Teilnahmslosigkeit. »Da, sehen Sie. Da liegt es normalerweise … in dieser Schale.« Mit aufgerissenen Augen starrte die schmächtige Frau die Polizeibeamten an und deutete pausenlos auf das Foto. Westermann konnte nicht recht folgen. »Was hat es mit diesem Herz auf sich? Handelt es sich um eine Kette, ein Armband? Klären Sie mich auf, es ist immens wichtig.«

»Nein, das ist ein Schloss, ein Liebesschloss.« Aufgeregt tippte sie erneut auf das Foto, das sie noch immer in der Hand hielt. »Ein Liebesschloss? Was hat es damit auf sich?« Westermann schüttelte den Kopf. Er verstand nicht. Hartwig stand hinter Hanna Jacobsen und rollte mit den Augen.

»Jemand hat es ihr geschenkt.«

»Wer?«, fragte Hartwig. Hanna drehte sich zu dem jüngeren Polizeibeamten und zuckte die Achseln. »Sie wollte mir nicht sagen, von wem sie es hat.«

»Ich dachte, Sie hatten keine Geheimnisse?«

»Nein, haben wir auch nicht. Aber über diesen Liebesbeweis will sie nicht sprechen. Sie möchte diesen Schatz anscheinend vorerst für sich behalten.« Hanna lächelte. »Es soll wohl erst etwas eingraviert werden, wenn was Festes daraus wird. Nur ihr Name stand drauf. Elin!« Westermann versuchte, die Worte richtig zu deuten. »Können Sie mir das Schloss beschreiben?« Der Erste Hauptkommissar zog seinen Notizblock aus der Tasche. Hanna nickte heftig, riss ihm den Block aus der Hand und kniete auf dem Fußboden. Das Foto fiel aus der Hand. Sie zog den Stift, der am Papier klemmte, heraus und fing an, auf dem leeren Blatt zu kritzeln. Sie strichelte ein herzförmiges Gebilde und in die Mitte malte sie einen Stern, umringt von dünnen kurzen Strichen. Dann reichte sie dem Kommissar den Notizblock und sprang auf. Sie wirkte plötzlich hibbelig und aufgedreht. All das ergab keinen Sinn. »Was bedeuten diese Linien?«, fragte Westermann. Hanna neigte den Kopf und lächelte. »Das ist ein Glitzerstein, wissen Sie? Der hat unter der Lampe im Flur geglitzert. Nur dadurch habe ich das Schloss überhaupt erst bemerkt. Ich hab's mir genau angeguckt. Es ist wirklich hübsch und … es trägt ihren Namen. Es soll ihr Glück bringen, hat sie gesagt.«

»Haben Sie eine Aufnahme von diesem Herz?«

Hanna schüttelte den Kopf. »Nein, warum sollte ich? Aber vielleicht hat Elin ein Foto auf ihrem Handy. Sie dokumentiert alles. Sehen Sie auf ihrem Handy nach.«

»Ihr Telefon ist genau wie ihr Laptop nicht gefunden worden«, räusperte sich Hartwig und kraulte sein unrasiertes Kinn. Er hielt sich die Hand vor den Mund und gähnte. »Aber weshalb ist er weg? Sie hat ihn immer auf ihrem Schreibtisch im Wohnzimmer stehen. Und warum hat sie ihr Handy nicht? Ich muss sie doch anrufen.« Hannas Mimik wirkte auf einmal wieder versteinert.

»Das wollen wir herausfinden. Wissen Sie wirklich nicht, von wem sie dieses Schloss hatte?«, fragte Hartwig. Hanna Jacobsen schüttelte den Kopf. Westermann reichte ihr die rechte Hand, legte die linke auf ihre Schulter. Es beschäftigte ihn, dass sie tatsächlich glaubte, sie könnte ihre Tochter erreichen. Sie traten in den kühlen Hausflur, als die Mutter der Toten flüsterte: »Das Einzige, was ich komisch fand, war, dass das Schloss sich angefühlt hat wie Schmirgelpapier und düster wirkte. Aber bei Elin wundert mich gar nichts. Sie steht auf finstere Sachen« Sie hielt inne. »Die Liebe ist doch nicht finster, oder?« Westermann zuckte die Achseln und notierte die nicht unwichtige Information. »Ja, Sie haben recht, aber was für Gedanken hegen junge Menschen schon? Was meinen Sie damit, dass Elin düster und finstere Sachen liebte?« Er blieb erneut stehen. »Na, es war schwarz. Es war nicht rot wie die Liebe, sondern schwarz wie der Tod. Rau und schwarz, genau wie die Kleidung, die sie immer trägt. Immer schwarz. Und es war … ein Herz, ein glitzerndes Herz.«

*

Sie waren alle versammelt und breiteten die Ergebnisse vor sich aus. Westermann pinnte die Zeichnung von Hanna Jacobsen an das Flipchart. »Und was soll das bitte schön sein?«, fragte Nils Henning und versuchte, sich ein Bild aus der Kritzelei zu machen. »Das ist ein Herz, das die Mutter von Elin gezeichnet hat. Sie hat uns darauf hingewiesen, dass genau dieses herzförmige Schloss verschwunden ist. Es ist schwarz.«

»Und was sind das für Kreuze? Was sollen wir überhaupt mit diesem Ding anfangen? Welche Relevanz hat es für uns?«, fragte Anne Lornsen.

»Das sind Steine ... Glitzersteine, um genau zu sein«, antwortete Westermann.

»Nichts Ungewöhnliches. Aber warum ist es für uns so wichtig?«, wollte Anne erneut wissen. »Weil es seit der Ermordung von Elin verschwunden ist. Der Täter könnte es als Trophäe an sich genommen haben.« Es entstand eine Pause. »Mir ist eine Idee gekommen. Wir müssen nur rausfinden, wo man ein derartiges Schloss herbekommt, dann wissen wir vielleicht, wer es ihr geschenkt hat«, knurrte Hartwig. »Na, das ist doch überhaupt kein Problem. Die gibt es nur zu Tausenden im Internet und wahrscheinlich in jedem zweiten Souvenirladen. Aber wie sagtest du, es hat einen Stein in der Mitte? Das könnte uns weiterbringen.« Anne Lornsen hockte sich vor den Computer und gab »Liebesschlösser schwarz mit Stein« ein. Sie klickte auf den Button »Bilder«. Auf dem Bildschirm erschienen endlose Fotos dieser Schlösser in sämtlichen Farben und Formen. Mit und ohne Glitzersteinen. »War es einer oder mehrere?«, wollte sie wissen. »Nach Meinung der Mutter war es ein Stein. Um genau zu sein, ein funkelndes Herz«, antwortete Westermann und schüttelte den Kopf. Er warf einen Blick auf den Monitor. »Was es alles gibt ... ich fass es nicht.«

»Du bist zu alt. Das ist heute völlig normal«, entgegnete Hartwig und grinste.

»Hier, siehst du? Das sind welche mit Swarovski-Steinen. Das könnte so eins sein, wie ihr es beschrieben habt.« Anne deutete auf ein Herz mit einem Steinchen in der Mitte. »Du kannst sogar die Namen gleich eingravieren lassen ...

irre«, sagte sie und freute sich. »Druckt mir das mal aus. Das müssen wir unbedingt der Mutter zeigen.«

»Was ist bei euch in Kiel passiert?«, wollte er wissen, während Lornsen das Foto ausdruckte.

»Also, das war der Hammer. Da fiel mir am Ende der Befragung ein, dass wir vielleicht eine Verbindung zu unserem zweiten Fall haben könnten, und ich hab einfach mal ins Blaue geschossen.«

»Und, wie lautet das Ergebnis deines Schusses?«, fragte Hartwig und gähnte. Lornsen warf ihm einen bissigen Blick zu. »Wir haben jemanden von ihnen, der sich in Heiligenhafen rumtreibt. Wir sind in Kiel noch längst nicht am Ende. Da braut sich was zusammen, das spüre ich.«

»Was macht dich da so sicher?«, fragte Dirk Westermann, dessen dunklen Ringe unter den Augen hervorstachen. Die Nacht war augenscheinlich zu kurz gewesen. Die Kollegen schmunzelten, schwiegen allerdings. »Erzählen wir dir gleich. Das wird dich überraschen. Lass uns aber zuerst mal eine Pause machen. Wir könnten alle einen Kaffee gebrauchen ... du übrigens auch. Siehst ganz schön zerknittert aus«, sagte Anne Lornsen und lächelte ihrem Vorgesetzten aufmunternd zu. Westermann nickte erleichtert.

Dass die Nacht zu kurz war, hatte eine Erklärung, die er den Kollegen nicht auf die Nase binden wollte.

Gegen 4.30 Uhr fuhr er völlig übernächtigt mit einem Liter Kaffee im Magen zur Dienststelle. Dass er weder seine Kleidung gewechselt noch geduscht hatte, war ihm nicht mal aufgefallen, so schläfrig war er. Niemand außer Anne Lornsen hielt sich zu dieser Zeit auf dem Revier auf. Die Kollegen waren zu einem Einsatz in die Innenstadt gerufen worden. Westermann hoffte auf ein kurzes Nickerchen, verzog sich in die verwaiste Zelle und schlief augenblicklich auf der harten Pritsche ein.

Als er von seinem Teamkollegen unsanft aus dem Schlaf gerissen wurde, konnte er sich nicht einmal daran erinnern, wo er sich aufhielt. »Eh Alter, hier wird nicht geratzt, wir haben zwei Mordfälle zu klären«, grinste er. Da war es 9.15 Uhr morgens.

Nach der Pause saßen sie wieder im Besprechungsraum. Hartwig schlürfte Kaffee, und Dirk Westermann gähnte ununterbrochen. »Und wie kommst du darauf, dass das, was ihr in Kiel rausgefunden habt, so immens wichtig ist«, fragte der Leiter der Mordkommission und kratzte sich am Kopf. Anne Lornsen sah ihre Kollegen abwechselnd an. Irgendwie wirkte das Ermittlerduo wie durch die Schleuder gezogen. Der Oberkommissarin fiel auf, dass zwischen den beiden etwas nicht stimmte. Sie warf Hartwig einen Blick zu. »Was mich sicher macht?«, fragte sie ihn. »Ich hatte eine Eingebung und habe die Studenten gefragt, ob jemand von ihnen Heiligenhafen näher kennt, aber das sagte ich bereits.«

»Und? Inwiefern ist das für unsere Ermittlungen wichtig? Und selbst wenn. Wer kennt Halli nicht. Blödsinn«, giftete er und verschränkte die Arme vor der Brust.

Werner Hintz sah ihn gereizt an. »Jetzt ist gut, Hartwig. Wenn du dauernd schlecht gelaunt bist, geh nach Hause und schlaf dich aus. Mann, Mann.« Der dunkelhaarige Kommissar hatte die Schnauze voll von den Manieren des Kollegen, die er seit Wochen, wenn nicht Monaten an den Tag legte. Langsam hatten alle, die jede Menge Verständnis aufwiesen, keine Lust mehr auf den Querulanten an ihrer Seite. Westermann registrierte das abweisende Verhalten seiner Mitarbeiter. Er musste handeln, bevor das Ganze zur Krise mutierte. Nur nicht jetzt, dachte er und leerte den vierten Becher Kaffee.

»Einer von ihnen hat Verwandtschaft in Heiligenhafen. Das dürfte auch für dich interessant sein.« Die dänische

Kollegin war sicher, dass ihre Information ins Schwarze treffen würde.

»Wie Verwandtschaft?«, fragte Westermann und setzte sich aufrecht in seinen Stuhl. Er rückte die Brille zurecht und fixierte sie mit stechendem Blick. Auf einmal stand sein Körper unter Spannung, und die Müdigkeit schien verflogen zu sein. Er strich mit der Hand sein Hemd glatt und lauerte auf eine Antwort. Dann platzte Anne Lornsen mit der Neuigkeit heraus. »Der Student aus Italien. Er hat einen Onkel, der in der Warderstadt ein Haus besitzt.«

»Klär uns auf«, sagte der Leiter der Mordkommission und wartete auf die Erläuterung. Es schien eine Wende und endlich einen Punkt zu geben, der sie weiterbrachte.

»Es war nur Intuition. Ich hatte ein Gefühl, dass jemand von ihnen vielleicht Bezug zur Stadt oder der nahen Umgebung hat und somit Kontakt zu unserem zweiten Opfer aufweisen könnte.«

»Das klingt verwirrend, aber nicht unmöglich. Wie bist du auf die Idee gekommen? Die Verbindung musst du mir jetzt mal erklären.« Hartwig tippte sich mit dem Finger gegen die Stirn. Anne Lornsen warf ihm einen knurrigen Blick zu. »Das kann ich. Das ist unsere wichtigste Hypothese. Dass beide Tötungsdelikte in Verbindung stehen. Es war eine Eingebung, und ich bin ihr gefolgt. Wieso sollte jemand, der in Kiel studiert, keinen Kontakt zur Warderstadt haben können? So weit ist die Landeshauptstadt ja nicht entfernt. Wie gesagt, ich habe die Studis mit meinem Geistesblitz konfrontiert und mit der Frage ins Schwarze getroffen.« Sie grinste, weil sie wusste, dass ihre Entdeckung sie wirklich weiterbringen könnte. »Und jetzt kommt's. Und das wird euch umhauen. Es ist der Punkt, der für uns von immenser Bedeutung sein könnte und … die Verbindung.« Auf einmal waren alle Augen auf sie gerichtet. »Na?

Noch eine wichtige Eingebung. Spann uns doch nicht so lange auf die Folter, Frau Oberkommissarin«, grinste Hartwig. Sie holte tief Luft, als wollte sie diesen Moment genießen. »Der Onkel von dem Reitmeier hat ein Haus direkt auf dem Graswarder. In der Nähe des Tatorts!«

Westermann rührte sich nicht, zog die linke Braue hoch, schaute über den Rand seiner Brille hinweg und sah sie mit offenem Mund und weit aufgerissenen Augen an. »Das glaube ich nicht. Auf dem Warder in Heiligenhafen?«

»Ja, oder kennst du noch einen anderen?«, lachte Anne Lornsen. »Ja, tatsächlich. Eines dieser schicken Strandhäuser. Seine Verwandtschaft kommt ein, zwei Mal im Sommer und im Herbst, ansonsten vermieten sie es an Gäste. Und selbst unser Italiener war schon des Öfteren dort. Na, was sagt ihr jetzt?« Die Oberkommissarin zog ein Foto aus ihrer Akte, stand auf und pinnte es an das Flipchart. Eine auffällig gestrichene Villa protzte ihnen entgegen. Lornsen kritzelte »Strandhaus Warder« und »Reitmeier« daneben. Dirk Westermann schwang sich vom Stuhl und trat ans Fenster. Er schob die Brille auf die weißen Haare, rieb sich die Augen, gähnte und rückte sie zurück. Immer wieder klopfte er mit den Fingerspitzen gegen seine Lippen. »Das gibt dem Fall eine völlig neue Richtung. Die Frage ist, ob es möglich sein kann, dass dieser Reitmeier sich zur fraglichen Zeit in Heiligenhafen aufgehalten hat. Könnte sein, dass er das zweite Opfer dort in einem der Lokale kennengelernt hat. Ob Zufall oder gezielt … Haben wir ein Foto von diesem Italiener? Handydaten?«

Lornsen nickte. »Hab ich im Vorbeigehen unauffällig geschossen. Ist nicht sehr gelungen, sollte aber reichen.« Sie trat an den Tisch und zog erneut eine Aufnahme aus der vorliegenden Akte, pinnte es an die Wand. »Anne, das war eine Meisterleistung. Darauf wäre ich niemals gekommen«, lobte Westermann ihre Dynamik. »Das hättest du auch rausgekriegt. Der Kerl war mir von Anfang an nicht geheuer. So ein arroganter Lackaffe. Ich habe einfach gehofft, dass da mehr rauszuholen ist.« Sie setzte sich wieder. »Habt ihr ihn vorgeladen?«

»Ja, er ist uns noch ein Handy schuldig und erscheint am Montag um genau 10 Uhr hier in der Dienststelle. Dann haben wir auch die Handydaten«, sagte Hintz.

»Korrekt!«, schnurrte Lornsen und setzte sich wieder.

»Muss ich das verstehen?«, fragte Nils Henning. »Nein, musst du nicht; er hat uns sein Handy unterschlagen, hatte angeblich keins dabei. Ich bin mir nicht sicher, ob das gelogen war, aber was sollten wir machen. Keinerlei Handhabe. Ich habe mich mit Werner abgesprochen. Wir sind zu dem Schluss gekommen, dass wir ihn und die beiden anderen am Montag noch mal befragen und dann im Auge behalten. Den Reitmeier müssen wir dringend observieren, damit er uns nicht vorher entwischt und wir weitere Beweise sammeln können.«

Westermann nickte. »Anne, gute Idee, ich werde das sofort veranlassen. Was ist mit den anderen Kommilitonen?«

Werner Hintz meldete sich zu Wort. Der Mann, der durch seine tiefe Bräune und seine schwarzen Haare auffiel, striegelte seinen ebenso dunklen Schnauzbart und sagte: »Nur zwei weitere sind interessant. Den Rest kannst du getrost vergessen. Dieser Littmann ist zwar total verklemmt, aber wenn man ihn piesackt, wer weiß? War ziemlich aggressiv, der Kerl. Aber … er hat mit der ersten Toten zusammen für das Studium gebüffelt, war, wie es aussieht, hoffnungslos in sie verknallt. Immer, wenn die Sprache auf sie kam, fing er an zu stottern und wurde rot wie eine Tomate. Und als der dunkel gelockte Student unsere Tote madig machte, hat er sie verteidigt bis aufs Blut. Wenn ihr mich fragt, war der total verschossen in das Mädchen und wäre in meinen Augen in der Lage …«

»Wenn er verliebt in sie war, warum sollte er sie töten? Passt nicht, wenn du sagst, er hat sie bis aufs Blut verteidigt. Dann hätte er wohl eher den Reitmeier um die Ecke gebracht, oder nicht?«, lachte Hartwig abfällig. »Wahrscheinlich hast du recht. Könnte doch sein, dass er mehr von ihr wollte und sie ihn zurückgestoßen hat. Er war eben nur ihr Mitstudent«, knurrte Hintz. Westermann folgte dem Dialog.

»Wo wir bei Geschenken sind«, murmelte Lornsen und schrieb den Namen »Jörg Littmann« an die Pinnwand. »Der hat ihr wohl des Öfteren welche gemacht. Haben zumindest die Kommilitonen verlauten lassen. Was genau, konnten sie uns allerdings nicht sagen.«

»Habt ihr in ihrem Wagen was gefunden?« Henning, der mit verschränkten Armen und lang ausgestreckten Beinen auf seinem Stuhl saß, schüttelte den Kopf. »Nichts Aufregendes. Ordentlich wie die Wohnung. Ist wieder freigegeben. Wir haben Fingerprints genommen, nach Faserspuren und DNA gesucht … und so wie es aussieht, keine verwertbaren Spuren. Einige Fingerabdrücke gehörten zur Mutter und dieser Ricka Ludwig. Das hat das Ausschlussverfahren ergeben. Ansonsten war der Wagen genauso akkurat gesäubert wie der Rest. Wir haben ihn auseinandergenommen und nichts gefunden. Da war nicht mal Staub auf den Konsolen.« Er griente. Die hätte meiner Mutter gefallen … und sexy war sie obendrein. »Henning! Kannst du das bitte mal unterlassen?« Westermann konnte nicht glauben, was die Männer in diesem Raum von sich gaben.

»Okay. Lass uns annehmen, dieser Jörg Littmann hat ihr das Herz geschenkt. Anne, wie du erwähnt hast, soll er ihr Geschenke gemacht haben. Wir müssen herausfinden, ob er mit diesem Vorhängeschloss und vielleicht auch mit dem Lavendelstrauß in ihrem Wohnzimmer etwas zu tun hat. Wie es scheint, war er der Einzige ihrer Kommilitonen, der sich in ihrer Wohnung aufgehalten hat. Sie hat ihren Privatbereich strikt aus dem Studienalltag rausgehalten. Somit genießt er eine Sonderstellung. Dem Mann müssen wir auf den Zahn fühlen. Was haben die Fingerabdrücke und DNA-Spuren der anderen Studenten ergeben? Gab es dort eine Übereinstimmung mit den Abdrücken aus der Wohnung?«

Nils Henning schüttelte erneut den Kopf. »Nichts, nur das, was wir schon wussten. Fingerabdrücke einzig von Jörg Littmann und Personen, die nicht zuzuordnen waren. Seine befanden sich eigentlich überall, außer im Schlafzimmer«, grinste er. »Da hat sie ihn anscheinend nicht hineingelassen.«

»War wohl nicht ihr Typ«, frotzelte Hartwig, stand auf und hatte offensichtlich vor, sich eine Zigarette anzuzünden. »Nicht hier drinnen«, schnaufte Lornsen und wedelte mit der Hand. »Ich wollte rausgehen, wenn ich darf. Man wird ja wohl noch eine rauchen dürfen.«

»Ja, warte. Wir machen sofort eine Zigarettenpause. Lass uns den Gedanken noch zu Ende führen«, merkte Westermann an, füllte seinen Becher mit Kaffee und öffnete das Fenster.

»Wir haben also zwei Verdächtige. Kannte der Littmann unser Opfer in Heiligenhafen? Und was ist mit dieser Jennifer Joswig?«, wollte Westermann wissen. »Die ist frech, nicht gut auf Elin Jacobsen zu sprechen gewesen und ziemlich aggressiv. Allerdings bellt die nur laut. Die beißt nicht«, sagte Anne Lornsen und schüttelte ihren Kopf. »Sie reagierte eifersüchtig und neidisch auf sie. Bitch war noch die harmloseste Beschimpfung. Außerdem steht sie, glaube ich, nicht zur Debatte. Die Morde waren sexuell ausgerichtet, oder nicht? Der Littmann wiederum hat sich nicht geäußert. Wir wissen nicht, ob er Kontakte nach Heiligenhafen pflegte.«

»Aber das aggressive Verhalten der Joswig ist doch ein Motiv, das nicht von der Hand zu weisen ist«, knurrte Hintz.

»Das mag sein, aber was ist dann mit den Spermaspuren?«

KAPITEL 9

Tage verstrichen, ohne dass Gravierendes geschah. Alle in der Dienststelle wussten, dass die Chance, den Mörder schnell zu fassen, immer geringer wurde. Auch hier galt die 48-Stunden-Regel. Und die waren längst Geschichte.

Die Einzige, so schien es, war Sonja Rasmussen, die mit ihrem Team ein Bild vom vermeintlichen Täter erstellt hatte, das dazu beitragen könnte, ihm näherzukommen. Sie saß mit ihren Kollegen im Besprechungszimmer, als Westermann eintrat. Heute sah er besser aus. Ausgeruht und akkurat gekleidet. Und er hatte sein Lächeln zurück, das die Frauen der Dienststelle liebten. Das Wochenende schien ihm gutgetan zu haben.

»Moin, das sieht verdammt nach Arbeit aus. Und, habt ihr was Neues rausgefunden, während ich mich ausgeschlafen habe?« Er lächelte verhalten und warf einen Blick in die Runde. Die Fallanalytikerin sah ihm direkt in die graublauen Augen. Sie wunderte sich, dass der attraktive Beamte nicht verheiratet war. Zumindest trug er keinen Ehering. Sie wusste nicht, dass er in Kürze heiraten würde ... woher auch? Bisher hatte sie sich nicht getraut, einen der Kollegen danach zu fragen. Sie wollte keine schlafenden Hunde wecken. Die Profilerin sprang vom Stuhl, nahm die Kaffeekanne von der Maschine und befüllte einen Becher, den sie Westermann reichte. In ihren Röhrenjeans, den weißen Sneakers und der *Adidas*-Jacke wirkte sie sportlich und erinnerte in keiner Weise mehr an die weibliche Frau, die er kennengelernt hatte. Der Erste Hauptkommissar staunte erneut über die Verwandlung und freute sich. Die Fallanalytikerin wandte sich wieder ihrer Akte zu. »Setzen Sie sich, dann berichten wir, wie weit wir gekommen sind.« Sie stellte den Becher auf den Tisch, richtete ihre schwarze Sonnenbrille auf dem Kopf und hielt damit ihre Haare aus dem Gesicht. »Dann mal los.« Westermann hoffte, dass sie die Informationen für den Fall verwenden konnten. Sie hatten jetzt zwei Verdächtige, aber sie brauchten ein adäquates Profil, mit dem sie weiterkamen. Rasmussen warf einen Blick auf den geöffneten Aktendeckel und seufzte. »Wir haben uns die Tatorte genauestens angesehen, geprüft und sind, was das angeht, zu dem Schluss gelangt, dass die erste Tat nicht geplant war. Der Täter hat das Opfer gekannt. Sie hat ihn selbst hineingelassen. Ein Bekannter. Das Treffen war gewollt. Also kannten die beiden sich. Durch die Messerattacken gehen wir davon aus, dass er in etwa die gleiche Größe hatte wie sie. Er ist nicht sehr kräftig. Ich schätze sein Körpergewicht auf etwa 80 bis 85 Kilo. Der Täter ist zwischen 20 und 40 Jahre alt. Und er hatte eine immense Wut im Bauch. Er ist vermutlich kein Handwerker, sondern eher in einem sitzenden Beruf zu finden. Vielleicht ist er aber auch arbeitslos, Student oder Ähnliches.«

»Wie kommst du darauf?«, fragte Hintz.

»Ich denke, ein Handwerker hätte es kräftemäßig schneller erledigt.« Sie sprach weiter.

»Wir reden also von einem etwa einen Meter 80 großen, schmalen Mann, der in einem sitzenden Beruf, sprich, im Büro aufzufinden ist. Wir gehen davon aus, dass beide dieses Treffen wollten, sonst hätten sie nicht gemeinsam vier Biere getrunken. Er scheint der Toten zugewandt gewesen zu sein. Ferner glauben wir, dass etwas das Beisammensein empfindlich gestört hat, das seine Aggression ausgelöst hat. Bedeutet: Er ist freundlich, unter seiner Fassade aber jähzornig. Dieser Abend wurde von der Toten abrupt beendet. Heißt, sie hat erkannt, was sich hinter seinem zweiten Gesicht versteckte. Wir haben es mit einem Mann zu tun, dem man seine wahre Identität nicht auf den ersten Blick ansieht.«

Im Raum hätte man eine Stecknadel fallen hören können, so gespannt folgten die Beamten den Ausführungen der Profilerin. Sie schreckten daher auf, als Rasmussen ihre Tasse mit lautem Geräusch auf die Tischplatte stellte. Selbst Westermann zuckte zusammen. Er hatte sein Notizbuch vor sich liegen und schrieb. Dann sagte sie: »Der Ablauf zeigt, dass er kein großes Selbstbewusstsein besitzt und aggressiv wird, wenn man ihn zurückweist. Ein Mann, der nicht gleich an sein Ziel gelangt, ist normalerweise fähig, eine Zurückweisung hinzunehmen und zu überspielen«, endete sie.

»Zusammenfassend ist unser Täter nicht kräftig, aber in der Lage, bei wachsender Aggression Kräfte zu bündeln. Wäre er kerniger gewesen, hätte er sie vielleicht schon im Wohnzimmer überwältigt … und getötet. Elin Jacobsen war mit einem Metern 78 keine kleine Person und, wie ich gelesen habe, ziemlich sportlich. Das Drosseln erfordert enorm viel Stärke. Es kann bis zu 15 Minuten dauern, einem Menschen durch das Würgen das Leben zu nehmen. Das konnte er offensichtlich aufgrund seiner Konstitution nicht leisten. Er benutzte also eine Waffe, die er mit weniger Kraftaufwand leichter handhaben konnte. Ein Messer und eine Garrotte. Wir sind sicher, dass er Gefallen an seinem Tun gefunden hat, daher war die zweite Leiche unvermeidlich. Es ist ihm wichtig, die Frauen zu töten, denn dabei empfindet er den höchsten Lustgewinn. Es war vermutlich seine erste Tötung! Wir schließen auf eine sogenannte sexuelle Präferenzstörung. Bei ihm liegen eine Art von Sadomasochismus sowie andere Störungen der Sexualpräferenz vor. Da er versucht, die toten Frauen zu penetrieren, gehen wir auch von einer Neigung zur Nekrophilie aus. Er lebt Fantasien aus, die er sich wahrscheinlich aus dem Internet, Zeitschriften oder Videos holt.

Dieser Täter ist charakterlich nicht gefestigt und dabei, sich auszuprobieren! Das macht ihn brandgefährlich. Der Täter ist zwischen 20 und 40 Jahre alt. Er erlebte mit Sicherheit häufiger Ablehnungen aufgrund seiner Neigung und hat jetzt eine Grenze überschritten. Wahrscheinlich ist er zurückgestoßen worden. Falls er in einer Beziehung steckt, könnte es bedeuten, dass sie ungesund ist. In ihm hat sich Hass aufgestaut, die sich in der Tötung des ersten Opfers entladen hat. Jetzt hat sich das Blatt gewendet, und er ist am Zug. Das zeigt die unglaubliche Wucht, mit der er auf Elin eingestochen hat. Die Frage ist: Wer oder was hat ihn so verletzt? Eine Ex-Freundin, seine Lebenspartnerin oder Ehefrau? Unsere Tote war nicht diejenige, die dies ausgelöst hat. Ihre Reaktion war nur der Tropfen, der das Fass zum Überlaufen gebracht hat. Sie war der Trigger, der den Vorgang herbeigeführt hat.«

»Woher, verdammt noch mal, kannte er sie? Anton Reitmeier schien über das Treffen in der Kneipe äußerst erbost gewesen zu sein. Eifersucht? Er war nicht gut auf sie zu sprechen. War er derjenige, mit dem sie sich getroffen hat? Hätte sie den reingelassen und Bier mit ihm getrunken? Oder Jörg Littmann, ein heimlicher Verehrer. Zurückhaltend, schüchtern, unsichtbar. Macht ihn das nicht gerade zum Verdächtigen? Wollte er mehr? Hat sie ihn in die Schranken gewiesen? Sie beide passen ins Profil.« Westermann runzelte die Stirn.

*

Es war kurz nach 9 Uhr, als Reitmeier und Joswig das Gebäude betraten. Littmann folgte ihnen eine Minute später. Man sah, dass sie es vermieden aufeinanderzustoßen. Die Luft im Inneren des Hauses war angenehm kühl. Eine Klimaanlage hielt die Temperaturen im niedrigen Bereich. Es war still in der Dienststelle. Nur ihre eigenen Schritte hallten auf dem Boden. Schweigend liefen sie den Flur hinunter. Erst als sie das Büro von Lornsen und Hintz betraten, brachen sie ihr Schweigen und redeten sich um Kopf und Kragen. Fast schien es, als hätten sich Reitmeier und Joswig abgesprochen. Der Einzige, der zurückhaltend vor den Beamten saß, war Littmann. Die Oberkommissarin hatte nicht das Gefühl, als wenn er in der Lage gewesen wäre, eine der beiden Frauen zu töten, aber sie könnte sich täuschen. »So, wir hätten dann jetzt gern Ihr Handy, Herr Reitmeier«, forderte Hintz den jungen Studenten aus Südtirol mit einer lapidaren Handbewegung auf, ihm sein Telefon auszuhändigen. Mit abfälligem Lächeln zog er es aus der Hosentasche seiner Jeans und reichte es dem erfahrenen Kommissar. »PIN?«, fragte Lornsen. »Hat eine Fingerabdruck-Sperre«, grinste er. »Und öffnen Sie dann bitte jetzt das Mobiltelefon?« Reitmeier sah die Oberkommissarin herausfordernd an. »Nö, muss ich nicht. Von mir kriegen Sie gar nichts. PIN und Entsperrungsmuster dürfen Sie nicht erzwingen, das weiß ich. Und meinen Abdruck gibt's auch nicht.« Lornsen stand auf. »Doch genau den bekommen wir. Falls Sie es nicht freiwillig entsperren, haben wir andere Möglichkeiten. Sie bekommen Ihr Telefon sehr viel schneller zurück, wenn Sie mitspielen.«

»Wollen Sie meinen Finger mit Gewalt aufs Handy drücken?« Er lachte verächtlich. »Nein, das dürfen wir nicht. Aber verhältnismäßig ist, wenn wir jetzt Ihren Fingerabdruck abnehmen, um das Handy zu öffnen. Das haben wir gleich.« Lornsen erhob sich, um wenig später mit dem Scanner zurückzukommen. Reitmeier fluchte, bis er letztlich seine Abdrücke abgegeben hatte. Hintz ließ das Handy in eine Klarsichthülle gleiten und warf ihm einen kühlen Blick zu. Sein Mundwinkel zog sich auf der rechten Seite nach oben. »Ich hoffe, Sie haben nicht versucht, irgendetwas zu beseitigen. Das finden wir so oder so heraus. Lässt sich alles rekonstruieren. Und das Gleiche bitte bei Ihnen«, forderte er Joswig und Littmann auf, ihre Handys abzugeben. Wieder lächelte Hintz und zwinkerte der kleinen Gruppe zu, während der Qualm seiner Zigarette in seinen Augen brannte. Reitmeier schluckte und striegelte seine schwarzen Locken. Jennifer Joswig blitzte ihren Studienkollegen wütend an und schüttelte unmerklich den Kopf. »Die gehen gleich zur KT«, merkte er förmlich an. Er wollte die Studenten verunsichern. »Und glauben Sie mir, wir finden was, wenn es auf den Telefonen war.« Sein Grinsen ließ Reitmeier schlucken. »Das, was Sie hier machen, nennt man psychische Folter«, krähte Joswig und blies sich eine Locke aus dem Gesicht. Ihre Augen blitzten. Sie hockte angespannt auf einem der Stühle, hatte die Arme vor ihrer Brust verschränkt und schnaubte. Hintz lachte. »Wissen Sie, was psychische Folter ist?« Sein Mundwinkel zog erneut nach oben. »Wenn wir zum Beispiel von Isolation, Fesselungen, und Erniedrigungen sprechen oder ich Ihren Freund nackt auf den Stuhl fesseln würde … das ist Folter. Sie haben wirklich keine Ahnung.« Er schüttelte lachend den Kopf und kraulte seinen schwarzen Schnauzer. Die Arroganz dieses Polizeibeamten schien sie zu irritieren. »Was wollen Sie eigentlich von uns? Wir sind vielleicht nicht gut auf Elin zu sprechen gewesen, aber wir hätten sie doch niemals getötet. Was denken Sie? Haben Sie mal darüber nachgedacht, dass einer ihrer Fickfreunde sie um die Ecke gebracht haben könnte? Ich finde es absolut hirnverbrannt, wie Sie mit unbescholtenen Bürgern umgehen. Wenn das nicht aufhört, holen wir uns Rechtsbeistand. Mein Vater …« Hintz hob abwehrend die Hand. »Stopp! Sie brauchen keinen Anwalt. Vorerst. Dies ist eine Befragung in einem Mordfall. Sie sind verdächtigt, mit dem Opfer und ihrer Tötung in Verbindung zu stehen. Falls es für Sie eng wird, werden Sie das mitbekommen. Ich belehre Sie jetzt eingehend, und dann sehen wir weiter. Und jede Hilfe, die uns zum Täter führt, entlastet Sie, oder etwa nicht? Also einfach beantworten, dann geht es ganz schnell und tut überhaupt nicht weh.« Hintz kraulte ein weiteres Mal seinen Schnauzbart, sah die Studenten an und klärte sie über ihre Rechte auf. Sie schluckten, wurden abwechselnd rot und betrachteten schweigend den Fußboden. »Herr Littmann, wie wir hörten, haben Sie Elin Jacobsen kleine Präsente mitgebracht. Um was handelte es sich?«

»Ich? Ihr Geschenke gemacht? Nein, das stimmt nicht!« Der schmächtige Student mit der Harry-Potter-Brille wurde puterrot, zupfte am Ärmel seines karierten, bis zum Hals zugeknöpften Hemdes und rutschte auf dem Stuhl hin und her, als hätte er Hämorrhoiden.

»Natürlich hast du«, krächzte Jennifer. »Du hast ihr Schokolade gegeben, Blumen und Bücher geschenkt, so viel hab ich selbst mitgekriegt.« Sie giftete den Kommilitonen an, schlug die langen nackten Beine übereinander. Ihre Hotpants zeigten mehr, als sie verhüllten. Hintz schluckte, als er auf ihren Busen glotzte, der unter einem hauchdünnen Trägershirt steckte. Also hat sie doch gewusst, was Littmann der Toten mitgebracht hatte, dachte die Oberkommissarin und ignorierte ihre provokante Art. Reitmeier saß breitbeinig da und griente vielsagend. Immer wieder schnipste er gelangweilt kleine Fäden vom schwarzen Shirt. Anne Lornsen nahm das affektierte Gehabe des italienischen Studenten zur Kenntnis. Sie zog ein Foto aus ihrer Mappe und hielt es Littmann unter die Nase. »Kennen Sie diese Blumen?« Der blasse Student biss sich auf die Unterlippe und versuchte auszuweichen. »Sehen Sie sich das in Ruhe an. Haben Sie Elin Jacobsen diesen Lavendelstrauß geschenkt oder nicht?« Seine Lippen zitterten. Er wurde rot. »Und wenn? Ist das etwa verboten? Wir haben zusammen studiert, und manchmal habe ich ihr eine kleine Aufmerksamkeit mitgebracht, weil wir uns bei ihr zu Hause aufgehalten haben und sie mich mit Kaffee und so weiter versorgt hat. Sie liebte diese Nougat-Meeresfrüchte. Was ist denn dabei?«, flüsterte er. »Also ist der Strauß von Ihnen oder nicht?« Lornsen tippte mit dem Finger fortwährend auf das Foto. Littmann nickte. »Sie mochte Lavendel.« Verlegen sah er die Beamtin an. Seine Stimme zitterte. Die Kommissarin spürte, dass ihm das Gespräch naheging … zu nah? »Ihre Haut roch danach. Sie hatte Duschgel mit Lavendelduft. Sie müssen es in ihrem Badezimmer gesehen haben.« Er lächelte, und Lornsen merkte, dass er immer weiter abdriftete. Dann zog sie ihr Ass aus dem Ärmel und legte ein weiteres Blatt Papier auf den Tisch. »Kennen Sie dieses Schloss? Haben

Sie ihr das geschenkt?« Jörg Littmann wurde leichenblass. Auch die beiden anderen starrten auf die Abbildung mit dem schwarzen Herzen, das Elins Namen trug. Er zog am Kragen seines Hemdes, rang nach Luft. Der blasse Student schluckte und warf einen Blick zu seinen Mitstudenten, dann wieder auf die Beamtin. Anne Lornsens Stimme wurde unerbittlich. »Haben Sie Elin Jacobsen dieses Schloss geschenkt?«

»Du perverses Schwein!« Reitmeier stürzte sich auf ihn.

*

Jörg Littmann zitterte am ganzen Körper. Dann brach er zusammen, heulte wie ein Mädchen. Seine schmalen Schultern zuckten. Werner Hintz führte Anton Reitmeier und Jennifer Joswig aus dem Raum. Anne Lornsen hatte es geahnt und war erleichtert, dass sie maßgeblich an der Aufklärung des Falles beteiligt war. »Darf ich das Diktiergerät anstellen?«, fragte sie und stellte das schwarze Gerät, das nicht größer als ihr Handteller war, auf den Tisch. Sie musste allein mit ihm sprechen, damit er sich öffnete und ein brauchbares Geständnis ablegte. Die Oberkommissarin setzte sich ihm gegenüber. Lornsen wollte erreichen, dass er sich beruhigte. »Sie haben Elin dieses Herz geschenkt, weil Sie sie liebten?« Littmann nickte, kauerte aschfahl auf seinem Stuhl. Die Beamtin überkam das Gefühl, als würde er sich jeden Moment öffnen. Es konnte nicht mehr lange dauern, dann würde er reden. Was hatte diesen Mann dazu getrieben, ein derart scheußliches Verbrechen zu begehen. Was war mit Olivia Meindorf? Warum hatte er sie …? Anne Lornsen wusste, dass es jede Menge Fingerspitzengefühl benötigte, ihn jetzt nicht in die Enge zu treiben. Ein Eingeständnis erreichte sie nur, wenn sie ihm die nötige Zeit ließ. Sie durfte ihn nicht mit Fragen bombardieren und alles kaputtmachen. »Möchten Sie ein Glas Wasser?« Er schüttelte den Kopf. Es dauerte eine Weile, dann sagte er: »Ich bin jede Woche mit ihr zusammen gewesen, wir haben miteinander gearbeitet. Niemand an dieser Uni kannte sie so gut wie ich. Sie haben recht, ich hab ihr Geschenke gemacht, ich habe sie mehr geliebt, als Sie sich vorstellen können.« Er richtete sich auf und guckte Anne Lornsen mit einem Blick in die Augen, der ihr einen Schauer über den Rücken jagte. Seine Kieferknochen knirschten, sie spürte seine Anstrengung. Die Oberkommissarin registrierte das Schnaufen, sah, wie sein Brustkorb sich immer schneller hob und senkte. »Sie war sicher, wenn ich in ihrer Nähe war.« Wie er den Satz formulierte, ließ sie aufhorchen. »Ich wollte nur, dass sie mich genauso liebt wie ich sie. Wir gehörten zusammen.« Auf einmal verklärte sich sein Blick, er sah aus dem Fenster. Lornsen spürte die Kälte im Raum, überlegte, was sie als Nächstes tun sollte.

»Was hielten Sie von ihren Männerbekanntschaften?« Littmann sah sie an. Seine Augenlider flackerten, seine Körperhaltung versteifte sich. Er hob den Kopf und guckte ihr direkt in die Augen. Lornsen sah das verächtliche Lächeln auf seinem Gesicht, und es erschreckte die zierliche Dänin.

»Wieso? Die Idioten wussten nicht, wie sie wirklich war. Sie hätte sich nie mit ihnen abgeben dürfen. Die haben sie benutzt und beschmutzt.« Seine Stimme klang eisig. Speichel tropfte aus seinem Mundwinkel, als er die Hände ballte und die Faust auf den Tisch schlug. Sein Gesicht lief rot an. Da war etwas, das Lornsen irritierte. Die Oberkommissarin betrachtete den Studenten. Er war blass, schmächtig und auf eine merkwürdige Art unscheinbar. Obwohl seine pubertierende Akne auffällig war. Sein jetziges Verhalten bestätigte ihre Vermutung. Es schien, als säßen zwei verschiedene Personen vor ihr. Vielleicht hatte Elin genauso hinter seine Maske geschaut und erkannt, dass ihre Beziehungen nicht so ablief, wie sie sollte. Eifersucht! Er war krankhaft eifersüchtig. Es wäre ein starkes Motiv. »Hat Ihre Kommilitonin Sie abgewiesen? Haben Sie sie deshalb umgebracht?« Jörg Littmann sah sie an. Seine Mimik verzerrte sich zu einer Fratze. Dann lachte er. »Sie war mein Engel. Ich habe sie beschützt.«

»Und warum haben Sie sie dann getötet? Warum haben Sie nicht die Männer getötet, mit denen sie zusammen war?«

Er starrte Lornsen mit durchdringendem Blick an.

»Ich belehre Sie noch einmal und nehme Sie fest wegen des dringenden Tatverdachtes der Tötung an Elin Jacobsen. Falls Sie einen Rechtsbeistand benötigen, ist jetzt der richtige Augenblick. Haben Sie verstanden, was ich Ihnen gesagt habe?« Littmann starrte gegen die Wand und nickte. »Eine Frage noch: Kennen Sie Olivia Meindorf?«

Er sprang auf und stürzte auf die Oberkommissarin zu.

KAPITEL 10

Westermann befuhr die A1 und war mit Hartwig auf dem
Weg nach Heiligenhafen. Es dämmerte, als sie die Auto-
bahn verließen. Das Ermittlerteam hatte mit den Mordfällen
alle Hände voll zu tun. Die Spurenlage war undurchsichtig,
und je mehr Informationen sie erhielten, umso komplizier-
ter wurde es. In seinem Kopf rauchte es gewaltig, als er an
seine Kollegin Anne Lornsen dachte, die den Studenten
Jörg Littmann aufgrund der vorliegenden Beweise per ein-
geholtem Haftbefehl festgesetzt hatte. »Seit der Kerl sich in
Lübeck in Untersuchungshaft befindet, bestreitet er heftig,
auch nur das Geringste mit den Morden zu tun zu haben«,
murmelte er. »Sitzt in seiner Zelle und starrt die Wand an.«
Er schien seinen Überlegungen nach der richtige Kandi-
dat zu sein, der allein durch sein wirres Verhalten als Täter
infrage kam. »Außerdem passt er ins Profil der Fallermitt-
ler.« Hartwig saß auf dem Beifahrersitz und blätterte in den
Unterlagen, während Westermann redete. »Dieser Littmann
ist mit seinen schlaksigen ein Metern 80 in etwa so groß wie

das erste, und größer als das zweite Opfer, passt. Und der Kerl besitzt erstaunliche Kraft, das hat er laut Annes Aussagen bei der Verhaftung ja eindrucksvoll bewiesen. Und du weißt, dass sie durchtrainiert ist.« In Hartwigs Worten schwang Bewunderung mit. »Sein Aggressionslevel hat sich als extrem niedrig rausgestellt, so viel ist mal sicher. Er hat sie nicht nur aufs Übelste bepöbelt und angerotzt, sondern sie körperlich fies attackiert.« Er schüttelte den Kopf, als er die Fotos in der Untersuchungsakte betrachtete. Anne Lornsen wies Hämatome an Armen und Hals auf. Jörg Littmann hatte die Polizeibeamtin, als sie ihn festnehmen wollte, überwältigt, zu Boden gebracht und sich auf sie gesetzt. Sie hatte geschrien, und er fing an, sie zu würgen, noch bevor sie ihn unter Kontrolle bringen konnte. »Es ist nur Hintz zu verdanken, dass nicht mehr passiert ist. Könnte mir vorstellen, dass der Ablauf bei der ersten Toten ähnlich abgelaufen ist. Hat er sie genauso angegriffen?« Westermann lauschte den Ausführungen seines Kollegen. »Wahrscheinlich ja. Sie hat ihn abblitzen lassen und seine Annäherungsversuche abgewehrt. Das hat ihn unglaublich wütend gemacht.« Der Leiter der Mordkommission fuhr die Abfahrt Heiligenhafen runter. Es wurde still im Wagen. Jeder hing seinen Gedanken nach. »Aber irgendetwas passt nicht«, knurrte Hartwig. »Sein Alibi ist wasserdicht. Er hat sich den ganzen Abend zu Hause bei seinen Alten aufgehalten. Sie haben zur fraglichen Zeit zusammengegessen und in die Glotze geguckt.«

»Aber sagen die Eltern die Wahrheit? Kann es nicht sein, dass sie ihren Sohn schützen und für ihn lügen?«, entgegnete Westermann und sprach weiter. »Wir haben nicht genügend Beweise, um ihn lange festzuhalten. Sie werden ihn laufen lassen, das hat der Staatsanwalt schon angemerkt. Aber im Auge behalten werden wir ihn, so viel steht fest.« Der Erste Hauptkommissar schnaufte.

»Bleibt Reitmeier. Dieser aufgeblasene Südtiroler, der sich seiner Wirkung auf Mädels auf jeden Fall bewusst ist. Die Abfuhr einer Frau wie Elin hinnehmen zu müssen, kann so einem Typen richtig einen in die Fresse schlagen. Das demütigt das Ego solcher Kerle. Die sind, so derbe abgewatscht, zu fiesen Handlungen fähig.«

»Vorgeladen wird er auf jeden Fall noch mal«, antwortete Westermann. »Die KT hat Wichtiges rausgefunden. Guck dir die Unterlagen an. Wieso glauben die eigentlich immer alle, wenn sie die Daten auf ihren Handys löschen, dass sie weg sind?«

»Wie meinst du das?«, fragte Hartwig. Er fegte mit der Hand einen Fussel vom grauen Jeanshemd und krempelte die Ärmel hoch. Dem Ersten Hauptkommissar war schon beim Einsteigen aufgefallen, dass seine Kleidung einen Waschgang gebrauchen könnte, aber er schwieg. Er wollte nicht wieder einen Streit in Gang bringen, der eskalierte. Die Probleme häuften sich auch so schon genug. Dazu die anstehende Hochzeit. Westermann durfte nicht riskieren, dass sein Trauzeuge am Ende noch absprang. Katrin hatte alles so perfekt arrangiert. Aber irgendwie war bisher vieles anders gekommen, als er es hoffte. Also bewahrte er Stillschweigen, ließ Privates außen vor und sagte: »Ich meinte, dass der Reitmeier all seine Informationen vom Handy gelöscht hat, bevor er es uns überreicht hat. Was glaubt der denn, wie naiv wir sind? Ich an seiner Stelle hätte das Handy verloren. Er muss doch wissen, dass wir geeignete Möglichkeiten haben, Daten wieder hervorzulocken. Dieser Typ ist kein Depp, der studiert Biochemie! Dummer Fehler!«

»Ja, aber er denkt, wir sind welche. Vielleicht wollte er einfach nur Zeit schinden«, grinste Hartwig und zuckte die Achseln. Sie hatten ihr Ziel erreicht. Westermann parkte den

Wagen auf dem Parkplatz rückwärtig der Bretterbude, die direkt am Strand von Heiligenhafen lag. Ein Hotel und Restaurant mit Seeblick und Butzen für die Youngsters. »Das ist schon 'ne geile Bude«, stellte der jüngere Kommissar fest und ließ seinen Blick über das imposante Gebäude schweifen. Es war mittlerweile kurz nach 21 Uhr. »Ich muss erst mal eine rauchen, bevor wir da reingehen«, murmelte der Kommissar, stieg aus und steckte sich eine Zigarette an. Er guckte auf seine Sportschuhe und gähnte. »Die sahen mal weiß aus«, grinste er und schoss einen Kiesel von sich. Westermann beobachtete ihn und zündete seine Pfeife an, die wie angewachsen zwischen seinen Lippen klebte. Dass Stina nicht mehr darauf achtet, wundert mich, dachte er und blies eine dicke Rauchwolke in den Abendhimmel. Er entdeckte erste Sterne und warf verwundert einen Blick auf seine Armbanduhr. »So spät schon? Lass uns fertig werden, damit wir wenigstens ein paar Stunden mit unseren Frauen verbringen können.« Er zwinkerte seinem Kollegen zu und lächelte verschmitzt. Es entstand eine kurze Pause. »Was du wohl vorhast. Ich kenn dich. Ein weiterer Westermann in Planung?« Hartwig grinste, drückte die Zigarette an seiner Schuhsohle aus. »Lass den Quatsch. Wir haben andere Sorgen. Sag mal, wie geht's eigentlich Stinchen?«

»Wie soll's ihr gehen? Gut.« Die Antwort schien vage. Irgendwas stimmte nicht. »Ihr seid aber noch zusammen, oder hab ich etwas verpasst?« Am versteinerten Gesichtsausdruck seines Kollegen sah er, dass er einen wunden Punkt getroffen hatte. »Das geht dich gar nichts an. Blöde Frage, warum sollten wir es nicht mehr sein? Ich dachte, wir sind hier, um einen Killer einzukassieren? Lass mich mit dem privaten Scheiß in Ruhe und uns jetzt da reingehen.« Der Kommissar schnippte die Zigarette von sich. Dirk Westermann ärgerte sich über die ausweichende Antwort, aber er hatte recht. Sie mussten einen Mörder aufspüren. Schweigend liefen sie nebeneinanderher. Hartwig öffnete die Tür zum Barbereich der Bretterbude, der *Garage*. Es wurde dunkel. Gedämmtes Licht umhüllte sie, als sie den mit Holz ausgeschlagenen Raum betraten, in dem sich ein lang gezogener Tresen über die gesamte Länge der Wand erstreckte. Es roch nach Leder und Fichtenholz. Westermann marschierte auf die Theke zu. »Moin, wir hatten noch nicht das Vergnügen, oder?« Der Erste Hauptkommissar zog seinen Dienstausweis aus der Hemdtasche und hielt ihm den Barkeeper vor. »Nö, nicht dass ich wüsste«, sagte er und sah die Polizeibeamten fragend an: »Was kann ich denn für Sie tun? Hab ich mein Auto falsch geparkt?«, griente der Surfertyp mit den ausgeblichenen Dreadlocks.

Westermann schüttelte den Kopf und zog das Foto der ermordeten Olivia Meindorf aus der Mappe, dann noch ein weiteres, auf dem Elin Jacobsen abgebildet war. Der Barkeeper zog verwundert die Augenbrauen hoch und warf einen kurzen Blick auf die Fotos. Hartwig neigte den Kopf Richtung Zapfanlage. Ihm lief das Wasser im Mund zusammen, als er gegen den Tresen lehnte und mit der Zunge über seine Lippen fuhr. »Nette Bude haben Sie hier.« Der Kommissar sah sich um und stellte fest, dass sich kaum Leute auf den weichen Sitzen lümmelten. »Ja, ganz cool. Warum suchen Sie die Mädchen? Haben die was ausgefressen?« Westermann verengte die Augen.

»Wir sind von der Mordkommission, das haben Sie gerade mitbekommen, oder? Wir kämen wohl nicht, wenn sie etwas ausgefressen hätten. Haben Sie nichts von dem Mord gehört, der hier auf dem Warder passiert ist?« Seine Stimme wurde kompromisslos.

»Doch, klar. Eins davon ist das tote Mädchen?«, fragte er irritiert. Hartwig deutete auf eines der Fotos. Der Typ mit den wasserblauen Augen nickte. »Süßes Mädel. Wirklich schade drum. Und was wollen Sie jetzt von mir wissen?«

»Ob Sie eine der Frauen hier gesehen haben, und wenn ja, ob sie in Begleitung eines oder mehrerer Männer gewesen sind?« Der Kellner schüttelte den Kopf. »Kenn ich beide nicht«, sagte er und wandte sich dem Flaschenregal zu. »Können Sie uns jemanden nennen, der sie gekannt haben könnte? Wer hatte am 22. Juli Dienst? Eine von ihnen war schließlich aus Heiligenhafen. Irgendjemandem muss sie bekannt sein.« Der schlanke gebräunte Barkeeper überlegte und zuckte desinteressiert die Achseln. Hartwig wurde wütend. Er hasste diese Arroganz. Dieser Typ mit seinen Dreadlocks nervte gewaltig. Aber sie waren nicht hier, um mit einem Surfer über seine Haare zu sprechen, sondern um Antworten zu erhalten. Versöhnlich sagte der Kellner: »Sie haben doch Durst, oder?«, und reichte dem Kommissar ein gezapftes Bier.

»Dann will ich mal nicht so sein«, griente Hartwig und nahm das Glas in die Hand, bevor der Surfertyp es ihm wieder wegnehmen konnte. Westermann guckte ihn mit einem Blick an, der ihm eine Gänsehaut über den Rücken jagte, und zog zwei weitere Fotos aus der Akte. Sie zeigten Anton Reitmeier und Jörg Littmann. Der Kellner betrachtete auch diese Aufnahmen und schüttelte den Kopf. »Und wer soll das jetzt sein?«, fragte er irritiert. »Tut nichts zur Sache. Kennen Sie die Männer?«

»Nie gesehen.«

Hartwig hielt sich das Glas an die Lippen und trank es zur Hälfte leer. Dann wischte er sich den Schaum vom Mund. »Vielleicht haben Ihre Kollegen …«, entgegnete Hartwig und sah seinen Vorgesetzten von der Seite an.

»Können Sie uns zumindest die Dienstpläne geben? So was haben Sie doch, oder?« Der Barmann nickte und tippte auf die Tastatur seines Computers. Im gleichen Augenblick klopfte jemand Westermann auf die Schulter. »Ich, ich weiß, wer der Mann ist, den Sie suchen. Ich hab an dem Abend, als das mit dem Mädchen passiert ist, gearbeitet. Ich habe die hier«, der Mann zeigte auf das Foto, auf dem Olivia Meindorf abgebildet war, »gesehen. Und ich hab mitbekommen, wie sie mit dem Typen verschwunden ist. Ich hab mich noch gewundert, was der mit dem süßen Mädel hier gewollt hat. Der ist verlobt. Komischer Kauz.« Der Mann lehnte gegen den Tresen, nippte an seinem Bier. Westermann beäugte den schlanken Enddreißiger, der seine dunklen Haare modisch geschnitten trug und ansonsten gepflegt auf ihn wirkte. »Lassen Sie uns hinsetzen.« Der Leiter der Mordkommission deutete in eine der Sitzecken. »Genau da haben sie gesessen«, murmelte er. »Wer ist der Mann, von dem Sie hier sprechen?«, fragte Hartwig, dem auffiel, wie er über den Unbekannten sprach. Es klang verächtlich. »Der Verlobte meiner Schwester. Und wenn Sie mich so fragen, ein totaler Loser.«

»Und wer sind Sie, wenn ich fragen darf?«, wollte Westermann wissen und merkte, dass Bewegung in die Ermittlung kam. »Ja, entschuldigen Sie. Schröder, Frank Schröder. Der Mann, den Sie suchen, heißt Eike. Eike Gebbert. Ich hab mich ehrlich gesagt gewundert, was der mit diesem hübschen Mädchen hier gesucht hat. Ich hab meiner Schwester nichts davon erzählt. Ich glaube, das hätte sonst eine Riesengeschichte gegeben. Normalerweise geht der nicht in Kneipen.«

»Riesengeschichte?«, fragte Hartwig. »Ja, meine Schwester arbeitet in der Klinik hier in Heiligenhafen und hatte mit Sicherheit Nachtdienst. Und wenn Eike rumbutschert, wenn sie arbeiten muss, findet sie das sicher alles andere als witzig.« Man merkte, dass ihm die Geschichte unangenehm war. »Ist ein schräger Vogel, der Gebbert. Ich möchte mit dem nicht verlobt sein.«

»Und wo finden wir diesen Eike Gebbert?«, wollte Westermann wissen, zog sein Notizbuch aus der Hemdtasche und notierte den Namen. Hartwig leerte sein Bierglas und warf dem Barkeeper eine eindeutige Handbewegung zu. »Der wohnt mit meiner Schwester zusammen.«

»Und wo?«, fragte der dunkelhaarige Kommissar. »In Großenbrode. Die haben eine Wohnung am Kai. Da, wo die alten Kasernen mal gewesen sind. Kennen Sie das?«

Der Mann zupfte an seinem Ohrläppchen und fing an zu stottern.

»M… meinen Sie, dass er was mit dem Mord zu tun hat?« Westermann schüttelte den Kopf. »Nein, wir meinen erst mal gar nichts. Wir müssen nur den Abend genauestens rekonstruieren und suchen Personen, die mit ihr zusammen gewesen sind. Es könnte sein, dass Ihr Schwager der Letzte war, der sie lebend gesehen hat.«

»Aber Sie erzählen ihm nicht, dass ich Ihnen das alles gesagt habe. Der ist sonst stinksauer auf mich, und ich bin der Arsch.«

»Da machen Sie sich mal keine Sorgen. Wir lassen Sie aus der Sache raus, wenn sie sich als haltlos rausstellt. Ansonsten kämen wir noch mal auf Sie zu, Herr Schröder. Wissen Sie, wo die beiden hingegangen sind?«

»Nee, ich bin länger geblieben.« Hartwig nickte. »Wir brauchen Ihre Daten.«

»Meine Daten? Ja, wieso denn?« Der Mann, der sein Wissen gerade noch nicht schnell genug loswerden konnte, schluckte und fühlte sich auf einmal nicht mehr wohl in seiner Haut.

»Ihre Adresse sollten wir schon haben, damit wir Sie im Falle einer erneuten Befragung kontaktieren können.«

Frank Schröder schluckte und gab Hartwig die geforderte Information. »So, ich muss jetzt los. Aber sagen Sie meiner Schwester nicht, was ich Ihnen erzählt habe, die macht mir die Hölle heiß. Und schon gar nicht Eike. Der wird stinksauer, weil ich ihn verpfiffen hab.« Er stand auf, ließ sein halb volles Bierglas stehen und verließ eilig die Bretterbude. »Sah für mich aus, als wenn er Schiss vor dem Kerl hat.«

»Meinst du? Ich glaube, der hatte eher Respekt vor seiner Schwester.« Westermann schmunzelte. »Aber das werden wir rausfinden. Lass uns gehen. Wir haben die Adresse und werden dem Herrn am besten sofort auf den Zahn fühlen.« Der Hauptkommissar stand auf und bewegte sich auf den Ausgang zu. »Hey, kannst du bitte mal warten? Ich muss wenigstens mein Bier austrinken.« Hartwig griff nach dem Glas und ließ das kühle Getränk seine Kehle hinunterlaufen. Er folgte seinem Vorgesetzten mit wankenden Schritten. Als sie vor der Tür standen, entzündete Westermann seine Pfeife, guckte dem jüngeren Kollegen in die Augen. »Das war heute nicht dein erstes Bier, oder täusche ich mich?«

»Aber klar war das mein erstes … heute Abend.« Hartwig senkte den Blick. »Und was hast du über den Tag getrunken?«

»Nichts, wo denkst du hin. Ich bin im Dienst.« Westermann blies den Rauch in die immer noch warme Nachtluft und schob die Pfeife in den anderen Mundwinkel. »Ich warne dich! So, und jetzt lass uns zu dem Gebbert fahren. Ist eine Möglichkeit weiterzukommen.«

*

In Charlotte hatte es angefangen zu arbeiten. Die Fragen, die sich Josch gestellt hatte, waren ungewöhnlich, aber keineswegs gedankenlos. Warum brachte jemand derart düstere

Vorhängeschlösser an, die mit Liebe ihrer Meinung nach nicht das Geringste zu tun hatten? Sie notierte sich Fragen, mit denen sie in der Zeitung einen Aufruf starten konnte, der es ihr ermöglichte, mit Paaren Kontakt aufzunehmen, die eben *diese* Schlösser angebracht hatten. Die Legende hinter der Geschichte bekam einen immer größeren Stellenwert. Sie wollte es genau wissen und schliff an ihrem Text. Es handelte sich um mittlerweile über 2.000 Wörter, die sie heruntergeschrieben hatte. Die Headline gefiel ihr »*Warum hängt die Liebe am Schloss? Liebesschlösser und ihre Geheimnisse.*«

Sie war müde. Stundenlang auf den Monitor zu stieren, hatte nicht nur ihre Augen ermüdet. Ihr Geist brauchte dringend frische Luft. Es war später Nachmittag, und sie wollte sich auf dem Pedelec warmen Wind um die Nase wehen lassen. Charlotte entschied sich, nach Gahlendorf an den Naturstrand zu fahren. Dort konnte man ins Wasser gehen, ohne sich zwischen Menschen durchwühlen zu müssen. Sie stellte ihren Foto-Rucksack in den hinteren Korb, Decke, Kaffeebecher und ein Stück Apfelkuchen in den vorderen, setzte ihr erdbeerrotes Cap auf die frisch gesträhnte Frisur und radelte los. Sie wusste, dass sie nicht mehr als eine halbe Stunde unterwegs sein und an dem weitläufigen Strand kaum Leute antreffen würde. Gemächlich fuhr sie am Sportplatz vorbei, an Wiesen und Feldern und am berüchtigten Ostersoll. Charlotte schüttelte sich und überlegte, ob sie eine Runde durch das kleine Wäldchen spazieren sollte. Sie erinnerte sich nur zu gut an das Verbrechen, das hier vor ein paar Jahren stattgefunden hatte. Die Leiche, die im Teich unter Trauerweiden aufgefunden wurde. Und sie dachte an den Bürgermeister, der sich 1937 im Miniwäldchen stehend hängend erschossen haben soll. Stehend hängend, wie das klingt, überlegte sie. Sie kannte den Begriff vorher nicht. Es bedeutete anscheinend, dass dieser Mann aufrecht sterben wollte oder mit hocherhobenem Haupt. Wobei viele Menschen damals nicht einmal sicher waren, ob es wirklich Selbstmord gewesen war.

Sie selbst glaubte nicht an die Geschichte des Freitodes. Es war eine schwierige Zeit, auch für die Fehmaraner. »Ich lass mir doch von solch düsteren Gedanken nicht den Tag versauen«, knurrte sie und trat in die Pedale. Josch wollte sie diesen geheimnisvollen Ort irgendwann mal zeigen. Er interessierte sich für die Vergangenheit auf der Insel, die mehr als interessant war. Ihr Herz klopfte bei der Erinnerung an ihren Studienfreund, der sich heute etwas anderes vorgenommen hatte. Es gefiel ihr, eine Begleitung für all ihre Unternehmungen zu haben. Ihre Freundinnen hatte sie dafür in den letzten Monaten vernachlässigt, aber das würde sie nachholen. »Wenn ich nur mehr Zeit hätte«, murmelte sie und trat die Pedale durch. Die braun gebrannten Waden blitzten wie Milchschokolade unter ihren dreiviertellangen weißen Hosen vor. Charlotte umfuhr den Ort Gahlendorf. Ein Schlenker, dann befand sie sich auf dem schmalen, holprigen Weg Richtung Strand. Sie atmete tief ein, nahm den Geruch von Meeresalgen wahr. Ihre Radtouren waren perfekt, um ihren Gedankenwust in Ordnung zu bringen. Sie liebte die Touren, in denen sie mit sich und der Natur allein war. Sie warf einen Blick auf den einzigen Bauernhof und einige der dazugehörigen Ferienhäuschen, die sie in kürzester Zeit hinter sich gelassen hatte.

Sie liebte ihre Insel und war froh, dass sie sich für dieses Kleinod im Norden entschieden hatte. Selbst wenn Stürme manchmal rau über Küste und Felder fegten. Sie brauchte diese Abwechslung und bemerkte gerade, wie gut es ihr tat, allein mit sich durch die weitläufige Natur zu fahren. Der

Wind streichelte ihr Gesicht, und sie summte vergnügt, als sie an großflächigen Feldern vorbeifuhr und in der Ferne die Ostsee entdeckte, die wie ein blaues Band die abgemähten Kornfelder abgrenzte.

Zehn Minuten später stieg Charlotte die acht Meter Höhenunterschiede der Steilküste auf dem schmalen unebenen Sandweg hinunter und hoffte, dass sie nicht strauchelte. »Ganz schön unwegsames Gelände. Min Deern, bleib standhaft.« Sie kicherte und schaute über den weitläufigen Strandabschnitt. »Ich hab's gewusst, keine Menschenseele.« Der Strand war wie ausgestorben. Sie freute sich und stapfte durch den Sand. Sie entschied sich, Richtung Katharinenhof zu laufen. Von hier aus konnte sie die Landzunge wahrnehmen. Die Künstlerin breitete ihr Badetuch aus, schlüpfte aus Hose und Bluse und setzte sich. Den Badeanzug hatte sie schlauerweise daruntergezogen. Sie öffnete den Rucksack, zog ihre Kamera heraus und legte sie neben sich. Mit einem Lächeln im Gesicht nahm sie den Thermobecher aus der Tasche und schraubte den Deckel auf, damit ihr Tee auskühlen konnte. Ein Kormoran setzte sich auf einen Findling direkt vor ihr. »Oh, tolles Foto.« Als sie nach der Kamera griff, stieß sie mit dem Fuß gegen den Becher. »Oh nein, jetzt hab ich den schönen Tee verpütschert, ich Dösbaddel. Nun is to lat«, seufzte sie. Der schwarze schlanke Vogel mit dem ausladenden Schnabel, der nicht gern an der Küste gesehen war, weil er den Fischbeständen schadete, hatte sich eilig in die Luft erhoben und war vor ihrem Gezeter geflüchtet. Charlotte schnaubte und genoss den Augenblick. Immer wieder stand sie auf, suchte nach einem Motiv und hielt ihre Linse darauf. Als sie eine halbe Stunde später die Fotos kontrollieren wollte, entdeckte sie, dass sie die letzten Bilder nicht gelöscht hatte. Versonnen scrollte sie durch die Aufnahmen mit den Liebesschlössern. Josch hatte recht … was machten schwarze Schlösser an so einer Vorrichtung? Sie selbst würde ein rotes Herz oder ein goldenes Vorhängeschloss wählen, aber niemals ein bedrohlich düsteres. Es wirkte auf seltsame Art makaber. Charlotte streckte ihre Füße in den weichen warmen Sand. »Ach, wär doch schön gewesen, wenn Josch hier wäre«, seufzte sie. Als sie erneut einen Blick auf die Fotos warf, breitete sich ungewollt ein ungutes Gefühl in ihrer Brust aus. Es schien, als hatte sie etwas entdeckt, was dort nicht hingehörte. Die selbst ernannte Ermittlerin kniff die Augen zusammen, vergrößerte die Aufnahmen, schluckte und sprang auf. Ich muss sofort nach Hause. Hoffentlich ist es nicht, was ich vermute.

KAPITEL 11

Am nächsten Morgen kurz nach 7 Uhr klingelte Westermann an der Haustür seines Teampartners. Als sie gestern Abend zu Eike Gebberts Adresse gefahren waren, hatte niemand geöffnet. Er war anscheinend nicht zu Hause. Jetzt wollten sie ihm erneut einen Besuch abstatten. Westermann war angespannt, als er die Klingel betätigte. Als die Tür sich endlich öffnete, blickte ihm ein übernächtigter Hartwig entgegen. Der Hauptkommissar war wieder mal fassungslos. »Sag nicht, du hast nicht geschlafen. Du siehst aus wie ein Penner.« Seine Worte klangen hart, als er an ihm vorbei in den Flur trat. Sein Kollege trug noch immer die Klamotten vom Vortag, und sie wirkten heute weitaus erbärmlicher als gestern. Westermann weitete die Augen, als er das Chaos um sich herum wahrnahm. »Thomas, was ist hier los?« Sein Vorgesetzter sah ihn unnachgiebig an. »Was soll los sein? Die Putzfrau hat heute frei«, grinste er, und es wirkte wenig überzeugend. Auf dem Boden verstreut lagen Kleidungsstücke und Schuhe. Auf der Fensterbank im Flur … leere Bierdosen. »Thomas, das ist nicht dein Ernst!«

»Wieso, was hast du denn jetzt schon wieder? Du kommst mir langsam vor wie eine alte Ehefrau. Ich hab heute Morgen keinen Tropfen Alkohol getrunken und bin startklar. Warum hackst du eigentlich ständig auf mir rum? Was ich in meiner Freizeit tue, geht dich nichts an«, knurrte Hartwig mit zusammengekniffenen Augen, schob das zerknitterte Shirt in die Jeans und schlüpfte barfuß in seine Segelschuhe.

»Ich hab mir sogar die Haare gekämmt wie befohlen«, grinste er. »Lass uns endlich los, oder willst du über meinen Hausstand philosophieren?« Westermann schüttelte den Kopf. Er tat ihm den Gefallen nicht, stieg über die herumliegenden Kleidungsstücke und betrat das offen gehaltene Wohnzimmer. »Ich hab's befürchtet«, flüsterte er und rückte die Brille zurecht, als müsste er seine Sicht der Dinge schärfen. Vor ihm lag eine Messiebehausung, in der weder auf einem der Sitzplätze noch auf dem Fußboden eine Freifläche zu finden war. So weit das Auge reichte, Bierflaschen und -dosen, leere Havannaflaschen, jede Menge schmutzige Gläser und Klamotten. »So, mein Freund. Was ist hier los? Wo ist Stina? Und komm mir nicht mit irgendwelchen Ausreden. Ich bin fassungslos!«

Thomas Hartwigs seit Monaten aufrechterhaltene Fassade fiel in diesem Moment wie ein Kartenhaus in sich zusammen. Er senkte den Blick und hockte sich auf einen Haufen schmutziger Shirts, die zerknüllt auf dem schwarzen Ledersofa lagen. Dann hielt er die Hände vors Gesicht und fing an zu heulen. Westermann ließ ihn gewähren, schob Zeitschriften von einem Stuhl auf den Boden und setzte sich ihm gegenüber. »Und jetzt wird Tacheles geredet.« Er wartete, bis der Anfall seines Kollegen vorbei war und schniefte. Der Erste Hauptkommissar reichte ihm ein Papiertaschentuch.

»Stina ist weg«, schluckte er und sah seinen Vorgesetzten aus verheulten Augen wie ein geschlagener Hund an. »Wieso ist Stina weg? Das musst du mir jetzt bitte mal erklären.«

»Sie hat's nicht mehr ausgehalten. Ich soll mich erst mal wieder auf die Reihe kriegen. Wir haben uns tierisch gestritten.« Er zuckte die Achseln. »Ich hab ihr gesagt, dass sie mich kreuzweise kann und sich verpissen soll.« Seine Augen füllten sich erneut mit Tränen. »Sie … sie hat ihre Sachen gepackt und ist weg«, schniefte er und sah Westermann wie ein Bittsteller an. Er wirkte auf seinen Vorgesetzten wie ein Kind, dem man sämtliches Spielzeug genommen hatte. »Wie lange ist das her?«

»Etliche Wochen. Was sollte ich denn tun? Ich weiß nicht mehr, wo mir der Kopf steht«, flennte er. »Ich werd ja nicht mehr. Hast du nicht versucht, sie zu halten oder angerufen, damit ihr über alles in Ruhe sprechen könnt?«

»Ich hab sie angeschrien, ihr gesagt, dass sie sich verpissen soll, wenn sie beim kleinsten Problem nicht zu mir hält. Was glaubst du, wie sich jemand verhält, dem man so einen Satz an den Kopf knallt?«

»Thomas, ich fass es nicht. Wie stellst du dir vor, dass es weitergeht? Sieh dir den Saustall an, in dem du lebst.«

Hartwig ließ seinen Blick schweifen und zuckte die Schultern. »Keine Ahnung. Ich weiß es auch nicht. Ich bin am Arsch.«

»Vermisst du sie nicht?«

»Was glaubst du … natürlich vermisse ich sie. Sie ist mein Augenstern.« Heulend ließ er den Kopf wieder zwischen seinen Handinnenflächen verschwinden. »Du musst was ändern, sonst bist du raus.«

»Wie denn …«

*

»Der Reitmeier ist da«, flüsterte Anne Lornsen, als sie die Tür geöffnet hatte und einen Blick in den Besprechungsraum warf. Der Leiter der Mordkommission nickte. Die Oberkommissarin verschwand genauso schnell wieder, wie sie den Raum betreten hatte. »Lass mich die Befragung durchführen«, knurrte Hartwig, der sich nach dem Gespräch geduscht und frische Wäsche angezogen hatte. Westermann hatte einen starken Kaffee gebraut und ihn so zumindest diensttauglich gemacht. Sein Chef nickte. »Aber ich will dabei sein«, antwortete er und schob den Kollegen zur Tür. Sie hatten erneut kein Glück bei Gebbert in Großenbrode gehabt. Die Verlobte ebenfalls nicht angetroffen. Sie sei krank, hatte man ihnen in der Klinik gesagt. Sie mussten wohl oder übel einen weiteren Versuch zu späterer Zeit unternehmen.

Der Erste Hauptkommissar begrüßte den italienischen Studenten förmlich und bat ihn mit einer Geste in den Befragungsraum. »Ich weiß nicht, was Sie schon wieder von mir wollen. Ich hab mit der ganzen Sache nichts zu tun.« Die Überheblichkeit war aus seiner Stimme gewichen. Anton Reitmeier räusperte sich und schaute zu Boden. Westermann bemerkte die Unsicherheit, die ihn umgab. Er weiß genau, dass er tief in der Klemme steckt und sich mit banalen Ausreden nicht mehr rausreden kann, dachte er und setzte sich. »Setzen Sie sich«, forderte Hartwig den Südtiroler auf. Er legte das Handy auf den Tisch, welches den Anlass für diese Unterhaltung ausgelöst hatte. Der dunkelhaarige Student starrte auf sein Mobiltelefon und schluckte. Anscheinend ahnte er, dass das Gespräch diesmal nicht so glimpflich verlaufen würde. Der Kommissar aus Lütjenbrode setzte sich ihm gegenüber. Eine Klimaanlage summte, die Temperaturen im Raum waren erträglich. Reitmeier schwitzte, was mit Sicherheit nicht an der

Raumtemperatur lag. »Ich kläre Sie jetzt über Ihre Rechte auf. Sie haben das Recht, einen Anwalt hinzuzuziehen.« Er schüttelte den Kopf. »Sie haben sicher nichts dagegen, wenn ich dieses Gespräch aufzeichne, oder?« Der Student schwenkte erneut den Lockenkopf. Von der Arroganz und dem selbstsicheren Auftreten an der Uni war nichts übrig geblieben. »Ich hab mit der ganzen Sache nichts zu tun«, flüsterte er kaum hörbar. »Ich will nur schnellstens mein Handy wieder haben und hier so schnell es geht raus. Ich hab ihr nichts getan.«

»Ob das so zügig vorangeht, wie Sie denken, liegt einzig und allein an Ihnen. Wir haben die Auswertungen Ihres Handys vorliegen und sind erstaunt, was alles auf Ihrem Telefon sichergestellt wurde.« Reitmeier wurde rot und schluckte wiederholt. Er fuhr sich mit beiden Händen durch die schwarzen Locken und wischte sich mit dem Handrücken winzige Schweißperlen von der Stirn. Westermann beobachtete ihn. Der Kerl hat eine Heidenangst, stellte er fest und verschränkte die Arme vor der Brust. Seine Wangenknochen traten hart hervor, als er die Zähne zusammenbiss. »Wir haben nicht nur Textnachrichten, sondern auch etliche unbeantwortete Voicemails entdeckt, die Ihre Lage in diesem Fall, sagen wir mal, erschweren. Möchten Sie uns etwas über die Mitteilungen erzählen?«

»Das ist alles nicht das, wonach es aussieht. Ehrlich. Ich habe ihr Textnachrichten geschickt, das stimmt. Aber nur, weil sie mich immer wieder angequatscht hat. Sie wollte mich treffen, nicht ich sie. Sie … sie wollte, dass ich es ihr richtig besorge.« Reitmeier wurde rot. Westermann wusste, dass er log, und schmunzelte.

»Die Nachrichten klingen für uns völlig anders. Und nach den Informationen Ihrer Kommilitonen ist von derartigen Zusammenkünften zwischen Ihnen und Elin Jacobsen nichts bekannt. Sie hat Sie mehrfach vor Ihren Mitstudenten zurechtgewiesen. Im Gegenteil, wir sind sicher, dass Sie die Ermordete gestalkt haben. Die Fotos auf Ihrem Handy belegen das. Sie haben unzählige davon in Ihrer Galerie, und allein das ergibt für uns ein komplett anderes Bild als das, was Sie uns hier verklickern möchten. Wirkt alles nicht sehr plausibel. Geben Sie zu, dass Sie verrückt nach ihr waren und sauer darüber, dass Sie bei ihr nicht landen konnten! Wir glauben eher, dass Sie schmutzigen Sex mit ihr wollten, weil Sie wussten, wie sie tickt, oder sehe ich das falsch?« Hartwig machte eine eindeutige Bewegung mit seinen Fäusten. Westermann zog die Augenbraue hoch, hielt sich jedoch zurück. Ihm war klar, dass sein Kollege meist die richtigen Worte fand, um jemanden aus der Reserve zu locken. Dass er dazu andere Maßnahmen als er selbst ergriff … egal. Es waren nicht seine Methoden, aber er akzeptierte sie. »War die Abweisung auch der Grund, sie in ihrer Wohnung aufzusuchen, zu bedrängen und sie letztlich zu töten? Haben Sie Elin Jacobsen ermordet? Die Geräte Ihrer Kommilitonen waren allesamt sauber. Also …?« Seine Stimme klang hart und scharf wie die eines abgerichteten Schäferhundes.

»Totaler Blödsinn. Ich war nie bei ihr in der Bude. Ich gebe zu, dass ich ihr Textnachrichten und Voicemails geschickt habe. Ich hab sie auch fotografiert. Aber ich hab sie nicht gestalkt.« Er verschränkte die Arme vor der Brust. Unter seinen dunklen Locken tropften Schweißperlen hervor. Hartwig krempelte die Ärmel seines blauen zerknitterten Hemdes hoch, als wäre er noch lange nicht fertig mit seiner Befragung, als würde er sich gerade erst warmlaufen. Westermann fuhr sich abwartend mit der Hand über die weiß-grau melierten Barthaare. Er betrachtete den Studenten. Unter seinen Armen hatten sich Schweißflecken auf dem Shirt ausgebreitet. Der Leiter der Mordkommission wusste, dass es sich um Angstschweiß handelte.

Hartwig ließ eine der Voicemails laufen.

»Du Schlampe willst, dass ich es dir richtig besorge. Du liebst es doch von allen Seiten ... Ich bin hart und fick dich so, wie du es brauchst. Du wirst nie mehr einen anderen Mann wollen. Du Bitch, ich werde es dir besorgen, bis dir die Luft wegbleibt.«

»Was sagen Sie dazu? Das klingt für mich einfach nur brutal. Haben Sie es nicht ausgehalten und Druck abbauen müssen?« Reitmeier schluckte.

»Was ist mit den anderen Mitteilungen? Muss ich sie Ihnen tatsächlich alle vorlesen?« Hartwig scrollte über das Display und öffnete unzählige Fotos. »›Schlampe, du willst es doch auch‹ sind noch die harmlosen Nachrichten.« Der Schriftverkehr lag ausgedruckt vor ihm. Er erhob sich von seinem Stuhl, ging um den Tisch und warf Reitmeier die Abschriften und Fotos vor die Nase. Die Aufnahmen zeigten durchwegs die Tote. »Sie waren ziemlich schaffensfreudig, mein Bester. Auf'm Fahrrad, beim Shoppen, vor ihrer Wohnung. Was war das für ein Gefühl, sich unbehelligt zu wissen und unschuldige Frauen unter Beobachtung zu stellen? Ist Ihnen dabei einer abgegangen oder haben die Anblicke der geilen Studentin Ihre perversen Fantasien beflügelt? Antworten Sie endlich!« Hartwig steigerte sich und wurde härter in seinen Ausführungen. Er schnaubte, als er seine Faust auf die Tischplatte schlug und den Studenten mit stechendem Blick fixierte. »Haben Sie Elin Jacobsen getötet? Und was ist mit Olivia Meindorf ... kannten Sie die Frau ...? Haben Sie sie auch auf dem Gewissen?«

Anton Reitmeier schluckte. Schweißperlen quollen aus seinen Poren. Sein Blick flackerte wie eine Kerze, deren Licht gleich erlöschen würde. Er knetete seine Finger, wurde immer bleicher und räusperte sich unentwegt, als steckte ihm eine Kröte im Hals. Seine Lippen zitterten, als er krächzte: »Ich will einen Anwalt!«

*

In der Dreizimmerwohnung von Saskia Schröder und ihrem Verlobten Eike Gebbert, die hell und freundlich wirkte und von Licht durchflutet war, klingelte das Telefon. Der Endzwanziger nahm das Gespräch entgegen. »Ja?«

»Eike, hier ist Frank. Ich muss dir was erzählen. Ich glaub, ich hab Mist gebaut …« Es entstand eine Pause. »Und? Rede endlich, ich hab nicht den ganzen Tag Zeit.«

»Ich … ich hatte ein Bierchen zu viel und hab den Bullen von dir und dem Mädchen erzählt.« Schweigen. Eike Gebbert schien eine Sekunde lang zu überlegen, dann sagte er: »Welchem Mädchen?«

»Na diese Dunkelhaarige, mit der du in der Bretterbude gequatscht hast.«

»Und, was gab es da zu berichten?« Der schlanke, einen Meter 80 große IT-Spezialist presste den Hörer gegen das Ohr. »Na ja, eigentlich nichts. Die haben in der Lounge ein Foto von der Frau rumgezeigt, und ich hab die Kleine erkannt. Da hab ich denen halt erzählt, dass du mit ihr am Abend vor ihrem Tod da warst.«

»Und woher weißt du das?«, fragte er und stutzte. »Ich saß mit meinen Kumpels im Nebenraum und hab euch zusammen rausgehen sehen.«

»Hm, was soll ich dazu sagen. Ja. Ich hab davon gehört. Schlimme Sache. Ich bin mit ihr raus, das war aber auch schon alles. Sie hatte Probleme mit ihrer Kamera. Wir haben gequatscht. Sie ist nach unserem Gespräch auf direktem Weg nach Hause. War ein nettes Mädchen, mehr nicht. Ich weiß nicht, was du da reininterpretiert hast. Da war rein gar nichts.« Er wollte dem Bruder seiner Verlobten nicht erzählen, dass er sehr wohl mit der bildhübschen Olivia den Abend verbracht hatte. Was ging es den an? Er würde sich bei Saskia genauso verplappern, wie er es bei den Bullen getan hatte. Dabei wollte er nur ein bisschen Spaß. Ein wenig Ablenkung. Sie war einfach süß. Und flirten war wohl noch erlaubt. Eike schüttelte den Kopf.

»Woher kanntest du sie? Sie war doch viel jünger als du.«

»Sie hat mich wegen ihrer Kamera um Rat gefragt, aber was geht dich das an? Haben die Bullen gesagt, was sie wollen?«

»Ja, deine Adresse.« Sein Schwager in spe schwieg. Eike hörte ihn am anderen Ende der Leitung schnaufen.

»Ah, okay, jetzt weiß ich Bescheid. Mach dir keinen Kopf, ich kenn die nicht weiter. Ich hoffe, du hast Saskia nichts davon erzählt? Du weißt ja, wie die Weiber sind.«

»Nein, denkst du, ich will es mir mit meinem zukünftigen Schwager versauen? Tut mir auch echt leid, dass ich zu viel gequatscht hab. Ich war voll. Wir Männer müssen zusammenhalten.«

»Du Spinner, da gibt's nichts zusammenzuhalten. Ich will nur nicht, dass Saskia was Falsches denkt.«

»Ja, hab verstanden.«

»Haben die gesagt, wann sie hier aufkreuzen wollen?«

»Nee, keine Ahnung.«

»Okay, dann bis später.« Eike beendete das Gespräch. Was für ein Vollidiot. Wir Männer müssen zusammenhalten ... der spinnt doch. Ein verächtlicher Zug legte sich um seinen Mund. Der Bruder seiner Verlobten war ein Quatschkopf, der immer redselig durch die Gegend lief und über alles und jeden herzog.

Er legte das Telefon zurück auf die Station. Im gleichen Augenblick klingelte es an der Wohnungstür. Eike war erstaunt. Das ging aber schnell. Er vermutete, dass die Polizei bereits vor der Tür stand, räusperte sich und öffnete die Eingangstür mit dem Summer.

Westermann und Hartwig nahmen die Stufen und erreichten den zweiten Stock. Der Hauptkommissar zog den Dienstausweis aus seiner Hemdtasche und zeigte ihn dem Mann, der aussah, als hätte er kaum geschlafen. Seine Augen wirkten gerötet, seine Haut, als wenn er nicht viel Zeit in der Sonne verbrachte. Ein spärlicher Bartwuchs zeichnete sich ab. »Moin, Westermann, mein Kollege Hartwig, Mordkommission Oldenburg. Wir ermitteln in einem Mordfall und haben ein paar Fragen an Sie. Dürfen wir reinkommen?«

Eike Gebbert sah die Männer gleichmütig an, zuckte die Achseln und vollzog eine einladende Handbewegung. »Ja, 'türlich. Kommen Sie. Muss ja nicht jeder mitbekommen, dass die Kripo im Haus ist, oder?« Er lächelte verhalten. Westermann fiel auf, dass er nicht sehr überrascht aussah. Er vermutete, dass sein zukünftiger Schwager, Frank Schröder, ihn längst informiert hatte. Eike Gebbert führte die Beamten ins Wohnzimmer. »Nehmen Sie Platz. Also, was kann ich für Sie tun?« Er war höflich, wirkte zurückhaltend. Ein Mann, der nicht besonders auffiel. Was wollte das tote Mädchen von ihm?, fragte sich Hartwig und steckte die Hand in die Hosentasche seiner verwaschenen Jeans. Sein Blick zeigte, als gefiel ihm nicht, was er sah. Der Mann, der den Beamten eben noch selbstsicher die Tür geöffnet hatte, fühlte sich sichtlich unbehaglich. »Um was geht es denn? Ich hab wirklich sehr wenig Zeit.«

»Die Zeit müssen Sie sich nehmen«, antwortete Westermann. »Es wird nicht lange dauern, wenn Sie kooperativ sind. Also, ich komme gleich zur Sache. Es handelt sich um den Tod einer jungen Frau, die in Heiligenhafen auf dem Warder aufgefunden wurde und die Sie offensichtlich kannten. Uns wurde mitgeteilt, dass Sie am Abend vor ihrem Tod mit ihr zusammen gesehen wurden. Es könnte sein, dass Sie der Letzte waren, der sie lebend gesehen hat. Was hatten Sie mit der Frau in der Bretterbude zu tun?«

»Setzen Sie sich«, sagte Gebbert und schloss hinter sich die Wohnzimmertür. Die Beamten nahmen Platz. Hartwig sah sich um und stellte fest, dass die modern eingerichtete Wohnung tipptopp gepflegt war. Schwarze Möbel und Glas dominierten den Raum. Auf dem quadratischen Glastisch standen drei kleine silberne Elefanten, die den Rüssel nach oben ausgestreckt trugen, um das Glück einzufangen. Er schmunzelte. Ihm fiel auf, dass der unscheinbar wirkende Mann sich fast lautlos auf Socken durch das Zimmer bewegte und eher flüsterte, als in normaler Lautstärke zu sprechen. »Stören wir? Wir haben es schon zweimal versucht, Sie allerdings nicht angetroffen«, sagte er. »Nein, alles in Ordnung. Ich war gestern Abend nicht zu Hause. Und heute Morgen war die Klingel ausgestellt. Meine Verlobte schläft. Sie hatte Nachtdienst, wenn Sie verstehen. Deshalb bin ich auch leise. Ich möchte sie nicht wecken.« Westermann nickte, zog sein Notizbuch aus der hinteren Hosentasche und schlug es auf. »Sie waren am 22. Juli gegen 21 Uhr mit Olivia Meindorf in der Kneipe des Hotels *Bretterbude*.« Er zog ein Foto aus der Akte und schob es ihm entgegen. Eike Gebbert nahm den Ausdruck zwischen die Finger und betrachtete die Aufnahmen eingehend. Er neigte den Kopf, als müsste er sie von allen Seiten betrachten, und nickte. »Ja, das ist sie. War ein nettes Mädchen.« Er legte das Foto zurück auf den dunklen Tisch.

»Olivia.« Seine Ohren fingen an zu glühen. »Was wollten Sie von ihr? Warum haben Sie sich in der *Bretterbude* getroffen?«, fragte Hartwig und beäugte ihn. »Ich – gar nichts. Sie wollte was von mir!« Gebberts Augen verengten sich.

»Und das wäre?«, hakte Westermann nach und rückte seine Brille zurecht. »Sie hat mich im Internet angesprochen. Wir sind über eine gemeinsame Plattform ins Gespräch gekommen.« Eike erschien in keinem Maß nervös und zuckte die Schultern. »Was für eine Plattform?« Hartwigs Stimme klang rau, und er hatte Mühe, sich zu konzentrieren.

»Wir haben beide das gleiche Hobby.«

»Und das wäre?«, wollte er mit finsterem Blick wissen und verengte die Augen. Gebbert schluckte. Der Mann, der ihm angriffslustig gegenüberstand, war ihm nicht geheuer.

»Wir fotografieren. Sie besitzt genau wie ich eine *Hasselblad* und hat mich um Rat gefragt. Ich habe ihr angeboten, mich mit ihr zu treffen, um ein Problem, das sie mit ihrer Kamera hat, zu beheben. Ich wollte mir das Teil eigentlich aus der Nähe ansehen, aber sie hatte sie zu Hause vergessen … ist das verboten?«

»Kennen Sie sich denn damit aus?«, fragte Hartwig. Gebbert nickte. »Ich hab selbst eine, bau sie auseinander, wenn sie nicht funktioniert … das fand sie toll. Ist das verwerflich?« Er zuckte die Achseln. »Sie hat mich um Hilfe gebeten. Ich sollte mir ihr Modell ansehen. Wir haben sogar die baugleiche, die mit dem quadratischen 6×6-Format. Das waren echte Profikameras, die es so kaum noch gibt. Sie hat eine von ihren Eltern geschenkt bekommen. Das aus den 50er-Jahren stammende Design gilt als einzigartig. Liv war froh, dass ich sie eventuell hätte reparieren können.«

»Sind Sie Fototechniker?«

»Nein, aber ich bin belesen und handwerklich geschickt. Ich habe mich schon vor Jahren eingelesen und rangetraut. Auch wenn ich als IT-Techniker nicht viel mit dem Innenleben von Kameras zu tun habe, krieg ich das bestens hin. Allerdings hatte sie ihre vergessen. So was kommt vor. Wir haben uns dann über die Kamera unterhalten, uns Fotos auf ihrem Laptop angesehen und sind anschließend noch eine halbe Stunde am Strand lang marschiert, weil sie unbedingt auf eine Fete wollte. Anscheinend traute sie sich nicht allein hin. War ein schüchternes Mädchen, wenn Sie mich fragen. Sie hat mich gebeten mitzugehen, das war alles. Da bin ich halt mit.« Er zuckte erneut die Achseln. »Hat aber nicht lange gedauert. War ihr zu blöd. Kurz danach haben wir uns getrennt. Sie ist mit ihrem Fahrrad los, und ich bin nach Hause gefahren.« Gebbert stand auf. »Ich müsste jetzt gleich wieder arbeiten. Meine Zeit ist knapp und … teuer.«

»Was machen Sie?«, wollte Westermann wissen. »Sagte ich. Ich bin IT-Spezialist und schreibe Programme für eine Fluggesellschaft.« Der Hauptkommissar nickte, obwohl er sich nichts Genaues darunter vorstellen konnte. »Sie haben sie danach nicht mehr gesehen?«, fragte Hartwig mit forschem Ton. Gebbert schüttelte den Kopf. »Nein, wir wollten uns noch mal treffen, um die Kamera zu prüfen, aber dann hab ich von dem schrecklichen Mord gelesen. Stand ja in allen Zeitungen.«

»Was haben Sie nach dem Zusammentreffen gemacht?«

»Ich bin kurz nach Mitternacht zu Hause gewesen und hab mir eine Trilogie angeguckt. Die lief bis zum Morgen. Meine Verlobte hat mich quasi beim Fernsehen überrascht. Sie können sie gern fragen. Soll ich sie wecken? Außerdem können Sie ja bei *Amazon Prime* nachfragen. Kann man alles nachvollziehen.« Der Mann wirkte gelassen und deutete zur Tür. Westermann schüttelte den Kopf. »Ist nicht nötig. Lassen Sie sie schlafen. Wir wissen, was es heißt, sich die Nächte um die Ohren zu schlagen. Wir kommen gegebenenfalls noch mal darauf zurück.«

»Was haben Sie sich angesehen?«, ließ Hartwig nicht so schnell locker. »*Herr der Ringe*. Und Sie wissen vielleicht, wie lang die drei Teile sind, oder? Über 500 Minuten. Die hab ich mir auf *Amazon* reingezogen. Da verpasst man nichts. Das ist guter Stoff für ein ausgedehntes Wochenende und für Leute, die nicht schlafen können. Meine Verlobte hat ganz schön rumgemosert, als sie nach Hause kam. Kurz nachdem sie sich hingelegt hat, bin ich auf der Couch eingepennt.« Seine Antworten waren schlüssig. Westermann gab seinem Kollegen Zeichen, die Befragung zu beenden. Sein Alibi war stichhaltig. Die Beamten verabschiedeten sich und verließen die Wohnung in Großenbrode. Der schlanke Mann blieb zurück und schloss die Tür hinter den Polizeibeamten. Als die beiden längst in ihrem Wagen saßen, öffnete sich bei Eike Gebbert die Wohnzimmertür. »Was war denn jetzt wieder los? Kann man nicht mal in Ruhe schlafen, wenn man aus dem Dienst kommt?« Eine Frau Ende 20 gähnte ungeniert und warf ihrem Verlobten einen missbilligenden Blick zu, während sie sich mit der Hand die Augen rieb. »Es ist immer das gleiche Theater mit dir«, knurrte sie, knallte die Tür hinter sich zu und war verschwunden. Eike Gebbert verließ das Wohnzimmer und verschwand in seinem Büro.

KAPITEL 12

Als Charlotte Hagedorn mit ihrem erdbeerroten Pedelec auf die Einfahrt jagte, flog ihr Cap vom Kopf und fiel zu Boden. Sie sprang vom Rad, hob es auf und ließ ihr Vehikel gegen die Hauswand gleiten. Im Flur schlüpfte sie aus ihren Sandalen, stellte den Rucksack ab und eilte die Stufen in ihr Büro hinauf. Mit trommelnden Fingern lauerte sie ungeduldig, bis der Rechner endlich hochgefahren war. Die Gedanken, die sie am Strand überfallen hatten, kriegte sie nicht mehr aus dem Schädel. Sie rief die Ordner mit den Fotos auf, in denen sich sämtliche Liebesschlösser und der eigens dafür erstellte Bericht befanden, und öffnete sie nacheinander. Ohne Zeit zu verlieren, hockte sie sich mit hochrotem Kopf auf den Dielenboden und wühlte in einem Stapel Tageszeitungen, die nach Daten sortiert vor ihr auf dem Fußboden lagen. Ihr Rücken schmerzte. »'ne alte Frau ist doch kein D-Zug. Ich fühl mich wie 'ne alte Diesellok, der der Diesel ausgeht. Mein Kreuz, mein Kreuz. Heiland Mailand.« Stöhnend suchte sie nach den

Artikeln, in denen über die Todesfälle der ermordeten Mädchen berichtet wurde und die ihr wie ein Dorn im Auge immer wieder ins Blickfeld stachen. Und auf einmal war sie sicher, dass sie sich mitten in einem Mordfall wiederfand und sie eine wichtige Spur aufgedeckt hatte. Ihr Instinkt und ihre Miss-Marple-Manier ließen sie nicht ruhen. Dann hatte sie die Zeitungen gefunden, in denen von den Tötungsdelikten berichtet wurde. Der erste Mord. Sie überschlug den Text, erhob sich mit gequältem Gesichtsausdruck und zog einen Rotstift aus der obersten Schublade ihres Schreibtisches. Zurück auf dem Boden umkreiste sie den Namen der Toten. Elin P. stand da. Das war zwar nicht der volle Namenszug, aber mit den Initialen konnte sie zumindest etwas anfangen. Sie kreiste die Daten ihres Todes ebenso ein. Aufgeregt hielt sie ein zweites *Tageblatt* aufgeschlagen zwischen ihren Fingern und suchte nach dem Pseudonym der anderen getöteten Frau. Olivia M. stand da. Dann stutzte sie. Das Kreisen ihrer Zungenspitze stoppte wie der Stift in ihrer Hand. Etwas stimmte nicht mit ihrer Vermutung. Sie brauchte Gewissheit. Sie legte die beiden Zeitungen neben sich auf den Schreibtisch, setzte sich auf den Drehstuhl und fing an, sich durch die unzähligen Fotos zu wühlen. Grömitz stand auf dem ersten Ordner. Sie suchte und fand … nichts. Scharbeutz. Es gab dort zwar Vorrichtungen für diese Liebesschlösser, aber nicht eines der Schlösser hatte Ähnlichkeit mit den Initialen der Toten. Dabei war sie sich so sicher gewesen. Plötzlich öffnete sich die Tür. »Moin Deern, du bist ja immer noch fleißig. Ich dachte, du wolltest zum Strand?«

»War ich, Josch, war ich«, antwortete sie, ohne den Bildschirm aus den Augen zu lassen. Charlotte wirkte angestrengt und plierte auf den Monitor, dass es den Anschein hatte, sie wollte hineinkriechen. Ihr Kopf war puterrot, und ein paar vorwitzige Haarsträhnen hingen vor ihren Augen. »Pass man bloß auf, dass du da nicht reinfällst.« Josch schüttelte sich, trat neben seine Miss Marple und versuchte rauszufinden, was auf dem flimmernden Bildschirm so spannend war, dass sie ihn kaum beachtete. »Deern, was ist denn da im Computer, dass du mich nicht mal begrüßt?« Seine Stimme klang vorwurfsvoll. Sie drehte sich zu ihm und streckte ihm ihre zitternden Hände entgegen. Auf einmal entspannten sich ihre Gesichtszüge. Sie betrachtete sein gebräuntes faltendurchzogenes Gesicht und lächelte. »Das tut mir auch wirklich schrecklich leid, aber ich glaube, ich … ich bin einer wichtigen Sache auf der Spur.« Charlotte Hagedorn wirkte fahrig. Sie war in ihrem Element, und so aufgedreht hatte er sie überhaupt noch nicht erlebt. Ihre Hände zitterten. »Du erinnerst dich doch an die Liebesschlösser, die ich fotografiert habe. Ich hatte am Strand quasi eine Erleuchtung, die mich seitdem nicht mehr in Ruhe lässt, eine göttliche Fügung sozusagen. Was glaubst du, wie schnell ich von Gahlendorf hierher geradelt bin?« Josch lachte und drückte ihr einen Schmatzer auf die gerötete Wange. Er nahm seine Helmut-Schmidt-Mütze vom Kopf und legte sie neben sich auf die Fensterbank. Sein Blick wanderte auf eines ihrer selbst gemalten Kunstwerke an den Wänden, dann widmete er ihr seine volle Aufmerksamkeit. »Du solltest wirklich langsam mal ausstellen. Du hast so schöne Bilder gemalt. Das wäre doch viel sinnvoller, als dich immer mit den Morden zu beschäftigen.«

»Papperlapapp! Das kann ich alles machen, wenn ich alt bin und mich nicht mehr richtig bewegen kann. Aber doch jetzt nicht.« Sie sah ihn aus blitzenden Augen an. »Das ist mal wieder typisch Charlotte. Aber du musst es ja wissen. Kann ich dir wenigstens helfen?« Der Kapitän stützte sich mit den Handflächen auf den Schreibtisch und warf einen

Blick über ihre Schulter. Miss Marple nickte und tätschelte für den Moment seine mit Altersflecken übersäte Hand. »Such mit mir diese Initialen und guck, ob die Daten übereinstimmen. Ich weiß nicht, ich weiß nicht. Aber irgendwas ist da faul im Staate Dänemark.« Sie tippte mit dem Zeigefinger fortwährend auf die rot umrandeten Namen und Zahlen. »Sie befinden sich irgendwo auf diesen Schlössern. Ich bin sicher, ich habe die Daten schon mal gesehen. Das alles kommt mir irgendwie bekannt vor … und als ich am Strand saß …«

»Hattest du die Erleuchtung«, lachte er. »Ach du, bist immer noch der gleiche Witzbold.« Sie kräuselte die Nase und zeigte mit dem Finger auf die Berichte in den Zeitungen, während sie zeitgleich die Liebesschlösser untersuchte. »Ich weiß genau, dass ich die Namen schon mal gesehen hab. Irgendwas ist da nicht koscher.«

»Ich versteh zwar nicht genau, warum du danach suchst, aber ich will dich gerne bei deinen Ermittlungen unterstützen.«

»Ich meine es ernst. Irgendwas ist da ganz faul. Das stinkt zum Himmel.«

Josch Diekmann zog einen Stuhl ran und hockte sich neben die quirlige Künstlerin. Wortlos setzte er seine Brille auf, die an einem schwarzen Band um seinen Hals hing, und machte sich auf die Suche. Er presste die Lippen zusammen, fuhr sich mit der Hand über die kurz geschorenen schlohweißen Haare. Beide saßen schweigend nebeneinander und suchten nach Hinweisen, obgleich Josch nicht recht wusste, warum er dies tat. Es waren unendlich viele Liebesschlösser, die sie mit den Daten der Zeitung abglichen, aber sie wurden nicht fündig. »Meinst du nicht, dass du dir das nur eingebildet hast? Manchmal glaubt man, etwas gesehen zu haben, und am Ende ist es dann doch nur eine Gedankenspinnerei.« Er sah sie von der Seite an, krauste die Stirn und schob die Ärmel seines blau-weiß gestreiften Shirts bis zu den Ellenbogen. »Ich wollte dir eigentlich etwas zeigen.«

»Das muss warten. Wenn wir gefunden haben, was wir suchen, dann kannst du mir alles zeigen«, sagte sie kurz angebunden und stierte ohne Unterbrechung auf die Fotos. »Alles?«, griente er erneut und zwinkerte ihr zu. »Ach du! Wie alt bist du? Aus dem Alter sind wir zwei wohl raus.«

»Wie kommst du denn darauf? Alte Räder rollen auch ganz gut, und du weißt ja, Wein wird mit den Jahren auch immer besser«, schmunzelte er und blinzelte. Charlotte schüttelte den Kopf. »Ja, und manchmal kippt er und schmeckt nach Essig.« Sie kicherte, als sie sich der Worte bewusst wurde. Dagegen fand Josch nicht die passenden Argumente und lenkte seinen Blick auf die Liebesschlösser.

»Reich mir die Zeitung, gib mir sofort das *Tageblatt*. Schnell!« Charlotte Hagedorn warf ihr Augenmerk auf die Initialen und Daten, die Josch ihr entgegenhielt, und rief: »Ich hab's dir gesagt. Ich hab genau gewusst, dass ich das schon mal gesehen habe. Verdammich noch mal.« Die Künstlerin tippte mit ihrer Fingerspitze immer wieder gegen den Monitor. »Nun mach mal den Bildschirm nicht kaputt. Wenn du weiter darauf rumhämmerst, brauchst du bald einen neuen und eine Therapie.«

»Ach, was du immer hast. Sieh selbst.« Sie zog eines der Fotos auf den Desktop und vergrößerte es. Josch betrachtete die Aufnahme und verglich Initialen und Datum miteinander. Sein Mund stand offen. »Was zum Deibel hat das zu bedeuten?«

»Wenn ich das so genau wüsste.« Charlotte wandte sich ihrem Begleiter zu und sah ihn mit gerunzelter Stirn an. Ihre Lippen waren so stark zusammengepresst, dass man sie kaum wahrnahm. »Glaubst du, dass dieses Schloss irgendwas mit dem Opfer zu tun hat?«

»Weiß ich noch nicht. Aber die Aufnahme stammt aus Hohwacht. Da hab ich es auf der Buttbrücke fotografiert.«

»Butt, was meinst du?« Josch sah sie entgeistert an. »Heißt eigentlich Hohwachter Flunder-Seebrücke. Buttbrücke nennen sie wohl eher die Einheimischen. Treffer, würde ich sagen. Lass uns nach dem zweiten Herzschloss gucken. Wenn wir es finden, können wir davon ausgehen, dass die Dinger was mit den Morden zu tun haben.« Die Atmosphäre im Raum knisterte. Es lag etwas in der Luft. Sie suchten eine weitere halbe Stunde, dann rief Josch. »Lottchen, schau mal, ich glaube, wir haben es.« Er deutete mit dem Finger auf das Schloss und verglich es mit dem Todesdatum der zweiten Leiche. »Die Initialen stimmen hier nicht. Sind vielleicht doch alles nur Hirngespinste, was wir uns ausgrübeln? Es ist ähnlich, das will ich gar nicht bestreiten, aber sonst …?« Er seufzte. »Wir sollten Täter- und Spurensuche wirklich der Polizei überlassen. Ich denke, die wissen, was sie tun.« Charlottes Blicke trafen ihn wie tödliche Pfeile. »Also sag mal. Ich bin mir sicher, dass diese Schlösser was mit den Mordfällen zu tun haben. Es könnte sich um Trophäen handeln. Mein Instinkt täuscht mich meist nicht«, knurrte sie und sprang vom Stuhl. Josch biss sich auf die Lippen. Ich hätte mein Gesabbel lieber runterschlucken sollen, überlegte er. So verärgert hatte er Charlotte selten gesehen. »Was meinst du mit Trophäe?«, fragte er kleinlaut und nahm die Brille ab. Er drehte seinen Stuhl so, dass er ihr gegenübersaß. »Das ist so etwas wie eine Jagdtrophäe. Die nehmen manche Täter nach der Ermordung ihrer Opfer an sich, um sich später an ihnen zu ergötzen und sich an ihre Tat zu erinnern. Sie geilen sich im wahrsten Sinne des Wortes daran auf und können in Gedanken ihre Schandtat immer wieder durch-

spielen. Manchmal wollen sie ihrem Opfer damit nah sein.«
Josch schluckte, besah sich die Fotos und die Nachrichten
in den Tageszeitungen. »Das ist krank und verwundert mich
genauso wie deine Ausdrucksweise.«

»Warum das denn?« Charlotte guckte ihn fragend an. »Na,
das Wort ›geil‹ aus deinem Mund?« Er griente. »Warum, das
hat schon mein Vater gesagt, wenn seine Tomaten zu schnell
in die Höhe geschossen sind.« Plötzlich stutzte Josch. Eine
Gänsehaut streifte seinen Nacken und stellte die Haare in
diesem Bereich auf. Was, wenn sie nun doch recht hatte.
»Charlotte, ist dir was aufgefallen? Guck dir das an«, versuchte er, ihr Interesse auf die Bilder auf dem Desktop zu
lenken. Er tippte dagegen und sah sie forschend an. »Ich
werd verrückt! Das ist unheimlich.« Die selbst ernannte
Ermittlerin starrte auf die Fotos. »Ich muss dringend telefonieren.«

*

»Hallo, mein Jung. Ich muss dich dringend sprechen. Es
geht um eure Mordfälle. Ich glaube, wir haben eine wichtige Spur gefunden, die euch weiterhelfen könnte«, schnatterte sie ins Telefon und war nervös, weil Schweigen am
anderen Ende herrschte. Sie wusste, dass sie den Leiter der
Mordkommission antreffen würde, und es war egal, wo er
sich befand. Sein Handy trug er immer bei sich. »Hallo?
Dirk?« Sie lauschte und hörte leises Stöhnen ihres zukünftigen Neffen. »Charlotte! Dass du dich meldest. Wie geht's
dir? Ich hoffe, du hast Katrin bei den Vorbereitungen für
unsere Hochzeit ordentlich unter die Arme greifen können? Ich werde langsam nervös. Hast du für den Tag ein
schönes Outfit gefunden?« Hatte er ihr gerade nicht zugehört, oder wollte er nicht zuhören?

»Ach, papperlapapp. Was redest du? Wir haben weiß Gott Wichtigeres zu tun, als uns um die Hochzeit zu kümmern. Das läuft alles, davon bin ich überzeugt. Deine Katrin macht das wunderbar. Ich kann ihr gar nicht helfen. Ich nehm den Lütten, wenn sie es möchte, aber ansonsten …? Und mein Hochzeitszeugs hab ich längst am Schrank hängen. Außerdem sollst du nicht vom Thema ablenken. Da ist ein ziemlich kranker Mensch unterwegs, das kann ich dir schon mal verraten.«

»Was du alles weißt! Aber mal ehrlich, wir sind hier alle ziemlich angespannt. Du glaubst gar nicht, wie viele Leute an diesen Tötungsdelikten arbeiten. Da habe ich wahrhaftig keine Zeit für Vermutungen. Deine Ermittlungen in allen Ehren, aber in diesem Fall …«

»Du hast mir nicht zugehört«, unterbrach sie ihn bissig. »Ich hab Beweise, die zu 100 Prozent mit euren Mordfällen zu tun haben.« Westermann atmete hörbar aus. »Dann klär mich auf. Vielleicht haben wir den Fall ja dann bis zur Hochzeit gelöst.« Es sollte erleichtert klingen, erzeugte aber in Charlottes Magengegend nur unsanftes Grummeln. »Wenn ihr den Täter bis jetzt nicht gefasst habt, glaube ich nicht, dass er bis zu eurer Hochzeit hinter Gittern sitzt. Du kennst doch die 48-Stunden-Regel. Es sei denn …«

»Es sei denn was?«

»Du hörst mir endlich zu und veräppelst mich nicht dauernd. Ich meine es todernst.«

»Ich auch, Charlottchen. Uns steht das Wasser bis zum Hals. Wir haben noch nicht einen echten Hinweis. Alles nur Vermutungen und nicht wirklich weiterführend. Ein paar Verdächtige, aber irgendwie lösen sich die Spuren immer wieder in Luft auf. Aber mal los, ich geb mich geschlagen«, entgegnete Dirk Westermann.

»Hör gut zu. Ich schreibe für das *Tageblatt* einen Bericht

über Liebesschlösser. Josch und ich sind an verschiedenen Badeorten an der Ostseeküste gewesen und haben uns Vorrichtungen angesehen, die für meine Recherchen infrage gekommen sind. So weit klar?«

»Ja, weiter. Was hat das mit unseren Morden zu tun? Klingt nicht sehr interessant«, frotzelte Westermann und schnaufte.

»Hör genau zu. Josch und ich haben die Vorhängeschlösser eingehend untersucht, um die Geschichte hinter diesen kleinen Dingern herauszufinden. Wir sind dabei, einen Aufruf zu starten. Als ich am Strand war, hatte ich eine Eingebung, eine Erleuchtung sozusagen. Mir ist aufgefallen ... und jetzt halt dich fest ..., dass ich auf einigen dieser Hängeschlösser Namen und Daten festgestellt habe, die mit denen der Opfer identisch sind. Na ja, sagen wir zu 80 Prozent.« Am anderen Ende der Leitung herrschte Schweigen. »Hallo? Dirk, bist du noch da?«

»Ja, ja. Wie bist du darauf gekommen? Jetzt machst du mich neugierig. Klingt verrückt, aber ...« Charlotte sah förmlich, wie er sich kerzengerade aufrichtete.

»Kein Aber. Das war meine Intuition. Und du weißt ja, die täuscht mich nur selten. Mir kamen die Initialen und Daten in der Zeitung merkwürdig bekannt vor, ich wusste nur nicht, woher. Und dann fiel es mir sozusagen wie Schuppen von den Augen. Es waren die Namen und Todesdaten der ermordeten Mädchen. Bingo! Josch und ich haben daraufhin sämtliche Fotos durchsucht und ... sind fündig geworden.«

»Sach an. Das klingt hanebüchen, aber gut ...«, er schien seinen Gedanken nachzuhängen. Am anderen Ende der Leitung herrschte Schweigen.

»Na ja, so ganz stimmig ist es noch nicht.« Sie druckste plötzlich herum. »Der Name des zweiten Opfers stimmt nicht überein. Aber der auf dem Herz vom ersten Mädchen ist eindeutig«, murmelte Charlotte.

»Herz? Sagtest du gerade Herz?« Sie hörte die Verblüffung in seiner Stimme und nickte, wohl wissend, dass ihr Gegenüber es überhaupt nicht wahrnehmen konnte. »Charlotte?« Sein Ton klang kratzig. Er räusperte sich.

»Jaha, ich bin noch da.«

»Um was für Herzen handelt es sich?«

»Komisch, dass du das fragst, weil Josch und ich das auch äußerst merkwürdig fanden. Er hat mich überhaupt erst darauf gebracht … sie sind schwarz.«

»Wie, sie sind schwarz?«

»Schwarz wie die Nacht und rubbelig in der Struktur. In der Mitte sitzen glitzernde Steinchen. Wirken auf uns nicht nach einem Liebesherz.«

»Sondern?«

»Kann ich dir gar nicht genau sagen. Wirken düster. Du musst sie dir ansehen.«

Westermann erhob sich und marschierte mit dem Telefon in der Hand durch sein Büro. Tiefe Falten gruben sich in die Stirn des hochgewachsenen Mannes mit dem markanten Gesicht. »Dirk?«

»Hm, ich bin noch da. Was steht denn drauf? Und was ist damit, dass es nur zu 80 Prozent identisch ist?«

»Aha? Ja, das ist eigenartig. Auf dem ersten Schloss stehen die Namen ›Elin & Dev‹ und das Datum ›20.06.2023‹. Auf dem zweiten, das genauso schwarz ist, ›Liv‹ und erneut dieser ›Dev‹ und der ›22.07.2023‹. Also, die Daten stimmen, aber der zweite Name stimmt nicht mit dem in der Presse überein. Das hat uns hier schon ganz wuschig gemacht.« Charlotte schwieg. »Ich weiß zwar immer noch nicht genau, was dich so irritiert, aber kannst du mir die Fotos bitte umgehend rüberschicken? Klingt alles ziemlich durcheinander, was du mir da berichtest. Wir kriegen das schon geradegerückt. Wenn es das ist, wonach es aussieht, hast du uns tatsächlich immens geholfen.« Die selbst ernannte Ermittlerin setzte sich auf den Stuhl im Esszimmer und hob die Schultern. Sie freute sich, dass Dirk sie ernst nahm und ihr Instinkt sie nicht getäuscht hatte. »Wir müssen unbedingt herausfinden, was es mit dem zweiten Namen auf sich hat. Vielleicht gibt es ein weiteres Opfer. Ich untersuche das. Liebe Tante Charlotte, ich danke dir sehr und freue mich, wenn wir uns in ein paar Tagen zur großen Sause sehen.« Er wollte das Gespräch beenden, als ihm etwas einfiel. »Aber sag mir bitte, wo hast du diese schwarzen Herzen entdeckt? Ich brauche genaue Standorte.«

Charlotte saß da und las ihre Notizen. »Das erste haben wir in Hohwacht auf der Butt-, äh … Flunder-Seebrücke gefunden, das zweite in …« Wieder vergrößerte sie den Untertitel. »Meine Augen werden auch immer schlechter … auf der Seebrücke in Heiligenhafen. Beide haben wir an Vorrichtungen aufgenommen, die direkt auf den Brücken stehen.«

»Schick mir sofort alles rüber … mit genauer Verortung.«

*

Westermann saß angespannt auf dem Beifahrersitz, während Hartwig den Wagen zur Wohnung von Elins Mutter lenkte. Keine fünf Minuten später drückte der Erste Hauptkommissar auf den Klingelknopf. Niemand öffnete. Der Leiter der Mordkommission tippte ein weiteres Mal ungeduldig auf die Klingelleiste. »Verdammt noch mal, wo steckst du?« Hartwig zündete sich eine Zigarette an und inhalierte den Rauch tief in die Lunge und wunderte sich darüber, dass sein Vorgesetzter es so eilig hatte, die Mutter der Toten aufzusuchen. Westermann schwieg, sein Blick sprach Bände. Der qualmende, über einen Meter 90 große Beamte hatte dunkle Schatten unter seinen Augen. Er musterte den jüngeren Kollegen mit finsterer Miene. »Was?«, knurrte der Kommissar und wich dem Blick seines Chefs aus. »Nichts!« Erneut presste der seine Fingerkuppe auf den Plastikknopf. Dann ertönte ein Summen. Die Tür sprang auf. Hartwig schnippte seine Kippe zwischen die angelegten Büsche und folgte dem Hauptkommissar. »Was machst du, wenn der ganze Zunder anfängt zu brennen? Du weißt doch, wie trocken alles ist. Mann, Mann. Heb die Zigarette auf.« Widerwillig tat er, was sein Vorgesetzter angeordnet hatte. Er wollte sich nicht anlegen. Als sie die geöffnete Wohnungstür erreichten, stand die Mutter der verstorbenen Elin schweigend vor ihnen. Es schien, als erwartete sie eine Nachricht. Eine Antwort auf all ihre Fragen. »Guten Tag, Frau Jacobsen. Dürfen wir Sie noch einmal sprechen? Wir möchten, dass Sie sich etwas ansehen. Sie könnten uns damit sehr helfen.« Sie machte wortlos eine einladende Handbewegung. Westermann und Hartwig traten in den Flur. Der Erste Hauptkommissar zog ein ausgedrucktes Foto aus einer schwarzen Mappe und hielt es Hanna Jacobsen vor die Augen. Ihr Blick schien fassungslos. »Haben Sie es gefunden? … Sie haben es gefunden. Dann haben Sie ihren Mörder?« In ihrer Stimme schwang Hoffnung mit. Als keiner der beiden auf die Frage einging, sah sie sie irritiert an.

»Noch mal und es ist äußerst wichtig, dass Sie sich genau erinnern. Ist dies das Schloss, von dem Sie gesprochen haben?« Die Stimme Westermanns klang fordernd. Sie nickte, und auf einmal wusste sie, dass sie den Täter nicht gefasst hatten. »Ja, ich sagte Ihnen doch, es hatte eine raue Struktur, war schwarz und hatte ein Swarovski-Herz in der Mitte. Und es stand Elins Name darauf.« Sie nahm den Ausdruck und schluckte. »Aber dieses Datum und der zweite Name … es ist nicht ihr Schloss.« Die Frau schien verwirrt, und auf einmal füllten sich ihre Augen mit Tränen. »Das ist nicht ihr Herz, oder?«, fragte sie flüsternd.

Hartwig sah sich um. Die Mutter der Toten hatte seit dem letzten Besuch der Polizeibeamten offensichtlich Ordnung geschaffen. Der Flur war aufgeräumt, und sie selbst sah nicht mehr völlig ausgebrannt aus. Sie trug schwarze Jeans und eine ebenso dunkle Bluse. Sie wirkte zerbrechlich. »Wir gehen mittlerweile davon aus, dass das Herz nachträglich manipuliert wurde. Die Schlösser werden von der Kriminaltechnik untersucht.« Der Kollege Henning war mit seinem Team die Orte in Hohwacht sowie Heiligenhafen angefahren. Sie hatten die Vorhängeschlösser abmontiert und sie im Labor nach Fingerabdrücken und DNA-Spuren überprüft. Die Ergebnisse standen aus. Hanna Jacobsens Lippen zitterten, während Tränen über ihre schmalen Wangen rannen. »Wer hat meinem Mädchen das angetan?« Sie trommelte mit dem Finger auf das von Hartwig gehaltene Papier. »Finden Sie das Schwein, damit ich ihn umbringen kann! Sie müssen mir versprechen, dass Sie ihn finden.« Ihr Blick wurde starr, und sie hob drohend die Hand.

»Die war ganz schön heftig drauf«, murmelte Hartwig, als sie Richtung Heiligenhafen unterwegs waren, um die Eltern von Olivia Meindorf aufzusuchen. Die Mutter der Toten öffnete die Haustür. Ihr verhärmtes Gesicht und die Ringe unter ihren Augen zeugten von schlaflosen Nächten. Sie verschränkte die nackten Arme vor ihrem kurzärmligen schwarzen Shirt, das sie zur ebenso dunklen Hose trug. Westermann fielen die rot geschminkten Lippen auf, die das Blau ihrer Augen verstärkten »Ja bitte?« Sie schien erstaunt über das erneute Auftauchen der Polizei. »Haben

Sie ihn?« Der Erste Hauptkommissar schüttelte den Kopf. »Nein, aber wir haben neue Hinweise, die uns dem Täter näherbringen könnten. Wir brauchen Ihre Hilfe. Dürfen wir reinkommen?«

Isa Meindorf nickte und bat die Beamten ins Haus. »Ist Ihr Mann auch da?«

»Der schläft, wir machen um 17 Uhr das Restaurant auf, da muss zumindest einer von uns fit sein.« Ein verunglücktes Lächeln huschte über ihr Gesicht, als sie mit einem Taschentuch ihre Tränen trocknete. Sie stand da wie ein Schatten ihrer selbst. Die Hose schlotterte um die schmal gewordenen Hüften, und das eng anliegende Shirt zeigte, dass sie viel Gewicht verloren hatte. Die Mutter von Olivia führte die Beamten ins elegant eingerichtete Wohnzimmer. Weiß, schwarz und kühles Silber waren die beherrschenden Farben. Von der bodentiefen Fensterfront hatte man einen kaum zu überbietenden Blick auf die Heiligenhafener Bucht. »Schön« waren Westermanns einzige Worte. Hartwig nickte, war genauso beeindruckt vom Anblick des Panoramas. »Dürfen wir noch mal das Zimmer Ihrer Tochter sehen? Wir suchen etwas und hoffen, dass wir fündig werden. Ihren Laptop haben Sie nicht gefunden?«, fragte der Leiter der Mordkommission und sah ihr in die verweinten Augen. »Eventuell hatte sie ihn bei Freunden?« Isa Meindorf schüttelte den Kopf. »Nein, der ist seit ihrem … verschwunden. Genau wie das Fahrrad. Wir haben überall gefragt. Niemand hat was gesehen.« Wieder weinte sie. »Natürlich können Sie in ihr Zimmer, aber was suchen Sie?«

»Hatte Ihre Tochter ein … wie soll ich es ausdrücken … ein Liebesschloss?« Er zog die Fotografie mit dem schwarzen Herzen aus der Mappe.

»Nein, hab ich nie bei ihr gesehen«, sagte Isa erstaunt. »Danach suchen wir«, murmelte Hartwig. »Nein, ich wüsste nicht, dass sie so eins besessen hat. Sie war nicht verliebt. Aber wenn Sie glauben, dass sie ein Herz in ihren Sachen finden, gehen Sie nach oben. Es ist die zweite Tür rechts, aber das wissen Sie ja.« Isa Meindorf sah den Männern nach. Sie folgte ihnen nicht. Seit dem Tag deren Todes hatte sie das Zimmer ihrer Tochter nicht mehr betreten. Hartwig schnaufte. Ein Kloß verengte seinen Hals. Er erinnerte sich an die unschöne Szene in seinem Haus. Stina hatte genauso geheult, bevor sie ihn alleingelassen hatte. Sein Schnauben wurde lauter, als er sie vor sich sah.

Westermann öffnete die Tür und betrat das Zimmer der Toten. Hier schien sich der elegante Trend fortzusetzen. Ein schwarzes Futonbett, anthrazitfarbene Wände und weiße flauschige Brücken gaben den Ton an. Auffällig war allein der altmodische cremefarbene Schminktisch im Shabby Look. Um den Spiegel herum hingen unzählige Ketten und Tücher in allen Farben und Formen. Die Schminkkommode war ein Eyecatcher. »Das passt irgendwie überhaupt nicht zusammen. Die coole Gothic Lady und das schüchterne Landmädel. Wer war die Tote? Das Ganze hier spiegelt einen Widerspruch in sich. Elegant, bieder. Vielleicht hatte die genauso eine zweite Seite wie Elin. Das fällt auf, oder findest du nicht?« Hartwig ließ seinen Blick durch das Zimmer schweifen. Auch von diesem Fenster aus konnte man, wie aus dem Erdgeschoss, auf die Bucht von Heiligenhafen schauen. »Ich bin echt beeindruckt. Was Kohle ausmacht.« Westermann lächelte kaum merklich und schüttelte den Kopf. »Ich weiß nicht, was dich daran so stört. Du hast doch selbst mitbekommen, dass Geld nicht immer das Werkzeug ist, das dies ermöglicht. Eventuell haben sie das Haus schon zu Zeiten erstanden, als das alles noch einigermaßen erschwinglich war. Vielleicht auch einfach nur geerbt. Sei nicht ständig neidisch. Wir sind nun mal nicht in eine goldene Wiege gefallen. Dann hättest du dir andere Eltern aussuchen müssen, du … du … Waldschrat. Und zu dem Mädchen: Es widerspricht sich nicht, wenn sie auf der einen Seite cool wirkt und trotzdem zurückhaltend und schüchtern ist. Es liegt im Bereich des Möglichen, dass sie an dem Abend jemandem gefallen wollte. Du hast doch gehört, dass sie auf eine Party von Bekannten wollte. Vielleicht war sie kontaktarm und suchte Abwechslung. Hier oben im Norden ist es in den dunklen Zeiten schon manchmal verdammt öde, das weißt du selbst. Wenn du niemanden hast, mit dem du diese Momente teilen kannst … armes Mädchen. Einsamkeit ist ein übler Geselle.« Westermann seufzte, als er seinen übermüdet aussehenden Partner betrachtete, öffnete die Schubladen des Schminktisches und durchsuchte sie. Er hoffte, dass sie fündig wurden. Vielleicht gab es ein Tagebuch. Hartwig schaute in ihren Schreibtisch, den Kleiderschrank und sämtliche Kästchen, die auf Regalen und Tischen teilweise gestapelt herumstanden. Es schien keine Verbindung der Frauen zu geben. Allein vom unterschiedlichen Alter und der räumlichen Entfernung gab es kaum eine gemeinsame Basis. »Es wird immer offensichtlicher, dass diese beiden Vorhängeschlösser Trophäen des Täters sind. Meine Hypothese ist, dass er das erste Schloss bei Elin in der Wohnung gefunden hat, es an sich genommen und für seine Zwecke missbraucht hat. Es hat ihm gefallen. Für die zweite Leiche wird er sich eins besorgt haben, das genauso aussieht. Wir müssen rausfinden, wo er diese Herzschlösser her hat. Das ist sein Zeichen.« Hartwig nickte und wühlte sich durch die Ansammlung von Modeschmuck, der um den Spiegel der Kommode drapiert war. »Hier gibt es keins, das kannste vergessen.«

»Wir müssen rausfinden, woher er sie hatte. Ich werde Charlotte noch einmal anrufen, um herauszufinden, wo ähnliche Schlösser angebracht sind. Vielleicht finden wir weitere Hinweise.«

»Aber es gibt nicht nur diese Liebesdinger. Lass uns die anderen Spuren nicht aus den Augen verlieren. Wahrscheinlich ist Charlotte auf dem Holzweg und wir laufen in die total falsche Richtung. Vielleicht finden wir ein Tagebuch, das uns Anhaltspunkte liefert.« Hartwig ließ keinen Zweifel daran, dass er die Hypothesen Hagedorns für Hirngespinste hielt, obwohl sie einen ersten Fingerzeig brachten, dass der Täter beide Frauen ermordet hatte. Sie wollten den Raum verlassen, als sie eine männliche Person wahrnahmen, die leise den Raum betreten hatte und jetzt mit geballten Fäusten hinter den Beamten stand. Es handelte sich um den aus Japan stammenden Vater der Toten. »Was suchen Sie im Zimmer von Liv …? Glauben Sie, hier finden Sie ihren Mörder? Raus hier, sofort!«

»Liv?«

*

»So, meine Herren, ihr wisst, dass Thomas und ich für zwei Tage und Nächte nicht vor Ort, aber jederzeit telefonisch erreichbar sein werden.« Westermann schob die Brille auf den Kopf und zwinkerte. Er steckte die Hand in die Hosentasche seiner Jeans und freute sich anscheinend sehr auf die nächsten zwei Tage. Die Kollegen johlten, hatten seit Längerem Kenntnis von der anstehenden Hochzeit ihres Vorgesetzten. Sie hatten eine Überraschung geplant, mit der er absolut nicht rechnete. »Ich hoffe, dass ihr den Fall gelöst habt, bis ich zurück bin. Ansonsten wisst ihr Bescheid. Egal, was passiert. Habt ihr verstanden?« Der Leiter der Oldenburger Dienststelle hielt sein Handy in die Höhe. Ein zaghaftes Lächeln huschte über die Lippen des schlanken Polizeibeamten mit den weißen nackenlangen Haaren, in denen die schwarz gerahmte Brille steckte.

Er wusste, dass er der Ermittlungsgruppe vertrauen konnte. Westermann schob die Pfeife in den Mundwinkel, ehe er einen letzten Blick auf das Flipchart warf. Er freute sich seit Wochen auf die bevorstehende Feier mit seiner kleinen Familie und musste die Fälle für zwei Tage von sich schieben. »Aber bevor ich euch verlasse, fassen wir noch mal zusammen. Wir sind dem Reitmeier nach wie vor auf den Fersen. Für eine Verhaftung reichte es nicht. Ihr observiert ihn weiter, bis er einen Fehler macht. Den Littmann ebenfalls nicht aus den Augen verlieren. Bei ihm bin ich mir nicht sicher, welche Rolle er in der Geschichte spielt und inwieweit er mit der zweiten Toten Kontakt gehabt haben könnte. Sie haben ihn, wie schon befürchtet, aus der Untersuchungshaft entlassen. Er bestreitet, Olivia Meindorf gekannt zu haben. Er hat sich mittlerweile einen Anwalt genommen, und der Staatsanwalt konnte die vorläufige Festnahme nicht aufrechterhalten. Die Beweise reichten hinten und vorne nicht aus, um ihn länger festzusetzen. Wir bleiben aber genauso an ihm dran wie an Reitmeier. Bei Olivia Meindorf haben wir weder ein Handy noch einen Laptop gefunden. Nichts. Nicht mal ein Tagebuch. Die Ortung des Handys haben wir über den Provider bekommen. Am Warderstrand endet sie allerdings. Also auch hier kein Ergebnis. Immerhin lag in ihrem Zimmer die *Hasselblad*. Das bestätigt die Aussage dieses«, er schaute auf die Namen auf dem Papier, »Gebbert.« Westermann räusperte sich. »Es hat sich als richtig herausgestellt, dass diese Kamera des Öfteren Probleme bereitet. Sie hat sich deshalb mit diesem IT-Spezialisten getroffen, der genauso ein Modell besitzt und ihr helfen wollte, das Ding wieder zum Laufen zu bringen. Also den können wir getrost von der Liste streichen. Sein Alibi war plausibel. Wir haben die Laufzeiten dieser Trilogie auf seinem Computer ermittelt. Stimmen mit seiner Aussage überein.« Anne Lornsen und die Fallanalytikerin nickten. »War mir klar, dass der nichts mit der Sache zu tun hat. Das wäre zu auffällig. Dieser Mörder sucht seine Opfer nicht in vollen Kneipen oder auf dem Campus. Das würde auch nicht zur zweiten Toten passen. Unser Täter hält Ausschau nach Frauen, die er unauffällig kontaktieren kann. Er will töten, keine technischen Probleme beheben. Dies tut er in vollem Bewusstsein. Er bewegt sich unsichtbar. Passt er ins Profil?«

»Was, wenn es seine Masche ist, um Frauen kennenzulernen? Erst Interesse heucheln, dann abgreifen«, raunte Werner Hintz. »Er hat seine Vorgehensweise, davon gehe ich aus, aber er wird sich nicht mit ihnen in der Öffentlichkeit zeigen. Das wäre zu riskant. Er ist ein Nachtjäger, das schließen wir aus den Tatzeiten. Wir müssen uns auf jemanden konzentrieren, der sich am späten Abend mit seinen Opfern trifft, alleine lebt und eine Arbeit hat, die auf den Tag begrenzt ist. Es sei denn, er ist arbeitslos und hat jede Menge Zeit. Die Nächte gehören seiner Leidenschaft. Wir müssen davon ausgehen, dass er weitermacht. Er hat seine Fantasien seit Langem im Kopf durchgespielt, bei der ersten Tötung eine Schwelle überschritten und jetzt … will er unter Umständen mehr.« Rasmussen zuckte die Schultern. »Wahrscheinlich hat er sich in Videofilmen oder im Internet Appetit geholt. Ich gehe davon aus, dass das Ansehen von Filmen nicht mehr gereicht hat. Der Druck könnte sich seit Monaten oder Jahren sukzessive aufgebaut haben. Er wollte, nein, er musste endlich wissen, wie es ist, jemanden selbst zu töten. Der erste Mord könnte eine Affekttat gewesen sein, die sozusagen zum Probelauf wurde. Es befriedigte ihn vielleicht, dabei zuzusehen, als er sie tötete. Die zweite

Tat war sehr viel durchdachter. Eine Steigerung. Wir sind der festen Überzeugung, dass er nicht am Ende ist. Er wird sich, wenn wir ihn nicht schnellstens finden, weitere Opfer suchen. Sein Trieb wächst, und er feilt an seinen Fähigkeiten. Wir reden hier von einem Serientäter, einer männlichen Person mit einer sexuellen Präferenzstörung. Da ist ein äußerst gefährlicher Mann unterwegs.« Sonja Rasmussen schnaufte. Die Leute ihres Teams nickten.

Hartwig presste die Lippen zusammen. »Unsere Opfer hatten ein ähnliches Aussehen, allerdings verschiedene Wohnorte. Ich gehe davon aus, dass sie sich nicht kannten. Und wo findet ein Mann wie er die passenden Objekte, wenn nicht in der Realität? Im Netz!« Hartwigs Worte ließen alle aufblicken. »Könnte doch sein, dass er genau da auf die Suche geht. Da kann er sich aussuchen, was er haben will. Wir brauchen ein Team, das sich in Foren umsieht«, sagte er und streckte die langen Beine aus. »Wahrscheinlich lernt er die Frauen auf speziellen Portalen kennen, baggert rum, trifft sich mit ihnen, und am Ende bringt er sie um. Das Netz ist geradezu ein Tummelplatz für einsame Herzen. Sie präsentieren sich dort wie auf einem Silbertablett. Die Mädels und Jungs sind Ware, die jederzeit angefordert, ausgetauscht und am Ende entsorgt werden kann. Nicht mehr und nicht weniger.« Der Kommissar warf Nils Henning einen vielsagenden Blick zu.

Sonja stimmte zu. »Kennenlernforen, großes Warenhaus. Und du hast eine schier unglaubliche Auswahl, findest genau, was du begehrst. Unser Täter sieht sich gezielt nach einer bestimmten Art Frauen um. Warum diese, wissen wir noch nicht. Aber sie sind gut aussehend, schlank, dunkelhaarig und selbst darauf aus, Männer kennenzulernen. Ob nun für eine Nacht oder mehr, ist ihm egal. Sehr wahrscheinlich würden wir auf den technischen Geräten der Opfer Hinweise finden, die auf ihn deuten. Die Sachen sind nicht umsonst verschwunden. Dort findet ihr vielleicht auch Tagebücher der Frauen. Heutzutage werden die oft im Computer geschrieben und versteckt untergebracht. Möglicherweise auf einer Cloud.« Westermann betrachtete die Informationen auf dem Flipchart.

»Alles möglich, aber wo sollen wir anfangen? Es gibt so viele Plattformen, auf denen man Leute kennenlernen kann. Das ist mittlerweile ein wüstes Feld, wenn man denn will«, murmelte Anne Lornsen, klemmte eine Haarsträhne hinter ihr Ohr und nahm einen Schluck Kaffee. Die dänische Oberkommissarin war nicht prüde, und so sprach sie auch … offen und direkt. Henning grinste. Sein Blick prüfte den schlanken Körper der Kommissarin. Er fuhr sich mit der Zunge über die Lippen, bevor er mit Bassstimme tönte: »Die Spezis wissen genau, wonach sie suchen müssen, mach dir keine Sorgen. Die arbeiten das systematisch durch. Sie werden die passenden IP-Adressen der Mädchen auch ohne Handys und Laptops rausfinden und dann den Plattformen zuordnen, auf denen sie sich aufgehalten haben. Die da wären *Tinder*, *Okcupid* und so weiter, und so weiter. Für die ist das ein Kinderspiel. Ist die Frage, was die Mädels gesucht haben?« Der Wikinger nahm die Kaffeekanne und schenkte sich nach.

»Wie meinst du das?«, wollte Westermann wissen. »Na ja, nur ein lockeres Treffen, Freundschaft oder schnellen Sex«, murrte Hartwig. »Denk an die Befragungen der Studenten in Bezug auf unser erstes Opfer. Es sich bestätigt, dass sie auf schnellen Sex aus war«, murmelte er.

»Das ist ja bekannt«, sagte Westermann. »Bei Elin Jacobsen wissen wir, worauf sie aus war. Mittlerweile glaube ich auch, dass er die Sachen hat verschwinden lassen, damit keine Spuren in seine Richtung führen. Wenn wir die Geräte finden, finden wir auch den Täter, so sieht es aus. Zwei so ähnlich aussehende Frauen wird er in seiner unmittelbaren Umgebung nicht zufällig gefunden haben. Dennoch hat er den Radius nicht allzu groß angelegt. Er will zügig zur Sache kommen. Nein, er muss. Sein Trieb treibt ihn. Der will nicht bumsen, der will töten! Wir müssen rausfinden, warum er gerade diese völlig unterschiedlichen Arten von Mädchen sucht.« Rasmussen endete mit ihrer Ausführung.

»Na ja, so unterschiedlich sind sie gar nicht. Denk an ihr Äußeres. Woher weißt du eigentlich so gut Bescheid?«, wollte Henning wissen und zog sie mit seinen Blicken aus. »Ich bin ein Mädchen, das aus Dänemark in euer schönes Land gekommen ist. Was glaubst du, wo ich mich aufhalte, wenn ich dienstfrei habe. In der Kneipe?« Sie lachte dieses erfrischende helle Lachen und zwinkerte ihm verschmitzt zu. Ihre blauen Augen strahlten. »Ich hab auch Bedürfnisse und werde mich kaum an meinen Kollegen vergreifen«, sagte sie provozierend in dänischem Akzent. Sie lachte erneut. Auf ihrer Wange wurde ein Grübchen sichtbar. »So, nun lasst uns zurück zum Thema kommen«, murmelte Westermann und konnte sich ein Grinsen nicht verkneifen. Ihm fiel das spannungsgeladene Gespräch zwischen den Lornsen und Henning auf. »Ich werde mich gleich dranmachen, um die IP-Adressen von den Mädels herauszufinden, und such mir ein Team.« Nils Henning zwinkerte der dänischen Kollegin zu, erhob sich, während er sich mit der Hand über seinen ausgeprägten Brustkorb fuhr. Der Wikinger verließ das Büro und tippte eine Nummer in sein Handy.

»Wir haben mit dem Internet einen neuen Ansatz, der uns weiterbringen könnte.« Westermann schob die schwarz gerahmte Brille auf die weißen Haare und rieb sich die Augen. Er warf einen Blick aus dem Fenster, wandte sich wieder dem Team zu.

»Aber wie kommt unser Täter an diese Frauen? Das muss ein wahrer Don Juan sein, der sich die hübschesten Mädels greift«, knurrte Hintz.

»Eher Don Johnson«, feixte Hartwig und kratzte sein unrasiertes Kinn. »Ist nicht gesagt. Er geht sehr wahrscheinlich mit gefaktem Profil auf Suche. Ich glaube nicht, dass die Frauen ahnten, auf wen sie sich da einließen. Im Netz handelt es sich um eine Spielwiese aus Lügen und falsch gestrickten Formaten«, sagte Rasmussen. »Ist mir auch schon passiert«, knurrte sie. »Da treff ich mich mit einem Brad Pitt und wer erscheint …? Dieter Pfaff.« Sie kicherte. »Nichts für ungut. Als *Der Dicke* fand ich ihn wirklich toll, aber für mich …« Sie lachte erneut und zuckte die Achseln.

»Ja, aber warum lässt man sich auf ein derartiges Theater ein, wenn man nicht mal weiß, mit wem man es am Ende zu tun hat?« Westermann schüttelte verständnislos den Kopf. »Weil die Zeit, in der wir leben, eine andere geworden ist? Jemand eine zerbrochene Liebe hinter sich hat? Niemand will wissen, dass es gefährlich werden könnte … warum auch? Nein, sie gehen da ganz offen ran, wollen Spaß haben«, sagte die Fallanalytikerin. Der Leiter der Mordkommission kraulte sein Kinn. »Oder weil sie einfach keinen Bock haben, sich darüber Gedanken zu machen«, antwortete Hartwig. »Würde zur Vita von Elin passen. Ich denke, sie glaubte, sie hätte alles im Griff«, sagte der Fallanalytiker Erik Bode, der als Kriminalpsychologe das Team seit Jahren unterstützte. »Vergleich das mal mit uns; wir haben alle kaum noch Zeit, um einen Partner in Kneipen oder Klubs kennenzulernen. Stehen ständig unter Zeitdruck. Hätte auch, ehrlich gesagt, keine Lust mehr auf langwieriges Kennenlernen. Gibt's heutzutage geballt im Internet«, murmelte der 39-jährige Hipster und lachte in seinen dunkelbraunen Vollbart, der aussah, als wenn er einer

Alm entsprungen wäre. Nur die Kleidung passte irgendwie nicht dazu. Der Psychologe klemmte seine Daumen hinter bunt bedruckte Hosenträger, die er über einem rotschwarz karierten Hemd gespannt trug, die wiederum eine zu kurz geratene, enge Hose festhielten. Westermann wunderte sich über nichts mehr, als er den Kollegen betrachtete, der obendrein zum bunten Mix einen Zopf auf dem Hinterkopf präsentierte.

Der Leiter der Mordkommission kraulte wie zur Verteidigung seinen grau melierten Fünftagebart. Was für ein bunter Vogel, dachte er. »Ich kann mir aussuchen, was ich haben will«, hörte er plötzlich wieder Bodes Worte. »Aussehen, Alter, Interessen, sexuelle Vorlieben, ist alles vorhanden und unglaublich schnell verfügbar. Und ich muss mich nicht mal um ein Frühstück bemühen, wenn ich nicht will. Ist doch fantastisch, oder nicht? Du musst nur die richtigen Portale aufsuchen.« Der hochgewachsene Bode zuckte die Schultern. »Gibt jede Menge netter Mädchen, die sehr willig sind und fast immer online. Ich würde mir keine feste Partnerin mehr suchen, hab fast jede Woche eine neue, und die sind so was von gut drauf …!« Sein verschmitztes Lächeln fiel den Kollegen auf. Der muss es faustdick hinter den Ohren haben, dachte Hartwig und fühlte Unmut aufkommen. Seitdem Stina sich verabschiedet hatte, vermisste er sie. Aber Netzbekanntschaften waren noch nie sein Ding.

Westermann lehnte gegen die Fensterbank und nagte an der Unterlippe. Er konnte kaum fassen, was ihm hier offeriert wurde. Die Furchen auf seiner Stirn gruben sich immer tiefer in die Haut.

»Die verdammte Wärme bringt mich noch um«, sagte Sonja Rasmussen, schwang sich vom Stuhl und gesellte sich zu ihm ans Fenster. Sie öffnete es, atmete tief durch und pustete hörbar aus. Henning kam zurück und setzte sich. »Hab ich was verpasst?« Die Fallanalytikerin schüttelte den Kopf. »Hör zu, ist ganz interessant.« Sie wandte sich an Westermann.

»Das kann ich dir genau sagen. Denk darüber nach, wie viele Singlehaushalte es in Deutschland gibt. In Berlin alleine sind es mittlerweile über 50 Prozent. Tendenz steigend. Ist doch irre! Von über 40 Millionen Hausständen sind die Alleinlebenden die größte Gruppe mit mehr als 25 Millionen Singlehaushalten. Dazu kommen stressige Arbeit, Homeoffice. Keine Zeit, Frust. Denk an Corona. Das hat die Sache nur noch mehr intensiviert.« Rasmussen war in ihrem Element. »Etliche Personen sind in die Isolation gerutscht … unfreiwillig. Da bietet sich das Netz an, um Kontakte zur Außenwelt herzustellen. Weißt du, wie viele Menschen heute abseits stehen? Die Anonymität in den Großstädten macht extrem einsam. Es liegt nahe, sich im Internet zu bewegen, um nicht länger allein zu sein.« Hartwig sah sie an, als hätte sie gerade über ihn gesprochen. »Und glaub nicht, hübsche Menschen sind nicht einsam … im Gegenteil. Und ich hab das Gefühl, je weiter du in den Norden kommst, umso einsamer werden die Menschen. Die Dunkelheit, die ab Herbst um sich greift, und der lange Winter können richtig hart sein.« Sie schnaufte.

*

Jolin Petrova warf einen Blick zur Uhr. Sie war erleichtert, dass sie in wenigen Minuten endlich Feierabend hatte. Ihre Füße schmerzten und sie konnte sie kaum bewegen. Sie fühlten sich abgestorben an. Zuerst dieses Kribbeln, dann bekam sie in beiden einen Krampf. Sie gähnte und verzog schmerzverzerrt das Gesicht. Als sie sich im hinteren Teil des Restaurants auf einen der Stühle setzte und wie befreit aus den Schuhen schlüpfte, war es eine Wohltat. Die schlanke Kellnerin massierte ihre Füße und hoffte, dass bald wieder Leben in sie zurückkrabbelte. »Na, meine Süße, bist du fertig?« Jolin lächelte ihre Chefin durch halb gesenkte Augenlider an. Sie hatte sie nicht einmal kommen sehen, so abgelenkt war sie durch ihre tauben Füße. »Ja, ich bin fix und fertig und sehr müde. Ich möchte am liebsten nur noch schlafen.« Alina Sonderburg nickte. Auch sie war am Ende ihrer Kraft angelangt. Seit heute Morgen um 9 Uhr verharrte sie im Restaurant und regelte die Vorbereitungen für das Tagesgeschäft, damit der Betrieb im Lokal reibungslos laufen konnte. Das war vor mehr als 16 Stunden. Die Wirtin gähnte und öffnete die silberfarbene Spange, die ihre schwarzen Locken gebändigt hatte. Eine voluminöse Mähne floss bis auf ihre Schultern. Alinas Wangen glühten, und man sah ihr an, dass sie todmüde war. Jolin wusste, dass der Arbeitstag ihrer Vorgesetzten längst nicht zu Ende war, dass sie die Tische eindecken und die Tageskasse überprüfen musste. »Chefin, ich kann bleiben, mithelfen, kein Problem.« Die 22-jährige Ukrainerin lächelte die Restaurantbesitzerin an und zwängte ihre schmerzenden Füße zurück in die schwarzen, viel zu eng geschnittenen Schuhe. »Nein, nicht nötig. Das schaffe ich allein mit meinen Männern. Aber soll ich dich schnell nach Hause fahren? Du kannst ja gar nicht mehr laufen. Morgen kaufen wir dir erst mal richtige *Birkenstock*-Latschen. Sollst mal sehen, dann flitzt du wie auf Wolken.« Die Wirtin wusste, dass Jolin von der Altstadt nach Puttgarden musste und jeden Abend mit dem Fahrrad die dunkle Strecke auf dem nur spärlich beleuchteten Radweg bewältigte. Sie hatte ein schlechtes Gewissen und Angst, dass ihr auf dem endlos erscheinenden Weg etwas zustoßen könnte. Gleichzeitig wusste sie, dass sie noch mindestens eine Stunde zu arbeiten hatte, bis endlich auch für sie der Feierabend nahte. »Nein, Chefin, alles gut. Mein Fahrrad ist schnell, und du hast mir eine Dose gegeben, keine Maus wird mir etwas antun.« Jolin erhob sich, zog ihre dunkelblaue Windjacke über und fingerte die Sprühdose mit dem Tränengas aus der Jackentasche. Eilig steckte sie sie zurück, damit niemand mitbekam, was die Chefin ihr Wochen zuvor zugesteckt hatte. »Behalt sie immer bei dir, aber zeig sie bloß keinem, auch nicht deiner Familie, hörst du? Das ist Schutz nur für dich, hast du verstanden?« Das hatte Alina Sonderburg ihr eingebläut. Jolin hatte gelächelt und dankbar genickt. Sie tastete erneut nach dem kalten Metall, zerrte sich die Tasche über ihre Schulter und spürte ihren Laptop, der gegen die Taille drückte. Sie löste das Zopfband aus den langen Haaren, striegelte sie mit ihren Fingern und band das Gummi wieder darum. »Mein Rad ist schnell wie der Wind. Ich bin bald zu Hause.« Sie lächelte, ihre rosigen Wangen strahlten, und sie umarmte ihre Chefin ein letztes Mal für diesen Tag. Dann eilte sie durch die Küche, in der der Koch und sein Gehilfe dabei waren, die Metallgeräte wieder auf Hochglanz zu polieren, und trat durch die Hintertür in den Innenhof. Es war zwar schon spät, aber nicht wirklich stockfinster. Im Sommer erschienen die Nächte manches Mal skandinavisch. Dort wurde es in den Sommermonaten nie vollständig dunkel. Jolin fühlte sich sicher und atmete tief durch. Um sie herum roch es nach undefinierbaren Gewürzen. Die Breite Straße war gesäumt von Restaurants, und aus vielen der Gebäude drangen unterschiedliche Aromen. Jolin schwang sich auf den Sattel des museumsreifen Damenrades, das bei jeder zweiten Pedalumdrehung einen unüberhörbaren Quietschton von sich gab, und rollte auf den Fahrradweg, der sie nach Hause leiten sollte. Sie war kein Angsthase und wusste sich zu wehren. Sie war vor zwei Jahren mit ihren Eltern aus der Ukraine geflohen und hatte Entsetzliches erlebt. Hier fühlte sie sich sicher. Als sie wenig später den Radweg Richtung Puttgarden befuhr, wähnte sie sich durch die Lichter vorbeifahrender Autos beschützt. Falls ihr etwas zustieß, konnte sie jederzeit auf sich aufmerksam machen. Und sie hatte das Pfefferspray bei sich. Mechanisch griff sie an ihre Jackentasche und tastete nach der kleinen Dose. Sie trat in die Pedale, als wäre der Teufel hinter ihr her, und bemerkte nicht einmal das Fahrzeug, das auf einem Feldweg im Schatten einer Knickreihe parkte. Dass jemand in dem Wagen saß und lauerte, ahnte sie nicht. Als sie sich bereits etliche 100 Meter entfernt hatte, startete der Motor.

KAPITEL 13

Katrin Duvenstedt zupfte am Fledermausärmel ihres Braut-
kleides. Es war ein Traum aus cremefarbener hauchdünner
geklöppelter Spitze mit tiefem Ausschnitt und durchschei-
nender Struktur. Sie drehte sich vor dem Spiegel. Das Kleid
sieht aus, als wäre es nur für mich geschneidert worden,
dachte sie und betrachtete sich. Das Morgenlicht schien wie
ein Weichzeichner durchs Fenster und ließ den Stoff trans-
parent erscheinen, ohne zu viel preiszugeben. Ihre schlanken Konturen zeichneten sich wie ein Schatten darunter
ab. Wenn das man nicht zu gewagt ist, überlegte sie und
lächelte verschmitzt. Sie strich über die verspielten Sticke-
reien im Muscheldesign, die den maritimen Look unterstri-
chen. Das passt perfekt zum Meer, strahlte sie und freute
sich wie ein Kind. Sie stand vor dem bodentiefen Standspie-
gel, den sie extra für diesen Tag bei *Ikea* gekauft hatte, als
könnte sie selbst nicht fassen, dass heute ihr Hochzeitstag
war. Das wird ihn umhauen, dachte sie, drehte sich erneut
vor dem Spiegel und lächelte ihrem Gegenüber zu. Etwas

störte sie. Ein Gänseblümchen tanzte aus der Reihe. Sie zupfte die Blüte zurecht, die immer wieder vom Blütenkranz auf ihrem Kopf herausragte und sie die ganze Zeit über schon nervös machte. Ihr Gesichtsausdruck zeigte, wie glücklich sie war.

Dirk stand, wie von Charlotte angeordnet, unten auf dem Parkplatz gegen Joschs Oldtimer gelehnt. Er wartete ungeduldig auf seine Katrin. Gierig sog er an seiner Pfeife. Er wusste überhaupt nicht, was ihn an diesem Tag erwarten würde, hatte die Vorbereitungen komplett ihr überlassen. Der souveräne Leiter der Oldenburger Mordkommission wusste, dass sie nur das Beste für alle geplant hatte. Dirk Westermann zupfte an seinem geöffneten Hemdkragen. Er trug das an den Ärmeln gekrempelte Hemd in der sandfarbenen Hose und hatte eine passende Weste dazu gewählt, die er offen getragen zur Schau stellte. Er fasste an den herausguckenden Hosenträger und ließ ihn zurückschnellen. Der Clou seines Outfits allerdings war die Schirmmütze aus Tweed im Vintagelook. Selbst die nackenlangen weißen Haare wirkten wie gemalt. Sie wird entzückt sein, hatte Charlotte gesagt, als sie ihn aus dem Schlafzimmer kommen sah. Als er ihr im Flur gegenüberstand, musste auch er schmunzeln. Die Miss Marple der Insel trug zum heutigen Anlass einen Hosenanzug aus feiner Seide in einem Fliederton. Dazu, er hatte es nicht anders erwartet, einen luftigen Strohhut, der den Royals alle Ehre gemacht hätte. »Hoffentlich fliegst du nicht weg, wenn ein Windstoß dich trifft. Wir wissen ja beide nicht, wohin die Reise heute geht, oder?« Er schob seine Pfeife in den Mundwinkel. Die Tabakspfeife war das berühmte i-Tüpfelchen seines perfekten Outfits. Fast fühlte er sich wie der Hipster-Kollege der Fallanalytik, den er noch vor Kurzem für seinen unkonventionellen Look verurteilt hatte. Er wischte den Gedanken an die

Dienststelle zur Seite. Heute wollte er nicht einen davon an die Mordfälle verschwenden. Er warf einen Blick auf seine Armbanduhr. Wo bleibt sie? Immer wieder schaute er zur Eingangstür, hoffte, dass sie endlich in Erscheinung trat. Er konnte es kaum aushalten. Sein Puls raste. Dirk Westermann wusste, dass Katrin fantastisch aussehen würde, egal, was sie trug. Die Tür öffnete sich. Sein Herz klopfte so laut, dass er es hören konnte. Aber die Einzige, die durch die geöffnete Haustür trat, war ... ihre Tante.

Dirks Geduld war aufgebraucht. Charlotte lächelte über den Bräutigam, der von einem Bein auf das andere wankte, als hätte er zu viel Bier intus. Sie tänzelte auf ihn zu, betrachtete den Verlobten ihrer Nichte und sammelte einen Fussel von seiner Weste. Er wirkte wie aus dem von F. Scott Fitzgerald 1925 veröffentlichten Roman des *Großen Gatsby*. Dabei hatte Katrin auch das genaustens geplant. Sie hatte ihm vor längerer Zeit ein Kärtchen mit einer Mitteilung auf sein Kopfkissen gelegt. Dort stand: »leger, vintage, sandfarbener Sommerlook. Gatsby. Mach was draus. Ich liebe dich.«

Charlotte begutachtete ihren zukünftigen Schwiegerneffen und kicherte. »Wenn deine Leute dich so sehen könnten. Du siehst aus wie Sherlock Holmes persönlich. Das solltest du in Zukunft als Dienstkleidung vorschreiben. Jetzt fehlt nur noch die Lupe.«

»Mein Name ist Gatsby«, zwinkerte er und wippte auf seinen braunen Lederschuhen. Nervös blies er den Rauch seiner Pfeife in den strahlend blauen Himmel. Selbst das Wetter hatte es gut mit ihnen gemeint. Ein leichter Wind brachte Erfrischung, und die Temperaturen waren dem Anlass entsprechend mild. Erneut kicherte Charlotte und steckte eine lange Hutnadel in das Gebilde, das wie ein Wagenrad aussah. »Damit du meinem Hut nicht nachlaufen musst, falls der Wind zunimmt.« Sie warf einen Blick auf ihre Armbanduhr. »Mein Gott, schon so spät. Katrinchen, wir müssen. Und wo ist das Kind …?« Eilig lief sie den Weg zurück ins Haus, betrat wenig später die Wohnung und rief außer Puste: »Katrin, wird Zeit! Und wo ist eigentlich der kleine Banause?« Über die ganze Hektik hatte sie Mats Ole völlig vergessen, auf den sie achtgeben sollte. »Oh mein Gott, wenn er jetzt nur kein dummes Zeug veranstaltet hat. Maaaats!«

Sie vernahm leises Rascheln aus dem Schlafzimmer seiner Eltern. »Oh, bitte nicht die Popocreme«, rief sie und riss die Tür auf. Das Zimmer war leer. Sie wollte gerade die Tür wieder schließen, als sie kaum wahrnehmbares Kindergeplapper hörte. »Hey, kleiner Mann, wo bist du?« Ihr Herz schlug wild, als sie sämtliche Türen des Kleiderschrankes öffnete. Er ist nicht hier, aber ich hab ihn genau gehört. Charlotte bückte sich und warf einen Blick unter das Bett. Sie lachte. Dort lag er und hatte einen Kanten Brot in der Hand, auf dem er genüsslich herumnuckelte. »Na bravo, du bist mir ja ein Schelm … Lümmel. Hat sie dich einfach auf den Boden gelegt. Diese Mama.« Sie zog ihn hervor, klopfte seine karierte Stoffhose und sein Hemdchen ab. Auch er trug die gleiche sandfarbene Weste wie sein Vater. Mats gluckste und freute sich, als Charlotte ihn auf den Arm nahm und mit Küssen überhäufte. »Wir müssen jetzt los, mein Kleiner. Deine Mami ist bestimmt fertig. Wo ist sie eigentlich?« Sie verließ das Schlafzimmer ihrer Nichte und klopfte mit einer Hand ungeduldig gegen die Tür des Gästezimmers. »Katrin, es wird wirklich Zeit. Wenn du jetzt nicht …« Der Raum war leer. »Nanu?« Die Künstlerin wurde unruhig. »Bist du auf'm Klo?« Keine Antwort. Sie huschte mit dem Kind auf dem Arm ins Wohnzimmer. Dann sah sie ihre Nichte. Sie stand auf der Terrasse, drehte sich um und schwebte ins Zimmer. »Ein Engel«, hauchte Charlotte, und ihre Augen füllten sich mit Tränen. »Schau, Mats, deine Mama. Ist sie nicht schön?« Katrin glitt in einem Traum aus elfenbeinfarbener Spitze übers Parkett. »Mein Gott, siehst du zauberhaft aus.« Es verschlug ihrer Tante die Sprache, und das hatte etwas zu bedeuten. Sie schluckte und nahm die Hand ihrer Nichte in ihre. Sie bewunderte deren langen, gewellten Haare, die von einem Haarkranz aus Sommerblüten geschmückt wurden, an denen fließende Blumenranken bis auf die Hüfte reichten. Die gleichen Farben fanden sich in ihrem Brautstrauß, der aus saftig grünen Gräsern und zarten naturfarbenen Astern und Silberregen bestand. »Ich bin geblendet. Selten habe ich eine hübschere Braut als dich gesehen.« Charlotte küsste die Hand von Mats, und die Tränen liefen über ihre Wangen. »Tantchen, nicht jetzt schon. Warte doch, bis wir uns das Ja-Wort geben.« Sie lachte und wollte ihr den kleinen Jungen abnehmen. »Nein, das ist meine Aufgabe. Du kümmerst dich nur um dich und deinen Dirk. Der ist so aufgeregt. Es wird ihm die Sprache verschlagen.«

Als die Braut mit ihrer Tante und dem Kind das Haus verließ und sich auf den BMW zubewegte, fielen Dirk und Josch, der sich neben den Bräutigam begeben hatte, die Kinnladen runter. »Da wird der Hund in der Pfanne verrückt«, murmelte der Kapitän und schob seine Helmut-Schmidt-Mütze aus dem Gesicht. Die Männer standen beide mit Tabakspfeifen im Mund am himmelblauen Oldtimer und starrten die Braut an. Dirk schluckte, drückte Josch die Pfeife in die Hand und ging auf die zukünftige Frau Westermann zu. Charlotte gesellte sich zu ihrem Begleiter, der ihr bewundernd einen Kuss auf die Wange hauchte. »Du bist heute die zweitschönste Frau auf dieser Insel.« Er zwinkerte ihr zu.

Dirk griff nach Katrins Hand. »Du bist wunderschön, und ich freue mich wirklich, den Rest meines Lebens mit dir zu verbringen. Um es mit Thomas' Worten zu sagen: Du haust mich aus den Pantoffeln. Da freu ich mich auf unsere Hochzeitsnacht ... Es sei denn, der Junior macht uns einen Strich durch die Rechnung.« Er schmunzelte und küsste sie. »Ja, das wünsche ich mir auch. Unser Sohn schläft übrigens bei Tantchen. Aber wenn wir nicht bald loskommen, wird's eng, und aus der Hochzeitsnacht wird nichts, mein Lieber. Also einsteigen.« Josch öffnete der strahlenden Braut die Wagentür und hebelte den Sitz nach vorn, damit sie ungehindert in ihrem geklöppelten Seidenkleid auf den Rücksitz gelangte. Dirk zwängte sich auf die andere Seite hinter Charlotte. Er nahm seinen Sohn auf den Schoß und freute sich darauf, bald mit seiner Traumfrau verheiratet zu sein. »Wo geht's denn überhaupt hin, min Deern«, wollte Josch wissen. »Fahr mal los Richtung Landkirchen, ich leite dich zum Zielort. Ich bin ab sofort dein persönliches Navi.«

»Na, du machst es aber spannend.«

⁎

Ihr Schädel brummte, ihr gesamter Unterleib brannte wie Feuer. Sie hatte das Gefühl, der Kopf würde jeden Moment zerspringen. Ein fauliger Geschmack lag auf ihrer Zunge. Wo bin ich? Wie bin ich hergekommen? Sie erinnerte sich nicht. Nur daran, dass sie sich auf dem Weg von der Arbeit nach Hause befand. Jolin zitterte. Ihr war kalt. Sie trug nichts als ihren kurzen schwarzen Rock und die weiße Bluse. Als sie danach griff, merkte sie, dass die offen war. Sie tastete über den Stoff, die Knöpfe fehlten. Und sie war nackt darunter. Sie hatte nicht einmal ihren BH an und spürte ihre kalten Brüste. Ihre Lippen fingen an zu zittern. Jolin versuchte, sich zu erinnern. Es gelang ihr nicht. Die Erinnerungen waren wie ausgelöscht. Alles um sie herum war in einen undurchdringlichen Nebel getaucht. Sie musste zur Toilette, wollte aufstehen und nach einer Möglichkeit suchen. Jolin bemerkte die Fessel um ihren Knöchel erst, als es zu spät war. Sie wurde zurückgerissen, schlug auf den Boden und prallte mit dem Gesicht auf. Für einen Moment verlor sie erneut die Besinnung. Als sie zu sich kam, spürte sie den brennenden Schmerz in ihrer Nase. Sie war gebrochen. Jolin tastete mit ihren Fingern dorthin, wo es am meisten schmerzte, und begann zu weinen. Am Mund bemerkte sie den metallischen Geschmack von Blut. Sie hatte sich die Lippe aufgeschlagen. Wie in Zeitlupe rollte sie sich zurück auf die Unterlage, die sich anfühlte wie eine Matratze. Sie würgte. Wie lange lag sie hier schon? Sie griff nach ihrer Armbanduhr, brauchte Orientierung. Sie war verschwunden. Genau wie der silberne Ring, den ihre Eltern ihr geschenkt hatten. Ihr Herz fing an zu rasen. Sie fasste an ihren Hals. Die Kette mit dem Kreuz war ebenfalls weg. Jolin richtete sich mühsam auf. Der ekelhafte Geruch, der sich trotz geschwollener Nase immer mehr ausbreitete, setzte sich in ihrem Kopf fest. Es roch modrig, nach Schimmel und Unrat. Sie versuchte, sich zu konzentrieren, atmete tief in ihre Lunge und bekämpfte die Schmerzen. Stück für Stück kamen Erinnerungsfetzen zurück, wurden klarer. Vor sich sah sie eine dichte Nebelwand, die sich allmählich lichtete, erkannte Konturen, Fragmente. Die Puzzleteile setzten sich zu einem Bild zusammen.

Da war jemand, das Fahrrad. Jemand hatte sie vom Rad gezerrt und ihr ein Tuch vor Nase und Mund gehalten. Danach wusste sie nichts mehr. Ihre Lippen zitterten, und ihre Augen füllten sich mit Tränen. Irgendjemand hatte sie überfallen und hierhergebracht. Jolin schniefte. Sie lauschte angestrengt. Es war stockdunkel. Kein Fenster, kein Licht. Nur dieser ekelhafte Geruch. Sie würgte erneut. Musste sich zwingen, sich nicht zu übergeben. »Hallo? Haallooo … Hilfe«, krächzte sie, hoffte, dass jemand sie hörte. Undefinierbares Rascheln ließ sie aufhorchen. Es folgte ein Fiepen. Sie kannte diese Geräusche. Das sind Ratten, realisierte sie und zuckte, wie von einem Stromschlag getroffen, zusammen. Während der Flucht aus der Ukraine waren sie in leer stehenden Scheunen unterkommen, schliefen im Heu oder auf hartem Sandboden. Und diese Laute hatten sie und die anderen manch eine Nacht nicht schlafen lassen. Ihre Mutter hatte ihr die Hand auf den Kopf gelegt, sie gestreichelt und ihr leise ein altes Kinderlied vorgesungen. Es hatte Jolin für den Moment beruhigt. »Mama«, flüsterte sie und rollte sich wie ein Embryo auf der Matratze zusammen. Sie presste die Hände gegen ihre Ohren und hoffte, dass die Viecher sie in Ruhe ließen. Tränen rannen über das Gesicht, als sie schluchzend anfing, das Lied ihrer Mutter zu singen. Jolin richtete ihre Augen in die Dunkelheit, in der Hoffnung, sie würde endlich verschwinden und sie aus diesem bösen Albtraum erwachen. Sie tastete nach der Fessel um ihren Knöchel, zerrte an der Gliederkette und verfolgte deren Weg. Sie endete an der Wand, vor der die Matratze lag. Die junge Kellnerin war in diesem Verlies gefangen, und jemand wollte ihr etwas Böses. In Jolin breitete sich Zorn aus. Sie richtete sich auf, lauschte in die Dunkelheit. Ihr Herz fing an zu hämmern, ihr Puls raste, der Schmerz in ihrer Nase kehrte zurück. Ihr Überlebenswille war geweckt. Ich gebe nicht auf, ich muss kämpfen. Ich werde kämpfen, fluchte sie und atmete so heftig, als wenn sie hyperventilieren würde. Erneut riss sie an der Kette. Das Metall schnitt bei jeder Bewegung tiefer in ihre Haut und hinterließ eine blutende Kerbe. Irgendwie muss ich hier raus. Jolin streckte ein Bein aus, weil es anfing, taub zu werden. Etwas fiel um. Sie tastete suchend mit den Zehenspitzen über den Boden. Auf einmal spürte sie einen runden Gegenstand. Eine Flasche. Das ist eine Plastikflasche. Sie rollte sie mit dem Fuß zu sich und griff danach. Die ist voll. Jolin nahm erst jetzt wahr, dass sie Durst verspürte und wie trocken ihre Kehle war. Sie suchte den Drehverschluss, öffnete ihn und schnüffelte am Inhalt. Es roch nach … nichts. Wasser, dachte sie und ließ etwas davon über ihre Handinnenfläche laufen. Sie schnupperte erneut daran und leckte mit der Zunge an der Flüssigkeit. Es ist tatsächlich Wasser, stellte sie erleichtert fest und setzte das Plastikgefäß an den Mund. Ich habe solchen Durst. »Mama.«

*

Kommissar Werner Hintz hatte die Aufgabe, in der Dienststelle mit dem Rest des Ermittlungsteams weiterzuarbeiten. Der 52-jährige, braun gebrannte Polizeibeamte hatte sich freiwillig dazu entschieden, nicht an den Feierlichkeiten seines Vorgesetzten teilzunehmen. Ihn trieb nichts zu einer derartigen Veranstaltung. Ihm war es egal, was die anderen dachten. Außerdem mussten die Ermittlungen reibungslos weiterlaufen, auch wenn sich eine Gruppe aus dem Staub gemacht hatte, um bei der Hochzeit des Chefs aufzutauchen. Er strich über seinen schwarzen Schnauzbart, dann über die Geheimratsecken und verengte die Augen. Hintz atmete tief ein, bis seine Brust anschwoll, und trommelte selbstzufrieden mit den Fingern auf die Tischplatte. So könnte es bleiben, dachte er und grinste.

Der hochgewachsene Mann legte die Hand auf seinen Bauchansatz und warf einen Blick in die Runde. Er richtete sich auf. Dann ging unerwartet die Tür auf. Mit dem Aktionismus seiner dänischen Kollegin hatte er nicht gerechnet. Er hatte erwartet, dass sie Knall auf Fall zur Traumhochzeit ihres Chefs aufbrechen würde. Nun spazierte sie mit einem Lächeln auf das Flipchart zu und übernahm wie selbstverständlich die Führung. Hintz platzte fast der Kragen, sein Gesicht lief rot an. Er schnappte nach Luft wie ein Fisch auf dem Trockenen und musste zusehen, wie sie ihre Zusammenfassung erläuterte.

»Moin, meine lieben Kollegen. Wir haben, was diese Schlösser angeht, im Netz Folgendes rausgefunden«, sagte sie und tippte mit dem Finger auf das Foto des schwarzen herzförmigen Vorhängeschlosses. »Die haben wir auf einer Website gefunden. Dort hat er das zweite Herz gekauft … dachten wir zumindest.« Anne Lornsen schüttelte verneinend den Kopf und zuckte die Achseln. »Es ist mit dem ersten identisch, wird auf Wunsch vor Ort graviert. Wir haben uns sogar mit dem Inhaber unterhalten. Allerdings hat zur Zeit der Morde niemand ein derartiges schwarzes Herzschloss bestellt«, sagte die dänische Oberkommissarin und presste die Lippen zusammen. Ihr Grübchen zeigte sich. »Wir konnten somit weder einen Adressaten noch einen Abbuchungsvorgang feststellen. Er muss es also woanders gekauft haben. Wahrscheinlich an einem Stand oder in einem dieser vielen Geschenke-Läden. Sorry, da sind wir bisher nicht weitergekommen.« Lornsen räusperte sich, faltete die Hände und wartete auf eine Reaktion.

»Es sei denn, es lief über ein Darknet-Konto. Wenn jemand nicht möchte, dass man seine Aktivitäten rausfindet, bieten sich dort ungeahnte Möglichkeiten. Wir sollten uns nicht gleich ins Bockshorn jagen lassen. Die Analyse ist fertig, und ich werde sie im Anschluss mit euch durchsprechen«, mischte sich Sonja Rasmussen in das Gespräch. Nils Henning klappte den Aktendeckel auf und fertigte Notizen an.

»Darknet? Halte ich für unwahrscheinlich. Da sind
Leute, die unerkannt miese Geschäfte abwickeln, Drogen oder Waffen kaufen«, knurrte Werner Hintz, dem das
ganze Internet ein Gräuel, ein Buch mit sieben Siegeln war.
Wieder streiften seine Finger über den Schnauzbart, bevor
er sich die nächste Zigarette zwischen die Lippen schob.
»Ich wäre mit derartigen Aussagen vorsichtig«, antwortete Henning. »Dieser Bereich ist selbstredend ein Teil des
Netzes, und es kann Tummelplatz für kriminelle Machen-
schaften sein. Es gibt ja genügend Geschichten, die davon
berichten. Aber es ist nicht nur Treffpunkt für Verbrechen.
Werner, sei mal offen und mach dich von dem Gedanken
frei, dass dort nur Menschen, Drogen oder Waffen gehandelt werden. Der verborgene Teil des Darknets ist weitaus mehr.«

»Ach, geh mir doch ab. Ich surf nur auf meinem Handy,
hab keinen Computer und beweg mich schon gar nicht im
Darknet. Das ist für Kriminelle.«

»Stopp. Du verstehst da etwas völlig falsch. Außerdem
surfst du jeden Tag im Netz, oder hat dein Handy kein
Internet?« Die Kollegen lachten. Er zwinkerte Hintz zu, der
verächtlich das Gesicht verzog. Für ihn war dieses Thema
ein rotes Tuch. Wenn es nach ihm ginge, würde er diesen
gesamten Internetzirkus verbieten. Und eigentlich hatte er
sowieso keine Lust, sich darüber zu unterhalten. Er verstand die Zusammenhänge nicht und wollte sie auch nicht
verstehen. Ihm reichte sein Handy … »Werner? Hallo?
Alles klar?« Sonja Rasmussen holte den Polizeibeamten
zurück in die Gegenwart.

»Nö, nichts ist klar. Lasst mich doch mit den Kokolo-
res zufrieden. Ich will mich damit nicht befassen … basta!«

Die Fallanalytikerin sah ihn an. »Das solltest du aber,
dann würdest du auch verstehen, warum unglaublich viele

Kollegen dem Darknet seit Jahren den Kampf ansagen. Sehr wahrscheinlich bewegt er sich tatsächlich dort, um nicht auffällig zu werden und sozusagen als Geist zu operieren. Wäre doch zumindest eine Möglichkeit, oder nicht?«

»Es ist ein Team dabei, die Daten der Plattformen rauszufinden, auf denen die Mädchen sich bewegt haben, eine andere Gruppe stellt die Verknüpfungen zum Darknet her. Ich hab gerade telefoniert«, sagte Henning.

»Das klingt gut. Lass die mal machen«, murmelte Hintz und war froh, dass sich das Thema änderte. Er zündete sich eine weitere Zigarette an und hustete. »Was ist mit diesem Reitmeier? Sein Onkel hat doch auf dem Warder ein Ferienhaus. Wer hat es in der Zeit der Morde genutzt?«, fragte der Kriminaltechniker. »Wir haben das überprüft. Das Haus stand angeblich zu dieser Zeit leer. Kein Gast, keine Familie«, entgegnete Oberkommissarin Anne Lornsen.

»Hat der Kerl einen Schlüssel für die Hütte?«, fragte Henning. »Wie meinst du das?«, wollte sie wissen. »Na ja, dann hätte er jederzeit Zutritt zum Ferienhaus seines Onkels gehabt?«

»Ich denk schon«, antwortete sie. »Denken reicht da nicht ... überprüfen. Könnte doch möglich sein, dass er wusste, dass das Haus leer stand und sich ohne Wissen der Familie dort aufgehalten hat, oder?« Henning zog die Augenbraue hoch und guckte die Oldenburger Kollegin an. Sie räusperte sich. »Wir werden das auf jeden Fall zügig nachprüfen.« Lornsen machte Notizen und war nicht erfreut darüber, dass ihr das nicht vorher eingefallen war.

»Was ist mit dem ersten Opfer? Habt ihr der Freundin noch mal auf die Finger geklopft?«, fragte Henning. »Die Aussagen, die vorliegen, sind mir zu schwammig. Ich bin sicher, die verheimlicht uns was. Das klingt wie ein ständiges Herumeiern ums eigentliche Thema.«

»Lass uns da noch mal vorbeifahren. Sozusagen von Frau zu Frau mit ihr sprechen. Manchmal kommt man da besser voran«, sagte Lornsen und klappte die Akte zu. »So, Kollegen, wir machen uns jetzt auf den Weg zur Hochzeitslocation. Wie gut, dass Katrin uns instruiert hat«, rief sie, schwang sich vom Stuhl und griff nach dem riesigen Müllsack, der seit Stunden in der Ecke des Büros stand. Sie rückte ihre weiße kurzärmlige Bluse zurecht, die sie extra für diesen Tag angezogen hatte, und war im Begriff, den Raum zu verlassen. Bei jedem Schritt wehte der Stoff ihrer roten Marlene-Dietrich-Hose um ihre langen Beine. Sie schüttelte ihren flachsblonden Bob und sagte grinsend: »Wir können.«

»Und wenn ihr mit dem Hochzeitsgetüddel fertig seid, folgt ihr den Anweisungen auf dem Plan«, knurrte Hintz und blies den Qualm seiner Zigarette in die Luft. Er betrachtete die dänische Kollegin und wünschte sich, dass sie mehr von ihm wollte, als nur ein guter Teamkollege zu sein. Er kraulte seinen Schnauzbart und fuhr sich über die dunklen Haare, von denen sich die Kollegen seit Jahren fragten, ob die Farbe echt oder getönt war. Hintz grunzte und legte zufrieden die Beine auf den Schreibtisch, als sich die Tür endlich geschlossen hatte.

*

Irgendwie hatte er es geahnt, aber als die Hochzeitsgesellschaft durch Kopendorf fuhr und Katrin in Sulsdorf »abbiegen« sagte, kannte Dirk Westermann das Ziel. Er lächelte, weil er wusste, wie sehr sie die Trauungen auf dem Leuchtturm liebte. Es hätte ihm eigentlich schon früher klar werden müssen, dass seine Hochzeit nicht unbedingt auf dem Boden, sondern im siebten Himmel stattfand. Der Hauptkommissar drückte seinen Sohn an sich, der wie ein Wippsteert auf seinen Oberschenkeln hüpfte. Mit einem Lächeln lehnte er sich in die Polster und schloss für einen Moment die Augen.

In seiner Erinnerung fand er sich plötzlich an dem Tag wieder, als alles angefangen hatte. Als er Katrin Duvenstedt in Strukkamp vor dem brennenden Haus ihrer Tante völlig aufgelöst vorfand. Als sie weinend in seinem Arm lag, während das Feuer um sie herum wütete und alles niederbrannte. Sie vermutete damals ihre Tante in den Flammen und wollte zu ihr. Er hatte sich augenblicklich in sie verliebt. Das heute war die Krönung dieser Liebe, und er überließ ihr gern das Zepter an diesem Tag. Mats klatschte mit den Händen gegen die Scheibe und riss Dirk zurück in die Gegenwart. Charlotte hatte Mühe, den kleinen Westermann vom vorderen Beifahrersitz aus zu beruhigen. Katrin hingegen schien bereits auf Wolke sieben zu schweben, als sie das Naturschutzgebiet erreichten. Sie saß schweigend da und lächelte die ganze Fahrt über.

Eine Frau mittleren Alters wartete am Eingang zum weitläufigen Gebiet, um den Pfahl aus dem Weg zu räumen, der die Einfahrt zum Leuchtturm verwehrte. Katrin knetete ihre Hände, versuchte, die Feuchtigkeit zu entfernen, die sich in den Handinnenflächen ausbrcitete. Ihre Wangen waren gerötet. Auf einmal rutschte sie auf dem Sitz umher und schluckte unentwegt. Dirk beobachtete sie und spürte ihre aufsteigende Nervosität. Er drehte die Scheibe einen Spalt runter. Eine leichte Brise wehte über die Felder und brachte Erleichterung. Sie sieht aus wie eine Elfe, dachte der Mann, der schwerste Verbrechen löste und mit Sachverstand seine Dienststelle leitete. Er spürte Tränen in seinen Augen und schaute verstohlen aus dem Fenster.

Josch schniefte. Er inhalierte den Geruch, der sich im Inneren seines Oldtimers ausgebreitet hatte. Der gesamte Wagen roch nach *Baccarat Rouge 540*, *Poison*, das die Braut sich auf Halspartie und Handgelenke getupft hatte, und dem herben Männerduft von *Boss*, der Dirk umgab. Niemand sagte ein Wort. Jeder hing seinen eigenen Gedanken nach. Der Einzige, der pausenlos krähte, war Mats, der aufgedreht wie eine Spieluhr auf den Schenkeln seines Vaters hopste. Nach mehr als einem Kilometer erreichten sie ihr Ziel. Westermann strahlte, als er das schlanke, achteckige Gebäude betrachtete, das sich vor der Hochzeitsgesellschaft auftürmte. Er guckte hoch.

Der Flügger Leuchtturm ragte mit seinen gut 37 Metern direkt vor ihnen in den strahlend blauen Himmel. Charlotte Hagedorn stieg als Erste aus dem Fahrzeug und nahm den Junior in Empfang, damit auch Dirk den Wagen verlassen konnte.

Josch half der Braut. Katrin schien noch immer zu schweben. Ihr filigranes Kleid wiegte sich im Wind. Die Standesbeamtin, eine junge Frau mit kurzen blonden Haaren und sportlicher Figur, kam ihnen mit einem Lächeln entgegen. »So, nun kann's ja losgehen«, flötete sie und begrüßte das Brautpaar und die wenigen Gäste. »Dir brauch ich den Ablauf ja nicht zu erklären«, zwinkerte sie Richtung Braut. »Eigentlich hätte sie die Trauung auch selbst durchführen könnten«, lachte sie. Dirk hielt Katrin fest im Arm, als sie über die Stufen ins Foyer des Leuchtturms traten. »Beeindruckend«, sagte er, als er den Blick nach oben warf. Er war vorher noch nicht in diesem Leuchtfeuer gewesen. Ein maritimes Foto schmückte die rund gemauerte Backsteinwand, und ein wunderschöner Strauß aus Wiesenblumen und Gräsern steckte in einer passenden Vase. Direkt vor ihnen stand ein winziger Tisch mit drei Stühlen. Für mehr wäre kein Platz gewesen. Der Raum glich einer Puppenstube. Einzig der luftige Blick in die Höhe des Leuchtturms ließ das Foyer größer erscheinen, als es in Wirklichkeit war. »Jetzt verstehe ich auch, warum hier nur zwölf Leute reindürfen. Mehr geht ja gar nicht«, flüsterte der nervöse Westermann Katrin ins Ohr. »Und da soll ich mit dir rauf?«, murmelte er und guckte nach oben. Sie nickte. »Wirst du müssen, wenn du den einmaligen Blick erleben möchtest.« Sie hatte sich diese Trauung im kleinen Kreis ihrer Liebsten genauso gewünscht. Die Standesbeamtin bat das Brautpaar, Platz zu nehmen. Als sie gerade mit ihrer Ansprache beginnen wollte, hob Westermann auf einmal entgeistert die Hand und sprang auf. Dem Ersten Hauptkommissar stellten sich die Nackenhaare auf. Blass geworden fragte er: »Wo ist Thomas? Er müsste längst hier sein.« Alle guckten sich an und zuckten verwirrt die Schultern. Ihm schwante Böses, als sein Blick zur Tür wanderte und ihm sämtliche Augen folgten. »Hab ihn nicht gesehen«, murmelte Charlotte, die als Fotografin eingespannt war und ihre *Nikon* auf dem Schoß bereithielt. »Ich geh mal gucken«, sagte sie, legte die Kamera ab und verließ in ihrem fliederfarbenen Ensemble das historische, unter Denkmalschutz stehende Gebäude.

Josch setzte sich und bespaßte den kleinen Westermann-Spross, der quirlig auf seinem Schoß herumwirbelte. »Nirgends zu sehen«, murmelte sie, als sie zurückkam und das Wagenrad auf ihrem Kopf zurechtrückte.

Dirks Miene verfinsterte sich. »Ich hab's befürchtet.« Er holte tief Luft und schüttelte die Tatsache, dass er ohne seinen Trauzeugen heiraten würde, ab. »Dieser Kerl versaut mir nicht den Tag«, knurrte er. Er trat auf Josch zu, flüsterte ihm etwas ins Ohr und konzentrierte sich wieder auf das anstehende Prozedere. Nach der Hochzeitsansprache der Standesbeamtin erhoben sich die Anwesenden, um den festlichen Akt bürokratisch zu besiegeln. In diesem Moment wurde die Tür aufgerissen. »Stopp, stohop, ich bin der Zeuge. Ohne mich könnt ihr nicht anfangen«, lallte der Ankömmling und stand in Jeans, ungebügeltem Hemd und grauem Sakko mitten im Trauzimmer. Er wankte und stierte die Hochzeitsgesellschaft aus glasigen Augen an. Hartwig war offensichtlich nicht Herr seiner Sinne und grinste verunglückt. Sein unrasiertes Gesicht und die Augenringe sprachen Bände. »Ich bin der Trauzeuge … ohne mich geht es gar nicht«, brummelte er kaum verständlich und ließ sich auf einen der freien Stühle fallen. Alle starrten ihn fassungslos an, als er mit der Zunge schnalzte. Katrin schluckte und hielt die Hand vor ihren Mund. Ihre Augen schimmerten verdächtig. Sie setzte sich und atmete durch, hatte das Gefühl, als zöge ihr jemand den Boden unter den Füßen weg. »Moment«, hallte Westermanns scharfe Stimme durch den Raum. Er packte seinen Kollegen am Kragen seines Jacketts und beförderte ihn mit wutverzerrter Miene vor die Tür. Er stieß ihn von sich, als sie die letzte Stufe verlassen hatten. »Du bist das Allerletzte und hiemit ausgeladen. Verdammter Mistkerl, was ist in dich gefahren?« Westermann schrie so laut, dass man es im Leuchtturm hören konnte und sämtliche Anwesenden sich nicht von der Stelle rührten. »Wie bist du so besoffen überhaupt hierhergekommen? Du … du …« Er hob die Hand, und es sah aus, als wenn er ihm eine Ohrfeige geben wollte. Hartwig wankte zurück.

»Taxi«, entgegnete er und guckte den Bräutigam mit bedauernswertem Hundeblick an. »Dann rufst du dir jetzt eines und siehst zu, dass du umgehend verschwindest. Ich will dich hier nicht mehr sehen.« Dirk Westermann ließ die Hand sinken. »Du bist ein Arschloch, und ich werde mir von dir nicht diesen Tag versauen lassen … hau ab. Um es mit deinen Worten zu sagen … verpiss dich endlich.« Seine Stimme wurde gefährlich leise. »Wir reden, wenn du nüchtern bist, verlass dich drauf.« Der Erste Hauptkommissar, dessen Mimik gerade in diesem Augenblick überhaupt nicht zum Outfit passte, machte auf dem Absatz kehrt und ließ seinen Trauzeugen stehen. Hartwig wankte und schaute ihm hinterher. Noch ehe er etwas erwidern konnte, war sein Chef verschwunden. Er wühlte taumelnd in seinen Hosentaschen nach seinem Handy, als ein alter Polizeiwagen, ein dunkelgrüner Käfer aus den 70ern, die Einfahrt hochfuhr. Der abgefüllte Kommissar ließ das Telefon stecken. Ein paar Sekunden später stand Anne Lornsen vor ihm. »Was machst du hier draußen? Ich dachte, du bist sein Trauzeuge?«

»Ich glaub, das hat sich erledigt. Ich hab's vergeigt«, lallte er und sah einfach nur peinlich aus. Anne registrierte sofort, was passiert war, und schüttelte verständnislos den Kopf. Sie biss auf ihre Unterlippe. »Und jetzt? Thomas, wie konntest du? Ich glaub's ja nicht. Hast du sie nicht mehr alle?« Er zuckte die Schultern und verzog das Gesicht.

»Ich s… soll mich ver…pissen, hat er gesagt. Wollte mir grad ein Taxi … ist doch mein bester Freund«, brabbelte er, wankte und fiel der Oberkommissarin direkt in die Arme. Anne Lornsen hatte Mühe, sich mit ihm aufrecht zu halten und nicht auch noch ins Straucheln zu geraten. »Nehmt mir dieses besoffene Eichhörnchen ab. Packt ihn in den Dienstwagen und lasst ihn liegen, damit er ausnüchtern kann. Wir nehmen den Besuffski nachher mit zurück. Du verdammter Idiot«, murmelte sie und übergab Hartwig den Kollegen.

Im Inneren des Leuchtturms gaben sich Katrin und Dirk nach dem unangenehmen Auftakt endlich den ersehnten Kuss. Sämtliche Anspannung fiel von ihnen ab. Die neue

Frau Westermann hatte das Theater mit Thomas beiseite-
geschoben. Dass Josch den Part des betrunkenen Polizeibeamten übernahm, war ihr nur recht. Für den Kapitän a.D.
war es eine Ehre, der Trauzeuge des Bräutigams zu sein.
Mats, der in seinem Mini-Gatsby-Outfit und den dunklen
Locken aussah wie ein Engel, hielt mit roten Wangen ein
kleines Samtkissen, auf dem sich die Ringe befanden, und
versuchte immer wieder, von Joschs Schoß zu rutschen. Der
rückte seine Helmut-Schmidt-Mütze zurecht, stand auf und
trat mit dem Knirps auf dem Arm zum Hochzeitspaar. Der
Dreikäsehoch allerdings gab das Kissen nicht her, brüllte
wie am Spieß und sorgte für allgemeine Unterhaltung. Charlotte stieg, nachdem sie ihre Pflicht als Trauzeugin von Katrin erfüllt hatte, die ersten Stufen zum Leuchtfeuer hoch,
um Fotos zu schießen. Alles in allem war die Trauung eine
berührende Zeremonie, die in diesem Ambiente nicht stil-
voller hätte ausfallen können. Fast hatten sie den peinlichen
Vorfall mit Thomas Hartwig vergessen.

*

Die Kollegen des Hauptkommissars verfrachteten den
volltrunkenen Trauzeugen in den Dienstwagen und bau-
ten sich im Spalier vor dem Flügger Leuchtturm auf. Die
Überraschung würde auf jeden Fall gelingen. Anne Lornsen toppte alles. Sie hatte aus dem Fuhrpark der Hamburger Polizei einen alten VW Käfer, einen Original-Polizei-
wagen, organisiert, der normalerweise für repräsentative
Zwecke und Öffentlichkeitsarbeit genutzt wurde. »Eindrucksvoller geht's nicht. Das wird unserem Boss gefallen«,
freute sich die Oberkommissarin und klatschte begeistert
in die Hände, als der Wagen wenige Stunden zuvor auf die
Dienststelle gefahren wurde.

»Die müssten langsam fertig sein«, flüsterte sie, und man merkte ihr an, dass sie es kaum abwarten konnte, in das Gesicht des Brautpaares zu schauen. Sie zog den riesigen Müllsack aus dem Kofferraum ihres Autos und stellte ihn neben sich. 100 weiß-blaue, mit Helium gefüllte Luftballons waren in dem Sack, genau wie die Handschellen, die sie beiden anlegen würde, wenn sie denn endlich erschienen. Nur, und nur dann, wenn sie die kniffligen Fragen der Kollegen beantworten konnten, würden sie davon befreit. »Das wird ein Spaß«, juchzte sie. Jeder merkte, dass sie diejenige war, die am meisten Freude an den Vorbereitungen gehabt hatte. Die Beamten, die extra für diesen Anlass Uniformen und Mützen trugen, postierten sich, um beim Austritt des Brautpaares aus dem Leuchtturm in Formation zu stehen. Die Handfesseln sowie die Fragen hielt Anne in ihrer Hand. Sie ließ für einen Moment den Blick über das Gelände mit dem Leuchtturmwärterhäuschen und dem Anbau schweifen, in dem sich Anmeldung und ein kleiner Shop befanden. Von dort blickte man über Felder und Meer, das wie bestellt am Horizont glitzerte. Sie freute sich für ihren Chef und dessen Frau.

Ihr Handy läutete. Sie rollte mit den Augen und sah fragend auf das Display. »Das ist die Polizeidienststelle in Burg.

Ja …?« Sie lauschte und wurde blass: »Was?«

Als Dirk und Katrin die ersten Stufen des historischen Leuchtturms erklommen hatten, um auf die Galerie zu gelangen, öffnete sich die Eingangstür ein weiteres Mal. Anne Lornsen platzte ins Trauzimmer. »Chef, du musst sofort mitkommen. Wir haben einen Einsatz! Es tut mir sehr leid.« Sie wurde rot, als sie sich der Situation bewusst wurde, in die sie sich gerade begab und in die kleine Hochzeitsgesellschaft blickte. »Jetzt reicht's aber wirklich«, schnaubte Dirk Westermann und funkelte die Oberkommissarin fuchsteufelswild an. Sie zuckte die Schultern. »Ihr seid doch fertig, oder? Mit der Trauung meine ich …«

»Sag mal, was fällt dir ein? Jetzt ist es langsam zu viel des Guten. Erst lasst ihr den besoffenen Kerl hier rein, dann redest du von Einsatz. Habt ihr sie nicht mehr alle? Wir heiraten gerade, falls es bei dir noch nicht angekommen ist. Das kann warten … ihr seid wohl alle plemplem.« Niemand im Raum hatte Dirk Westermann vorher so erlebt wie an diesem Tag. Sein Gesicht leuchtete hochrot, und seine Mimik war wie versteinert. »Was machst du überhaupt hier und … wie siehst du aus?« Sein fassungsloser Blick musterte die Oberkommissarin. Sie war, wie ihre Kollegen, in voller Montur angetreten, um ihrem Vorgesetzten und seiner Frau die Ehre zu erweisen. Der Hauptkommissar warf ihr einen missbilligenden Blick zu. Irgendwie lag auf diesem Tag ein Fluch. Anne atmete durch, trat an die Stufen und zog ihren Ermittlungsleiter am Hemdärmel Richtung Ausgang. Widerwillig folgte er ihr. Als Lornsen die Tür hinter sich geschlossen hatte, flüsterte sie: »Es tut mir so unendlich leid. Aber ich glaube, er hat wieder zugeschlagen!« Sie hielt Westermann das Handy unter die Nase. »Dem Foto nach zu urteilen, hat die verschwundene Person verdammte Ähnlichkeit mit unseren Opfern, oder etwa nicht?«

KAPITEL 14

Olaf Schütt legte das Telefon aus der Hand, als der Trupp uniformierter Personen über den Parkplatz gehetzt kam. Er wunderte sich. Sie alle trugen Uniformen, als wären sie im Großeinsatz. Nur Westermann, mit dem er jahrelang freundschaftlich verbunden war, lief an der Spitze in sandfarbener Hose, weißem Hemd und Weste der Wache entgegen. Auf dem Kopf eine englische Schiebermütze. Der Dienststellenleiter schüttelte sich, als könne er nicht fassen, was auf ihn zustürmte. »Wat ist denn hier los?«, knurrte er und erhob sich. Die Tür der Dienststelle wurde aufgerissen und der Leiter der Mordkommission stand vor ihm. Er schnaufte, als hätte er einen Hundertmeterlauf hinter sich gebracht. »Was ist denn mit euch los? Karneval ist erst im Februar, mein Bester. Soweit ich mich erinnere, heiratest du doch gerade, oder etwa nicht?«, fragte Schütt verwirrt und raufte sich die kurz geschorene Haarbürste. »Nee, was ist hier los?«, wollte Westermann mit zusammengezogenen Augenbrauen wissen und reichte dem Leiter der Burger Dienststelle die Hand. »Was hier los ist? Eine junge Frau wird vermisst, das hab ich euch doch mitgeteilt.«

»Ja genau, als wir mitten in der Trauung steckten. Ist das sicher?« Schütt nickte. »Du hast ja recht. Das hätten wir erst mal selbst klären können. Es tut mir leid, aber es ist wirklich brenzlig. Du weißt ja am besten, dass wir uns sonst mindestens 24 Stunden Zeit lassen, bevor wir eine Vermisstenanzeige überhaupt erst aufnehmen. Nach den Vorkommnissen in deiner Dienststelle fand ich's ratsam, euch schleunigst zu informieren. Mir ist die Ähnlichkeit aufgefallen, die die Vermisste mit euren Opfern hat.« Olaf Schütt zog ein ausgedrucktes Foto vom Schreibtisch. Es zeigte eine junge Frau mit langen dunkelbraunen Haaren, dunklen Augen und geschwungenen Lippen. Ihre Wangen waren rosig, sie sah auf der Aufnahme glücklich aus. Westermann schluckte und reichte das Bild weiter an seine Kollegen. »Ja, die ist mir auch sofort ins Auge gesprungen. Wer ist sie? Woher weißt du, dass sie vermisst wird?«

»Ihre Chefin war vor einer Stunde hier in der Dienststelle. Sie sucht ihre Mitarbeiterin. Sie hat uns erzählt, dass sie immer pünktlich und akkurat ist. Sie wirkte ganz schön aufgeregt, die Alina. Sie hat heute Morgen bei den Eltern angerufen, und die konnten ihr keine Antwort geben. Die sind alle ziemlich aufgewühlt deswegen.«

»Kennst du sie?«

»Das Mädchen?«

»Nein, die Chefin. Du sagtest Alina.«

»Ja, natürlich. Wir gehen mit dem Skatklub immer im *Landhaus* essen. Ist lecker und nicht so teuer. Sie haben einen Raum, in dem wir ungestört Karten spielen können.« Westermann nickte. »Ich kenn das Restaurant. Hartwig und ich sind da auch des Öfteren hin, als ich noch in der Pension untergekommen bin. Nette Leute, gutes Essen. Aber nun erzähl, was genau hat sie gesagt?«

»Sie hat mir vertellt, dass ihre Mitarbeiterin gegen 23 Uhr das Lokal verlassen hat. Die Deern ist auf ihr Fahrrad gestiegen und Richtung Puttgarden geradelt. Alina hat sich noch tierisch aufgeregt, dass sie sie nicht selbst nach Hause gefahren hat.«

»Und wieso hat sie das nicht?«, fragte Westermann. »Weil das Mädchen nicht wollte.« Olaf Schütt spitzte die Lippen und setzte sich wieder. Er strich mit der Hand über seinen gewölbten Bauch. »Sie hatte nicht vor, ihrer Chefin zusätzliche Arbeit aufzuhalsen.« Der Leiter der Mordkommission nickte. »Wir werden uns dann wohl zuerst mit den Besitzern des Restaurants unterhalten. Und du sagst, sie ist mit dem Rad Richtung Puttgarden? Wohnt sie da? Das ist eine ziemlich lange Strecke, soweit ich mich erinnern kann. Und das mitten in der Nacht … hm. Das sind doch sicher acht oder neun Kilometer, wenn ich mich nicht täusche.« Schütt nickte. »Ja, acht«, entgegnete der Burger Dienststellenleiter. Jan Becker trat ein, nickte und verschwand wieder. Er wusste, wenn die Mordkommission im Haus war, gab's Ärger. Die stiften nur Unruhe, dachte er und war offensichtlich der Meinung, wenn er sich verdrückte, könnte er dem entgehen.

»Wohnt sie allein oder bei den Eltern?«

Der Burger Hauptkommissar antwortete: »Sie lebt mit ihren Eltern in der Unterkunft.« Westermann nickte.

»Dann lass uns besprechen, wie wir vorgehen. Anne, such dir zwei Leute, fahrt umsichtig den Weg ab. Nehmt jeden Strauch und jeden Knick in Augenschein. Ihr wisst, warum.« Die Oberkommissarin nickte. »Geht klar, Chef. Aber was machen wir mit …«, sie deutete auf den historischen Dienstwagen, in dem Hartwig immer noch auf der

Rückbank lag und seinen Rausch ausschlief. Auf einmal verengte Westermann die Augen. »Sag mal, Olaf, eure Zelle, ist die leer?«

Schütt nickte. »Ja, warum willst du das wissen?«

»Weil ich einen Sondergast für euch habe. Der braucht dringend 'ne Ausnüchterung.« Olaf Schütt sah den Kollegen aus Oldenburg fragend an. »Unser Hartwig ist ein bisschen von der Rolle, der muss in Quarantäne.« Westermann musste plötzlich lachen, obwohl er nicht zum Scherzen aufgelegt war. »Bringt ihn in die Zelle. Wenn er aufwacht, weiß er sowieso nicht mehr, wie er da reingekommen ist. Das wird ihm eine Lehre sein. Und lass ihn ruhig brüllen, wenn er zu sich kommt. Er muss nicht wissen, wo er ist.«

Schütt lachte aus vollem Hals und hielt sich den Bauch, der sich im letzten Jahr weiter entfaltet hatte, weil Essen und Bier ihm so gut schmeckten. »Oh Mann, da hat aber einer richtig Mist gebaut, wie ich das sehe.«

»Kannst du laut sagen, der ist so was von …« Westermann schwieg. Er wollte nicht, dass das Verhalten seines Kollegen größere Kreise zog. »Und das bleibt bitte unter uns …« Er sah sein Team an. »Das gilt auch für euch. Ist unsere Sache, geht niemanden was an, ist das klar?« Die Ermittler der *Soko Küstenherz* nickten und verkniffen sich das Grinsen. »So, und wir, mein lieber Nils Henning, werden uns im Restaurant mit der Wirtin unterhalten. Vielleicht hat sie uns noch mehr zu berichten.« Er zog an seinen Hosenträgern und ließ sie zurückschnellen, was ihm ein schmerzhaftes »Aua« entlockte. »Das ist ja alles korrekt, aber hattest du nicht etwas Wichtigeres vor? Das kann ich ganz gut alleine regeln. Ich nehm mir jemanden von hier mit und …« Westermann wurde blass. »Katrin!«

Katrin, Charlotte und Josch standen wartend an Bord des Fischkutters *Tümmler*, der mit der illustren Hochzeitsgesellschaft eine Seefahrt über die Ostsee bis hin zur Fehmarnsund-Brücke unternehmen wollte. Die Braut hatte Fischbrötchen bestellt, der Sekt war kalt gestellt, und am Ende der Fahrt gab es ein Catering an Bord. Auf einmal sah sie ihre schönsten Träume genauso zerplatzen wie die Luftballons, die immer noch im Müllsack an ihrer Seite standen und nach und nach in der Sonne den Geist aufgaben. Enttäuscht hatte sie Dirk gehen lassen müssen und war mit Josch und ihrer Tante schweigend zum Hafen Burgstaaken gefahren. Die Kollegen hatten Katrin nicht davon überzeugen können, sie allein mit dem Kleinen im Polizei-Käfer zum Jachthafen fahren zu dürfen. Sie hatte abgewunken und sich für die geplante Geste bedankt. »Sie könnten damit ihren Chef zur Dienststelle kutschieren«, hatte sie geflüstert und war in den Fond von Joschs BMW gestiegen. Ihre Laune schien endgültig am Boden, und sie hatte wieder Wasser in den Augen, als Dirk sich von ihr verabschiedete. Sie sah an seinem zerknirschten Gesichtsausdruck, dass es ihm unendlich leidtat, er jedoch nicht anders konnte. »Ich komm hin, wo immer du willst. Meine liebe Ehefrau, aber ich muss das klären. Sag mir, wo ihr zu finden seid, ich bin da, versprochen.« Wie zum Schwur hob ihr erst eben angetrauter Ehemann zwei Finger seiner Hand. »Du siehst unglaublich aus«, flüsterte er, nahm sie in den Arm, gab ihr einen innigen Kuss. Mit einer zärtlichen Geste strich er ihr eine Strähne aus dem Gesicht und stieg mit traurigem Blick in den Dienstwagen von Anne Lornsen. »Ich lass es dich wissen«, knurrte Katrin, als er sie nicht mehr hören konnte. Sie hatte ihm längst verziehen, auch wenn es ihr in ebendiesem Fall verdammt schwerfiel. Ihr war bewusst, wen sie geheiratet hatte, und sie musste es hinnehmen … aber sie hatte im Leben nicht damit gerechnet, dass es am Tag ihrer Hochzeit zu diesem Fiasko kommen würde. »Nicht heute«, murmelte sie und übermittelte ihm per *WhatsApp* eine Fotografie des *Tümmlers*. Er wusste genau, was das Bild zu bedeuten hatte.

»Du kannst ablegen, wir fahren alleine. Ich habe jetzt lange genug gewartet.« Katrin Duvenstedt-Westermann gab dem Kutterkapitän Anweisung, den Hafen zu verlassen. Fast eine Stunde hatte sie ihrem Mann Zeit gegeben. Sie hatten immer wieder auf die Uhr gesehen und gehofft, dass er jeden Moment um die Ecke käme. Aber er kam nicht. »Dann fahren wir eben ohne ihn Richtung Sundbrücke«, sagte sie mit bleierner Stimme und drückte ihren Sohn an sich. »Das kannst du nicht machen«, flüsterte Charlotte und hielt ihren Strohhut fest, damit er nicht mit einer Bö vom Kopf flog. »Doch, das kann ich sehr wohl. Dein Lieblingskommissar hat Wichtigeres zu tun, wie du selbst sehen kannst. Was soll ich denn deiner Meinung nach tun? Die ganze Kutterfahrt streichen? Es ist alles bezahlt, und das Catering genau wie die Fischbrötchen, die dort so nett angerichtet auf dem Silbertablett liegen, können wir wohl kaum den Fischen zum Fraß vorwerfen, obwohl ich das am liebsten tun würde. Reicht schon, dass meine Eltern nicht kommen. Ich hätte den Termin verschieben sollen. Dein Kommissar wird sich sicher wundern, wo der Kutter steckt, aber mit seinem Spürsinn wird er schnell rausfinden, wo wir uns rumtreiben. Ich weiß, dass sein Beruf immer vorgeht, aber an diesem Tag …« Katrin stockte, ihre Lippen zitterten. Sie schüttelte unnachgiebig den Kopf. Charlotte verstand ihren Unmut, und irgendwie hatte sie auch recht. Es sollte der schönste Tag ihres gemeinsamen Lebens werden, und wer war abtrünnig …? Ihr soeben erst Angetrauter. Die Künstlerin seufzte. »Hab ich so noch nicht erlebt, dass der Bräutigam von der Hochzeit verschwindet … ts, ts, was für ein Tag …! Und dass die Flüge wegen Streiks sämtlich gestrichen wurden, konnte ja niemand ahnen, erst recht nicht deine Eltern. Das holen wir alles nach. Wo ist eigentlich Josch, den hab ich seit dem Parkplatz nicht mehr zu Gesicht bekommen. Ist der jetzt auch futsch?«, fragte Miss Marple und suchte auf dem Kutter nach ihrer Begleitung.

Der Fischkutter, der im Winter Fisch fing und im Sommer Touristen und sogar Brautpaare über die Ostsee schipperte, fuhr die Fahrrinne entlang und nahm Kurs auf die Fehmarnsund-Brücke. »Der ist bei Frederik. Steht schon die ganze Zeit auf der Kommandobrücke und möchte, wie es aussieht, am liebsten selbst das Steuer in die Hand nehmen.« Plötzlich lachte sie. »So, und jetzt lasst uns das Beste draus machen und ausgelassen sein an *meinem* Hochzeitstag.« Wenig später hatten sie sich um das opulente maritime Buffet versammelt und prosteten sich zu, bevor sie sich über Fischbrötchen und Scampi hermachten. Im Hintergrund hatte der Steuermann des *Tümmlers* Shanty-Musik laufen lassen, die die Gesellschaft auf dem wankenden Schiff mit Akkordeonklängen zum Schunkeln brachte. Katrin taumelte zum Bug, während Josch und Charlotte sich, den Lütten in ihrer Mitte, auf den Planken wiegten. Der Wind hatte zugenommen und schaukelte die Passagiere des Kutters ordentlich durch. Die Braut wollte einen Moment allein sein. Verstohlen wischte sie sich die Tränen vom Gesicht, richtete den Traum aus elfenbeinfarben geklöppelter Spitze, drehte sich um und ging mit strahlendem Lächeln zurück zu ihrer Familie.

*

Dirk hatte sich zeitgleich mit Nils Henning zum *Landhaus* in der Altstadt aufgemacht. Die Hinweise seines Kollegen in Bezug auf seine Trauung hatten ihn nicht umstimmen können. Der Ärger war vorprogrammiert und nicht mehr zu ändern. Aber die vermisste Frau war vielleicht noch am Leben, und nur er und sein Team hatten es in der Hand, sie zu retten. Es gab für ihn keine andere Option. Westermann konnte nicht anders. Katrin würde ihn verstehen.

Sie betraten das Restaurant. Es herrschte Hochbetrieb. Westermann war erstaunt, wie voll das Lokal war. Henning sah ihn von der Seite an. »Was ist denn hier los? Das ist ja der Hammer.« Der Kriminaltechniker verschränkte die Arme vor der muskulösen Brust. »Jetzt wird auf der Insel die Ernte eingefahren, um im Winter über die Runden zu kommen und die Beine hochzulegen«, sagte Westermann und suchte mit seinem Blick die Wirtin. »Corona und die Wirtschaftskrise haben viel kaputtgemacht. Nicht jeder Betrieb hat diese Zeiten überlebt. Obendrein der Personalmangel. Ein Familienbetrieb hat es zumindest ein bisschen leichter zu überleben. Die haben ganz schön rangeklotzt. Aber dafür gehen sie jetzt auf dem Zahnfleisch. Und zu allem Übel kommt der Verlust einer Hilfe dazu.« Dann sah er sie. Mit hochrotem Gesicht kam Alina Sonderburg auf die Männer zu und sah Westermann erstaunt an. »Moin, mich kennen Sie ja, und das hier ist der Kollege Henning. Sie wundern sich sicher über meinen Aufzug, aber der hat nichts mit der Arbeit zu tun. Wir haben ein paar Fragen zu Ihrer verschwundenen Mitarbeiterin. Ich hoffe, wir kriegen das auch so geregelt«, sagte der leitende Ermittler und deutete auf das proppenvolle Lokal. »Moin. Ja, passt schon«, antwortete die Wirtin und wischte sich die Hände an einem Tuch ab, bevor sie sie dem Ersten Hauptkommissar reichte. »Mein Mann kann aber nicht kommen. Er ist allein in der Küche. Wir haben kaum Küchenpersonal. Sie müssen mit mir sprechen.« Westermann sah, wie sie schwitzte, sich fortwährend dunkle Locken aus der Stirn schob und dass eigentlich überhaupt keine Zeit für ein Gespräch war.

»Kein Problem. Ich denke, dass Sie Ihre verschwundene Mitarbeiterin auch am besten kennen, oder?« Sie nickte. »Kommen Sie, wir gehen zum Tresen, da hört uns niemand. Einen Kaffee?« Henning fiel der osteuropäische Akzent der Wirtin auf. Sie wirkte auf ihn trotz der Stresssituation freundlich und gelassen. Hinter dem Ausschank zapfte eine junge hochgewachsene Frau Bier. Er musterte sie und lächelte. Er war sich sicher, dass er in den nächsten Tagen hier essen gehen würde.

»Kaffee wär nett, aber Sie haben genug zu tun. Lassen Sie mal.« Westermann, der immer noch in seinen Hochzeits-klamotten vor der Wirtin stand, erntete verwunderte Blicke. »Warum sind Sie heute so schick angezogen?«, wollte sie wissen. »Hochzeitstag!«, murmelte er und seufzte. Henning grinste, auch wenn die Lage alles andere als lustig war. Alina Sonderburg führte sie in eine Nische neben dem Tresen. »Hier sind wir wenigstens ein bisschen ungestört«, sagte die Chefin, als ein Mann mit Vollbart und freundlich strah-lenden grünen Augen um die Ecke kam. »Mein Sohn. Er kennt Jolin besser als ich und weiß vielleicht mehr als ich. Mark, kannst du für die beiden einen Kaffee holen und dann zu uns kommen?«

»Mach ich.« Er warf einen Blick durchs Lokal und ver-schwand genauso schnell, wie er gekommen war. Wenig später stellte er zwei Becher mit dampfendem Inhalt vor sie hin und behielt den Eingang im Auge. Ein schlaksiger Kellner und eine weitere junge Bedienung hievten einen Teller nach dem anderen an die Tische im und vor dem Restaurant. Selbst die Außenterrasse war bis auf den letz-ten Platz besetzt. »Wir wollen Sie nicht unnötig aufhalten. Können Sie uns bitte noch mal erzählen, wie der Abend gestern verlaufen ist, bis Ihre Mitarbeiterin das *Landhaus* verlassen hat.« Alina berichtete, wie der Arbeitstag von Jolin Petrova geendet hatte, und zuckte verzweifelt die Schultern. »Sie müssen uns helfen, das Mädchen zu finden. Das arme Kind. Ich hätte sie nicht allein fahren lassen dürfen.« Plötzlich fing die Wirtin an zu zittern. »Wenn ihr was zugestoßen ist, verzeihe ich mir das niemals.« Sie schluckte. »Mama, du kannst nichts dafür. Sie ist immer allein nach Hause gefahren. Was hättest du ändern sollen?«

»Wissen Sie, ob sie sich vielleicht mit irgendjemandem getroffen hat?«, fragte Henning.

»Nein, sie ist immer gleich nach Hause gefahren.« Die Wirtin schnäuzte sich die Nase. »Sie hatte keine Freunde hier. Sie war nur bei ihrer Familie«, schniefte Alina Sonderburg. Sie rückte den weißen Kragen ihrer Rüschenbluse zurecht. Ihre Wangen glühten, als sie die Männer ansah. »Das ist so nicht ganz korrekt«, räusperte sich ihr Sohn, der den Eindruck eines Hipsters erweckte, als er über seinen buschig gewachsenen Bart strich. »Nicht korrekt? Wie meinen Sie das?«

Mark Sonderburg schnaubte, sah seine Mutter an, und auf einmal war die Freundlichkeit in seinen Augen verschwunden. »Sie hat sich schon mal mit jemandem getroffen. Nach der Arbeit, um genau zu sein.« Die Wirtin starrte ihren Sohn wie vor den Kopf geschlagen an.

»Mit jemandem?« Westermann wurde hellhörig. »Ja, ich sollte das niemandem erzählen …« Er guckte seine Mutter an. »Sie hat sich ab und zu mit einem Mann verabredet. Wollte gern einen Freund, hat sich einsam gefühlt … allein. Aber sie hatte keine Zeit und hat sich auch nicht getraut. Deshalb hab ich ihr gezeigt, wie sie sich zurechtfindet.« Man sah Mark an, dass er sich mit der Aussage äußerst unwohl fühlte. »Wenn ich gewusst hätte …« Westermann machte

Notizen. Henning behielt Mutter und Sohn im Blick, ohne die junge Tresenkraft aus den Augen zu verlieren, die ihm allerdings keine Beachtung schenkte.

»Bist du verrückt?«, flüsterte die Wirtin entsetzt. »Wir haben Verantwortung für sie übernommen. Wie konntest du das tun?« Alina Sonderburg errötete. Westermann merkte, dass sie geschockt war.

»Mama, sie war einsam und mochte nicht mehr allein sein. Sie ist 22 Jahre alt. Was glaubst du, geht in so einem Mädchen vor? Sie ist erwachsen. Ich wollte ihr nur helfen.«

»Was bedeutet: Ich hab ihr gezeigt, wie sie sich zurechtfindet?«, fragte Henning, und seine Mimik gefror. »Ich hab ihr beigebracht, wie sie im Internet jemanden kennenlernen kann.«

»Im Internet?« Westermann und Henning sahen sich fassungslos an.

*

»Hilfe«, röchelte Jolin. Ihre Worte hallten im Furcht einflößenden Nichts. Sie konnte nicht einmal die eigene Hand vor ihren Augen sehen. Sie vermutete, dass sie sich in einem moderigen Kellerraum aufhielt, der ihre Hilferufe blechern klingen ließen. Ihr war kalt, sie schlotterte. Angsterfüllt presste sie ihren Körper gegen die Wand und versuchte, die Bluse zusammenzuhalten. Jemand hatte die Knöpfe abgerissen. Die Nase war mittlerweile zugeschwollen, und sie bekam kaum noch Luft. Sie hockte auf dieser weichen, feuchten Unterlage, lauschte, hörte leises Rascheln und Fiepen, das immer dann verstummte, wenn sie sich lautstark bemerkbar machte. Sie wusste, dass sich schädliches Ungeziefer mit ihr in diesem Raum aufhielt, und hoffte doch, dass sie sich täuschte. Ein kühler heulender Luftzug erreichte ihre Haut und ließ sie frösteln. Der Drang, zur Toilette zu müssen, wurde immer dringender. Sie versuchte, den Druck aufzuhalten, setzte sich so hin, dass der Blasendrang für kurze Zeit unterbrochen war. Aber lange würde sie es nicht mehr halten können. »Hiiilfe, ich muss aufs Klo. Bitte, ich muss mal.« Sie ahnte, dass ihre Rufe genauso verhallten wie zuvor. Ihre Knochen brannten. Die Schmerzen breiteten sich im gesamten Körper aus. Die Nase tat höllisch weh. Als sie die Hand zum Gesicht führen wollte, spürte sie den Widerstand, der ihr Handgelenk zurückkriss. Jolins Herz schlug. Als sie hustete, drang Urin aus ihrer Blase. Die junge Frau schämte sich und geriet immer mehr in Panik. Ihre Lippen fingen genau wie ihre Hände an zu zittern. Entfernt hörte sie einen Hund bellen. Sie fürchtete sich und schlang die Arme um ihre Brust. Sie krümmte sich, um den Druck auf die Blase zu erhöhen, und ohne dass sie es aufhalten konnte, nässte sie plötzlich ein. »Nein, bitte nicht«, flehte sie und wurde von einem Weinkrampf geschüttelt. Der Platz, auf dem sie verharrte, war in Sekundenschnelle durchnässt. Die junge Frau rutschte auf der Matratze weiter, um nicht im eigenen Urin sitzen zu müssen. Jetzt fror sie noch mehr, schniefte und hoffte, dass sie endlich jemand befreite. Aber bis auf die Viecher, die sich mit ihr das Gefängnis teilten, war sie allein und konnte nicht damit rechnen, dass sich das bald änderte. Wäre ich nur mit Alina gefahren, dachte sie und raffte den Stoff ihrer Bluse zusammen. Ein erneutes Geräusch ließ sie zusammenfahren. Die Kellnerin nahm plötzlich blechernes Knarzen wahr. Sie erschreckte und presste ihren Körper gegen die kalte, feuchte Wand. Eine Tür wurde geöffnet, ein kaum wahrnehmbarer Lichtschein erhellte für Sekunden den Raum. Ein Kellergewölbe, ich wusste es. Jemand stieg eine Treppe hinunter. Ihr Herz schlug bis zum Hals. Sie spürte den Puls, der durch die Halsschlagader hämmerte. Ihr Körper zitterte, als würde er unter Strom stehen. Dann bemerkte sie den Kegel einer Taschenlampe, der ihr brutal ins Gesicht leuchtete. Der Lichtstrahl blendete ihre Augen und brannte wie Feuer in ihnen. Jolin hielt die freie Hand davor und sagte erleichtert: »Gott sei Dank, Sie haben mich gefunden. Bitte befreien Sie mich. Ich bin angekettet.« Sie hob ihren Arm in die Höhe. Dann registrierte sie einen Tonfall, der sie erschauern ließ. Eiskalt und krächzend. »Sie ist wach … meine Schöne ist endlich aufgewacht.« Sie kannte die Stimme nicht, die sich anhörte, als wenn die Nadel eines Plattenspielers über die Rillen kratzte. Sie klang heiser und gefährlich. Jolin stellte sich einen hageren Mann mit lichtem Haarwuchs und Akne-Gesicht vor. Er konnte nicht alt sein. Die Stimme hatte einen pubertierenden Ton. »Ich freu mich, dass es dir gut geht.« Die Gestalt kniete vor ihr auf der Matratze, die sie jetzt im Schein der Taschenlampe wahrnahm. Und sie sah genauso aus, wie sie sie sich vorgestellt hatte. Verdreckt und völlig desolat. Sie sah sogar den dunklen Fleck, den sie vor wenigen Minuten eingenässt hatte. »Was wollen Sie? Warum halten Sie mich hier fest? Ich muss nach Hause. Bitte. Meine Eltern machen sich große Sorgen. Bitte … machen Sie mich los.« Sie hob ihren Arm und hoffte, er würde sie befreien. Auf einmal löste sich ihre Anspannung. Ihre Schultern zuckten und sie schluchzte. Eine Hand berührte ihren Arm. »Du brauchst nicht weinen.« Sie hörte sein Stöhnen. Eilig zog sie erneut den Stoff ihrer Bluse zusammen und bedeckte ihre nackten Brüste. Er legte die Taschenlampe aus den Fingern. Keuchend umfasste er ihre Handgelenke und stieß sie auf die Matratze. Der Unbekannte setzte sich auf ihren Bauch. Sie lag hilflos und nach Luft japsend unter ihm, konnte sich nicht wehren. Es fühlte sich an, als wenn ein schwerer Stein ihren Brustkorb zerquetschen würde. Ihre Beine klemmten zwischen seinen. Der Mann keuchte dermaßen laut, dass alle anderen Geräusche in ihren Ohren verstummten. Jolin schrie. Sie schrie vor Angst, er könnte sie vergewaltigen oder töten. Der Unbekannte presste seine Hand auf ihren Mund und flüsterte. »Niemand hört dich und dein Gekeife. Wenn du nicht aufhörst zu kreischen, bestraf ich dich. Willst du das?« Jolins Herz raste so heftig, als würde es jeden Moment aussetzen. Sie fing vor Angst erneut an zu zittern. Panisch schüttelte sie den Kopf. Was wollte der Mann von ihr? Sie sog mit aller Kraft Luft in ihre Lungen. Ihr wurde schwindlig. Jolin versuchte, seinen Körper abzuschütteln. Ihr ganzer Leib bebte unter seinem Gewicht. »Willst du jetzt ruhig bleiben, du kleine Hexe, oder muss ich wütend werden?«

Jolin schüttelte den Kopf. Langsam nahm er die Hand von ihren Lippen. Sie lauschte und vernahm wieder dieses entfernte Hundegebell. »Ich bin ruhig«, flüsterte sie, wohl wissend, dass sie keine andere Wahl hatte. »Tun Sie mir nichts. Ich hab kein Geld, aber ich kann es Ihnen besorgen. Bitte. Lassen Sie mich nach Hause gehen. Ich verrate niemandem was.« Ein Schlag mit der flachen Hand ins Gesicht, gefolgt von lautem Gelächter, ließ ihren Kopf zur Seite schnellen. »Ich brauch dein Geld nicht, du … böses Mädchen. Ich weiß, dass du mich liebst. Du gehörst mir.« Jolin verstand nicht. Was wollte der Kerl? Sie hatte die Stimme nie vorher gehört. Wer war er? Als das Brennen auf ihrer Wange nachließ, bemerkte sie die Hand unter ihrem Rock. Er schob sie ihre Schenkel hoch und stöhnte. Sie presste die Beine zusammen. Er war stärker und stemmte sein Knie dazwischen. Sie trug kein Höschen mehr. Er musste es schon vorher entfernt haben. Was hatte er mit ihr angestellt? Sie wand ihren Körper wie eine Schlange und versuchte, seinen eiskalten gierigen Fingern zu entkommen, die sich einen Weg zwischen ihre Schenkel bahnten. Sie schrie. Ein erneuter Schlag machte sie bewegungsunfähig. Ihr Unterleib zuckte, als er sie missbrauchte. Sie bemerkte, dass er mit der anderen den Reißverschluss seiner Hose herunterzog und sich befriedigte. Ekel stieg in ihr hoch. Gleich würde er in sie eindringen. Sie schrie, als könnte sie das Unausweichliche abwenden. Der Schlag, der sie traf, ließ sie bewusstlos werden.

✻

Westermann wollte eigentlich direkt zur Dienststelle nach Burg. Henning jedoch fuhr schweigend Richtung Hafen Burgstaaken. »Wir müssen das erst mal zusammenfassen. Bring mich zur Wache. Die Vermisste ergibt eine völlig neue Sachlage.« Verdutzt sah er den Fahrer an, als dieser den entgegengesetzten Weg ansteuerte. »Wo willst du hin?«

»Ich gleich im Anschluss zur Dienststelle. Aber du fährst jetzt zu deiner Angetrauten. Ich kann die Dinge genauso gut ohne dich klären. Du hast zu tun, oder möchtest du eine Scheidung riskieren? Ich weiß nicht mal, ob die Ehe überhaupt gültig ist, weil du sie nicht vollzogen hast.« Der Wikinger griente, obwohl ihm nicht zum Lachen zumute war. Seine Grübchen prägten seine Wangen, und seine Bizepse schwollen bei jeder Bewegung an, als trainierte er sie gerade. »Das ist nicht witzig. Wir müssen …«

»Wir müssen mal gar nichts. Du kümmerst dich ab jetzt um deine Katrin und ich mich um die Vermisste. Ich stelle vor Ort einen Suchtrupp zusammen. Die Akten liegen in Oldenburg. Ich fahr im Anschluss sofort hin und wir beratschlagen, wie genau wir vorgehen. Wir werden hier auf der Insel unsere *Soko* aufbauen. Die Sache mit dem Internet gebe ich an die Kollegen weiter. Die wissen, wonach sie suchen müssen. Mach dir keine Sorgen. Das läuft … auch ohne dich.« Henning klopfte Westermann mit der Hand auf den Oberschenkel.

»Du versuchst jetzt erst mal zu retten, was zu retten ist. Ich kenn dein Mädchen nicht gut, aber ich weiß, die ist tough. So eine süße Maus sollte man nicht zu lange warten lassen. Glaub mir, ich weiß, wovon ich spreche. Da lauern sicher noch andere.« Nils Henning zwinkerte ihm zu, griente wie ein Honigkuchenpferd und öffnete seinem Kollegen die Beifahrertür. »Steig endlich aus, du großer Gatsby.« Westermann blickte an sich runter und stellte fest, dass sein Outfit dem Anlass nicht mehr gerecht war. Er schämte sich und hoffte, Katrin würde ihm verzeihen.

»Woher wusstest du eigentlich, wo du hinfahren musst?«, wollte er wissen und sah sich um. Sie standen im Hafengelände Burgstaaken vor dem Steg, an dem normalerweise der Fischkutter *Tümmler* vor Anker lag.

Henning grinste. »Ich weiß alles. Ich bin ein echter Nordmann.« Der Kriminaltechniker zwinkerte ihm mit einem breiten Grinsen im Gesicht zu.

»Und was soll ich hier? Der Kutter ist nicht da.«

»Warten, mein Bester. Warten, bis deine Prinzessin dich erlöst … wenn sie dich erlöst und nicht längst über alle Weltmeere entwischt ist.« Er lachte.

Widerwillig stieg Westermann aus. »Und wenn sie überhaupt nicht hier waren?«

»Sei gewiss, sie warten … tu Buße, mein Bester. Falls sie zurückkommen und sie dich zurücknimmt … hast du echt Glück gehabt.« Der Erste Hauptkommissar stand vor dem leeren Steg, als wüsste er nicht, was er dort sollte. Henning schlug die Beifahrertür zu, gab Gas und verschwand. Westermann zog die Pfeife aus seiner Hosentasche und ent-

zündete sie. Er stand auf dem Holzsteg, als wäre er gera-
dewegs einem Film entsprungen. Sein Blick wanderte über
die Ostsee, als könnte er das Schiff durch seine Gedanken herbeizaubern. Immer wieder blieben Gäste stehen,
zückten Handys und fotografierten den blendend aussehenden Mann mit dem griesgrämigen Gesichtsausdruck in
seiner seltsamen Verkleidung. Es sah aus, als gehörte er zu
einem Filmteam und wartete auf die Crew. Das Team, auf
das er tatsächlich lauerte, fuhr währenddessen gut gelaunt
über die Ostsee und ließ sich bei schönstem Sommerwet-
ter den Wind um die Nase wehen. Er zog sein Handy aus
der Hosentasche und versuchte zum x-ten Mal, Katrin
zu erreichen. »Dieser Anschluss ist vorübergehend nicht
erreichbar.«

*

Nils Henning klatschte wenig später die Hände zusammen.
»So, meine Lieben. Kurze Info, bevor wir die Hühner sat-
teln und nach Fehmarn ausrücken. Wir waren in Burg und
haben die Restaurantbesitzer befragt. Dabei ist rausgekommen, dass die Vermisste«, er deutete auf das ausgedruckte
Foto der Frau in seiner Hand, »Jolin Petrova, ihren Arbeitsplatz gegen 23 Uhr gestern Nacht verlassen hat. Offensichtlich hat sie seit einiger Zeit mit jemandem gechattet. Ob sie
sich an diesem Abend mit der Person getroffen hat, wissen
wir nicht. Der Sohn der Restaurantbesitzer gab uns Auskunft, dass er ihr dabei behilflich war, die Chatforen im
Internet einzurichten. Sie hat ihm erklärt, dass sie mit einem
jungen Mann Bekanntschaft geschlossen hat, der sie näher
kennenlernen wollte.« Henning stand auf und schrieb den
Namen der verschwundenen Frau auf den Flipchart. Dazu
heftete er ihr Foto. Sonja Rasmussen nickte.

»Die frappierende Ähnlichkeit. Das bestätigt meine Vermutung. Es handelt sich um ein und dasselbe Aussehen. Alle sind jung, sehr hübsch, haben lange dunkle Haare. Und sie suchen Kontakt. Unser Täter hat es auf eine spezielle Art von Frauen abgesehen. Er nutzt das Internet, um Beute zu angeln. Warum er sie im Netz sucht, wissen wir bereits. Es ist für ihn die leichteste Art, an passende Opfer zu geraten.«

»Vielleicht ist er Quasimodo«, lachte Henning. Ein strafender Blick Sonja Rasmussens traf ihn. »'tschuldigung.«

»Lass es einfach. Ein wuchtiger Kerl wie du braucht sich um weibliche Kontakte sicher wenig zu scheren. Nicht jeder hat das Glück, mit so viel Testosteron ausgestattet zu sein.« Sie betrachtete seinen muskulösen Körper und erntete zustimmendes Gelächter. Es war offensichtlich, dass die Fallanalytikerin nicht an ihm interessiert war. Hennings Mundwinkel wanderte nach oben. Er setzte sich, kreuzte die Beine unter dem Tisch und verschränkte die Arme vor der Brust, bevor er anfing zu sprechen. »Lasst uns jetzt mal sachlich bleiben. Warum trifft er offensichtlich nur Frauen, die aussehen wie unsere Opfer? Es ist die Gemeinsamkeit, die Verbindung. Wir wissen nicht einmal, ob es die einzigen Opfer sind. Sein Profilfoto wird ansprechend sein. Denn es ist offensichtlich, dass einige der schönsten Mädchen mit ihm in Kontakt treten und sich im Anschluss mit ihm treffen. Außer Jolin. Aber hat er sich nicht vielleicht doch mit ihr getroffen, und wir wissen es nur nicht? Also ich gehe davon auf, dass er gut aussehend ist oder zumindest interessant. Wahrscheinlich benutzt er ein Fakeprofil, und wenn sie ihn kennenlernen, ist es bereits zu spät! Unser Täter verbindet etwas mit den Opfern.« Rasmussen mischte sich ein.

»Es handelt sich entweder um eine unerwiderte Liebe

oder großen Hass gegen eine Person. Freundin, Mutter? Wir müssen rausfinden, ob es außer dem Erscheinungsbild andere Merkmale gibt, die sich gleichen. Ein Hobby, eine Marotte ... Was haben sie an sich, das ihn dermaßen reizt?« Sie zog einen Kreis auf dem Flipchart. Sie zeichnete Ortschaften ein: Hohwacht, Heiligenhafen, Großenbrode, Fehmarn. Diese verband sie mit Strichen. »Warum in diesem Gebiet? Sie liegen nicht weit auseinander. Arbeitet er in einem dieser Orte? Sein zeitlicher Rahmen ist auf jeden Fall auf die Abende und die Nächte beschränkt«, erläuterte Nils Henning.

»Unser Täter lebt sehr wahrscheinlich allein«, sagte Rasmussen.

»Warum sollte er?«, wollte Hintz wissen. »Weil er Zeit braucht. Es könnte sein Handeln erschweren, wenn er eine Frau zu Hause hat. Wäre allerdings auch nicht unmöglich«, entgegnete sie.

»Es könnte also quasi jeder sein. Wenn man bedenkt, wie viele Leute heute ein Singledasein führen. Ich nehme mich da nicht aus.« Hennings tiefe Grübchen zeichneten sich deutlich ab, als er grinste. »Um zu agieren, braucht der Kerl einen ungestörten Platz. Vermutlich einen Keller, oder ein Büro ... Eine Art Männerhöhle, wo niemand an seine Informationen, seinen Computer rankommt. Ich denke, er sammelt Daten, Profile und Fotos der Mädchen«, murmelte der Kriminaltechniker.

»Männerhöhle passt eindeutig zu dir, mein Freund«, knurrte Rasmussen bissig und warf Henning einen taxierenden Blick zu. In ihrer Magengegend kribbelte es auf einmal. Was ist mit dir los, Sonja? Der Kerl ist ein Frauenfresser. Die schlanke Fallanalytikerin war über sich selbst erschrocken, fuhr sich mit den Händen durch die schwarzen schulterlangen Haare. Unbewusst befeuchtete sie mit der Zunge ihre Lippen. Dem Leiter der KT entging ihre Anwandlung nicht, und er wunderte sich. Er hatte vermutet, dass sie ihn nicht leiden konnte. Ihr Verhalten ließ ihn aufhorchen. Er setzte sich gerade und zog die Schultern hoch. »Damit sind unsere Studenten verdächtig wie nie. Sie leben quasi als Singles, haben nachts jede Menge Zeit und können sogar nach ihren Seminaren die Mädchen beobachten, ohne aufzufallen. Wir müssen da am Ball bleiben.« Joshua Santan, der 35-jährige Kommissar aus dem Team, streichelte seinen glatt rasierten Schädel. Sonja betrachtete die Tattoos auf den Armen ihres hochintelligenten Kollegen und atmete lautstark aus. Sie wusste, dass der Kriminalbiologe nicht nur dort tätowiert war. Sein Körper glich einem wandelnden und bunten Lexikon mit Hunderten von Formeln, Namen und maritimen Zeichnungen. Würde sie ihn nicht besser kennen, könnte man meinen, er wäre sein Leben lang zur See gefahren und nicht quasi in einem Labor geboren. Sie lächelte.

»Lasst uns eine Pause machen, mir raucht der Kopf.« Die Fallanalytikerin wollte den Raum verlassen, um frische Luft zu schnappen und für einen Moment ihren Gedanken nachzuhängen. »Wir haben keine Zeit. Wir müssen nach Fehmarn und dort unseren Platz einrichten. Wenn wir das Mädchen nicht bald finden, gibt es womöglich einen weiteren Mord. Ich denke, er fängt gerade an, Spaß am Töten zu entwickeln. Ihre Leiche wurde bisher nicht gefunden?« Henning stand mit dem Team in Verbindung, die seit den Morgenstunden das Gebiet ihrer Fahrstrecke untersuchten. »Meiner Meinung nach hat er was anderes mit ihr vor, oder sie ist längst tot.«

*

Westermann hatte genug gewartet und sich die Finger wund gewählt. Katrin hatte ihr Handy ausgeschaltet. Er erhob sich vom Poller, auf dem er seit fast einer Stunde saß, und wollte zurück zur Dienststelle. In seinem Kopf brummte es, als hätte sich dort ein Bienenschwarm eingenistet. Entmutigt schritt er über die knarzenden Holzplanken, um einen letzten Blick auf die Ostsee zu werfen. Er hatte nicht einmal mitbekommen, dass die Sonne fast untergegangen war. Vor der Sundbrücke, die er von seinem Standort aus hervorragend sehen konnte, verwandelten sich Himmel und Wasser in einen glühend roten Teppich. Es war angenehm kühl, und der Wind war eingeschlafen. Was für ein Anblick, stellte Westermann resigniert fest. »Ich hab's vermasselt«, knurrte er, stopfte seine Pfeife, schob sie wieder zwischen die Lippen und entzündete sie. Der *große Gatsby* wirkte wie eine arme Sau, die zur Schlachtbank geführt wurde. Er blies den Rauch in den Himmel, zog sein Handy aus der Hemdtasche und wählte die Nummer der Taxizentrale in Burg. Ich muss zur Wache, damit ich wenigstens das Leben dieses Mädchens retten kann. Westermann vernahm hinter sich Schritte auf dem Holzsteg und drehte sich um. Vier Personen eilten ihm entgegen. Sie stapelten genau dort auf dem Steg, wo normalerweise der Kutter vor Anker lag, graue Kisten übereinander … Isolierkisten, das sind Thermotransportbehälter, in denen man Essen warmhält, überlegte Westermann, und Hoffnung keimte auf. Er drehte sich um und bemerkte den rot-schwarzen Fischkutter, der tatsächlich in gemächlichem Tempo die Hafeneinfahrt entlanggefahren kam. Sein Herz fing an zu klopfen. Vielleicht ist doch nicht alles ins Wasser gefallen, hoffte er. Er stellte sein Handy aus, um nicht wieder einem Anruf der Kollegen ausgeliefert zu sein, und blies den Rauch in die Luft. Was für ein Hochzeitsschiff, sinnierte er und blieb neben den Leuten vom

Catering stehen. Er schob die Pfeife in den anderen Mundwinkel. »Ist das für eine Hochzeitsgesellschaft?«, fragte er. »Ja, die Westermann-Trauung. Sind Sie Gast?«

Der Erste Hauptkommissar betrachtete die Frau, die ihn fragend anschaute. »Nein, leider nicht. Ich bin der Ehemann.«

*

Anne Lornsen saß mit Werner Hintz im Dienstwagen. Sie waren erneut die Strecke nach Kiel gefahren, als die übrigen Kollegen sich auf den Weg auf die Insel machten. »Wir müssen sie überlisten. Einer von ihnen hat mit Sicherheit was damit zu tun«, murmelte die Oberkommissarin und trommelte mit den Fingern gegen das Handschuhfach. Sie nieste, als Hintz das Fenster öffnete. »Oh nee, mach die Luke zu. Ich glaub, ich brüte was aus. Mir ist kalt«, jammerte sie und nieste erneut. »Dann die Klimaanlage«, antwortete der Fahrer und drückte auf den Knopf. »Nein, nur nicht die. Du weißt doch, dass ich das nicht abkann. Ich krieg sofort Kopfschmerzen.« Die Dänin hielt sich demonstrativ den Handrücken gegen ihre Stirn. Werner Hintz nahm die Hand zurück ans Lenkrad und knurrte. Dafür steckte er sich eine Zigarette zwischen die Lippen. »Oh, bitte nicht. Wir sind doch gleich da. Oder willst du, dass ich die nächsten Wochen ausfalle? Jetzt qualm mir nicht noch die Nase dicht.« Der Kommissar schüttelte den Kopf und brummte unverständliches Zeug.

Wenig später fuhren sie auf den Campus. »Langsam wird's lästig. Diese ewige Gurkerei. Wir hätten bei denen wesentlich härter durchgreifen müssen«, knurrte Hintz und stieg aus. »Haben wir. Aber wenn sie nicht mehr zu erzählen haben. Was willst du tun?«

»Dieser Reitmeier hat es faustdick hinter den Ohren«, wetterte er und steckte sich die ersehnte Zigarette an.

»Wir müssen beide aus der Reserve locken. Dem Littmann konnte man auch nichts nachweisen, und man hat gesehen, dass er total verknallt in die Jacobsen war. Das alles reicht aber nicht. Wir brauchen Beweise«, murmelte Lornsen und stapfte an seiner Seite Richtung Uni-Gebäude. Sie kamen an einer Gruppe Studenten vorbei, die abfällige Bemerkungen tätigten, als sie an ihnen vorbeimarschierten. Es hatte sich mittlerweile auf dem gesamten Campus herumgesprochen, dass eine von ihnen ermordet worden war und die Bullen herumschnüffelten. Als sie das Büro betraten, warf auch die Büroangestellte ihnen einen unfreundlichen Blick zu. »Ich kann die Leute aber jetzt nicht dauernd aus den Projekten rausholen, das wissen Sie schon, oder?« Hintz nickte, fuhr sich mit den Fingern über seinen dunklen Schnauzbart und zog die düsteren gewichtigen Augenbrauen hoch. »Und Sie wissen, dass wir in einem, nein mittlerweile in zwei oder vielleicht sogar drei Mordfällen ermitteln. Wir werden die Leute so lange nerven, wie wir es für nötig halten … ist das angekommen? Stellen Sie sich vor, es wäre Ihre Tochter, die da draußen irgendwo im Knick liegt … tot!« Die Bürokraft wurde rot, räusperte sich und wandte sich ab. Sie drückte einen Knopf und sprach in das Mikrofon.

Wenig später trudelten die Studenten ein. »Wir brauchen nicht lange, wenn Sie uns nicht wieder verarschen. Sie gehören für uns zu den Verdächtigen«, knurrte Hintz und lief Richtung Mensa. Den Weg kannte er. »Ich möchte wissen, was wir Ihnen und Ihrer Kollegin eigentlich getan haben? Wir haben mit dem Mord an Elin nichts zu tun … jedenfalls ich nicht.«

Anton Reitmeier warf einen Seitenblick auf Littmann, der mit gesenkten Schultern hinter ihm herschlich und schwieg, bis er sich auf einem der Stühle niederließ. »Sie wissen genau, dass ich nichts damit zu tun habe«, beschwor er die Beamten. Sie hatten den hochbegabten Studenten freigelassen, weil sie nicht einen plausiblen Beweis gegen ihn in der Hand hatten. Außer ein paar Geschenken, die er ihr gemacht hatte, und ein paar verdächtigen Bemerkungen fanden sie nichts, was eine weitere Untersuchungshaft rechtfertigte. »Ja, da kommen wir gleich zu Ihnen, Herr Littmann. Sie haben Elin *WhatsApps* geschickt, auf denen Sie auf verschiedene Termine hinwiesen. Was haben Sie in der Zeit mit ihr angestellt?«, fragte Anne Lornsen. Er seufzte. »Das habe ich Ihnen alles schon 100 Mal erzählt. Wir haben uns getroffen, um Projekte vorzubereiten und gemeinsam für Arbeiten gebüffelt. Und ja, ich habe ihr Geschenke gemacht, über die sie sich gefreut hat. Ansonsten hätte sie die wohl entsorgt, oder nicht? Da müssen Sie sich schon was Besseres einfallen lassen, um mir einen Mord anhängen zu können.« Jörg Littmann lächelte und sah die Beamten verächtlich an. Lornsen gefiel nicht, wie sich sein Verhalten immer wieder veränderte. Er konnte äußerst zurückhaltend, sehr aufbrausend und dann plötzlich unglaublich überheblich sein. Es machte sie stutzig. »Haben Sie anderweitig auf verschiedenen Plattformen im Internet mit ihr gechattet?«, fragte sie stattdessen.

»Wie kommen Sie darauf? Ich hab sie täglich gesehen und war mit ihr zusammen. Blödsinn. Sie wäre niemals mit mir ins Bett gegangen. Die Frau hatte Klasse. Ich war nicht ihr Typ.«

»Aber vielleicht sind Sie ja gerade aus diesem Grund zudringlich geworden. Sie hat Sie abgewiesen, und das konnten Sie nicht verknusen.« Littmann spuckte vor ihr auf den Boden. Der ein Meter 80 große, hagere Student zog die Hände aus den Taschen seiner dunklen Stoffhose, sprang vom Stuhl und fauchte: »Wie oft noch? Ich habe ihr nichts getan. Ich mochte sie und hab, wie viele andere, für sie geschwärmt. Aber ich habe ihr nichts angetan. Das hätte ich niemals gekonnt.« Er schluckte und öffnete den Knopf des bunt bedruckten Hemdes. Das Rot in seinem Gesicht vertiefte sich. Schnaubend setzte er sich wieder und betrachtete seine Schuhe. Hintz behielt ihn im Blick, als Lornsen sich scheinbar unbeeindruckt an Reitmeier wandte.

»Zu Ihnen. Was ist mit den *WhatsApps*? Sie haben ihr nachgestellt, sie fotografiert, sie gestalkt. Warum? Und erzählen Sie uns nicht, dass das alles Zufälle waren.« Der Italiener zwirbelte eine seiner dunklen Locken und grinste.

»Ich wollte wissen, mit was für Typen sie sich trifft. Wer könnte es ihr besser besorgen als ich? Sehen Sie mich doch an. Was ist falsch an mir? Ich wollte sie mit den Aufnahmen konfrontieren und sie dazu bringen, sich mit mir zu treffen. Ich bin wohl weitaus ansehnlicher als der Arsch auf den Fotos, oder nicht?« Reitmeier klopfte mit seinen Fäusten gegen seine Brust. Die KT hatte die Profilfotos gecheckt und festgestellt, das jedes von ihnen eine Fälschung war, die mit einer KI hergestellt worden war. Sie hatten nur das Foto dieses Mannes auf Reitmeiers Handy. Und darauf konnte man nur einen dunklen Schatten unter seiner Basketball-mütze erkennen. Seine Fotos waren somit unbrauchbar. »Sie war bekannt dafür, dass sie nicht die tollsten Männer gedatet hat. Ich wollte wissen, was da dran war und warum sie sich hässliche Kerle aussuchte.« Er zuckte die Achseln. »Da hätte sie es mit mir auf jeden Fall besser getroffen. Ich kann jede haben, glauben Sie mir. Mein Hammer ist legendär.« Littmann schüttelte den Kopf und sah ihn abfällig an. Reitmeier rückte seine Weichteile zurecht und lehnte sich mit einem Arm auf die Stuhllehne. Lornsen wollte losprus-ten, verkniff es sich aber und guckte aus dem Fenster. Sie registrierte, dass sie mit ihrer Frage einen wunden Punkt gefunden hatte. Hier ging es um Eitelkeiten. Der Südtiroler war tief in seinem Ego getroffen. Die Oberkommissarin konnte ihn darüber festnageln, das wusste sie jetzt.

»Und? Hat sie sich mit jemandem verabredet, der besser aussah als Sie? Lügen Sie uns nicht an. Oder war sie der Meinung, dass Sie ein Schlappschwanz sind und nur eine große Klappe vorzuweisen hatten? Eventuell hat sie Sie ja gebumst und Sie haben … versagt?«

Reitmeier sprang auf und lief schreiend auf sie zu.

*

Der Kutter fuhr träge mit kaum wahrnehmbarem Motorengeräusch ins Hafenbecken, stoppte auf und legte nur wenig später am letzten Bootssteg an. Von Bord drang Musik zu ihm, und Westermann fühlte sich auf eine eigenartige Weise fehl am Platz auf seiner eigenen Hochzeit. Der Kapitän des *Tümmlers* platzierte die Planke, die Steg und Schiff verband und begrüßte den Unbekannten. »Moin, Sie können ruhig an Bord kommen, hier geht gleich die Party los«, sagte er mit freundlichem Gesichtsausdruck zu dem Mann im eleganten sandfarbenen Outfit und bestaunte dessen Schiebermütze. Der Leiter der Mordkommission trat mit der Pfeife im Mundwinkel auf den Kapitän zu und reichte ihm die Hand. »Das ist eine gute Idee, ich bin, ob man's glaubt oder nicht, der Mann dieser wunderschönen Braut.« Der Käpt'n warf ihm einen fragenden Blick zu und ahnte, warum ihre Stimmung nicht so beschwingt gewesen war, wie er es von anderen Paaren kannte. »Fragen Sie lieber nicht.« Westermann betrat über die Holzstufen das Deck. Katrin stand am Bug, tat, als wenn sie ihn nicht bemerkt hätte. Die Hochzeitsgesellschaft im Westentaschenformat hielt sich im

Hintergrund. Charlotte zwinkerte dem bedröppelt drein-schauenden Mann zu und faltete ihre Hände, um ein Stoß-gebet zum Himmel zu schicken. Dirk bewunderte die langen gewellten karamellfarbenen Haare seiner Angetrauten, die weich bis zur Hüfte fielen. Er nahm die Blütenranken vom Blumenkranz wahr. Die letzten Sonnenstrahlen schim-merten durch den seidenen Spitzenstoff des bodenlangen Kleides und zeichneten die Konturen ihres Körpers nach. »Meine Frau. Ist sie nicht ein Traum?«, raunte er und schlich auf sie zu. Er legte seinen Kopf gegen ihren Nacken und flüsterte: »Ich freu mich, den Rest meines Lebens mit dir verbringen zu dürfen, und auf unsere Hochzeitsnacht. Ich hoffe, du kannst mir all das, was heute passiert ist, verzei-hen.« Sein Puls raste, als er vorsichtig ihre Taille umfasste. Westermann spürte, wie sie zusammenzuckte. Sie wehrte sich nicht. Er atmete den Duft ihrer Haut und schloss die Augenlider. Er litt in diesem Augenblick wie ein Tier. Katrin drehte sich um und schaute ihm in die graublauen Augen. »Du hast eine traumhafte Hochzeitsfahrt verpasst, mein Lieber. Aber wenn du Zeit hast, kannst du gerne zum Essen bleiben. Und ob es eine Hochzeitsnacht gibt, liegt allein an dir.« Sie schlang ihre Arme um seinen Hals und küsste ihn.

*

Als Jolin zu sich kam, spürte sie ein Brennen in ihrem Unter-leib. Er hatte sie missbraucht. Sie konnte die Schmerzen kaum ertragen, als sie sich zur Seite drehte. Ihre Brust brannte, als hätte jemand eine Zigarette auf ihrer Haut aus-gedrückt. Sie griff mit der Hand an die Stelle und schrie auf. Er hatte sie so schwer verletzt, dass sie offene Wunden ertas-tete. Jolin weinte. Der Mann, der ihr all das angetan hatte, war verschwunden. Ich muss hier raus, sonst bringt er mich um. Sie wollte sich von der Matratze rollen. Die Kette an ihrem Handgelenk riss sie zurück. »Aaah«, schrie sie und ließ ihren Kopf auf die Unterlage sinken. Laut schluchzend verharrte sie in ihrer Embryo-Haltung. Ihr Rücken war ebenso verletzt wie ihr Hintern. Jeder Teil ihres Körpers brannte wie Feuer. Jolin war ohnmächtig geworden und hatte die Misshandlungen nicht mitbekommen. Sie merkte, dass sie mittlerweile völlig nackt dalag. Es war ihr gleich. »Ich muss hier raus«, flüsterte sie und spürte, wie ihre Energie immer mehr erlosch. Das Fiepen wurde lauter. Sie registrierte eine federleichte Bewegung am Fußende der Matratze. *Es* kam näher. Jolin kreischte und zappelte mit den Beinen, bis sie das Gefühl hatte, dass das Viech verschwunden war. »Ich muss hier raus«, schluchzte sie und rollte sich zusammen. Immer wieder zerrte sie an der eisernen Schelle, um die Hand zu befreien. Es war nicht möglich, schnitt nur tiefer ins Fleisch. Kraftlos sank sie zurück auf die Unterlage. Sinnlos, zu eng. Spucke, da muss Spucke drauf, dann rutscht sie vielleicht durch. Jolin versuchte, sich aufzurichten. Sie stemmte sich hoch, lehnte sich an die Wand und spuckte auf die Haut ihres Gelenkes. Sie hielt inne und lauschte. Entfernt knurrte ein Hund. Oder war es ein Wildschwein? Sie konnte die tiefen Geräusche nicht zuordnen. Zunehmender Wind pfiff durch nicht zu ortende Ritzen. Sie zitterte vor Kälte, und die Angst quetschte ihren Brustkorb so fest zusammen, dass sie kaum noch Luft bekam. Fenster, hier muss irgendwo eine Öffnung sein, vermutete sie und speichelte ihr Handgelenk erneut ein, bis ihre Kehle ausgetrocknet war. Immer wieder zerrte sie an der Eisenschelle, versuchte, das Gelenk durchzuziehen. Ihr wurde übel. Die Qualen waren unerträglich. Aber sie musste raus aus diesem Loch, wenn sie es überleben wollte. Irgendwann waren ihre Kräfte aufgezehrt. Sie brauchte eine Pause, sank auf die stinkende Unterlage, drehte sich auf die Seite und versuchte, durch die geschwollene Nase zu atmen. Dauernd fielen ihr die Augen zu. Müde, ich bin so müde. Das Fiepen wurde mal lauter, dann wieder verstummte es. Sie spürte Aktivität auf ihrem Lager, zog die Beine an, hoffte, dass das Tier sie endlich in Ruhe ließ. Ihre Sinne täuschten sie. Jolin halluzinierte. Sie hörte leise Musik und geriet in einen Dämmerzustand. Plötzlich fror sie nicht mehr. Sie fühlte sich frei. Es schien, als hätte jemand einen Ofen angeheizt. Dann wurde es auf einmal eiskalt. Ein großer schwarzer Wolf verfolgte sie, während sie durch einen finsteren Wald irrte, immer wieder strauchelte und sich Hände und Beine aufschürfte. Die Kulisse ähnelte einem Gruselfilm. Jolin stolperte erneut, schlug mit dem Kopf auf und blieb im Gehölz liegen. Es raschelte, das Untier stand schlagartig über ihr. Es knurrte und fletschte die Zähne.

KAPITEL 15

Es war fast Mittag, als Hartwig die Augen aufschlug. Sein Rücken schmerzte, als wäre ein Lkw drübergebrettert, er hielt sich stöhnend den Kopf. »Verdammt ... wo bin ich ...?« Ruckartig versuchte er, sich aufzurichten, ihm wurde schwindlig, und er sank wieder auf die Matratze. Wenige Minuten später unternahm er einen neuen Versuch. Die harte Liege, auf der er die letzten zwölf Stunden gelegen hatte, hatte jeden seiner Knochen gelähmt. »Verflucht, was mach ich hier? Wie komm ich überhaupt ...?« Er kniff die Augen zusammen, versuchte immer wieder, eines zu öffnen. »Oh nee«, jaulte er. Mit beiden Händen hielt er seinen Schädel und ließ sich zurück auf die harte Unterlage gleiten. »Hallo, Herr Ober«, schnalzte er und spürte den pelzigen Geschmack auf seiner Zunge. »Wasser, ich brauch Wasser. Mann, Mann, Mann, was hab ich jetzt wieder angerichtet?« Hartwig verzog den Mund. Erneut versuchte er, die wie Feuer brennenden Augenlider aufzuschlagen, blinzelte und warf einen Blick gegen die Deckenleuchte. Sofort schloss er sie wieder. »Geht gar nicht. Macht doch mal einer das verdammte Licht aus«, sagte er. Sein aschgraues Gesicht ließ nur erahnen, wie er sich fühlen musste. Hartwig kraulte sein unrasiertes Kinn. Die Haut schmerzte. Er hatte einen saumäßigen Kater, so viel war sicher. Erneut richtete er sich auf und senkte die Beine auf den Boden, damit die Durchblutung in Gang kam. Er warf einen Blick zur verschlossenen Tür. »Das ist eine Zelle«, stellte er fassungslos fest und fing lautstark an zu krächzen. »Hä, wieso habt ihr mich …eingebuchtet? Hallo, Bedienung. Kaaafffeee!« Jetzt wurde ihm schlagartig klar, wo er sich aufhielt. »Das ist die Burger Knastzelle«, lallte er. Auf einmal prustete er los. »Recht so, Hartwig, ha.« Augenscheinlich war die Promillezahl in seinem Körper immer noch wesentlich höher, als ihm guttat. Er schwang sich von der Pritsche, wankte und torkelte sockfuß zur Tür. »Hey, ihr habt meine Schuhe … ihr Armleuchter.« Mit beiden Händen bollerte er gegen das Metall. »Los Leute, lasst mich raus, ich bin wieder klar im Kopf. Aufmachen!«, brüllte er. Als niemand reagierte, trat er mit den Füßen gegen die Tür. »Lasst mich hier raus, ihr Affen. Ich hab meine Lektion gelernt.« Die Klappe in Höhe seiner Augen öffnete sich. »Na Alter, bist du nüchtern?« Die Stimme gehörte Jan Becker. Der Hauptmeister machte sich einen Spaß daraus, seinen Kollegen aus Oldenburg hinter Schloss und Riegel zu wissen, und grölte aus voller Kehle. »Mach endlich die Tür auf, du Frettchen«, knurrte Hartwig und torkelte zurück zur Liege. Ihm war saumäßig schwindlig. »Nee, mein Bester. Du sollst warten, bis der Chef kommt. Ich glaube, der hat noch ein ordentliches Hühnchen mit dir zu rupfen.« Er lachte schallend, grinste und schloss die Luke. Der Kommissar sprang ein weiteres Mal auf und bullerte mit beiden Händen gegen die Zellentür. »Mach verdammt noch mal auf, du Dorfdepp. Lass mich raus hier, oder ich reiß dir den Arsch auf.« Wankend stolperte er zurück, wollte die Liege treffen und landete hart auf dem Boden. »Ihr werdet mich kennenlernen und euer blaues Wunder erleben, ihr Saukerle«, grunzte er und schlief augenblicklich auf dem kalten Betonboden ein. »Ich glaube, du wirst dein blaues Wunder erleben, mein Bester.«

*

Charlotte hatte die turbulente Hochzeit ihrer Nichte und ihres Lieblingskommissars hinter sich gebracht. Es war eigentlich nicht anders bei den beiden zu erwarten, kicherte sie. Sie lernten sich bei einem Feuer kennen, das Kind kam halbwegs auf der Straße zur Welt, warum sollte es jetzt plötzlich langweilig weitergehen. Sie prustete und wischte sich Tränen vom Gesicht. Sie saß allein vor ihrem Computer und erinnerte sich an den Tag, wenngleich er von allerhand Turbulenzen unterbrochen worden war. Aber am Ende ist ja alles noch mal gut gegangen, dachte sie und schmunzelte. Sie hatten einen Abend auf dem Kutter verbracht, fangfrischen Fisch gegessen und sogar getanzt. Selbst der Lütte hielt durch, bis das Schaukeln der Wellen ihn auf der harten Bank schachmatt und in tiefen Schlaf versetzte. Sie hatten ihn zugedeckt und am Ende der Feier schlafend zu Joschs Oldtimer getragen. Die Hochzeiter hatten sich keine Sorgen zu machen brauchen, dass ihr Sohn sich die Nacht um die Ohren schlagen müsste. Charlotte fühlte sich an die wiegenden Schritte zurückversetzt, die sie mit Josch über die Planken schwebte und summte. »Wat war dat fein«, säuselte sie und seufzte. Nun aber galt es, sich wieder dem Fall zu widmen, von dem sie gedacht hatte, dass er mit ihrer Insel nicht das Geringste zu tun hatte. Offensichtlich hatte sie sich getäuscht. Sie musste nun aber erst unbedingt nach

Burgtiefe, um sich der letzten Vorrichtung auf ihrer Liste, dem rostigen großen Herzen an der Fahrrinne, zu widmen. Sie hatte sich dieses schöne Gestell bis zum Schluss aufgehoben, weil ... eigentlich wusste sie gar nicht, warum. Auf jeden Fall hingen dort Hunderte dieser Liebesschlösser, und sie war durch die Verwirrungen bisher nicht dazu gekommen, sich dem letzten Ort ihrer Nachforschungen zuzuwenden. Sie schaltete den Rechner aus und schwang sich vom Stuhl. Beschwingt tänzelte sie die Stufen hinunter, um sich vor dem Spiegel die Haare zu ordnen und ihr Cap aufzusetzen. Sie knöpfte den obersten Knopf ihrer Bluse auf, betrachtete die weißen Jeans, schlüpfte in ihre roten Clogs und nickte. Sie war mit sich mehr als zufrieden. Ihre sonnengebräunte Haut passte perfekt zu den Farben ihres Outfits und ließ sie frisch und jugendlich aussehen. Oder machte das die neu aufgeflammte Liebe zu Josch? Sie lächelte und errötete. Ihr Studienfreund würde erst gegen Abend vorbeikommen. Sie hatte also jede Menge Zeit, um mit ihrem Pedelec Richtung Südstrand zu fahren, die warme Sonne zu genießen und letzte Fotos zu schießen. Wenn sie fertig war, wollte sie sich mit Ernchen am Strand treffen und die Beine ins Wasser baumeln lassen. Sie hatten sich schon so lange nicht mehr gesehen. Erna Steen war in letzter Zeit oft angeschlagen gewesen und hatte sich kaum gemeldet. Jetzt war es an ihr, sich einzubringen. Wenig später radelte sie die Mathildenstraße entlang, war erfreut darüber, dass die Straße und die Radwege Richtung Südstrand in Ordnung gebracht worden waren. Fast erkannte man die Prachtstraße nicht wieder, so modern war der Weg zum Strand geworden. Ja, hat sich vieles verändert, überlegte Charlotte und schaltete in den Sportgang. Sie war wie immer auf schnellen Kufen unterwegs, und nur zehn Minuten später umrundete sie den Burger Binnensee mit seiner Möweninsel. Sie atmete tief durch und lauschte dem Geschrei der großen Seevögel, die unentwegt über ihr kreisten. »Kackt mir ja nicht auf den Dötz«, murmelte sie und kicherte im Angesicht ihrer Ausdrucksweise. »Wie gut, dass mich hier keiner hört. Aber so ist das nun mal im Norden. Da fährt man harte Kante und spricht aus, was los ist.« Verwunderte Spaziergänger schauten der in Selbstgespräche vertieften Frau mit der wehenden Bluse kopfschüttelnd nach. Sie radelte durch den Jachthafen und stieg am Ende des Weges vom Fahrrad. Für einen Moment stand sie direkt vor der Fahrrinne und beobachtete die ein- und ausfahrenden Schiffe. »Wat fein. Wie schön wäre es, wenn wir unser Boot noch hätten. Das war wirklich eine tolle Zeit«, flüsterte sie und schob das Rad Richtung Liebesschlösser. Immer im Blickfeld den neuen Aussichtsturm, den Utkieker. Mit seiner Schindelfassade, die über die letzten Jahre schon reichlich verwittert war, konnte sie sich nur langsam anfreunden. Aber jetzt war diese schiefe Zigarre, wie sie den Turm nannte, nun mal da, und sie akzeptierte dies achselzuckend. So übel ist der 360-Grad-Blick ja nun auch nicht, überlegte sie und verschloss ihr Fahrrad. Sie nahm den Kamerarucksack aus dem Korb und bewegte sich auf das filigrane rostige Gestell in Herzform zu. Es war über und über mit Liebesschlössern behängt. Sie blieb stehen, atmete tief durch und spürte den warmen Wind auf ihrer Haut. Vor ihr auf einer der Holzbänke saßen Leute, die die Sonne und das rege Treiben in der Hafeneinfahrt genossen. Sie warf einen Blick hoch zum Aussichtsturm. Etliche Erwachsene und Kinder hatten sich auf der Galerie eingefunden. Lautes Gekreische eines Kleinkindes ließ sie zusammenfahren. Sie schaltete die Kamera ein und bewegte sich auf das rostige Herzgebilde zu. Hunderte dieser Vorhangschlösser waren am Metall angebracht, und es schien fast unter ihrer Last zusammenzubrechen. Im

Hintergrund glitzerte das Ostseewasser. Charlotte sog die Luft in ihre Lungen und knipste drauflos. Die sollen mal rund um die Tiefe neue Schätzchen aufstellen. Die wären ruckzuck voll und sähen wirklich schmuck aus. Sie schoss Fotos, fuhr mit dem Objektiv auf eines der Schlösser und hielt es im Großformat fest. Sie suchte nach dem richtigen Vorhängeschloss und wurde tatsächlich fündig. Charlotte nahm die Kamera runter und bewegte sich auf das Gestell zu. Ihr Puls fing an zu rasen. Sie musste sich davon überzeugen, dass es sich um eines der Liebesschlösser handelte, das sie mit Josch in Hohwacht und Heiligenhafen mit der *Nikon* eingefangen hatte. Als sie davorstand, hielt sie plötzlich genau eines dieser Herzen in ihrer Hand. »Ein schwarzes raues, exakt wie die anderen«, murmelte Charlotte. Sie musste schlucken. Nicht nur die Tatsache, dass es eines mehr von ihnen gab, erschreckte sie. Sie drehte das Schloss, entdeckte den Namen Jolin und schon wieder das verteufelte Pseudonym Dev. Eines allerdings fehlte aber auf diesem. Ihre Nackenhaare stellten sich auf. Was hatte das zu bedeuten? In der Künstlerin breitete sich ein ungutes Gefühl aus. Sie nahm die Kamera und fotografierte unzählige Male das Gebilde mit dem glitzernden Stein in der Mitte. Es handelte sich eindeutig um das gleiche Schloss. »Sie lebt.« Auf der Bank, die sich unmittelbar neben dem Gestell befand, saß ein Mann, der die ganze Zeit beobachtete, was sie tat. Er hatte bemerkt, dass sie sich um ein Exemplar bemühte und es nicht aus den Augen ließ. Er wartete, bis ihre Aktionen erledigt waren, verfolgte, wie sie zu ihrem Fahrrad eilte, die Kamera auf das Tuch legte und aufstieg.

Charlotte hatte das Gefühl, beobachtet zu werden, dachte sich aber nichts dabei. Seelenruhig erhob sich der Mann und bewegte sich auf den Parkplatz zu. Dich krieg ich, meine Beste.

Die Künstlerin musste auf dem schnellsten Weg nach Hause und vergaß in der Hektik ihre Freundin, die im warmen Sand saß und auf sie wartete.

*

Jolin Petrova galt seit mehr als einer Woche verschwunden. Lornsen und Hintz, die bei den Befragungen der Studenten in Kiel nicht die erwünschten Antworten erhalten hatten, beteiligten sich mit den Kollegen der *Soko Küstenherz* an der Suche nach der Vermissten. Sie durchkämmten Waldgebiete, durchstocherten Tümpel, Teiche und Knicks, durchforsteten das Klärwerk und die Hafengebiete. Sie durchsuchten sogar die Kopendorfer Au, den einzigen Flusslauf der Insel. Dieser knapp zehn Kilometer lange Wassergraben, der von Osten nach Westen bis zum Meer verlief, fiel dem ungeschulten Auge kaum auf, wies aber genügend Möglichkeiten auf, um jemanden verschwinden zu lassen. Die Suche brachte nicht den gewünschten Erfolg. Die Zeit saß ihnen im Nacken. Sie überquerten bei Tageslicht mit Mantrailern Wiesen und Felder. Die Angespanntheit war überall zu merken. Wenn sie das Mädchen nicht bald fanden, verschwanden selbst die Duftmarken, die von den Hunden wahrgenommen wurden. Als sie sich von Puttgarden aus der Baustelle zur Beltquerung in Marienleuchte näherten, schlug eines der Tiere an. Die Hundeführerin folgte dem Rüden, der vor einer Absperrung zur Tunneleinfahrt bellte. »Öffnen«, rief Henning.

Einer seiner Kollegen kam mit einer Zange und durchtrennte die Kette, die um das Metallgitter gebunden war, damit niemand Unbefugtes das gut geschützte Areal betreten konnte. Die Dänen ließen sich nicht gern in die Karten gucken, das war bekannt. Der ausgebildete Polizeihund rannte den aufgeschütteten Hügel hoch, setzte sich und bellte. Die Trainerin folgte: »Fund«, rief sie und hob den Arm. Direkt vor ihr lag ein Fahrrad. Ein altes schwarzes Damenfahrrad mit einem braunen Ledersattel. Irgendjemand hatte es offensichtlich hier entsorgt. Die Kollegen blieben stehen. Nils Henning stieg den Hügel hinauf: »Lasst uns den Fundort sichern. Hier gibt's jede Menge Spuren. Wir müssen das ganze Gebiet abriegeln, sofort. Wenn mich nicht alles täuscht, ist das das Rad von dem Mädel.« Tiefe Furchen zeichneten sich auf seiner Stirn. Er hatte das Foto an der Pinnwand im Hinterkopf, das genau dieses Fahrrad gezeigt hatte. In wenigen Minuten war der Ort um das Beweisstück abgeriegelt. Die Spurensicherung rückte an. Henning befürchtete, dass es nicht lange dauernd würde, dann hätten die Sicherheitsleute der dänischen Baufirma sie entdeckt, und er würde sich erklären müssen. Es wurden Fotos gemacht, Fußspuren vermessen sowie Fingerabdrücke und vermeintliche DNA-Spuren gesichert. »So kommen wir wenigstens einen Schritt weiter«, sagte Westermann, als sie später in der Dienststelle am Tisch saßen. Der erste Hauptkommissar war sichtlich erholt drei Tage nach der Trauung an seinen Schreibtisch zurückgekehrt. Die Ehe bekam ihm gut. Sie hatten ihn fortlaufend informiert, sodass er beruhigt die entschieden zu kurzen Flittertage genießen konnte. »Stand ist: Wir haben das Fahrrad der Vermissten. Hypothese: Der Täter hat es hier abgelegt, damit es niemand findet. Einer der Bagger hätte es vermutlich zugeschüttet, und kein Mensch hätte es mehr zu Gesicht bekommen.«

»Oder aber ein Arbeiter hätte es an sich genommen. Dann wäre es für alle Zeiten verschwunden«, knurrte Henning. Westermann nickte. »Ich hoffe, wir finden etwas, das uns wirklich weiterbringt. Das hier war auf jeden Fall Männerarbeit.«

»Der hat sie abgegriffen, das Fahrrad hinten ins Auto verfrachtet und es dann auf der Baustelle abgeladen. Er muss also einen größeren Wagen, zumindest eine Kombi besitzen. Ich schätze, er hat das Mädchen betäubt, nachdem er sie vom Rad gerissen hat«, knurrte Henning. »Wenn sie lebt, hat er sie verschleppt und hält sie irgendwo gefangen.«

»Wir sollten leer stehende und verfallende Gebäude in der Umgebung genauer ins Visier nehmen. Wahrscheinlich wartet er, bis sich alles beruhigt hat. Er wird wissen, dass wir ihm auf der Spur sind«, lallte Hartwig, der ohne Vorwarnung unrasiert, mit trübem Blick und angetrunken im Türrahmen stand. Er wankte und grinste seine Kollegen an, die ihn fassungslos anstarrten. »Was willst du hier?«, fragte Westermann, erhob sich und dirigierte seinen Teamkollegen aus dem Büro. Seine Miene verhieß nichts Gutes. »Lass uns mal ein Kaffeepäuschen machen«, murmelte Lornsen. Sie ahnte, dass es im Flur laut werden könnte.

Westermann stand seinem Kollegen gegenüber. »Ich hab dir gesagt, es ist vorbei. Du bist raus. In diesem Fall wirst du nicht weiter ermitteln. Hat dir dein Knastaufenthalt nicht gereicht? Wie ich sehe, bist du immer noch nicht klar im Kopf. Ich hätte dich ein paar Tage länger in der Zelle lassen sollen. Noch einmal ganz deutlich. Du bist raus!« Westermann packte ihn am Kragen seines Jeanshemdes und schüttelte ihn wutentbrannt durch. »Krieg dein Leben endlich wieder auf die Reihe, sonst war's das mit uns. Such die Kriminalpsychologin auf und rede mit ihr. Hier ist für dich vorerst Schluss.« Er ließ den Kragen los, fauchte und stieß ihn von sich. Westermann drehte sich um und schlug mit einem lauten Knall die Tür hinter sich zu. Hartwig blieb im Gang zurück und guckte, als könnte er nicht begreifen, was passierte. Anne Lornsen trat unerwartet aus dem Büro.

Sie sah den Kollegen, der volltrunken mit den Händen in den Hosentaschen, dastand und von einer Seite zur anderen wankte. Immer wieder fielen ihm die Augen zu. Er tat ihr leid. Sie kannte es nur zu gut, wenn Alkohol die Sinne vernebelte. In ihrem Land wurde viel getrunken, und es war mehr als einmal passiert, dass alles außer Kontrolle geriet. »Thomas, fahr nach Hause. Das läuft so nicht. Schlaf erst mal deinen Rausch aus, und dann ruf mich an, wenn du nüchtern bist. Du hast es eindeutig überreizt. Der Chef ist richtig sauer«, erklärte die dänische Oberkommissarin und sah ihn aus meerblauen Augen an. Hartwig stand da, als verstünde er überhaupt nicht, was sie von ihm wollte. Sie schüttelte ihre schulterlangen flachsblonden Haare und legte ihre Hand auf seine Schulter. »Komm, wir rufen ein Taxi, und ich bring dich raus.« Anne fasste ihn unter und zog ihn mit sich. Mit gesenktem Blick verließ er mit der Kollegin die Dienststelle. »Lasst uns weitermachen«, knurrte Westermann, als er von seinem Gespräch zurückkehrte und mit den Zähnen knirschte. Im Innersten litt er wie ein Hund. Er konnte es kaum ertragen, dass sein Kollege und Freund derart die Kontrolle verloren hatte. Der Erste Hauptkommissar schob die dunkel gerahmte Brille auf die weißen Haare und rieb sich die Augen. »Ach, bringt nichts, wir machen erst mal eine Pause. Ich brauch einen starken Kaffee«, sagte er und holte tief Luft, als die Tür aufging und Charlotte Hagedorn in den Raum stürmte. Nicht auch das noch, dachte er und senkte die Schultern. Ihm war nicht nach Fachsimpeln mit der Tante seiner frisch Angetrauten. Seufzend trat er ihr entgegen.

»Dirk, ich muss sofort mit dir sprechen.« Ihre Stimme überschlug sich. »Was ist denn?«, fragte er forsch. »Ich hab im Moment weiß Gott andere Probleme, als mich über deine Hypothesen zu unterhalten. Nichts für ungut, aber ich hab wirklich keine Zeit.« Westermanns Nerven lagen blank. Charlotte wischte seine Bedenken mit einer Handbewegung fort. »Papperlapapp. Du hast doch die Fotos von diesen Schlössern, die ich dir geschickt habe. Hol sie.« Die selbst ernannte Ermittlerin wirkte äußerst resolut und ließ sich von der negativen Stimmung im Raum nicht beeindrucken.

»Ja, hab ich. Aber warum soll ich sie holen?«

»Mach schon, ich habe etwas Wichtiges herausgefunden.«

Westermann brummte und griff zum Aktenordner auf seinem Schreibtisch. »Setz dich, so viel Zeit werde ich erübrigen. Jetzt bist du ja nun mal da.« Charlotte nahm ihm gegenüber Platz und zog ihr rotes Cap von den blond gesträhnten Haaren. »Also, was hast du so Wichtiges mitzuteilen?« Er öffnete die Akte und fächerte die Aufnahmen der Liebesherzen auseinander. Die Künstlerin zog ebenfalls Ausdrucke aus ihrem Rucksack. »Da, guck selbst. Was siehst du?«

»Mach es nicht so spannend. Rück endlich mit der Sprache raus. Mann, das ist ja schlimmer als bei Edgar Wallace.« Sein Blick verfinsterte sich immer mehr. Er rückte die Brille zurecht, besah sich die Bilder und zuckte die Achseln. Auf einmal erstarrte er. »Woher hast du die Fotos? Das gibt es doch nicht.« Er sprang auf, riss die Tür auf und rief die Kollegen zurück. »Reinkommen, sofort! Wir haben eine neue Spur.«

*

»Das gibt's doch nicht. Da findet unsere Miss Marple genau den Hinweis, den wir brauchen, um festzustellen, dass Jolin noch leben könnte. Ich bin jetzt auch davon überzeugt, dass er sie irgendwo gefangen hält.«

»Jo, irgendwas hat ihn aufgehalten, sonst hätte er sie schon plattgemacht. Aber was?«, knurrte Hintz und lenkte den Wagen Richtung Heiligenhafen. Er hatte die Scheibe runtergedreht und blies den Qualm der Zigarette aus dem Fenster. Er hatte sich trotz Ermahnung seiner Kollegin nicht davon abhalten lassen zu rauchen. Anne Lornsen wusste, dass sie gegen einen Kettenraucher keine Chance hatte. »Wahrscheinlich hat er uns längst im Visier und Angst, dass wir ihm auf die Schliche kommen«, sagte die Dänin und scrollte durchs Tablet. »Dann versteckt er sie irgendwo auf der Insel.«

»Wie kommst du darauf?«, wollte ihr Kollege wissen. »Ich bin sicher, sonst hätte er dieses Schloss niemals in Burgtiefe angebracht. Bisher war es doch so, dass die Schlösser dort auftauchten, wo später die Leichen aufgefunden wurden, oder nicht?« Hintz nickte und war erstaunt über die Auffassungsgabe der Dänin. »Ich wusste schon immer, dass du schlau bist«, griente er. »Was du redest. Darauf wärst du qualmender Hornochse auch gekommen«, lachte sie.

»Ja, irgendwann … vielleicht.« Er qualmte die Zigarette bis auf den Filter runter, dann warf er sie aus dem Fenster. »Du Umweltsau«, krähte sie und trommelte mit ihrer Faust auf seinen Oberarm. »Die ist auf Fehmarn, 100-prozentig. Und er wird sie töten, wenn wir ihn nicht schnell genug finden. Ich frag mich nur die ganze Zeit, was ihn bisher davon abgehalten hat. Wir können hier im Moment nichts ausrichten. Die werden ihre Suche erweitern müssen, das wissen sie. Lass uns jetzt zum Warder fahren, vielleicht ist da irgendjemand, der uns weiterhelfen kann. Wenn mich nicht alles täuscht, hat der italienische Student richtig Dreck am Stecken. Seine Observation verläuft bisher ohne nennenswerte Erkenntnisse. Scheint so zu sein, dass er mit der Entführung nichts zu tun hat. Wahrscheinlich müssen wir ihn somit von der Liste unserer Verdächtigen streichen. Wenn der nicht öfter im Haus seines Onkels war, als er zugegeben hat, fress ich 'nen Besen. Hatten die Kommilitonen nicht behauptet, er nimmt es mit dem Studium nicht so genau? Hat Fehlzeiten und muss das Semester wiederholen? Würde doch passen, oder nicht? Aber wie es nach den Mitteilungen der Kollegen aussieht, lungert er außer in der Uni nur zu Hause rum.« Anne Lornsen scrollte weiter durchs Tablet. Sie verzog die Lippen, rümpfte ihre Nase und las zum wiederholten Mal die Aussagen der Studenten. Dann nickte sie: »Uns fehlt ein Puzzleteil. Ich denke trotzdem, er könnte es gewesen sein. Der hätte jede Menge Zeit. Ich glaube, der hat ein Problem mit Frauen. Vielleicht trickst er uns einfach nur aus. Er kannte Elin und, wenn er sich oft im Haus seines Verwandten aufgehalten hat, vielleicht auch Olivia.« Im Anschluss zoomte sie bei *Google Maps* den Graswarder und markierte den Tatort und das Strandhaus, das dem Onkel des Südtirolers gehörte. Sie bogen in den Graswarderweg ein und folgten der schmalen Straße, bis sie auf dem Privatweg vor dem knallig gestrichenen Haus zum Stehen kamen.

»Das sieht aus wie 'ne Blutorange, und dann dieses fürchterliche Griechenblau um die Fenster. Da lob ich mir mein taubenblau gestrichenes Häuschen. Mein Gott, das wär mir viel zu abgedreht«, knurrte Hintz und stieg aus. Die blau lackierten Fensterläden waren allesamt verschlossen. »Scheint wieder niemand da zu sein, verdammt«, murmelte die Oberkommissarin und betrat das Grundstück. Sie entdeckte hinter dem Haus die jadegrüne Ostsee und den breiten, feinsandigen Strand. »Unglaublich. Sagenhaft! Das musst du dir nur mal angucken.« Lornsen deutete Richtung Sund und bekam ihren Mund nicht zu. »Reg dich ab, ist nur Wasser. Das ist doch nix Besonderes. Ich möchte hier im Winter nicht hausen müssen. Was meinst du, wie der Wind bei Sturm an den Buden frisst. Nee, lass mal, da lob ich mir mein kleines Reihenhäuschen in Oldenburg. Da kann ich wenigstens nicht absaufen.« Er griente und kraulte seinen schwarzen Oberlippenbart, während er die nächste Zigarette aus der Packung zog. »Wann willst du den Schnauzer eigentlich mal abrasieren? Die Zeiten sind nun wirklich lange vorbei«, lachte sie und forschte, ob nicht doch irgendwo ein Fensterladen unverschlossen war. »Das lass man meine Sorge sein, der kitzelt so herrlich. Ich komm gern mal bei dir rum«, zwinkerte er und zog am Glimmstängel. »Nein, lass. Ich bin nicht für diese Bürsten, da muss schon ein richtiger Bart her.« Sie lachte.

»Hallo, was machen Sie da?«, vernahmen die Beamten eine Stimme aus dem Hintergrund. Anne drehte sich um und entdeckte auf dem Nachbargrundstück einen etwa 50 Jahre alten Mann, der in blauem Shirt und Jeans dastand, die Hand über die Augen geschoben hatte und genaustens beobachtete, was passierte. Der Polizeibeamte trat auf den Unbekannten zu, zog seinen Ausweis aus der Hemdtasche und hielt ihn ihm entgegen. »Kriminalpolizei Oldenburg, Hintz, und das ist meine Kollegin, Oberkommissarin Lornsen. Wir sind auf der Suche nach den Eigentümern. Vielleicht …«

»Die sind nicht da, sehen Sie doch. Die Fensterläden sind zu. Und ehrlich gesagt bin ich froh, wenn da mal Ruhe im Stall ist. Wir leben schließlich nicht hier, um uns den gleichen Lärm anhören zu müssen wie in der Stadt.« Der Mann wirkte extrem angesäuert auf die Polizisten und hob drohend die Hand. Anne Lornsen rückte näher an ihren Kollegen. »Wieso? Was für Lärm?«, wollte sie wissen. »Na ja. Partylärm, um genau zu sein. Wenn's nur ab und zu wäre, würde ich ja nichts sagen, aber …« Er hielt inne. Hintz sah, dass er zögerte. »Was heißt aber? Nu mal Butter bei di Fische«, forderte er den Mann auf, Klartext zu reden. »Wir wollen keinen Ärger. Hat schon genug Stress mit denen gegeben. Diese Italiener sind ziemlich … wie soll ich sagen … wild. Der Alte ist ja ganz in Ordnung. Aber der Neffe … der geht gar nicht. Der ist oft hier und … lässt hier, um es vorsichtig auszudrücken, jedes Mal die Sau raus. Nicht zu überhörende Saufpartys, Drogen und reichlich Mädchen, die uns den Schlaf rauben. Wir sind hier, um unsere wohlverdiente Ruhe zu genießen. Da geht's ganz schön ab, sag ich Ihnen. Meine Frau möchte am liebsten wieder verkaufen. Wir haben mit dem Onkel geredet. Der zuckt auch nur mit den Schultern. Hat wohl mit ihm gesprochen … aber rausgekommen ist … gar nichts. Der veranstaltet seit Wochen Budenzauber.« Er lachte verächtlich. »Was rede ich … Sie wissen doch, wie das ist.«

»Nein, ich weiß nicht, wie das ist. Was meinen Sie? Klären Sie mich auf«, sagte Lornsen. »Die Bekifften vögeln und grölen ungeniert in den Dünen oder am Strand. Selbst vor unserem Garten machen sie keinen Halt mehr. Ich habe des Öfteren Ihre Kollegen gerufen, können Sie nachprüfen. Aber die kommen her, verteilen eine Rüge und … verschwinden genauso schnell wieder, wie sie erschienen sind. Nein, das macht echt keinen Spaß. Ich war schon mal versucht, mit dem Baseballschläger rüberzugehen. Wenn meine Frau mich nicht abgehalten hätte …«

»Gott sei Dank hat sie das getan. Das wäre Sie teuer zu stehen gekommen. Sie wissen ja, Selbstjustiz ist verboten. Wir sind nicht in Amerika.«

»Ja, noch nicht. Aber wenn das so weitergeht, garantiere ich für nichts.«

»Nun kommen Sie mal wieder runter. Wissen Sie, ob der Student in der Zeit um den 20. Juni und 20. Juli hier war und … gefeiert hat?«

»Im Juni war der Onkel hier, aber im Juli war der Typ eine ganze Woche im Haus. Und wenn Sie mich so fragen, hatten sie am 21. Juli hier wieder so eine ätzende Party.«

»Warum wissen Sie das so genau?«

»Weil ich da Geburtstag hatte und wir mit ein paar Freunden hier im Garten gegrillt haben.« Er zuckte die Achseln. »Am liebsten hätte ich den Kerl gekillt, können Sie mir glauben. Wir haben dann den Abend nach drinnen verlegt, ging gar nicht anders. Ich weiß aber nicht mehr, wie das ausgegangen ist. Wir hatten später alle ziemlich die Lampen an.« Er grinste. »Aber wäre toll, wenn nebenan endlich mal jemand für Ruhe sorgen könnte.«

»Wir werden sehen, was sich machen lässt. Danke erst mal für die Auskünfte. Sie haben uns sehr weitergeholfen.«

»Warum stellen Sie eigentlich all diese Fragen? Hat der Bursche was verbrochen? Würde mich nicht wundern.« Hintz verengte die Augen zu schmalen Schlitzen.

»Wir ermitteln in zwei Mordfällen. Sie wissen ja, laufende Ermittlungen. Aber danke.«

»War der das?« Lornsen lächelte und verabschiedete sich mit dem Kollegen. Sie verließen das Grundstück schweigend. Hintz steckte sich eine weitere Zigarette an und zog die dunklen Augenbrauen zusammen. Seine Kollegin merkte, dass er angestrengt nachdachte. Als sie am Auto ankamen, sagte sie. »Der war hier, als es mit Olivia Meindorf passierte. Denkst du auch, was ich denke? Ich seh, dass dir was im Schädel rumschwirrt.« Hintz nickte, sagte allerdings kein Wort und zog kräftig an seiner Kippe. »Wir werden ihn jetzt noch mal aufs Revier bitten. Es langt«, antwortete Lornsen stattdessen. »Ich glaube, wir haben da irgendwas übersehen.«

*

Jolin lauschte der Stille. Irgendwo draußen rief eine Eule. Ihr Körper bibberte, als sie, gegen die kalte Wand gelehnt, in die Dunkelheit stierte. Ihre Angst war vorübergehender Gleichgültigkeit gewichen. Ihr wurde immer klarer, dass er sie töten wollte und sie hier nie wieder rauskommen würde.

Noch vor ein paar Tagen hatte sie gehofft, dem Reich des Teufels aus eigener Kraft entkommen zu können. Jetzt nicht mehr. Ihre Lippen waren aufgesprungen, sie schniefte und klapperte mit den Zähnen. Fortwährend rieb sie mit der Hand über die dreckige, juckende Gänsehaut ihres nackten Körpers. Ihre fettigen Haarsträhnen hingen vor Mund und Augen. Sie kaute auf einer Strähne und spuckte sie wieder aus. Die Nase war so geschwollen, dass sie überhaupt keine Luft mehr bekam. Ihr Blick war stur geradeaus in die Dunkelheit gerichtet. Jolin wusste, auch ohne dass sie es riechen konnte, dass sie stank. Nach übel riechendem Morast, Scheiße, Pisse und Gruft. Sie lachte heiser. Das wird mein Grab. Er muss nur noch den Deckel draufmachen und mich hier verrecken lassen. Den Rest holen sich die Viecher. Jolin schüttelte sich. Sie konnte den Drang ihrer Blase nicht mehr halten, rutschte auf ihrem wunden Hintern ans andere Ende der Matratze und erleichterte sich, wie schon so oft. Es hatte ihn nicht interessiert, ob und wo die abgemagerte Frau, deren Beckenknochen und Brustkorb hart hervorstachen, sich entleerte. Die junge Ukrainerin nutzte den Teil der Unterlage als Klo, es war ihr egal. Ab und zu unterbrach ihr eigenes Schluchzen die Stille. Dann schrie sie, brüllte, bis sie würgen musste. »Hilf mir«, bettelte sie und kauerte sich wie ein Embryo zusammen. Plötzlich vernahm Jolin Geräusche. Die knarzende Kellertür wurde geöffnet. »Hilfe«, krächzte sie und biss sich im gleichen Augenblick auf die Zunge, weil sie wusste, dass er es war, der die Kellertreppen runtergeschlichen kam. »Bist du still«, herrschte er sie an. Die Freundlichkeit war aus seiner Stimme gewichen. Und genau diese gefährliche Tonlage jagte ihr noch mehr Angst ein. Als er sie erreichte, spürte sie seine Blicke auf sich, und bereits im nächsten Atemzug versetzte er ihr einen Schlag in die Seite. Sie bäumte sich auf, wimmerte vor Schmerz. »Wasser, ich hab Durst«, flüsterte sie und versuchte, die Qualen der Tritte zu verdrängen. Sie rollte sich wie ein Igel zusammen, hoffte, dass er sie in Ruhe ließ. »Du brauchst kein Wasser. Sauf deine Pisse, wenn du Durst hast.« Erneut schlug er seinen Fuß in ihren Unterleib. Dann spürte sie seinen Atem an ihrem Ohr, merkte, wie er ein Tuch um ihren Kopf schlang, um ihre Augen zu verbinden. »Nein, bitte nicht«, schluchzte sie. Schmerzgekrümmt lag sie auf der Matratze und hielt sich den Bauch. Jetzt bringt er mich um … »Was hab ich dir getan? Ich hab kein Geld, meine Eltern auch nicht. Aber sie besorgen dir welches. Willst du Geld?« Sie hoffte inständig, dass er sie entführt hatte, um ihre Eltern zu erpressen. »Ich flehe dich an, lass mich gehen. Bitte. Ich verrate dich nicht …« Sie wusste, dass ihre Worte keinen Eindruck auf ihn machten. Er war genauso eiskalt wie dieser Raum. Sie schob ihren Körper in eine aufrechte Position, um sich besser vor seinen Angriffen schützen zu können. Schweigend presste sie ihren Rücken gegen die Wand und zog die Knie an. Jetzt, mit verbundenen Augen, konnte sie nicht einmal mehr rausfinden, mit wem sie es zu tun hatte. Jolin hatte völlig die Orientierung verloren. Sie schmatzte, um Speichel im Mund zu sammeln. »Bitte, Wasser. Ich geb dir, was du willst … ich hab Durst.«

»Du gibst mir, was du willst?« Er lachte, öffnete eine Wasserflasche und goss ihr etwas in den Mund. »Ich nehm mir, was *ich* will.« Sie hörte sein verächtliches Gelächter und wusste, auch ohne dass sie ihn sehen konnte, dass er eine diabolische Fratze besaß. »Mit dir habe ich Besonderes vor. Du wirst mein Paradestück. Mit dir bin ich noch lange nicht am Ende.« Er lachte erneut. »Du musst noch viel lernen und wirst bald wissen, wie es sich anfühlt, wenn man ständig glaubt, alles wird gut. Ich werde dich lehren, demütig zu sein. Ihr denkt, weil ihr schön seid, dass ihr alles mit uns machen könnt. Ich werde dir zeigen, was passiert, wenn man meint, einen Mann wie mich erniedrigen zu können.« Plötzlich spürte sie etwas Kaltes auf ihrer Wange. Sie zuckte zusammen, als die Klinge des Messers mit leichtem Druck über ihre Haut fuhr. Jolins Atem rasselte, sie hörte ihr Herz klopfen. Dann wurde sein Stöhnen lauter als ihr Herzschlag. »Wusstest du eigentlich, dass der Darm eines Menschen um die sieben Meter lang ist? Sieben glänzende Meter Schönheit. Ich hab es oft gesehen, wenn ich Tiere ausgenommen habe. Sie waren warm und schimmerten. Ich musste sie einfach in meinen Händen halten. Du glaubst gar nicht, was für ein Gefühl, das war ... Mhm.« Sie hörte sein Grunzen und erstarrte. Wenn ich mich nicht bewege, wenn ich nichts fordere. Ich muss tun, was er sagt ... vielleicht. Ihr Puls hämmerte. Sie presste die Knie gegen ihren Bauch, als könnte sie sich vor dem schützen, was er vorhatte. Aber was hatte er vor? Sie wagte nicht zu atmen, hoffte, dass alles nur ein böser Albtraum war, der irgendwann zu Ende ging. Sie bemerkte den Druck auf ihrer Unterlage. Er hockte sich zu ihr. Eisiges Beißen durchzog ihren Körper. Sie bewegte sich nicht, als er ihre Hände zu sich zog und anfing, ihre Brüste zu kneten. Es fühlte sich fürchterlich an, aber sie ließ es geschehen. Wenig später glitt seine raue Zungenspitze an der gleichen Stelle über die Haut. Er zog sie zu sich, umschlang sie mit seinen Armen wie ein Vater sein Kind. Dann stieß er sie zurück und schmatzte angewidert. »Du kleine Sau schmeckst nach Pisse ... ist ja ekelhaft.« Er spuckte ihr ins Gesicht. Sie bewegte sich nicht.

»Aber eigentlich ist es scheißegal, interessiert niemanden mehr.« Wieder lachte er. Jolin registrierte, wie seine Arme sich von ihr lösten und seine Finger langsam um ihren Hals glitten. Es waren schmale Hände, die in aller Seelenruhe immer fester zupackten. Sie röchelte. Wie ein Schraubstock quetschte er seine Klauen um ihre Kehle und nahm ihr die Luft zum Weiterleben. Sie hörte sein Stöhnen wie durch eine Nebelwand, bemerkte seine Erregung. Warum? Was stimmt nicht mit ihm? Ihr wurde schwarz vor Augen, dann verlor sie das Bewusstsein.

»Und ich dachte, du wärst stärker als die anderen. Du bist genauso ein Miststück«, keuchte er und stieß ihren Körper zurück auf das Matratzenlager. Sie rührte sich nicht. Er fühlte ihren Puls, legte sein Ohr an ihren Mund. »Nicht sterben, ich brauch dich noch. Stirb mir ja nicht weg.« Er zog das Messer aus seiner Hosentasche und fuhr mit der Klinge über ihren nackten Bauch. Ein feiner blutiger Streifen sickerte aus der Haut. Er schmatze. Dann beugte er sich über sie.

*

Westermann und Rasmussen hielten sich im Befragungsraum der Oldenburger Dienststelle auf. Der Leiter der Mordkommission setzte sich. Die Fallanalytikerin lehnte gegen die Wand. Mittlerweile hatte sich die Ermittlergruppe aufgeteilt. Die eine Hälfte agierte vor Ort, die andere auf Fehmarn, um nach der vermissten Person zu suchen. Sie fummelte an ihrem Zopf. Die Tür öffnete sich, und Anton Reitmeier trat in den kühlen, fensterlosen Raum. Die Klimaanlage surrte. Die Profilerin ließ ihre Haare los und verhielt sich abwartend. »Setzen Sie sich. Möchten Sie Kaffee oder ein Wasser?«, fragte Westermann und deutete dem Südtiroler, Platz zu nehmen. Der Student der Biochemie schüttelte die dunklen Locken und guckte den Hauptkommissar an. »So lange wird das Gefasel ja nicht dauern, oder? Ich bin schließlich freiwillig hier, nur um Ihnen meine guten Willen zu zeigen. Das dauert hoffentlich nicht zu lang«, murmelte er und ließ sich auf den Stuhl fallen. Er kreuzte die Beine und verschränkte gelangweilt die Arme vor der Brust. Er tat, als ginge ihn die ganze Geschichte nicht das Geringste an. Westermann registrierte es, nahm ihm gegenüber Platz, rückte seine Brille zurecht und schlug mit der gleichen Gleichmütigkeit die Akte auf.

»Das hängt allein von Ihnen ab, wie lange wir Ihre Zeit in Anspruch nehmen.« Sein Blick ließ keine Emotionen erkennen. Anton Reitmeier schnaufte. »Ich habe unseren Anwalt bereits kontaktiert. Wenn Sie nichts gegen mich in der Hand haben, brauche ich überhaupt nichts zu sagen. Eigentlich müsste ich nicht einmal hier sein. Er wollte mich begleiten, aber das schaffe ich gut allein.«

Westermann zuckte die Achsel und lächelte ihn an. Er wusste, womit er Vertrauen schaffen konnte. Und das war zuerst einmal das Wichtigste. »Wollen Sie mit uns kooperieren oder nichts mehr zur Sache beisteuern?«, wollte der Erste Hauptkommissar wissen. Sonja Rasmussen behielt Reitmeier mit geschultem Blick im Auge. Sie wusste, dass hinter der Fassade des selbstsicheren Studenten ein unsicherer Charakter steckte. »Nö, ich erzähle Ihnen, was ich weiß. Hab nichts zu verbergen. Solang Sie mich nicht in die Enge treiben und mir die Worte im Mund umdrehen … kein Problem.« Er sah Westermann mit stechendem Blick an, schien sich seiner sicher. Der Leiter der Mordkommission wusste bereits, dass er es mit einem gewitzten Gegenüber zu tun hatte, und nickte. »Sie haben uns erzählt, dass Ihr Onkel ein Ferienhaus auf dem Graswarder besitzt, in dem Sie sich ab und zu aufhalten. Wann waren Sie zuletzt im Haus Ihres Verwandten?«

»Warum wollen Sie das wissen? Wieso kommen Sie eigentlich immer wieder auf die Hütte zu sprechen? Die gehört mir nicht, und ich bin nur ab und zu auf dem Warder, um mich vom Stress in der Uni zu erholen. Und das ist schließlich kein Verbrechen.« Er grinste und schüttelte den Kopf. »Soso, und wann waren Sie nun das letzte Mal in der Hütte?«

»Keine Ahnung.« Er zog die Schulter hoch. »Das weiß ich doch jetzt nicht mehr. Vielleicht in den Semesterferien, was weiß ich.«

»Kann es sein, dass Sie in der Zeit um den 20. Juli dort waren? Überlegen Sie genau.« Der Student verengte plötzlich die Augen und setzte sich aufrecht auf seinen Stuhl. Er räusperte sich, bevor er weitersprach.

Westermann war auf der richtigen Spur. »Woher wissen Sie, wann …?« Er stockte. Trotz der angenehmen Temperaturen im Raum traten winzige Schweißperlen auf seine Stirn. Der Leiter der Mordkommission merkte, wie der Kehlkopf des Studenten wie bei einem Tennismatch auf und ab hüpfte. »Haben Sie mit meinem Onkel gesprochen?«, fragte er und wurde blass. Seine Mimik veränderte sich. Der lässig dasitzende Student wirkte auf einmal angespannt. »Mussten wir nicht. Aber dafür wissen wir aus sicherer Quelle, dass Sie sich in dieser Zeit auf dem Warder aufhielten und lautstarke Partys veranstaltet haben.« Der Hauptkommissar guckte ihm gerade in die Augen. Rasmussen beobachtete den Studenten und steckte die Hände in die Hosentaschen ihrer knallengen Röhrenjeans. Sie spürte, dass ihr Kollege genau die richtigen Knöpfe drückte. Das Brummen der Klimaanlage war auf einmal verstummt. Sie nahm es nicht mehr wahr und konzentrierte sich nur noch auf den Italiener.

»Das wissen Sie woher?« Der Leiter der Mordkommission schüttelte den Kopf. »Tut nichts zur Sache. Wir möchten von Ihnen nur die Bestätigung, ob Sie sich auf dem Warder aufgehalten haben oder nicht.«

»Kann sein, ich erinnre mich nicht mehr genau.« Westermann wusste, dass er log. Seine Mimik demonstrierte eine andere Wahrheit. Reitmeier sah, dass er mit seinem Gehabe niemandem imponierte. Er legte die Hände auf den Tisch. Er seufzte und sagte kleinlaut: »Ja, ich war da. Wir haben an dem Wochenende gefeiert. Hatten 'ne anstrengende Zeit hinter uns. Viel Arbeit in der Uni. Brauchten Entspannung.«

»Entspannung? Das versteh ich gut. Ein Semester kann ziemlich lang und mühsam sein. Wer war alles auf Ihrer Party?«

»Boah, keine Ahnung, waren viele Leute. Einige aus Kiel, andere aus Heiligenhafen.« Wieder zuckte er die Achseln. Sein Blick wanderte durch das Zimmer. Etwas beunruhigte ihn, das konnte man sehen. »Weiß nicht.« Reitmeier fuhr sich mit der Zunge über die Lippen. »Denken Sie nach. Wir brauchen Namen.« Westermann schob ihm Block und Stift über die Tischplatte. »Aufschreiben bitte … Sie wollen doch bald nach Hause, oder?« Der Student warf dem Kommissar einen verunsicherten Blick zu, nahm den Kugelschreiber in die Hand. »Aber so genau weiß ich es wirklich nicht mehr. Da sind eine Menge Leute vorbeigekommen, die ich nie vorher gesehen hab, ich schwöre.«

»Schwören können Sie vor Gericht. Hier brauchen Sie nur aufzuschreiben«, vermeldete Westermann und deutete auf den Block. Anton Reitmeier wurde rot und fing an, Namen auf das Papier zu kritzeln. Seine Hand zitterte, das merkte der Hauptkommissar.

Nach einer Weile schob er den Notizblock zurück. »An mehr Leute erinnere ich mich nicht, sorry.« Er verschränkte die Arme vor der Brust und schnippte ein dunkles Haar vom weißen Shirt.

Westermann drehte den Schreibblock so, dass er die Namen entziffern konnte. Er zog die Augenbraue hoch und warf einen Blick über den Rand der Brille zu Rasmussen. Sie trat an den Tisch und betrachtete die Liste. »Wer ist Liv?«, fragte sie an Reitmeier gerichtet und warf ihrem Kollegen einen erwartungsvollen Blick zu.

»Das ist eine kleine süße Maus, die ich irgendwann mal kennengelernt hab. Mein Onkel kennt ihre Eltern aus deren Restaurant. Weiß nicht mehr genau.« Wieder zuckte er die Schultern und lächelte die Fallanalytikerin frech an. »Und diese *süße* Maus war an diesem Abend auf ihrer Sause?«, wollte sie wissen. In ihrem Gehirn arbeitete es.

»Ja, kann sein. Aber ich erinnere mich nicht mehr genau, wann. Sie war nur kurz da und ist ziemlich schnell wieder verschwunden ... fffft, weg war sie.« Er machte eine eindeutige Handbewegung. »Keine Ahnung. Warum wollen Sie das wissen? Ich kenn sie kaum ... ehrlich.« Reitmeier glotzte die Beamten an. »Weil sie in der Nacht ermordet wurde, als Sie Party gemacht haben. Sind Sie im Internet unterwegs, um Frauen kennenzulernen?«

*

Charlotte Hagedorn wollte die Spurensuche selbst in die Hand nehmen, eigenständig ermitteln und zuallererst den Wohnblock dieser Elin Jacobsen aufsuchen. Sie hatte einen schnellen Blick in Dirks Unterlagen geworfen, die er offen auf dem Esstisch hatte liegen lassen. Ansonsten gaben die Beamten ihr einfach nicht die richtigen Informationen. Es schien, als wollten sie sie vom Fall fernhalten. Jetzt dirigierte sie Josch durch das Wohnviertel, in dem sich das Apart-

ment des ersten Opfers befand. Nach fast einer Dreiviertel-
stunde hielten sie vor dem zweigeschossigen Gebäude. Sie
war fest entschlossen mitzuhelfen, die Morde aufzuklären,
und rückte ihre Bluse zurecht. Angestrengt drehte sie sich
auf dem Beifahrersitz um, zog das rote Cap vom Rücksitz
und stülpte es über ihre wilden Locken. »Willst du dich
da wirklich einmischen? Du weißt doch gar nicht, ob du
Antworten bekommst«, knurrte Josch Diekmann, dem die
Initiative seiner Charlotte nicht geheuer zu sein schien. Er
saß hinterm Steuer und hoffte, dass sie sich umentschied.
Seine Finger trommelten gegen das Lenkrad. Die toughe
Ermittlerin guckte ihn mit zusammengekniffenen Lippen
von der Seite an. »Das lass man meine Sorge sein. Bisher
habe ich immer was erfahren, das uns weitergebracht hat.«

»Uns?« Er schüttelte den Kopf und seufzte. Josh wusste,
dass es keinen Sinn hatte, sie umzustimmen. Der Käpt'n
schubberte mit der Hand über seine kurzen weißen Haare
und hielt es für besser, den Mund zu halten. Charlotte öffnete die Wagentür, verließ das Auto und eilte zum Hauseingang. Ohne zu überlegen, drückte sie einen der Klin-
gelknöpfe. Josch drehte die Seitenscheibe herunter und
entzündete seine Pfeife. »Das wird länger dauern«, murmelte er. Miss Marple hatte offensichtlich an der richtigen
Klingel geschellt. Sie sprach mit der Gegensprechanlage.
Eine ältere grauhaarige Dame erschien wenig später und
stand mit verschränkten Armen in der offenen Tür. Josh
betrachtete die in bunten Kleidern steckende Frau und zog
an seiner Pfeife. Die Unbekannte schien nicht erfreut über
den Anblick Charlottes zu sein. »Nein, nein, ich will Ihnen
nichts verkaufen. Ich habe ein paar Fragen zu der jungen
Studentin, die hier zu Tode gekommen ist«, hörte Josh seine
Freundin sagen, dann verschwanden sie im Hausflur. Die
Tür fiel zu.

Die Künstlerin rückte ihr Cap zurecht und fächerte sich mit der Hand Luft zu. Im Treppenhaus klebte ein eigenartiger strenger Geruch. Penetrant, stellte sie fest und betrachtete die Rentnerin, die in Kittelschürze, grauer Hose und Lockenwicklern im Haar vor ihr stand. Ich dachte, die Dinger gibt es gar nicht mehr, schmunzelte sie. »Und was wollen Sie jetzt genau von mir?«, fragte die ältere Frau, und es schien nicht, als fasste sie Vertrauen in die Unbekannte, die nicht viel jünger sein konnte als sie selbst. »Ich möchte wissen, ob Ihnen irgendetwas aufgefallen ist, das Ihnen vorher vielleicht nicht wichtig erschien.« Die Rentnerin kniff die Augen zusammen. »Na ja, warum sollte ich Ihnen etwas erzählen? Die Polizei war ja auch nicht an dem interessiert, was ich zu sagen hatte«, antwortete sie schnippisch. Sie verschränkte die Arme. Abwehrhaltung, dachte Charlotte und wusste, dass sie sie anders knacken musste. »Deshalb bin ich ja hier. Mein Kollege erzählte mir, dass sie intensiv mit dem Mord beschäftigt waren und absolut keine Zeit für Sie hatten. Es tat ihnen unendlich leid und … sie haben mich gebeten, dies nachzuholen, und bitten Sie 1000 Mal um Entschuldigung«, log Charlotte, ohne rot zu werden, und hoffte, dass sie nicht aufflog. Der Blick der Rentnerin entspannte sich. »Was haben Sie mit der Mordkommission zu tun? So wie ich das sehe, sind Sie ja nun auch kein junges Fohlen mehr. Hat die Polizei es so nötig, dass sie schon Rentner einstellt … sozusagen als Quereinsteiger?« Der Künstlerin fiel die Kinnlade herunter. Sie schnappte nach Luft wie ein Fisch auf dem Trockenen. »Können wir das nicht drinnen besprechen? Sie wollen sicher nicht, dass der ganze Hausflur mithört, oder?« Die Frau schüttelte den Kopf, dann verengten sich ihre schmalen giftgrünen Augen. Mit der Ziege ist nicht gut Kirschen essen, wurde Charlotte klar. »Haben Sie einen Ausweis? So einen, wie ihn die Kommissare immer im Krimi vorzeigen?«, stichelte die schmächtige Frau weiter.

»Nein, den brauche ich nicht. Aber Sie können meinen Schwieger… äh Vorgesetzten anrufen, er wird Ihnen bestätigen, dass alles seine Richtigkeit hat.« Wieder winkte die Bewohnerin ab. »Mit denen sprech ich kein Wort mehr. Die waren nicht gerade freundlich zu mir«, sagte sie beleidigt. »Aber ich hätte da einiges zu erzählen gehabt«, knurrte sie. Charlotte nutzte ihre Chance. Sie schob sich an der Frau vorbei in den Flur. Frechheit siegt, dachte sie und blieb an der Tür zur Küche stehen. »Also … ich hab doch gar nicht …«

»Ich höre Ihnen zu und erklär Ihnen alles«, beschwichtige die Künstlerin ihr Gegenüber. Sie rümpfte die Nase. Auch in dieser Wohnung roch es, wie im Flur, penetrant nach Putzmittel. Die Rentnerin ließ sie gewähren und schloss verdutzt die Haustür. »Also, ich arbeite eng mit der Mordkommission Oldenburg zusammen und ermittle sozusagen auf deren Anweisungen.«

Eine Stunde und drei Tees später verließ Charlotte Hagedorn die Wohnung der alleinstehenden Rentnerin. Sie erhielt eine Information, die äußerst relevant erschien und sie dem Täter näherbringen würde.

KAPITEL 16

»Moin, Herr Ratke, ich muss Sie schon wieder behelligen«, sagte Westermann am nächsten Morgen und reichte dem Tourismusmanager, der in Schlips und Kragen am Schreibtisch saß, die Hand. Der wiederum wurde blass, als er den Ersten Hauptkommissar erkannte, der ihn in diesem Moment mit ernster Miene durch seine schwarz gerahmte Brille fixierte und mit einem ihm Unbekannten in sein Büro gerauscht kam. Ratke räusperte sich und erhob sich von seinem Stuhl, als müsste er den Männern auf Augenhöhe begegnen. »Das ist ja mal eine Überraschung. Ich hoffe, Sie kommen nicht, um wieder irgendeine Veranstaltung zu canceln.« Sein Grinsen wirkte verunglückt, als er dem gleich großen Mann gegenüberstand. »Nein, da machen Sie sich mal keine Sorgen. Soweit alles im grünen Bereich. Oder doch nicht wirklich.« Ratke verzog das Gesicht und schluckte. Westermann zog den Ausdruck einer Aufnahme aus der Akte, die er in der linken Hand mit sich führte, und reichte sie dem Tourismusdirektor. »Und was soll mir das Foto jetzt sagen? Ich verstehe nicht ganz, was Sie von mir wollen«, sagte er linkisch und guckte ihn durch schmale Schlitze an. Der Blick des hochgewachsenen Managers wirkte kalt und hatte nichts Empathisches mehr an sich. Westermanns Mundwinkel wanderte nach oben. »Das soll Ihnen erst mal gar nichts sagen. Ich hab nur ein paar Fragen dazu.« Nils Henning folgte dem Dialog und ließ den Mann, der gerade sein Selbstbewusstsein einbüßte, nicht aus den Augen. Er wusste, dass sein Kollege dem Tourismusmanager im letzten Fall, als es um die Morde an zwei Frauen während der Kite-Weltmeisterschaft ging, gehörig zugesetzt hatte und sie heftig aneinandergeraten waren. Da ist noch eine Rechnung offen, dachte er und positionierte sich seitlich von Westermann. Er war sicher, dass die beiden ein Hühnchen miteinander zu rupfen hatten und es zu Reibereien kommen könnte. Henning folgte dem Schauspiel. Er stand wie ein muskelbepackter Bodyguard breitbeinig hinter seinem Kollegen. »Wir sind hier, weil wir von Ihnen wissen müssen, wie das mit den Liebesschlössern funktioniert. Kann da jeder sein Schloss anhängen oder werden Sie informiert, wenn das geschieht? Wird die Vorrichtung, also in diesem Fall das Herzgestell, am Utkieker regelmäßig kontrolliert? Gibt es eine Kamera, die den Bereich abdeckt?«

Bernd Ratke erhob sich und warf einen kurzen Blick aus dem Fenster. Der Mann, der für das touristische Leben auf der Insel verantwortlich war, presste seine Kiefer so kräftig aufeinander, dass die Wangenknochen hart hervortraten. Dann wandte er sich wieder dem Polizeibeamten zu. Er rückte seine schwarz gerahmte Brille zurecht und lockerte den Schlips, als ginge ihm die Luft aus. Der hochgewachsene, dunkelhaarige Mann steckte die Hände in die Hosentaschen. »Wie das funktioniert?«, fragte er, als verstünde er nicht. »Ja, wie das vonstattengeht, möchten wir wissen.«

»Die Leute entdecken bei einem Besuch in Burgtiefe das Herz, bringen ihr Schloss an, meist fotografieren sie es und dann«, er zuckte die Schultern, »gehen sie wieder. Ist also ziemlich einfach, ein Liebesschloss anzubringen. Jeder, der Lust darauf hat, kann das genauso machen. Oft kommen die Leute später noch mal, um sich ihren Liebesbeweis anzugucken. Kontrolle? Unsere Mitarbeiter kontrollieren diese Vorrichtungen schon. Aber sie gucken eher danach, dass alles in Ordnung ist. Wir hatten erst letztens das Problem, dass irgendwer Schlösser runtergerissen hat. War wohl ein wütender Ex-Liebhaber.« Ratke grinste. »Und eine Kamera gibt es im Bereich des Utkiekers nicht … wozu auch? Und wenn ja, hätten Sie es sicher schon rausgefunden. Da müssten dann Hinweisschilder angebracht sein, oder nicht? Ob Sie finden, was Sie suchen …« Er zuckte die Achseln.

*

Nils Henning verteilte Kaffee auf zwei Becher. Westermann griff nach einem und flößte sich das heiße Getränk ein. »Wir können uns auf Reitmeier oder Littmann einschießen. Die sind mir zu glatt. Ich denke, wir finden unsere relevanten Antworten am ehesten im Internet. Auf deren Computern und Handys waren keine auffälligen Daten außer denen, die wir bereits kannten«, sagte der Kriminaltechniker. »Wie bist du mit dem italienischen Studenten weitergekommen?«, wollte er von Hintz wissen. Westermann lehnte sich gegen die Fensterbank und folgte dem Gespräch.

»Nach den Informationen mehrerer unterschiedlicher Zeugen war er mit seinen Gästen auf dieser Party beschäftigt. Niemand konnte uns sagen, ob er zwischenzeitlich verschwunden ist. Das reicht nicht«, knurrte Hintz, schüttelte den Kopf und zog gierig an seiner Zigarette.

»Ist ein Mensch mit einer großen Klappe und einem Riesenego. Der brüllt wie ein Löwe, aber wenn's drauf ankommt … wir sind der Meinung, dass sein Selbstbewusstsein ziemlich schnell angekratzt ist, wenn man ihn nicht entsprechend beachtet, und dann soll er richtig fies werden. Ob er so ausflippen könnte, dass er tötet …? Könnte sein. Anne und ich haben rausgefunden, dass er sich früher oft geprügelt hat und wohl auch eine seiner Ex-Freundinnen aus Eifersucht vermöbelt hat. Sie hat ihn allerdings nie angezeigt. Er hatte Kontakt sowohl zu Elin als auch Liv. Inwiefern er mit Jolin in Beziehung steht … dazu hat er sich nicht geäußert. Jedenfalls ist der nicht wirklich zu durchschauen und droht ständig mit dem Anwalt seiner Familie«, sagte Rasmussen und presste ihre Lippen zusammen.

»Lass die Jungs im Netz weitersuchen. Die finden raus, wenn es Hinweise gibt«, knurrte der Kriminaltechniker.

»Alles schön und gut. Aber uns läuft die Zeit davon. Was ist mit dem vermissten Mädchen? Der Sohn vom *Landhaus* hat uns doch erzählt, dass er ihr die Seiten der Kennenlernportale gezeigt hat und wie sie dort hingelangt. Gibt es da keine Spur, um welche der Seiten es sich gehandelt hat?« Westermann nagte auf seiner Unterlippe. »Nein! Er hat ihr nur erklärt, wie sie ins Internet kommt und was in etwa sie eingeben muss, um auf die gewünschten Seiten zu kommen. Haben wir alles bereits überprüft. Er konnte uns nicht sagen, auf welchen Seiten sie war. Wir überprüfen das! Bisher hat sich nicht eine verwertbare Spur herauskristallisiert. Wir waren bei Jolin zu Hause, und es gab nichts, dass uns weitergebracht hätte. Auch sie hatte ihren Laptop nach Aussagen ihrer Eltern bei sich. Das ist heute anscheinend Standard, sein Equipment mit sich zu führen, um ja nichts zu verpassen.« Henning spannte die Muskeln an. Der Leiter der Mordkommission warf einen Blick in die Runde und nickte. Hintz und Lornsen hielten sich zurück, lauschten, was die Kollegen zu berichten hatten. »Du hast recht. Lass sie suchen. Der Littmann verweigert komplett die Aussage und hat sich mittlerweile einen Anwalt genommen. Wir brauchen handfeste Beweise. Ohne die können wir überhaupt nichts machen. Mehr, als sie zu observieren … und das kann ich euch jetzt schon versichern. Wenn wir nicht bald Ergebnisse vorweisen können, ziehen sie die Kollegen wieder ab. Und dass Reitmeier an besagtem Wochenende in Heiligenhafen war und Olivia Meindorf ebenfalls kannte, beweist leider gar nichts. Dann kennen auch sämtliche andere Leute, die in dem Haus gefeiert haben, beide Frauen.«

»Ja, wir haben uns eine Gästeliste geben lassen und alle, die infrage kamen, bereits befragt. War nicht sehr ergiebig. Niemand kannte das Mädchen wirklich. Das war alles sehr oberflächlich«, raunte Rasmussen. Die sportliche Fallanalytikerin raffte ihre dunklen Haare zusammen und umwickelte sie mit einem Gummiband. »Könnte faktisch jeder gewesen sein, der dort Party gemacht hat.«

Rasmussen besah sich die Aufzeichnungen auf dem Flipchart. »Hat unser Täter die toten Frauen in dem Haus kennengelernt? Waren Elin und Jolin vielleicht auch dort, ohne dass wir es wissen? War überhaupt eine von ihnen jemals auf einer dieser ominösen Feiern von Reitmeier? Niemand der Zeugen konnte die beiden anderen identifizieren. Jörg Littmann hat sich, soweit uns bekannt ist, ebenfalls nie auf einer dieser Veranstaltungen aufgehalten. Ihr wisst ja, dass die sich nicht grün waren. Er hatte keine direkten Verbindungen zu beiden Frauen, obwohl er dem Profil unseres

Täters ähnelt. Wo übersehen wir hier etwas? Findet das alles nur im Internet statt? Ist dort die Verbindung? Was ist mit Gebbert? Der hat uns versichert, dass er nur Olivia Meindorf kannte. Er war nicht einmal auf dieser Feier, ist draußen geblieben, weil ihn der Zirkus genervt hat. Der ist viel zu weit weg von unseren Ermittlungen.« Sonja Rasmussen tippte mit dem Finger gegen ihre Lippen und zog prustend die Augenbrauen hoch. »Ich denke dennoch, dass wir dem Täter näher sind, als wir denken. Einer von beiden …«, murmelte Westermann.

»Reitmeier, dieser unsensible Schnacker. Ein Aufreißer, wie er im Buche steht. Er wurde bei Elin Jacobsen abgeschmettert und hat eventuell das gleiche Schicksal mit Olivia Meindorf erlebt. Vielleicht hat er sie später getroffen, oder sie haben sich verabredet, ohne dass es jemand mitbekommen hat. Sie hat ihn abgewiesen, und das hat ihn erneut rasend gemacht«, brachte sich der Fallanalytiker Joshua Santan ein und fuhr sich mit seinen tätowierten Händen über die haarlose Platte. »Wenn wir unseren Täter nicht bald finden, ist Jolin tot … wenn er sie nicht längst umgebracht hat«, knurrte Westermann und leerte seinen Kaffeebecher. »Verdammt, verdammt …!« Er schnaubte und knallte den Becher auf die Tischplatte. Sein Gesicht wirkte hart.

»Ich brauch 'ne Pfeife«, murmelte er und verließ ohne ein weiteres Wort den Raum.

✻

»Ohne Handys und Computer der Toten und Vermissten ist es trotz Recherche der Kollegen im Internet schier unmöglich, an Informationen zu kommen. Wir müssen uns was anderes einfallen lassen. Das dauert alles viel zu lange. Es bringt nichts, sich Tausende Chats von Kennlern-Wütigen anzugucken, bis wir die Richtigen rausgefischt haben. Es ist die berühmte Nadel im Heuhaufen, den richtigen Kontakt rauszufiltern. Wir brauchen einen verdeckten Ermittler in einem dieser Foren, um ihn aufzuspüren«, sagte Jobst Schöndorf, der die Datensuche leitete.

»Ihr braucht einen Köder«, bestätigte Sonja Rasmussen, als sie in den Raum trat, in dem unzählige Computer sich aneinanderreihten. »Wie stellst du dir das vor?«, fragte Westermann und schob die kalte Pfeife in den Mundwinkel. »Ich weiß, dass verdeckte Ermittler zu jeder Zeit im Darknet agieren. Ich hätte da eine Idee. Es könnte sich jemand als Lockmittel anbieten, das den Opfern ähnlich sieht und auf Täterfang geht. Wir könnten ein passendes Profil ins Netz stellen, und möglicherweise fällt er darauf rein. Er weiß ja nicht, wer sich am anderen Ende der Leitung befindet. Wäre nicht das erste Mal, oder?« Westermann und Schöndorf nickten. »Darüber haben wir auch nachgedacht. Allerdings brauchen wir einen Köder, der bereit ist, sich mit ihm zu treffen. Wir werden das sonst nicht durchziehen können. Ihn aufzufinden wird dann nicht das Problem … ihn festzusetzen aber schon. Wer bitte schön soll sich mit ihm einlassen? Da muss ein Spezialist ran. Der Typ ist saugefährlich.« Schöndorf drehte seinen Stuhl so, dass er ihr in die Augen sehen konnte. Die Fallanalytikerin rümpfte die Nase, krauste die Stirn und sagte: »Ich bin euer Spezi … ich werde der Köder sein.«

»Das kommt überhaupt nicht infrage«, verkündete Westermann schroff und guckte sie fassungslos an.

＊

»Dirk, ich muss dich noch mal sprechen«, sagte Charlotte, als Westermann das Gespräch annahm. »Na, min Deern, wat gifft dat denn so Wichtiges?«

»Du hast aber ganz schön dazugelernt, seit du auf der Insel bist, min Jung. Snackst ja sogar al Platt.«

»Na ja, Platt verstehen konnte ich schon vorher, aber das Sprechen ist nun wieder etwas ganz anderes. Das sind nur hilflose Versuche«, lachte er laut. »Liebe Charlotte, was hast du auf dem Herzen? Ist dir noch was eingefallen?«

»Eingefallen nicht direkt. Ich war … ich hab mich … auf Recherche begeben.«

»Auf Recherche? Soso. Was hast du denn recherchiert?«

»Ich hab mich im Haus dieser Elin umgehört und von der Nachbarin Bemerkenswertes erfahren.« Sie lauschte auf seine Antwort.

»Du hast was?« Seine Stimme klang schroff. Sie hatte befürchtet, dass Dirk nicht so reagieren würde, wie sie erhoffte. »Nun reg dich mal wieder ab. Alles im Rahmen der Möglichkeiten.«

»Du hast dich aber nicht zufällig als Ermittlerin ausgegeben, oder, Charlotte?«

»Na ja, nicht wirklich. Nur ein bisschen. Ich habe ihr erzählt, dass ich dich gut kenne und mit euch zusammenar…«

»Ich hatte dir verboten, das zu tun. Wir beide geraten in Teufels Küche, wenn das rauskommt.« Sie hörte, wie er seufzte, und war erleichtert. »Ich weiß ja, dass du nicht anders kannst.« Seine Stimme entspannte sich. Miss Marple von der Insel holte Luft, und ihr Herzschlag beruhigte sich. »Ich hab was rausgefunden, das euch weiterbringen könnte. Die Frau im Erdgeschoss hat mir verraten, dass ihr sie völlig übersehen hättet. Das hat ihr nicht gefallen. Gar nicht gefallen.«

»Du redest von der Sabbeltasche? Doch, die hat Henning befragt, aber da kam nichts Vernünftiges bei heraus.«

»Das würde ich so nicht sagen. Sie hat mir erzählt, dass

ein paar Nächte vorher einer ihrer Liebhaber im Treppenhaus laut rumgeschrien hat.«

»Und, was hat er geschrien?« Seine Stimme klang gelassen.
»Du alte Internetschlampe, du Fickf… das kann ich nicht
aussprechen«, flüsterte sie und spürte, dass sie rot wurde.
»Dann hat er noch gebrüllt, dass er sie nur … vögeln durfte,
aber danach verschwinden sollte. Er hat wohl richtig gebölkt
und ihr gedroht, dass er wiederkommen würde und sie … ihr
blaues Wunder erleben … und sie töten würde.« Charlotte
pustete aus. Ihr Herz klopfte. Sie hoffte, dass ihr Kommissar passend reagierte. »Ach ja, und dann hat er noch gesagt,
dass die Schlampen aus dem Netz meinten, sie könnten sich
alles erlauben … der Kerl soll gefährlich geklungen haben.«
Es entstand eine Pause. »Dirk … sag was …? Dirk?«

»Da bin ich platt. Das hat die gute Frau uns nicht erzählt,
bestätigt allerdings, was wir vermuten.«

»Was vermutet ihr denn?« Charlottes Neugier war auf
dem Höhepunkt. Ihr Puls stieg und hämmerte gegen ihre
Halsschlagader. »Dass der Mörder sich im Internet bewegt
und sich dort seine Opfer sucht. Aber das behältst du für
dich, hast du verstanden.«

»Ich kann schweigen wie eine Gruft. Ich behandle die
Informationen wie mein Baby. Äußerst vorsichtig.« Westermann lachte.

»Na ja, manchmal schreit dein Baby aber fürchterlich laut.
Außerdem heißt es: Ich kann schweigen wie ein Grab. Charlotte, Charlotte.« Die selbst ernannte Ermittlerin beendete,
ohne noch ein Wort zu sagen, das Gespräch. »Frechheit.«

*

Er hockte vor seinem Bildschirm. Die Tür war verschlossen, als er das Video anstellte. Seine Hände waren feucht,

sein Blick flackerte über den Monitor, als die ersten Szenen sichtbar wurden. Die Aufzeichnung zeigte ein dunkles Verlies, einen Gang durch ein nur wenig beleuchtetes Gewölbe. Er erkannte einzelne Holzverschläge. Es schien, als bewegte er sich auf eine dieser Holzbuden zu. In jedem dieser Verschläge, der mit einer Tür versehen war und ein vergittertes Guckloch aufwies, stand eine medizinische Liege. Eine, wie sie sie in der Rechtsmedizin verwendeten, um Leichen zu obduzieren. Der Mann vor dem Computer schluckte, fuhr mit der Zunge über seine spröden Lippen. Sein Atem ging stoßweise, und er rutschte auf seinem Stuhl von einer Seite auf die andere. Er wusste, was kommen würde, hatte diese Aufnahme schon Hunderte Male angesehen. Seine Erregung steigerte sich, als die Videokamera näher in einen der Räume glitt. Der Voyeur hielt es kaum aus und verdrehte die Augen. Auf einer hüfthohen Liege wand sich eine weibliche Person. Er sah, wie das Teleobjektiv auf das Gesicht der höchstens Anfang 20 Jahre alten Frau gerichtet wurde. Ihr von Panik erfüllter Anblick erregte ihn noch mehr. Sein Puls raste. Die Kameraführung bewegte sich über den ausgezehrten Leib. Ihr nackter Körper war an Armen und Beinen mit breiten Vorrichtungen gefesselt. Die junge Frau musste sich bereits länger in der Gewalt ihres Tyrannen befinden. Sie hatte keine Möglichkeit, sich zu wehren. Ihre weit aufgerissenen Augen entdeckten etwas, das er nicht wahrnahm. Es lag hinter seinem Blickfeld. Doch er wusste, was folgte, und öffnete berauscht seine Hose. Motorengeräusche kreischten, dann erstarben sie wieder. Sein Stöhnen wurde lauter. Langsam zog er sein Shirt hoch, streichelte sich. Er schloss für einen Moment die Augen, um sich dem Gefühl hinzugeben. Als er die Lider aufschlug, war ein weiterer Protagonist mit einer Maske aufgetaucht. Die Männer missbrauchten ihr Opfer, bis es bewusstlos in sich zusammensank. Dann ertönte wieder dieses kreischende Geräusch. Die Erregung stieg ins Unendliche. Er stopfte den Stoff seines Shirts in den Mund, damit niemand hörte, dass er wie ein Tier schrie. Als er die folgenden Minuten in dem Video erlebte, ließ er die Bestie in sich raus. »Ich will das endlich erleben«, grunzte er und erlöste sich.

✻

Katrin betrachtete noch einmal das Traumkleid, das sie vor etwas mehr als zwei Wochen während ihrer turbulenten Hochzeit mit Dirk getragen hatte. Es war einer der schönsten Tage in ihrem Leben gewesen, wenngleich er nicht so abgelaufen war, wie sie es sich erhofft hatte. Schnee von gestern, dachte sie, als ihr kleiner Sohn ins Schlafzimmer gekrabbelt kam. »Na, Süßer? Willst du deine Mami besuchen? Komm mal her, mein Schatz.« Sie hängte das Kleid, das sich unter einer schützenden Folie befand, in den Schrank und beugte sich zu Mats Ole. Lächelnd nahm sie ihren Sohn in die Arme. »Du kleiner Sonnenschein.« Sie bedeckte sein rundes Gesicht mit unzähligen Küssen. Er gähnte und gluckste gleichzeitig. Seine Wangen waren gerötet, und Katrin wusste, dass er müde war. In diesem Augenblick rieb er sich das Auge. »Na, ich glaube, ich bring dich zu Bett. Du schläfst ja schon halb.« Sie legte ihn auf die Wickelkommode, entkleidete ihn und wechselte die Windel. Der kleine Westermann gähnte ein weiteres Mal. »Ja, Schlafenszeit, mein Lieber.« Sie ließ die Jalousie herunter. Mit Bedacht zog sie die über seinem Bett hängende Spieluhr auf. Sie hatte nicht einmal das Zimmer verlassen, da schlief er tief und fest. »Was für ein Engel«, flüsterte sie und schloss sacht die Tür. Für die nächsten zwei Stunden würde Mats selig schlummern und sie konnte sich um eine Trauung kümmern, die am kommenden Wochenende am Strand stattfand. Gähnend lief sie über das Parkett und betrat die Terrasse. Sie setzte sich auf den Rattansessel, zog die braun gebrannten Beine an und startete den Laptop. Irgendwie konnte sie sich kaum auf das Geschriebene konzentrieren, als es an der Haustür schellte. »Oh nein, hör auf«, rief sie und hoffte, dass derjenige, der wiederholt Alarm schlug, den Kleinen nicht aufweckte. Als sie fuchsteufelswild die Tür aufriss, stand niemand anderes vor ihr als ihre Tante. »Charlotte. Mensch, du weißt doch, dass Mats jetzt schläft.«

»Wie sollte ich das ahnen, um 16.30 Uhr nachmittags.« Sie trat an Katrin vorbei in den Flur und ließ ihre verdutzte Nichte im Eingang stehen. »Gibt's bei dir einen Tee?«, wollte sie wissen und lächelte die junge Mutter an, die immer noch sprachlos im Türrahmen stand. »Die Tür kannst du zumachen, Deern.« Sie griente, gab ihren Rucksack aus der Hand und zog ihre Sneakers aus. In aller Ruhe schlurfte sie in die Küche. Katrin sah ihr nach und bekam den Mund nicht mehr zu. »Also sag mal. Du schneist hier einfach rein, ohne zu fragen, ob ich Zeit habe. Hättest du nicht wenigstens vorher anrufen können?«

»Hab ich doch.«

»Hast du?« Katrin sah auf ihr Handy. »Flugmodus. Sorry, tut mir leid, dass ich dich angemeckert habe.«

»Ja, nee, macht nix. Aber ich dachte … wenn ich schon mal am Sund bin. Ich war noch bei Ernchen. Die gefällt mir gar nicht. Hat sich seit Wochen nicht gemeldet. Da musste ich erst mal nach dem Rechten sehen.« Katrin warf ihrer Tante einen Blick zu und seufzte: »Und, wie geht es ihr?«

»So weit, so gut. Aber sie ist ganz schön klapprig geworden. Ich muss mich einfach um sie kümmern. Genau wie um dich.«

»Deine Wortwahl ist einzigartig … klapprig, also hör

mal. Du bist auch nicht mehr die Jüngste.« Sie betrachtete ihre Tante, die den Wasserkocher anstellte und zwei Becher aus dem Küchenschrank holte. »Vielleicht ganz gut, dass du mich ablenkst. Ich kann mich überhaupt nicht konzentrieren. Dabei habe ich dermaßen viel zu tun. Eine Hochzeit am Strand.«

»Oh ja, das ist eine Menge Arbeit. Was die heute vorhaben, um zu heiraten. Wir sind zum Standesamt und gut … wenn ein paar Fotos geschossen wurden, waren wir schon mehr als zufrieden. Aber heutzutage … alles nur noch eine riesengroße Party.«

»Na ja, sind halt andere Zeiten. So, Tantchen, nun lass du mal die Katze aus dem Sack. Was führt dich in Wahrheit her? Du kommst doch nicht, um Tee zu trinken. Außerdem ist es viel zu warm. Ich hab kalte Limonade im Kühlschrank … selbst gemacht. Komm, wir gehen an die frische Luft, solang der Lütte schläft.«

Fast eine Stunde später saßen sie noch immer unter dem Sonnenschirm und genossen die sommerlichen Temperaturen. Charlotte hatte bisher mit keinem Wort geäußert, warum sie tatsächlich gekommen war. »Es hat bannich aufgefrischt«, sagte sie, hielt ihre Nase dem Wind entgegen und schaute auf den Sund, auf dem sich immer mehr weiße Schaumkronen bildeten. »Man hört kaum noch was vom Lärm beim Sundtunnel«, murmelte die Künstlerin und versuchte, in der Ferne die Baustelle zu entdecken. »Ist ja auch nicht verwunderlich. Die haben längst Feierabend«, lachte Katrin, nahm das Fernglas vom Regal hinter der Terrassenbrüstung und warf einen Blick hindurch. »Kein Mensch mehr, sagte ich doch.«

»Wieso Feierabend? Die Dänen arbeiten rund um die Uhr, um ihre blöde Querung fertigzukriegen.«

»Sind wir in Dänemark? Das kannst du dir doch wohl vorstellen, dass unsere Leute keine Sekunde länger ranklotzen als nötig. Denk an die Work-Life-Balance. Die überlegen sogar, jetzt eine 32-Stunden-Woche einzuführen«, lachte sie und legte die Beine auf den Rattanstuhl. »Das kann ich mir nicht recht vorstellen«, mokierte sich Charlotte und schlürfte den Rest ihrer Limonade. »Die jungen Leute werden noch mal richtig in die Tasten hauen müssen, glaub ich. So gut, wie wir es hatten ... nee, nee. Wer soll die ganze Arbeit dann verrichten? Wir Alten? Oder die arbeiten irgendwann überhaupt nicht mehr, bekommen das viel zitierte Bürgergeld und sitzen den ganzen Tag nur noch am Strand.«

»Ach Tantchen, nun dramatisier nicht immer alles. Wir wissen alle nicht, was die Zukunft uns bringt. Das verändert sich mittlerweile so rasant, dass einem schwindlig wird. Lass uns lieber die Zeit im Hier und Jetzt genießen.«

Charlotte sah sie entgeistert an. »Ihr macht euch das alles ganz schön einfach. Ich möchte nicht wissen, wie es in 20 Jahren aussieht. Es gibt doch schon jetzt kaum noch genügend Leute, die mit ihrer Hände Arbeit ihr Geld verdienen wollen. Wo sind die Handwerker? Die Menschen in der Gastronomie und in den Hotels? Was glaubst du, wie viele Berufe vor dem Aussterben stehen, wenn die Entwicklung so weitergeht? GPT, Androiden, Vernetzung. Da wird einem gruselig. Denkt mal an euren Sohn. Der wird noch mit den Ohren schlackern, glaube ich. So eine wunderbare Zeit, wie wir sie hatten, wird es nicht mehr geben. Uns geht es so gut ... zu gut, wie ich langsam denke. Das konnte gar nicht so bleiben. Ach Kind, da wird mir ganz schwindlig. Dabei kann ich nicht mal sagen, dass ich nicht fasziniert von der Entwicklung bin. Ich hab mir sogar *Chat GPT 4* angeschafft, obwohl Italien es bereits wegen Verdachts auf Datenschutz-Verstöße wieder für Nutzer verboten hat. Da bin ich jedenfalls ganz fix dabei. Aber wo führt uns das hin? So, nun muss ich aber endlich los. Josch steht sicher schon unten und wartet. Wir wollen essen gehen.«

»Er klingelt doch, oder nicht?« Charlotte zuckte die Achseln und erhob sich.

»Keine Ahnung, Deern. Am liebsten würde ich hier sitzen bleiben und die Sonne untergehen sehen.«

»Hier? Kannst du doch. Ist schließlich deine Entscheidung. Aber du hast mir bisher auch nicht erzählt, warum du hier bist«, murmelte sie. »Ach, war nicht so wichtig. Ich weiß ja, dass du nicht aus dem Nähkästchen plauderst. Oder hast du Informationen, wie weit die mit ihren Ermittlungen sind?« Katrin hob beide Arme. »Ich wusste es!« Sie lachte. »Da bist du bei mir völlig an der falschen Adresse. Dass du so lange deinen Mund verschlossen halten konntest ... sagenhaft. Das musst du mit Dirk klarkriegen. Ich kann dir überhaupt nichts dazu erzählen und halt mich raus. Hat dein Kommissar dir nichts verraten?«, zwinkerte sie. »Na ja, das, was er mir erzählt hat, wusste ich schon. Ich dachte ...« Charlottes Nichte schüttelte erneut ihren Kopf und winkte ab. In diesem Augenblick drang aus der Wohnung leises Gebrabbel. »Der kleine Matrose ist wach. Dann will ich ihn mal schnell begrüßen, bevor ich gehe.« Sie eilte ins Schlafzimmer von Katrin und Dirk, fragte gar nicht erst, ob es ihrer Nichte recht war. Vorsichtig trat sie an sein Bett. Mit rosigen Wangen strahlte er sie an. »Mein Schatzilein, hat du fein geschlafen? Will du auf Arm ...?«

»Charlotte Hagedorn, lass es ...« Die Jalousie fuhr hoch, und Mats Ole gluckste die Frauen an. »Wie entzückend dieser kleine Westermann geraten ist. Katrin, den habt ihr iA hingekriegt«, schnurrte die Künstlerin, nahm den Jungen aus dem Bett, drückte ihn an sich und reichte ihn der Mutter. Es klingelte. »Min Deern, ich muss nun los. Das ist sicher Josch.«

KAPITEL 17

Konzentriert hockte er vor dem Computer und erstellte ein neues Profil. Es dauerte kaum eine Stunde, dann hatte er die ersten Mädchen aufgetan, die seinem Geschmack entsprachen. Er lächelte, wollte nach einer Frau Ausschau halten, die zu seinen Fantasien passte. Die kommen mir nie auf die Schliche. Langsam scrollte er durch sein Profil. Ihm gefiel, was er verfasst hatte. Alles klang seriös. Er war einfach nur der nette Junge von nebenan. Dass das Foto seinem nur entfernt ähnlich war ... wen störte es. Er fügte zahllose Freunde ein, die er weder schon mal gesehen noch angeschrieben hatte. Es war simpel, deren Nachrichten zu kopieren und in sein Profil einzufügen. Er war genial ... fertig. Jetzt konnte er sich ein weiteres Mal auf die Suche begeben. Dort draußen warteten unzählige einsame Frauen darauf, sich mit ihm zu treffen. Sein Plan war clever. Er änderte seine Vorlieben, Hobbys und Interessen, und wenn er das passende Pendant gefunden hatte, konnte er zuschlagen. So glaubten sie, dass er der eine war, der wie

die Faust aufs Auge passte. Wenn er ihre Daten rausge-
filtert hatte, war es auch kein Problem mehr, sie zu beobachten, ihnen unauffällig zu folgen. Er scrollte die Fotos
der schönsten Mädchen und schmunzelte mit Hass in seinem Blick. »Ich liebe diese zierlichen Wesen, ihre glänzenden Haare und ihre großen Augen, die mich angucken, als
würden sie flüstern: Nimm mich.« Er äffte sie nach und
starrte in die Gesichter der Frauen. Wie naiv die sind und
was für dämliche Hobbys sie haben. Einfach zu blöd. Manche sind ganz schön frech und versaut ... wie Elin. Dieses
kleine Miststück. Wenn sie nur ein bisschen mehr mitgespielt hätte. Meinte, ich sähe meinem Foto kaum ähnlich.
Das hat sie ziemlich irritiert. Hätte doch ein anderes nehmen sollen. Sie hat geglaubt, sie könnte mich mit ein paar
Bierchen abspeisen und dann rauskomplementieren. Dann
wollte die Bitch auch noch abhauen. Das konnte ich doch
nicht zulassen. Ich wollte sie nicht töten, nur ficken. Und
dann haut sie mir doch glatt die Bierflasche auf den Schädel.
»Diese kleine fiese Schlampe«, grunzte er, schnaubte und
fasste sich an den Hinterkopf, wo die Beule noch immer
zu tasten war. Seine Fratze wirkte maskenhaft ... versteinert. Wie einfältig sie gestrickt sind, grinste er und leckte
sich die Lippen. In seinem Kopf malte er sich aus, wie er
sie beobachtete ... sie waren so naiv. Wütend knallte er
seine Faust auf die Schreibtischplatte. Er schnaubte und
wurde rot. Seine Augen starrten auf das Gesicht der dunkelhaarigen Schönheit. »Diese Sau. Dir wird es noch leid-
tun, so zu grinsen«, grunzte er, spuckte angewidert gegen
den Monitor. Sein Puls raste. Ich muss eine finden, die
sich schnell mit mir treffen ..., die nur ficken will. Ich
hab weder Zeit noch Lust, sie lange zu beobachten und
den Idioten im Internet zu spielen. Ein Treffen noch mit
dieser Kellnerin, dann ist Schluss mit ihr. Ich werde sie

entsorgen und mich anschließend um eines dieser Girlies kümmern. Der Mann vor dem Computer betrachtete ein letztes Mal sein Profilfoto. Es war ihm tatsächlich ähnlich … irgendwie.

Ich bin der freundliche Typ, der sich nach einer Frau sehnt, die mein größtes Hobby teilt und mit mir die schlüpfrigen Seiten des Lebens erlebt. Sex für eine Nacht. Harten Sex … alles ist erlaubt. Er war erstaunt gewesen, wie viele weibliche Personen auf seine Offerten eingegangen waren, um an schnellen Sex zu kommen. Die nicht ahnten, was sie erwartete, und sich dennoch ihrer Lust und der damit verbundenen Gefahr hingaben. Die nicht wussten, wen sie sich in ihre Wohnungen holten. Er lachte und fuhr sich mit der Zunge über seine spröden Lippen. »Die ist süß«, murmelte er und betrachtete die zierliche dunkelhaarige Arzthelferin aus Lensahn.

Hi, ich bin Kiri32, deine Traumfrau. Mein ganzer Körper schreit nach deinem. Ich brauch es hart. Es gibt kein Kuscheln danach, aber den geilsten Sex, den du dir vorstellen kannst.
Wenn du geile Fotos von mir machst oder mich filmst, während ich es dir ordentlich besorge, bist du mein Held. Und wenn du es genauso hart treiben willst wie ich, warte ich sehnsüchtig auf dich, deine gnadenlose Gerte und deine schonungslose Kamera.

»Wow, die ist genau richtig. Wird gar nicht mitkriegen, wenn es ernst wird.« Er lachte und markierte sie. Dann setzte er sich hin, legte die Hände auf die Tastatur und fing an, seine Worte an sie zu richten, während sein Prügel immer härter wurde.

Nick

Hallo, Kiri32. Was für ein Name für ein geiles Weibsstück, das wie ich nur eins möchte ... harten, geilen Sex, und noch dazu so verführerisch aussieht. Da braucht es keine langen Vorreden und kein Frühstück. Ich leck dir die Marmelade vom Körper ... ich tu es. Du magst es, wenn man dich dabei photographiert? Ich liebe es, beim Sex zu photographieren und zu filmen. Ich bin dein Profi. Wir sollten uns für eine heiße Nacht zusammentun. Ich mach von dir die schärfsten Photos und das geilste Video, während ich es dir besorge. Lass uns schnellstens zusammenkommen. Melde dich, wenn ich dich rannehmen soll. Ich warte auf dein Signal, Kiri32. Du wirst wünschen, mich nie wieder gehen zu lassen. 23:34 Uhr

Ab diesem Zeitpunkt wusste er, wie er vorzugehen hatte. Jetzt wollte er schleunigst sehen, dass er das mit Jolin zu Ende brachte.

Dann gab es ein klingelndes Geräusch auf seinem Computer. Das ist sie ... Kiri32. Er freute sich und öffnete den Chat.

Kiri32

Hi, hier ist Kiri. Hab keinen Bock auf dich, jemand anderes gefunden. Sorry, vielleicht nächstes Mal. Solltest meine Wünsche nicht unterschätzen ... und ich werde dich gehen lassen. 23:38 Uhr

»Aaarg«, schrie er und schlug mit der Faust auf die Schreibtischplatte.

*

Am nächsten Tag hatte Charlotte Hagedorn ihren Bericht für das *Tageblatt* fertig. Zufrieden betrachtete sie ein letztes Mal die Texte und dazugehörigen Fotos. Der Aufruf bei *Facebook*, dass sich Leute melden sollten, die ein schwarzes Liebesherz an eine Vorrichtung gehängt hatten, war enorm. Sie fand einige Pärchen, die ihr im Netz mitteilten, warum sie ein derartiges Liebesschloss ausgewählt hatten. Sie unterhielten sich später unter persönlichen Nachrichten und tauschten Telefonnummern aus. Sie hatte sich mit drei Frauen und einem Mann unterhalten, die ihr erzählten, was die Gründe für ihre Wahl gewesen waren. Die erste erklärte ihr, dass sie und ihr Partner der Gothic-Szene angehörten und für sie kein anderes Schloss in Betracht kam. Es war ein Symbol für ihre Zusammengehörigkeit und ihre düstere Gemeinsamkeit. Charlotte war erschauert bei dem Gedanken, dass sich die Paare nachts auf dem Friedhof trafen, um die unheimliche Atmosphäre in sich aufzunehmen.

Eine andere Frau hatte ihr mitgeteilt, dass ihre Mutter verstorben war, sie es als Liebesbeweis ansah, ein derartiges Schloss zu verwenden. Es zeigte ihren Namen und den der Verstorbenen mit deren Todestag.

Der Nächste, ein Mann, hatte nach dem Tod seiner Frau das Herz mit ihrem Hochzeitstag aufgehängt, um ihr einen Platz für die Ewigkeit zu schenken. Sie waren an dem Ort jedes Jahr gewesen und hatten ihre Urlaube dort verbracht. Die letzte weibliche Person, die sich mit ihr unterhalten hatte, fand es mit ihrem Partner einfach witzig, ein schwarzes Herz auszuwählen, wobei der Stein in der Mitte für den Kauf ausschlaggebend gewesen war. »Rot kann ja jeder«, hatte sie gesagt und am anderen Ende der Leitung gelacht. Sie erwähnte etwas betrübter, dass diese Beziehung bereits wieder auseinandergegangen war. »Seine Seele war so finster wie das Herz«, sagte die Verlassene, und Charlotte spürte deren Traurigkeit. So viele Schlösser, so viele unterschiedliche Motive. Die Künstlerin versank in Gedanken, schaltete den Rechner aus und erhob sich. »Ich brauch dringend frische Luft«, murmelte sie und verließ ihr Büro. Josch war im Hafen von Orth und hatte wichtige Gespräche mit einem anderen Seebären. Der alte Kapitän machte seit Langem ein Geheimnis aus den unzähligen Treffen, und Charlotte wusste, er würde es ihr irgendwann erzählen müssen. Aber dann fanden sie auch so genügend Gesprächsthemen. Sie saßen bei bestem Wetter draußen am Kap Orth und genossen gut gelaunt ihre Scampi und ein erfrischendes Alsterwasser.

Diesen Nachmittag wollte sie nutzen, um sich mit dem Fahrrad und ihrer Kamera aufzumachen, um das eine oder andere Motiv einzufangen. Sie deponierte ihren Rucksack im Fahrradkorb, setzte ihr Cap auf, rückte die Bluse zurecht und schwang sich energiegeladen aufs Rad. Sie hatte sich den Grünen Brink ausgeguckt. Voller Freude, die Story ihres Lebens fertiggestellt zu haben, radelte sie pfeifend auf dem Radweg Richtung Puttgarden. Sie erinnerte sich an die Strecke, die Jolin in besagter Nacht gefahren war, und ihre Laune sank augenblicklich. Als ihr die ersten Sandhügel der Belt-Baustelle entgegenstrotzten, lief ihr trotz Wärme ein kalter Schauer über den Rücken. Die Erinnerung an den letzten fürchterlichen Kriminalfall war allgegenwärtig. Charlotte schüttelte den Kopf. Angestrengt bog die Künstlerin in den Strandweg ein, versuchte, die morbiden Gedanken zu verscheuchen. Dann tat sich der Deich vor ihren Augen auf. Auf einmal war sämtlicher Groll verschwunden. Sie blinzelte, als die Ostsee ihr entgegenstrahlte. Die aufgebauschten Wellen rollten unaufhörlich auf den mit Steinen übersäten Strand zu. Sie fuhr auf dem Deichweg Richtung Grüner Brink. Der Blick war grandios. Im und am Wasser hatten sich einige Angler zusammengefunden. Unzählige Fahrradfahrer kamen ihr auf dem Weg entgegengeradelt, und sie hatte Mühe, ihnen und den Fußgängern auszuweichen. Was war das vor ein paar Jahren ruhig hier, als noch nicht so viele Räder unterwegs waren.

Schon von Weitem nahm sie die *Beltbude* wahr, die sich auf dem Deich zum Publikumsmagneten entwickelt hatte. Überall Leute, die in Strandkörben und auf der großzügig geschnittenen Terrasse saßen. Von hier aus konnte man beim Essen oder einem Cocktail Kitern und SUP-Fahrern bei ihren Kunststücken zuschauen. Charlotte radelte weiter. Sie wollte Fotos am *Niobe*-Denkmal schießen. Es wurde spät, und das Licht mauserte sich zur Goldenen Stunde. Sie freute sich. »Dass die Zeit aber auch immer so schnell vorbeigeht«, mokierte sie sich und hielt direkt vor dem Strandabschnitt in Gammendorf. Sie schob ihr Rad zum weiß getünchten Mast, der an das tragische Ende des Segelschulschiffes *Niobe* erinnerte, das am 26. Juli 1932 nordwestlich von Fehmarn gesunken war und bei dem 69 von 109 jungen Seemännern ums Leben gekommen waren. Für einen Moment hielt sie inne. Ihr Blick wanderte zur Tafel, die an einem hüfthohen Sockel angebracht war und deren Inschrift sie auswendig kannte, so oft hatte sie sie gelesen. Sie nahm ihre Kamera und schoss jede Menge Fotos. Obwohl sie Tausende Aufnahmen in Ordnern auf dem Computer hortete, war sie der Meinung, dass es nie genug davon geben konnte, da Licht und Stimmung immer wieder anders ausfielen. Zufrieden neigte sie ihren Kopf, packte die Kamera zurück in den Rucksack und zog eine Wasserflasche heraus. Durstig leerte sie die halbe Flasche.

Es wird Zeit, stellte sie fest, schwang sich auf ihr Pedelec und trat erneut in die Pedale. Sie hatte sich einen anderen Rückweg auserkoren und musste sich sputen, damit sie nicht in die Dunkelheit geriet.

Die Straßen waren schmal, und auf einmal wähnte sie sich allein auf weiter Flur. Sie liebte die Strecke, die über Gammendorf und Vadersdorf zurückführte, aber so spät war sie noch nie auf diesem Weg unterwegs gewesen. Als sie wenige Kilometer hinter sich hatte, fuhr sie an einem Areal vorbei, das ihr schon immer Unbehagen bereitet hatte. »Heiland Mailand, ist das unheimlich«, murmelte sie, beäugte das verwilderte Grundstück und bremste ab. Es mochte an der Tageszeit liegen oder am Ruf einer Eule, dass sie sich auf einmal unwohl fühlte. Sie schluckte und überlegte weiterzufahren. Auf der anderen Seite schien es sie zu inspirieren. Die Künstlerin hielt ihre Hände wie eine Kamera vor Augen und lächelte. Alte verfallene Gemäuer, die nur darauf warteten, im Bild festgehalten zu werden. Die dunkle Seite der Insel, lautete ihr erster Gedanke, den sie schon als Überschrift auf einem eleganten Bildband prangen sah. Sie lehnte ihr Rad an eine knorrige Eiche. Verstohlen guckte sie um sich. Keine Menschenseele, die etwas gegen eine Stippvisite einwenden könnte. Sie wähnte sich allein. Wie gut, dass das Dämmerlicht und die Schatten der Bäume das Grundstück schemenhaft aussehen lassen. Im Dunkeln möchte ich mich hier unter keinen Umständen aufhalten … gruselig. Ihre Nackenhaare stellten sich auf. Charlotte drehte sich erneut um, um zu überprüfen, dass sie sich wirklich allein auf dem Gelände aufhielt. Oder sollte ich doch lieber weiterfahren …? Peinlich, wenn man mich hier erwischt, schluckte sie, wischte alle Bedenken von sich und schlug sich durch den Wildwuchs von Büschen und Sträuchern. Sie nahm das große leer stehende, halb zerfallene Gebäude in Augenschein und schlich mit klopfendem Herzen um das marode Haus. Dahinter entdeckte sie zum Erstaunen einen Teich, der von giftgrünem Gänseflott überzogen war, das selbst jetzt im diffusen Licht leuchtete. Sie zog den Rucksack von den Schultern und griff nach der Kamera. Sieht aus wie Spinat, stellte sie fest und schwenkte das Objektiv auf das Motiv. Hinter ihr knackte es. Sie schnellte herum, konnte allerdings niemanden entdecken. Bei jedem ihrer eigenen Schritte brach Holz unter ihren Fußsohlen. Hier hatte seit Jahren keine Menschenseele auch nur irgendetwas gemacht. Wer sollte gerade jetzt hier rumstreifen? Das ganze Gemäuer fällt eines Tages in sich zusammen, wenn nicht bald etwas damit passiert, vermutete sie. Charlotte zwängte sich zwischen Ästen hindurch und versuchte, durch eine der blinden Scheiben zu schauen. Mit der Hand wischte sie unzählige Spinnweben zur Seite, um sie nicht plötzlich in ihrem Mund wiederzufinden. Ich hätte besser dunkles Zeug anziehen sollen, stellte sie fest und betrachtete ihre sommerlich helle Kleidung. Die weißen Jeans wiesen bereits unschöne giftgrüne Flecken auf, und im Ärmel ihrer bunt bedruckten Bluse steckten winzige Holzstückchen, die wie Borsten abstanden und in ihre Haut stachen. Mit spitzen Fingern entfernte sie sie und pustete ihre Haare aus dem Gesicht. Was hab ich mir nur dabei gedacht, schüttelte sie den Kopf und marschierte trotzdem weiter. Ihre Neugier überwog. Sie musste wissen, ob sie nicht etwas Spektakuläres entdeckt hatte, und presste die Nase gegen die Scheibe. Die Räume im Inneren … dunkel und unansehnlich. Bauschutt, alte Holzlatten und Geröll. Sie nahm die Kamera und hielt unerbittlich drauf. Werden tolle Schwarz-Weiß-Aufnahmen, nickte sie. Die Künstlerin war in ihrem Element und drehte sich erst um, als sie das Innere inspiziert hatte. Auf dem Areal befanden sich weitere altersschwache Häuser, die vorher nicht mal aufgefallen waren. Alte Flachdachbauten, die rückseitig eines Großcontainers hervorlugten. Scheint doch was zu passieren, wenn hier ein Container steht, überlegte sie und bewegte sich in dessen

Richtung. Sie untersuchte auch diese baufälligen Gebäude. Ihr fielen die zerbrochenen Scheiben auf. Sie warf einen Blick hinter die Kulissen und entdeckte im Inneren des Flachdachgebäudes alte Kiefernholzmöbel. Langsam, aber sicher konnte sie immer weniger erkennen. Das Tageslicht verlöschte. Das Klicken ihrer Kamera hingegen schien unermüdlich. Das war anscheinend eine Ferienunterkunft, vermutete sie und knipste durch die zertrümmerte Fensterscheibe. So unheimlich, schüttelte sie sich und wusste, dass die Aufnahmen großartig würden. Sie wollte sich lieber aus dem Staub machen, bevor sie gar nichts mehr sehen konnte. Als sie sich zu ihrem Fahrrad bewegte, vernahm sie kaum wahrnehmbares Schluchzen. Da weint ein Kind, registrierte sie und guckte sich um. Kann nicht sein, ich bin völlig allein. Warum sollte in dieser Einsamkeit ein Dreikäsehoch rumirren? Sie blieb stehen und lauschte. Außer ein paar Vögeln, die es sich auf zahlreichen Ästen gemütlich gemacht hatten, und dieser Eule, die zur Untermalung der Szenerie wiederholt ihren Schrei ausstieß, war an diesem Ort keine Menschenseele. Erneut leises Wimmern. »Ich bin doch nicht blöd, und verkalkt bin ich auch nicht«, flüsterte sie und wandte sich wieder dem leer stehenden Gebäude zu. Bei ihrer Erkundungstour streifte ein Ast ihre nackte Wade. In einem Anflug von Panik sprang die unerschütterliche Miss Marple mit einem Aufschrei zur Seite. Wird Zeit, dass du nach Hause kommst, Charlotte. Überall siehst du Gespenster. Da wird der Hund in der Pfanne verrückt. Ihr Herz klopfte, und sie wollte auf der Stelle verschwinden.

»Vielleicht bin ich ja doch nicht allein hier«, flüsterte sie, als hinter ihr der tiefe Bariton eines Mannes ertönte. »Was machen Sie hier?«, brummte ein riesiger Kerl in Jagdklamotten und Gummistiefeln. Charlotte Hagedorn erstarrte. »Ich ... ich wollte mir nur dieses Grundstück ansehen. Ich bin Fotografin, wissen Sie. Immer auf der Suche nach Motiven, wenn Sie verstehen.«

»Nein, versteh ich nicht. Muss ich aber auch nicht. Sie haben hier rein gar nichts verloren. Das ist ein Privatgrundstück«, tönte er mit tiefer Stimme. »Und wenn Sie das Schild gelesen hätten, wüssten Sie das. Bitte!« Der Kerl, der sie an Rübezahl erinnerte, zog die dichten Augenbrauen zusammen, erzeugte eine eindeutige Handbewegung und verwies sie mit stechendem Blick des Areals. Auf seinem Rücken klemmte eine Langwaffe. Charlotte schluckte, wagte nicht zu widersprechen. Sie wusste, dass sie sich unrechtmäßig auf dem Grundstück aufhielt. Dann fiel ihr das Schluchzen ein. »Hören Sie, ich hab hier jemanden weinen gehört. Vielleicht sollten wir mal nachschauen …«

»Runter vom Gelände, wird's bald, oder soll ich den Hund rauslassen?« Er deutete auf seinen Jeep, der an der Fahrbahnkante parkte und an dessen beschlagener Scheibe sich eine Hundeschnauze zeigte, die zu einem Jagdhund gehörte, der unüberhörbar kläffte und wütend knurrte.

*

Jolin lag auf der Matratze und lauschte. Sie hatte ihre dreckverkrusteten Beine angezogen und kauerte wie ein Embryo auf der besudelten Unterlage. Nur der in der Luft hängende Arm wirkte deplatziert wie alles in diesem Raum. Irgendwo bellte wieder dieser Hund. Und wie verabredet ertönte die Eule. Schrien die nicht immer nachts?, überlegte sie. Die Vögel sind nachtaktiv, hatte sie gelesen. Also ist es draußen dunkel. Sie stierte in die schwarze Finsternis ihres Bunkers und pulte mit den Fingern der linken Hand etwas von ihrem Oberschenkel. Scheiße, das ist vertrocknete Scheiße, stellte sie fest, als sie das abgekratzte

Stück unter die Nase hielt. Mittlerweile war ihr Riech-
organ wieder abgeschwollen, und sie konnte die Gerüche
um sich herum wahrnehmen. Sie ließ den Arm sinken und
schleuderte den Placken in die Dunkelheit. Sollst auch
was zu fressen haben, dachte sie, und ihre Mundwinkel
zitterten. Im Raum stank es wie in einem Schweinestall.
Nach Urin und Kot. Sie versuchte nicht einmal mehr, die
Fessel über ihr Handgelenk zu ziehen, obwohl es immer
schmaler wurde. Jolin vernahm das leise Fiepen, das sich
ihr näherte. Es sprang auf ihre Liegestatt und bewegte
sich fast unmerklich auf ihren Fuß zu. Sie erfasste die
Wärme, die von dem Tier ausging, und sah einen dicken
Schwanz vor ihrem inneren Auge, festgeheftet an eine fette
Ratte. Dann registrierte sie, dass das Vieh an ihrem Zeh
zu knabbern anfing. Es schien, als hätte es jegliche Scheu
vor ihrem Opfer verloren und wollte sich langsam, aber
sicher seinem Futter nähern. Jolin presste die zitternden
Lippen zusammen, schnaufte, zog ihr Bein an und stieß
das quiekende Tier mit dem Fuß von der Matratze. Ihre
Augen füllten sich mit Tränen. Sie resignierte. Bisher hatte
sie die Zweikämpfe mit den vierbeinigen Biestern gewon-
nen, aber wie lange konnte sie den Angriffen noch stand-
halten? Wann übernahmen sie die Initiative und fingen an,
sich an ihr satt zu fressen?

Sie hatte es erlebt. Im Übergangslager einer Holzbara-
cke. Sie kauerten zu viert in einem Bett, als nachts Ratten
das Lager aufsuchten. Vom Dreck und den vielen Menschen angezogen, schrie plötzlich eins der Mädchen, weil
eines der Viecher ihr in den Fuß gebissen hatte. Sie fingen an, sich zu holen, was sie wollten. Nur einem Wärter
hatten sie es zu verdanken, dass die Nagetiere jede Nacht
verscheucht wurden. Er saß vor der Baracke und wenn er
Geschrei wahrnahm, kam er mit seinem Knüppel. Sie hatte

viele tot geschlagene Nager gesehen, verspürte keine Angst vor ihnen. Nur Ekel.

Jolin wartete darauf, dass er kam und da weitermachte, wo er gestern aufgehört hatte. Wie lange bin ich schon hier in diesem Loch? Ihre Gedanken waren vernebelt, wie in Watte gepackt. Sie empfand weder Schmerz noch Kälte, war abgestumpft. Sie wähnte sich innerlich tot, hatte sämtliche Systeme runtergefahren. Selbstschutz? Dann hörte sie die knarzende Tür. Es war, als konnte sie es kaum erwarten. Hoffte sie, dass er sie endlich erlöste? Die Eule schrie. Es muss Nacht sein, überlegte sie und stellte sich schlafend. Sie wusste, was gleich passierte.

*

Dirk Westermann nahm die Hand seiner Katrin und spazierte mit ihr unter der Brücke hindurch. »Es tut so gut, mit dir hier zu sein«, murmelte er und hielt seine frisch Angetraute im Arm. Die Hochzeitsplanerin schob die Sportkarre mit dem Kleinen und lächelte ihre Männer an. »Na ja, nicht an sie denken, würde sich anders anhören. Ich finde es gruselig, was da passiert ist. Ich verstehe nicht, wieso die Mädchen sich im Internet dermaßen offenherzig präsentieren. Wenn ich das manchmal lese, wird mir ganz schwindlig. Die müssen doch wissen, wie gefährlich das ist. Die geben fast alles von sich preis. Ihre Daten, ihre Fotos, ihre Neigungen. Und die gehen im Netz niemals mehr verloren. Die sind irre! Im Leben würde ich nicht einen völlig Unbekannten in meine Wohnung lassen, nur um zu poppen. Hast du dir mal die Bilder angeguckt, die sie posten? Halbwegs pornografische Aufnahmen. Die legen ihre komplette Biografie offen dar und sind bereit, sich ohne vorheriges Kennenlernen mit irgendwelchen Typen einzulassen. Und das alles nur für schnellen Sex. Das hätte es vor ein paar Jahren nicht gegeben. Meiner Meinung nach ist das Internet brauchbar, wenn man es richtig nutzt … aber nicht in jedem Fall. Woran liegt es, dass die Mädchen sich heute dermaßen hemmungslos geben? Merken die nicht, wie gefährlich das ist? Die wissen doch gar nicht, wer da am anderen Ende der Leitung sitzt, oder?« Katrin konnte sich gar nicht wieder beruhigen.

Westermann blieb stehen, als sie sich direkt unter der Brücke befanden. »Du hast recht, das hat es vor ein paar Jahren in so einer Fülle nicht gegeben. Und du hast auch recht … es ist gefährlich. Nicht immer, aber man sollte sich vorsehen.« Er hauchte ihr einen Kuss auf die Lippen. »Sag das mal jemandem, der alleine und einsam ist, dass er aufpassen soll, wen er zu sich nach Hause einlädt. Und dass man sich zuerst auf neutralem Boden treffen sollte, wollen sie nicht hören. Ist alles leicht gesagt.« Westermann zuckte die Schultern. In seinem Blick lag Ratlosigkeit.

Katrin nahm seine Hand. Sie erkannte den Schmerz in seinen Augen. Er sah seine Begleiterin an und gab ihr einen leidenschaftlichen Kuss, was Mats Ole auf den Plan rief, der vergnügt jauchzte. »Du bist mal ganz still«, flüsterte seine Mutter und gab dem Junior einen Schmatzer. »Ja, man kann sich freuen, wenn man den richtigen Partner gefunden hat. Aber in diesen Portalen jemanden fürs Leben zu finden … ich weiß nicht. Das mag alles gut gehen, wenn man es vernünftig angeht, aber wie wir gerade miterleben, kann es auch böse enden.« Katrin zog Dirk mit sich. Sie schlenderten unter der Brücke hindurch und beobachteten die Schiffe, die auf anthrazitfarbenen Wellen den Sund querten. »Und was sollen diese Menschen deiner Meinung nach tun?«

»Wie ich schon sagte: Hättest du dich sofort mit mir in deiner Wohnung getroffen?« Er zog die Augenbraue hoch.

»Mit dir als Kommissar? Na klar. Aber ich weiß, was du meinst. Im normalen Leben nicht. Da sollte man sich vorsichtig rantasten.«

»So ist es. Man kann sich beim ersten Kennenlernen in der Öffentlichkeit treffen. Muss ja nicht gleich ein Abendessen sein. Ein Drink in der Bar, einen Kaffee in einem netten Café. Gibt genügend Möglichkeiten. So kann man sich vom anderen erst mal einen Eindruck verschaffen, und wenn irgendetwas nicht koscher erscheint, verabschiedet man sich halt. Sich aber sofort in einer Wohnung zu treffen, halte ich für äußerst leichtfertig, wie wir bei Elin gesehen haben. Nur, wenn's juckt ...? Da denken viele wohl nicht mehr realistisch. Weißt ja, wenn de Piedel steif is, is de Verstand in mors. Und das ist ja nicht nur bei Männern so. Und trotzdem: Olivia Meindorf hat alles richtig gemacht und ist dennoch tot. Also gibt es anscheinend nicht *den* richtigen Weg.« Westermann zündete seine Pfeife an.

»Stelle mir grade vor: Lerne einen Kerl im Internet kennen, den ich nie vorher gesehen habe, gebe ihm meine Adresse und lade ihn direkt in mein Bett ein ... für mich eine gruselige Vorstellung«, schüttelte Katrin ihren Kopf. Mats krähte und zeigte mit kleinen dicken Fingern auf ein Segelschiff. Westermann schmunzelte.

»Und genau das passiert immer öfter. Da wird sich im Netz nicht nur für gewöhnliche Treffen verabredet. Auf einen ONS trifft man sich nicht in einem Café, sondern in der Wohnung eines der Partner, um dort schnell zur Sache zu kommen. Ein bisschen Small Talk, ein Getränk, und dann wird gevögelt, du weißt, was ich meine. Und am Ende geht es, wie in unseren Fällen, nicht gut aus.«

»ONS, was ist das? Man sieht, dass du tief in der Materie steckst.« Ohne Eile spazierten sie den langen Sandweg entlang, der Richtung Leuchtfeuer Strukkamp Huk führte.

»One-Night-Stand. Wir haben uns die letzten Wochen intensiv mit dem Thema und den Foren befasst. Ich merke, ich werde langsam echt zu alt für diesen Stress.«

Westermann blieb erneut stehen, nahm die Pfeife aus dem Mund, Katrins Gesicht in beide Hände und küsste sie. Er strich eine Haarsträhne von ihrer Wange, die sich aus dem geflochtenen Zopf gelöst hatte, und klemmte sie hinter ihre Ohrmuschel. »Das musst du dir mal vorstellen, da werden schon im Chat ganz klare Regeln für die Nacht aufgestellt. Welche Vorlieben sie haben, was sie wollen, was nicht. Da bekommst du rote Ohren, wenn du liest, was die alles ausprobieren wollen. Mann, Mann, Mann. Die verabreden sich sogar zu dritt und ... ach, ich bin schon nicht prüde, aber das übersteigt meine Vorstellungskraft. Wenn ich rausfinde, wie alt die Mädels zum Teil sind, die sich da bereitwillig für alle Arten von Sex anbieten, wird mir hundsmiserabel. Ich bin fast geneigt, froh zu sein, einen Sohn zu haben.« Er warf einen Blick auf die Karre, und ein Lächeln huschte über sein Gesicht. »Der schläft. Die frische Luft tut ihm sichtlich gut. Sieh mal die rosigen Wangen. Ist der nicht knuffig?«

»Ist ja auch unser Sohn. Und der wird hoffentlich kein Polizist«, griente sie.

Und auf einmal befanden sie sich vor dem Grundstück, auf dem für beide alles begonnen hatte. »Stell dir vor, das Haus wäre damals nicht abgebrannt ...«, flüsterte Katrin Westermann und betrachtete den hell gestrichenen Neubau, der unweit der Stelle errichtet wurde, an dem das Kapitänshaus von Charlotte sich befunden hatte. Sie beäugte das Gebäude und presste die Lippen aufeinander. »Was dann?«, fragte Dirk und umfasste ihre Taille. »Dann ständen wir heute nicht zusammen hier. Alles Schlechte hat auch immer etwas Gutes.«

»Ja, aber leider nicht immer«, murmelte er und dachte an die toten Frauen, deren Mörder frei rumlief. »Lass uns gehen.« In diesem Moment klingelte sein Handy. Westermann zuckte mit den Schultern, als er aufs Display schaute. »Thomas, was gibt's?« Die Worte klangen schroffer als beabsichtigt. »Ich wüsste nicht, was wir derzeit zu besprechen hätten ... Nein, du hast dich total danebenbenommen ... wie soll ich das den Kollegen erklären?« Westermann stöhnte, und Katrin erkannte, dass es ihm schwerfiel zu antworten. Sie merkte, dass er einen dicken Kloß im Hals stecken hatte. Seine Stimme zitterte. »Thomas, wie lange wollen wir noch darüber diskutieren. Ich glaube nicht, dass unser Team vorerst eine weitere Zusammenarbeit mit dir verkraftet, und ehrlich gesagt weiß ich nicht ... ob ich überhaupt willens bin, mit dir zusammenzuarbeiten.« Er unterbrach das Gespräch. Katrin schwieg, als die Sonne in die Ostsee eintauchte. Sie hatte ihren Mann selten so deprimiert und angeschlagen erlebt. Hier ging es nicht um einen Fall, sondern um seinen Teampartner und Freund. Sie zog die Strickjacke fester um ihren Körper, als würde sie frieren. »Dirk, meinst du nicht, dass du über alles noch mal in Ruhe nachdenken solltest? Ihr seid ein so tolles Team, und nur, weil er unsere Hochzeit ...« Sie schwieg. Westermann hielt an, stoppte die Karre und sagte: »Es geht hier nicht um die Hochzeit, es geht um alles. Ich weiß nicht, ob ich ihn länger in der Dienststelle belassen kann.«

*

Als er die Stufen runterhechtete, lag sie zusammengekauert auf der verdreckten Unterlage. Der Schein seiner Taschenlampe leuchtete ihr Lager aus. Sie schien zu schlafen. Er fuhr mit dem Lichtstrahl über ihren nackten Körper, der von Wunden übersät war. An ihrem Fuß entdeckte er eine blutende Blessur und hielt die Lampe darauf. »Hast du dich verletzt, kleine Jolin?«

Er heuchelte Mitgefühl und ging in die Knie. Mit sanften Berührungen fuhr er über die Verletzung. Ein Hautfetzen klaffte herunter. Ihr Peiniger maß dem kaum Bedeutung zu. Es war schließlich egal. »Wach auf, kleine Jolin, ich will mit dir reden.« Sie hielt die Augen geschlossen. Schläft sie oder stellt sie sich tot?, überlegte er. Seine Augenlider fingen an zu flattern. Er schnaubte, ballte seine rechte Hand und schlug ihr mit einer wuchtigen Bewegung seine Faust ins Gesicht. Benommen öffnete sie daraufhin die glasig wirkenden Augen. »Was ist mit dir? Willst du nicht mit mir sprechen? Fühlst dich zu fein? Ich werde dir zeigen, wie man mit dem Mann umgeht, der einen liebt.« Er riss Jolin hoch, schlug sie erneut. Sie taumelte, fiel betäubt zurück auf die Matratze. Wutschnaubend klemmte er die Taschenlampe zwischen die Zähne und setzte sich rittlings auf ihren nackten Bauch. Hart massierte er ihre Brüste. Sie wehrte sich nicht. Sie hatte nicht die Kraft, sich zu wehren, und ergab sich in ihr Schicksal. Ihre Teilnahmslosigkeit machte ihn noch rasender. Er hoffte, dass sie litt. Er wollte es genießen. Ohne ihre Qualen würde er keine Befriedigung finden. »Meine Massage gefällt dir anscheinend nicht, du verdrecktes Biest. Das geht noch weitaus besser, glaube mir.« Ihr Kopf lag im Schatten des Lichtstrahls. In seiner Ekstase sprang das Taschenlampenlicht immer wieder wild durch den Raum. Sie versuchte, die Augenlider zu öffnen, um sein Gesicht zu erkennen. Er hatte nicht bemerkt, dass die Wand das Licht zurückwarf und seine Fratze erhellte. Jolin entdeckte in seinen Augen blanken Hass. Sie musste gleichgültig tun und hoffen, dass er dann umso eher von ihr abließ oder sie endlich erlöste. Seine Hände wanderten ihren Bauch entlang. Sie schloss die Augen, konnte seinen widerwärtigen Blick nicht ertragen. Alles war taub. Jolin merkte nicht einmal mehr das Gewicht ihres Gegners auf ihrem Körper. Erst, als seine Finger sich um ihren Hals legten und langsam zudrückten, wuchs ihre Panik. Sie atmete tief in ihre Lungen, als könnte sie den Sauerstoff in sich speichern. Jolin kannte bereits seine Spiele. Er musste sie demütigen. Sie würde es ihm einfach machen, um ihn nicht noch wütender zu machen. Sie bewegte sich nicht und hoffte, dass es endlich bald vorbei sein würde. Irgendwo da draußen hörte sie die Eule. Die ist wenigstens frei, stellte sie fest und wusste, dass im Aberglauben Eulengeschrei in einigen Gegenden Verderben und Tod bedeutete. Es muss Nacht sein, und mein Tod steht bevor, dachte sie. Ihr wurde schwindlig. Der Druck auf ihre Luftröhre erhöhte sich. Ihre Gedanken lösten sich auf. Sie wurde immer benommener, ihr Körper weich. Jolin gab sich ihm hin. In weiter Ferne hörte sie Musik.

Dann ließ er von ihr ab. Sie schnappte reflexartig nach Luft. Was hatte er vor? Warum drückte er nicht zu, bis es vorbei war? Es war ein Spiel … sein Spiel. Töte mich endlich, du Mistvieh … Sie blinzelte. Das Licht brannte wie versehentlich in die Augen geriebenes Chilipulver. Sie schloss die Lider, wollte nicht mehr. Er sollte es zu Ende bringen. Ihr Lebenswille erlosch. Ihr Puls verlangsamte sich, ihr Herzschlag war auf einmal friedlich. Ruhe durchströmte ihren Körper. Nur ganz entfernt spürte sie, wie er etwas unter ihrem Hals durchzog. Es fühlte sich rau an. Sein Schnauben wurde lauter. Sie wusste, dass er die Leuchte zwischen den Lippen behalten musste, um zu sehen, was er tat. Jolin atmete wieder wie von selbst ein. Dann schloss sich das … Seil. Es ist ein Seil. Erneuter Selbsterhaltungstrieb flammte auf, und sie schrie. Ein weiterer Schlag mit seiner Faust benebelte sie. Er lächelte, als er den Metallstift durch die Ösen am Ende des Hanfseils steckte. Er hatte eine ähnliche Garrotte gesehen und sie nachgebaut. Mit beiden Händen fing er an, die Hölzer im Uhrzeigersinn zu drehen. Sie kam zu sich und röchelte. Als würde er die Kontrolle über seine Erregung verlieren, zwirbelte er weiter. Er hatte nichts Menschliches mehr an sich, schmatzte, sabberte an der Taschenlampe vorbei und zog mit irrem Blick die Schlinge immer fester um ihren Hals. Sie wand sich wie eine Schlange, wehrte sich, obwohl ihr Verstand den Todeskampf nicht aufgeben wollte. Jolins Gesicht lief tiefrot an. Er wusste, dass die Kompression mit dem Seil die Blutzufuhr und vor allem den Blutrückfluss aus dem Kopf drosselte. Und er wusste, dass der Tod eintreten konnte, wenn er nicht rechtzeitig die Gewalteinwirkung beendete. Sie könnte sogar einen plötzlichen Herzstillstand erleiden. Doch das wollte er nicht, noch nicht. Das Spiel ließ ihn nicht los, auch wenn er sie eigentlich längst getötet haben wollte. Er wechselte die Richtung des Metallstiftes und lockerte die Drosselvorrichtung. In ihren entsetzt geweiteten Augen erkannte er Unterblutungen. Als das Werkzeug um ihren Hals sich für einen Moment löste, schnappte sie wieder reflexartig wie eine Ertrinkende nach Sauerstoff. Sie wollte noch nicht sterben, das war ihr in dieser Sekunde klar. Sie zerrte an ihrer Fessel und versuchte, sich aus seinen Händen zu befreien, ihn abzuschütteln. Genau wie sie es mit der Ratte getan hatte. Er lachte, drückte sie zurück auf die Matratze und wiederholte sein perfides Spiel. Die Ekstase in seinem Körper verringerte sich. Anscheinend hatte nur die erste Drosselung seine Erregung angeheizt. Jolin merkte, dass Wut in ihm aufstieg. Sie spürte, dass sein Handeln ihn nicht befriedigte. Er grunzte, drehte mit der Kraft seiner Hände das Strangulationswerkzeug von Neuem im Uhrzeigersinn. Ihr wurde ein weiteres Mal schwindlig, übel. Sie hörte lautes Stöhnen und öffnete die Augen. Die Lampe war wieder auf sie gerichtet. Die Geräusche aus seiner Kehle klangen tierisch. Ein tiefes Grunzen, das dem eines Wildschweines ähnelte. Jetzt ist es gleich vorbei, glaubte sie und wurde bewusstlos.

KAPITEL 18

Das Quartett, das sich um die Tische im Büro in der Dienststelle auf Fehmarn versammelt hatte, arbeitete konzentriert an mehreren Computern. »Ich weiß nicht, wie viele Plattformen wir noch durchforsten müssen? Es ist uferlos! Wäre Zufall, wenn wir auch nur eine Spur finden.« Paul Gruchot stöhnte, dennoch las er weiter jeden Chatverlauf, der brauchbar für die Tätersuche sein könnte. »Was ist mit den Verläufen von diesen Studenten«, fragte er an die Kollegen gerichtet. Er erntete einheitliches Kopfschütteln. »Ist nichts. Die haben zwar gechattet, aber das hat überhaupt nichts mit unseren Mordopfern zu tun. Der italienische Student hat mit Elin nur einseitige Chats geführt. Sie hat nie darauf geantwortet«, sagte Bode, der versuchte, Vergleiche heranzuziehen, die zu Opfern und Täter passten. »Anders mit Littmann. Die Kommunikation mit Elin lassen keinen Zweifel zu, dass er sie angebaggert hat, wo immer es ging. Diese Herzchen-Emojis, dieses Anbiedern. Der Kerl war irre verknallt in sie. Bringt ihr Schokolade, Blumen und«,

Rasmussen zeichnete mit ihren Fingern Tüttelchen in die Luft, »Herzen mit Steinchen mit. Allerdings ... dadurch, dass er ihr jederzeit nahe sein konnte, brauchte er sie nicht zu stalken. Vielleicht haben sie ja miteinander geschlafen. Wer weiß das?«

Die Fallanalytikerin zuckte die Schultern und warf ein süffisantes Lächeln in den Raum. »So wird das nichts. Wesentlich effektiver ist es, wenn wir uns um immer wiederkehrende Fehler des Täters kümmern würden, wie zum Beispiel Übereinstimmungen mit den Chats der Toten. So könnten wir weiterkommen. Überlegt doch mal. Menschen machen Fehler, wir alle produzieren welche, besonders beim Schreiben. Und selbst hochintelligenten Leuten unterlaufen Schnitzer. Es sind Flüchtigkeitsfehler, die ihnen wahrscheinlich nicht mal bewusst sind. Unser Täter ist schlau genug, sich im Untergrund einzurichten, um unerkannt an die Mädchen ranzukommen. Er lebt sein Leben wahrscheinlich im Darknet. Baut sich ein Profil für seine Opfer, verwischt hinterher seine Spuren und verschwindet wieder im dunklen Nichts. Der Tor-Browser bietet ihm die besten Möglichkeiten, sich zu verstecken.« Rasmussen schien in ihrem Element und guckte den Kollegen angespannt über die Schultern. »So kommen wir ihm nicht auf die Schliche«, sagte Hintz, der sich nur noch damit beschäftigte, wie man sich im Internet bewegte, und dabei an seine Grenzen geriet. Es schien, als rauchte seit Wochen nicht nur der Glimmstängel, sondern auch sein Schädel.

»Aber wie schon gesagt, jeder Mensch macht früher oder später Fehler. Bei ihm könnten dies Grammatik- beziehungsweise Rechtschreibfehler sein. Oder Synonyme, die nur er so benutzt, dass es ihm selbst nicht einmal auffällt. Davon bin ich fest überzeugt. Außerdem vertritt nach meinen eigenen Recherchen jeder im Netz einen gewissen Stil, den er immer wieder verfolgt. Sie benutzen durchwegs die gleichen Emojis, wenn ihr das mal genauer unter die Lupe nehmt. Die Opfer haben keine vergleichbaren Männerchats, die von ein und demselben Mann getätigt wurden. Entweder haben die Chats nichts miteinander zu tun oder ... er passt sich an. Was wäre, wenn er genau die Hobbys als seine angibt, die die Mädchen pflegen.« Sonja Rasmussen schwieg plötzlich, dann erhellte sich ihr Gesicht. »Er wechselt nicht nur die Steckenpferde, sondern auch seine Profilansicht, um an die Frauen zu kommen. Er passt sich an. Der ist teuflisch gut.« Ihr Blick wanderte über die Runde. »Lasst uns mal das Darknet nach einem Kerl durchforsten, der ständig wechselnde Profile mit immer ähnlichen Fehlern produziert«, grinste Henning. »Ich glaub es ja nicht. Ich hab was gefunden! Das müsst ihr euch ansehen. Das Profil von der Jacobsen und ... einen dazugehörigen Chat.«

»Da kannst du mal sehen, was für ein Luder das war«, brummte der Kriminaltechniker und drehte den Bildschirm so, dass Rasmussen einen Blick auf die Seite werfen konnte, in der Elin Jacobsen sich immer wieder nachts bewegt hatte. »*Suche keine Liebe fürs Leben, suche Spaß für eine Nacht ... bei mir gibt es kein Frühstück, aber heißen Sex. Ich bin willig, gebe alles ... und du?*«

»Guck dir das an«, staunte Henning.

Elin26

> Hallo! 21:05 Uhr

Nachtschwärmer 007

> Hallo, schön, dich hier zu treffen!
> Dein Photo sieht klasse aus. 21:06 Uhr

Elin26

> Ja danke, dein Foto ist auch cool. Freu mich,
> dass wir ein Match hatten.
> Was machst du so? 21:07 Uhr

Nachtschwärmer 007

> Ich … ich bin auf der Suche nach einer
> Partnerin, die mit mir Sport treibt! ;D 21:08 Uhr

Elin 26

> Okay, du siehst aber gar nicht danach aus,
> als müsstest du Sport treiben ;D 21:11 Uhr

Nachtschwärmer 007

> Nein, aber ich will es treiben. Mir fehlt eine
> Partnerin, die meine Aktivitäten teilt. 21:12 Uhr

Elin 26

> Nicht lieber joggen? ;D 21:12 Uhr

Nachtschwärmer 007

> Nö, könnte mir vorstellen, mit dir im Meer zu baden,
> und dann jede Menge Sport auf der Matte ;D 21:13 Uhr

Elin 26

> Okay. Da sind wir schon zwei. Brauch kein
> Vorspiel, also baden im Meer überflüssig.
> Lieber gleich auf die Matratze. 21:14 Uhr

Nachtschwärmer 007

> Aber ich liebe es, Salz auf nackter Haut zu spüren.
> Brennt so schön zwischen den Beinen. (Kicher)! 21:15 Uhr

Elin 26

Kannst welches von mir haben ;D 21.15 Uhr

Nachtschwärmer 007

Was suchst du für einen Partner??? 21:15 Uhr

Elin26

Einen, mit dem ich Spaß haben kann, der locker drauf ist, experimentierfreudig, und nicht zum Frühstück bleiben will. 21:16 Uhr

Nachtschwärmer 007

Locker drauf? Experimentierfreudig? Auf jeden Fall. Und frühstücken ... bäh. Ich bin das Salz auf deiner Haut ;D Wie siehst du im Ganzen aus? Ist dein Photo echt? Zeig mir doch mal, was du so zu bieten hast. 21:17 Uhr

Elin 26

He, he, nicht frech werden. Alles echt (haha).
Muss dir reichen ... vorerst. Bin schlank, habe dunkle lange Haare, Sommersprossen. Siehst du ja.
An mir ist alles echt ;) Du wirst es lieben 007. (Kicher)!
Und du? Schick mir Fotos! Keine Fakes!!!!
Dein Porträt sagt nicht viel über dich. Bist bisschen mager vertreten. 21:23 Uhr

Nachtschwärmer 007

Du bist ja lustig. Fakes. Mein Photo ist echt. Ich schick dir mehr, wenn ich jemanden finde, der ein paar gute Photos machen kann. Aber ich bin guuut auf der Matte. Das ist dir wichtig, oder? ;D Warum hast du keinen Partner, du siehst klasse aus!? 21:26 Uhr

Elin 26

Lange Geschichte. Brauche mehr als einen ;D 21:28 Uhr

Nachtschwärmer 007

Erzähl, wenn du möchtest ;D 21:29 Uhr

Elin 26

Keine Privatgeschichten! Aus welcher Ecke kommst du? 21:29 Uhr

Nachtschwärmer

Schleswig-Holstein. 21:29 Uhr

Elin 26

Okay!? Da studiere ich. 21:30 Uhr

Nachtschwärmer

Und woher kommst du? 21:30 Uhr

Elin 26

Hohwacht. 21:31 Uhr

Nachtschwärmer 007

Okay!!! In der Nähe, in Hohwacht war ich öfter zum Surfen. 21:32 Uhr

Elin 26

Nicht mein Sport. Ich liebe es zu arbeiten. 21:33 Uhr

Nachtschwärmer 007

Was für Arbeit???? 21:34 Uhr

Elin 26

Studium Biowissenschaft. Genug Privates! 21:34 Uhr

Nachtschwärmer 007

Krass. Wollen wir uns treffen? Gibt viel Chemie auszutauschen (grins)! ;D 21:37 Uhr

Elin 26

Hallo? Bist du noch da? Chemie Austausch klingt super. Aber kein Frühstück, nur Matratzensport ;D 21:39 Uhr

Nachtschwärmer 007

Wir haben keine Zeit zu verschenken. Wann soll ich kommen und wohin? 21:40 Uhr

Elin 26

Ja, du hast recht. Komm morgen Abend vorbei, dann bin ich entspannt für ein Bier und gespannt auf der Matratze. Ich werde auf dich warten, okay? Bin heiß. Salz steht parat. 21:41 Uhr

Nachtschwärmer 007

Mach ich. Wo wollen wir? Bin auch heiß. Soll ich meinen Photoapparat mitbringen? Kann geile Photos von dir schießen. 21:42 Uhr

Elin 26

Bei mir. Ich hab gern alles unter Kontrolle. Keine Fotos!!! Alles bleibt privat. 21:42 Uhr

Nachtschwärmer 007

Okay ist in Ordnung. Das klingt perfekt. Ich geb mich ganz in deine Gewalt (grins)! 21:44 Uhr

Elin 26

Dann ist ja alles klar. 22 Uhr? 21:45 Uhr

Nachtschwärmer 007

Passt sehr gut! Bin allzeit bereit ;D 21:46 Uhr

Elin 26

Wunderbar. Dann auf athletische Stunden.
Freu mich, wenn du bereit bist. 21:47 Uhr

Nachtschwärmer 007

Gibst du mir deine Handynummer? 21:47 Uhr

Elin 26

Ne, die kriegst du nicht. Hab kein Bock auf
spätere Telefonate … keine Zeit. 21:48 Uhr

Nachtschwärmer 007

Ach was! Ich dachte, wir hätten Zeit? Komm.
Ich gebe dir meine Nummer, dann kannst du mich erreichen,
falls du noch mal auf die Matratze willst. Okay? 21:50 Uhr

Elin 26

Ja, in Ordnung. 0151 43218 … 21:51
Klasse. Dann gebe ich dir später meine Adresse durch.
21:52 Uhr

Nachtschwärmer 007

Soll ich was mitbringen? 21:53 Uhr

> Nur gute Laune und jede Menge Energie. Ich brauch das. Die
> Idee mit dem Salz klingt ... feurig. Meine Knospen werden
> grade hart. Freu! 21:54 Uhr

> Mein Ständer auch. Muss mich erst mal abreagieren.
> Bis morgen 21:55 Uhr

»Das war ein verdammt heißer Feger. Aber jetzt haben wir eine echte Spur«, ergänzte er seinen Satz. »Ich finde es äußerst pietätlos, wie du über sie sprichst. Es ist völlig egal, was für ein Leben sie geführt hat. Sie war eine Frau, die sich genommen hat, was sie wollte. Das rechtfertigt nicht, dass man sie umbringt oder wie du dämliche Witze über sie reißt.«

Sonja Rasmussen schnaubte, zog die Augenbrauen zusammen und kniff den muskulösen Kriminaltechniker mit aller Kraft in die Schulter. »Aua, Nötigung. Das war grad sexuelle Belästigung am Arbeitsplatz.« Er verzog sein Gesicht und grinste sie von der Seite an. »Meine Liebe, das wirst du büßen. Pass auf.«

»Ich werd dir gleich, sexuelle Belästigung.« Plötzlich hielt sie inne. »Was sagtest du gerade? ... Druckt mir den Chat aus. Ich will jedes einzelne Wort, das sie geschrieben hat.« Die Kollegen sahen sie verwundert an. Henning gab zu diesem Zeitpunkt ein Synonym ein, das der Mann in dieser Mail mehrfach falsch verwendet hatte. »Photographie«. Und nur Sekunden später ploppten etliche Fenster übereinander auf. »Das ist jetzt nicht wahr, oder?« Der Kriminaltechniker saß mit aufgerissenem Mund da und starrte auf die Chats, die sich auftaten. »Seht euch das an!«

SmarterNaturbursche2

Ich laufe durch die Straßen und schau auf mürrische Gesichter.
Ist da niemand, der mit mir die Sonnenuntergänge an einsamen
Stränden aufsuchen möchte, der sich mit mir auf dem Fahrrad
frischen Wind um die Nase wehen lassen möchte und wahn-
sinnig tolle Momentaufnahmen auf seiner Kamera festhalten
will? Wenn ja, weiß ich, was ich tue. Ich lauf nach Hause, pack
eine Decke und meinen Photoapparat ein, fahre zum Strand,
verbringe einen unvergesslichen Abend in deiner Gesellschaft.
Ich brauch keine Party, sondern Natur und dich … wenn du
genauso denkst. 23.18 Uhr

Liv18

Hi, smarterNaturbursche2
Du hast recht, überall mürrische Gesichter und Gestalten. Auch
ich liebe Sonnenuntergänge, lass mir beim Fahrradfahren den
frischen Wind um die Nase wehen. Ich liebe meine Hasselblad.
Leider spinnt das gute Stück ab und an, und ich muss leider
auf eine andere Kamera ausweichen. Dennoch genieße ich es
genau wie du, mich nach einem langen Arbeitstag am Strand
zu erholen. Und ich liebe Sonnenuntergänge! Picknick klingt
wunderbar. Ich brauch keine Partys, ich brauche Natur, mein
Rennrad und deine Gesellschaft, wenn du möchtest. Kennst du
dich mit Problemen bei der Hasselblad aus? 23:25 Uhr

SmarterNaturbursche2

Ob ich will? Ich finde dein Profilphoto total süß! Du hast eine
Hasselblad? Ich bin begeistert. Leider sind die ziemlich anfällig.
Aber sie machen die schönsten Photos. Ich könnte dir helfen.
Bin, was die Kamera angeht, bewandert. Repariere sie selbst.
Würde mich freuen, wenn du dich meldest. 23:28 Uhr

Liv18

Das wäre toll!!! Ich wäre so dankbar. Dein Foto sieht auch sehr nett aus. Sag, wann und wo und wir können uns treffen. Aber nicht bei mir zu Hause, smarterNaturbursche2. Ich möchte erst mal mehr über dich erfahren. Was machst du sonst so? 23:32 Uhr

SmarterNaturbursche2

Nicht so schnell ... Ich will dich nicht zu Hause treffen. Lass uns erst mal Vertrauen schaffen! Und wenn du es möchtest, treffen wir uns dort, wo du möchtest. Auf ein Bier oder einen Kaffee. Wir können uns dann über unsere Hobbys austauschen ... und natürlich über die Hasselblad. Aber was machst du so spät im Netz? Bist du nicht unterwegs ...? 23:33 Uhr

Liv18

Nein, ich geh nicht gern aus. Aber dein Vorschlag klingt gut. Also ich bin Schülerin, mach bald mein Abi und wohne noch zu Hause. Ich bin keine Partymaus. Ich bin, um genau zu sein, eher schüchtern. Und warum ich noch auf bin? Hab Langeweile. 23:36 Uhr

SmarterNaturbursche2

Du sagst, du bist schüchtern. Trotzdem surfst du im Internet? Sehr mutig! Du bist so hübsch. Ich würde dich wirklich gern kennenlernen. 23:37 Uhr

Liv18

Ja, ich bin schüchtern. Deshalb surf ich im Netz. Ich bin wenig in der Szene unterwegs. Wie soll ich da jemanden kennenler- nen? Muss außerdem fürs Abi büffeln. Und ich mag weder laute Musik noch aufdringliche Kerle. 23:39 Uhr

Smarter Naturbursche2

Geht mir genauso. Ich bin ein Einzelgänger, der mit lauter Musik und Partys nichts anfangen kann. Deshalb bin ich ja auch oft mit dem Rad und der Kamera unterwegs. Tiere und Natur sind meine Freunde. 23:40 Uhr

Liv18

Vernünftig. Wir sollten in Kontakt bleiben. So, jetzt muss ich wirklich langsam schlafen. Muss morgen früh raus. Melde mich morgen wieder, wenn du Lust hast zu chatten. Ciao, smarter Naturbursche2. 23:42 Uhr

Smarter Naturbursche 2

Ciao, süße Liv. Ich freue mich auf morgen. Schlaf gut. 23:43 Uhr

»Der Kerl ist gewieft. Aber wir sind es auch. Die Nummer mit den unterschiedlichen Profilen ... genial! Aber wie schon gesagt ... Menschen machen Fehler. Ich hab da eine Idee, weiß zwar nicht, was der Chef dazu sagt, aber es könnte funktionieren.« Henning drehte seinen Stuhl, sodass er die Fallanalytikerin in Gänze betrachten konnte. »Erzähl, willst du dir auch einen Kerl übers Netz suchen? Hättest gute Chancen.« Wieder lachte er sein dreckiges zweideutiges Lachen. »Du hast es erfasst. Ihr werdet mir ein Profil bauen, in dem ich mit genau den Hobbys, gleichen Charaktereigenschaften, die er, sagen wir mal, erstellt, wenn er auf die Jagd geht. Wir setzen es ohne schmückendes Beiwerk zusammen, und ich lass ein Foto von mir machen, das seine Aufmerksamkeit erregen wird. Dann setzen wir es ins Netz und ... Ich hatte ja schon erwähnt, dass ich mich als Köder zur Verfügung stelle. Wir haben

keine andere Wahl. Da kann der Chef sagen, was er will …
ich tu's.«

»Warte, meine Liebe. Weißt du, wie lange es dauern kann,
bis er anbeißt? So einfach, wie du es dir vorstellst, ist die
Angelegenheit nicht. Das kann sich Wochen hinziehen.«
Henning tippte sich mit dem Finger gegen die Stirn. »Mag ja
sein, aber wenn wir es nicht versuchen, wer dann? Willst du,
dass er sich bald schon ein neues Mädchen sucht und eine
weitere Tote abgelegt wird? Was ist mit Jolin? Vielleicht lebt
sie noch irgendwo da draußen. Wir haben überhaupt keine
andere Wahl und müssen uns sofort was einfallen lassen. Ich
denke, er wird mithilfe von Filtern seine Opfer nach Aussehen und Hobbys sagen wir vorsortieren. Und dann bin
ich mit Sicherheit in der engeren Auswahl. Das wird nicht
lange dauern … ich bin mir ganz sicher!« Erik Bode sah
seine Kollegin an. »Könnte funktionieren. Du siehst den
Mädchen in gewisser Weise sogar ähnlich. Die Haare, die
sind eindeutig zu kurz. Er steht auf Mädels mit hüftlanger
Haarpracht. Aber die Statur und Erscheinung … könnte
klappen. Mit kleinen Tricks ändern wir dein Alter und …
könnte passen.« Bode nickte. »Wozu gibt's Perücken. Sie
wäre nicht die Erste, die mit einem Täuschungsmanöver auf
Männerfang geht«, lachte Joshua Santan, der Kriminalbiologe, der sich normalerweise mehr für Fliegen und Maden
interessierte und mit seinen Tätowierungen mit Sicherheit
nur spezielle Frauen ansprach. »Und das Alter, dafür gibt
es *Photoshop*«, feixte Henning und fing sich einen Schlag
auf den Hinterkopf ein. »Jetzt habt ihr es alle gesehen. Sie
hat mich geschlagen. Ich zeig dich an.« Er rubbelte mit der
Hand über die Stelle, an der Rasmussen ihn getroffen hatte.
»Also, was sagt ihr? Soll ich mit Westermann sprechen?«

»Der wird nicht begeistert sein. Hast du doch mitgekriegt,
was er davon hält«, murmelte Henning und fragte sich auch

selbst, ob es wirklich eine gute Idee war, die Kollegin dieser Bestie auszusetzen. Was, wenn er auch sie überlistete?

*

»Ich halte die Idee nach wie vor für nicht durchführbar«, knurrte Westermann. »Was ist mit den IP-Adressen? Gibt es da keinen Treffer?« Rasmussen schüttelte den Kopf. »Der Kerl ist schlau. Der verwischt seine Spuren, so schnell kannst du gar nicht gucken. Die Internetadressen, die wir mit denen der Toten verglichen haben, sind heute schon Geschichte und gelöscht. Im Darknet ist der kaum aufzuspüren, und das weiß er.« Der Leiter der Mordkommission nahm die Brille von den Augen und versuchte, mit dem Hemdzipfel für klaren Blick zu sorgen. »Das gefällt mir überhaupt nicht«, schüttelte er den Kopf. Sonja Rasmussen stöhnte, als könnte sie ihn doch noch überzeugen.

»Er hat sich mit Sicherheit eine VPN eingerichtet«, sagte Bode.

Westermann zog die Augenbraue hoch und zuckte die Achseln. »Damit kannst du dich ohne Probleme bei einem Server in einem anderen Land einwählen und änderst deinen physischen Standort. Durch die IP-Adresse des VPN-Servers sieht es nun so aus, als befindet sich dein Gerät in einem anderen Land.« Der Hauptkommissar nickte, aber seine Mimik erzählte eine andere Wahrheit. Es schien, als wären sie alle mit der Situation überfordert. »Was ist mit seinem Profilfoto? Haben wir da keine Treffer?« Rasmussen schüttelte erneut den Kopf.

»Mit seinen vorgelegten Profilfotos haben die Jungs eine Rückverfolgung veranlasst ... negativ. Er hat Fotos irgendwelcher Typen aus dem Netz gesammelt. Hat bewusst Aufnahmen von Leuten rausgesucht, die den netten Nachbarn darstellen und ihm wahrscheinlich auf irgendeine Weise ähnlich sehen. Einer, mit dem du abends ein Bier trinkst. Die Bilder kommen irgendwo aus Afrika oder Asien. Das war eine Sackgasse. Fehlanzeige.« Rasmussen wippte mit den Füßen, als könnte sie damit Westermanns Entscheidung beeinflussen. Sie stand jetzt bereits zehn Minuten vor seinem Schreibtisch und hoffte auf Erlösung. »Setz dich endlich, du machst mich ganz nervös«, knurrte er und deutete auf den Stuhl ihm gegenüber. Er mochte die Fallanalytikerin, aber den Vorschlag, sich als Köder anzubieten, fegte er mit einer Hand vom Tisch. »Das kann ich nicht zulassen. Wir haben gesehen, wozu dieser Kerl fähig ist. Nein!« Wieder schüttelte er den Kopf. Westermann saß an seinem Schreibtisch und betrachtete die Beamtin des LKA Kiel. »Ich gehe keinerlei Risiko ein. Wir müssen einen anderen Weg finden.«

»Dirk, es ist lobenswert, dass du dir um meine Sicherheit Sorgen machst. Aber wir haben weder Zeit noch entsprechende Möglichkeiten, um den Irren auf andere Weise aufzuspüren. Ich finde es schade, dass du es nicht genauso siehst. Was ist dein Vorschlag?« Die Fallanalytikerin setzte sich. »Ich habe keinen«, seufzte er und runzelte die Stirn. Er schob die Brille auf die weißen Haare, streckte die langen Beine aus und verschränkte die Arme. Die Kollegin starrte ihn abwartend an. In ihrem Gesicht formte sich ein harter Zug. Westermanns hingegen schwitzte immer stärker. Sein Leinenhemd klebte am Körper. Er stand auf und öffnete das Fenster. »Dieser Mensch ist unberechenbar und brandgefährlich. Wir können dich nicht beschützen.«

»Könnt ihr! Wir haben uns alles genauestens zurechtgelegt. Ich werde verkabelt, hab mein Handy bei mir, ihr könnt mich jederzeit orten, und du weißt, dass ich mich wehren kann. Ich weiß, wie er tickt. Mir wird nichts passieren. Außerdem habe ich die Waffe dabei«, grinste sie und klopfte auf das Holster unter ihrem Shirt. »Du weißt, dass die Serie in immer kürzeren Abständen abläuft. Zuerst waren es fast genau 30, dann gerade einmal etwas mehr als 14 Tage, wenn es tatsächlich um Jolin geht. Ich glaube, dass die Zeitintervalle sich verringern. Ich könnte mir vorstellen, dass seine Lust, Frauen zu töten, stärker wird. Er findet wahrscheinlich Gefallen an dem, was er tut, und hat, wie ich vermute, nach seinem ersten Opfer dazugelernt. Wir müssen handeln, und zwar sofort. Wer weiß, wozu er noch fähig ist. Dadurch, dass wir Jolin bisher nicht aufgefunden haben, zeigt … ihr braucht mich!« Rasmussen war davon überzeugt, dass sie mit ihrer Hilfe den Täter stellen konnten, bevor er sich ein weiteres Opfer holte. Westermann lehnte sich gegen die Fensterbank. Er kratzte seinen akkurat geschnittenen Bart und rückte die Brille zurecht. Sein Blick und die hochgezogenen Augenbrauen verhießen nichts Gutes. Dann stieß er sich ab und trat zum Schreibtisch. »Ihr habt das also alles längst ausgeklügelt …?« Seine Augen verengten sich. Rasmussen hatte das Gefühl, er würde jeden Moment losbrüllen. Der Erste Hauptkommissar schnaubte, setzte sich, nahm das Handy in die Hand. Bevor er eine Nummer wählte, presste er die Lippen aufeinander. Es schien, als wäre er plötzlich weit weg. Mit ernstem Blick sagte er: »Okay, aber ich selbst werde die Aktion überwachen. Keine Diskussion. Es gilt höchste Alarmbereitschaft, und wir lassen dich keine Sekunde aus den Augen. Ich stelle ein Team zusammen, das dich von dem Moment an, wenn er angebissen hat, rund um die Uhr überwacht.« Rasmussen nickte und war erleichtert. Sie wusste, dass der Mann gefährlich war, aber ihr war klar, dass sie mit ihm fertigwerden würde. Er war nur ein Mensch, und sie wusste, wie diese kranken Typen tickten.

*

Es war schon spät, als Sonja Rasmussen das Büro verließ. Westermann saß allein an seinem Schreibtisch und sondierte die neue veränderte Sachlage, als sein Handy klingelte. »Thomas?« »Ich dachte, ich hätte mich klar ausgedrückt. Wir belassen es jetzt erst mal dabei, dass du zu Hause bleibst. Ich überlege mir, wie wir weiter verfahren. Du hast zwei Möglichkeiten, das habe ich dir hinlänglich angedroht. Du gehst zum Entzug und … zur psychologischen Beratung. Tust du das nicht, werde ich dich in den Innendienst versetzen lassen. Ansonsten kannst du meinetwegen wieder als Verkehrspolizist arbeiten. Vielleicht bist du da besser aufgehoben … nein, ich will mich nicht treffen. Keine Chance … nein! Du weißt, was du zu tun hast. Mach es oder lass es.« Westermann beendete das Gespräch. Seine Schultern sanken. Mit müden Augen guckte er aus dem Fenster. Es war spät geworden. Der Leiter der Mordkommission musste immer wieder an Katrins Worte denken, die ihn gebeten hatte, noch mal in Ruhe über all das nachzudenken und ihm eine Chance zu geben. Vielleicht hatte sie recht … aber. Er erinnerte sich an die letzten acht Jahre, in denen sie ihre Fälle gemeinsam gelöst hatten. Sie waren zu einem echten Team zusammengewachsen. Und selbst wenn sie nicht immer einer Meinung waren, hatten sie über die Zeit viele Berührungspunkte entwickelt. Die einzige Gemeinsamkeit, die sie nicht teilten, war Hartwigs Fußballleidenschaft. Der erste Hauptkommissar konnte bis heute nicht begreifen, wie man einem Verein so treu ergeben sein konnte wie Hartwig dem *HSV*. Er selbst hatte den Abstieg in einer Kneipe miterlebt, unzählige heulende Fans ertragen und hatte nicht fassen können, was sich direkt vor seinen Augen abgespielt hatte. Zumal der Verein es wieder vergeigt hatte und ein weiteres Jahr in der zweiten Liga herumdümpeln musste. Er fragte sich, ob sie je wieder aufsteigen würden. Wahrscheinlich werden sie

dort für immer bleiben, sinnierte Westermann und stand auf.
»Armer Hartwig!«

Aber jetzt war Schluss. Er wollte und konnte so nicht
weitermachen. Er strich Hartwig aus seinen Gedanken und
würde für zwei Stunden nach Hause fahren, um sich um
seine Familie zu kümmern. Sein Herz fing an zu schlagen,
als er an Katrin und Mats Ole dachte. Der Leiter der Oldenburger Dienststelle fuhr den Rechner runter und löschte
das Licht der Schreibtischlampe, als ein anderer ebenfalls
das Licht löschte.

*

Er saß im Dunkel und war endlich mit sich und seinem
Computer allein. In gefährlicher Anspannung hatte er sich
ein Brot geschmiert und eine Dose Bier dazugestellt. Der
Mann saß in Jogginghose und grau zerfleddertem Shirt
barfuß am laufenden Rechner, während er auf die Fernbe-
dienung drückte, die die Außenjalousie herunterfuhr. Er
wollte nicht, dass jemand ihn beobachtete, obwohl dies
eigentlich unmöglich war. Der Wohnung gegenüber standen Bäume, dahinter lag bereits die Ostsee. Jetzt brauchte
er diese Isolation, um sich ungehindert bewegen zu können.
Sein Puls stieg, als er die externe Festplatte anschloss. Dort
verbargen sich nicht nur Videos, die nicht für fremde Augen
bestimmt waren, sondern auch sämtliche Chats, die er im
Netz mit Frauen geführt hatte. Sehr speziellen Frauen ...
seinen Opfern. Diese blöde Fotze dachte er, als er die Nachricht von Kiri32 las. In ihm brodelte es. Er löschte den
gesamten Verlauf und schmiss sie aus seinem Gedächtnis.
Eine erneute Suche würde ihn ans Ziel seiner Lust bringen,
da war er sicher. Dieses unscheinbare schwarze Gerät, das
er jetzt mit dem Computer verband, war sein Heiligtum,

und er würde es hüten wie sein eigenes Leben. Gierig ließ er das kalte Bier seinen Schlund hinunterlaufen, als sich wenig später vor seinen Augen eine schwarzhaarige Frau mit einer Reihe von Männern vergnügte. Es erregte ihn, dass einer von ihnen, ein muskulöser Athlet mit pechschwarzer Mähne, die Unbekannte an ihrer langen Haarpracht durch den Raum zerrte. Es steigerte sich von zärtlichen Liebkosungen zu gnadenloser Gewalt. Aus lustvollem Stöhnen der schlanken Dunkelhaarigen wurden gequälte Schreie, vernahm der Zuschauer wimmerndes »Nein«! Aus einvernehmlichem Spiel war unmenschlicher Kampf geworden, den die junge Frau verlieren musste.

Der Mann, der mit Begeisterung die Szenen beobachtete, grinste, bleckte seine Zähne und schnaubte unüberhörbar. Ihm war wichtig, dass alles auf dem Film echt war. Ihn erregte die Vorstellung, sein Opfer genauso zu erniedrigen. Ihr zu zeigen, wer die Macht hatte, zu entscheiden, ob sie lebten oder starben. Und er wusste, wie dieses Video endete.

Schon so oft hatte er jede Szene wieder und wieder angeschaut, bis er am Ende zum Orgasmus kam. Seine Fantasie kannte keine Grenzen. Wenn er mit der Kellnerin fertig war, würde er sich etwas Neues ausdenken. Er schloss die Augen. Immer wieder spielte er das Szenario mit Jolin durch … es gab unendliche Möglichkeiten.

KAPITEL 19

Das Team befasste sich fast rund um die Uhr mit dem Profil von Sonja Rasmussen, dann stellten sie es mit gemischten Gefühlen ins Netz. Die Fallanalytikerin hatte ein Profilfoto anfertigen lassen, das eine junge Frau zeigte. Ein schüchternes Lächeln lud ein, sie unbedingt kennenlernen zu wollen. Sie wollte nicht zu frivol erscheinen, sondern wie das nette Mädchen von nebenan. Sie musste schüchtern wirken. Darauf schien er abzufahren. Die Frage, die sich immer wieder gestellt hatte, war, warum er sich mit der Studentin getroffen hatte? Sie entsprach, nach der Vorstellung ihres Teams, nicht dem Muster. War zu selbstbewusst, zu frech. Sagte, was sie wollte … und was nicht. War es nur das Aussehen, oder täuschte er alle und genau das hatte den Reiz ausgemacht. Er probiert sich aus, dachte Rasmussen. »Wir müssen es etwas lasziver gestalten. Ich glaube, darauf fährt er mittlerweile mehr ab.« Sie würden es erst wissen, wenn sie ihn überführt hatten. Eine Stunde später betrachtete sie ihre Profilseite, war mit dem Ergebnis zufrieden. Sie nickte und las den Text ihres Profils.

Heart29

> Wiesenblumen oder Kaktus? Menschenleere Strände oder Ballermann? Naturliebhaber oder Fernsehjunkie? Ich liebe Ersteres. Hallo du … wenn du genauso denkst wie ich, dann bist du in bester Gesellschaft. Dunkelhaarige Nixe, die dennoch manchmal einsam ist, liebt es, zu fotografieren und sich in der Natur aufzuhalten, egal wozu. Einsame Spaziergänge und traumhaft heißer Sand lassen alles möglich werden. Wenn du das ebenfalls suchst, erlebe mit mir das Ende eines wunderbaren Tages. Ich bin unkompliziert, aber auch schüchtern. Finde du heraus, wie weit wir gehen. Ich möchte mit jemandem zusammen sein, dem ich bedingungslos vertrauen kann. Schönheit ist nicht alles, Vertrauen schon.

Sonja nickte. Das Team hatte die Formulierung perfekt ausgearbeitet. Die Zweideutigkeiten machten den Text aufregender und würden Rätsel aufgeben. So konnten sie ihn in die Falle locken.

*

Ein anderer Text erschien endlich nach wochenlanger Recherche im Fehmarnschen *Tageblatt*. »Küstenherzen, die nicht nur der Liebe gewidmet sind. Was steckt hinter den unzähligen Liebesschlössern, die sich an der Ostseeküste immer mehr ausbreiten?« Die Story, an der Charlotte lange gearbeitet und die auf geheimnisvolle Weise mit dem Verschwinden einer Frau und dem Tod zwei weiterer junger Frauen zu tun hatte. Als sie frühmorgens den Briefkasten öffnete und die Zeitung herausnahm, fiel ihr ihr eigener Bericht sofort ins Auge.

Er war auf Seite eins der Tagespresse erschienen und mit einem Foto, auf dem sich etliche Vorhängeschlösser in Herzform befanden, geschmückt. Aufgeregt setzte sie sich zurück an den Esstisch, wo sie das Frühstück für sich vorbereitet hatte. Sie nahm einen Schluck ihres grünen Tees, biss in ihr körniges Brot und rückte die Lesebrille zurecht. Klopfenden Herzens las sie die Story, die nicht nur in ihr für Aufruhr sorgte. Dass sie mit dem Artikel Panik auslöste, ahnte sie nicht.

*

Eine Woche später. Hintz glaubte nicht mehr daran, die Vermisste aufzufinden. Die Suche nach Jolin verlief auch nach fast vier Wochen erfolglos. Suchtrupps hatten Felder und Wiesen, sämtliche Strände und alte Gebäude abgesucht. Nichts. Sie war immer noch verschwunden. »Sie ist tot, davon bin ich felsenfest überzeugt. Der hat sie irgendwo entsorgt«, murmelte Werner Hintz und fuhr die Straße Richtung Bannesdorf. Sie hatten jeden der auf der Insel befindlichen 43 Orte durchkämmt. Sie blieb unauffindbar. »Oder hat ihr Fahrrad selbst abgeladen, ist abgehauen und längst über alle Berge«, ergänzte er, kratzte sich die Geheimratsecke und stoppte den Wagen. Er betrachtete seine dänische Kollegin und schüttelte den Kopf.

»Wenn alle so denken würden wie du, hätte das schlimme Konsequenzen. Was glaubst du, was passiert, wenn wir die Suche aufgeben, sie da draußen auf unsere Hilfe wartet. Wie kannst du nur so reden«, sagte die dänische Oberkommissarin und trommelte mit ihren Fingern auf die Klappe des Handschuhfachs. Sie hatte sich die blonden Haare zu einem abstehenden Besen am Oberkopf aufgetürmt und zerrte daran herum. »Ich weiß, sie ist da draußen … irgendwo.«

Hintz merkte, dass die Worte unsicher klangen und sie anscheinend selbst nicht davon überzeugt war, dass das Mädchen noch lebte.

»Das ist Dünnschiss«, knurrte der 52-Jährige und öffnete die Wagentür. »Ich muss erst mal eine rauchen«, sagte er und stieg aus. »Werner, wir sollten uns an den Pfarrer wenden. Vielleicht hat er noch eine Idee, wo wir suchen könnten. Komm, lass uns røg, und dann geht's weiter.« Hintz blies den Qualm seiner Zigarette in den Himmel und schaute den Wolken nach, die über ihm hinwegzogen. Er liebte es, wenn Anne das dänische Wort für Rauchen benutzte. Aus ihrem Mund klang es niedlich und nicht so zerstörerisch. »Cumulonimbus«, knasterte er. »Das gibt sicher Gewitter.«

»Was ist den Cumulonimbus?«, lachte Lornsen. »Das sind Wolken, die meist Unwetter mit sich bringen. Hab ich oft genug erlebt, als wir noch mit dem Boot rausgefahren sind.«

»Mit dem Boot?«, fragte die Oberkommissarin, sah ihn verdutzt an und zupfte erneut an ihrem Minizopf. »Ja, immer wenn ich mit meinem Alten auf See war. Er war Fischer. Als Jungspund durfte ich in den Ferien mit rausfahren. Als Butscher wollte ich unbedingt Fischer werden. Damals war ich noch zu klein. Aber als ich dann mit 15 auf einem Kutter vier Wochen zur Probe mitgefahren bin, da war ich kuriert. Wat für 'ne Plackerei. Das war dann doch nichts für mich. Du glaubst gar nicht, wie schwer das körperlich ist. Und dann kamen diese Wolken, und wir gerieten mehr als einmal in heftiges Gewitter. Da hab ich manches Mal gedacht, hier kommst du nicht heil raus. Nee, das war nix für mich. Ich brauch festen Boden unter den Füßen. Siehst ja, wo ich gestrandet bin«, grinste er und setzte sich wieder in den Wagen. Lornsen bückte sich und sammelte die Kippe ein, die Hintz achtlos hatte fallen lassen, dann stieg sie ebenfalls ein. »Nächstes Mal nimmst du die selbst mit, hast du verstanden?«, knurrte sie und steckte den Zigarettenstummel in eine kleine Blechdose. »Praktisch, oder?«, sagte sie und stellte den Miniaschenbecher in die Mittelkonsole.

»Hm«, murrte Hintz, zog die Augenbrauen zusammen und startete den Motor. »Dann lass uns mal in die Kirche gehen. Wenn der liebe Gott uns hilft, finden wir sie bestimmt.«

»Sei nicht zynisch.« Die Stimme seiner Kollegin, die ihn durch ihren Akzent immer an Zuckerwatte erinnerte, besänftigte Hintz.

KAPITEL 20

Paul Gruchot schrie durch den Raum. »Leute, ich glaub, er hat angebissen. Seht euch das an. Ich wusste es. Ich glaube, wir haben einen Treffer.« In weniger als einer Minute versammelten sich sämtliche Kollegen der Ermittlungsgruppe *Küstenherz*. Gebannt starrten sie auf den Monitor. Gruchot klickte auf Sonjas veröffentlichten Text und die Antwort, die darauf erschienen war.

Heart29

Wiesenblumen oder Kaktus? Menschenleere Strände oder Ballermann? Naturliebhaber oder Fernsehjunkie? Ich liebe Ersteres. Hallo du ... wenn du genauso denkst wie ich, dann bist du in bester Gesellschaft. Dunkelhaarige Nixe, die dennoch manchmal einsam ist, liebt es, zu fotografieren und sich in der Natur aufzuhalten, egal wozu. Einsame Spaziergänge und traumhaft heißer Sand lassen alles möglich werden. Wenn du das ebenfalls suchst, erlebe mit mir das Ende eines wunderbaren Tages. Ich bin unkompliziert, aber auch schüchtern.

Finde du heraus, wie weit wir gehen. Ich möchte mit jemandem zusammen sein, dem ich bedingungslos vertrauen kann.
Schönheit ist nicht alles, Vertrauen schon. 18.30 Uhr

Neptun4

Hallo Heart29. Wiesenblumen. Ich mag Wiesenblumen, aber
ich liebe auch Kakteen. Einsame Strände, weil ich ein Naturliebhaber bin. Und du sprichst mir aus der Seele, wenn du
mich fragst, ob ich genauso drauf bin. Ich bin … mein Fahrrad
steht immer bereit, um an einsame Strände zu fahren und heißen Sand auf meiner Haut zu spüren. Photographieren. Klasse.
Ich bin der Beste. Vertrauen ist gut, aber du bist trotzdem
sehr schön, liebe Heart29. Deine wunderbaren langen dunklen Haare sind der Hammer. Von dir würde ich gern Photos
machen. Freue mich auf meinen nächsten Sonnenuntergang …
gemeinsam mit dir? 19:03 Uhr

Heart29

Ja, für einen Sonnenuntergang bin ich immer zu haben. Danke
für dein Kompliment. Ja, meine Haare sind mein Kapital! Wir
sollten uns unbedingt näher kennenlernen. Hast du bald Lust
auf Strand? 19:04 Uhr

Neptun4

Bald Lust auf Strand? Am liebsten morgen! Gib mir zwei, drei
Tage, aber lass uns nicht zu lange warten. Ich hab noch Wichtiges zu erledigen. Vertrau mir. 19:05 Uhr

Heart29

Okay, lass uns abwarten, bis wir einen schönen Sonnenuntergang vorausgesagt bekommen. Ich bring was zu trinken mit …
Bier? 19:06 Uhr

Neptun4

Bier ist klasse. Melde mich, wenn das Wetter passt. Ich freue mich darauf, dich kennenzulernen. Schöne Heart29, ciao.

19:07 Uhr

Paul Gruchot runzelte die Stirn. »Ich hab etwas Entscheidendes rausgefunden und die Übereinstimmungen markiert, wenn ihr bitte mal schauen wollt. Photo, Photograph, Photographie entspricht der alten Rechtschreibung. Unser Verdächtiger hat es in sämtlichen von ihm geführten Mails exakt so geschrieben. Das ist unüblich. Und … es wiederholt sich sowohl bei Elin als auch bei Liv. Ich glaube, wir haben unseren Mann. Das ist der Durchbruch! Jetzt müsst ihr ihn nur noch festnageln.« Seine Worte ließ den Kollegen trotz schweißtreibender Wärme eine Gänsehaut über den Rücken laufen. Sie wussten, dass er schwer zu fassen war, und hofften, dass sie ihn mit Sonjas Hilfe dingfest machten.

»Das ist es! Könnte unser Mann sein. So viele Gemeinsamkeiten können kein Zufall sein. Jetzt muss ich mich schnellstens mit ihm verabreden, ohne aufdringlich zu wirken.« Sonja Rasmussen klatschte mit ihren Kollegen ab. Sie zog das Gummiband aus ihren Haaren und schüttelte sie durch, als könnte sie so ihren Gedankenwust sortieren. »Wir dürfen keine Minute verlieren. Wie sieht der Wetterbericht aus? Und wo ist Jolin?«

»Mal ehrlich, was, wenn er die Kollegin überlistet und sie diesem Menschen ausgeliefert ist? Der Kerl wird sie töten.« Hintz ließ durchblicken, dass er von der Ködergeschichte überhaupt nichts hielt. »Wir werden alles veranlassen, damit genau das nicht passiert, und Sonja rund um die Uhr observieren. Niemand kommt an uns vorbei« knurrte Westermann mit ernster Stimme und stieß sich vom Fensterbrett ab, gegen das er die ganze Zeit lehnte. Er rückte seine

Brille vor die Augen und las den Chat, als könnte er noch mehr erfahren. Ihm war nicht wohl bei dem Gedanken, sie würde alleine mit ihm unterwegs sein. Dorthin, wo sie keinen Zugriff hatten. Was, wenn der Täter sich auf alle Risiken eingestellt hatte. Westermann wusste, dass sie verkabelt sein würde, eine Waffe trug und in asiatischer Kampfkunst ausgebildet war. Dennoch ... er wäre froh, Watson und Hartwig an seiner Seite zu wissen. Der Hund war dafür ausgebildet und hätte Rasmussen als Begleiter, quasi als Tarnung, behilflich sein können. Thomas, ich brauche Thomas. Sein Instinkt war herausragend und er merkte sofort, wenn etwas nicht stimmte. Allein seine Gabe, sich in Täter hineinzuversetzen, machte ihn wertvoll. Westermann öffnete seinen Computer und besah sich die Wetterprognosen. »Schreib ihm, dass ihr euch morgen unbedingt treffen solltet. Die Wettersoftware zeigt bestes Wetter an. Wir haben keine Zeit, um das auf die lange Bank zu schieben. Wir müssen Jolin finden. Und ich werde sofort telefonieren.«

Gruchot nickte und verfasste noch im gleichen Moment eine neue Nachricht, die ihn hervorlocken sollte.

Heart29

Hallo, bist du noch da? 19:12 Uhr

»Ich hoffe, dass er online ist«, knurrte Gruchot.

»Was machen wir, wenn er sich nicht meldet?« Hintz kraulte seinen Oberlippenbart. Seine Stimme klang nicht, als wenn er an den Erfolg der Ermittlung glaubte. Gierig zog er an seiner Kippe und nebelte den Raum zu.

»Er wird sich melden. Der ist heiß darauf, sein nächstes Opfer in seine Gewalt zu bringen«, sagte Rasmussen und beobachtete den Chatverlauf, während sie mit der Hand den Qualm aus ihrem Sichtfeld wedelte. Dann ertönte ein leiser klingender Ton, der ihnen zeigte, dass eine Antwort erschienen war.

> Ja, bin ich. Möchtest du noch was von mir wissen, wunderschöne Nixe? 19:13 Uhr

»Angebissen«, murmelte Westermann und starrte auf den Bildschirm. »Der Kerl sitzt unter Garantie am Rechner«, entgegnete Paul Gruchot und fing an zu tippen.

Heart29

Nein, ich wollte dir nur sagen, dass wir ab morgen bestes Wetter haben und der Sonnenuntergang am Strand von Westermarkelsdorf spektakulär sein könnte. Was hältst du von morgen? Wäre doch Verschwendung, wenn wir uns erst in ein paar Tagen sehen würden, oder nicht? Ich möchte dich so gern kennenlernen. 19:14 Uhr

Erneut blinkte im nächsten Moment die Antwort auf, auf die alle Umstehenden gebannt warteten.

Neptun4

Perfekt, ich finde es perfekt. Lass uns morgen treffen. Nur Westermarkelsdorf halte ich nicht für günstig. Da sind so viele Leute, und ich hätte Lust, mit dir zu picknicken. Am Strand, direkt vor dem Fastensee, zwischen Wester und Püttsee wäre wesentlich idyllischer. Dort sind wir allein ... wenn du magst. Ich habe dort oft Photos gemacht und war begeistert. Ich wäre gern mit dir allein. Was sagst du? 19:15 Uhr

»Der checkt die Lage. Ich bin fest davon überzeugt, dass er sich auf der Insel genau auskennt. Ich wette, der orga-

424

nisiert gerade seinen weiteren Ablauf.« Gruchot tippte
erneut.

Heart29

Das ist für mich völlig okay. Also dann Fastensee. Ist dir 19 Uhr
recht? 19:16 Uhr

Die Spannung war spürbar. Niemand sagte ein Wort.
Schweigen erfüllte den Raum. Und auf einmal war es kalt …
eiskalt.

Neptun4

Für eine so wunderschöne Nixe tue ich alles. Bis 19 Uhr. Du
erkennst mich am Picknickkorb. (Grins)
LG Neptun 19:17 Uhr

»Das war's. Wir haben ihn und müssen ihn nur noch einsa-
cken«, murmelte Gruchot und wartete, ob der Unbekannte
noch etwas mitzuteilen hatte. Aber der Bildschirm blieb
leer. »Der Kerl sitzt mit Sicherheit ständig am Rechner. Ich
gehe fast davon aus, dass er sich in der Nähe unserer Vermissten aufhält. Er hat mit Sicherheit einen Laptop und ist
flexibel. Das zeigt schon, wie schnell er antwortet. Seine
falsche Schreibweise hat ihn verraten. Er fängt an, leichtsinnig zu werden.« Gruchot wandte sich den Kollegen zu,
die entgeistert seinen Worten gefolgt waren.

»Findet den Saukerl und lasst ihn uns festsetzen«, knurrte
Westermann.

»Wenn ihr euch da bloß nicht täuscht. Ich hoffe, ihr habt
recht und wir kassieren den Kerl. Das alles kommt mir,
um ehrlich zu sein, zu simpel vor. Ich weiß nicht … mein
Bauchgefühl warnt mich.« Henning wirkte gedankenver-
loren, krempelte die Ärmel seines Leinenhemdes bis zu

den Ellenbogen hoch. »Sonja, bist du sicher, dass du das auf dich nehmen willst? Noch können wir das alles abblasen. Mir ist bei der Aktion nicht wohl. Wenn ich das höre, wird mir ganz anders. Der Kerl ist saugefährlich.«

»Das wissen wir doch längst. Wieso wirkst du so ... panisch? So kenne ich dich überhaupt nicht. Eigentlich bist du mein Ruhepol. Wir haben es so beschlossen und basta.« Sonja Rasmussen agierte entschlossen. Sie raffte ihre Akten zusammen und band ihre Haare zu einem Zopf. In ihrer knallengen Röhrenjeans und dem ebenso eng anliegenden sandfarbenen Shirt wirkte sie nicht wie eine Fallanalytikerin, eher wie eine Abiturientin. Westermann betrachtete sie schweigend. Sein Puls fing an zu rasen. Er hoffte, dass sie den mutmaßlichen Täter überführen würden. Rasmussen legte plötzlich ihre Hand auf seine Schulter. Der leitende Beamte erschrak. »Mach dir keine Sorgen, wir kriegen das hin. Wir haben nur die eine Chance, um rauszufinden, wo Jolin sich aufhält und ob sie lebt. Du kennst mich. Ich gehe keinerlei Risiko ein und werde rausfinden, was er mit dem Mädchen gemacht hat. Hab Vertrauen«, sagte sie und zog die Hand von seiner Schulter, als fiele es ihr nicht leicht, den Kontakt abzubrechen. Sie wurde rot und lächelte ihm aufmunternd zu. Westermann bemerkte ihre Unsicherheit, zog die Augenbraue hoch. »Ich weiß nicht, was mich geritten hat, dich als Köder anzubieten. Der Suchtrupp wird weiterhin eingesetzt und sucht nach Jolin, und eine zweite Truppe postiert sich am und im Umfeld des Fastensees. Ich will, dass ihr den Kerl schnappt, habt ihr verstanden?« Die Ermittler, die dem Dialog die ganze Zeit gefolgt waren, nickten und verließen ihre Plätze. Jeder wusste, was zu tun war.

Abschließend sagte die Fallanalytikerin an ihre Kollegen gewandt: »Ihr passt auf mich auf, da bin ich sicher.« Sie verabschiedete sich mit den Worten: »Ich muss mich vorbereiten. Wir sehen uns morgen früh. Ihr werdet mich kaum wiedererkennen.« Sie grinst, als wäre sie sich des Ernsts der Lage nicht bewusst, dachte Westermann, nahm sein Handy und verschwand.

Im Innenhof entzündete er seine Pfeife und inhalierte den Rauch, um ihn anschließend in die Luft zu blasen. Er hing seinen Gedanken nach und folgte den Wolken, die über ihm hinwegzogen. Was haben die es einfach, dachte er und zog sein Handy aus der hinteren Hosentasche. Er wählte die Nummer, die er auswendig kannte. Sein Puls raste, als am anderen Ende das Gespräch angenommen wurde.

»Hallo, Thomas. Können wir uns treffen? Ich muss dringend mit dir reden … ist egal, ich brauch dich … gut, ich komm bei dir vorbei, okay?« Er beendete das Telefonat und verließ die Dienststelle.

*

Eine halbe Stunde später stoppte er seinen Wagen in der Einfahrt von Thomas Hartwig. Ein schwerer Seufzer entrang sich seiner Kehle. Er stieg aus und schob die kalte Pfeife in den Mundwinkel. Dann wanderte sein Blick über die bepflanzten Abgrenzungen. Überall bewegten sich feine Halme im Wind. Dazwischen entdeckte er Unmengen von Mulch. Was ist hier passiert? Da war Stina aber fleißig, überlegte er und drückte auf den Klingelknopf. Er wartete und sah durch das Fenster der Tür, dass auch im Eingangsbereich akkurate Ordnung herrschte. Scheint ja alles wieder im Lot zu sein, stellte er sichtlich erleichtert fest. Erneut betätigte er die Klingel. Die Tür öffnete sich, und Westermann traute seinen Augen nicht. Er nahm sprachlos die Pfeife aus dem Mund. Vor ihm stand Thomas. »Bist du's wirklich?« Der Hauptkommissar betrachtete ihn, als käme er vom Mars. Der Kommissar, den er zuletzt mit unrasiertem, versoffenem Gesicht, stinkenden Klamotten und ungewaschenen Haaren in Erinnerung hatte, war anscheinend wie Phönix aus der Asche gestiegen. Es war nicht nur der Garten, der sich verändert hatte. Westermann schluckte. »Thomas«, dann streckte er ihm die Hand entgegen. Hartwig, der in verwaschenen Jeans und grauem Shirt, glatt rasiert und mit gekürzten Haaren vor ihm stand, schien für einen Moment unschlüssig, ignorierte die Geste seines Vorgesetzten und umarmte ihn stattdessen. »Du hast mir auch gefehlt«, murmelte er und bat ihn ins Haus. »Hast du Zeit für einen Kaffee?«, wollte er vom Leiter der Mordkommission wissen. »Hab ich. Was ist hier passiert?«, fragte der und sah sich verwundert um. Er setzte sich auf die lederne Eckgarnitur. Hartwig zuckte die Achseln, hantierte am Kaffeeautomaten, wenig später brummte die Maschine. Mit zwei gefüllten Bechern hockte er sich ebenfalls hin und reichte seinem Kollegen den Kaffeebecher. »Was passiert ist? Dirk ...«, er stutzte. Der schmal gewordene Kommissar rang offensichtlich nach Worten. »Es tut mir alles ... sehr leid. Ich weiß nicht, was in mich gefahren ist. Ich hab euch ... verletzt und den schönsten Tag in eurem Leben ... ru-i-niert. Dafür gibt es keine Entschuldigung. Ich bin es nicht mehr wert, dein Freund zu sein. Ich bin ... nein, ich war ein riesengroßes Arschloch.« Westermann schnaubte und schob die Brille auf die schlohweißen Haare. »Ich hab mich den Kollegen gegenüber saumäßig verhalten, auch dafür gibt es keine Nachsicht. Aber ... ich kann nicht ohne meinen Job! Sorry. Wenn du mich rausschmeißt ... ich kann das nicht.« Auf einmal stiegen Tränen in seine Augen. Er presste seine zitternden Lippen zusammen und verschränkte die Hände. »Gib mir bitte noch eine Chance. Ich hab's begriffen, trinke keinen Tropfen mehr, arbeite an mir. Und ehrlich, ich versprech dir, so was wird nie, nie wieder vorkommen. Ich bin sogar zu unserer Psychologin.« Hartwig nahm einem Schluck Kaffee, als müsste er seine Kehle benetzen. Westermann schluckte. »Aber nun red schon, was ist wirklich los? Warum meldest du dich auf einmal? Du kannst es mir ruhig sagen, ich halt das jetzt aus. Hast du meine Kündigung beschlossen und willst es mir persönlich in die Fresse hauen? Ich hätt's verdient. Trotzdem …« Der Versuch eines Lächelns scheiterte kläglich. Die Mimik des Kommissars zeigte Panik. Der Leiter der Mordkommission beobachtete ihn genau. Er führte den Becher zum Mund, holte Luft und schlürfte den heißen Kaffee. Dann sah er seinem Kollegen in die Augen. »Lass gut sein. Ich schaff es nicht ohne dich. Um ganz ehrlich zu sein … du fehlst mir.« Hartwig sah ihn fassungslos an, merkte, dass der sonst so souveräne Polizeibeamte noch um Worte rang. Diese Antwort war ihm mit Sicherheit nicht leicht gefallen. Er bemerkte die tiefen Schatten unter seinen Augen und dass sein Gesicht hinter den gestutzten Bartstoppeln eingefallen wirkte. »Thomas, ich bin hier … ich … ich brauch dich. Es tut mir genauso leid, wie alles gelaufen ist. Du hast Mist gebaut, keine Frage. Aber ich habe die Signale falsch gedeutet. Es tut mir leid. Das mit Watson war für uns alle schmerzhaft, und ich sehe, dass du natürlich noch mehr trauerst als wir.« Er zuckte erneut die Achseln. »Wir sollten von vorn anfangen.« Westermann schluckte. Ihm war die ganze Geschichte ebenfalls mächtig an die Nieren gegangen, und er suchte einen Neustart, so viel war klar erkennbar. Sein Kollege nickte und wischte sich verschämt Tränen von den Wangen. »Wie ich sehe, hast du nicht nur dich wieder im Griff … ich freue mich, dass alles seinen gewohnten Gang geht. Aber wo ist Stina?« Er ließ seinen Blick durch den offenen Wohnbereich wandern. »Sie ist nicht wiedergekommen«, entgegnete Hartwig.

»Warum hast du mich nicht angerufen ...?«

»Warum nicht? Weil du mit dir selbst genug zu tun hattest. Weil mein Leben ein Saustall war. Darum nicht. Ich hab gewusst, dass nur ich selbst etwas an der ganzen Scheiße ändern kann ... und das hab ich getan.«

»Ich sehe es.« Sie schauten sich an. »Schwamm drüber. Lass uns nie wieder ein Wort darüber verlieren. Ich bin froh, dass du dein Leben wieder im Griff hast und bin sicher, dass sich das mit Stina einrenkt. Sie liebt dich. Aber jetzt sage ich dir, warum ich hier bin. Ich bring dir nicht die Kündigung.« Er schüttelte den Kopf. »Ich komme ohne dich nicht weiter. Wir haben diese Mordfälle, dann die vermisste Kellnerin, und jetzt hat Sonja sich als Köder zur Verfügung gestellt. Ich bin ratlos und brauche deine Weitsicht.«

»Meine Weitsicht. Ich bin so kurzsichtig wie sonst noch was. Du hast mir erst wieder die Augen geöffnet. Wieso ... was ist mit Sonja?« Hartwig lachte.

»Sie sieht den Opfern ähnlich, kennt das Profil des Täters und hat sich in den Kopf gesetzt, ihn in die Falle locken zu müssen. Ich brauche deine Herangehensweise an die Dinge, deine Einschätzung. Du bist konsequent, aber entspannter als ich. Ergo hast du oftmals die besseren Ideen. Weißt du, wir beide kommen mir manchmal vor wie ein altes Ehepaar. Man streitet sich, aber stellt fest, dass man ohne den anderen nichts wert ist.« Dem ersten Hauptkommissar rutschte ein verunglücktes Lächeln übers Gesicht. »Ich könnt dich knutschen. Das heißt, ich darf wieder zum Dienst?«

»Du musst! Wir sind, wie es aussieht, in der Endphase und stehen kurz davor, diesen Kerl zu überführen. Ich brauch dich an meiner Seite, sonst dreh ich durch.« Westermann erklärte seinem Kollegen die letzten Ermittlungsschritte und die daraus resultierende Vorgehensweise. Hartwig lauschte aufmerksam.

»Holen wir uns das Schwein«, sagte er und sprang vom Sessel. Es war 22.30 Uhr, als sie gemeinsam das Haus verließen. In dem Moment klingelte Westermanns Handy.

*

Es war fast 22.30 Uhr, als Josch Charlotte vor ihrem Haus absetzte. Die Überraschung, die er seit Wochen vor ihr geheim hielt, war geglückt. Ihr neuer, alter Freund hatte sich ein Schiff gekauft. Ein norwegisches Spitzgatter, das im Hafen von Orth lag und auf dem er zusammen mit ihr über die Ostsee schippern wollte. Josch brauchte das Meer wie die Luft zum Atmen. Auch wenn er es nicht zugab. Die Wohnung mit dem Blick auf die Orther Reede, nun das Boot. Charlotte würde ihn begleiten, wann immer ihr es neben ihren Ermittlungen und Freundschaften möglich war.

Es wurde dunkel. Sie trug sich mit dem Gedanken, sich für eine Stunde an den Schreibtisch zu setzen, um noch mal ihre Gedanken zu sortieren. Seitdem der alte Seebär an ihrer Seite war, vernachlässigte sie ihren kriminalistischen Spürsinn. Sie wollte ihrem Schwiegerneffen auch in diesem Fall helfen, aber ihr Instinkt hatte sie bisher im Stich gelassen. Sie winkte Josh noch mal zu, sperrte die Haustür auf und streifte die Sandalen von ihren Füßen. Müde begab sie sich in den Wohnbereich. Charlotte gähnte und wollte sich aus der Küche die Flasche *Dornfelder* holen, um sich ein Glas davon einzuschenken. Als sie das Licht einschaltete, blieb sie wie erstarrt mitten im Raum stehen. Ihr Herz setzte einen Schlag aus und ihr wurde schwindlig, als sie das Chaos um sich entdeckte. Decken und Sofakissen lagen auf dem Boden, Schranktüren waren aufgerissen und Geschirr zerbrochen auf den Holzdielen. In der Küche sah es ähnlich aus. Die Küchenschubladen waren herausgerissen. Mehl, Gewürze und Dosen verstreut auf dem Terrazzoboden. Charlotte fasste sich mit der Hand an die Brust. Ihr war, als bliebe ihr wichtigstes Lebensorgan endgültig stehen. Die Tür zum Garten stand sperrangelweit offen. Überall auf dem Boden lagen Glassplitter. Sie warf einen Blick in den Innenhof und schloss mit klopfendem Herzen die Tür. Eilig verriegelte sie die Terrassentür mit der zerbrochenen Glasscheibe. Was, wenn er noch im Haus ist, dachte sie und spürte einen erneuten Druck auf ihrer Brust. Aber sie war schließlich Charlotte Hagedorn. War mehrmals einem Mörder entkommen und sollte sich von einem läppischen Einbrecher verjagen lassen? »Nee, nicht mit mir«, flüsterte sie, und ihr Mut kehrte zurück. Wild entschlossen, sich dem Täter entgegenzustellen, huschte sie, so leise sie konnte, in den Flur. Dort hatte sie einen Baseballschläger versteckt, den sie im Notfall zur Hand nehmen konnte. Beherzt griff sie mit beiden Händen zu und wollte die Stufen nach oben hinaufschleichen. Allerdings wurde ihr klar, dass sie allein im Haus war und er ihr körperlich überlegen sein könnte. Was, wenn der längst auf mich wartet? Ich brauche Hilfe. Sie nahm, ohne zu zögern, das Telefon von der Station und schlich zurück ins Wohnzimmer. Sie wählte mit zitternden Fingern die Nummer des Hauptkommissars. Das Gespräch wurde angenommen. »Dirk, ich bin überfallen worden ... wo ich bin? ... Zu Hause ... nein, bei mir wurde eingebrochen. Hier ist alles verwüstet, du musst sofort ...« Sie lauschte, dachte, sie hätte etwas gehört. Auch wenn sie die Miss Marple der Insel war, wurde ihr doch mulmig zumute. »Ich will jetzt nachgucken, ob der Einbrecher im Haus ist ... vielleicht könntest du ...? ... mach dir keine Sorgen, ich bin bewaffnet ... nein, ich kann nicht warten.« Charlotte beendete das Telefonat und bewegte sich, so leise es ihr bei den weit über 100 Jahre alten Holzstufen möglich war, nach oben. Bei jedem Knarzen der 16 Stufen knirschte sie mit den Zähnen und verzog das Gesicht. Das Ganze wirkte wie in einem Schmierentheater, deren Hauptakteurin sie ungewollt geworden war. Vorsichtig lauschte sie, ob sich irgendwas rührte. Jetzt fühlte sie sich wirklich wie Margaret Rutherford, die echte Miss Marple. Die Schlafzimmertür stand offen, die zum Bad ebenfalls. Nur die Kassettentür zu ihrem Schreib- und Malzimmer war angelehnt. Sie hatte den oberen Flur erreicht, spähte mit Herzrasen ins Bad. Niemand. Allerdings sah es hier genauso aus wie in den unteren Räumen. Sämtliche Badezimmerutensilien lagen verstreut am Fußboden. Selbst die Toilettenpapierrollen waren entwickelt und über den Boden verteilt. Ungezogener Bengel, überlegte sie und war sicher, dass ein Mann ihr diesen üblen Streich gespielt hatte. Ihre Angst wich immer mehr ansteigender Wut. Der Baseballschläger in ihren Händen wog schwer, als sie ihn kampflustig auf und nieder schwang. Mit klopfendem Herzen schob sie mit dem Schläger die Schlafzimmertür weiter auf und betrat das Zimmer. Sie suchte nach einer Bewegung, dem Licht einer Taschenlampe. Es blieb dunkel. Ihr Pulsschlag hämmerte, und ihr Brustkorb hob und senkte sich wie ein laufender Traktormotor. Im Raum herrschte das gleiche Chaos. Sämtliche Schranktüren waren aufgerissen, Kleidung, Bücher und Dekoration herausgerissen. Sie sah zwar nur Schatten, stieg jedoch über diverse Einzelteile. Charlotte seufzte. Ihr war mulmig zumute. Allmählich hoffte sie, dass Dirk bald mit Verstärkung anrückte. Sie musste sich beruhigen, wenn sie das schadlos überstehen wollte, und holte erst mal tief Luft. Langsam beruhigte sich ihr Herzschlag. Sie schlich zum Arbeitszimmer. Hoffentlich hat er nicht meine Bilder zerstört. In der Künstlerin keimte Wut. Ihr Körper zitterte. Sie hob erneut den mas-

siven Holzschläger. Wenn er das getan hat, dann ... dann ...
sie schob den Schläger zwischen Tür und Rahmen, öffnete
mit verzerrter Miene und einem Schrei auf den Lippen die
letzte Tür. Wie befürchtet, lagen Bilder, Zeitschriften und
Aktenordner auf dem Boden. Das maritime Gästesofa war
hervorgezogen, die Sitzflächen aufgeschlitzt. In Charlottes
Augen stiegen Tränen. Ihre Lippen bebten ... vor Wut und
Enttäuschung. Sie wusste jetzt zumindest, dass der Einbrecher nicht mehr im Haus war. Von Weitem hörte sie Sirenen mehrerer Polizeiwagen. Sie schniefte und wandte den
Blick zu ihrem Schreibtisch. Fassungslos schnappte sie nach
Luft. »Nein, nein, nein.«

*

Der Killer wusste, dass er keine Zeit verlieren durfte, um
gewisse Dinge zu erledigen. Diese verdammte Alte hatte
ihn hinters Licht geführt, mit ihrem verfluchten Bericht sein
ganzes Vorhaben gefährdet. Er musste schnell sein und dann
von hier verschwinden. Morgen würde er sich mit der Frau
treffen, die perfekt in die Reihe passte. Er hatte genug gelernt
und reichlich Zeit verplempert. Jetzt hatte er seine Linie
gefunden, wollte schnellstens die Geschichte mit der Kellnerin aus der Welt schaffen. Sein Lächeln wirkte teuflisch.
Er wusste, dass er auf dem schnellsten Weg Beweise vernichten musste. Der Zeitungsartikel dieser Journalistin hatte
ihn aufgerüttelt. Er hatte durch wenige Nachfragen herausgefunden, wer die Frau war, die anscheinend unzählige
Fotos von den Schlössern und sogar welche von ihm besaß
und ... wo sie wohnte. Selbst die Polizei war ihm anscheinend mittlerweile auf den Fersen. Er musste rausfinden, was
die Polizei vorhatte. Er würde sie alle überlisten. Sie hatten
seine Intelligenz unterschätzt. Sie würden ihm niemals auf

die Schliche kommen. Er grinste. Ihm blieb nur wenig Zeit, um all die Spuren zu beseitigen, die er hinterlassen hatte und die auf seine Fährte führen konnten. Er musste sämtliche Videos von seinem Account löschen, seine Trophäen anderweitig verstecken und die Rechner loswerden. Es gab einiges zu tun, bevor … er lauschte, registrierte einen Schlüssel im Türschloss. Im gleichen Augenblick lief es ihm eiskalt den Rücken hinunter. Das konnte nicht sein. Schweiß trat auf seine bleiche Stirn, als er die Stimme hörte, die er unter Tausenden herausgehört hätte. »Hallo?« Er konnte nicht glauben, dass ihn jemand jetzt störte. Verdammt. Der Mann, der Spuren verwischen musste, war gefangen und ballte die Hände. Das kann nicht sein! Fahrig beendete er den Film, der im Hintergrund lief. Er schluckte, zog die Hose zurecht, öffnete die Tür eine Handbreit und wurde bleich.

*

Als Westermann und Hartwig eintrafen, war Charlotte in desolatem Zustand. In kürzester Zeit hatte ein Fremder ihre gesamte Privatsphäre zerstört, in ihren intimsten Unterlagen gewühlt, ihre Kunst vernichtet. Jahre hatte sie damit verbracht, ihre Bilder zu malen. Jetzt waren sie zerschnitten oder zertreten. Die Künstlerin war am Boden zerstört. Der Dienststellenleiter Olaf Schütt persönlich hatte sich mit Sina Hansen und Jan Becker zum Tatort aufgemacht, als Westermann angerufen und es äußerst dringend gemacht hatte. Fassungslos traten die Kommissare aus Oldenburg ins Wohnzimmer. Charlotte Hagedorn saß kreidebleich mit Josch Diekmann auf dem Sofa. Der Kapitän hielt die Hand der konfus wirkenden Künstlerin und versuchte, sie zu beruhigen. Sämtliche Lichter im Zimmer brannten, die Kriminaltechniker waren bereits bei ihrer Arbeit. Immer wieder schüttelte sie den Kopf, als könnte sie nicht begreifen, was sich abgespielt hatte. »Wär ich bloß hiergeblieben«, jammerte sie. Ihr Mut war verflogen, und sie zitterte wie Espenlaub. »Sei froh, dass du nicht zu Hause gewesen bist. Stell dir vor, er hätte dich überrascht. Dann wärst du vielleicht nicht so glimpflich davongekommen. Sei glücklich, dass er vor dir da war«, entgegnete der Erste Hauptkommissar und begutachtete das Wohnzimmer. »Ab wann bist du weggewesen?«, wollte er wissen.

»Keine Ahnung. 14, 14.30 Uhr heute Nachmittag.« Sie zuckte die Achseln. »Ich hoffe, du bist nicht allein nach oben …?«

»Was sollte ich denn tun? Natürlich bin ich. Ich musste schließlich wissen, was da los ist.« Sie kniff die Augen zusammen und sah ihn Hilfe suchend an.

»Nachdem ich sicher war, dass sich niemand hier unten im Haus aufhält, hab ich zuerst dich und dann Josch angerufen. Ich hatte ja meinen Schläger.« Das alles klang nach einem schlechten Krimi. Sie deutete auf den Holzschläger neben dem Sofa. Der Mut, der sie noch vor nicht einmal einer halben Stunde angetrieben hatte, nach dem Einbrecher Ausschau zu halten, hatte sie verlassen. »Meine schönen Bilder. Was soll denn jetzt werden? Was ist, wenn die wiederkommen?« Die Angst, sich im eigenen Haus nicht sicher fühlen zu können, nagte an ihr. Der erhebliche Eingriff in ihre Privatsphäre wurde ihr erst in diesem Augenblick wirklich bewusst. Ein Mensch hatte ihr komplettes Sicherheitsgefühl ins Wanken gebracht. Josch schenkte ihr das dritte Glas Wein ein und legte den Arm um ihre Schulter. Er hoffte, dass der Alkohol sie ein wenig beruhigte. Der Hauptkommissar war fassungslos.

»Nils Henning ist schon oben«, antwortete Jan Becker, der die Treppe runterkam, als er Westermanns Stimme vernahm.

»Oha«, entgegnete der Leiter der Mordkommission. »Was glaubst du, ist hier passiert?«, knurrte Schütt. »Das waren ein paar wilde Halbwüchsige, die nach Barem gesucht haben. Ich weiß gar nicht, was die KT hier will. Die brauchen wir für so einen Einbruch nicht. Das haben wir bisher auch ohne euch geregelt.« Seine Stimme klang kratzbürstig. Der Chef der Burger Dienststelle fühlte sich erneut übergangen und sah seine Felle wegschwimmen. Er wusste, dass die Kripo in diesem Fall zuständig war aber ... »Außerdem bin ich hier die leitende Exekutive. Das ist nicht dein Zuständigkeitsbereich.« Schütts kurz geschorene Platte schwitzte, er wischte sich mit einem zusammengelegten Taschentuch Schweißtropfen vom Schädel. »Olaf, darüber brauchen wir doch wohl hier nicht zu diskutieren. Du kannst auf deiner Insel handeln, wie du willst. Wenn allerdings eines meiner Familienmitglieder in ein Verbrechen involviert ist, was glaubst du, tue ich dann ...? Olaf, Olaf. Außerdem könnte der Einbruch mit den Morden und der Entführung zusammenhängen. Also ...«

Hartwig zog sich Schuhüberzieher und Handschuhe an, dann stieg er die Treppe ins Obergeschoss hoch. »Keller, alles untersucht. Kein Mensch vor Ort«, sagte Becker, der mit hochrotem Kopf dastand. »Olaf, was ist das hier? Wieso lauft ihr ohne Schutzkleidung durchs Haus. Das glaube ich jetzt nicht.« Er deutete wutentbrannt auf den hageren Hauptmeister, der gerade dabei war, mit seiner Tageskleidung und Straßenschuhen sämtliche Spuren zu vernichten. »Höhere Gewalt mein Bester ... höhere Gewalt. Wir sind hier nicht beim LKA. Außerdem frag erst mal deine Miss Marple. Die hat sicher ohne Ausnahme Beweise zerstört.« Schütt zerrte an seinem offenen Hemdkragen und verzog das Gesicht. »Dann übernehmt man schön. Wir verziehen uns. Falls du unsere Hilfe brauchst, kannst du dich melden.« Beleidigt zogen die Beamten der Burger Dienststelle ab.

»Was ist denn mit dem los?«, murmelte Hartwig, als er die Stufen wieder runterkam. »Revierkämpfe. Das sind nur Revierkämpfe.« Westermann kam ein müdes Lächeln über die Lippen. Dieser Einbruch fehlte ihm gerade noch in seiner Sammlung. »War die hintere Tür verschlossen? Ich hab vorne keine Einspruchspuren entdeckt.« Er besah sich die Terrassentür, deren Scheibe in 1.000 Stücke zerschlagen am Boden lag. »Da wissen wir zumindest, wie er reingekommen ist.«

»Nicht zu übersehen. Alles zerbröselt. Die Küchentür war demnach zugesperrt.«

»Was ist mit der Seitentür?«

»Die ist nicht immer abgeschlossen. Aber ich kann ja auch mal was vergessen, oder nicht?« Westermann nickte. »Trotzdem sehr leichtsinnig. Wir sind nicht mehr in den 70ern, wo man auf Fehmarn Türen und Fenster jederzeit offenlassen konnte.«

»Hast du keinen Computer?«, wollte Hartwig von Charlotte Hagedorn wissen. »Doch, natürlich und das macht mich ja so fertig. Mein Laptop ist weg! Genauso wie das Tablet. Futsch. Den Monitor haben sie stehen lassen, die Verbrecher.« Ihre Lippen fingen wieder verdächtig an zu zucken. Sie schluchzte. Josch konnte die sonst so toughe Miss Marple kaum beruhigen. »Externe Festplatten?«, fragte er weiter. Charlotte nickte. »Drei und unzählige Sticks. Ich weiß gar nicht, ob er die auch an sich genommen hat.«

»Wo hast du die?«

»Im Schreibtisch, in der rechten oberen Schublade. Aber wieso?« Hartwig verschwand und eilte die Treppe hinauf »Ist besser, du schläfst heute Nacht bei uns«, sagte Westermann. »Nein, das hab ich schon mit ihr besprochen«, erwiderte der Kapitän in seinem ausdrucksstarken Hamburger Hanseaten-Slang. »Sie schläft natürlich bei mir. Sie braucht

meinen Beistand. Ich lass sie hier nicht allein.« Der Hauptkommissar nickte erleichtert und war froh, dass Josch an
ihrer Seite war. Hartwig kam zurück und schüttelte den
Kopf. »Bist du sicher, dass du sie dort aufbewahrt hast?«

»Natürlich bin ich sicher«, sagte Charlotte. Sie schniefte.
»Ich werde ja wohl wissen, wo ich meine Arbeitsutensilien
habe. Die sind für mich als Fotografin lebenswichtig.« Der
Kommissar nickte zustimmend.

»Da bin ich mir sicher. Was, sagtest du, war auf den Geräten?«, fragte Hartwig ein weiteres Mal. »All meine Aufnahmen, künstlerisch aufbereitete Fotos. Dokumente, Logis-
tik. Quasi alles, was mein Leben ausmacht«, seufzte sie
und klopfte mit der Hand gegen ihr Brustbein. »Sonst fehlt
nichts?«, fragte Westermann. Charlotte Hagedorn schüttelte ihre schulterlangen, blond gesträhnten Haare. »Das
reicht ja wohl. Nein, nicht ein Cent. Das Geld bewahre
ich in der bunten Schatulle in der obersten Schublade im
Schreibtisch auf. Da hätte, wer immer hier eingebrochen ist,
drüberfallen müssen. Ich fand es selbst eigenartig, dass er
nur den Laptop, und wie ich jetzt höre, auch die Festplatten mitgenommen hat. Schmuck, Geld ... alles da.« Westermann verengte die Augen zu schmalen Schlitzen. Er guckte
durch die ausladende Fensterfront in die Dunkelheit. »Worauf hatte er es abgesehen? Warum lässt er Schmuckstücke
und sogar Geld zurück? Das klingt für mich unlogisch.«

»Ich glaub mittlerweile auch, dass er gezielt hier eingebrochen ist. Das war kein Zufall, dass er ausgerechnet Charlottes Haus im Visier hatte. Wie ist die Einbruchsrate hier
auf Fehmarn?«, wollte Hartwig von der zermürbten Künstlerin wissen. »Kaum, eigentlich eher gering.«

»Dachte ich mir. Die Zerstörung gilt eindeutig der Ablenkung«, sagte er und schnaubte. »Der suchte etwas, und zwar
gezielt. Was besitzt du, das für ihn oder sie so wertvoll

scheint? Hast du irgendwelche Unterlagen auf dem Computer oder Laptop, die für den Einbrecher interessant sein könnten?«, fragte der Kommissar aus Lütjenbrode. Man sah ihm an, dass er glücklich war, dass er endlich wieder arbeiten konnte. Und wenn es sich um einen Einbruch in Charlottes Eigenheim handelte. Sie schüttelte energisch den Kopf.

»Es war bestimmt kein Zufall, dass er hier eingestiegen ist. Er konnte nicht wissen, wie lange du nicht zu Hause bist. Ich könnte mir vorstellen, dass wer immer das war dich und das Gebäude beobachtet hat. Hast du sie abgeholt?«, fragte er Josch. »Jo, hab ich. Wir sind erst zu unserem neuen Schiff nach Orth und dann im Bistro im Hafen eingekehrt.«

»Hm, das könnte derjenige mitbekommen haben. Vielleicht ist er euch gefolgt? Was, sagtest du, ist auf deinem Laptop?« Hartwig stand mitten im Raum und hatte die Arme vor der Brust verschränkt. Er ist ganz schön mager geworden, stellte Westermann fest und betrachtete die sportliche Figur und die locker auf den Hüften sitzenden Jeans seines jüngeren Kollegen. Selbst das glatt rasierte Gesicht wirkte schmaler als sonst. Ein attraktiver Bengel. Seine huskyblauen Augen wirken jetzt noch eindrucksvoller. Und sein Lächeln ist endlich zurück, stellte sein Vorgesetzter fest.

»Sagte ich schon, Texte für die Zeitung, Briefe an verschiedenste Betriebe, dass Übliche halt. Ansonsten überwiegend Fotoarbeiten.« Sie stutzte und richtete sich kerzengerade auf. Es kam dem Leiter der Mordkommission vor, als hätte sie eine plötzliche Eingebung. »Was, wenn er nach den Aufnahmen gesucht hat, auf denen ich die Schlösser geknipst habe?«

»Wie kommst du darauf?«, fragte Westermann. »Kann doch sein, dass unser … aber das ist ziemlich weit hergeholt … halt mich nicht für verrückt. Was, wenn der Täter mich beobachtet hat, als ich die Liebesschlösser fotografiert habe. Ich hab ja auch vom Umfeld Aufnahmen gemacht. Wie in Heiligenhafen das Riesenrad und die Seebrücken.«

»Unter Umständen ist auf den Fotos jemand, der nicht entdeckt werden will«, sagten Charlotte und Dirk Westermann in gleichem Atemzug. »Zwei Irre, ein Gedanke«, versuchte Josch, der sich in den letzten Minuten zurückgehalten hatte, der angespannten Situation die Erregung zu nehmen. Er hatte keine Ahnung, dass dies gerade wichtige Polizeiarbeit war, und bemerkte den grantigen Blick seiner Freundin. »Wenn ich die Fotos nur noch mal durchsehen könnte ...« Die Künstlerin schien verzweifelt. »Hast du die nicht zufällig auf deiner Kamera und ein paar auf dem Handy?«, erinnerte sich der Kapitän, um seinen vorangegangenen Schnitzer wiedergutzumachen. Charlotte sprang auf. Sie schlug sich mit der flachen Hand gegen die Stirn. »Das ist es. Ich lass die Bilder immer so lange auf dem Kameraspeicher, bis ich sie auf den Laptop und die externen Medien gezogen habe. Es könnte sein ... Josch du bist ein Schatz.« Sie hauchte ihrem Sitznachbarn einen Kuss auf die Lippen. »Sei froh, dass ich meine Pfeife nicht im Mund hab, Deern«, lachte er und tätschelte ihre Hand. Wie von einer Tarantel gestochen wollte sie die Treppenstufen ins Arbeitszimmer hinaufeilen. »Stopp! Überzieher, Handschuhe«, rief Hartwig und reichte ihr die Utensilien. Umständlich streifte sie die ihr gereichten Hilfsmittel über. Dann spurtete sie die Stufen hoch. Der Rucksack mit ihrer neuen Errungenschaft, der *Coolpix 1000*, war verschwunden. Die Fototasche mit ihrer *D90* ebenfalls. Sie ließ ihre Schultern sinken. Es ist, als hätte sich alles gegen mich verschworen, überlegte sie und presste die Lippen zusammen. Sämtliche Festplatten und Sticks ... weg. Die Kameras waren ihre letzte Hoffnung, einen entscheidenden Hinweis zu entdecken. Sie schob die

Ärmel ihrer Bluse hoch und seufzte. Mit bleischweren Beinen verließ sie das Zimmer und schlurfte die Stufen wieder hinunter. »Und?«, fragte Westermann. Sie sah die Anspannung in seinem Gesicht. Er fixierte sie durch seine Brillengläser und fuhr sich fortwährend mit der Hand über den gestutzten grau melierten Bart. Charlotte Hagedorn schüttelte enttäuscht den Kopf. »Die hat er auch mitgenommen.« Sie wurde blass, musste sich setzen. »Jetzt ist alles aus. Die Kameras waren mein Leben. Ich will hier nicht bleiben. Ich zieh aus.« Sie schluchzte. »Deern, das kann man ersetzen. Sei froh, dass dir nichts passiert ist. Du sollst mal sehen, wir besorgen umgehend alles neu. Besser und moderner. Und ausziehen … warte erst mal ab. Wohne eine Zeit bei mir und fahr von mir aus jeden Tag mit dem neuen Schiff mit raus. Du schaffst das!« Josch Diekmann nahm die Künstlerin in den Arm und tröstete sie. »Aber das ist doch nicht dasselbe. Ich weiß nicht, ob ich das kann. Und weißt du, wie viele Aufnahmen auf den Festplatten waren? … Tausende! Meine gesamten Erinnerungen sind da drauf gewesen. Die Bilder der Insel, die Familienerinnerungen. Das ist unwiederbringlich«, jaulte sie. »Aber die kann man doch alle wieder neu fotografieren«, erwiderte Hartwig. »Du hast keine Ahnung, mein Jung. Die meisten davon sind einzigartig. Zeitgeschichte, wenn du verstehst. Was glaubst du, wie viele von den Gebäuden gar nicht mehr existieren. In 100 Jahren wären diese Fotos wahrscheinlich wertvoll für die Insel. Aber das begreifst du nicht.« Charlotte schniefte und klemmte sich eine Haarsträhne hinter ihr Ohr.

Westermann wusste, dass sie recht hatte, und lächelte versöhnlich. Die Geräte, die sie für ihre Arbeiten nutzte und so auch die Fotoarbeiten, waren für sie persönlich mehr wert als jedes Goldstück. Der Leiter der Mordkommission konnte sie verstehen, schnaufte und nahm sein Handy in die Hand. Er wollte Katrin anrufen. Sie musste ihre Tante aufmuntern. Vielleicht war es doch besser, sie zu ihnen zu nehmen.

Auf einmal erstarrte Charlotte in ihrer Bewegung. Es schien, als hätte jemand bei der quirligen Miss Marple den Aus-Knopf gedrückt. Westermann zog die Augenbraue hoch und wollte etwas sagen, als sie vom Sofa sprang, über sämtliche Scherben zur Terrassentür lief und sie ohne ein Wort aufriss. Josch verstand gar nichts mehr und pustete lautstark die Luft aus. »Ich glaub, ich muss unbedingt eine schmauchen ... noch jemand?« Hartwig und Westermann schüttelten die Köpfe. »Nein, das müssen wir erst mal abarbeiten. Du dürftest eigentlich gar nicht hier drinnen sein. Ihr habt diesen Tatort verunreinigt, um es mal harmlos auszudrücken. Wir brauchen Faserspuren, Fingerabdrücke, Fußabdrücke und müssen jetzt alles in doppelter Ausführung anlegen, um einen Abgleich zu erstellen. Das wird die Jungs von der KT sicher nicht freuen. Bleib am besten genau da, wo du bist. Ich hoffe, du hast nicht zu viel angefasst.«

»Natürlich nicht. Ich bin nur hier rein, hab sie hier sitzen sehen und mich dazugesetzt. Ich bin nirgends rumgelaufen und nach oben ... schon gar nicht. Vielleicht ist das wirklich nur ein harmloser Einbruch gewesen.« Er schob seine Mütze zurecht. Westermann neigte den Kopf. »Ich weiß nicht, aber irgendwas stimmt hier nicht, das hab ich im Gefühl. Könnte alles irgendwie zusammenhängen. Es ist denkbar, dass sie recht hat, und es verbirgt sich etwas auf den Fotos, das jemanden verraten könnte. Charlotte hat oft ein gutes Bauchgefühl und ... merkwürdigerweise meist noch ein Ass im Ärmel.«

Und das Ass, das Westermann vermutete, lag offensichtlich im Gartenhaus.

In ihren Füßlingen lief sie durch die Dunkelheit über den

scharfkantigen Kies zur Laube, die am Ende des Grundstückes stand. Sie öffnete die Tür und schaltete die Lampe ein. Mit rasendem Puls warf sie einen Blick auf ihr rotes Fahrrad, das hier einen sicheren Platz gefunden hatte. Sie hoffte, dass er die Holzhütte nicht durchsucht hatte. Warum sollte er? Hier war nichts, was man an Wert vermutete. Erleichtert fiel ihr ein Stein vom Herzen, als sie in den vorderen Korb fasste und unter einem dunklen Handtuch die Kamera ertastete. »Ha, Gott sei Dank. Sie ist da«, juchzte sie voller Erleichterung, griff nach der *Nikon*, hielt sie fest an ihren Körper gepresst und stelzte über den scharfkantigen Kies zurück.

»Stopp«, rief Westermann, sprang auf und deutete auf die Überzieher. Er zog welche aus seiner Hosentasche und reichte sie ihr.

»Jaja, gib her. Ihr glaubt es nicht, was ich habe. Die Kamera! Ich hatte ganz vergessen, sie aus dem Fahrradkorb zu nehmen. Was für ein Glück!« Triumphierend hielt sie den schwarzen Fotoapparat in die Höhe. Der Ärmel ihrer luftigen blumenbedruckten Bluse rutschte bis zum Oberarm. Westermann, der sich an den Esstisch gesetzt hatte und Charlottes Aktion verfolgte, brachte sein Erstaunen zum Ausdruck. »Du verblüffst mich immer wieder«, sagte er und lächelte. Sein gebräuntes Gesicht ließ seine graublauen Augen leuchten. Hartwig setzte sich ihm gegenüber, als die Künstlerin die *Nikon* auf den Tisch legte. »Und du bist sicher, dass da alle Fotos drauf sind?«, fragte der Hauptkommissar. »Jo, bün ick«, antwortete sie. Sie stellte die Kamera ein und ließ das erste Bild auf dem Monitor erscheinen. Westermann blinzelte mit den Augen, hielt den kleinen Bildschirm dicht vor sein Gesicht, bis er mit den Brillengläsern fast dagegen stieß. »Wo vergrößert man die Aufnahmen?«

Charlotte zeigte es ihm. Allerdings war es immer noch schwer, Details zu erkennen. Hartwig erhob sich. »Liebe Miss Marple, hast du ein Scart-Kabel?«

»Ja, aber wozu …?«

»Wir schließen die Kamera an deinen Fernseher, dann haben wir die bestmögliche Vergrößerung, oder nicht?« Er deutete auf das 56-Zoll-Fernsehgerät an der Wand. Charlotte hatte sich dieses Modell zugelegt, weil sie es aufregend fand, sämtliche mörderischen Dokumentationen in Übergröße betrachten zu können, Hinweise genauestens unter die Lupe zu nehmen. »Da hat meine Kinoleinwand Gutes zu bieten«, kicherte sie. Josch Diekmann wunderte sich und schüttelte den Kopf, als er wenig später mit der Pfeife im Mund wieder ins Haus trat. Auch er musste sich Schutzkleidung überziehen, damit am Ende nicht noch mehr Beweise zerstört wurden. Er zog eine Fahne vanilleriechenden Tabakgeruchs mit sich. Sie hat sich kein bisschen verändert, stellte er fest und lächelte. Was für eine Kämpfernatur.

»Ihr wisst aber schon, dass das ein Tatort ist, oder nicht?«, knurrte Henning, als er die Treppe runterkam und im Wohnzimmer nicht schlecht staunte. »Nils, alles gut. Sie haben sich, außer Charlotte, nur in diesem Bereich aufgehalten. Wir müssen einen Abgleich erstellen. Aber wir haben hier Beweismittel, die für unseren Fall von großer Wichtigkeit sein könnten.«

»Und da sitzt ihr hier einträchtig um den Fernseher versammelt auf der Couch? Merkwürdige Vorgehensweise«, blubberte der Wikinger und warf einen Blick auf den Bildschirm. »Seht ihr euch Urlaubsfotos an, oder was wird das? Ihr verdreckt mir alles hier. Mann, Mann, Mann.«

»Wir sind auf Spurensuche«, entgegnete Westermann, ohne auf den Seitenhieb einzugehen. »Manchmal muss man unkonventionelle Wege gehen, um schnellstmöglich zum Erfolg zu kommen«, sagte er und griente. Als Charlotte die Bilder weiterlaufen ließ, rief Hartwig plötzlich: »Stopp! Noch mal zurück.« Dort, wo sie Aufnahmen in Großenbrode geschossen hatte, erkannte man im Vordergrund das Geländer der Seebrücke mit unzähligen Liebesschlössern, im Hintergrund das 50 Meter hohe Riesenrad, das selbst von Weitem überragend wirkte. Im Nahbereich der Plattform stand ein sogenanntes *Sleeperoo*. Dort konnte man in einer *Cube*, einem Würfel mit Fenstern, unter dem Sternenhimmel nächtigen. Eine Holztür am Ende des Steges ließ sich schließen und vermittelte Privatsphäre. Charlotte hatte das Objekt aus der Laune heraus fotografiert. Ihr Interesse für diese Sache war allerdings nur von kurzer Dauer gewesen. Die Künstlerin hatte voller Elan die fast 300 Meter lange Seebrücke geknipst. Zufällig fanden sich unter den folgenden Aufnahmen zwei, auf denen eine Bank zu sehen war. Und auf ihr saß ein Mann mit einem tief ins Gesicht gezogenen Cap und einer Kamera in den Händen. Sein Blick ruhte auf dem Wasser. Er saß da und schien den Anblick zu genießen. »Der kommt mir seltsam bekannt vor«, sagte Hartwig. »Hab diese Gestalt schon mal gesehen, verdammt noch mal. Wenn ich mich nur erinnern könnte.« Jetzt fiel ihm auf, dass der Alkohol die letzten Wochen seine Sinne verwirrt haben musste. Er hatte Wissenslücken. Der Kommissar guckte in die Runde und zuckte die Schultern, als Westermann trocken erwiderte: »Wie willst du ihn erkennen, wenn du nicht mal sein Gesicht sehen kannst?«

»Die Statur, mir kommt diese schmächtige Gestalt bekannt vor.« Hartwig schien irritiert. »Ich kann dir nicht genau sagen, woher du den kennst. Aber wir haben mehrere Tatverdächtige, die einen ähnlichen Körperbau aufweisen. Könnte also jeder von ihnen sein. Das alles wirkt auf mich äußerst verwirrend. Es würde nicht reichen, um einen von ihnen festzunageln«, sagte Westermann leidenschaftslos und schob die Brille auf seine Haare. »Vielleicht sitzen wir einem Irrtum auf, und es ist einfach nur jemand, der die Ostsee genießt oder in der Gegend Urlaub macht. Zufall.«

Charlottes Stimme überschlug sich plötzlich. Sie kreischte, sprang vom Sofa auf und deutete mit dem Finger auf den Bildschirm. »Ich hab ihn, ich hab ihn noch mal auf den Fotos.« Josch verengte die Augen und guckte über den Brillenrand, als müsste er genauestens untersuchen, ob sie nicht völlig kopflos war. Die letzte halbe Stunde hatte ihn irritiert. Er hätte nie gedacht, dass Polizeiarbeit dermaßen aufreibend sein konnte. Der Seebär schwitzte, obwohl er nur still auf der Couch verharrte und dem ganzen Rummel als mundfauler Beteiligter folgte.

Die Beamten betrachteten die Aufnahme, die sie entdeckt hatte. Im Schatten einer Bank, unmittelbar neben dem Aussichtsturm in Burgtiefe, saß der gleiche Mann, den sie bereits in Großenbrode mit der Kamera festgehalten hatte. Wieder saß er nur da, besichtigte die Fahrrinne. Und erneut erkannte man kein Gesicht. »Verdammt. Der versteckt sich unter seiner Baseballmütze. Der guckt weder aufs Wasser noch auf den Turm«, brummte der Hauptkommissar. »Seht mal genau hin, wohin der Schirm des Caps zeigt ... der beobachtet das Herz mit diesen Schlössern. Und ich bin sicher, der weiß, dass da oben eine Kamera alles aufzeichnet.« Westermann deutete auf den Turm.

Charlotte verengte die Augen zu schmalen Schlitzen und sagte: »Nur eine Hypothese. Haltet mich nicht wieder gleich für verrückt. Könnte es nicht sein, dass dieser Mann hinter den Tötungsdelikten steckt? Was, wenn er die Herzen überall dort aufgehängt hat, wo er mordet ...? Wenn er jetzt die nächste Tat zu Ende bringen will. Das Vorhängeschloss mit den Namen Jolin und Dev hängt zwar am Gestell, es ist aber kein Datum eingraviert. Das war merkwürdig. Heiland Mailand. Ihr solltet sehen, ob er das nachgeholt hat … oder nachholen will? Ich bin sicher, das ist unser Mörder, und er ist irgendwo hier auf der Insel.« Die Männer sahen sie an. »Du könntest recht haben. Er musste abwarten, bis niemand mehr am Aussichtsturm ist. Wenn er das bereits erledigt hat, gnade uns Gott … dann ist sie tot.«

»Hanebüchen«, grummelte Hartwig, »aber nicht ausgeschlossen. Ich frag mich nur, warum er das Schloss überhaupt ohne Datum aufgehängt hat? Das ergibt in meinen Augen partout keinen Sinn. Ich glaube, er könnte sich mittlerweile denken, dass wir ihm auf der Spur sind. Bei dem Aufwand, den wir betreiben.«

»Vielleicht wollte er seine Trophäe bestaunen, Fotos von ihr machen. Möglicherweise aber auch demonstrieren, dass er überlegen ist. Der spielt mit uns, da bin ich sicher. Und sein Verhalten sollte uns eine Warnung sein.«

»Ihr müsst sofort nach Burgtiefe«, rief Charlotte, riss die Überzieher von ihren Füßen und schlüpfte in ihre Sandalen. »Du hast recht. Wir müssen überprüfen, ob das Schloss da ist und ob er etwas an ihm verändert hat«, sagte Westermann.

»Ich glaub, ich spinn. Die Kieler Kollegen sollen sofort unsere Verdächtigen festnehmen. Dirk, wir brauchen Haftbefehle«, knurrte Hartwig und sprang vom Sessel. »Und was willst du dem Richter sagen? Dass einer von ihnen auf Bänken sitzt, Fotos macht und das Meer anguckt? Das wird niemals reichen. Das ist nicht einmal ein Anfangsverdacht. Wir machen uns lächerlich. Wir haben rein gar nichts gegen sie in der Hand. Nichts als fadenscheinige Aussagen und diese Fotos … die im Übrigen gar nichts beweisen.« Westermann zuckte die Schultern.

»Und was wollt ihr jetzt tun?«, fragte der Kriminaltechniker. »Wir fahren nach Burgtiefe und suchen nach dem ominösen Herzen«, sagte der Hauptkommissar und verließ mit Hartwig und Charlotte das Haus.

»Und was machen wir zwei Hübschen so lange?«, fragte der Mann, der wie ein Baum im Türrahmen stand und über das ganze Gesicht grinste, den perplex dasitzenden Kapitän. »Klei mi an de feut. Wat för en Kuddelmuddel. Ik mutt noch en Smöken. Laat mi in Freden«, sagte Josch Diekmann auf Plattdeutsch, zog die Helmut-Schmidt-Mütze vom Kopf, strich sich mit der Hand über die Haare und schob seine Pfeife in den anderen Mundwinkel. Kopfschüttelnd marschierte er in den Garten.

»Ich weiß zwar nicht, was das bedeutet, klingt aber gut«, griente Nils Henning und folgte ihm. »Das heißt so viel wie, ihr könnt mich alle mal, ich muss jetzt erst mal eine rauchen«, knurrte er und trat in den Innenhof.

Als die Ermittler in Burgtiefe ankamen, liefen sie vom Parkplatz direkt auf den rostigen Ständer zu. Charlotte folgte ihnen. Als sie die Männer erreichte, untersuchten die mit Taschenlampen das gesamte Gestell. Hartwig schob die übereinander hängenden Schlösser beiseite und schüttelte immer wieder den Kopf. »So ein Mist. Das blöde Teil ist nicht mehr da! Wieso ist das Ding eigentlich so überladen. Verdammte Scheiße!«

»Heißt es, dass sie tot ist?«, wollte Charlotte aufgewühlt wissen. Die Männer sahen sie an und zuckten mit den Schultern.

KAPITEL 21

In der gleichen Nacht hing Jolin in geschmiedeten Ketten an der Wand. Ihre Handgelenke waren von Schürfwunden aufgerissen, die blau angelaufenen Füße verharrten auf dem Boden. Sie hatte den Kopf auf ihr Brustbein gesenkt. Milchiger Geifer klebte an ihren Mundwinkeln und war in feinem Rinnsal bis zum Kinn gesickert. Die Kämpfe der letzten Wochen hatten die junge Frau ausgezehrt. Es stank wie in einem Kuhstall, und sie schien tot zu sein.

Mit einem Mal hob und senkte sich ihr Brustkorb. Jolin stöhnte kaum hörbar. Wie in Zeitlupe versuchte sie, ihre Handflächen zu bewegen, den Kopf anzuheben. Sie atmete flach, lauschte dem Fiepen, das um ihre Beine schlich. Benommen registrierte sie, dass das Tier erneut anfing, an ihrem großen Zeh zu nagen. Ihr war klar, dass das Viech nur auf ihren Tod lauerte, damit es sich am Rest zu schaffen machen konnte. Sie spürte die Zähne des Nagers, der sich am Fleisch ihrer Fußsohlen bediente. Sie wusste, dass die Tiere Hunger hatten. »Ihr kriegt mich nicht«, wisperte sie kaum hörbar und presste einen krächzenden Ton aus ihrer ausgedörrten Kehle, der einem Schrei ähnelte. Die Tür knarzte, wurde geöffnet und fiel quietschend wieder ins Schloss. Ihr rechter Mundwinkel ging verächtlich hoch. Sie wusste, was jetzt kam, hatte es in den unzähligen Stunden immer aufs Neue erlebt. Die Striemen auf Körper und Hals verrieten die Schmerzen, die sie bisher in diesem Kellerloch erduldet hatte. Das Licht der Lampe blendete. Sie ließ die Augenlider sinken und stellte sich bewusstlos. Ihre weit auseinandergestellten Oberschenkel wurden gepackt und mit harten Bewegungen durchgewalkt. Er konnte sie schänden, aber er würde sie nicht zerstören. Sie hörte sein aggressives Grunzen. Es machte ihn offensichtlich wütend, dass sie kein Lebenszeichen von sich gab. Immer heftiger massakrierte er sie, dann ließ er von ihr ab, als hätte er plötzlich genug. Sie atmete auf. Für sie war klar, dass ihm das, was er hier aufführte, nicht genügte. Etwas klirrte metallisch. Jolin versuchte, ihre Sinne zu schärfen, und auf einmal fing ihr Puls wieder an, in die Höhe zu gehen. Diese verdammte Dunkelheit. Wenn ich nur sehen könnte, was … Sein heiseres Lachen hallte durch den Raum und erschreckte sie bis ins Mark. Für einen Moment herrschte Stille, dann vernahm sie leises Surren. Er filmt, nimmt auf, was er mit mir anstellt. Jolin hing in den Eisenhalterungen und behielt den Kopf auf dem Brustbein. Sie hörte ihr Herz heftig schlagen. Vorsichtig öffnete sie eines ihrer Augenlider. Nur so weit, dass er es nicht merkte. Sie wusste nicht, dass er die ganze Nacht mit ihr in dem Gebäude verbracht hatte, um Vorbereitungen für sein nächstes Opfer zu planen.

Sie beobachtete den Schein der Taschenlampe, der unruhig von einer Ecke zur anderen flackerte. Dann entdeckte sie im Lichtschein der Lampe direkt vor sich einen alten Besteckwagen, wie man ihn aus Horrorfilmen kannte, die in Krankenhäusern spielten. Darauf glänzendes Besteck: Skalpelle, Scheren und eine Schädelsäge. Auf einmal erfasste sie die Situation. Der Moment war gekommen. Jetzt wird er mich töten. Ihr Atem vibrierte, ihre Augenlider zuckten. Sie stöhnte, versuchte, den Kopf anzuheben und zu schreien. Es gelang ihr nicht. Ihre ausgedörrte Kehle ließ keinen Aufschrei zu. Sie hoffte, dass ihre Sinne ihr einen Streich spielten. Aus den Augenwinkeln sah sie, wie er das spiegelnde Skalpell in die Hand nahm und es von allen Seiten betrachtete. Langsam, fast bedächtig kam er auf sie zu. Jolin hob den Kopf, zerrte an ihren Fesseln. In ihren Augen entdeckte er die grenzenlose Angst. Sein Gesicht näherte sich ihrem. Sie hechelte und spürte, wie sie hyperventilierte. Ihr wurde schwindlig. Lieber Gott, lass mich ohnmächtig werden. Sein widerlicher Atem zog in ihre Nase, als seine Zunge sich zwischen ihre Lippen drängte und immer tiefer in ihre Mundhöhle eindrang. Jolin wehrte sich nicht.

»Du dreckige Fotze. Dir werd ich's geben. Du wirst nie wieder einem anderen schöne Augen machen. Noch eine Nacht, dann werde ich deine glänzenden warmen Organe in meinen Händen halten, sie streicheln, in mich aufnehmen.« Er stöhnte. Jolin spürte seine Erregung zwischen ihren nackten Schenkeln. »Du kriegst mich nicht«, wisperte sie krächzend. »Du nicht.« Er schrie, ließ die Taschenlampe fallen und schlug ihr seine Faust ins Gesicht. Immer wieder. Dann spürte sie sein spitzes Knie in ihrem Magen. Sie sackte zusammen und hing bleischwer in den Ketten. Langsam führte er die Hand, in der das Skalpell glänzte, zu ihrem Bauch.

*

»Leute, wir haben ein Problem. Eines der Herzen, die der Täter sehr wahrscheinlich als Trophäe verwendet hat, ist verschwunden. Hartwig und ich sind gestern Abend einer Spur nachgegangen, und dieses wichtige Beweisstück ist wie vom Erdboden verschluckt. Auf dem Liebesschloss war der Name unserer Vermissten und des vermeintlichen Täters eingraviert. Ob er den als Pseudonym benutzt ... scheint so. Es fehlte allerdings das Datum ihrer Tötung, wie es bei den anderen der Fall war. Wir gehen davon aus, dass er sie bald töten wird, wenn er es nicht schon getan hat. Wir müssen all unsere Kräfte und Ressourcen bündeln, um vielleicht noch das Schlimmste abwenden zu können.« Westermann tippte auf die Fotos der Opfer. »Dieses Schloss fand Charlotte Hagedorn in Burgtiefe an der dafür vorgesehenen Vorrichtung.« Wieder deutete er auf ein Foto, das ein etwa ein Meter 80 großes korrodiertes Metallherz zeigte. »Wir haben keinerlei Hinweise, wo dieses Vorhängeschloss mit den eingravierten Namen Jolin und Dev abgeblieben ist, vermuten aber, dass der Täter es an sich genommen hat, wahrscheinlich hat er es vom Gestell entfernt, um den Zeitpunkt ihres Todes einzugravieren. Wenn dies geschieht, müssen wir davon ausgehen, das Jolin Petrova tot ist. Einer der Kollegen liegt seit heute Nacht in der Nähe der Vorrichtung auf der Lauer.« Ein Raunen waberte durch den Raum. »Ich weiß, dass ihr bisher alles gegeben habt, was möglich war, aber es könnte sein, dass er Jolin deshalb überstürzt tötet, um Freiraum für unseren Köder, sprich Sonja, zu haben. Sie trifft sich heute Abend um«, wieder warf er einen Blick auf das Flipchart, »19 Uhr am vorgelagerten Strand vom Fastensee mit ihm. Die Kollegen der Soko sind vor Ort, sondieren das Gebiet und bauen sich auf. Wir haben die gesamte Zeit über Sicht- sowie Hörkontakt. Sonja wird sich mit dem vermeintlichen Täter treffen, ihn dazu bringen, ihr Beweise zu liefern ... ihn überführen und festnehmen.«

»Das hoffen wir. Was, wenn er ihr überlegen ist, sie überwältigt und tötet, bevor wir eingreifen können?«, fragte Arno Jensen, ein 42 Jahre alter blonder Hüne, der gerade aus dem Urlaub zurück war. »Das wird nicht passieren, da wir uns in unmittelbarer Nähe aufhalten. Ihr kann nichts geschehen, solang wir auf der Hut sind. Wir können jederzeit Einfluss nehmen. Ein Scharfschütze liegt in Sichtweite.« Westermann nahm den Kaffeebecher von der Fensterbank und ließ das kalte Gebräu seinen Schlund hinunterlaufen. »Na, das klingt doch wunderbar, dann können wir nach Abschluss des Falles irgendwo zusammen ein Bier trinken«, sagte Sonja Rasmussen, als sie den Raum betrat. Niemand, nicht einmal Westermann, hätte sie wiedererkannt. Nur anhand ihrer Stimme, die ihm vertraut war, konnte er sie zuordnen. »Das ist ja mal ...«, stotterte er. »Ich bin sprachlos.« Der Erste Hauptkommissar zog sie neben sich und bestaunte das Ergebnis ihrer Verwandlung. Aus der attraktiven, sportlichen Kollegin in Jeans, Shirt und schulterlanger dunkler Bobfrisur war eine geheimnisvoll aussehende Frau geworden, die in jedem Magazin als Model fungieren könnte. Sie trug hautenge schwarze Jeans. Westermann registrierte die azurblaue Seidenbluse, die das ebenholzschwarze glänzende hüftlange Haar und ihr blasses Gesicht betonte. Unaufdringlicher Silberschmuck unterstrich den sportlich-eleganten Look. Die Fallanalytikerin war dezent geschminkt, wirkte weder mondän noch aufdringlich. »Das ist perfekt. Der Kerl wird sprachlos sein, wenn er dich sieht«, pfiff Nils Henning. »Du passt haargenau in sein Raster.«

»Ich hoffe nur, dass wir ihn heute Abend stellen und der Spuk endlich ein Ende hat, bevor er unser Spiel durchschaut«, knurrte Westermann. »Wir werden ihn festnageln, da bin ich sicher. Aber Respekt, liebe Kollegin, du siehst klasse aus. Wenn wir ihn damit nicht kriegen, weiß ich es auch nicht«, sagte Hartwig an Sonja Rasmussen gewandt und lächelte sie an. Der Blick seines Vorgesetzten war weniger ermunternd. Er sah aus, als hätte er fiese Zahnschmerzen.

»Sonja, du wirst dich ausnahmslos an die Regeln halten, so wie wir es besprochen haben.« Der Erste Hauptkommissar schluckte. Man sah ihm an, dass er mit der Verwandlung seiner Fallanalytikerin und dem gesamten Ablauf Probleme hatte. »Du hast es ja nicht mitbekommen, aber das Herz mit Jolins Namen ist … verschwunden. Wir müssen davon ausgehen, dass sie tot ist. Es gibt keinen Spielraum mehr.« Er schüttelte den Kopf. »Hast du mich verstanden?«, sagte er schroff.

»Ist klar«, antwortete sie leise und setzte sich. »Ich brauch jetzt erst mal einen starken Kaffee. Hab die halbe Nacht an meiner Maskerade gearbeitet, und das Ganze bereitet mir ebenso Kopfschmerzen wie euch.« Sie fasste sich an die Kehle. Trotz aller Ernsthaftigkeit verlor sie nie ihren Humor, auch wenn es in diesem Fall Galgenhumor war, der Westermann überhaupt nicht behagte. »Und das mit dem Bier behalten wir im Auge. Gibt ja auch alkoholfreies«, zwinkerte Hartwig und warf einen zaghaften Blick zu seinem Vorgesetzten. »Ja, wir haben alles geregelt, was zu regeln war. Und wir haben nur diese eine verdammte Chance, Jolin zu finden und den Kerl endlich dingfest zu machen.«

KAPITEL 22

Stunden später hatte die Fallanalytikerin sich in ihrem Zimmer in der Pension eingeschlossen, um sich auf das Treffen vorbereiten. Sie hatte sich heute Vormittag in ihrer Verkleidung aufs Bett gelegt und war sofort in einen tiefen traumlosen Schlaf gefallen.

Sonja warf einen Blick auf die Armbanduhr. »Was? Schon so spät?« Es war fast 16.30 Uhr. Auf einmal fing ihr Puls an zu vibrieren. Mit gemischten Gefühlen trat sie auf den kleinen Balkon. Sie guckte in den mit bunten Gräsern und Blumen angelegten Innenhof. Die wärmenden Sonnenstrahlen auf ihrer Haut minderten ihre Anspannung. Sonja atmete tief ein, schloss die Augen und genoss für den Moment die Wärme. Sie steckte voller Energie. Der Schlaf hatte ihr gutgetan. Auf dem gegenüberliegenden Dach saß eine große Silbermöwe und schrie unentwegt. Sonja hörte leises Gelächter. Sie warf einen Blick über die Brüstung. Wie gerne würde ich jetzt da unten sitzen und mit den beiden quatschen. Die sind so gut drauf. Und grillen wär jetzt genau meins. Sie stöhnte. Das riecht verdammt lecker. Der Duft von gebratenen Würstchen und Nackenkoteletts stieg in ihre Nase. Sie inhalierte und lächelte. Wenn bloß alles erst vorbei wäre. Sie selbst hatte einen Picknickkorb gepackt, den die Besitzer der Pension ihr zur Verfügung gestellt hatten. In ihm befanden sich eine Flasche Rotwein, ein Baguette und knackige Weintrauben. Sie wollte nicht unvorbereitet zum Rendezvous mit diesem Teufel erscheinen. Während sie die Pensionsbetreiber beobachtete, entdeckte sie ein goldiges Fellknäuel auf dem Schoß der dunkelhaarigen Frau. »Boah, wie süß ist das denn?« Die Pensionswirtin hielt einen Welpen auf dem Arm und knuddelte ihn fortwährend. Sonja lächelte, obwohl ihr nicht zum Lachen zumute war. Dieses Hundebaby rührte in ihr etwas an. Ich muss das durchziehen. Sie knetete ihre Finger, bis die Knochen weiß hervortraten, trat ins Zimmer und betrachtete den Korb, der direkt vor ihr auf dem Esstisch stand. Zum wiederholten Mal öffnete sie den Deckel und hob das Geschirrtuch an. Sie griff unter das Baguette, das auf einem Handtuch lag. Darunter hatte sie ihre Waffe deponiert und hoffte, dass sie nicht zum Einsatz kam. Aber was, wenn er sie fand, sie ihr abnahm? Die sich kühl anfühlende Handfeuerwaffe gab ihr ein Gefühl von Sicherheit, und dennoch brachte sie ihr in diesem Moment ein mulmiges Gefühl in der Magengegend. Energisch zog sie die Waffe heraus und schloss den Deckel. Sie verstaute sie in ihrem Schrank und hoffte, dass sie sie nicht brauchte. Jetzt ist es entschieden, dachte sie, steckte ihren kleinen Finger in den Mund und knabberte am Fingernagel. Ihr Kampfgeist war geweckt. Ich krieg ihn auch so! Auch wenn sie ohne Angst an die Aufgabe herantreten würde, so hatte sie Respekt vor dem Täter, der die gesamte Ermittlungsgruppe wie ein Phantom in die Irre führte und seit Wochen in Atem hielt. Irgendetwas an ihm schien sich nicht so zu bewahrheiten, wie die Analyse ihres Teams es vermutete. Sie war versucht, die Weinflasche zu öffnen und sich einen Schluck zu genehmigen. Dabei wusste sie, dass sie einen klaren Kopf bewahren musste und nur mit Sachverstand den Überblick behielt. Sie warf einen Blick zum Schrank. Soll ich sie nicht doch …? Sie verwarf den Gedanken und stellte sich auf den Balkon. Wie schön wäre es, jetzt mit den Pensionsbesitzern … und dem Hundebaby an diesem Tisch da unten zu sitzen. Sie beneidete die beiden und seufzte. Sie warf erneut einen Blick auf ihre Armbanduhr. Es wurde Zeit. Die Kollegen der Ermittlergruppe *Küstenherz* waren sicher längst vor Ort. Sie hoffte inständig, dass Westermann und Hartwig ebenfalls dort eingetroffen waren. Ihr Handy klingelte gerade in dem Augenblick, als sie den Picknickkorb verschloss und aufbrechen wollte. Es war 18.35 Uhr. Sie musste los. »Ja?«, fragte sie ungeduldig. »Hallo, Dirk. Na, habt ihr noch eine Änderung? Okay, ihr fahrt jetzt los. Ich auch gleich.« Ihre Stimme klang erleichtert. »Ja, du kennst mich … es bleibt alles, wie besprochen … Ja, ich weiß. Mir passiert nichts. Ihr seid doch da … okay, alles wird gut.« Sie beendete das Gespräch und war sich auf einmal nicht mehr sicher, ob sie ihren eigenen Worten trauen konnte. Sie schluckte. Ihre Kehle fühlte sich an, als wenn sie einen Frosch verschluckt hätte. Sie atmete tief durch, nahm den Korb unter ihren Arm und verließ ihr Apartment. Wie gerne würde ich jetzt grillen.

*

Sie fuhren bis an den Deich, der sie zum Fastensee im Westen der Insel führte. Die Kollegen des Sondereinsatzkommandos warteten. Westermann schob die kalte Pfeife zwischen seine Lippen und trommelte mit den Fingern auf seinem Oberschenkel. »Hast du Sonja erreicht?«, fragte Hartwig.

»Nein, ist besetzt. Sie wird auf dem Weg sein. Ich versuch's gleich noch mal.«

»Wird alles gut gehen. Wir kriegen den Kerl. Es war sein Fehler, dass er sich auf Sonja eingeschossen hat. Sie weiß genau, was sie tut. Sonst hättest du sie mit Sicherheit nicht allein auf ihn losgelassen. Die Jungs sind vor Ort und observieren die beiden ... wenn sie überhaupt schon vor Ort sind«, sagte Hartwig und fuhr im gemäßigten Tempo den Weg entlang. Dann sah er den schwarzen Van der Kollegen. Niemand würde erkennen, dass sich in ihm ein ganzer Trupp Polizeibeamter verbarg. Von außen ein normaler Van, innen ausgestattet mit jeglichem Equipment, das für einen Einsatz dieser Größenordnung notwendig war. Hartwig fuhr einige Meter weiter, parkte am Wegrand und stellte den Motor aus. »Ich ruf sie noch mal an«, sagte der Leiter der Mordkommission, stieg aus und zündete seine Pfeife an. Erneut wählte der Kommissar die Nummer der Fallanalytikerin. Jetzt nahm niemand mehr das Gespräch entgegen. Sein Kollege verließ ebenfalls den Wagen und verschloss das Auto. »Geht sie immer noch nicht ran?« Er sah Westermann fragend an, der genervt den Kopf schüttelte. »Jetzt ist das Teil ausgeschaltet ... da stimmt was nicht.« Der Hauptkommissar wurde blass.

»Probier es noch mal. Vielleicht hört sie es nicht oder macht Pipi«, entgegnete Hartwig. Westermann blies den Rauch seiner Pfeife in den Himmel.

»Wie kommst du auf solche Gedanken? Pipi machen. Das sagt man zu Kindern. Das Telefon ist ausgeschaltet!« Der dunkelhaarige Kollege verzog den Mund. »Vielleicht ein Funkloch?« Der Hauptkommissar blies erneut Qualm in die Luft und bemerkte die Veränderung des Wetters.

Der Wind hatte zugenommen und auf Südwest gedreht. Am Himmel zogen immer mehr Wolken auf. »Das könnte Regen oder Gewitter geben. Das hatte der Wetterbericht völlig anders angegeben. So ein Mist. Hoffentlich verhagelt uns das Wetter nicht den Plan. Und ich hoffe, dass sie bald erreichbar ist«, murmelte er zwischen Pfeife und Lippen hindurch. »Ne, denk nicht, das zieht vorbei. Du weißt doch, dass der Regen meist um die Insel weht. Wenn es in Oldenburg gießt, scheint auf Fehmarn trotzdem oft die Sonne. Glaub mir, bleibt gut.« Hartwig schritt neben seinem Vorgesetzten den Weg in Richtung einiger kleiner Teiche, hinter denen die Zivilbeamten sich in dichtem Buschwerk verschanzt hatten, um auf ihren Einsatz zu warten. »Sonja trägt hoffentlich ihr Mikro. Wie spät?«, wollte Westermann wissen, der keine Uhr trug. Sein Kollege lugte auf das Handgelenk. Der sportliche Chronometer blitzte auf. »Gleich 18.50 Uhr. Die müsste eigentlich schon am Zielort sein. Mal sehen, was die Jungs für uns haben.« Sie durchstreiften das Gestrüpp und entdeckten die schwarz gekleideten Polizisten. »Und?«, murmelte Westermann. »Sind sie da?« Einer der Männer sah ihn durch schmale Schlitze seiner Sturmhaube an und schüttelte den Kopf. »Bisher kein Kontakt.«

»Hm, ist merkwürdig. Sie wollte ihr Mikrofon sofort einschalten, wenn sie den Strandbereich betritt. Habt ihr nichts gehört? Habt ihr ihr Handy überprüft? Ich hatte keine Verbindung.« Westermann war sichtlich nervös und wurde immer aggressiver.

Wieder schüttelte der Leiter der Soko den Kopf. »Nein, alles ruhig ... fast zu ruhig. Telefon ist ausgeschaltet.« Die Männer saßen auf dem Boden und lauerten auf ein Signal. Sie hatten keine Wahl und mussten auf ein sicheres Zeichen der Fallanalytikerin warten. »Ich hab kein gutes

Gefühl. Was ist mit ihrem Mikro?« Westermann zog wie ein Süchtiger an der erkalteten Pfeife. »Leute, da stimmt was nicht. Wie spät?«

»19.05 Uhr.«

❉

Sonja Rasmussen wusste, dass ihre Kollegen auf der Lauer lagen. Ihr konnte nichts passieren, sie würden rechtzeitig eingreifen. Auf einmal blinkte die Tankanzeige auf. »Oh nein, ich Idiotin. Wie konnte ich das vergessen?«, maulte sie. Die Tankuhr hatte sich auf Reserve eingependelt und leuchtete ununterbrochen. »Jetzt kann ich auch noch tanken, verdammt.« Sie schlug ihre Hand auf das Lenkrad. Hier ist irgendwo eine Tanke, erinnerte sie sich, als sie Landkirchen hinter sich gelassen hatte. Erleichtert bog sie wenige Meter später auf das Gelände. Rasmussen hielt vor der Säule und stellte den Motor aus. Ein Blick auf die Uhr ließ ihren Puls nach oben schnellen. Ihr Handy lag in der Mittelkonsole, als sie ausstieg und zur Zapfsäule eilte. Sie sah nicht, dass es unentwegt klingelte. Fünf Minuten später hatte sie ihren Zwischenstopp erledigt und stieg wieder ins Auto. Mit klopfendem Herzen startete sie den Motor und raste weiter Richtung Petersdorf. Ein Blick zur Uhr ließ sie erröten. »Mann, Mann, jetzt komm ich in Schwulitäten.« Sie achtete nicht auf das Handy und die Mitteilung, die sie bekommen hatte. Die Fallanalytikerin legte die Hand auf den Korb, der auf dem Beifahrersitz stand. Zur Not hatte sie … ihr fiel ein, dass sie die Waffe im Zimmer gelassen hatte. Sie fühlte sich jedoch sicher genug, ihn auch allein zur Strecke bringen zu können, und steuerte ihr Fahrzeug Richtung Fastensee. Da sie die Strecke nicht kannte, ließ sie sich von ihrem Navi leiten. Sonja runzelte ihre Stirn. Es schien, als müsste sie nachdenken. Im Wagen war es still wie in einem Grab, und zwischen ihren Augenbrauen hatte sich eine tiefe Falte gegraben. Nur das Motorengeräusch ihres roten SUVs und die weibliche Stimme des Navis unterbrachen die Stille. Rasmussen nagte an ihrer Unterlippe. *Was, wenn er mich doch überwältigt. Der Kerl ist gerissen und hat Kraft. Das kriegt kein Schwein mit.* Ihr Puls stieg. Sie fasste an ihre Herzgegend, dorthin, wo sich das Mikrofon befand. *Ich muss es gleich einschalten. Was, wenn er unsere Absichten längst durchschaut hat und nur darauf wartet, eine Polizistin …* Sie wollte nicht darüber nachdenken und wischte sich mit dem Handrücken unscheinbare Schweißperlen von der Stirn. *Ich bin Profi genug, die Situation einzuschätzen.*

Sie hatte sich wochenlang mit ihrem Team mit diesem Mann auseinandergesetzt. Dieser empathielose Psychopath mit seiner asozialen Persönlichkeitsstörung war ein Puppenspieler, der weder Angst noch Erbarmen zeigte. Die Art seiner Tötungen waren nach anfänglicher Eskalation eiskalt und emotionslos durchgeführt worden. Sie wusste, dass diese Menschen so gefährlich waren, weil man es ihnen nicht ansah. Sie passten sich an und spielten Katz und Maus mit ihrem Gegenüber. Sie stiegen ohne Emotionen über Leichen. All das erschien ihr wie aus einem Lehrbuch. Ihre Nackenhaare stellten sich auf. Sie wusste, dass ihre Kollegen sich in ihrer Nähe versteckten, aber sie war dennoch auf sich allein gestellt. Er war äußerst risikobereit, das durfte sie auf keinen Fall unterschätzen. Die Fallanalytikerin fuhr durch Petersdorf. Sie musste nach Schlagsdorf. Das ungute Bauchgefühl breitete sich weiter aus. Das Gefühl, sich zu viel abverlangt zu haben. *Rasmussen, was ist in dich gefahren?* Sie schluckte, und ihre Handinnenflächen wurden feucht. Sie wischte sie am Stoff ihrer Jeans ab.

Jetzt knurrt auch noch mein Magen. Ich hab heute überhaupt noch nichts gegessen. Die Kriminalistin schüttelte den Kopf. Hatte sie sich zu viel zugetraut? Sie wusste, dass er weitermachen würde wie bisher, wenn sie ihn jetzt nicht aufhielten. Wieder legte sie die Hand auf den Picknickkorb. Irgendwas verunsicherte sie. Sie durfte sich nicht von seinem Charme einlullen lassen. Ich muss wachsam sein.

»Ich werde dir schmeicheln, du Hund, dass dir Hören und Sehen vergeht«, krächzte sie. »Ich werde dich an deinem Ego packen, du Saukerl.« Sie schnaubte und trat aufs Gaspedal. Endlich verließ sie Petersdorf. Ihr Handy klingelte. Ein Blick zur Uhr zeigte ihr, dass es bereits 19.15 Uhr war. Ist sicher Dirk, um zu hören, wo ich bleibe, überlegte sie und nahm das Gespräch an, als sie eine fremde heisere Stimme hörte.

»Hallo, liebe Heart29.«

Erschreckt sah sie auf die unterdrückte Nummer und fuhr an den Straßenrand. Ein eiskalter Schauer lief über den Rücken der Fallanalytikerin. Das ist der Kerl, mit dem ich mich treffe. Sie musste reagieren.

»Ja?, Hallo Neptun4. Ist was passiert? Sag nicht, dass du absagen willst, ich hab mich so auf dich gefreut«, log sie und war froh, dass er nicht sehen konnte, wie ihre Gesichtsfarbe sich veränderte.

»Nein, aber du musst mir dringend helfen. Ich bin liegen geblieben, mein Auto qualmt, und ich habe keinen Feuerlöscher. Außerdem bin ich schon viel zu spät. Ich wollte nicht absagen. Hast du einen Löscher im Wagen?«

Er klang betrübt, fast panisch. »Ja, hab ich. Wo bist du?«

»Ich bin irgendwo hinter Wenkendorf und brauch wirklich deine Hilfe, bevor der Wagen anfängt zu brennen. Kommst du? Sonst muss ich absagen.«

»Nein, ich komme, kein Problem! Erklär mir genau, wo

du bist. Ich bin gleich da. Ich bin auch zu spät und kurz hinter Schlagsdorf, wenn dir das etwas sagt.« Sonja Rasmussen wusste, dass sie ihn jetzt nicht verlieren durfte, wenn sie das Unternehmen nicht gefährden wollte. Die Jungs würden auf sie warten, da war sie sicher. Sie gab ihr neues Ziel in das Navigationsgerät ein und fuhr zurück Richtung Dänschendorf. Es würde nicht lange dauern, dann hätten sie das Problem gelöst. Ein Reh lief unerwartet über die Fahrbahn, und Rasmussen musste hart bremsen, um nicht mit dem Tier zu kollidieren. Das Handy fiel auf den Boden des Beifahrersitzes und rutschte beim Anfahren unter den Sitz. Sie hatte es nicht bemerkt. »Heute geht aber auch alles schief«, knurrte sie und gab Gas. Sie war nervös. Die knapp sechs Kilometer würde sie in zehn Minuten bewältigen. Die Kollegen werden sicher schon unruhig, dachte sie und wollte Westermann anrufen, um ihm mitzuteilen, was sie vorhatte. »Nanu, wo ist das Handy? Ich weiß, ich hab es in die Mittelkonsole …« Schweißperlen traten auf ihre Stirn. »Alles geht schief, wir sollten das abbrechen.« Sie schalt sich eine Närrin, der die Nerven durchgingen. »Rasmussen, bleib cool. Das Handy ist bei der Vollbremsung sicher runtergefallen. Suche ich, wenn ich da bin. Dann ruf ich Westermann an … alles wird gut. Die werden nicht ohne mich anfangen«, knurrte sie. Angespannt nagte sie auf ihrer Unterlippe. Sie fuhr die schmale Straße entlang, auf der sich links und rechts nur Felder ausdehnten und ein paar Windkrafträder nach Westen ausgerichtet hatten. Sie schnaubte und umklammerte das Lenkrad. Dann sah sie den silbergrauen Ford Focus am Straßenrand vor sich auftauchen. Zwei Radfahrer hielten auf sie zu, ansonsten war der Weg unbefahren.

Die Fallanalytikerin parkte mit klopfendem Herzen unmittelbar hinter dem Wagen, aus dessen Motorraum

Qualm emporstieg. Sie ordnete die langen schwarzen Haare ihrer Perücke und verließ ihren weinroten Tiguan. Als sie ausstieg und sich auf ihn zu bewegte, fragte sie sich plötzlich, woher er eigentlich ihre Telefonnummer hatte? Ihr Herz fing unkontrolliert an zu schlagen. Ich muss hier weg. Das ist eine Falle. Der führt irgendwas im Schilde. Rasmussen atmete tief durch. Ich kann nicht zurück … Jolin!

Sie würde die Geschichte jetzt durchziehen und wachsam sein. Entschlossen setzte sie ein entwaffnendes Lächeln ein: »Hallo Neptun, das sieht ja nicht so gut aus«, versuchte sie, entspannt zu wirken. Sonja Rasmussen machte sich an ihrem Kofferraum zu schaffen und nahm den Feuerlöscher aus seiner Halterung. Noch kann ich ins Auto steigen und abhauen. Wenn ich jetzt losfahre, kann ich Westermann informieren, und sie kriegen ihn. Rasmussen, du musst dich entscheiden. Ihr innerer Schweinehund kämpfte mit ihrem Verstand. Dann hatte sie sich entschieden. Sie eilte zum Fahrzeug des Mannes, den sie in nicht einmal einer Stunde verhaften wollten. Sie bemerkte seine abschätzenden Blicke, seine geweiteten Pupillen. Der ist total hin und weg, dachte sie und versuchte, sich nichts anmerken zu lassen. Sie lächelte, aber ihr Puls raste. Die Fallanalytikerin hoffte, dass er es nicht merkte. Das Handy, jetzt hab ich das verdammte Telefon im Wagen vergessen … »Wie gut, dass du so schnell gekommen bist«, schmeichelte der schlanke ein Meter 80 große Mann und fixierte sie aus schmalen graublauen Augen. Auf seinen Lippen lag ein siegessicheres Lächeln. Sie hoffte, dass er nicht merkte, wie nervös sie war. Ich blöde Kuh … das Mikro … ist nicht eingeschaltet. Ich muss das irgendwie … wie blöd bist du, Rasmussen? Unprofessioneller geht's gar nicht. Sie musste eine Gelegenheit abwarten, in der sie zumindest die Technik an ihrem Körper in Gang setzen konnte. Vielleicht wenn ich mich über den Motor beuge. Hätte ich bloß meine Pistole mitgenommen. »Das kriegen wir hoffentlich schnell in den Griff. Ich dachte, es wäre schlimmer«, lenkte er ab. Der Qualm aus dem Motorraum schien bereits wieder zu verschwinden. »Gibst du mir den Löscher? Ich will mal gucken, ob es überhaupt nötig ist. Dann können wir gleich zum Strand … ich freue mich … wirklich sehr.« Er stellte sich breitbeinig vor die geöffnete Motorhaube und guckte hinein. »Was meinst du, sollen wir wirklich das Zeug verschwenden, oder geht das auch so vorbei?« Ahnungslos postierte sie sich neben ihn und schüttelte den Kopf. Sie hoffte, dass sie ein paar Sekunden fand, um ihr Mikrofon einzuschalten. »Ehrlich … ich hab keine Ahnung von Motoren. Wir sollten einen Moment warten. Sieht nicht aus, als wenn der Wagen abfackelt.« Sonja Rasmussen reichte ihm den Feuerlöscher, beugte sich über den Motorblock, heuchelte Interesse. Ihr Herz schlug bis zum Hals. Reiß dich zusammen, Rasmussen, dachte sie und sagte: »Ich glaub, den kann ich beruhigt wieder in den Kofferraum legen«, lachte sie und deutete auf die rote Flasche. Sie hatte das Gefühl, dass er auch keine große Ahnung von Autos hatte. Aber ließ er sie das nicht nur glauben? Rasmussen musste schnellstens zum Wagen, um ihr Handy zu holen, und das Mikro einschalten. Als sie den Kopf drehte, spürte sie ein Tuch auf ihrem Gesicht. Dann wurde ihr schwarz vor Augen.

KAPITEL 23

Es schien, als hörte sie eine Frauenstimme. Jolin erwachte aus ihrem Dämmerzustand. Sie hing in ihren bleischweren Hand- und Fußfesseln, hatte nicht die geringste Möglichkeit, sich zu befreien. Ihre Zunge klebt am Gaumen, der eklige, pelzige Geschmack nach Fäulnis breitete sich immer weiter in ihrem Mund aus. Die Eule hatte sie seit Langem nicht mehr gehört. Sie wusste nicht, ob Tag oder Nacht war. Einzig das Fiepen und Quieken der Ratten war geblieben. Sie registrierte jede Berührung der Nager an der Haut ihrer Füße, schaffte es wippend und durch kaum wahrnehmbare Zischlaute, die Schädlinge immer wieder zu verscheuchen. Es würde nicht mehr lange dauern, dann wäre deren Hunger übermächtig, und sie machten sich ohne Skrupel an ihr zu schaffen. Sie rochen ihre Angst, witterten das Blut, das durch ihre aufgeschürften Wunden drang. Jolin schnalzte mit der Zunge, registrierte den metallischen Geschmack auf ihren Lippen, fühlte den brennenden Schmerz auf Armen und Beinen. Immer wieder sah sie das Skalpell vor sich. Er hatte sie mehrfach damit verletzt, ohne dass es ihn in irgendeiner Form berührt hatte. Was für ein Tier, dachte sie, und ihre Lippen fingen an zu zittern. Sie spürte die Tränen, die über ihre Wangen liefen, und versuchte, sie mit der Zunge aufzufangen. Ihr Schluchzen hallte durch den stockfinsteren Raum. Als ihr Körper von einem heftigen Weinkrampf geschüttelt wurde, bemerkte sie die wie Feuer brennenden Wunden. Sie konnte nicht sehen, wie viele Verletzungen er ihr an Armen und Beinen zugefügt hatte, aber sie spürte die unerträglichen Schmerzen. Ihr Brustkorb verkrampfte sich, sodass sie kaum atmen konnte. Wie ein eiserner Panzer, der sie zu zerquetschen drohte. Lass mich endlich sterben, wünschte sie und ließ ihren Kopf auf die Brust sinken. Ein paar Haarsträhnen fielen vor ihre Augen, und sie versuchte, sie mit der Zunge in den Mund zu ziehen. Als sie eine zu fassen bekam, sog sie sie in die Mundhöhle, kaute auf ihr. Sie verspürte ohne Nahrung und Wasser Magenschmerzen, die sie fast ohnmächtig werden ließen. Von dem, was er ihr unregelmäßig gegeben hatte, hätten nicht mal die Ratten satt werden können. Wasser gerade so viel, dass sie überlebte. Sie war immer häufiger verwirrt, geriet in traumähnliche Zustände. Jolin bekam Herzrasen oder Muskelkrämpfe, die auf einen kritischen Flüssigkeitsmangel hindeuteten. Sie fing an, ihre tauben Glieder zu bewegen. Warum hältst du mich am Leben? »Was hab ich dir getan?«, weinte sie. Was immer er mit ihr vorhatte, es würde grausam enden, das wusste sie.

Der Gefangenen war klar, dass er sie nicht lebend gehen lassen konnte, nach all dem, was er mit ihr gemacht hatte. Die Tür, deren knarzendes Geräusch sie bereits so gut kannte, öffnete sich. Die junge Kellnerin ahnte, was es zu bedeuten hatte. Sie senkte die Augenlider. Soll er denken, ich wäre verreckt. Sie hörte wie durch Watte, dass etwas wie ein schwerer Sack über den dreckigen Boden geschleift wurde. Sie merkte, selbst mit geschlossenen Augen, wie er direkt vor ihr hantierte, Dinge zurechtrückte. Jolin hing halb tot in ihren Ketten und nahm nur noch vage wahr, was um sie herum passierte. Ihr war es egal, ob er sie tötete oder hier unten als Rattenfutter zurücklassen würde. Ihr Atem war kaum noch wahrzunehmen. Sie verlor die Orientierung, ihr wurde schwindlig, dann fiel sie in Ohnmacht.

Wenig später holte sie ein harter Schlag ins Gesicht zurück in die Realität. Sie kam zu sich, hob den Kopf, hielt ihre Augen geschlossen. Auf einmal breitete sich im Kellerraum Licht aus, das sie zwang, die Lider zu öffnen. Es war taghell in ihrem Verlies. Als der Blick klarer wurde, zeigte sich das Ausmaß der letzten Wochen. Jolin nahm den Raum in Augenschein. In dem Loch gab es nur diese Matratze, einen Stuhl und den alten Metalltisch, auf dem die medizinischen Instrumente ausgelegt waren. Das Lager neben ihr, von Kot und Urin besudelt. Jolin lenkte den Blick auf ihre gespreizten Beine, auf ihre Füße. Ihr bot sich ein Bild, das sie zur Kenntnis nahm, sie aber nicht anwiderte. Sie stand in ihren eigenen Exkrementen. Der Geruch, den sie gar nicht mehr wahrgenommen hatte, wurde plötzlich wieder zur Realität. Es stank wie in einem Schweinestall. Dann lenkte sie ihre Aufmerksamkeit auf ihren Peiniger. Sie versuchte, Augenkontakt herzustellen. Der schmächtige Mann, der die Kapuze seines Hoodies weit über das Gesicht gezogen hatte, trug eine FFP3-Maske. Eine von der Sorte, die sogar bei Atomeinsätzen getragen wurde. Ein verächtliches Lächeln huschte über ihr Gesicht. Irgendetwas hatte er in diesem Moment vor. Dazu brauchte es niemanden, der es ihr erklärte. Zögernd schloss sie die Augenlider, als könnte sie so den widerwärtigen Anblick ihres Gegenübers ausschalten. Ihre Sinne drifteten gerade wieder ab, als sie erneut einen gewaltigen Schlag auf ihrer Wange registrierte. Ihre Lider flatterten, bevor sie sie wie unter Zwang öffnete. Was sie unmittelbar vor sich auf dem Instrumententisch entdeckte, ließ sie zusammenzucken. Die Skalpelle, die im Licht der grellen Baulampe aufblitzten, kannte sie. Die elektrische Säge, die aussah wie die Großausgabe eines Brotmessers, nicht. Ihr Körper fing an zu zittern. Sie versteifte sich und versuchte, sich auf die Füße zu stellen. Sie richtete sich auf, zerrte an den mittelalterlichen Fesseln, obwohl sie genau wusste, dass es aus dieser Hölle kein Entrinnen gab. Sie stöhnte, als sie seinen Blick auffing, der sie von oben bis unten taxierte. Seine Pupillen waren geweitet, der Ausdruck dämonisch. »Na, meine Kleine, wie geht's dir? Ich hoffe, sie haben dich nicht zu heftig malträtiert«, flüsterte er durch die Maske. Er lachte. Sie wusste, dass er die Angriffe der schmutzigbraunen Viecher meinte, die sich immer mehr zusammenzurotten schienen. Eine von ihnen hatte es geschafft, ihren Rücken hochzuspringen und sich an ihrem Nacken zu verbeißen. Jolin hatte sich gewunden, bis das Tier quiekend von ihr abließ. Sie wusste, dass sie zurückkommen würden, wenn alles wieder ruhig wurde. Sie würden lauern, bis sie sich nicht mehr wehren konnte. Und falls es einer von ihnen gelang, sich an ihrem Körper festzubeißen, der nur noch aus Haut und Knochen bestand, würden die anderen folgen. Ihre Lippen zuckten, als sie seinen Blick erwiderte. Sie räusperte sich und versuchte, Spucke im Mund zu sammeln. »Was habe ich dir getan? Warum lässt du mich nicht gehen? Ich mach alles, was du willst. Ich werd bei dir bleiben, dich lieben. So, wie du es möchtest.« Ihre Stimme klang erschöpft. Sie wollte ihn ein letztes Mal dazu bewegen, von ihr abzulassen. Er lachte, als hätte ihm gerade jemand einen Witz erzählt. »Du tust sowieso, was ich will. Wir bringen es bald zu

Ende, mein Herz. Morgen wirst du erlöst. Du musst dich nicht anbieten, du gehörst mir schon. Aber ich brauch den Platz für ein neues Herzchen, es wird also schneller vorbei sein, als ich dachte. Deine Zeit ist fast gekommen. Aber ich kann dich noch nicht töten. Ich will, nein, ich muss noch etwas herausfinden.« Mit den Fingerspitzen streifte er über ihre Gänsehaut, fuhr ihren Hals hinunter, streichelte ihre schmutzigen Brüste. Sie wand sich. Er nahm die Hand hoch und schlug ihr ins Gesicht. »Du wehrst dich immer noch? Was soll das? Habe ich nicht alles getan, damit es dir gut geht?« Der Blick aus seinen Augen veränderte sich, gefror. Die Widersprüche in ihm waren nicht nachvollziehbar. Er nahm eine leere Flasche in die Hand und fuhr damit ohne Eile ihren Schenkel hinauf. »Einmal noch lieb sein, bevor wir zum Finale kommen.«

*

Als Sonja Rasmussen erwachte, brummte ihr Schädel. Sie hob ihre Hand, um sie gegen die Schläfe zu legen, und wurde hart zurückgerissen. »Was …?« Ihr Blick wanderte durchs halbdunkle Zimmer. Alte Tapeten hingen in Fetzen von der Wand. Es roch muffig, sie musste das Würgen unterdrücken. Die Fallanalytikerin atmete durch die Nase. Ihr Interesse blieb an dunklen Placken in den Ecken des etwa zwölf Quadratmeter großen Raumes hängen. Schimmel. Überall gammelte es vor sich hin. Sie traute sich nicht mehr, den Mund zu öffnen, und presste die Lippen aufeinander. Fassungslos betrachtete sie ihre schmerzende Hand, die in einer Metallfessel hing, wie sie sie im Dienst benutzten. Sonja Rasmussen kauerte, gegen die Wand gelehnt, auf einer mit Flecken übersäten Matratze. Was, verdammt, war das hier? Sie riss an der Handschelle, die an einer etwa einen Meter langen Kette fest ins Mauerwerk eingelassen war. Dann merkte sie, dass sie außer ihrem Höschen nichts mehr an Kleidung trug. Fassungslos starrte sie an sich herunter. Der hat sich vorbereitet, ich fass es nicht. Ein eiskalter Schauer lief über ihren Rücken. Sämtliche Härchen am Körper stellten sich auf, und sie fing an zu zittern. Ich hätte es wissen müssen ... ich hätte es wissen müssen! Der verdammte Bastard ... Sie schnaubte und riss ein weiteres Mal an ihrer Handfessel. Ich muss hier raus. Sie untersuchte abschätzend den Raum. Außer lose zusammengefegten Mörtelhaufen, Teilen herausgebrochenen Mauerwerks und abgerissenen Tapetenfetzen gab es nur ein von Grünspan befallenes Kiefernsideboard und einen ebenso verrotteten Nachttisch. Das Bettgestell zur Matratze, auf der sie kauerte, lag auseinandergeschlagen im Dreck. Ihr professionelles Augenmerk wanderte zum einzigen Fenster im Zimmer. Mit Pappe verrammelt, ließ es nur an den Seiten letztes Licht in den Raum. »Verdammt noch mal, wie konnte ich nur so blöd sein. Ich hätte ahnen müssen, dass du mich austrickst. Du wusstest die ganze Zeit Bescheid. Du ... Arschloch«, schrie sie und riss wutschnaubend an der Handschelle, die bei jeder Bewegung ins Fleisch schnitt. Das hat der alles lange so geplant, ich Idiotin. Der weiß genau, wer ich bin. Sie ärgerte sich über ihre eigene Leichtsinnigkeit. Die Fallanalytikerin vermutete, dass er sie und die gesamte Truppe überlistet hatte. Ihr Herz schlug so laut, dass sie es hören konnte. Ihr wurde klar, dass sie sich in einer aussichtslosen Situation befand. Ihre Kollegen wussten nicht einmal, wo sie sich aufgehalten hatte, als er sie überrumpelte. Es macht mit Sicherheit keinen Sinn zu schreien, stellte sie resigniert fest. Damit würde sie ihn nur auf den Plan rufen. Vielleicht war hier irgendwo Jolin und kämpfte um ihr Leben. Wieder zerrte sie an ihrer Fessel. Ich muss hier raus, ihr helfen. Sie ist hier, das spüre ich! Der Puls in ihrer Halsschlagader trommelte. In ihrem Gehirn fing es an zu arbeiten, ihre Blicke wanderten umher. Jolin. Dann spürte sie das kalte Metall an ihrem Handgelenk.

*

»Es reicht«, rief Westermann. »Wir brechen das hier sofort ab. Wie spät?«

»Exakt 19.17 Uhr«, sagte Arno Jensen und zog die Sturmmaske vom Kopf. »Wir gehen jetzt runter zum Strand und suchen die Gegend ab. Das Ganze war eine Schnapsidee, ich hab's euch vorher gesagt. Leute, das war's!«, schrie er. »Warum sind sie nicht hier? Aus welchem Grund geht Sonja nicht ans Handy? Thomas, versuch es weiter.« Der Hauptkommissar drängte sich zwischen Büschen hindurch und suchte sich einen Weg, um auf dem schnellsten Weg an den Strand zu gelangen. Er hatte es auf einmal eilig, und Hartwig merkte, wie er zu laufen anfing. Um den fast dreieinhalb Kilometer langen Weg des Fastensees zu umrunden, brauchte man weit über eine halbe Stunde. Westermann kämpfte sich auf den Deich und war plötzlich hinter der Anhöhe verschwunden. Die Kollegen der Sonderkommission *Küstenherz* folgten ihm und suchten den Strand in beiden Richtungen ab. Nichts deutete darauf hin, dass die Fallanalytikerin und der Täter überhaupt hier gewesen waren. Als Thomas vom Deich aus das Strandgebiet abscannte, sah er nur Polizeibeamte und seinen Chef über den Strand laufen. Als Hartwig ihn erreichte, wurde es bereits dämmerig. »Was sollen wir tun?«, wollte Westermann wissen und schien ratlos. »Thomas, denk nach.«

»Wir müssen zuerst ihr Handy orten. Sie ist hier irgendwo, da bin ich mir sicher.« Sein älterer Kollege schüttelte den

Kopf und pfiff. Dann schrie er: »Kommt her. Wir brechen hier ab.«

Die Ermittler versammelten sich wenig später um den Leiter der Sonderkommission. »Wir orten sofort das Handy. Ich habe telefoniert, und sie schicken mir die Daten ihres Telefons. Wir brauchen die Hundestaffel.« Es schien, als hätte Westermann sich in Sekundenbruchteilen neu ausgerichtet. »Zu den Fahrzeugen. Es handelt sich um Gefahrenabwehr, und ich hab die Genehmigung vom Polizeipräsidenten. Wir starten eine stille Ortung.« Die Männer rannten wie auf Kommando im Laufschritt zu den Wagen.

»Was, wenn er sie genauso getäuscht hat wie uns und sie sich längst in seiner Gewalt befindet?«, knurrte Hartwig und presste die Lippen zusammen.

»Hoffe das nicht. Du weißt, was dann passiert.« Westermann schluckte und rückte seine Brille zurecht. Angespannt stapften sie über den Deich, um zum Auto zu gelangen. »Ich hab's gewusst … das Ganze war eine irrsinnige Idee.«

*

Die Sonderkommission musste die Suche ohne Erfolg abbrechen. Das letzte Mal war das Handy der Fallanalytikerin in einem Sendemast in Petersdorf eingeloggt, danach verlor sich ihre Spur. Sie fuhren die halbe Nacht mit etlichen Fahrzeugen die Gegend ab, entdeckten jedoch nichts, was auf Rasmussens Verbleib hinwies. Jetzt war es 6.45 Uhr morgens. Westermann und Hartwig hatten sich entschieden, Eike Gebbert einen weiteren Besuch abzustatten. »Ich bin mir nicht sicher, aber irgendetwas ist nicht koscher mit dem Kerl. Meine Intuition sagt mir, dass er was mit der Sache zu tun hat. Als ich die Fotos auf Charlottes Kamera gesehen habe, hatte ich gleich ein komisches Gefühl. Er ist es

100-prozentig«, murrte der Kommissar, als sie die Abfahrt Großenbrode hinunterfuhren. Er hatte seinem Vorgesetzten seinen Unmut mitgeteilt und ihn davon überzeugt, den Mann ein weiteres Mal zu kontaktieren. Anne Lornsen und Werner Hintz waren zeitgleich nach Kiel unterwegs, wo die Studenten mittlerweile von der Polizei vor Ort erneut befragt wurden.

Die beiden Kriminalisten hielten wenig später vor dem Mehrfamilienhaus am Kai. »Diese Wohnsiedlung haben die richtig vernünftig hingekriegt«, sagte Hartwig, als sie ausstiegen. Westermann steckte seine Pfeife an, blies den Rauch in den Himmel. »Nicht eine Wolke«, grummelte er und sog am Mundstück. »Das waren früher mal Kasernengebäude der Marine-Küsten-Schule. Wenn ich mich nicht irre, ist das ganze Gelände damals für kaum mehr als fünf Millionen Mark weggegangen. Sauber gelöst.« Der Ermittler schnalzte mit der Zunge.

Westermann bewegte sich auf das Haus zu, in dem Eike Gebbert wohnte, der als Zeuge ausgesagt hatte und mit dem gesuchten Täter eine gewisse Ähnlichkeit aufwies.

Sie standen vor der Eingangstür, Hartwig drückte den Klingelknopf. »Meinst du, der ist zu Hause?«

»Ich denke, der Kerl wird um diese Uhrzeit zur Arbeit unterwegs sein. Da ist sehr wahrscheinlich niemand, aber wir müssen es zumindest probieren.« Im gleichen Moment, als Westermann den Satz beendet hatte, summte der Türöffner. Die Männer guckten sich erstaunt an. »Hab mich wohl getäuscht«, murrte der Hauptkommissar, schnaufte, klopfte die Pfeife aus und schob sie in den Mundwinkel. »Dann wollen wir mal.«

Im Laufschritt eilten sie die Terrazzo-Stufen in den zweiten Stock und entdeckten die handbreit geöffnete Tür. Aus ihr lugte ein schmales Gesicht, das sie nicht kannten. »Ja?«

Der Leiter der Mordkommission zog seinen Dienstausweis aus der Hemdtasche und hielt ihn der Frau mit der geröteten Nase unter die Augen. »Westermann, Kripo Oldenburg, mein Kollege Hartwig. Wir haben ein paar Fragen an Eike Gebbert, ist er zu Hause?« Er nahm an, dass sie die Verlobte war, die bei der letzten Befragung geschlafen hatte. Sie öffnete die Tür. Was ihm sofort auffiel, war die Ähnlichkeit mit den Opfern. Die etwa 30 Jahre alte Frau hatte lange schwarze Haare und war, abgesehen von der Erkältung, die sie offensichtlich quälte, und der viel zu weiten Jogginghose eine attraktive Erscheinung. Hartwig sah sie an, als hätte er einen Geist entdeckt. Er hat es also ebenfalls bemerkt, dachte Westermann und fragte: »Dürfen wir reinkommen?« Er setzte einen Fuß in die Tür. »Eike ist nicht da. Ich weiß nicht, wo er steckt. Normalerweise sitzt er in seiner Höhle. Aber der ist schon seit Tagen kaum noch zu Hause.«

»Höhle?«, fragte Hartwig und folgte seinem Vorgesetzten. »Männerhöhle, ich nenn sie so. Das ist sein Zimmer, in das er abtaucht … also nicht falsch verstehen.« Sie zeigte ein schiefes Lächeln und schloss die Tür hinter den Männern. Erneut fanden sie sich in dem modern eingerichteten und gepflegten Wohnbereich. »Wie ich schon sagte, der ist nicht hier. Ich hab eben bei ihm angeklopft, er antwortet nicht.«

»Was heißt, bei ihm angeklopft?«, wollte Hartwig wissen und sah die verschnupfte Frau fragend an. Seine nackenlangen dunklen Haare hatten fast die gleiche Farbe wie die der kränklichen Person vor ihm. »Ich sagte doch, Männerhöhle. Da darf nicht mal ich rein. Er hat den Raum eigentlich ständig abgeschlossen. Aber jetzt möchte ich erst mal wissen, was Sie von ihm wollen? Sie sind sicher nicht hier, um sein Zimmer zu begutachten.«

»Doch, genau deshalb sind wir hier«, antwortete Westermann. »Wo finden wir Herrn Gebbert ... Ihren Verlobten?«

»Ich sagte Ihnen bereits, ich weiß nicht, wo er steckt. Interessiert mich auch nicht sonderlich.« Die Männer guckten
sich an. »Was heißt das?«, wollte Hartwig wissen. Sie seufzte.
»Um ehrlich zu sein, sind wir gar nicht mehr zusammen.
Ich hab mich vor Längerem von ihm getrennt«, schniefte
sie. Die Kriminalbeamten sahen die Frau sprachlos an. »Wie
soll ich das verstehen«, fragte der Leiter der Mordkommission. Sie setzte sich an den schwarzen Esstisch und nieste.
»Setzen Sie sich. Sehen Sie ... wir hatten anfänglich eine
gute Zeit ... aber irgendwann ist alles aus dem Ruder gelaufen ... Es passte einfach nicht mehr.« Westermann wusste,
dass das nicht die ganze Wahrheit war. »Was ist aus dem
Ruder gelaufen?«, hakte er nach. »Ph ... ich will nicht darüber reden. Ich bin froh, wenn er endlich auszieht.«

»Auszieht? Ist das nicht seine Wohnung?«

»Nein, schon lange nicht mehr. Seitdem er keinen Job
mehr hat, bezahle ich hier alles. Und Sie können mir glauben, das ist kein Spaß. Von mir aus kann er sich sofort
vom Acker machen. Ich brauche ihn nicht. Im Gegenteil,
ich mache jede Menge Überstunden, damit ich das alles
bezahlen kann.«

»Was machen Sie beruflich?«, wollte Hartwig wissen. Sie
schnäuzte sich die Nase und stopfte das Papiertaschentuch
in die Tasche ihrer Jogginghose. Ihre Augen tränten und
waren rot unterlaufen. »Ich? Ich bin Krankenschwester und
schiebe einen Nachtdienst nach dem anderen.« Die Männer sahen sich erneut an. Das erklärt einiges, dachte Westermann und nickte. »Ich bin froh, wenn der perverse Kerl
endlich weg ist«, zitterte ihre Stimme.

»Pervers?« Sie druckste. »Ich will hier keinen Ärger, der
kann richtig fies werden. Wenn ich Ihnen erzähle, was mit

ihm nicht stimmt, müssen Sie mich da auf jeden Fall raushalten.«

»Wenn Sie uns *was* erzählen?«, wollte Westermann wissen und rückte die Brille zurecht. Er spiegelte sie, ahnte, dass sie etwas auf der Seele hatte.

»Bevor ich mich in die Nesseln setze, müssen Sie mir erst mal erklären, warum Sie hier sind? Was hat er getan, dass Sie hier zu zweit aufkreuzen?«

»Wir ermitteln in zwei Mordfällen und einer Entführung und haben ein paar Fragen an Ihren ... Ex-Verlobten? Mehr können wir Ihnen zum jetzigen Zeitpunkt nicht sagen«, antwortete Westermann und schob die Pfeife in den anderen Mundwinkel. Saskia Schröder sah die Beamten fassungslos an. »Hat er irgendwas damit zu tun?« Ihr glühendes Gesicht wurde aschfahl. Wie versteinert saß sie auf dem Stuhl und starrte die Polizeibeamten an. »Das wissen wir nicht und deshalb sind wir hier. Können Sie uns mitteilen, wo er sich zurzeit aufhält?« Die Krankenschwester schüttelte den Kopf. »Ich sagte doch, er ist seit Tagen kaum noch hier. Er denkt, ich hab nicht bemerkt, dass er ständig unterwegs ist ... ich bin nicht blöd. Aber wo er sich aufhält ... keine Ahnung. Ist mir auch egal. Er soll bloß seine Klamotten packen und verschwinden.«

Hartwig erinnerte sich an seine Männerhöhle. »Was ist mit seinem Zimmer? Dürfen wir einen Blick reinwerfen?« Saskia Schröder nickte. »Ist mir egal. Wenn er nur endlich verschwindet. Aber ich glaube, Sie werden kein Glück haben.« Sie erhob sich und schlurfte auf Pantoffeln in den Flur. Zitternd drückte sie die Klinke einer der Türen herunter. Sie sah die Männer auf einmal erstaunt an: »Die ist sonst immer verschlossen«, flüsterte sie und öffnete die weiß lackierte Tür. Es schien, als hätte sie plötzlich Angst. »Eike?«, fragte sie und sah sich schniefend um. Hartwig schob sie beiseite und betrat als Erster das Zimmer.

In dem etwa neun Quadratmeter großen Raum war niemand. Saskia Schröder stand hinter Westermann. »Niemand hier«, sagte Hartwig. »Warum schließt er seine Männerhöhle ab?«, fragte der Kommissar und sah sich um. »Keine Ahnung. Das macht er schon, solang ich mich erinnern kann. Genauer gesagt, seitdem er nicht mehr im Job ist und den ganzen Tag nur noch vor dem verdammten Computer hockt. Aber so lässt er mich wenigstens in Ruhe.« Ihre Stimme klang auf einmal hart. Ihr Körper versteifte sich, und sie bearbeitete ihre schmalen Hände, bis die Knöchel kalkweiß hervortraten. »Seit wann ist er arbeitslos?«

»Seit fast zwei Jahren«, flüsterte sie und drehte sich immer wieder um, weil sie Angst hatte, dass er unverhofft in der Tür stehen könnte. »Er hat in der Firma alles vergeigt, weil er zu unzuverlässig war. Mittlerweile lässt er sich nur noch gehen. Wir reden kaum mehr miteinander. Ich sehe ihn manchmal tagelang nicht und will nur, dass er verschwindet.« Westermann sah die Tränen in ihren Augen aufsteigen, merkte, wie sich ihr Gesicht zu einer Maske verzerrte. Immer wieder wanderte ihr Blick zur Tür und blieb letztlich am Computer hängen. Sie machte einen Schritt darauf zu. »Der ist an … der Rechner ist an«, flüsterte sie ungläubig, als sie den Bildschirmschoner flimmern sah. »Wieso, ist das unnormal?«, fragte Hartwig. »Hab ich Ihnen doch gesagt, dieses Zimmer ist immer verschlossen, und selbst wenn er zum Klo oder duschen geht, macht er den Kasten aus. Ich kenne nicht mal das Passwort. Möchte nicht wissen, was er im Internet alles treibt.« Sie schnaufte abfällig. »Ist mir egal.« Ihre Stimme zitterte, als sie fragte: »Hat er die Frauen ermordet?« Sie guckte Westermann fragend an. Er zuckte die Achseln. »Genau das versuchen wir rauszufinden.« Er spürte, dass Saskia Schröder, die die ganze Zeit die Gleichgültige spielte, mit ihren Gefühlen zu kämpfen hatte. War es verzweifelte Liebe oder Angst, die sie wie ein verschüchtertes Kaninchen aussehen ließ? Sie streiften Handschuhe über. Irgendwas läuft hier gewaltig schief, schätzte der Leiter der Mordkommission.

»Von mir aus können Sie das ganze Zimmer auf den Kopf stellen. Würde mich nicht wundern, wenn er die Frauen umgebracht hat. Wenn Sie wüssten!« Ein verächtlicher Zug wurde um ihren Mund sichtbar. »Vielleicht finden Sie das, was für Sie wichtig ist.« Dann verließ sie das Zimmer. »Das glaub ich ja jetzt nicht. Hast du das gehört?«, wollte Hartwig von seinem Vorgesetzten wissen. »Hast du auch die Ähnlichkeit bemerkt?«

Sein Kollege nickte zustimmend. »Hab ich. Für mich ist der Fall klar. Der hat Hass auf alle Frauen, die so aussehen wie die Verlobte da draußen. Irgendwas muss in dieser Beziehung außer Kontrolle geraten sein, so wie sie sich gibt. Die Puzzleteilchen fügen sich langsam zusammen. Was meinte sie mit ›wenn Sie wüssten‹?«

Westermann trat in den Flur. »Frau …?«

»Schröder … Saskia Schröder. Ich bin nur froh, dass ich diesen Irren nie geheiratet habe. Ich zieh mich jetzt an und verlass mit Ihnen die Wohnung. Solang Sie diesen Perversen nicht haben, bleibe ich keine Sekunde länger hier.«

»Warum leben Sie mit diesem Mann zusammen, wenn Sie sich doch längst innerlich von ihm getrennt haben? Sie könnten sich eine neue Wohnung nehmen, und jeder geht seiner eigenen Wege. Und was meinten Sie mit ›wenn Sie wüssten‹?«

»Er hat mir gedroht, dass was Schlimmes passiert, wenn ich dieses Apartment kündige. Was sollte ich tun? Ich hab mich mit ihm arrangiert und gehofft, dass er bald eine andere Bleibe findet. 'ne Frau, die es mit ihm aushält. Ich habe Angst vor ihm! Und was ich damit gemeint habe?«

»Ja, Sie sagten, wenn Sie wüssten … was wüssten?« Wieder lachte sie abfällig. »Kommen Sie mit.« Sie bewegte sich zurück ins Zimmer, wo Hartwig jede Schublade des Schreibtisches in Augenschein nahm und nach Hinweisen suchte, die ihn mit den Morden in Verbindung bringen könnten. Die zierliche Frau zog den Stuhl vom *Ikea*-Tisch und schob ihn vor einen ein Meter breiten Kiefernschrank. Sie reckte sich, um den Aufsatz des Möbelstückes erreichen zu können. Ihre langen ebenholzschwarzen Haare fielen fast bis zu den Hüften. Westermann fragte sich, was sie mit Eike Gebbert zusammengebracht hatte. »Wie sind Sie mit ihm zusammengekommen?«, wollte er wissen.

»Wir haben uns bei einem Konzert in Großenbrode am Hafen kennengelernt. Er war charmant, freundlich.« Sie zuckte die Achseln. »Das hat sich irgendwie ergeben. Partylaune, zu viel Bier … Sie verstehen? Und er war richtig zuvorkommend. Er hat mich … auf Händen getragen. Mir jeden Wunsch von den Augen abgelesen.« Sie sah Westermann an und seufzte. »Bis er arbeitslos wurde. Von da an wurde er unerträglich. Aber wenn ich genau überlege, fing es schon viel früher an. Er hatte merkwürdige Anwandlungen und wollte …« Sie wandte sich kopfschüttelnd dem Holzschrank zu und schob die Tür des Aufsatzes zur Seite. Sie reckte sich. Ihre Jogginghose rutschte auf die Hüften und ließ ein Stück Haut sichtbar werden. Sie war sehr schlank, genau wie die ermordeten Frauen. Saskia Schröder kramte im Schrank, bis sie eine Schachtel zu fassen bekam. »Können Sie mir vielleicht mal helfen und die Kiste abnehmen?« Hartwig stellte sich neben sie und griff nach der Metallkiste. Sie war schwer. »Was hatte er für Anwandlungen?«, fragte Westermann. Sie drehte sich um, kletterte vom Stuhl, rückte ihre Kleidung zurecht und setzte sich. Die Krankenschwester zog ein Papiertaschentuch aus der Hosentasche und schnäuzte sich die Nase. Es schien, als müsste sie ihre Worte mit Bedacht wählen.

»Er fing an, mich im Bett immer brutaler anzupacken. Sein Blick hat mir oft eine Heidenangst eingejagt.« Sie saß wie erstarrt da. Die Nase triefte, und die wasserblauen Augen schimmerten. Die Männer betrachteten sie. Es schien sich mit einem Mal alles wie in einem Puzzle zusammenzusetzen. Hartwig machte sich an die Metallschatulle. Ein Vorhängeschloss verwehrte den Blick ins Innere der Kiste. Er rüttelte daran. »Nichts zu wollen. Die müssen wir aufbrechen«, sagte er. »Sie halten mich wahrscheinlich für verrückt, aber ich sage Ihnen, der Mann ist nicht normal. Ich glaube, er ist gefährlich.« Auf einmal veränderte sich ihre Mimik erneut. Sie schluckte, ihr Blick wurde unruhig. Sie schnäuzte sich erneut. »Sie nehmen ihn doch fest, oder? Wenn er rausfindet, was ich Ihnen erzählt habe, bringt er mich um, glauben Sie mir. Er ist abartig veranlagt.» Ich muss hier raus, sonst dreh ich durch. Und lassen Sie mich auf keinen Fall hier allein zurück. Ich kann nicht mehr.«

»Ich will endlich sehen, was in dieser verdammten Kiste ist«, knurrte Hartwig.

»Das werden wir jetzt rausfinden«, sagte Westermann, nahm einen Schraubenzieher vom Schreibtisch und brach das Schloss auf. »Passt«, sagte der Hauptkommissar. »Mach schon«, knurrte Hartwig und raufte sich die Haare. Der Leiter der Mordkommission öffnete die Kiste und guckte seinen Kollegen fassungslos an.

*

Summend saß er im Halbdunkel auf einem Dreibein, kippelte nach vorn, dann wieder nach hinten. Vor ihm ein abgewohnter Holztisch. Eine Laterne, die er darauf platziert hatte, spendete gerade genügend Licht, um zu tun, was nötig war. Er hievte den Rucksack auf seinen Schoß, zog eine Art Werkzeugtasche heraus. Gebbert faltete sie gelassen auseinander. Grinsend betrachtete der schmächtige, ein Meter 80 große Mann den schwarzen Gravurstift. Mit Bedacht wählte er einen der 30 Bohrer aus, die angeordnet in der Tasche vor ihm lagen. Fast schien es, als bewunderte er die blitzenden Minibohrer. Wie viele Herzen ich schon graviert habe und wie viele werden noch folgen? Er kicherte und breitete sein Werkzeug vor sich aus. Aus dem Set suchte er den heraus, den er bereits vorher für die Liebesschlösser benutzt hatte. Er schaltete das Gerät ein. Summend beugte er sich über das Herz und setzte den Bohrer an. Die Ziffern brannten sich immer tiefer ins schwarze Metall. Gebbert neigte den Kopf zur Seite und beobachtete die Zahlen, die sich in seinen Schädel einbrannten. Er summte.

Bald würde er sich an die Polizeibeamtin machen. »Sie ist die Nächste. Für wie dämlich halten die mich eigentlich? Mann Leute, ich habe euch die ganze Zeit über im Visier, und ihr habt es nicht mal bemerkt.« Sein lautes Gelächter füllte den Raum. Es war, als unterhielte er sich mit jemandem. »Die blöde Kuh hat tatsächlich geglaubt, sie wär schlauer als ich und ich würde auf ihren billigen Trick reinfallen. Diese banale Technik auszuhebeln ist Kinderkram. Mann, Mann, Mann. Dabei weiß ich längst, wer hinter dem Profil steckt. Dummes Weibsstück. Aber zuerst muss ich mich um die Kellnerin kümmern. Sie hat auch gedacht, sie wäre was Besonderes, diese Schlampe.« Vor seinem inneren Auge lief das letzte Snuff-Video ab, das er sich auf dem Monitor angesehen hatte. Er bekam einen Steifen und ließ seine Hand zwischen die Beine gleiten. »Der Zeitpunkt ist gekommen, ich will es erleben. Live und in Farbe …« Wieder grinste er. Die Kamera stand bereit. Der Mörder zweier Frauen schloss die Augen und gab sich seinen Fantasien hin. Gebbert konnte es kaum erwarten, sie zu zerteilen und ihre warmen glänzenden Innereien in den Händen zu halten. Wie in Trance öffnete er seine Hose, griff nach seinem Schwanz. Für den Moment steigerte er sich in seine Fantasien, dann riss er sich zusammen. Die Erlösung wollte er sich für später aufheben.

*

Als Westermann die Schatulle geöffnet hatte, prangten ihm unzählige Utensilien entgegen. In der etwa 30 mal 20 Zentimeter großen Box lagen schwarze Liebesschlösser in Herzform. Es waren die gleichen, die Charlotte an den Vorrichtungen entdeckt hatte. »Das gibt's doch nicht«, knurrte er. Westermann nickte und deutete auf verschiedene Haarsträhnen, die, in schmale Klarsichthüllen verstaut und mit Namen beschriftet, dalagen. »Er ist es!«, flüsterte er fassungslos und zog mit der Spitze eines Kugelschreibers drei Höschen aus der Schachtel. Eine tiefe Falte entstand zwischen seinen Augenbrauen, als er eine dünne Kordel, die an ihren Enden mit Holzstücken versehen war, entdeckte. »Das ist das Drosselwerkzeug, und ich gehe davon aus, dass er es benutzt hat.« Hartwig nahm sein Handy und fotografierte die Gegenstände, die sich in der Schatulle befanden. Der Leiter der Mordkommission griff zum Handy. Saskia Schröder kam zurück. Sie hatte sich gefangen: »Haben Sie, was Sie suchen?« Westermann nickte. »Ich wusste, dass mit ihm was nicht stimmt. Er ist der Mörder dieser Mädchen, stimmt's?«

»Es sieht so aus«, erklärte der Hauptkommissar zustimmend und blickte sie eindringlich an. Er sah, dass sie zitterte. »Da oben liegt übrigens noch mehr Zeugs, haben Sie das schon gesehen?«, sagte sie.

Hartwig sah sie verwundert an, stieg auf den Stuhl und wühlte sich durch einen Haufen Pornohefte. Der Kommissar reichte Westermann den Stapel, der sie neben die Schatulle legte. »Da ist noch mehr«, sagte er erstaunt und zog Barbiepuppen aus dem Schrank. »Was macht der Kerl mit Puppen?« Thomas Hartwig sprang vom Stuhl. Er reihte die dunkelhaarigen Plastikpuppen mit spitzen Fingern auf der Fensterbank aneinander. Westermann holte sein Handy hervor und hielt ihr Fotos der ermordeten Frauen vor. Bleich setzte sie sich auf den Bürostuhl. »Was hab ich getan?«

»Sie haben gar nichts getan. Er hat das alles allein zu verantworten. Und wir müssen ihn schnellstens finden. Ihr Verlobter hat diese beiden Frauen getötet und eine, wenn nicht sogar zwei weitere verschleppt. Wir wissen nicht, ob sie noch leben.« Saskia Schröder schüttelte den Kopf. »Oh, mein Gott. Was geschieht denn jetzt?« Sie zeigte zitternd auf den Fund auf der Fensterbank. »Er wird hier nicht mehr reinkommen, so viel ist sicher. Wir werden die Wohnung ab sofort observieren. Können Sie irgendwo unterkommen?«

»Ich kann zu einem ... Freund.« Die Kriminalisten sahen sie an. »Ihr Freund?«

»Ja, nein, das ist nur ein Kollege. Da könnte ich sicher erst mal hin.«

»Und warum sind Sie dann nicht längst weg?«, wollte Hartwig wissen.

»Weil ich nicht gehen konnte, das hab ich Ihnen doch erzählt. Zum einen ist das meine Wohnung, ich bezahle hier alles, und zum anderen hatte ich Todesangst. Es hört sich immer so leicht an, warum bist du nicht gegangen ... ich habe keine Antwort. Wahrscheinlich hab ich mich geschämt. Ich hatte sogar vor, mich umzubringen ...«

»Aber Sie hätten in ein Frauenhaus gehen können, zumindest vorübergehend?«

»Kennen Sie die Realität? Ich ... ich hab tatsächlich versucht, dort anzurufen. Die Häuser sind alle komplett ausgelastet gewesen. Man hat mich an eine Einrichtung 150 Kilometer entfernt verwiesen und auch die ... hoffnungslos überlastet. Ich hatte Angst ... da hab ich mich lieber geduckt.« Sie zuckte erneut die Schultern. Lange schwarze Haarsträhnen fielen ihr ins Gesicht und verdeckten ihre Augen. Sie zog die Beine an und umklammerte ihre Knie. Müde legte sie den Kopf darauf. Westermann wusste, wovon sie sprach. Er hatte fast die gleichen Worte bei einem seiner Mordfälle bereits gehört. Frauen, die in der Falle saßen, nicht wussten, wie sie ihren Tyrannen entkommen sollten. Die waren der Meinung, dass niemand ihnen half und sie in der kranken Beziehung ausharren mussten, bis sie sich von selbst auflöste, manchmal durch ihren Tod. Er konnte damals kaum glauben, wie stark diese Frauen auf der einen Seite waren und wie hilflos, verletzlich und machtlos auf der anderen. »Packen Sie ein paar Sachen, rufen Sie Ihren Freund an und lassen Sie sich abholen ... wir können Sie auch hinfahren, wenn Ihnen das lieber ist.« Wieder schüttelte sie den Kopf. »Ja, mach ich ... fassen Sie diesen verdammten Mistkerl, bevor er noch ein Mädchen tötet oder mich.«

Sie erhob sich und verließ mit schleppendem Gang das Zimmer. Hartwig drehte sich um, stieg erneut auf den Stuhl und untersuchte den Schrank nach weiteren Hinweisen. »Dieser Mistkerl«, knurrte der dunkelhaarige Kommissar und zog nacheinander drei Laptops und drei Handys hervor. Sie wussten, wessen Geräte sie gefunden hatten. Ohne ein Wort legte er die Sachen auf den Schreibtisch, um sie wenig später in Klarsichthüllen gleiten zu lassen. Mechanisch hob Westermann zeitgleich die Matratze hoch. Er entdeckte ein schwarzes gebundenes Buch. Ein Blick zu seinem Kollegen, dann nahm er es in die Hand und öffnete es. Der Kommissar blätterte mit offenem Mund in dem etwa 100 Seiten dicken Notizbuch. »Das ist das Tagebuch von Elin Jacobsen. Du wirst es nicht glauben. Darin sind sämtliche Verabredungen, die sie mit Männern hatte … auch die mit … Gebbert. Sie hat alles haarklein aufgeschrieben. Sogar die Chats ausgedruckt und hier eingeklebt. Bis zu dem Treffen in ihrer Wohnung hat sie alles penibel dokumentiert. Dann ist Schluss. Das darf nicht wahr sein. Wir brauchen sofort die Spurensicherung.« Dirk Westermann rief Nils Henning an, setzte sich auf den Bürostuhl und tippte auf die Enter-Taste. Seine Mimik war erstarrt. Er wusste nicht, was ihn erwartete. Der Bildschirm ploppte auf, und er fand sich auf der Startseite wieder. »Der hatte nicht einmal Zeit, seinen Rechner runterzufahren oder hat es schlichtweg vergessen. Ich glaube, der steht gewaltig unter Druck.«

»Ich denke, der bereitet sich auf sein Finale vor. Wo, verdammt, steckt der Kerl?«, knurrte Hartwig.

»Oh mein Gott. Guck dir das an«, flüsterte Westermann und konnte nicht fassen, was ihm ins Auge stach, als er den Dateiordner mit dem Titel »Meine Liebsten« öffnete.

Unzählige Fotos und Videos befanden sich in dem Ordner. »Das sind wahrscheinlich Pornos, die er im Netz heruntergeladen hat«, sagte der Hauptkommissar, als er auf den ersten Film klickte und blass wurde. Hartwig stierte auf die Aufnahmen und bekam den Mund nicht mehr zu. »Jedes Foto und Video ist mit Namen und Daten versehen«, schnaubte er.

»Dieser teuflische Spanner. Der hat sie die ganze Zeit über gestalkt«, stellte Westermann fest.

»Du hast doch gehört, dass er arbeitslos ist. Ich bin mir sicher, dass er die Stunden, in denen seine Verlobte schlief oder zum Nachtdienst war, genutzt hat, um sich den Frauen zu nähern«, entgegnete Hartwig.

»Woher wusste er, wo sie sich aufhalten?«

»Überleg doch mal. Die Mädchen erzählen im Netz fast alles. Und wenn er Computerspezialist ist, dann war es für ihn ein Leichtes, ihre IP-Adresse rauszukriegen und somit ihre Wohnadressen. Seine Ex-Verlobte hatte keinen blassen Schimmer von seinen Aktionen. Oh, nein«, flüsterte er. »Hier sind unzählige Fotos von Sonja! Der Kerl hat sie die ganze Zeit über beobachtet und all ihre Aktionen festgehalten. Der wusste über unsere Pläne Bescheid. Auch im Netz. Der hat sogar die Mails im Ordner. Ich dreh gleich durch!« Geschockt durchsuchte er die Aufnahmen, las den Chatverkehr zwischen den beiden. Seine Hände zitterten, als er sich Hartwig zuwandte. Jetzt wussten sie, dass er ihre Kollegin überlistet hatte und sehr wahrscheinlich irgendwo gefangen hielt. Westermann überlegte fieberhaft, wie sie vorgehen sollten. »Er wird sie töten, wenn wir ihn nicht finden! Weitersuchen. Irgendwo hier im Zimmer sind Hinweise, wo wir ihn finden, da bin ich mir sicher.« Als er sich gefangen hatte, konzentrierte er sich auf den nächsten Ordner mit dem Namen »Fantasie«, während Hartwig die Schränke durchsuchte. »Mal sehen, was uns noch alles erwartet.« Angespannt klickte er auf das erste Video. Sein Puls hämmerte gegen die Halsschlagader. Er schluckte. Sein Kehlkopf hüpfte auf und ab. Dann sah er sich sprachlos die Sequenzen der Aufnahmen an. »Das Schwein.« Angewidert wandte Westermann den Blick ab. Wenig später klingelte es an der Tür. Sie hörten Saskia Schröder sprechen. Sie ließ die Männer der Kriminaltechnik in die Wohnung. »Die sind im Zimmer am Ende des Flures«, sagte sie leise.

Sie hatte sich angezogen und ihre Reisetasche bereitgestellt. Sie führte die Beamten zur Männerhöhle und blieb im Türrahmen stehen. Entsetzt warf sie einen Blick auf den Bildschirm. Die Bilder eines surrealen Videos flimmerten vor ihren Augen. Ihr wurde schwindlig und sie brach zusammen, bevor jemand sie auffangen konnte.

Was die Männer in diesem Moment zu sehen bekamen, überstieg ihre schlimmsten Befürchtungen. Er hatte jedes Detail seiner Tötungen aufgezeichnet. Alles bis ins Kleinste dokumentiert, die Tatwerkzeuge in seiner Hand, das Blut an Wänden und Opfern. Er hatte gefilmt, wie er Liv Meindorf erdrosselte und sie in der Folge wie eine Puppe im flachen Gewässer drapierte. Mehr Beweise brauchten sie nicht. »Nehmt die Bude auseinander. Ich will wissen, was der hier noch versteckt hat«, sagte Westermann, als Hartwig ein weiteres Video startete. »Oh mein Gott. Das sind Snuff-Videos«, hauchte er und fuhr sich mit beiden Händen durch die dunklen nackenlangen Haare. Sein Mund stand offen, und selbst er wurde blass. »Scheiße!« Der Hauptkommissar sprang vom Stuhl auf und schüttelte fassungslos den Kopf. Er würgte und starrte aus dem Fenster. Das Video zeigte einen Mann, der mit einer elektrischen Handsäge Gliedmaßen eines lebenden Opfers abtrennte. »Stell das endlich aus, ich kann das nicht länger ertragen«, brüllte Westermann und warf Hartwig einen Blick zu, der ihn erschreckte. Sein Atem klang auf einmal wie der eines schwerfälligen Alten, der etliche Stockwerke zu Fuß hinter sich gebracht hatte. »Wir müssen sofort los. Der Bastard steigert sich, und in diesen verdammten Videos holt er sich … Anregungen. Thomas, wir verschwinden. Der wird Jolin bei lebendigem Leib … Er hat Sonja. Ich hätte es wissen müssen. Elender Mistkerl!«

*

Die Beamten der *Soko Küstenherz* waren ausgerückt und durchkämmten mit Hubschrauber, Spürhunden und mehr als 40 Polizeibeamten die Insel. Mittlerweile war es fast dunkel. Westermann und Hartwig rasten mit Blaulicht von Dänschendorf nach Wenkendorf. Sie wussten nicht, wo sie anfangen sollten, und waren die Strecke vom Fastensee zurückgefahren, weil sie hofften, dort irgendeinen Hinweis zu finden. Der Kommissar lenkte den Wagen, damit sein Vorgesetzter irgendein Signal empfangen konnte. »Alles tot. Der hat sämtliche Geräte ausgeschaltet.« Sie standen mit den Kollegen in Funkkontakt. Niemand hatte bisher eine brauchbare Spur aufgenommen.

»Hier ist Schluss. Ich fasse es nicht, die Straße ist zu Ende. Was machen wir denn jetzt?«

»Aussteigen, was sonst«, antwortete der Hauptkommissar und zog die Augenbrauen zusammen. Eine steile Falte dazwischen zeigte die Anspannung, unter der er sich befand. »Wir müssen zu Fuß weiter. Sie ist hier irgendwo, das habe ich im Gefühl«, schnaubte er und verließ den Wagen. Die anderen Ermittler standen mit ihren Fahrzeugen ebenfalls am Ende dieser Straße. Westermann eilte mit seinem Handy zur Wagenkolonne und informierte die Beamten. »Die Hunde, ihr müsst die Hunde rauslassen.«

Die Hundeführerin ließ als Erste ihren Schäferhund aus dem Auto, dann folgten zwei Kollegen mit ihren Tieren. »Verteilen«, rief sie. »Wir brauchen einen Trigger.«

Der Hauptkommissar bewegte sich zurück zum Wagen, öffnete die Beifahrertür und das Handschuhfach. Hielt der Kollegin einen Handschuh entgegen. »Den hab ich aus der Dienststelle, hat sie im Winter bei uns vergessen«, verzog Westermann den Mund. »Ich hätte mich nie auf diesen Vorschlag einlassen dürfen. Das ist alles meine Schuld«, flüsterte der Leiter der Mordkommission und zuckte die

Achseln. Die Beamten verteilten sich und bewegten sich mit Taschenlampen über das freie Feld. Er folgte ihnen. Nach einer halben Stunde hatten sie das Gebiet abgegrast und gelangten an eine Straße, die Richtung Wenkendorf führte. Auf einmal hörten Westermann und Hartwig den lauten schrillen Ton einer Trillerpfeife. »Das bedeutet nichts Gutes«, sagte der Hauptkommissar und fing an zu laufen. Sein Kollege folgte ihm. Nach 50 Metern hatten sie die Stelle erreicht, von der das Hundegebell und der grelle Ton herrührten. Sie gelangten erneut an eine Fahrbahn. Der Leiter der Mordkommission sah die Kollegin mit dem Schäferhund fragend an. »Und?« Die etwa 40-jährige Polizeibeamtin hielt ihm ein Handy entgegen. »Das haben wir hier am Boden gefunden.« Ein erneuter Pfiff zeigte an, dass ein anderer Ermittler etwas aufgespürt hatte. Westermann nahm die Klarsichttüte mit dem Mobiltelefon an sich und hechtete zum nächsten Kollegen. Der deutete mit dem Lichtstrahl der Taschenlampe auf den Erdboden. Dort lagen Kabel verstreut. Weitere Polizeibeamte leuchteten das Umfeld aus, während der Erste Hauptkommissar eines von ihnen in die Hand nahm. Dann entdeckte er das winzige Mikrofon am Ende der Verbindungsschnur. Er guckte nach oben und schluckte. »Ich wusste es! Das ist Sonjas Mikro. Hier muss irgendwo der Sender liegen … suchen, bis ihr ihn findet.«

»Fund«, rief eine männliche Stimme aus einem angrenzenden Maisfeld. Kurze Zeit später wussten die Ermittler, dass etwas mit Sonja Rasmussen passiert sein musste. Sie hatten ihr Abhörgerät, das Handy und, nur wenige Meter davon entfernt, ihren verlassenen Wagen zwischen hohen Maiskolben entdeckt. Der Kofferraum ihres Autos war verschlossen. Mit einem Kuhfuß hebelte einer der Männer den Kofferraumdeckel auf. Westermann war fassungslos. Er hatte das Gefühl, sein Herz würde jeden Augenblick stehen bleiben.

*

Charlotte suchte händeringend nach weiteren Hinweisen, die sie zum Täter führen könnten. Sie hatten eine Aufnahme mit einer männlichen Person. Wusste allerdings nicht, ob er es tatsächlich war. Sie brauchte einen Anhaltspunkt, wo er sich genau in diesem Moment aufhielt und das Mädchen gefangen hielt. Die Polizei hatte die Insel mit Spürhunden und etlichen Beamten abgesucht und nichts entdeckt, das sie weiterbrachte. Charlotte wusste nicht, dass sie Sonja Rasmussen als Köder eingesetzt und ihren Wagen bereits gefunden hatten. »Der Kerl ist hier irgendwo auf der Insel, da bin ich sicher. Und selbst wenn er in Hohwacht und Heiligenhafen gemordet hat, glaube ich, dass er sich jetzt in der Nähe aufhält.« Charlotte schnaubte, bevor sie ihre Selbstgespräche fortführte. »Diese junge Kellnerin und das Herz in Burgtiefe sind Beweis genug. Ich rieche seine Anwesenheit.« Immer wieder starrte sie die Fotos auf ihrer Kamera an. Nirgends fand sie einen Hinweis auf sein derzeitiges Versteck. Sie hatte nicht die Spur einer Ahnung, wo man eine Gefangene halten konnte, ohne dass man einem auf die Schliche kam. Sie kannte auf der gesamten Insel keinen adäquaten Unterschlupf, der einsam genug gelegen war, dass man dort eine Frau über längere Zeit unbehelligt weggesperrt halten konnte, ohne aufzufallen. Immer wieder betrachtete sie abwechselnd ihre Inselkarte, die sie zum Fahrradfahren brauchte, und die letzten Aufnahmen. Auf einmal verfinsterte sich ihr Gesichtsausdruck. »Einsam! Dass ich da nicht vorher draufgekommen bin. Heiland Mailand.« Sie guckte auf eines der Fotos, dann auf die

Fahrradkarte. Charlotte nahm einen roten Stift und kreiste das Areal ein, das ihr geeignet genug erschien, um jemanden gefangen zu halten. Immer wieder tippte sie mit dem Finger auf den farbigen Kreis und sprang vom Stuhl.

Plötzlich wusste sie, was sie zu tun hatte. Die Miss Marple der Insel hatte eine Eingebung und musste ihr zwingend folgen. Sie griff nach ihrer Kamera und hastete die Stufen hinunter, als wäre der Teufel persönlich hinter ihr her. Irgendwie stimmte es ja auch. Nur dass in diesem Fall sie ihm auf den Fersen war. Es war kurz vor 19 Uhr. Eigentlich wollte sie mit Josch zu Abend essen. Aber sie musste ihrem Instinkt folgen. Charlotte blieb im Flur stehen, nahm das Telefon aus der Station und wählte die Nummer ihres Freundes. Mit wenigen Worten versuchte sie, ihm zu erklären, dass sie einen wichtigen Auftrag zu erfüllen hatte, der keinen Aufschub duldete. Nein, sie könnte nicht auf ihn warten, sondern wäre quasi schon aus der Tür.

Sie erzählte nicht, auf welche Mission sie sich begeben wollte. Charlotte durfte weder schlafende Hunde wecken noch sich lächerlich machen, falls sie wieder nur in eines ihrer berühmten Fettnäpfchen trat. Sie überlegte für den Bruchteil einer Sekunde, ob sie wenigstens Dirk anrufen sollte … sie schüttelte entschieden den Kopf. »Das hält er sicher nur wieder für Hirngespinste. Nee, ich fahr erst mal allein …« Sie wollte sich erst rückversichern und ihm dann, wenn sie Spuren gefunden haben sollte, eine Mitteilung zukommen lassen. Sie konnte nicht ahnen, dass Dirk und sein Team mit ihren Ermittlungen wesentlich weiter vorgedrungen waren und dem Täter auf der Insel auf der Spur waren. Sie wusste auch nicht, dass er erneut eine Frau überlistet und verschleppt hatte, um sie zu töten. Zur Sicherheit steckte sie ihr in die Jahre gekommenes Tastenhandy in die Jackentasche. Sie brauchte es normalerweise nicht und es lag meist in irgendeiner Schublade. Oft war der Akku leer, und einmal hatte die Telefonfirma ihr sogar angedroht, den Vertrag zu kündigen, obwohl sie noch Guthaben auf dem Handy vorweisen konnte. Sie empfand es als Frechheit, sie dermaßen in die Schranken zu weisen, und hatte in Betracht gezogen, damit vor Gericht zu ziehen. Irgendwie war sie dann aber doch wieder davon abgekommen.

Jetzt war sie glücklich, dass sie ihr Handy dabei hatte und Dirk zur Not erreichen konnte. Sie hoffte, dass sie mehr fand als das, was sie auf dem Gelände gesehen hatte. Alles auf dem Grundstück kam ihr eigenartig vor. Und ihr Instinkt trog sie selten. Sie schlüpfte in die dunkelblaue Windjacke, zog den Reißverschluss hoch, griff nach ihrem Rucksack und eilte zur Hintertür raus. Sie kannte den Weg und würde das einsam gelegene, verlassene Haus vor Sonnenuntergang erreichen. Dieses Mal nahm sie einen anderen Weg. Denn es dämmerte bereits, und sie musste höllisch aufpassen, weil immer wieder Hasen oder sogar Rehe die schmale Straße nach Wenkendorf querten. Es war die Zeit der Tiere. Die goldene Stunde. Hier fuhr um diese Uhrzeit kaum ein Auto, und sie wähnte sich mit den Nachtjägern allein. Sie trat in die Pedale ihres Pedelec, als wäre sie auf der Flucht. Sie wusste, dass die Fahrt eine gute halbe Stunde dauerte, und schaltete auf den Sportgang. Der ließ ihr Rad wie mit Düsenantrieb durch die Felder flitzen. Wind aus Nord gab ihr zusätzlichen Antrieb. Nach genau 34 Minuten wurde sie langsamer, rückte ihr Cap zurecht und stoppte ein paar Meter vor ihrem eigentlichen Ziel. Sie schob ihr Rad und entdeckte im Schatten der Bäume das Gebäude, auf das sie es abgesehen hatte. Sie wusste mittlerweile, dass es unbewohnt war und einen neuen Eigentümer hatte. Leute vom Festland hatten das Anwesen gekauft, um sich hier niederzulassen.

Sie stoppte. Schaute, ob sich irgendwo etwas bewegte. Dort stand weder ein Wagen noch brannte Licht. Sie hoffte, dass dieser Hausmeister oder was immer er dargestellt hatte, sie nicht wieder erwischte. Charlottes Herzschlag beschleunigte sich, als sie das unwegsame Gelände betrat. Hier ist niemand, stellte sie beruhigt fest. Angestrengt schob sie das 21 Kilo schwere Rad über das Grundstück und stellte es hinter dem aufgestellten Container ab. Ihr Herz klopfte bis zum Hals, als sie sich den Gebäuden zuwandte. Die Äste der knorrigen Bäume warfen Schatten, die aussahen wie lange Arme, die nach ihr greifen würden. Das Areal erweckte einen unheimlichen Eindruck. Sie würde niemals in diesem Haus wohnen wollen, selbst wenn man es ihr geschenkt hätte. Das hat schlechte Schwingungen, stellte sie fest. Charlotte zog das Cap vom Kopf und legte es in den vorderen Fahrradkorb. Sie nahm ihre Kamera an sich und hängte sie um den Hals. Entschlossen machte sie sich auf, um dem Weinen, das sie vor Kurzem hier vernommen hatte, auf den Grund zu gehen. Sie stapfte in ihren Sneakers auf weichem Untergrund und sackte mehr als einmal in den Morast ein. Charlotte war klar, dass aus ihren weißen Sportschuhen schlammige Modderschuhe geworden waren. Leise schimpfte die Hobbyermittlerin vor sich hin, als sie Geräusche aus einem der Flachdachgebäude vernahm, die sich auf der rechten Seite hinter dem Container verbargen. Es waren die Gebäude, die sie als Gästeunterkünfte vermutet hatte und deren Fenster verrammelt waren. Sie drehte sich vom eigentlichen Haupthaus weg und bewegte sich mit im Schlamm glucksenden Schritten auf die hintere der beiden Hütten zu. Eine seltsame Spannung lag in der Luft. Der Wind nahm immer mehr zu, und sie wusste, dass ihre Rückfahrt nicht so entspannt verlaufen würde, weil sie heftigen Gegenwind haben würde. Charlotte stöhnte ohne

Unterlass. Sie hatte das Nebengebäude fast erreicht, als sie in der Ferne unverhofft Lichter auftauchen sah. Erschreckt fuhr sie zusammen und versteckte sich hinter dem Container. Hier entdeckt mich niemand. Die Lichtquellen kamen näher. Ist nur ein Auto, beruhigte sie sich erleichtert. Die Lichtkegel der Scheinwerfer vergrößerten sich, passierten gleich das Grundstück. Sie wollte warten, bis es vorbeigefahren war. Aber der Wagen fuhr nicht vorbei. Das Fahrzeug wurde mit jedem Meter, den es näherkam, langsamer. Die Künstlerin verharrte hinter der riesigen Metallbox und spürte den Herzschlag in ihrem Hals pochen. Der Wagen stoppte. Sie hielt die Luft an. Nein, mach schon, fahr weiter. Charlotte schnaubte. Hatte sie wieder jemand entdeckt? War der Verwalter doch auf sie aufmerksam geworden? Die Kameras! Sie beobachtete, wie das Auto in die Einfahrt bog. Dann war es verschwunden. Ihr Puls hämmerte, und sie überlegte, was sie jetzt tun sollte. Sie erinnerte sich an ein Carport auf der anderen Seite des Gebäudes. Hatte gesehen, dass die Unterdachung mit Baumaterial vollgestellt war. Sie wunderte sich, dass der Wagen dort hineinpasste. Da muss jemand aufgeräumt haben, stellte sie fest. Sie blieb, wo sie war. Keinen Meter würde sie sich in diesem Moment von der Stelle bewegen. Charlotte lauerte. Die Sonne war verschwunden, der Wind nahm immer mehr zu. Plötzlich fuhr sie erschreckt zusammen. Hinter ihr in dem Flachdachgebäude hörte sie leises Klopfen. Irgendetwas stimmte hier nicht. Sie war davon überzeugt, dass sich ihre Vermutung bestätigen würde. Sie musste Dirk anrufen. Er würde sofort kommen. Langsam zog sie den Reißverschluss ihrer Jackentasche runter, um das Handy rauszuziehen. Die Geräusche auf dem leer stehenden Areal erweckten ihren Kampfgeist. Sie wollte noch abwarten, bevor sie jemanden informierte. Abwarten, was derjenige tat, der mit seinem Wagen auf das Grundstück gefahren war. Vielleicht ist das ja auch der Eigentümer, der irgendwelche Baustoffe bringt, dachte sie und überlegte, wie sie heil aus dieser Sache herauskam. Es war schließlich längst noch nicht Mitternacht, und Leute, die einer ganz normalen Arbeit nachgingen, konnten eben nur nach Feierabend renovieren. Du reagierst total überspannt, Charlotte Hagedorn. Sie schob das Handy zurück in die Jackentasche. Ihr Gedankenkarussell fuhr Achterbahn. In der Hütte sind wahrscheinlich jede Menge Ratten. Sie hasste diese ekelerregenden Nager seit ihrer Kindheit, wollte sie auf keinen Fall in ihrer Nähe wissen. Da ist niemand. Aber es klopft hier, ich bin doch nicht verrückt. Sie lauschte wieder. Vielleicht hat ja nur irgendwo eine Katze gejammert, und ich hab das als Weinen wahrgenommen. Oh Mann, Hagedorn. Ich sollte mich wirklich aus der Sache raushalten und langsam mal meinen Verstand untersuchen lassen. Ihr Herz klopfte bis zum Hals, als sie erneut leise Geräusche am Haus hörte. Sie konnte nichts sehen. Wahrscheinlich ist auf der anderen Seite noch ein Eingang. Vielleicht sollte ich … unerwartet blendete sie das Licht einer Taschenlampe. Erschreckt sprang sie einen halben Meter zurück und verbarg sich im Dunkel des Containers. Da kommt jemand, Heiland Mailand. Ich muss hier schnellstens weg. Mein Fahrrad! Panik breitete sich in ihr aus. Der Lichtkegel kam näher, sie presste ihren Körper gegen das kalte Metall. Ein Ekel erregend großes Viech von Ratte huschte an ihren Beinen vorbei. Sie zuckte zusammen, wollte schreien und hielt ihre Hand vor den Mund. Eine Gänsehaut jagte die andere. Ihr wurde übel. Ihre weit aufgerissenen Augen verfolgten jede Bewegung des Lichtstrahls. Überraschend stoppte die Person, wartete, drehte sich um und bewegte sich zurück zum Haus. Ihr fiel ein Stein vom Herzen. Vergessen, er hat was vergessen, vermutete sie. Hinter sich im Anbau hörte sie ein weiteres Mal ein kratzendes Geräusch. Ich muss weg, sofort. Hilfe holen. Charlotte Hagedorn wollte nicht riskieren, dem Fremden direkt in die Arme zu laufen. Das Licht entfernte sich und verschwand. Der kommt wieder. Sie huschte um den Container, griff nach ihrem Rad und verließ das Grundstück. Bei jedem Schritt sank sie im schlammigen Boden ein. Das ist ja wie im Gruselfilm, dachte sie, als jemand hinterrücks mit drohender Stimme fragte: »Was machen Sie hier?«

KAPITEL 24

Sie hatten das Schlimmste befürchtet, aber der Kofferraum von Rasmussens Wagen war leer gewesen. Die Erleichterung hielt nur kurz, zu eng war die Zeitspanne, die sie hatten, um einen Killer zu stellen, der vielleicht ihre Kollegin töten wollte oder sogar schon getötet hatte. Sie fuhren zurück zum nächsten Ort, damit sie sich neu aufstellen konnten. Westermann breitete die Fehmarnkarte auf seiner Motorhaube aus. Mit einem Stift kreiste er den Platz ein, an dem sie den Wagen und Sonjas Equipment aufgefunden hatten. »Der hat keine Zeit, lange Strecken zurückzulegen. Der steckt hier irgendwo in diesem Areal.« Er zog einen weiteren Kreis um den Fundort. »Wir müssen die Umgebung des Ortes gründlicher absuchen, das Gelände ausweiten. Was ist mit einer Drohne oder dem Hubschrauber? Die könnten das Gebiet durchkämmen. Wärmebildkameras einsetzen. Das wäre eine Alternative.« Westermann versuchte, der Lage Herr zu werden und zog das Handy aus der Tasche. »Ich dreh hier gleich durch.«

»Bis die Drohne aus NRW angefordert ist und ob sie uns die überhaupt genehmigen? Dazu brauchst du die Piloten. Dauert alles viel zu lange. Wer weiß, ob Sonja sich in dem Gebiet aufhält, wo wir den Wagen gefunden haben.« Hartwig presste die Lippen aufeinander. »Du hoffst doch auch, dass die beiden hier in der Nähe stecken«, murmelte der Kommissar. »Wir müssen sehen, wo auf der Karte er sie versteckt, halten könnte. Da sind unter Umständen leere Scheunen, die wir übersehen haben. Ein altes, leer stehendes Gebäude.« Seine Worte klangen einleuchtend, aber Westermann war hypernervös.

»Das glaubst du selbst nicht. Ein unbewohntes Haus auf der Insel? Die werden höchstens renoviert, Leerstand gibt es hier so gut wie keinen. Vergiss es.« Der Hauptkommissar schüttelte den Kopf, schob die Brille auf die weißen Haare und rieb sich gähnend die Augen. »Verdammt, verdammt. Aber du hast recht. Wir haben genügend Leute hier, die ausschwärmen können. In welche Richtung stand der Wagen?«

Westermann warf einen Blick auf die Karte, dorthin wo ein Punkt den Fundort des Fahrzeugs markierte, und wählte. »Richtung Matthiasfelde«, knurrte Olaf Schütt, der sich zu den Kollegen gesellt hatte, um auf dem Laufenden zu bleiben. »Langsam ist das hier nicht mehr geheuer, dass sich auf Fehmarn immer wieder mysteriöse Fälle abspielen. Ist ja fast wie in den Krimis, die hier dauernd geschrieben werden. Als hätten wir nicht so schon genug Probleme.« Schütt schüttelte den Kopf und presste die Lippen zusammen. Der dienstälteste Beamte des Reviers wandte sich kopfschüttelnd den realen Scherereien der Insel zu. »Das ist die Nebenstrecke nach Puttgarden«, sagte er und tippte auf die Landkarte. Er schob die Fingerspitze an die Stelle, wo sich Wenkendorf erstreckte. »Da gibt es keine alten Scheunen oder leer stehende Gebäude.« Er schüttelte mit dem Kopf. »Ist mir egal. Wir teilen uns auf, und der Radius um das Gebiet wird erweitert«, Westermann zog einen roten Kreis um das Fahrzeug seiner Fallanalytikerin. »Wir haben irgendetwas in diesem Areal übersehen. Der hat die beiden Frauen hier in seiner Gewalt.« Wieder deutete der Hauptkommissar auf den rot umrandeten größeren Teil der Karte. »Wenn wir nicht jetzt reagieren, haben wir zwei weitere Mordfälle am Hals.« Westermanns versteinerte Miene verbreitete keine gute Stimmung unter den Kollegen. Wie auf Kommando stoben die Beamten der Ermittlungsgruppe in verschiedene Richtungen. Er und Hartwig setzten sich in den Wagen. Wenig später trafen sie in Wenkendorf ein, parkten ihre Autos am Straßenrand und strömten wie eine aufgescheuchte Herde Schafe auseinander. Sie waren über digitale Handfunkgeräte verbunden. Mittlerweile vermuteten sie, dass der Täter genauestens mit sämtlichen technischen Raffinessen vertraut war. Das, was sie in seiner Männerhöhle zutage gefördert hatten, ließ den Schluss zu, dass er nicht nur Zugang zum Darknet unterhielt, sondern auch über jeden ihrer Schritte informiert war. Und das Handy funktionsuntüchtig machen konnte. Sie waren ihm auf dem Leim gegangen. Alle!

*

Sonja Rasmussen riss immer wieder an der geschmiedeten Eisenkette, die sie mit dem Mauerwerk verband. Sie zerrte und suchte nach einem Gegenstand, den sie als Werkzeug für ihre Befreiung nutzen konnte. Aus den Augenwinkeln merkte sie, dass bei jeder Bewegung an der Kette Mörtel aus der Verankerung der Wand herausrieselte. Die ist feucht, stellte sie zu ihrer Erleichterung fest. Sie sondierte den Raum erneut. In einem Meter Entfernung lagen Holzstücke auf dem Boden. Wenn sie es schaffte, eines davon zu fassen zu bekommen, wollte sie weitersehen. Die Fallanalytikerin rutschte von der miefigen Matratze. Sie schob ihr linkes Bein so weit vor, dass nur wenige Zentimeter fehlten, um an eine zersplitterte Holzlatte heranzureichen. »Gib mir Kraft. Das kann nicht so schwer sein. Warum hab ich mich nur so verarschen lassen«, fluchte die Polizeibeamtin und hängte sich ein weiteres Mal in die Handfessel. Ihr Handgelenk schmerzte. Das Metall schnitt tiefer in ihre Haut. Das Gelenk war blau angelaufen und wies rote Schürfwunden auf, aus denen Blut drang. Sonja versuchte, den Schmerz zu ignorieren. Sie presste ihre Zunge zwischen den Lippen, schnaufte wie ein altes Walross und streckte ihren Körper. Für irgendwas muss der ganze Sport schließlich gut sein, dachte sie und rückte immer näher an die Holzleiste heran. Ihr war es egal, sie musste hier raus, um sich selbst und dem Mädchen zu helfen, wenn es hier war und … noch lebte. Rasmussen stöhnte, als sie das Gefühl hatte, dass sich jeden Moment ihre Schulter auskugeln könnte. Vielleicht war das eine Option, überlegte sie und stellte fest, dass dies in Kriminalfällen und Thrillern eine Möglichkeit sein könnte, im realen Leben kaum durchführbar war. Die Schmerzen brachten sie auch so schon fast um den Verstand. Erneut reckte sie sich wie eine Katze. Nur ihre Schulter lag noch auf der Unterlage. Sie wand sich auf dem kalten, verdreckten Fußboden. Die Kante ihrer Fußsohle hielt ihren Körper gerade. Sie schabte mit ihrem Schulterblatt über den Boden, merkte, wie die Haut aufschürfte. »Verdammter Mist«, schrie sie. Plötzlich verharrte sie in der Bewegung. Es war, als wenn sich direkt unter dem verrammelten Fenster etwas bewegte, gegen die Pappe klopfte. Sie lauschte und vernahm eindeutiges Knacken. Da war jemand. Ihr Herz raste. »Hilfe, ich bin hier«, beschwor sie die Person, die offensichtlich ins

Haus wollte und nicht der Killer sein konnte. Der Kerl würde durch die Tür kommen, überlegte sie und stieß sich mit den Füßen ab. Sie rutschte zurück auf ihr Lager. Da ist noch jemand, dachte sie, als sie einen Lichtstrahl wahrnahm. Sonja Rasmussen kauerte sich in die Ecke und hielt sich die Hand vor den Mund. Sie hoffte, dass das Licht nicht wieder verschwand. Wären es die Kollegen gewesen, hätten sie sich längst bemerkbar gemacht und sie befreit. Ihre Hoffnung sank, dass sie ihren Aufenthaltsort herausgefunden hatten. Der Kerl hatte ihr Handy zerstört und das Abhörequipment auf einem Feld entsorgt. Die würden sie so schnell nicht finden. Sie musste sich selbst helfen, wenn sie hier nicht elendig verrecken wollte. Sich schnellstens befreien, weil sie Jolin in ihrem Umfeld vermutete. Falls sie noch lebte. Sie lauschte, ob auf dem Gelände etwas vor sich ging. Das immer wieder aufflackernde Licht der Taschenlampe entfernte sich, dann war es verschwunden. Die Geräusche unter dem Fenster verstummten ebenfalls. Ihr Herzschlag normalisierte sich. Ihr Mut sank in gleicher Weise.

Als sie eine Weile gewartet hatte und nichts Auffälliges mehr hörte, erwachte wieder ihr Kampfgeist. Sie spannte ihren Körper an, rutschte erneut von der stinkenden Unterlage und hatte nur ein Ziel, sich zu befreien, um Jolin zu finden. Sie musste es schaffen, von hier verschwinden, bevor er auch sie tötete. Ein weiteres Mal schob sie sich wie eine Schlange über den Boden, versuchte, mit den Zehenspitzen das Holzstück zu erreichen. Wieder zog sie an ihrem Arm, bis er aus dem Gelenk zu springen drohte. Sie unterdrückte den quälenden Schmerz und biss sich auf die Lippen. »Nur noch ein bisschen, komm schon, hilf mir«, krächzte sie und hatte Angst, ohnmächtig zu werden. Ihre Worte klangen wie ein Gebet. Sie überstreckte ihre rechte Hüfte und spürte die kleinen Steine, die sich in die Haut bohrten, und fluchte leise. Rasmussen hatte fast die Latte erreicht, da hörte sie, dass vor dem Haus gesprochen wurde. Und sie erkannte, wessen Stimme dominierte. Das eindringliche, drohende »Was machen Sie hier?«, hätte sie aus Hunderten herausgehört. Also war irgendjemand auf dem Grundstück, der dort nicht erwünscht war. Sollte sie schreien oder nicht?

*

Die Ermittlergruppe arbeitete konzentriert. Man spürte die Panik, die die Suche nach den Vermissten auslöste. Leuchtkegel unzähliger Taschenlampen und das Gebell eingesetzter Hunde suchten großflächig umliegende Felder und Wege ab. Es hatte den Anschein, als wäre Sonja Rasmussen, genau wie Jolin Petrova, vom Erdboden verschluckt. Immer wieder hörten Westermann und Hartwig verzweifelte Anweisungen der Kollegen. Hunde bellten. Sie durchkämmten akribisch jeden Zentimeter des unübersichtlichen Gebietes. Es ging jetzt nicht mehr nur um Jolin, es ging um ihre Kollegin. Westermann marschierte vor dem Auto auf und ab und versuchte, seinen Herzschlag zu normalisieren. Er blieb immer wieder stehen und atmete tief in seine Lungen. Die Rufe und Anweisungen wurde leiser, entfernten sich. Sie nahmen sich offensichtlich das nächste Areal der riesigen Fläche vor. Westermann zog gierig an der Pfeife und nahm das rotierende Geräusch des Helikopterrotors zur Kenntnis. Erleichtert guckte er nach oben. Die *Libelle*, die er, trotz Vorbehalte seines Kollegen, aus Hamburg angefordert hatte, flog mit starken Scheinwerfern systematisch über das Gebiet. Der Leiter kam zurück zum Wagen. Er lehnte sich seitlich gegen die Beifahrertür und blies den Rauch seiner Pfeife in die Luft. Mit einer Hand trommelte er auf das Autodach. Hartwig sagte kein Wort. Er wusste, wie es in seinem Kollegen aussah. Sie schwiegen und hofften nervös auf ein erlösendes Zeichen. Der Wind hatte in den letzten Stunden immer mehr Fahrt aufgenommen und pustete Westermann seine nackenlangen Haare ins Gesicht. Er hatte Mühe, sie von den Augen zu entfernen. Der Qualm seiner Pfeife zerstob in Sekundenschnelle. Es war stockdunkel, und außer den Lichtern der Taschenlampen und des Helikopters war nichts zu sehen. Aus Südwesten zog Wetterleuchten auf und kündigte ein Gewitter an. Lichtblitze erleuchteten die Suche der Polizeibeamten. »Sieht aus, als wenn Zombies übers Feld laufen. Da stellen sich einem die Nackenhaare auf«, stellte Hartwig fest und beobachtete die staksigen Bewegungen der Schattengestalten. Er steckte sich eine Zigarette an und inhalierte gierig den Rauch.

»Da sagst du was. Da zieht ein Unwetter auf«, erwiderte der Leiter der Mordkommission und deutete mit der Pfeife auf den Himmel. »Hoffentlich wird das kein richtiges Gewitter, das würde uns alles versauen. Mensch, Leute …!« Westermanns Stimme klang rau, als er die Pfeife erneut entzündete. Er zog das Handy aus der Hosentasche. Kein Signal, keine Mitteilung. Sein Schnauben machte auch Hartwig nervös.

Im gleichen Augenblick wischte der Hauptkommissar mit dem Handrücken über seine Stirn. »Jetzt fängt es auch noch an zu regnen. So ein Mist. Dann gehen uns sämtliche Spuren da draußen verloren«, knurrte er. Der Hauptkommissar entfernte sich vom Wagen und lief ein paar Meter die dunkle Straße entlang. Hartwig sah ihm nach, bis er in der Dunkelheit verschwunden war, schnaubte und zog sein Päckchen Zigaretten aus der hinteren Hosentasche seiner Jeans und zündete sich eine weitere Kippe an. Er verfolgte die aufblitzenden Lichter der Taschenlampen, das entfernte Gebell der Hunde. Er befürchtete, wenn sie die Kollegin heute Nacht nicht finden würden, wäre sie verloren. Er hörte gedämpftes Donnergrollen. Der Wind schlief plötzlich ein. Wenige Minuten später war die Luft wieder zum Schneiden dick. Hartwig sog gierig an der Kippe und ließ sie nach dem letzten Zug achtlos auf den Boden fallen. In der Ferne entdeckte er ein diffuses Licht. Das muss Wenkendorf sein, überlegte er und erschrak, als es erneut blitzte. Der Kommissar fing an zu zählen. Drei, vier, fünf, das Grollen hallte über ihn weg. Hartwig schluckte, als er sah, dass die grellen Lichtblitze am Himmel in immer kürzeren Abständen aufeinanderfolgten, jedes Rumpeln an Lautstärke zunahm. Westermann kam zurück und schob die Pfeife in den anderen Mundwinkel. »Na, hast du was gehört?« Sein Kollege schüttelte schweigend den Kopf. »Verdammt. Das wird übel enden«, sagte der Leiter der Mordkommission. Es klang wie eine finstere Prophezeiung. Innerhalb weniger Minuten veränderte sich das Wetter. Blitze und Donnerschläge folgten in Sekundenbruchteilen aufeinander. Es zog von Südwest über das Meer. Unerwartet frischte der Wind wieder auf. Heftige Böen bliesen in ihre Richtung und wie erwartet bemerkte Westermann erste Regentropfen auf seiner Stirn. »Das gibt's doch nicht, es fängt an zu regnen. Wenn das anhält, können wir das hier in kürzester Zeit vergessen«, knurrte er und wischte Regenwasser von seinen Brillengläsern. Der Erste Hauptkommissar kannte das Spiel, wusste, dass sämtliche Spuren, wenn welche vorhanden waren, von Regen und einsetzendem Wind vernichtet wurden. »Was für eine Scheiße«, schrie er und stieß mit dem Fuß einen Stein von der Fahrbahn. Der Boden auf den Feldern war innerhalb weniger Minuten durchweicht und erschwerte die Arbeit. Das Hundegebell verlor sich unter Donnergrollen und Windböen. Westermann nahm das Funkgerät in die Hand. »Wir blasen das hier ab. Keine

Chance. So wird das nichts. Hartwig und ich fahren mit den Wagen die Gegend noch einmal gründlich ab. Ihr werdet das Gleiche tun und euch um Wenkendorf in drei Gruppen verteilen. Ich warte auf Mitteilung.« Er brach das Gespräch ab und stieg auf der Beifahrerseite ins Auto. »Brauchst du eine Extraeinladung?«

»Du weißt, was passiert, wenn wir sie heute Nacht nicht finden?«, murmelte Hartwig, als er eingestiegen war und den Motor startete. »Natürlich weiß ich das.« Seine Stimme klang drohend, als er mit der Faust gegen das Armaturenbrett schlug.

✳

Charlotte radelte, als wäre der Teufel persönlich hinter ihr her. Sie hatte sich fürchterlich erschreckt, als der Mann ihr mit der grellen Taschenlampe ins Gesicht geleuchtet hatte. Wahrscheinlich war er der Besitzer, der es nicht leiden konnte, wenn jemand seinen Grund betrat, und womöglich war er es auch, der regelmäßige Kontrollen machte. Sie trat in die Pedale, als ein lang gezogener Blitz den Himmel erhellte und wenig später ein Donner durch die Dunkelheit rumpelte. Charlotte erschrak und geriet mit ihrem Pedelec ins Wanken. Sie steuerte hibbelig am Straßenrand vorwärts, rutschte mit den Rädern von der unbefestigten Fahrbahn ab und stürzte ohne Vorwarnung der Länge nach in die etwa einen Meter tiefe Rinne, die entlang der Straße verlief. Ihr Schrei wurde vom knallenden Donner verschluckt. Sie lag im Graben, das Rad über ihr. Charlotte Hagedorn war dem vermeintlichen Eigentümer der Ruine entkommen und dem Gewitter zum Opfer gefallen. Es war dunkel, und zu allem Übel kam plötzlich stürmischer Wind auf. »Das Unwetter wird immer gruseliger, und ich sollte schnells-

tens verschwinden, bevor richtig Schietwedder aufkommt.«
Angestrengt streckte sie ihre Arme aus, um den schwerge-
wichtigen Drahtesel von sich zu drücken. »Wie konnte ich
mir nur ein Rad zulegen, das fast mehr wiegt als ich«, jaulte
sie und versuchte, sich unter dem Pedelec herauszuwin-
den. Als sie sich endlich vom roten Ungetüm befreit hatte,
ließ sie das Gestell zur Seite gleiten und kroch auf allen
vieren die Böschung hoch. »Wie gut, dass mich hier keiner sieht.« Sie warf einen Blick auf das im Graben liegende
Rad. »Das krieg ich da nie alleine rauf. Heiland Mailand.
Wie döspaddelig kann man sein«, murrte sie und klopfte die
mit Schlamm verdreckten Hosenbeine ab. Sie richtete sich
auf und versuchte, ihre Haare zu ordnen, die der Wind ihr
immer wieder ins Gesicht blies. Plötzlich spürte sie einen
Regentropfen auf ihrer Nase. »Jetzt fängt dat auch noch an
zu schütten, ich werd ja nicht mehr. Nun bekommen wir
echtes Schietwedder. Ich muss nach Hause, koste es, was
es wolle. Josch anrufen? Ne, der erklärt mich für verrückt.
Die Blöße geb ich mir nicht. Dirk? Der lässt mich gleich
einweisen und ich krieg richtig eins zwischen die Hörner.
Da muss ich jetzt mal allein durch. Ick Schaap. Das büschn
Wind hält doch Charlotte Hagedorn nicht davon ab, ihr Rad
heil nach Hause zu bringen. Gegenwind formt den Charakter«, nickte sie. »Und wenn's regnet, wachse ich vielleicht
noch«, knurrte sie und kletterte vorsichtig die Böschung
wieder runter. Es dauerte eine Ewigkeit, bis sie ihr Vehikel
nach mehreren Anläufen endlich auf der Straße zum Stehen brachte. Schweißgebadet und vom Regen durchnässt
überlegte sie ihre weiteren Schritte. »Ich weiß nicht, wie ich
das jetzt geschafft hab, aber ich hab's bewältigt.« Charlotte
rieb die Handflächen aneinander, um sie vom Schmutz zu
befreien und um die Schmerzen ein wenig zu lindern, die
sie sich durch den Sturz zugezogen hatte. Es regnete mitt-

lerweile in Strömen, und die selbst ernannte Ermittlerin wollte auf schnellstem Weg nach Hause radeln. Als sie etwa einen Kilometer durch das Unwetter und die Dunkelheit hinter sich gebracht hatte, stoppte sie ihre Fahrt. »Wer weiß, wie lange das hier dauert. Ich sollte wieder zur Ruine fahren«, murmelte sie. Der ist bestimmt nicht mehr da, überlegte sie und wollte den Weg zurück antreten, zumindest, bis es aufgehört hatte zu regnen. Es war der kürzeste Weg, um Schutz zu suchen. Sie wusste nicht, wo sie sonst auf die Schnelle hätte unterkommen können.

Sie wendete, stieg auf ihr Fahrrad und radelte gegen Wind und Regen zurück zum Haus.

*

Sonja Rasmussen hatte mitbekommen, dass sie an dem Ort, an dem man sie gefangen hielt, nicht allein war. Sie riss und zerrte an ihrer Kette, versuchte immer wieder die Hand durch die Handschelle zu quetschen. Ihr war bewusst, dass sie sich nicht ohne Hilfe befreien konnte. Draußen war es dunkel. Kein Lichtstrahl drang in das marode Zimmer, als sie hörte, dass es anfing zu donnern. Ein ungutes Gefühl beschlich sie. Ab und zu schnellten grelle Lichtblitze an den Seiten der Presspappe vorbei und erhellten für einen kurzen Augenblick den Raum. Ihr war klar, dass er sie töten würde, wenn sie nicht bald Hilfe bekam. Vielleicht hatte er das Handy ja nicht entdeckt. Es musste unter den Sitz gerutscht sein. Dann könnten sie sie wenigstens orten.

Dass sie verkabelt war, hatte er entdeckt, als er sie entkleidet hatte. Und auch das Handy war nicht unentdeckt geblieben. Er hatte alles in den Teich hinter dem Gebäude entsorgt. Sie würden die Sachen nicht so schnell finden. Er musste Informationen darüber gehabt haben, dass sie nicht die war, für die er sie gehalten hatte. Sie lauschte. Auf dem Blechdach fingen erste Regentropfen an zu trommeln. Ich muss hier raus … sofort. Der Lärm des Unwetters kam ihr gerade zupass. Sie wusste, dass sie dem Mädchen nur helfen konnte, wenn sie aus diesem Loch freikam. Sonja Rasmussen streckte ihren Körper erneut wie eine Katze in die Länge. Sie schrie, um ihre Kräfte zu mobilisieren. Er würde sie bei dem Lärm da draußen nicht hören. Es sei denn, er lauerte bereits hinter der Tür.

Die Fallanalytikerin riss wie eine Verrückte an der Kette.

Wenn er weiß, wer ich bin, muss er mich töten. Ich habe ihn gesehen. Ich bin eine Zeugin. Der wird mich niemals gehen lassen. Sie zerrte erneut an der Kette. Ich muss einen klaren Kopf bewahren. »Rasmussen, gebrauch deinen Verstand! Du weißt, wie sie ticken.« Ihr Blick wanderte unruhig durch den dunklen Raum. »Du weißt, wie du mit der Situation umgehen musst, ihn austricksen kannst«, knurrte sie, als müsste sie sich selbst Mut zusprechen.

»Der Kerl weiß 100-prozentig, dass wir ihm dicht auf den Fersen sind. Der hat nichts mehr zu verlieren … Jolin! Er hat sie wahrscheinlich noch nicht getötet, sonst hätte er mich hier niemals zurückgelassen, sondern auch längst umgebracht. Der ist noch nicht fertig mit ihr«, vermutete oder besser gesagt hoffte sie und zog erneut mit aller ihr zur Verfügung stehenden Kraft an der Fixierung. Sah, dass sich dort, wo die Niro-Kette mit einem Dübel und einer dicken Schraube im Mauerwerk verankert war, immer mehr Mörtel löste und auf die Matratze rieselte. Sie riss wie von Sinnen an der Befestigung, stoppte für einen Moment und fing an, mit den Fingerspitzen den losen Putz von der Wand zu kratzen. Das bringt nichts, ich krieg das nicht los. Verzweifelt ließ sie die Hand sinken. Ihr wurde klar, dass die Zeit nicht reichte.

Rasmussen schob erneut ihr rechtes Bein nach vorn und versuchte, an das Holzstück zu gelangen. Der Regen hämmerte immer heftiger auf das Dach. Als ein Knall sie zusammenzucken ließ, wusste sie, dass das Unwetter direkt über ihr war. Ein Lichtblitz erhellte den Raum, als ihre Zehenspitzen das Ende der Holzlatte berührten.

*

Was hat die Alte hier gewollt? Sich unterstellen, weil es anfangen könnte zu regnen? Was für ein Schwachsinn. Eine schlechtere Idee konnte der nicht einfallen, überlegte Gebbert, als er die letzten Stufen aus dem Keller hochstieg. Egal, die Schnüfflerin ist nicht wichtig. Jolin wird nicht mehr lange … Ich muss das Herz anbringen und dann … er lächelte, verschloss die Tür hinter sich. Seine Gedanken schienen immer planloser zu werden. Wenn ich wiederkomme, hat ihr Leiden ein Ende … die Säge … wie konnte ich die Medikamente vergessen … ich bin ja kein Unmensch. Gebbert grinste, als er sich daran erinnert hatte, dass die Täter in den Videos ihre Opfer betäubten, bevor sie sie in Stücke … Er wollte nicht riskieren, dass sie schrie, und keinesfalls schlafende Hunde wecken. Dieser Ort war perfekt für seine Vorhaben.

Das Morphium lag im Wagen. Sein Magen knurrte. Auf einmal verspürte er großen Hunger. Er hatte seit zwei Tagen nichts mehr gegessen. »Die Einzigen, die mir den letzten Nerv rauben, sind diese scheiß Bullen. Diese dämliche Polizistin … ihr denkt, ihr könnt mir draufkommen? Im Leben nicht!«, keuchte er und zerrte die Bundeswehrplane, die er im Keller gefunden hatte, vom Wagendach. Achtlos stopfte er sie auf einen Stapel Holz. »Was für ein Müll«, brummte er, setzte sich in den Wagen und öffnete das Handschuhfach. Er kramte sich durch einen Haufen CDs, zog ein fingerdickes Gefäß vor, das hinter die Vinylscheiben gerutscht war. »Perfekt!«, sagte er und steckte das Fläschchen mit dem Morphin in die Hosentasche. »Und jetzt hol ich mir erst mal einen Döner ... nur Döner macht schöner«, summte er und fuhr vom Grundstück. Hier wird heute Nacht niemand aufkreuzen, da bin ich sicher. Das wird eine Party ... zwei auf einen Streich.

*

Kurz nach Mitternacht schlich Katrin wie ein wandelnder Geist durch die dunkle Wohnung. Mats Ole schlief seit zwei Stunden, und sie machte sich Sorgen, wo Dirk blieb. Er hatte sich den ganzen Tag nicht gemeldet, und langsam überfiel sie das ungute Gefühl, dass irgendetwas Schlimmes passiert war. Genauso erging es ihr mit ihrer Tante. Immer wieder hatte sie deren Nummer gewählt, und ständig sprang der verdammte Anrufbeantworter an. »Charlotte hier. Bin grad auf Recherche. Sprecht auf Band, ich ruf garantiert zurück. Tschühüs ... Heiland Mailand, wie funktioniert das denn nun? Hab ich das richtig gemacht?« Die Eventplanerin schmunzelte jedes Mal, wenn sie die Ansage abhörte, die konfus und deshalb schon wieder lustig klang. Vielleicht war sie bei Josch und genoss den Abend mit ihrer alten neuen Liebe. Katrin stand vor dem bodentiefen Fenster, das zum Sund zeigte, und guckte seufzend in die Dunkelheit. Sie zuckte zusammen, als ohne Vorwarnung ein lang gezogener Blitz den Himmel über dem Wasser mit einem lauten Knall erleuchtete. Sie trat unwillkürlich einen Schritt zurück, erinnerte sich sofort an die Warnung ihrer Mutter, die ihr eingebläut hatte, sich bei Gewitter nicht am Fenster aufzuhalten. Der Mythos, dass sie dort vom Blitz getroffen werden könnte, hielt sich hartnäckig.

Als ein erneuter Lichtblitz mit anschließendem Donnergrollen folgte, zuckte sie ein weiteres Mal. »Da braut sich was zusammen«, murmelte sie, als sie leises Gebrabbel wahrnahm und wusste, dass Mats seinen Kurzschlaf beendet hatte. Wahrscheinlich hatte das Gewitter ihn geweckt. Ihr war klar, dass es mit der Ruhe vorbei war. »Hoffentlich geht es allen da draußen gut.«

*

Charlotte stand unter einer riesigen Eiche, als der Regen endlich nachließ. Sie war nass bis auf die Haut, und eine Gänsehaut überzog ihren Körper. Sie fror entsetzlich. Die Luft war abgekühlt, und es nieselte nur noch. Vereinzelt zogen Blitze über den nachtschwarzen Himmel. »So, jetzt muss ich aber wirklich weg von hier. Ich kann ja nicht ewig hierbleiben, nachher kommt der Tüffel zurück und entdeckt mich.« Sie schüttelte sich, zog die Schultern hoch und hoffte, dass der Regen bald nachließ. Sie wischte das Wasser vom Lenker und schob ihr schweres Rad über den matschigen Grund. »Nun sind meine Turnschuhe restlos hinüber«, murrte sie und betrachtete ihre mausgrauen Sneakers.

Sie wollte das Grundstück gerade endgültig verlassen, als sie einen Schrei hörte. »Nee, nun aber weg hier«, knurrte sie und war sich sicher, dass es in dem Haus spukte. Sie erinnerte sich daran, dass es mindestens zehn Jahre leer stand. »Da kann sich schon mal ein Toter drin verlaufen«, sinnierte sie und wollte mit alldem nichts mehr zu tun haben. Sie schalt sich verrückt, wälzte ihren Drahtesel durch ein riesiges Schlammloch und blieb stecken. »Verdammter Käse, das ist doch jetzt nicht wahr. Lieber Heiland, hilf mir hier raus«, knurrte sie und bündelte ihre Kraft, um das Vehikel aus dem Morast zu ziehen. Ihr Herz klopfte bei der Anstrengung. Sie vergaß für den Moment sogar, wo sie sich aufhielt. Ein greller Blitz, dem ein knallender Donner folgte, holte sie auf den Boden der Tatsachen zurück. Sie zuckte zusammen, und im gleichen Augenblick traf ein Schlag ihren Hinterkopf.

KAPITEL 25

»Hallo, mein Engel. Ich hab keine Zeit und nur eine Frage: Hast du was von Charlotte gehört? Ich wollte sie etwas sehr Wichtiges fragen und kann sie nicht erreichen. Ich habe ihr etliche Male aufs Band gesprochen ... ah, du meinst, sie ist bei Josch. Na, dann versuch ich es da.« Westermann würgte ohne ein weiteres Wort das Gespräch ab. Er wählte Joschs Handynummer, wusste, dass er sein Telefon immer bei sich trug. Sie würden wahrscheinlich bei dem Wetter einträchtig beieinandersitzen, sich unterhalten und ein Glas Wein trinken. Freizeichen. Westermann guckte aus dem Fenster seines Büros. Es war stockdunkel, und sie hatten die Suche abbrechen müssen. Es war frustrierend, dass sie immer noch keinen Erfolg verbuchen konnten. Wenn seiner Fallanalytikerin etwas zugestoßen war, würde er sich das niemals verzeihen. Ich hätte es nie zulassen dürfen, ärgerte er sich und zündete die Pfeife an. Das Ermittlerteam war noch immer da draußen und lief über matschige Felder, um irgendeine Spur zu finden. »Josch, mein Bester. Hallo, wie geht's dir?«

Er lauschte der Stimme am anderen Ende. »Du, nicht dass ich dich abwürgen will, aber kannst du mir Charlotte bitte mal reichen? Ich hab's schon etliche Male zu Hause versucht, da ist sie nicht. Sie ist doch bei dir, oder? Es ist wirklich sehr wichtig.« Westermanns Worte klangen, als wäre er mit seinem Latein am Ende.

Die Antwort ließ ihn blass werden. »Wie, du weißt es nicht? Sie ist nicht bei dir. Weißt du, wie spät es ist? … Du hast es auch schon mehrere Male probiert?« Der Hauptkommissar schwieg und schluckte. Er räusperte sich, und seine Stimme klang auf einmal krächzend. »Da stimmt was nicht. Mir ist überhaupt nicht wohl bei dem Gedanken, dass sie da draußen allein …« Ihm schwante Böses. »Ich will dich nicht beunruhigen, aber könntest du ihre Freundinnen anrufen und nachforschen, ob sie bei ihnen ist? … Ja, ich fahre zu ihrem Haus und schaue, ob sie nicht doch da ist und uns nur nicht gehört hat. Ruf mich sofort an, wenn du etwas erfährst. Danke, Josch.« Er beendete das Gespräch und starrte durch die Windschutzscheibe in die Dunkelheit. Sein Herz schlug auf einmal laut. Ihm war klar, dass die Geschichte völlig aus dem Ruder lief. Er kannte seine Miss Marple und wusste, wozu sie fähig war. »Verdammt, Charlotte!« Er steckte sein Handy in die Hosentasche und startete den Motor. Hartwig stand gegen den Wagen gelehnt und rauchte. Westermann öffnete das Fenster. »Thomas, ich muss dringend weg. Ihr könnt mich übers Telefon … du weißt ja. Meldet euch sofort, wenn ihr was Neues wisst! Du musst hierbleiben.«

»Was ist denn los? Habt ihr 'ne Spur?« Er guckte seinen Kollegen fassungslos an. Der Erste Hauptkommissar schüttelte den Kopf. Sein Gesichtsausdruck war besorgniserregend. Eine steile Falte hatte sich zwischen seine Augenbrauen geschoben. »Red schon, was ist los? Ich seh doch, dass dir was auf der Seele brennt. Und warum muss ich denn jetzt hierbleiben?« Dirk Westermann steckte die Hände in die Hosentaschen. Er holte tief Luft, als Thomas die Beifahrertür öffnete, um einzusteigen.

»Charlotte ist weg. Ich versuch seit Stunden, sie zu erreichen, und immer läuft nur der verfluchte Anrufbeantworter. Selbst bei ihrem Freund ist sie nicht aufgetaucht. Ich mach mir wirklich Sorgen. Sie sollte sich um diese Uhrzeit und bei diesem Wetter nicht da draußen aufhalten. Und schon gar nicht allein. Du kennst sie. Ich habe die böse Befürchtung, dass sie den Täter sucht.« Hartwig lugte ins Wageninnere.

»Da wird nichts sein. Du kennst sie auch. Sie schnüffelt wahrscheinlich irgendwo bei ihren Freundinnen rum und wird bald auftauchen. Sie ist 'ne plietsche Deern.«

»Eben, ich kenne sie. Und genau da liegt mein Problem … was, wenn sie rumgeschnüffelt hat und dem … ich mag überhaupt nicht daran denken … dem Mann auf die Schliche gekommen ist. Was, wenn sie ihn aufgespürt und er sie …« Westermann schwieg und schluckte, als hätte er einen Frosch im Hals. Er holte tief Luft, zog die Augenbrauen hoch und sagte: »Ich fahre jetzt zu ihr nach Hause und hoffe, dass alles in Ordnung ist. Josch ruft sämtliche Freundinnen von ihr an und meldet sich bei mir, wenn sie bei einer von ihnen ist. Also, falls du was hörst … bleib vor Ort.« Seine Mundwinkel verzogen sich, als er sich mit der Hand über den gestutzten Vollbart fuhr. »Werde dich anrufen. Aber wie gesagt, die sitzt Gott weiß wo, trinkt einen Schnappus und plaudert mit irgendwelchen Damen.« Er zwinkerte Westermann zu. Auch wenn Charlotte Hagedorn ihm öfter mal ein Dorn im Auge war, wollte er nicht, dass ihr irgendetwas passierte. Im Gegenteil. Er respektierte ihre manchmal schroffe Art, ihr Einsatzvermögen und ihre Konsequenz. Sein Teamkollege wendete den Wagen, war kurz darauf verschwunden und ließ einen verwunderten Hartwig zurück.

Westermann bog wenig später in die Einfahrt von Charlottes Haus. Sein Puls pochte. Was, wenn sie tatsächlich selbst ermittelt hat und ihm in die Hände gefallen ist? Nicht auszudenken. Dann hab ich zwei Frauen auf dem Gewissen. Er wischte mit einer energischen Handbewegung seine Bedenken beiseite und sprang aus dem Kombi. Mit wenigen Sätzen stand er vor ihrer Haustür, drückte auf den Messingknopf. Im Haus war alles dunkel. Das englische Gedudel der Klingel nervte ihn. Er hämmerte mit der Faust gegen die Tür. »Charlotte, mach endlich auf, verdammt noch mal«, schrie er. Ihm wurde immer bewusster, dass sie nicht zu Hause war. Er überlegte und sprintete den Seitengang hinunter. Er hatte mitbekommen, dass sie ab und zu die Tür nicht verschloss, wenn sie mit ihrem Fahrrad unterwegs war. Aber nach dem Einbruch? Er fasste an den Türgriff … verschlossen. Die Tür ließ sich nicht öffnen. Westermann stemmte sich vom Boden ab und zog sich an der Holztür hoch, bis er sie überwunden hatte. Er zerrte seine Taschenlampe aus der Hosentasche und leuchtete den Innenhof aus. Nichts zu sehen. Alles wie immer. Die Terrassentür hatte bereits eine neue Scheibe. Sie ist nicht da. Da fiel ihm ein, dass er nach ihrem Rad Ausschau halten sollte, dann hatte er zumindest Gewissheit. Er hatte Kenntnis davon, dass es im Schuppen stand. Als er die Tür der Holzhütte öffnete, bot sich ihm gähnende Leere. »Ich hab's befürchtet. Was für ein Mist«, schrie er. Er schnaubte und rannte den gleichen Weg zurück. Mechanisch warf er einen Blick zu ihrem Schlafzimmerfenster im ersten Stock. Was mach ich jetzt? … Thomas … Wir müssen sie finden. Sein Herz raste, als er die Nummer seines Kollegen wählte. Hartwig beteiligte sich mittlerweile an der Suche nach Jolin und der

Fallanalytikerin und stapfte mit den anderen über durchgeweichte Felder. In dem Moment klingelte sein Handy. »Josch? ... alle angerufen? Nirgends aufgetaucht? ... wir suchen sie jetzt. Wie? ... weiß ich nicht ... keine Ahnung .... nein, nicht. Bleib du zu Hause, falls sie sich bei dir meldet. Du kannst nur eins tun, mich anrufen, wenn du was von ihr hörst ... mach dir keine Sorgen, wir finden sie.« Westermann sprang in den Wagen. Es fing wieder an zu regnen. Von Weitem sah er die unregelmäßigen Blitze, die für Sekunden den Himmel erhellten. Er nahm die Brille ab, befreite sie von den Regentropfen und rieb sich die Augen. Dann wählte er. »Thomas, ich brauch deine Hilfe. Charlotte ist weg ... ja, sie ist weder zu Hause noch bei einer ihrer Freundinnen. Ihr Fahrrad ist auch weg. Ich mache mir richtig Gedanken. Was, wenn der Kerl sie ... ich soll mir keine Sorgen machen? Du bist lustig. Der Typ ist zu allem fähig und du weißt doch, wie entschlossen sie sein kann ... was machen wir denn jetzt?« Seine Stimme klang heiser. Er lauschte Hartwigs Worten. Auf einmal schlug er mit der Hand aufs Lenkrad. »Du hast recht. Warum hab ich nicht schon vorher daran gedacht. Mensch Thomas, du bist genial.« Westermann startete den Wagen, setzte zurück und raste mit überhöhter Geschwindigkeit zur Dienststelle. Jetzt musste es schnell gehen. Nicht nur Sonja und Jolin befanden sich in Lebensgefahr, sondern auch Charlotte.

*

Schweißperlen benetzten ihre Stirn, als Rasmussen die Holzlatte zwischen den Fußballen einkeilte. Sie umklammerte das Holz mit aller Kraft, weil sie wusste, dass ihr Leben davon abhing. Im Zeitlupentempo zog sie die Knie an. Zentimeterweise rutschte das Holzstück in ihre Richtung. Ihr Kopf war hochrot, und ihr Herzschlag puckerte in ihrem Schädel. Ihr war egal, dass sie fast nackt war, sie musste raus aus ihrem Gefängnis. Sie presste die Zunge zwischen die Lippen und versuchte, durch die Nase zu atmen. Niemandem ist geholfen, wenn ich hier nicht rauskomme. Wenn ich bloß mehr sehen könnte, dachte sie und zog das auf dem Beton kratzende Holz über den Boden. Die Latte entglitt ihr. »Kacke.« Sie holte tief Luft, um ihren Puls runterzufahren. Erneut strengte sie sich an, das Holzstück zwischen ihre tastenden Füße zu klemmen. Sie fror. Ist verdammt kalt in dieser Bruchbude, stellte sie fest und nahm all ihre Kraft zusammen. Falls ich hier jemals wieder rauskomme, bin ich glatt fünf Zentimeter größer, stöhnte sie, als sie die Holzleiste weiter zu sich zog. Ja, komm, du schaffst es, Rasmussen. Streng dich an, da ist ein Mädchen, das deine Hilfe braucht.

Der Wind jaulte gespenstisch unter dem Türrahmen durch. Sie hatte eine reelle Chance, das Holzstück zu sich zu ziehen. Von Neuem rutschte es zwischen den Fußballen raus und fiel klappernd auf den Boden. Sie lauschte. Wieder tastete sie mit den Zehenspitzen nach der Latte. Endlich war es geschafft. Das Stück Holz lag vor der Matratze. Erschöpft ließ sie sich auf die stinkende Unterlage fallen. Ich muss mich konzentrieren ... hol Luft, Rasmussen. Sie atmete tief und gleichmäßig. Dann setzte sie sich aufrecht hin, suchte im Dunkel nach dem Holzstück und hebelte das kaum einen Meter lange Brett mit der freien Hand auf den Schoß. Und jetzt? Wie soll ich damit den Dübel rausziehen? Mit dem kantigen Ende ist das unmöglich. Ich brauch eine Spitze, einen Holzsplitter, den ich als Werkzeug nehmen kann. Sie griff nach der Latte und betastete sie. Wenn ich bloß mehr sehen könnte. Das fühlt sich rau an, registrierte sie und spürte, wie die mürben Splitter sich in ihre

Haut bohrten. Das Holz ist porös. Das ist schon mal gut. Sie versuchte, mit ihren kurzen Fingernägeln einzelne Teile des Brettes abzulösen ... zwecklos. Ich muss ... ich muss es brechen ... Könnte funktionieren. Aber wie ... die Matratze ist zu weich, ich brauch Widerstand. Ihr Herz klopfte, sie hatte Angst, gerade jetzt zu versagen. Sonja Rasmussen setzte sich hin und zog die Beine an. Dann legte sie das Holzstück über die angewinkelten Knie. Ich brauch Gegendruck, wiederholte sie ihren Gedanken. Hart, es muss hart sein ... meine Knie sind hart. Auf einmal wusste sie, was zu tun war. Sie richtete das Stück Holz auf ihrer linken Kniescheibe aus, hielt es an beiden Enden mit ihren Händen fest, zählte bis drei, zog es in die Höhe, schloss die Augenlider und schlug es mit aller Kraft auf ihr Kniegelenk. Sie schrie und ließ sich auf die Unterlage zurückfallen. Ihre Augen füllten sich mit Tränen. Es geht nicht, das funktioniert nicht. Lieber Gott, wenn es dich wirklich gibt, hilf mir. Sonja war kein Mensch, der sonntags in die Kirche ging und betete. Sie hatte ihre Zweifel und konnte sich unter einem Gott nichts Reales vorstellen. Immer wieder war sie an ihre Grenzen geraten, hatte Niederlagen einstecken müssen. Sie glaubte nicht, und wenn es einen gab, wo war er, wenn all die schrecklichen Dinge passierten, die die Welt düster aussehen ließen? »Verdammt noch mal, hilf mir.« Sie bäumte sich auf, nahm wutentbrannt das Brett auf ihre Knie, griff danach, holte aus und schmetterte es mit rabiater Gewalt erneut auf beide Kniescheiben. War es die Wut oder die Kraft einer unbekannten Macht ... das Holz zerbarst. Sonja konnte nicht fassen, dass sie es geschafft hatte, das Brett zum Bersten zu bringen. »Ja, ja, ha, ich werd verrückt.« Sie lachte und weinte gleichzeitig, umfasste das brüchige Kiefernholz und brach es mit letzter Kraft in der Mitte entzwei. Sie konnte nichts sehen und ertastete verschieden große Holzsplitter, die markant hervorstachen. Sie hielt einen dieser Splitter und entfernte ihn vom Holzstück. Er erschien ihr grob genug, um damit den Mörtel aus der Wand zu kratzen. Hoffentlich schaff ich's rechtzeitig. Wenn ich nur wüsste, wo er sich aufhält und ob ... Das muss eine unbewohnte Gegend sein. Ich hab nur einmal ein Motorengeräusch mitgekriegt. »Wir sind irgendwo am Arsch der Welt«, murmelte sie und nahm den Holzsplitter in beide Hände. Sie erinnerte sich genau, wo sie den Putz herausklopfen musste, um den Dübel zu lösen. Sie folgte der Niro-Kette, tastete mit ihren aufgeschürften Fingerkuppen die Wand ab. Sie fing an zu frösteln. Dort, wo die Fessel angedübelt war, setzte sie den Splitter an und fing an, damit immer wieder gegen das Mauerwerk zu hämmern. Sie lauschte, horchte, ob sich irgendetwas veränderte. Es blieb ruhig. Sie bohrte sich tiefer in den bröseligen Putz und spürte, wie der feuchte Mörtel herunterrieselte. Sonja Rasmussen war voller Hoffnung, dass sie hier rauskam und das Mädchen retten konnte. Sie ist hier irgendwo, das spür ich. Er hat keine Zeit, um uns an unterschiedlichen Orten unterzubringen. Der weiß genau, dass wir hinter ihm her sind. Seine Uhr läuft ab. »Arschloch, wir kriegen dich«, knurrte sie und schlug den Keil umso heftiger gegen den Putz. Ständig tastete sie nach dem Zustand ihrer Arbeit. Das Loch breitete sich immer weiter aus. Wie eine Verrückte hämmerte sie den Holzsplitter in die Wand, drehte und bohrte, was das Zeug hielt. Sie überprüfte mit den Fingern, ob sie vorankam. Sie freute sich wie ein Kind, dass die Furche, die sie vom Dübel trennte, sich immer mehr annäherte. Wieder fuhr sie erschreckt zusammen, weil es direkt über ihr donnerte. Sie hörte, wie der Regen auf das Dach prasselte und hoffte, dass der Kerl, den sie suchten, bald von ihren Kollegen gefunden wurde. Plötzlich erschien ein diffuser Streifen im Raum. Ein heller Schnipsel, der in Sekundenbruchteilen vorbeihuschte. Das ist Licht. Eine Taschenlampe oder der Scheinwerfer eines Autos. Sie erstarrte, lauschte und hörte das leise Brummen eines Kraftfahrzeugs. Sie wusste, dass die Polizei niemals mit laufendem Motor an einen Ort des Verbrechens anrückte. Sie verhielten sich wie Schatten, unsichtbar und lautlos. »Er ist zurück. Das ist er!«, krächzte sie und stocherte wie eine Wahnsinnige in der porösen Wand. »Ich muss hier raus.«

Sonja Rasmussen ahnte, was passieren würde. Der Kerl wird mich genauso entsorgen, wie er es mit den anderen gemacht hat. Sie lauschte, hörte nichts und versuchte, zusätzlich mit den Fingern mehr vom Putz aus der Wand zu kratzen. Einige der Splitter stachen in ihre Handflächen. Sie biss die Zähne zusammen. Nur raus hier. Dann vernahm sie direkt vor dem Fenster ein schleifendes Geräusch. Was passiert da draußen? Entsorgt er die Leiche von Jolin? Sie zitterte und arbeitete fieberhaft weiter an ihrer Befreiung. Ihr Puls raste. Sie merkte das Pumpen in ihrer Halsschlagader, das sich in ihrem Kopf ausbreitete. Das Gewitter nahm wieder zu. Schwere Regentropfen klatschten auf das Flachdach. Ohne Pause kratzte sie an dem Hohlraum. Ein neues lauter werdendes Geräusch ließ sie gefrieren. Er kommt, stellte sie fest und überlegte panisch, was sie tun sollte. Ihre Lippen zitterten. Tränen stiegen in ihre Augen. Sie schnaufte. Ein Schlüssel drehte sich im Schloss, ihr Herz jagte. Sie hechelte und schabte mit der Hand den losen Mörtel von der Unterlage. Sonja Rasmussen hoffte, dass er nicht merkte, was sie getan hatte. Die Holzlatte muss verschwinden. Sie tastete danach, ergriff sie und schob sie zwischen Matratze und Wand. Dann legte sie sich hin, stellte sich ohnmächtig. Sie versuchte, leise zu atmen, als sie den Strahl einer Taschenlampe auf sich zukommen sah. Er muss denken, dass ich bewusstlos bin. So kann ich vielleicht Zeit rausschinden. Die Fallanalytikerin betete. Der Lichtstrahl erfasste ihren Kopf. Sie wusste, wenn sie sich verriet, war sie verloren. Gebbert stieß sie mit dem Fuß an. Sonja spürte den Schmerz in ihrer Taille und presste die Zähne zusammen. Der Strahl wanderte von ihrem Gesicht über ihren Körper. Sie hörte sein Schnauben, dann ein scharfes »Mist«. Um sie herum wurde es wieder dunkel. Nur das Plattern des Regens und das umtreibende Donnergrollen erfüllten den Raum. Sie fühlte sich wie in einem Horrorfilm, in dem sie das Opfer war. Seine schwappenden Schritte verhallten, dann hörte sie, wie die Tür ins Schloss fiel und ein Schlüssel umgedreht wurde. Sonja öffnete ihre Lippen, stieß erleichtert die Luft aus und schlug die Augen auf. Er ist weg. Mit Schwindel im Kopf richtete sie sich auf, zog mit der freien Hand die gebrochenen Holzsplitter hinter der Matratze vor und machte sich erneut an die Arbeit. Sie wusste nicht, ob sie die Kraft besaß, den Dübel aus der Wand zu entfernen, aber sie musste es zumindest weiter versuchen. Jolins Leben hing davon ab, wenn sie überhaupt noch lebte. … Und ihr eigenes.

*

»Kann mir mal irgendeiner sagen, wo wir uns aufhalten? Wir sind hier irgendwo im Nirgendwo«, fluchte Hartwig und presste seinen Kopf gegen die Windschutzscheibe. Es goss immer noch in Strömen. »Ich dachte, das Sauwetter geht endlich mal vorbei, Mann oh Mann. Fühlt sich an, als wenn das Gewitter nur um die Insel kreist.« Der Erste Hauptkommissar konnte trotz des rotierenden Scheibenwischers kaum etwas erkennen, als er die Landstraße Richtung Gammendorf entlangfuhr. »Das haben wir alles schon einmal abgegrast. Ich weiß nicht, wie du darauf kommst, dass sie sich hier aufhält.« Westermann hatte Hartwig an der Straße aufgegabelt.

»Charlottes Handy zeigt mir diesen Weg an. Sie ist hier irgendwo, da bin ich sicher.« Seine Stimme klang feindselig. Er hoffte, dass sie bald auf einen Hinweis stießen, der sie weiterbrachte. Der rote Punkt auf dem Mobiltelefon des leitenden Ermittlers bewegte sich mit der Route vorwärts. »Dass ich da nicht längst drauf gekommen bin.« Der Erste Hauptkommissar schüttelte fassungslos den Kopf. »Ist ja gut. Wir haben es ja jetzt. Wo ist das Team?«, wollte er wissen. »Ich habe ihnen geschrieben, dass sie uns folgen sollen. Sie haben meine Koordinaten.« Westermann sah sich um. »Wir sind mittlerweile in Gammendorf. War ich noch nie. Da kann man mal sehen, wie wenig wir uns auf der Insel auskennen«, knurrte er und starrte immer wieder auf das Display, das sein Kollege ihm entgegenhielt. Ein Blitz ließ die Männer im Wagen zusammenfahren. »Oh mein Gott. Das ist echt gruselig«, murrte Hartwig. Der Regen prasselte pausenlos gegen die Scheibe des BMWs. »Du musst Richtung Niobe. Das kenn ich zwar, aber im Dunkeln und bei dem Schietwetter ... erkennt man überhaupt nichts mehr. Das Signal ist einwandfrei. Fahr nicht so schnell, 1,7 Kilometer, dann sind wir da. Sind nur ein paar Minuten. Nein ... das gibts doch nicht!«, schrie der Beifahrer und schlug seine Hand auf das Handschuhfach. »Was ist denn jetzt schon wieder los?«, wollte sein Vorgesetzter genervt wissen.

»Das Signal ist weg. Wir haben das Signal verloren.« Westermann trat auf die Bremse und starrte seinen Kollegen fassungslos an. »Und jetzt?«

KAPITEL 26

Charlotte Hagedorn saß gefesselt und mit einem Knebel zwischen ihren Lippen auf einem Stuhl, als sie zu sich kam. In ihrem Kopf dröhnte es, als fuhrwerkte jemand mit einem Bohrer darin herum. Sie stöhnte und schlug ihre Augen auf. Ihr Blick war verschwommen, grelles Licht blendete sie. Die selbst ernannte Ermittlerin erkannte schemenhaft eine Person, die sich von einer Seite zur anderen bewegte und Gegenstände vor sich her schob. Sie schloss die Augenlider, öffnete sie erneut. Ihr verschwommener Blick klärte sich. Das ist der Kerl auf meinen Fotos, stellte sie fassungslos fest und war mit einem Mal hellwach. Der Mann, der in dunkler Kleidung direkt vor ihren Augen rumhantierte, schien es eilig zu haben. Er richtete den Strahl einer Baulampe auf das Mauerwerk und stieß dabei immer wieder gegen deren Ständer. Ihr Augenmerk folgte dem Lichtstrahl, wandte sich der nackten grauen Betonwand zu, von der an vielen Stellen Mörtel herausgebrochen war. Wo ... wo bin ich? Sie erinnerte sich. Der Schlag. Jemand hatte ihr einen Schlag auf den Kopf versetzt. Mein Schädel brummt, als wär ein Laster darüber gerollt. Heiland Mailand. Sie versuchte, sich den Raum einzuprägen. Das ist ein Kellergewölbe. Das ist dieses Gruselhaus. Ich bin in dieser Abrissbude. Ihr Herzschlag beschleunigte sich zusehends. Sie schluckte und fing an zu zittern. Panik breitete sich in ihr aus. Schemenhaft erkannte sie, dass sich außer ihr und dem Mann eine weitere Person in diesem eiskalten Gewölbe aufhielt. Direkt vor ihr, an die bröckelige Wand gekettet, hing ... Jolin. Das ist die Deern, schnaubte Charlotte entsetzt und bäumte sich auf. Sie versuchte, die engen Fesseln zu lösen, die ihre Arme mit der Rückenlehne verbanden. Sie zog die Hände auseinander, probierte immer wieder, die Beine zu bewegen. Ihre Knöchel waren eng an die Stuhlbeine gefesselt. Egal wie sie daran zerrte, sie fand keine Möglichkeit, sich zu befreien. Sie überlegte fieberhaft, wie sie vorgehen sollte. In ihrem Kopf ratterte es wie in einem Überdruckkessel, der jeden Moment explodieren könnte.

Sie betrachtete die junge Kellnerin, die, an dicke Eisenschellen gekettet, an dieser Mauer hing. Ihre Arme waren ausgebreitet nach oben gerichtet, die Beine weit auseinandergestellt. Ihr Körper war von tiefen Schnittwunden übersät, aus denen Blut sickerte. Charlotte stockte der Atem. Sie konnte den Anblick kaum ertragen. Das arme Mädchen ... ist nackt ... vollkommen nackt und so übel zugerichtet. Ihre Augen füllten sich mit Tränen, sie schnaubte und presste wutentbrannt die Lippen aufeinander. Mit aller Kraft zerrte sie an ihren eigenen Fesseln. Ich muss ihr helfen. Ihre Wut steigerte sich, ihr Kampfgeist kehrte zurück. Sie wollte diesem Kerl endlich das Handwerk legen, bevor er sein Werk vollenden konnte. Denn dass er etwas plante, merkte sie an seinen übereilten Handlungen. Wiederholt riss sie an ihren Handfesseln. Die Tränen in ihren Augen verschleierten die Wahrnehmung. Immer wieder zwinkerte sie, um die Tränenflüssigkeit herauszupressen. Das ist ein Folterkeller.

Das Licht des Bauscheinwerfers beleuchtete das grausam inszenierte Bild. Jolins Kopf war auf den Brustkorb gesunken, und sie schien bewusstlos zu sein. Charlotte zitterte. Sie wollte schreien, ihn von seinem Tun ablenken, aber der Knebel zwischen ihren Lippen ließ sie nur würgen. Sie riss immer heftiger an ihren Fesseln, hoffte, dass sie sich endlich lockerten. Draußen donnerte es und goss in Strömen. Wie konnte ich nur so blöd sein, überlegte sie und betete, dass ihr irgendwas einfiel, das sie retten würde. Wenn doch nur Dirk hier wäre, dachte sie verzweifelt. Sie musste das Mädchen von dieser Bestie befreien und dazu zuerst einmal sich selbst. Sie schnaubte, zerrte an den Fesseln und ruckelte am Stuhl.

»Ach, meine liebe Fotografin ist wach. Das passt ja wunderbar.« Gebbert hatte bemerkt, dass sich hinter ihm etwas bewegte, und wandte sich seiner neuesten Errungenschaft zu. Hämisch grinste er sie an. »Da kannst du mir gleich erzählen, wie es dir gefällt. Du wirst Zeugin einer filmreifen Vorstellung. Dass ich Zuschauer bekomme, hätte ich allerdings nicht gedacht.« Er krächzte. »Danach befasse ich mich mit dieser ... dieser Bullentussi und am Schluss mit dir.« Er lachte, und es klang, als wäre er nicht mehr Herr seiner Sinne. Grinsend schob er den metallenen Tisch vor sich her. »Ich kann nicht nur Beobachter sein, ich will endlich wissen, wie es sich anfühlt, jemanden in seine Teile zu zerlegen.« Charlotte sah, dass er schmatzte. Es machte sie rasend, wie grausam seine Gedanken waren. Sie hantierte unentwegt an ihren Fesseln, merkte an seinen unüberlegten Aktionen, dass die Zeit knapp wurde. »Ich will ihr Innerstes berühren, ihre glänzenden pulsierenden Organe in meinen Händen halten. Und du wirst meine Zeugin sein.« Er richtete die Kamera aus, die zwischen beiden Frauen aufgebaut stand. Der Wahnsinnige schluckte, fuhr mit den Fingerspitzen über die zerschundene Haut des hilflosen Mädchens und »Wusstest du eigentlich, dass der Darm eines Menschen bis zu sieben Meter lang ist?«, krächzte er, sah die Fotografin an und befeuchtete seine Lippen. Erregt beugte er sich zu Jolins Bauchnabel und fuhr mit der Zunge darüber. Dann richtete er sich auf. Charlotte verfolgte angeekelt sein abartiges Tun. Sie erschrak, als sie sah, dass Gebbert ein Skalpell vom Metallwagen nahm und es von allen Seiten betrachtete. Es blitzte auf und warf gleißendes Licht auf sein Gesicht. Woher hat er das Zeug? Dieser verdammte Mistkerl. Die Künstlerin wusste, dass sie schnellstens handeln musste, und zerrte ohne Pause an ihren Fesseln.

*

Sonja Rasmussen stocherte zeitgleich wie eine Wahnsinnige im Mauerwerk. Weitere Holzsplitter bohrten sich tief in ihre Haut. Sie riss an der Kette und hoffte, dass sich endlich Erfolg zeigte. Es war stockfinster in ihrem Gefängnis, und sie war auf ihre anderen Sinne angewiesen. Mit den Fingern ertastete sie auf einmal die feine Kante des Dübels. »Gott sei Dank«, flüsterte sie, atmete erleichtert aus und stieß das Holzstück mit mehr Härte in den Mörtel. Gleichzeitig ruckelte sie an der Niro-Kette. Sie ging auf die Knie. Sonjas Körper steckte voller Adrenalin. Sie zerrte an der Verankerung, und auf einmal löste sich die Schraube mit dem Dübel aus der Betonwand. Völlig ermattet fiel sie auf die stinkende Unterlage. Die Fallanalytikerin hechelte, rollte sich zur Seite und wollte sich aufrichten.

Ihr war schwindlig, sie taumelte und landete auf dem Fuß-boden. Sie schloss die Augen, atmete durch die Nase ein paar Mal tief in ihren Bauch und versuchte es von Neuem. Endlich stand sie auf wackeligen Beinen. Ihre Unterhose war eingerissen und verdreckt. Mit einer Hand riss sie ihre schwarze Perücke vom Kopf. Ihre Tarnung war sowieso aufgeflogen, und es machte keinen Sinn mehr, sich zu ver-stellen. Er wusste längst, wer sie war. Wankend bewegte sich Rasmussen auf die Tür zu. Sie hatte mitbekommen, dass sie verschlossen war, hoffte auf eine Holztür. Als sie sich bis zum Ausgang vorgetastet hatte, merkte sie ent-täuscht, dass es sich um eine Baustellentür aus verzinktem Stahl handelte. Sonja rüttelte wutschnaubend am Türgriff. Es war sinnlos. »Aaarg.« Ihr wurde bewusst, dass sie diese Tür niemals öffnen konnte. Sie musste sich etwas anderes einfallen lassen und erinnerte sich an das mit Spanplatten verrammelte Fenster. Mit kleinen Schritten tastete sie sich erneut durch den Raum, spürte die Steine und Holzsplit-ter, die sich in ihre Fußsohlen bohrten. Die Fallanalytike-rin überlegte, wankte zurück zur Unterlage. Sie musste nach den Holzstücken suchen. Als sie mit der Hand über die Matratze fuhr, ertastete sie einen etwa einen halben Meter langen Holzpflock. Sie griff danach und schob sich zur vernagelten Öffnung. Mit den Fingerspitzen suchte sie die Kanten der Verkleidung. Sie rüttelte an der Platte, bis sie Lockerung wahrnahm. Die Nägel lösen sich, bemerkte Sonja erleichtert und wickelte die Kette, die ihr Handge-lenk mit der Handschelle verband, um ihren Unterarm. Mit rasendem Puls steckte sie die Spitze des Pflocks unter die linke Seite der Spanplatte und hebelte das Ende über dem Fenstersims auf. Nicht abbrechen, bitte, brich jetzt nicht durch. Sonja sog die stickige Luft tief in ihre Lungen und bog das Holzstück vorsichtig runter. Sie wiederholte den Vorgang, merkte, wie sich die Platte immer mehr löste. Was für ein Pfusch, dachte sie und ruckelte am Holz. Dann hörte sie ein knirschendes Geräusch. Einer der Nägel fiel leise klirrend zu Boden. Sofort schob sie den Pflock erneut unter die Pressplatte und führte eine weitere Hebelbewegung durch. Ein zweiter Nagel löste sich. Rasmussen ließ das Holzstück fallen und fasste mit beiden Händen unter die gelockerte Spanplatte. Sie zog mit aller noch zur Verfügung stehenden Kraft daran. Ihre Arme und Hände brannten wie Feuer. Die Fallanalytikerin riss mit einem lauten Schrei die Holzplatte aus ihrer Verankerung. Das Holz zerbarst, und auf einmal hatte sie die Platte in der Hand. Entkräftet ließ sie sie fallen. Sie krabbelte auf den Sims und wollte sich aus dem Fenster hangeln. Sie wusste nicht, wie tief sie fallen würde, und wollte sich an den Fensterrahmen hängen. Nur mit dem Höschen bekleidet, glitt sie langsam mit den Füßen zuerst aus der Öffnung. Die Haut an Oberschenkeln und Bauch schürfte auf. Der Rahmen war uneben und rostig. Tränen stiegen in ihre Augen, und sie biss die Zähne zusammen, als ein Nagel die Haut aufschlitzte. Nach einem knappen Meter fühlte sie plötzlich einen weichen Widerstand. Erdgeschoss ... ich bin im Erdgeschoss. Sie pustete und kletterte aus dem taillenhohen Fenster. Es goss in Strömen, und in weniger als einer halben Minute war sie triefend nass. Sie schniefte und wischte mit einer Hand das Regenwasser aus ihrem Gesicht. Dann hörte sie einen gellenden Schrei.

*

»Lieber Gott, gib uns ein Zeichen«, flehte Westermann und guckte ununterbrochen aus der heruntergelassenen Seitenscheibe des Wagens. »Ich kann überhaupt nichts erkennen.

Weißt du was? Ich steig aus. Ich denke, die Kollegen sind auch bald da. Wir sollten uns unbedingt verteilen. Regel du das. Ich nehme die Taschenlampe. Gib ihnen das Tuch, das auf dem Rücksitz liegt ... ist Charlottes.« Westermann stieg aus und warf die Wagentür zu. Hartwig informierte das Team und hielt mit eingeschaltetem Warnblinker am Straßenrand, um auf sich aufmerksam zu machen. »Oh Mann, Watson, wenn du hier wärst, dann hätten wir sie längst gefunden.« Seine Worte klangen verzweifelt. Er stöhnte und verscheuchte die Gedanken an seinen Hund. Als er in den Rückspiegel schaute, nahm er sich langsam nähernde Scheinwerfer wahr. Sie kommen.

Hartwig öffnete die Wagentür, stieg aus und winkte. Hinter ihm stoppten zwei Mannschaftswagen. Nils Henning kam auf ihn zu. »Habt ihr sie?«

»Nein, wir hatten ein klares Signal. Und auf einmal war es verschwunden. Der Kerl hat mit Sicherheit Charlottes Handy einkassiert und plattgemacht. Der ahnt, dass wir ihm auf den Fersen sind. Diese elende Sau. Wenn ich den zwischen die Finger krieg.« Der Kommissar wischte sich Regentropfen vom Gesicht und ballte die Hände. »Wir müssen von hier aus zu Fuß weiter. Wir wissen, dass sie sich im Umfeld von eineinhalb Kilometern aufhalten. Es nützt nichts. Ihr müsst die Hunde mitnehmen. Hier ist ein Tuch von unserer Miss Marple.« Hartwig reichte Henning das Halstuch, zog den Reißverschluss seiner Windjacke hoch und verschloss den Wagen. »Ich lauf die Straße runter und guck, ob ich ein Haus oder Ähnliches finde, das alleine dasteht. Dirk ist in die andere Richtung unterwegs. Die sind ganz in der Nähe, das spüre ich genau. Den Kerl mach ich platt, das verspreche ich dir.«

*

Jolin stieß einen Schrei aus, als sie aus ihrer Ohnmacht erwachte und sah, dass ihr Peiniger mit einem Skalpell vor ihr stand. »Nein, nein, nicht«, wisperte sie. Ihr von Panik erfüllter Blick fiel auf die blitzende Klinge. »Nicht schneiden … bitte nicht«, flehte sie. Ihr desolater Zustand reichte Gebbert, um ihn in Erregung zu versetzen. Er schielte zur Charlotte, die mit großem Einsatz an ihren Fesseln riss. Es schien ihn aufzugeilen, die Frauen so zu sehen. Sein Herz klopfte so laut, dass es in seinem Kopf dröhnte. Sein Kopfkino lief. Er sah, wie er ihren glänzenden Darm langsam herauszog und in seinen Händen hielt. Ihm war bewusst, dass sie daran nicht sterben würde. Es gab dicke Wälzer über Foltermethoden und deren Folgen. Er hatte sie gelesen, einiges in den Videos wiedererkannt und sich an ihnen aufgegeilt. Und diese alte Tante würde ihm dabei zusehen. Gebbert lachte. Die schmächtige Figur, die so viel Elend verursacht hatte, grölte aus vollem Hals. Das, was gerade in diesem Gewölbe passierte, war weitaus besser, als er es sich in seinen Träumen vorgestellt hatte. Jetzt war die Schnüfflerin seine Zuschauerin und er der Akteur. Charlotte zerrte verzweifelt an ihren Fesseln und ruckelte wild am Stuhl, als Gebbert das Skalpell unter Jolins Brustbein ansetzte.

KAPITEL 27

Die Fallanalytikerin bewegte sich durch das dunkle Gebüsch und stolperte über einen Baumstamm. Sie schrie und presste sofort ihre Lippen aufeinander, um keine Aufmerksamkeit zu erregen. Auf schlammigem Grund versuchte sie, wieder auf die Beine zu kommen. Rasmussen registrierte einen stechenden Schmerz in ihrem Schienbein. Als sie ihre Hand an die Stelle legte, fühlte sie, dass es anschwoll. »Mistdreck!«, fluchte sie und wollte aufstehen. Die Verletzung hielt sie am Boden. Sie konnte kaum die Hand vor Augen sehen und kroch auf allen vieren weiter. Ihr Körper war in kürzester Zeit mit Schlamm überzogen. Wo, verdammt bin ich …? Immer, wenn ein Blitz die Szenerie erhellte, erkannte sie die Umrisse einiger Bäume und eines baufälligen Gebäudes, aus dem vermutlich die Schreie gekommen waren. Jolin lebt noch, das ist das Wichtigste, dachte sie und schob sich schleppend vorwärts. Sie musste irgendwie ins Innere des Hauses. Die Treppe zum Haupteingang konnte sie vergessen. Es waren mindestens sieben Stufen, und alles schien verrammelt. Das schaffe ich nicht, stellte sie mit schmerzverzerrtem Gesicht fest und wartete auf den nächsten, das Gelände erleuchtenden Blitz. Sonjas Hände gruben sich durch den Schlamm, als ein weiterer Lichtblitz auf eine tiefe Drainage am Haus hinwies. Etwa zwei Meter neben der Hausecke stach ihr ein zerbrochenes Kellerfenster ins Auge, das sich außerhalb dieser Vertiefung befand. Da muss ich rein, überlegte sie und robbte weiter. Überall um sie herum lagen Äste, Bauschutt und Baugeräte. Sie wand sich wie eine Schlange nackt im Unterholz und hatte Mühe, die Kette, die immer noch um ihr Handgelenk hing, mit sich zu schleppen. Jolin, ich hol dich da raus. Sie erreichte das bodentiefe Fenster und spürte die Glassplitter, die sich in das Fleisch ihrer Handflächen und Knie bohrten. Hastig zog sie sie zurück und hielt inne. Hier sind überall Scherben, was mach ich denn jetzt? Mit ihren Fingern sammelte sie auf dem schlammigen Boden unzählige Glasscherben ein und schleuderte sie zur Seite. Sie wusste, dass sie keine Zeit mehr hatte, suchte nach einem Stück Holz und schob die restlichen Splitter von sich. Sie musste schnellstens ins Innere des Hauses gelangen. Der Ansporn, Jolin zu befreien, setzte in ihr ungeahnte Kräfte frei. Die Kette glitt von ihrem Arm und lag schwerfällig im Schlamm. Damit geht es, dachte sie und nahm das Ende der Gliederkette in ihre Hand. Sie robbte zum Kellerfenster und schlug mit dem Kettenende die spitz herausragenden Scherben aus dem Rahmen. Sie hörte, wie sie leise klirrend auf den Fußboden im Inneren des Hauses fielen. Scheint tief zu sein, befürchtete sie. Die Fallanalytikerin wollte mit dem Kopf voran durch das Fenster, entschied sich aber, aufgrund der vermuteten Höhe, mit den Füßen zuerst in den Kellerraum einzusteigen. Sie hangelte sich bis zur Taille über den Fensterrahmen aus Metall, schabte mit der Haut über die raue Fassade. Ihre Hose rutschte. Jetzt hast du keine Wahl mehr, Rasmussen. Du musst dich fallen lassen. Sie schob sich weiter in den Raum, griff mit beiden Händen nach dem schmalen Metallrahmen und ließ sich mit ausgestreckten Armen hängen, als etwas ihr Gesicht streifte. Sie riss die Augen auf und erkannte trotz der Dunkelheit zwei glühende Punkte. Das ist nur eine Katze, versuchte sie, sich zu beruhigen. Es war keine. Mit einem Satz sprang das Tier auf ihren Schädel. Sein langer Schwanz berührte ihren Mund. Sie wollte angewidert schreien, schüttelte heftig ihren Kopf und ließ in Panik den Rahmen los. Eine Ratte hatte ihn als Sprungschanze in den Keller genutzt. Sonja presste die Lippen zusammen und fiel ins Bodenlose. Die Fallanalytikerin landete hart auf Betonboden und schlug mit dem Kopf auf. Benommen blieb sie liegen, stöhnte und hörte lautes Fiepen um sich herum. Hier sind noch mehr von den Viechern, stellte sie angeekelt fest und stemmte sich mit brennenden Schmerzen in jedem ihrer Knochen, hoch. Ich muss Jolin finden. Erneut nahm sie einen markerschütternden Schrei wahr. Sie ist hier unten. »Ich komme«, krächzte Rasmussen und stand plötzlich auf ihren Füßen. Humpelnd und mit dröhnendem Schädel tastete sie sich durch den Raum. Sie hörte lautes Rascheln und dieses ekelhafte Fiepen, das die Viecher verursachten, als sie vor ihr flüchteten. Sie hatte eine Wahnsinnsphobie gegen das Ungeziefer, das einfach nur abstoßend war und Tausende Krankheiten übertrug. Sie wollte sich nicht einmal vorstellen, dass sie zusammen mit ihnen eingepfercht war. Eine Gänsehaut jagte die andere. Ihr wurde übel und sie würgte. Vorsichtig arbeitete sie sich barfuß durch den finsteren Raum, suchte nach einer Tür, als sie mit dem Fuß gegen etwas stieß. Sie stellte ihren Fuß darauf. Es bewegte sich, rollte vorwärts.

Sie bückte sich und ertastete eine Eisenstange, die ihr ihr wie ein Gottesgeschenk erschien. Sie schlang die Kette um ihren Arm, hob die etwa einen Meter lange Stange hoch und umklammerte sie. Sie spürte plötzlich im Rücken eine Erhebung und schnellte herum, weil sie befürchtete, dass eine Ratte sie angesprungen hatte. Erleichtert hielt sie einen Türgriff zwischen ihren Fingern. Sie betete, dass diese Tür nicht verschlossen war. Langsam drückte sie die eiskalte Klinke runter.

*

Westermann hatte komplett die Orientierung verloren. Er war von der Straße abgekommen und watete völlig durch-nässt über aufgeweichtes Feld. Nirgends konnte er auch nur den Hauch von Leben entdecken. Hier gibt es gar nichts, stellte er fest und leuchtete mit der Taschenlampe den Weg vor sich aus. Immer wieder zog er mit dem Lichtstrahl einen Halbkreis, hoffte, dass das Signal auf dem Handy aufleuch-tete. Es schien alles zum Scheitern verurteilt. Wenn einer von ihnen etwas passiert, bin ich … erledigt. Er schüttelte den Kopf und versuchte, die abstrusen Gedanken in sei-nem Hirn auszuschalten. Stur verfolgte er seinen Weg durch den Regen. Durch die Gläser seiner Brille konnte er kaum etwas erkennen. Immer wieder wischte er mit dem Finger darüber und machte alles nur noch schlimmer. »Wenigs-tens hört es langsam auf zu regnen«, stöhnte er, als er in weiter Ferne Hundegebell wahrnahm. »Die sind auf dem Weg«, brummte er erleichtert und ließ den Strahl seiner Taschenlampe über das Feld streifen. Der Blick auf das Dis-play zeigte ihm, dass Charlottes Handy ausgeschaltet war. Irgendwo sind sie. Ich weiß es! Ich muss sie nur finden, dachte er, und stapfte durch knöcheltiefen Matsch. Ein entfernter Blitz deutete an, dass das Gewitter weiterzog. Als er sich durch die Dunkelheit kämpfte, hörte er auf einmal einen schrillen Pfiff.

*

Gebbert hörte einen Aufschrei, der irgendwo aus dem Haus herrührte. Er schnaubte fuchsteufelswild, setzte das Skalpell ab und schleuderte es in die Ecke des Gewölbes. Ein tiefer Schnitt hatte die Haut auf Jolins Brustkorb geöffnet. Blut quoll aus der Wunde und sickerte bis zum Intimbereich. Ein Schrei drang aus seiner Kehle. Ein Brüllen, das unmenschlicher nicht sein konnte. Sein hassverzerrtes Gesicht ließ keinen Zweifel daran, dass er nicht mehr Herr der Lage und schon gar nicht seiner Sinne war. Alles schien über ihm zusammenzubrechen. Die Betäubung, die er ihr verabreicht hatte, würde nicht ewig anhalten. Charlotte registrierte den Aufschrei mit Erleichterung, wusste, dass sie aber längst nicht aus der Gefahrenzone waren. Er würde sie beide sofort töten, falls irgendetwas aus dem Ruder lief. Jemand hatte sich offensichtlich Zugang zum Haus verschafft. Bestimmt war die Polizei bald vor Ort und würde sie befreien. Sie ließ ihren Atem zwischen Lippen und Knebel entweichen und strengte sich noch mehr an, ihre Fesseln zu lösen. Sie sog die muffige Luft tief durch die Nase. Gebbert nahm seinen Fuß, trat Jolin schreiend gegen das Schienbein und bewegte sich auf die Tür zu. Die schmale Person stöhnte und ließ den Kopf sinken. Sie war wieder bewusstlos. Für die Deern das Beste, dachte Charlotte und ruckelte hartnäckig am Stuhl. Nicht umkippen, ich darf nicht umkippen.

Gebbert verließ den Kellerraum, hetzte die Stufen hoch. Er zog sein Handy aus der Hosentasche, schaltete die Taschenlampe an und leuchtete die Räume aus. Hier ist niemand, stellte er fest und wollte zurück in den Keller, als ihm die Polizistin einfiel, die er im Nebengebäude einquartiert hatte. Seine Nackenhaare richteten sich auf, als er sich auf den Seitengang zubewegte, der ihn ungesehen aus dem Haus brachte. Er hatte sie völlig aus den Augen verloren. Sie war bewusstlos und … angekettet. Sie konnte sich nicht befreit haben. Gebbert stapfte über den aufgeweichten Boden und fluchte. Er zog ein Schlüsselbund aus der Hosentasche und suchte den passenden Schlüssel. »Die sehen alle gleich aus«, giftete er. Mit zitternden Fingern steckte er nach längerem Suchen den richtigen ins Schloss und drehte ihn um. Dann stieß er mit dem Fuß die Tür auf, stürmte in das baufällige Nebengebäude. Seine Augen starrten fassungslos auf das leere Lager. Er entdeckte das Loch in der Wand und das Holz, das sie wahrscheinlich dazu verwendet hatte. Die Fotze ist weg, verflucht, wie …? Er leuchtete den Raum aus und registrierte das aufgebrochene Fenster. »Ich hätte es wissen müssen, diese Hure. Was, wenn sie im Keller ist?« Er schluckte. »Die ist im Haus. Das wird sie büßen.« Erregt stapfte er den gleichen Weg zurück, den er gekommen war. In weiter Ferne hörte er Hundegebell. Gebbert lehnte die Tür nur an, um keinen Lärm zu erzeugen. Ich werde sie finden, dachte er … aber die Kellnerin. Zuerst muss die weg. Der Teich. Die Alte … keine Zeit … In seinem Kopf schienen sämtliche Sicherungen durchzubrennen. Er stieg wutschnaubend die Stufen hinab und wurde bleich, als er sah, dass die Polizeibeamtin gerade dabei war, die Fotografin von ihren Fußfesseln zu befreien.

*

Als Sonja ihren Gegner aus den Augenwinkeln wahrnahm, war es bereits zu spät. Er packte sie, umfasste ihren Hals und drückte solange zu, bis sie keuchend zu Boden ging. Prustend lag sie mit dem Gesicht nach unten da und versuchte, seine Hände abzuschütteln. Gebbert ließ nicht locker. Er wusste aus Erfahrung, dass es dauerte, bis sie ihr Leben aushauchte, aber er hatte keine Wahl. Seine Nasenflügel bebten, als seine Finger wie ein Schraubstock zudrückten. Er ahnte, dass die Fallanalytikerin sich nicht so schnell geschlagen geben würde wie seine vorigen Opfer, und ihm war klar, dass er es mit einer ausgebildeten Polizistin zu tun hatte. Benommen wand sie sich aus seiner Umklammerung, vollzog eine Drehung und rammte ihren Ellenbogen in seinen Brustkorb. Irritiert ließ er locker, fing sich, packte erneut zu. Sonja japste nach Luft, entdeckte die Eisenstange am Boden. Sie versuchte, danach zu greifen. Ein paar Zentimeter, nur ein Stück, bettelte sie schweigend. Gebbert drückte so fest zu, dass ihr übel wurde. Mit solcher Kraft hatte sie nicht gerechnet. Sie hatte ihn unterschätzt. Ihre Finger berührten die Metallstange, sie griff danach. Ihr Bewusstsein entglitt ihr ebenso wie die Stange in ihrer Hand. Sie wusste, wenn sie sich nicht umdrehen konnte, hatte sie verloren. Benommen sog sie die staubige Luft in ihre Lungen. Rasmussen wand sich wie eine Schlange. Die Kette, ich hab die Kette. Für eine Sekunde lockerte sich sein Griff. Sie registrierte, dass ihm die Kraft ausging. Meine Chance! Die Fallanalytikerin drehte sich auf den Rücken, schnellte ihr Knie in seine Weichteile und schlug ihm die Eisenkette gegen den Schädel. Für einen Augenblick ließ er von ihr ab. Gebbert schrie wie ein Tier und ging zu Boden. Die Polizistin stieß ihn zur Seite, schwang sich hoch, griff nach der Kette und zerrte sie ihm um den Hals. Röchelnd versuchte er, die Fessel zu lösen. Sie wälzten sich auf dem Boden. Rasmussen konnte die schwere Kette nicht lange halten. Sie ließ los, griff nach der Stange und schlug sie ihm auf den Hinterkopf. Er brach zusammen und blieb regungslos liegen. Sie entdeckte Blut, das sich unter seinem Kopf ausbreitete. »Der ist hin. Ich hab ihn erledigt.« Sonja schluckte und atmete tief ein und aus. Sie empfand keine Reue. Im Gegenteil, sie war froh, dass sie ihn überwältigt hatte. Dieser Kerl hatte zwei Frauen auf dem Gewissen und hätte ohne Skrupel weitergemacht. Keuchend befreite sie Charlotte von den Fesseln und dem Knebel. Die Künstlerin spuckte angewidert auf den Boden. Dann sah sie, wie Rasmussen sich zu Jolin schleppte, um sie von ihren Eisenfesseln zu befreien. Sie legte ihre Finger an deren Halsschlagader. »Sie lebt, aber das schaff ich nicht allein. Sie muss hier sofort weg, sonst stirbt sie. Ich brauch Werkzeug.« Die Fallanalytikerin schrie verzweifelt. »Schlüssel, er hat Schlüssel«, wisperte Jolin kaum hörbar und schlug die Augen auf. Charlotte stand mitten im Raum, sah sich suchend um und entdeckte den Metalltisch. Sie eilte darauf zu. »Hier ist nichts«, krächzte sie »Er hat immer alles ab- und aufgeschlossen. Er muss welche haben.« Jolin versuchte, den Kopf zu heben.

»Seine Hosentaschen«, flüsterte die Künstlerin, traute sich allerdings nicht, sich am Mörder zu schaffen zu machen.

»Können Sie ....?« Charlotte Hagedorn wirkte blass und hilflos, als sie auf den am Boden liegenden Täter deutete. Die Blutlache unter seinem Schädel breitete sich aus. Sie wich zurück, als hätte sie Angst, er könnte eventuell doch wieder zu sich kommen. »Der ist hin, sehen Sie sich die Pfütze an.« Rasmussen schüttelte den Kopf, ließ die Handfessel von Jolin los und wandte sich dem Killer zu. Sie kniete mit schmerzverzerrtem Gesicht vor ihm und griff beherzt in seine Hosentasche. Sein Handy. »Halten Sie das. Wenn Sie wollen, fesseln Sie ihn«, sagte sie und reichte der selbst ernannten Ermittlerin das Mobiltelefon. Charlotte schüttelte den Kopf. Dann durchsuchte sie die zweite Tasche. Es klöterte. Sie warf einen Blick zu Charlotte und zog ein Schlüsselbund heraus. »Wer sagt's denn?« Sonja Rasmussen stemmte sich unter Schmerzen hoch, schenkte Gebbert keine weitere Aufmerksamkeit und bewegte sich auf Jolin zu, die wieder bewusstlos in den Fesseln hing. Die Fallanalytikerin betrachtete den Verschluss der Eisenhalterung, dann die Schlüssel. Sie schnaubte und suchte nach dem passenden Gegenstück. »Ja, das ist er.« Sie steckte ihn mit zitternden Fingern in die Öffnung. »Passt«, krächzte sie und öffnete die Handfessel. »Sie müssen mir helfen … wie heißen Sie?«

»Charlotte, ich heiße Charlotte«, flüsterte die Miss Marple der Insel. »Irgendwoher kenne ich Sie. Halten Sie Jolin … bitte.« Die Künstlerin nickte und blieb direkt vor dem geschundenen Mädchen stehen. Sie hielt ihren Arm, versuchte, sie zu stützen, so gut es ging. »Wir müssen sie so schnell wie möglich ins Krankenhaus bringen. Haben Sie ein Handy?« Charlotte schüttelte den Kopf. »Hat er mir abgenommen. Was ist mit seinem?« Rasmussen warf der toughen Frau einen Blick zu, die ihr sein Telefon reichte. Die Fallanalytikerin streifte über das Display: »Kennwortgeschützt … keine Chance.« Sie steckte das Mobiltelefon in ihre Hosentasche. »Sie können die 110 wählen, die funktioniert immer.« Charlotte wählte. »Tot, der Akku ist leer.«

»Uns bleibt aber auch nichts erspart. Kennen Sie sich hier aus? Wissen Sie, wo wir Hilfe bekommen können?« Die selbst ernannte Ermittlerin nickte. »Ja, das nächste Haus von hier ist ein Ferienhof.« Sie warf einen Blick auf die schwer verletzte Jolin. »Der Weg ist mit ihr eindeutig zu weit. Sicher mehr als einen Kilometer, und Niobe … ist auch nicht kürzer.« Charlotte raufte sich die Haare und guckte die Frau an, deren dunkelbraune Frisur mit unzähligen Haarklemmen am Kopf klebte. »Dann bleibe ich hier, such uns einen Platz in dieser Hütte, wo wir uns verbarrikadieren können. Sie holen schnellstens Hilfe. Wenn Sie ein Telefon finden, rufen Sie Dirk Westermann an, der weiß, was zu tun ist.« Sonja Rasmussen öffnete die anderen Eisenschellen. Zu zweit hielten sie die abgemagerte, schwer verwundete Frau, die von alldem nichts mitbekam, und legten sie auf den Fußboden. »Ich hoffe, sie überlebt das«, murmelte die Profilerin leise. Hagedorn nickte und zog ihre Windjacke von den Schultern. Sie drapierte sie erschüttert auf Jolins Bauch und bedeckte damit ihre Blöße. »Ich kenne Dirk, ist mein Schwieger...sohn.« Es erschien ihr zu umständlich, der Fremden zu erklären, welche Verwandtschaftsverhältnisse sie mit dem Leiter der Mordkommission teilte, während sie um das Leben der jungen Frau kämpften. »Ich hab mir gleich gedacht, dass ich Sie von irgendwo kenne.« Sie sah sie erstaunt an. »Schaffen Sie es, Jolin mit mir bis nach oben zu tragen?« Charlotte Hagedorn nickte. Rasmussen schüttelte den Kopf. »Wissen Sie was, das krieg ich allein hin. Sie wiegt ja kaum noch was. Sehen Sie zu, dass Sie Hilfe holen, bitte!« Im Blick der Fallanalytikerin lag etwas, dass die Ermittlerin antrieb, sich sofort auf den Weg zu machen. Vielleicht lag ihr Rad irgendwo auf dem Grundstück und sie konnte zügig vorankommen. Dass es nicht so war, entdeckte sie, als sie durch den Seiteneingang aus dem Haus hastete. Es war stockdunkel, und der Irre konnte ihr Rad überallhin verfrachtet haben. Sie fand es nicht und musste sich zu Fuß auf den Weg machen. Ihr blieb keine andere Wahl, wenn das Mädchen überleben sollte.

Sonja Rasmussen legte den Arm von Jolin Petrova um ihren Hals. Die Baulampe erleichterte ihren Weg hinaus aus dem Kellerloch, in dem es stank, als ständen sie mitten im Schweinestall. Ihr war der bestialische Geruch gleich aufgefallen, als sie durch das dunkle Gebäude irrte. Sie quälte sich mit Jolin im Arm die Treppe hoch. Stufe für Stufe näherten sie sich dem Tor in die Freiheit. Nie im Leben hätte sie gedacht, dass dieser Mann sie hätte überlisten und ein derartiges Szenario veranstalten können. Ihr Bein schmerzte höllisch, und sie hoffte, dass sie durchhielt. So eine Sauerei war ihr noch nie vorher zugestoßen. Sie hatte viele Mörder kennengelernt und deren Profile erstellt, aber dieser Mensch war auffallend bösartig. Die Schmerzen wurden bei jedem Schritt und jeder Stufe heftiger. Es kam ihr vor, als wäre ihr Kopf eine einzige Beule. Im Schädel hämmerte es, und ihre Glieder brannten wie Feuer. Aber sie hatte das Mädchen aufgespürt und sie lebte ... »Eine Stufe noch, dann haben wir es geschafft«, flüsterte sie an die junge Frau gerichtet. »Gleich sind wir hier raus, kleine Jolin«, sagte sie entkräftet, als ein Schlag in ihre Kniekehlen sie mit einem Schrei zusammensacken ließ. Die Ohnmächtige rutschte aus ihrem Arm und stürzte die Treppenstufen hinunter. Dann setzte ein weiterer Hieb gegen ihren Rücken sie schachmatt.

*

Das Bellen wurde eindringlicher. Westermann suchte mit der kaum ausreichenden Leuchtkraft seiner Taschenlampe nach dem richtigen Weg. »Die Batterien geben ihren Geist auf«, stellte er fluchend fest. Wie aus dem Nichts tauchte vor ihm eine Lunke auf. Er rutschte hinein, rappelte sich schnaubend auf und stand bis zu den Knöcheln im Wasser. Der Regen hatte den Graben gefüllt. »Das ist doch alles nicht mehr wahr«, knurrte er, als er sich wenig später auf einer asphaltierten Straße wiederfand. »Wurde auch

Zeit.« Westermann warf einen Blick gen Himmel. Die Wolken rissen auseinander und legten die schmale Sichel des abnehmenden Mondes frei, während er mit quatschnassen Lederschuhen über die Fahrbahn marschierte. Bei jedem Schritt vernahm er ein unangenehmes Quietschen. Es roch nach frisch gemähtem Gras. Die Luft war trotz der nächtlichen Uhrzeit mild. Westermann gierte nach aktivem Sauerstoff und fröstelte plötzlich. »Und wo muss ich jetzt bitte schön lang?« Für einen Moment blieb er stehen. Das Navigationsgerät auf seinem Handy war ihm keine große Hilfe, er wusste nicht, in welche Richtung er sich bewegen sollte. Der Leiter der Mordkommission hielt sich rechts und versuchte, dem Hundegebell entgegenzumarschieren. Entfernt sah er das Licht etlicher Taschenlampen aufblitzen. Er forcierte seinen Gang und fing an zu laufen. Das Quietschen seiner Schuhe nervte, aber er hatte keine Zeit zu verlieren. Sie hatten nur wenige Möglichkeiten, um die Frauen zu befreien, wenn es nicht längst zu spät war. Der Asphalt glänzte. Er hörte Schritte, schnelle Schritte, die sich unmittelbar vor ihm bewegten. Dirk Westermann glaubte an Halluzinationen, als er eine keuchende Stimme vernahm. Er beschleunigte seinen Gang und erkannte wenig später, dass es sich um einen Fußgänger handelte, der durch die Dunkelheit hetzte. »Hallo, bleiben Sie stehen«, rief er, konnte nicht fassen, wer auf der Fahrbahn mitten in der Nacht vor ihm wegzulaufen schien. »Charlotte …! Was machst du hier? Ich glaub es ja nicht. Weißt du eigentlich, dass wir dich den ganzen Abend gesucht haben? Was zum Teufel willst du hier?«, fragte er fassungslos, als er sie erreicht hatte.

»Teufel ist gut«, krächzte sie und schnaufte wie ein Walross. »Der ist tatsächlich hinter mir her und wenn ich nicht schnellstens …« Sie fasste mit ihrer Hand gegen ihre Brust. »Bin ich froh, dass du da bist!« Sie war nicht minder erstaunt und schien unübersehbar erleichtert, dass es der Erste Hauptkommissar war, der sie bei ihrer Jagd nach einem Telefon aufhielt. »Dirk, bin ich unglaublich froh ...« Die Worte sprudelten befreit aus ihr heraus, und Tränen der Erleichterung liefen über ihr Gesicht. »Du kannst dir gar nicht vorstellen, welche Odyssee ich hinter mir habe. Mein Gott bin ich froh. Heiland Mailand.« Sie legte eine Hand gegen ihren Brustkorb, eine auf Westermanns Schulter. »Wir müssen sofort umkehren«, schniefte sie und zerrte ihn mit sich. »Was ist hier los? Noch mal, was machst du hier? Du hast bei dem Sauwetter nicht mal eine Jacke an und siehst aus, als hättest du dir eine Schlammschlacht geliefert.« Nur mäßig leuchtete die Taschenlampe die ramponiert aussehende Miss Marple aus und ließ dennoch keinen Zweifel daran, dass sie Schlimmes hinter sich haben musste. »Wir können hier nicht rumlaufen, wir müssen Sonja und das Mädchen finden, falls sie nicht längst tot sind.« Er schluckte und wirkte selbst, als wäre er durch einen Schredder gejagt worden.

»Sind sie nicht. Aber wenn du nicht endlich die Hacken in Teer haust und mitkommst, könnte es tatsächlich zu spät sein. Ich weiß, wo sie sind. Du musst sofort einen Krankenwagen rufen, die Lütte ist schwer verletzt. Der wollte sie ausweiden, kannst du dir das vorstellen? Wie ein Tier *ausweiden*. Sie ist überall mit einem Skalpell aufgeschlitzt worden. Wir brauchen dringend einen Arzt. Deshalb bin ich losgelaufen.« Ihre Stimme zitterte. Westermann sah sie sprachlos an, folgte ihr und wählte. »Wo sind sie? Wo sind wir, verdammt noch mal.« Seine Worte überschlugen sich. »Die Frauen sind in ... ich zeig's dir. Du musst sofort Verstärkung anfordern. Ich denke, euer Mörder ist nicht mehr verhandlungsfähig, aber Jolin und diese ... diese Polizistin brauchen unter allen Umständen Hilfe. Sie hat den Kerl aus dem Weg geräumt … mit einer Eisenstange hat sie ihm eins übergebraten.« Sie griff die Hand ihres Kommissars und zerrte ihn weiter, genau dorthin zurück, von wo sie gerade erst geflohen war. Mit Dirk an ihrer Seite fühlte sie sich sicher. Während sie keuchend weitermarschierte und erzählte, was passiert war, wählte Westermann. Er rief Hartwig an. »Thomas, wir sind auf dem Weg. Wo sind wir eigentlich genau?«, fragte er die Künstlerin. »Sag, sie sollen Richtung Kohbarg fahren, da steht ein verlassenes Haus. Nicht zu verfehlen. Sie werden wissen, was ich meine.«

»Charlotte bringt mich gerade hin. Ja, sie ist bei mir, ihr geht es gut. Sonja? Ist verletzt und die Petrova auch … anscheinend schwer. Ruf einen Krankenwagen und schick mir sofort die Mannschaft. Ja, das volle Programm. Gebbert ist ausgeknockt … tot?«, fragte er an Charlotte gerichtet. Sie nickte. »Sah zumindest so aus«, entgegnete sie schulterzuckend. Er beendete das Gespräch und folgte der aufgelösten Miss Marple, die, ihren eigenen Worten nach, nur knapp dem Tod entkommen war.

»Wir sind gleich da«, hechelte sie außer Atem und hielt sich die Seite. »Das ist alles nicht mehr mein Ding, Heiland Mailand. Ich glaub, ich bin zu alt für solche Sperenzchen«, schnaufte sie und zog Westermann auf das Grundstück. »Warum haben wir das Haus nicht vorher bemerkt?«, fragte er fassungslos.

*

Die Fallanalytikerin fand sich am Boden des Kellerlochs wieder, aus dem sie mit Jolin hatte fliehen wollen. Sie stöhnte. Vor ihr stand der Irre und hatte das Mädchen wieder an die Ketten gelegt. Sie musste sich etwas einfallen lassen, wenn sie das hier überleben wollten. Der Keller war miserabel ausgeleuchtet. Alles Licht war mithilfe des Scheinwerfers auf Jolin gerichtet. Gebbert ordnete seine Instrumente. Sie entdeckte die elektrische Handsäge in seiner Hand. Nein, nein, das darf nicht passieren. Ihre Gedanken überschlugen sich. Sie durfte nicht schreien, dann war ihr Leben genauso in Gefahr wie das seines Opfers. Ihr Blick schweifte suchend über den Boden. Sie musste Jolin befreien, drehte sich auf die Seite und suchte händeringend etwas, das sie als Waffe gegen ihn einsetzen konnte. Staub und Geröll, aber nichts, was sie … Sie entdeckte einen Meter vor sich eine Glasscherbe im Dreck. Der mickrige Lichtkegel ließ die Spitze des handtellergroßen Stücks immer dann aufblitzen, wenn Gebbert sich aus dem Wirkungsgrad der Lampe entfernte. Sonja konnte sich kaum bewegen. Jeder Muskel, jede Faser ihres Körpers schmerzte. Ihr rechtes Bein lag seltsam verdreht auf dem Betonboden, in Höhe des Schienbeins ragte ein Knochen aus der Haut. Scheiße, der ist endgültig durch. Der Schock ließ den Schmerz nicht zu ihrem Gehirn durchdringen … noch nicht. Sie unterdrückte ihre eigenen Qualen, robbte vorwärts. Rasmussen merkte, dass die Schelle um ihr Handgelenk verschwunden war. Sie beobachtete, was Gebbert tat. Er durfte nicht mitbekommen, dass sie wach war. Das Monster hielt einen Waschlappen in den Fingern und reinigte den Bauch des Mädchens, das immer noch bewusstlos in den Ketten hing. Er hatte sie betäubt! Sie kroch weiter. Nur noch einen halben Meter, dachte sie und hoffte, dass sie unentdeckt blieb. Sie versuchte, das Glasstück zu erreichen. Komm, Sonja, das schaffst du. Zwischen ihr und der Scherbe lagen jetzt allerhöchstens 30 Zentimeter. Wieder drehte sie wie in Zeitlupe ihren Kopf. Gebbert streichelte den Körper des Mädchens, fuhr mit der Hand ihre Beine entlang. Er war beschäftigt.

Die Fallanalytikerin bäumte sich vor Wut auf. Er hatte sie erneut überlistet, hatte sich nicht mal die Mühe gemacht, sie zu fixieren. Jetzt unterschätzte er sie. Ein verächtliches Lächeln huschte über ihr Gesicht ... Arschloch. Sie streckte ihre Finger aus. Mhm, mein Bein, mein Bein. Sie presste sie die Lippen aufeinander. Nicht ohnmächtig werden, Rasmussen, bleib klar. Zehn Zentimeter. Einmal noch, das schaffst du. Ihre Hände zitterten, als sie versuchte, die Scherbe zu erreichen.

»Sieh an, sieh an, unsere Polizistin ist wach. Na, na, wer wird denn. Du kleines Luder. Hab ich dich doch tatsächlich unterschätzt. Du bist zäher, als ich es für möglich gehalten hätte.« Er lachte wie ein Wahnsinniger. »Das lassen wir brav bleiben.« Gebbert wandte sich ihr zu, trat ihr in die Seite und stieß die Scherbe mit dem Fuß weg. Die schlitterte einen Meter weiter und blieb vor einem Mauerstein liegen. Sonja raffte mit ihrer Hand Dreck vom Boden und bewahrte ihn in ihrer Faust. Das Ungeheuer packte sie am Hals und riss sie hoch. »Du dreckiges Miststück, glaubst, ihr könnt mich reinlegen. Da hättest du früher aufstehen müssen. Ich war über jeden eurer Schritte informiert ... was glaubst du? Ich bin IT-Fachmann, ihr Nerds. Du mit deiner falschen Verkleidung.« Er lachte. Sonja spuckte ihm ins Gesicht. »Du rotzige Sau«, brüllte er und schlug zu. Er beugte sich über sie. »Du bist die Nächste! Wenn ich mit der Kleinen fertig bin, bist du dran und dann ...« Sie warf ihm den Mörtel in die verzerrte Fratze. »Arrrg«, schrie er und versuchte, den Dreck aus seinen Augen wischen. Er konnte kaum etwas erkennen und stieß ihr immer wieder seinen Fuß in die Seite. Ihr Körper bewegte sich bei jedem seine Tritte weiter durch den Raum. Jede Minute, die er mit mir beschäftigt ist, lebt Jolin ... Charlotte, beeil dich. Er bückte sich und schlug ihr erneut seine Faust ins Gesicht.

Die Wange platzte, und Blut spritzte auf ihre Haut. Noch war sie bei Bewusstsein, aber sie wusste, dass sie nicht mehr lange durchhalten würde. Immer wieder versuchte sie, ihn mit ihrem gesunden Bein zu erwischen. Er lachte gehässig, trat wie von Sinnen auf sie ein. Ihr Verstand schwand, so heftig waren die Schmerzen, die er ihr zufügte. Sonja Rasmussen schützte ihr Gesicht mit einer Hand, suchte mit der anderen etwas, das sie als Waffe einsetzen konnte. Die Kette konnte sie nicht mehr halten ... sie war zu schwer und behinderte sie zusätzlich. Plötzlich hielt sie einen spitzen Gegenstand zwischen ihren Fingern. Die Scherbe. Sie war im Begriff abzudriften, packte die Glasscherbe und registrierte, dass sie ihre Handfläche verletzte. Noch einmal bündelte sie ihre Kräfte. Jolin hängt da, ich muss ihr helfen, versuchte sie, einen klaren Kopf zu bewahren. »Komm, du Schlappschwanz, küss mich. Oder besser noch, fick mich, wenn du überhaupt kannst. Du Schlaffi.« Sie lachte abfällig. Jede Faser ihres Körpers schmerzte.

Eike Gebbert ließ von Jolin ab, drehte sich um und stürzte sich auf die Fallanalytikerin. Er warf sich auf sie, setzte sich auf ihren Bauch und legte seine Hände um ihren Hals. »Du elende Fotze!« Sein Gesicht war nur noch eine beängstigende Fratze. »Es reicht, jetzt bist du fällig. Was glaubt ihr eigentlich, mit wem ihr es zu tun habt ... ihr Hexen. Seid alle gleich. Ihr seid wie meine Alte, die hat auch geglaubt, sie kann mich verarschen. Ich hasse euch ...«, brüllte er und bespuckte sie. Seine gesamte Abscheu steckte in seinen Händen. Die aufgestaute Verachtung für die Person, die er für alles verantwortlich machte ... Saskia Schröder. Hätte sie ihn nicht verachtet, wären die Frauen vielleicht noch am Leben. Auf der anderen Seite war es völlig egal. Er hätte einen anderen Grund gefunden, seine perversen Neigungen auszuleben.

Sonja lief rot an. Sie versuchte, sich aus seiner Umklammerung zu befreien. Ihr wurde schwarz vor Augen.

*

»Was ist das?«, wollte Westermann wissen und bewegte sich mit Charlotte auf das dunkle, unheimlich wirkende Gebäude zu. »Gruselig, nicht?«, entgegnete sie und schüttelte sich. Ihr lief erneut eine Gänsehaut über den Rücken. Sie fror und war bis auf die Haut durchnässt. »Was ist hier passiert?«, wollte der Hauptkommissar wissen.

»Die sind im Keller. Das ist der Ort, wo er sie gefangen hält. Deine Kollegin war da drüben im Nebengebäude. Sie hat sich anscheinend selbst befreit und ist durch das Kellerfenster ins Haus.« Westermann wollte sich an die Stelle begeben, die Charlotte ihm anzeigte. »Brauchst du nicht, ich hab einen Seiteneingang entdeckt. Da bin ich eben raus … die Tür müsste offen sein.« Sie zwängte sich durch die Büsche, bis sie unter das marode Dach des Carports gelangte. »Hier, an der Seite. Guck, die Tür ist auf. Die beiden Mädchen haben sich hier irgendwo versteckt.«

Charlotte Hagedorn schob die Tür auf und wollte ins Haus. Westermann schüttelte den Kopf. »Kommt nicht infrage. Du bleibst hier. Du gehst mir nicht mehr in diese Hütte. Außerdem muss jemand die Kollegen abpassen. Wer wäre dazu besser geeignet als du, meine liebe Miss Marple.« Die Künstlerin prustete. »Unerhört. Also sach mal. Ohne mich wüsstest du gar nicht, wo sie sich …« Westermann legte seinen Finger über ihre Lippen. »Psst, oder willst du Tote aufwecken? Wir wissen nicht, was da drinnen vor sich geht.« Er zog seine Waffe aus dem Holster. »Geh zur Straße, warte, bis Thomas mit den Leuten kommt. Ich geh da jetzt rein … allein. Hörst du? Du bleibst hier

draußen. Ich will dich nicht verlieren. Also los. Geh ...«
Westermanns Blick verfinsterte sich, und er verschwand
im Eingang. Charlotte Hagedorn entfernte sich zum dritten Mal in dieser Nacht vom Grundstück. Wutschnaubend
und grummelnd plapperte sie im Flüsterton all ihre Empö-
rung hinaus. »Gott sei Dank scheint wenigstens der Mond«,
murmelte sie und stellte sich ein paar Meter vom Gelände
entfernt hinter einen Busch, der an die Straße grenzte. Von
hier aus hatte sie den Überblick, ohne erneut jemandem in
die Hände zu fallen.

*

Er lachte, wie jemand, der direkt aus der Hölle kam. Hockte
auf Sonja Rasmussen und drückte ihr mit hochrotem Kopf
die Kehle zu. Seine Wut schien grenzenlos. Die Fallanalytikerin merkte, wie die Kraft aus ihrem Körper wich. Die
Pranken, die ihr die Luft zum Atmen nahmen, ließen ihr
Gesicht blau anlaufen. Ihre Augenlider flatterten. Auf einmal lief das Leben wie ein Film vor ihren Augen ab. Sie
sah sich als Kind, sah längst verstorbene Großeltern, ihre
Eltern. Ihre erste Liebe in der Schule. Alles spulte sich in
Sekundenschnelle ab. Sie wollte sich in diese Gedanken fallen lassen. Sonja Rasmussen nahm kaum noch etwas wahr,
nur ein entferntes Jammern. Jolin. Sie hob ein letztes Mal
die Hand und rammte ihm mit einem tierischen Schrei die
Glasscherbe in den Hals. Dann verlor sie das Bewusstsein.

KAPITEL 28

Westermann schlich mit der Waffe im Anschlag in den dunklen Hauseingang. Überall roch es wie in einer Gruft, moderig und nach Tod. Ihm schien es, als wäre hier jahrzehntelang nichts gemacht worden. Irgendwo zog es jaulend, und er vernahm leises Fiepen. Einige der Fenster waren zerbrochen. Er zog die Taschenlampe aus der Hosentasche und hoffte, dass sie ihren Geist nicht völlig aufgegeben hatte. Draußen fing es wieder an zu regnen. Er hörte, wie das Regenwasser auf das Dach platterte, lauschte den Geräuschen im Haus. Es hallte in dem leeren Gebäude. Die Lampe spendete nur unzureichendes Licht und warf lange Schatten. Es reichte gerade aus, um ihm Orientierungshilfe zu geben. Schreie, da waren Schreie. Das kommt aus dem Keller. Links von ihm baute sich eine Holztreppe auf, die in den ersten Stock führte. Irgendwo muss die Treppe in den Keller sein, überlegte er und suchte hastig danach. Sein Blick wanderte auf die andere Seite des Treppengerüstes. Nichts, nichts außer zusammengeschobene Mauersteine und aufgerissene Zementsäcke. Westermann huschte mit quietschenden Sohlen an der Wand entlang und verfluchte seine knatschenden Schuhe. Es folgte ein langer, breiter Flur, und genau zu Beginn dieser Aufteilung war die Kellertreppe hinter einem Mauervorsprung versteckt. Ich hab's gewusst, dachte er und ließ für einen Moment das Licht der Taschenlampe in den Abgrund gleiten. Er hastete in das Kellergewölbe. Unter seinen Füßen knirschte Sand. Immer wieder hielt er inne, um zu lauschen, ob sich etwas regte. Kein Laut. Seine Halsschlagader hämmerte, und er wusste, dass die Geschichte hier und jetzt ihr Ende finden würde. Hoffentlich kommen die anderen bald, überlegte er, holte tief Luft und nahm eine weitere Stufe. Er hatte den Kellerboden erreicht. Er hoffte, dass die flackernde Lampe noch einen Moment durchhielt. Westermann erkannte, dass drei Türen von einem langen Flur abgingen. Er tastete sich an der Wand entlang. Vorsichtig legte er sein Ohr gegen die erste Metalltür, horchte und drückte den Türgriff herunter. Sie war nicht verschlossen. Da ein weiterer Schrei. Westermann schluckte, öffnete sie einen Spalt ... dunkel. Schweißperlen benetzten seine Stirn. Er wischte sie mit dem Handrücken weg und rückte die Brille zurecht. Wo zum Teufel sind die? Die Lampe flackerte, und er sah einen großen Kellerraum von ungefähr 50 Quadratmetern vor sich. Auch leer, stellte er fest. Der Kommissar bewegte sich angespannt weiter. Die zweite Tür, der Griff ... verschlossen. Gibt's hier nur verriegelte Türen? Auf quietschenden Sohlen schlich er voran und verfluchte bei jedem Schritt seine durchweichten Schuhe. Wie ein Geist huschte er auf die andere Seite des Raumes. Die letzte Tür. Wenn sie hier unten sind, dann hier, folgerte er. Sein Puls raste bis zum Hals.

Er hatte das Gefühl, als würde sein Herz jeden Moment aussetzen. Er hob die Waffe in Augenhöhe und tastete nach dem Türgriff.

*

Das können nur die Jungs sein, überlegte Charlotte, sprang hinterm Buschwerk vor und winkte, als sie die Fahrzeuge näherkommen sah. Die Miss Marple der Insel postierte sich mittig auf die schmale Straße, hielt die Hände vor die Augen und hoffte, dass sie nicht überfahren wurde. »Oh Gott, oh Gott, wenn das man gut geht«, keuchte sie, zog die Schultern hoch und schloss die Augenlider. Direkt vor ihr kam der erste Wagen zum Stehen. Thomas Hartwig sprang aus dem Auto. »Charlotte, wo sind sie?«, rief er und schüttelte sie durch. Die Ermittlerin öffnete zaghaft er eines, dann beide Augen und sah die dunkle Gestalt vor dem Scheinwerfer. Sie deutete Richtung Grundstück. »Da hinten, sie sind da hinten. Die sind da drinnen.«

»Wer ist da drinnen?«, wollte der Kommissar wissen und winkte die Kollegen zu sich. »Eine Frau, Jolin und … und dieser Bastard. Ich konnte gerade so entkommen. Wir haben ihn erledigt.«

»Wer hat wen erledigt?«, fragte Hartwig lauernd.

»Eine fast nackte Frau hat dem Mörder mit einer Eisenstange eins übergezogen.«

»Erzähl uns jetzt bitte genau, wo sie sich aufhalten. Wie kommen wir ins Haus? Umstellen!«, klärte er die Ermittlergruppe auf. »Drei an jede Seite. Sabine, komm du mit mir. Henning und Jensen, ihr bleibt an meiner Seite. Der Rest sichert das Haus, alles klar?« Sie nickten und verschwanden im Dunkel. Niemand sagte ein Wort, alles geschah laut los und schnell. »Und was ist mit mir? Mit wem gehe ich jetzt mit?«

»Charlotte, du setzt dich in den Wagen und wartest.« Hartwig ließ sie ohne ein weiteres Wort zurück. »Das ist nicht euer Ernst.« Sie stemmte die Hände in die Seite. »Erst durch mich findet ihr sie, und nu lasst ihr mich schon wieder einfach hier stehen? Ihr seid mir die Richtigen«, schimpfte sie. Wie zur Unterstützung erhellte plötzlich ein greller Blitz den Nachthimmel, und ein Donner knallte dröhnend über die Felder. Charlotte zuckte zusammen und schaute nach oben. »Da sagst du was.«

*

Dirk Westermann drückte den Griff der letzten Eisentür runter. Leises Quietschen hallte durch den lang gezogenen Flur. Er schnaufte, füllte seine Lungen mit Sauerstoff, stellte die Leuchte aus und schob mit dem Fuß die Tür auf. Ein Raum, kaum 20 Quadratmeter, in dem säckeweise Mörtel und Zement lagerten. Unzählige Holzlatten und weiße Kalksandsteine, zu Bergen aufgetürmt, warteten darauf, verarbeitet zu werden. An der rechten Seite entdeckte er eine weitere Tür. Das ist ein Labyrinth, stellte er genervt fest und schlich auf die Tür zu. Wieder legte er seinen Kopf gegen eine Brandschutztür. Es war besorgniserregend still. Westermann hatte keine Wahl. Er musste Gewissheit haben. Mit dröhnendem Schädel drückte er den Kunststoffgriff runter und hoffte, dass es der letzte sein würde. Mit lautem Schrei stieß er die Tür auf. Er hatte die Schnauze voll von der Grabesstille. »Polizei, sofort Hände hoch. Auf den Boden«, schrie er und sah sich um. Die Worte blieben ihm im Hals stecken. Was er sah, glich einem Horrorszenario, wie er es nie vorher gesehen hatte.

Er ließ die Waffe sinken. Vor ihm an der Wand hing in Ketten Jolin Petrova. War sie tot? Das Licht, das die Baulampe auf ihren ausgemergelten nackten Körper warf, wirkte verstörend. Überall wies sie Schnittspuren auf. Ein tiefer, klaffender Schnitt zog sich vom Brustbein bis zum Bauchnabel. »Mein Gott«, waren die einzigen Worte, die er herausbrachte. Getrocknetes Blut klebte in Rinnsalen auf ihrer Haut. Ihr langes dunkles Haar hing in Strähnen über ihr Gesicht und verbarg ihre Gesichtszüge. Westermann schluckte und trat auf das Mädchen zu. Er legte zwei Finger gegen ihre Halsschlagader, hielt sein Ohr dicht über ihren Mund ... sie lebt, verdammt noch mal, sie lebt, stellte er befreit fest und hoffte, dass sein Team endlich aufkreuzte. Dann drehte er seinen Kopf zu den Personen, die im Schatten der Bauleuchte auf dem Boden lagen. Eike Gebbert stierte ihn mit weit aufgerissenen Augen an. Eine Blutlache hatte sich um seinen Schädel ausgebreitet. Der ist tot, war seine einzige Reaktion.

Was ist hier verdammt noch mal passiert? Er ließ den Mörder unbeobachtet liegen und holte Luft. Der Leiter der Mordkommission wagte kaum, seinen Blick auf die Kollegin zu richten, die verrenkt und unbeweglich fast völlig nackt dalag. Ihre Augen waren geschlossen, die Hand blutüberströmt genau wie ihr Gesicht. Sie atmete nicht. Ihr Bein sah sonderbar aus. Etwas Spitzes stach in Schienbeinhöhe durch die Haut ... ein Knochen, stellte Westermann fest. Er zitterte, kniete sich neben sie und schluckte. Langsam legte er seine Finger gegen ihre Halsschlagader. Er spürte keinen Puls. »Sie ist tot. Das Schwein«, schrie er seine ganze Wut heraus, als Sonja Rasmussen sich auf einmal kaum spürbar bewegte. Der Leiter der Mordkommission schreckte zurück. Die Fallanalytikerin öffnete ihre flatternden Augenlider. Sie räusperte sich und guckte ihn an.

»Wie schön, dass ihr auch endlich da seid«, hauchte sie kaum verständlich, als Hartwig und Henning mit gezogener Waffe in den Kellerraum stürmten.

Dirk Westermann saß fassungslos auf den Boden. »Sonja. Was ist hier passiert?«

»Erzähl ich euch alles ... aber könnt ihr uns bitte erst mal hier rausschaffen? Ich brauch dringend frische Luft und einen Arzt.«

✻

Kennenlernplattformen im Internet sind begehrt wie nie zuvor. Vereinzelt trifft man dort die große Liebe, manchmal den Tod.

Ende?

Nicht ganz ...!

EPILOG

Jolin hatte es überlebt. Sie lag einige Wochen schwer verletzt in der Uni-Klinik in Lübeck. Einen Monat danach hatte sie sich zumindest körperlich vom Schlimmsten erholt und eine Therapie begonnen, die das Trauma aufarbeiten sollte. Auch wenn es lange dauern würde, bis sie wieder ein angemessenes Leben führen konnte, es war ein Anfang. Alte Häuser mied sie jedoch seitdem wie der Teufel das Weihwasser. Sie ist mit ihren Eltern in eine moderne Wohnung in die Altstadt gezogen und hat ihren Job im *Landhaus* wieder aufgenommen, um sich abzulenken. Mark Sonderburg, der Sohn des *Landgasthauses*, kümmert sich seit dem Vorfall rührend um sie und ihre Einsamkeit.

Sonja Rasmussen lag ebenfalls eine Woche in der Klinik, allerdings in Oldenburg, und musste sich auf Anordnung Westermanns von den Strapazen des Falles ausruhen. Ihr Schienbein wurde verarztet, und die Blessuren auf ihrem Körper verblassten. Als sie am dritten Tag eine Handynachricht vom LKA in Kiel erreichte, packte sie ihre Sachen und verschwand humpelnd aus dem Krankenhaus, noch bevor jemand vom Team der Oldenburger Dienststelle sich verabschieden konnte. Ein neuer Fall erregte ihre Aufmerksamkeit, und sie wurde gebraucht. Aber sie war sicher, dass sie nicht das letzte Mal mit ihrem Lieblingskommissar Westermann zusammenarbeiten würde.

Unsere Miss Marple, die liebe Charlotte Hagedorn, hatte sich ebenfalls einigermaßen von den Vorkommnissen erholt und es sich unter der warmen Wolldecke zusammen mit Josch Diekmann gemütlich gemacht. Der Sommer war vorbei, und der Kapitän a. D. legte just in diesem Moment Holzscheite in den Ofen. Sie blickten aus dem bodentiefen Fenster und sahen den sich kräuselnden Wellen und den über die Wogen jagenden Kitern in der Orther Reede zu. »Dass ich noch mal wieder einen so schönen Blick auf meine geliebte Ostsee bekomme, hätte ich im Leben nicht gedacht.« Sie strahlte Josch an, der sich einen Schuss Rum in den Tee goss. »Möchtest du auch, Deern?« Charlotte nickte. »Ich brauch ja heute nicht mehr fahren. Ist das nicht verrückt, jetzt haben wir schon wieder Oktober. In zwei Monaten ist Weihnachten«, zwinkerte sie und kuschelte sich in die Decke, die er ihr über die Beine gelegt hatte. »Mein lieber Mister Stringer, machst du mal den Fernseher an, da läuft gerade eine Sendung, die ich früher gern angeschaut habe.«

»Du guckst Fernsehen? Und warum nennst du mich Mister Stringer?«

»Manchmal brauch ich auch meine Ruhe und entspann mich dabei. Und ich nenn dich so, weil du mir geholfen hast, den Fall zu lösen, mein lieber Josch. Ohne dich …« Der Kapitän schüttelte den Kopf. »Ich glaub's ja nicht. Meine Charlotte, eine Fernsehtante.«

»Also, so ist das ja nun auch nicht. Aber wenn ich manchmal vor dem Kaminofen sitze, dann …« Sie räkelte sich und blinzelte ihrem Gefährten zu. Der Käpt'n stellte das Gerät ein. »Südwestfunk, du musst den Südwestfunk einschalten. Ich guck so gern *Kaffee oder Tee*. Die haben immer so nette Moderatoren.« Charlotte klatschte begeistert in die Hände. »Wir haben uns aber auch eine Auszeit verdient«, grummelte Josch. »Das waren aufreibende Monate mit dir, min Deern. Ich wusste gar nicht, dass Verbrecherjagd so aufregend ist.«

»Ja, ich bin genauso froh, dass das alles vorbei ist. Das war ja wirklich ein Teufel.« Charlotte schüttelte sich. »Dafür war die Hochzeit traumhaft. Katrins Kleid und diese Kutterfahrt … Heiland Mailand. Wenngleich es ziemlich turbulent zuging. Na ja, was kann man von den beiden anderes erwarten. Das wär bei uns beiden Hübschen ja ganz anders«, kicherte sie.

»Jetzt sag nur nicht, du möchtest noch mal heiraten? Bring mich nicht auf dumme Gedanken«, lachte Josch und zeigte Charlotte seine blitzweißen Zähne. »Ach, wo denkst du hin. In meinem Alter brauche ich das nun wirklich nicht mehr.« Sie verzog das Gesicht und schnupperte am Tee.

Draußen tobte der Wind über die Wellen, und es wurde dämmerig. Im Fernsehen moderierte die sympathische blonde Moderatorin Heike Greis die Sendung. »Ach, die ist immer so nett.« Sie prosteten sich zu und schauten gemeinsam auf den Bildschirm.

Gerade lief ein Bericht über Tiervermittlung: »Ein neues Zuhause gesucht.« »Ach wie süß«, säuselte Charlotte und folgte der Berichterstattung über einen knuffigen Mischling, dessen Herrchen verstorben war. »Och, wie traurig.« Ihr Becher leerte sich. Sie fühlte sich fast ein wenig beschwipst.

»Nun sach nicht, dass du einen Hund möchtest?«

»Ach, was hast du heute nur? Heiraten, Hund … i wo, ich brauch weder das eine noch das andere.« Auf einmal fiel ihr Blick wieder auf den Bildschirm. »Einen ganz besonderen Hund haben wir hier. Dieser große Wolfshund-Rüde ist seit einem halben Jahr bei uns im Verein. Er wurde in Hannover abgegeben. Die Besitzer kamen mit ihm nicht zurecht. Wir haben herausgefunden, dass er völlig unterernährt und verwundet ins Tierheim Lübbersdorf gebracht worden ist. Er hatte eine Schusswunde und musste mehrfach operiert werden. Der Hund war in einem traumati-

schen Zustand und braucht eine geschulte und sehr liebe-
volle Hand.« Charlotte stockte der Atem. Der Becher glitt
aus ihrer Hand und landete auf dem Teppich. Sie lauschte
fassungslos der Erzählung. »Er ist nach Untersuchungen
mehrerer Tierärzte vier bis viereinhalb Jahre alt, hört auf
Befehle und ist bei richtiger Führung sehr personenbezo-
gen. Dieses Tier freut sich auf einen Besitzer, der sich gut
mit Hunden auskennt. Er benötigt viel Auslauf und erfah-
rene Hundebesitzer.«

»Deern, was ist mit dir?« Josch hielt inne und sah Charlotte von der Seite an. Sie war blass geworden, und ihre Lippen zitterten. »Ich brauch was zu schreiben, gib mir sofort
was zu schreiben«, rief sie und fuchtelte mit den Händen
vor seinem Gesicht herum. »Was ist denn in dich gefahren?
Du siehst aus, als hättest du ein Gespenst gesehen.« Hastig
sprang er auf und reichte ihr Papier und Stift. Eilig schrieb
sie die eingeblendete Telefonnummer auf. Charlotte zog
ihr Handy aus dem Rucksack. Josch schob die Ärmel seines cremefarbenen Wollpullovers bis zu den Ellenbogen
und kratzte sich ratlos den Kopf. »Dirk, Dirk, mach sofort
den Fernseher an«, schrie sie. »SWR. Mach den Fernseher
an, ich erklär's dir gleich.« Sie lauschte und hörte, wie der
Kommissar sich mit Katrin unterhielt, dann vernahm sie
Gemurmel im Hintergrund. »Charlotte, was ist denn da?
Die beschneiden Bäume. Ich verstehe dich nicht. Wie du
weißt, haben wir keinen Garten.«

»Du musst mich holen. Wir müssen sofort nach Hannover.«

»Nach Hannover? Ja, was gibt es denn da so Wichtiges?
Bäume kannst du auch hier kaufen«, murmelte Dirk Westermann erstaunt. »Watson … ich glaube, ich hab unseren
Watson gefunden. Ich bin 100, nein 1000 Prozent sicher,
dass er es ist.«

»Charlotte! Watson ist tot.«

»Nein, er ist in einem Tierheim. Wir müssen da hin. Hol mich sofort ab. Ich bin bei Josch.« Sie legte auf, trabte in den Flur und schlüpfte in ihre Schuhe. Dann griff sie nach ihrem bunten Mantel und schob die Baskenmütze über ihre Bobfrisur. Sie stand dort, als wüsste sie nicht, was sie als Nächstes tun sollte. »So, nun kommst du mir erst mal wieder ins Wohnzimmer. Du bist ja ganz durch den Wind. Erzähl mir endlich, was dich im Fernsehen so aufgeregt hat. Was ist passiert? Was ist das für ein Hund?« Josch schien irritiert, öffnete die Balkontür und entzündete seine Pfeife. Charlotte stand wie versteinert da. »Ich hab unseren Watson wiedergefunden«, stotterte sie und presste ihre Hände gegen die Brust, als müsste sie ihr Herz schützen. »Watson? Ist das nicht dieser Polizeihund, der nur Ärger gemacht hat und ertrunken ist?«

»Was redest du da? Er war der schlaueste und beste Hund, den man sich vorstellen kann. Er hat seinem Herrchen das Leben gerettet. Wie kannst du so abfällig von ihm sprechen?« Charlotte errötete und blickte zornig in die Richtung des Kapitäns. Es erschreckte ihn, wie vehement sie sich für den verschwundenen Wolfshund einsetzte. »Aber ehrlich, wie kannst du sicher sein, dass er es ist?«

»Ich habe ihn erkannt, auch wenn er mir sehr viel dünner vorkam. Diese Augen, es waren seine Augen.«

»Aber Charlotte, man kann einen Hund doch nicht an seinen Augen erkennen.«

»Du hattest noch nie einen Hund, oder?«

»Du doch auch nicht, wie ich mich recht erinnere.«

»Watson war mein Freund, genau wie er der von Dirk und Thomas war.« Charlotte Hagedorn hatte sich in Rage geredet, und ihr Gesicht war hochrot angelaufen. Sie stand fertig angezogen im Zimmer, bis es an der Tür klingelte.

Josch trat in den Flur und öffnete. Dirk Westermann verharrte mit ernstem Gesicht im Türrahmen. »Moin, Käpt'n, tut mir leid, dass wir hier so einen Wirbel veranstalten, aber ...«

»Nun komm doch erst mal rein. Meine Deern dreht total am Rad, wenn ich das mal so sagen darf.«

»Darfst du, aber sie könnte recht haben. Wir müssen nach Hannover. Ich hab mit dem Sender telefoniert.«

»Wenigstens du verstehst mich. Ich bin ganz sicher, Dirk. Bitte lass uns dorthin fahren. Wir müssen ihn abholen.«

Sie zitterte wie Espenlaub. »Nun bleib mal ganz ruhig. Wir müssen erst mal klären, ob er es wirklich ist. Dann sehen wir weiter. Es könnte sich auch um einen Irrtum handeln. Sei nicht so euphorisch.« Dirk versuchte, sie zu beruhigen, obwohl er selbst auch nicht sicher schien. »Josch, wenn du möchtest, komm mit«, sagte der Hauptkommissar. »Nein, das macht ihr beiden mal alleine. Ich denke, dabei könnt ihr mich nicht gebrauchen. Ich bin euch nur im Weg. War der Hund nicht gechippt?«, fragte der Kapitän.

»Nein, das wollte Thomas nicht ... warum auch immer. Charlotte, wir müssen. Die warten auf uns.« Josch überlegte, ob die beiden verrückt geworden waren, steckte die Pfeife wieder zwischen die Lippen und schüttelte seinen Kopf.

*

Mitten in der Nacht klingelte es an Thomas Hartwigs Tür. Als er öffnete, sah er fassungslos auf seinen Vorgesetzten Dirk Westermann und Charlotte Hagedorn. »Was wollt ihr denn hier?«, fragte er und verzog das Gesicht. »Wisst ihr eigentlich, wie spät es ist? Du wirst mich ja nicht mitten in der Nacht zur Arbeit abholen wollen, oder gibt es einen neuen Fall? Und was macht Miss Marple hier?«

Westermann schüttelte den Kopf. »Nein, ich hoffe, dass wir eine Zeit lang Ruhe haben. Aber ich glaube, wir haben die richtige Medizin, um dich endlich wieder auf die Beine zu bringen. Und ohne Miss Marple wären wir jetzt nicht hier.« Charlotte grinste über das ganze Gesicht, gleichzeitig liefen dicke Tränen ihre Wangen hinunter. Hartwig fühlte sich veräppelt. »Dann kommt rein. Ich mach uns erst mal einen Kaffee, und ihr könnt mir erzählen, was ihr eigentlich wollt«, knurrte er. Dirk schüttelte den Kopf. Seine Lippen zitterten, als er ein klickendes Geräusch mit seiner Zunge verursachte. Die beiden nächtlichen Besucher traten zur Seite. Der Kommissar schlurfte aus der Tür und sah sich irritiert um. Der Wind blies ihm ins Gesicht, und seine Augen suchten das Gelände ab. »Ich dachte schon, ich hätte einen …«, sprachlos starrte er auf den Hund, der langsam und zurückhaltend um die Ecke geschlichen kam. »Watson«, flüsterte Thomas und sank zitternd auf die Knie. Als der tschechoslowakische Wolfshund ihn sah und in ihm sein Herrchen erkannte, war er nicht mehr zu halten. Er sprang auf Thomas Hartwig zu, brachte ihn stürmisch zu Fall und schleckte ihm minutenlang über das Gesicht. Der Kommissar heulte und rollte mit ihm über den Boden. Außer Atem umklammerte Hartwig Watson, betrachtete ihn fassungslos, umarmte den Hund und schrie schluchzend:

»Waaaatson!«

ENDE

NORDISCH GUT

Ich bitte, den in einigen Passagen verwendeten norddeutschen Slang zu entschuldigen. Das ist grammatikalisch nicht falsch, sondern zeigt das, was ihr an uns Nordlichtern so liebt ... das Nordische!